大海に生きる夢

大海浮夢 *Taikaifumu*

シャマン・ラポガン―作
夏曼・藍波安
下村作次郎―訳

草風館

敬愛する日本の読者へ――海が私を旅へと誘う――

シャマン・ラポガン

〝大海〟に囲まれた西太平洋の孤島―蘭嶼島(ポンソ・ノ・タオ)。この島では、大昔、春のトビウオの季節になると、果てしない大海原で、時ならず、淡い藍色や淡い灰色の、あるいは空と海が融けあったとも言える天然色が放射されました。このような千変万化する風景は、古い伝説が子供の私に与えてくれた映像を彷彿とさせ、まるで〝墜落しない憂鬱〟のようでした。そしてまた、異民族に植民されたひとりの子供が、華語(中国語)学校に入るとき、私の体には島の気象が育んでくれた〝希望〟という火種が流れつづけていました。〝墜落しない憂鬱〟は、中国語の漢字を借りて言えば、私がこの地球のことを知りたいという願いを育み、そして〝海〟が私の文学創作の母体となり、私を連れて世界各地に旅する帆船は、私の目を開かせ、ゆっくりと私たちの地球を認識させてくれたのです。

日本の作家、たとえば川端康成、夏目漱石、太宰治、大江健三郎、三島由紀夫、そして津島佑子さんなどを含めて、多くの外国の作家の作品が、中国語に翻訳され、台湾の人々はこのように翻訳された文学作品をとおして、日本の文学を知るようになったと言っていいでしょう（川端康成は台湾に来たことがあります）。だから、これらの美しい作家たちには、台湾に多くの読者、いわゆるファンがいます。亡くなった作家もいますが、翻訳された文学作品はいまに伝わり、私たちは日本文学の美を十分に味わっています。私の作品で日本語に翻訳されたのは、『黒い胸びれ』『老海人』『空の目』『冷海深情』、そして今回、『大海に生きる夢』が訳され、これらの作品はいずれも東京の草風館から出されています。私がお話したいのは、次のようなことです。

日本の読者のみなさん、こんにちは。

いつだったか、私は下村作次郎教授と東京のある小さなお寿司屋さんで刺身を食べました。私の眼はずっと魚を刺身におろす板前さんの包丁捌きに引きつけられていました。板前さんは細心の注意を払って魚をおろしていました。私はそれをじっと見ていてハッと気がつきました。その魚の身、魚の霊魂（タオ人の海洋観）は大切にされているんだと。その場面は驚きのあまり私を呆然とさせましたが、〝刺身〟は私の心の深いところで、心地良く、海が私の体内にあるように感じさせてくれました。

私が妻と蘭嶼に帰って生活をしはじめてから、まだ素潜りで魚を捕まえられないころに、母が私にこう言いました。

「私の舌はすごくむずむずするんだよ」

私はこのことばの意味が理解できず、隣に住む従姉にたずねました。従姉は微笑みながらこう言いました。

「お母さんはあなたが捕まえた魚を食べたいってことよ」

「私が捕まえた魚を食べたい」、それを母はどうして「舌がむずむずする」と言って、私が捕まえた魚を食べたいと言わないのだろう。その後やっと私は、これが島の〝海洋文学〟なのだと理解しました。

のちに、潜水漁ができるようになり、海に潜って魚を捕らなければからだが気持ち悪くなるほどに熱中するようになったとき、母がまた私に言いました。

「おまえが潜って魚を捕るとき、最初に捕らなければならないのは〝女が食べる魚〟だよ。そのあとで男が食べる魚を捕るんだよ」(蘭嶼の人びとは、魚を女が食べる魚、妊婦が食べる魚、男が食べる魚、男の老人が食べる魚、そして老若男女みんなが食べていい魚、たとえばトビウオに分類します)。簡単に言いますと、これはタオ人の海洋観、魚の知識、魚の文学なのです。要するに、美しくて、きれいな魚はみな女性に食べさせる魚だということです。意味するところは、タオ民族は女性を重んじているということです。

また、ある日、私は霊魂のまえの肉体(亡くなった父)にたずねました。

「お腹いっぱいになりましたか？」
「わしの腹は中潮《なかしお》だ」と父は答えました。
「中潮」、それは海の潮汐の名前のひとつで、潮汐の変化と空の月の満ち欠けは直接の関係があります。タオ人は〝夜暦〟と言って、日暦とは言いません。日暦は海の潮汐と関係がありません。それなら、「中潮」とはどのような意味なのでしょう。「腹がいっぱいでもなくひもじくもない」という意味で、お腹がいっぱいになったとは言わないのです。

　親愛なる日本の読者のみなさん、私は小説や散文を書きますが、私が文を書く〝母体〟はタオ語で、文字は漢字です。漢人（漢民族）の読者は、最初、私の作品を読むと、みんな私が書く漢字は〝可笑しい〟と感じるようです。その後、友人が私の作品の漢字や文法を直してくれましたが、あとで読んでみると、私の文学ではなくなっています。植民者と被植民者のあいだの微妙な関係について、ほかのことはともかく、文学作品についてだけ話しましょう。植民者は、順化させる者であり、同化させる者です。被植民者はことばと文字で順化され、価値観で同質化されるコロニー（生物集団）です。

　要するに、私は中国語の漢字によって順化されることを拒否しつづける海洋民族作家ではないということです。私が強調したいのは、私の体内に流れている血は、〝海の民の遺伝子〟であり、多くの〝ことば〟は、民族固有のことばを中国語に翻訳してはじめて、その表現には感覚があるということです。

このような感覚は中国語や日本語、あるいはその他の言語が英語に翻訳されたとき、訳語ではそれを完全に表現をすることができません。そうして、私は順化された〝都市遺伝子〟の原住民族ではなく、〝海流遺伝子〟の原住民族なのです。

親愛なる友人のみなさん、いま話しました「舌がむずむずする」「最初に捕らなければならない魚」「中潮」といった例を、漢人、日本人はどのように解釈するのでしょうか。これはちょっとした笑い話です。

最後に、天理大学の下村作次郎教授、それから友人の翻訳家の魚住悦子さんに、私の小説や散文をずっと翻訳してくださっていることを深く感謝いたします。それから日本の島々や村々に住む読者のみなさんに感謝したいと思います。私の感謝のことばは、これからもたゆまず、静かに創作を続けていきます、ということです。これが私の唯一の答えです。

蘭嶼の家で　二〇一七年七月二十五日

●目次●

敬愛する日本の読者へ──海が私を旅へと誘う　シャマン・ラポガン　1

一章　腹をすかせた子供時代　11

二章　南太平洋放浪　133

三章　モルッカ海峡の航海　267

四章　島のコードを探し求めて　381

【解説】浮かびあがるシャマン・ラポガンの海の文学　下村作次郎　553

カバーイラスト：荘謹銘

【凡例】

・「原住民」「原住民族」は、一九九四年以降の台湾における先住民族の公式呼称である。日本語訳でもその呼称を尊重した。

・（　）は原作どおりである。訳注は〔　〕で示した。

・本書で使われている風速、距離、時速、重さは、次のとおりである。

風速：三級は風速毎秒三・四メートルから五・四メートル（軟風）。五級は風速毎秒八・〇メートルから一〇・七メートル（疾風）。六級は風速毎秒一〇・八メートルから一三・八メートル（雄風）。七級は風速毎秒一三・九メートルから一七・一メートル（強風）。九級は風速毎秒二〇・八メートルから二四・四メートル（大強風）。

一カイリ：一八五二メートル。一ノット：時速一・八五二キロメートル。一斤：六〇〇グラム。

一尺：三〇・三センチメートル。

・タオ族の伝統文化に関して頻出する語。

アニトは：悪霊、死者の霊。

シ・〜：結婚して子供ができるまでの名前。（例）シ・ラポガン。

シャマン・〜：〜の父。（例）シャマン・ラポガンは、シ・ラポガンの父の意味。

シナン・〜：〜の母。（例）シナン・ラポガンは、シ・ラポガンの母の意味。

シャプン・〜：〜の祖父、祖母。

・原書に見る誤記・誤植は、訳書では作者と確認のうえ修正して訳出した。

〈作品に描かれた漁団家族〉

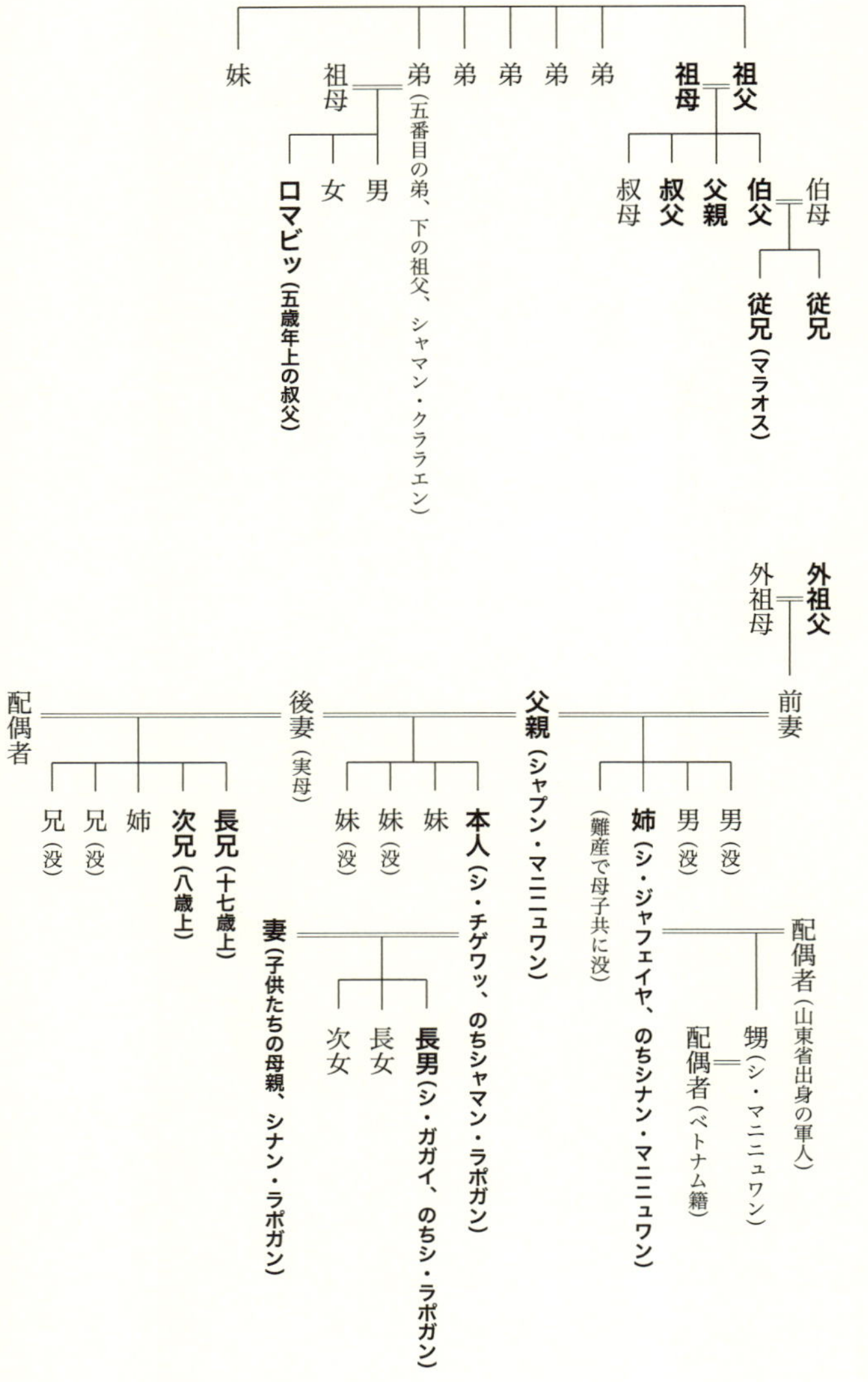

一章　腹をすかせた子供時代

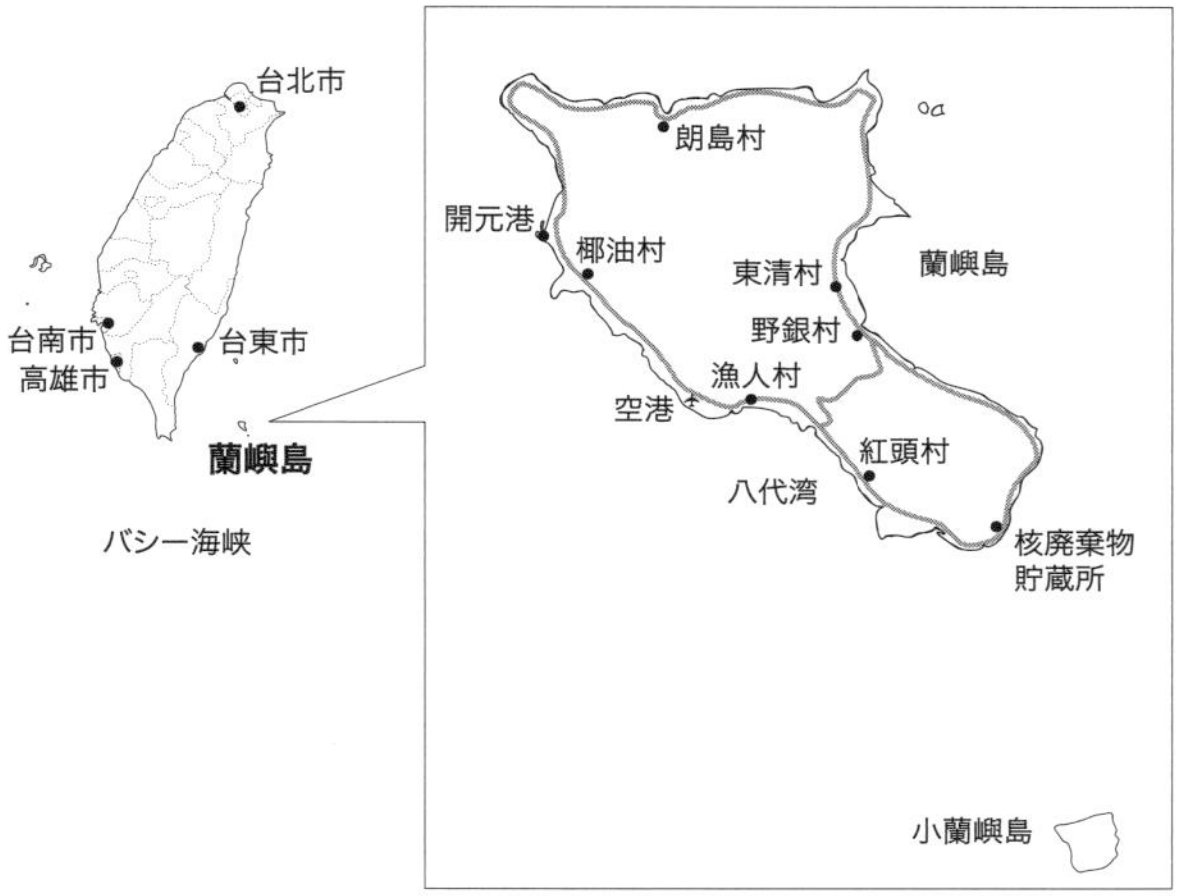

運命の旅は小学校四年生の十歳のころに、夢のなかにあらわれるようになった。真夜中、夢に見るのはきまって南太平洋やオセアニアの島々、そのような島々をゆきかう夢がかなうことだった。実際、このような夢は、だれもがこの地球上のどこかで同じように見ている。夢をもつことはいいことだ。夢は成長とともにふくらんでいった。

子供のころから毎日、目を開けてから目を閉じるまで、目に入るのはすべて海だった。海の潮のさまざまな変化は、僕のような夢見がちな性格と怠け症をきわだたせる。冬の海は、子供のころの感覚では、その静けさは記憶のなかの外祖母よりも慈悲深く、愛情に満ちていた。そして、いっそう暗く荒涼とし、広々としたあの変幻する海の影像は、自分の成長の記憶のなかに刻まれている。

夏から秋にかけての台風シーズンが来ると、海は怒ったように荒れ、陸地には狂ったように強風が吹きつける。打ち寄せる波や激しく飛び散る波しぶきが、まるで百年投獄されている囚人らが海底に地震を引きおこしたように激しく飛び跳ねる。この景色も子供のころに外祖父といっしょに洞窟から見た、もっとも僕の好きな景色だった。

春から夏にかけては青春真っただなかの季節、さわやかな西南季節風が人びとの興味とけだるさを呼ぶ。人びとは涼み台に眠たげに座っているが、波を追う男たちは生活のために海に出て漁の真っ最中だ。僕にはそんな記憶しかない。秋から冬にかけては、憂鬱でどんよりと暗く、物憂げな空気が漂う。山頂の雲は灰色で、目を開けて見ると、偽りのない風景が広がり、いささかの甘えた風情もない。このような広々とした環境で、雲の変化や海の波動をからだに刻みながら育った僕は、自分の視野を広げていった。だからほかの小さな島に住む民族にも、特別の感情をもつようになったのだ。これは僕のような「小島寡民（島が小さくて、人口が少ないこと。老子が理想とした国家の姿「小国寡民」をもじったことば）」がよくする想像のようだ。どこまでもだだっ広い平原や人口が密集した都会はこわかった。

僕が学んだ小学校が、僕らのような漁団家族(1)の世代に教育をはじめたのは、第二次世界大戦後だった。台湾の国民政府が建てた「蘭嶼国民小学校」は、僕の家からは目と鼻の先で、高台にあり、見晴らしもよかった。僕が入学したころは、卒業生はまだ百人にも満たなかった。それはつまり、島で中国語を話せるタオ族は、日本語をしゃべる人たちより少なかったということだ。もちろんタオ語は、当時の年寄りにも若者にも通じる主要なことばであり、民族が価値を考える軸であり、タオ語をとおして伝統や祭典の儀礼を受け継いでいた。

僕が学んだ小学校は、父の時代、つまり日本植民地時代には「紅頭嶼《こうとうしょ》蕃童教育所」と呼ばれていた。わたしたち父子が受けた啓蒙教育は、政策がまったく異なった植民国家によるもので、このような歴史状況は台湾近代史の普遍的な情景である。異なった民族から異なった植民帝国の教育を受けることについては、もちろん違いや複雑な感情がある。ある人びとは植民者に怨念を抱き、ある人びとはなんの痛痒も覚えず、またある人びとは対立したり、妥協したり、あっさりと共犯関係になったりする。

僕の霊魂のまえの肉体（父を指す）は、わが民族が日本に植民されたときの最初の皇民《こうみん》児童で、二年間の日本語の勉強で日本人と会話ができるようになっていた。父はいつもこう言っていた。自分は日本語がよくできたから、子供のころずっと日本にあこがれ、日本は自分の祖国だったと。このような夢は、歴史的に考えると間違いだが、幸い、父の祖父、つまり僕の曾外祖父は日本をタオ人の「祖国」だと認めず、そのため父を台北に勉強に行かせなかった。父は台北に勉強に行けなかったことについて、不満を覚えていたようで、生前はいつもこのことをもちだしていた。父も確かに海を越えて勉強に行きたいという夢を抱いていたが、しかし、父が曾外祖父になにか怨みがましいことを言うのを聞いたことがなかった。これは当時の時代背景との違いかもしれない。もし父が本当に台北に行って勉強していたら、植民者の共犯者であり、模範であったという結果しか残らなかったかもしれない。

僕自身については、台湾に行って勉強したいという目的は、個人的な願望から出たもので、夢の実現のためのひとつの道であり、決して「祖国」の太ももにしがみつきたいからではなかった。もちろん今日まで、僕は「祖国」やアイデンティティといった観念はまったくもちあわせていない。僕の理想は島々を遊歴し、島の民族と出会い、海洋について語りあうことだ。もし「海洋」が国家だったら、それこそ僕が身を投じる理想の国にほかならない。クラスメートのジジミットも僕と同じ考えをもっていて、一心に南太平洋にあこがれてきた。学校の事務室に世界地図を見つけた最初の子供が彼だった。四年生の冬、よく彼は僕を連れて職員室の窓のそとから世界地図を見に行った。ある日、ふたりで窓から職員室に忍びこんだ。そこでわかったことは、その世界地図は中国大陸を地図の中心に置いているということだった。そのため太平洋全体の地理は分断されていた。ふたりの夢がまさに大きくふくらみはじめたときに、突然目覚めさせられ、夢は一気に痛々しい失望に変わってしまった。

僕にはジジミットのことが理解できなかったし、わかろうとしても理解し難かったのだが、彼の幼い心には、中国大陸の地図や歴史は存在しなかった。教室のそとの壁に大きな大陸の地図が描かれていたが、彼の目には入らなかった。この点では僕らふたりは似ていた。僕の浅い理解では、僕らの遺伝子には漢族との複雑な血縁はなかった。あのころから、僕の心のなかの世界地図は、「広々」として境界のない大海となった。しかし、どのようにしてバシー海峡を越えるのだろうか。両親は僕が台湾に行くことを許してくれるだろうか。この問題は子供のころの夢をかなえるための最大の課題であり、最も僕を悩ませたものだった。

子供のころはまったく電灯のないなかで育った。満天の星や明るい月の夏の季節は、村の老人が海にいちばん近い場所にいつも集まっていた。普段は、だれかの家の庭で、年長者が昔話を語って聞かせた。物語が盛りあがってくると、語り手は詩歌の古調で吟唱する。そのとき、後輩たちもいっしょにみんなで古調の吟唱を練習し、詩歌の優雅な韻律を学ぶのだ。集まった人びとの歌声は村の空に響きわたった。古調の旋律は単調で、リフレインもなかったが、僕はいつもうっとりとしていた。人びとの声は海の波のリズムのように確かだったが、華やかではなかった。このような集まりに父と父のふたりの兄弟はいつも加わっていた。僕もいつも父のそばにくっついてその場にいる唯一の子供であった。このような集まりで語られる物語や歌われる詩《うた》は、八割方、海と関係があった。僕は村の老人たちが明るい夏の夜に声をそろえて歌っているのが好きだった。歌声は静かな村を越え、祖母たちの鼓膜を突き抜け、彼女たちの記憶を呼び覚ました。彼女たちが若く美しいころに作った恋歌は、まるで世紀の恋文のようであった。曖昧な、わざとぼかした大切なことばで女性の恋ごころを歌い、若かりしころの恋愛の経験を表現する。明るく澄んだ月夜はそのような物語を語るには絶好の夜で、柔らかな歌声が空に突き抜けていく。即興の歌詞に心をときめかせ、若い男女が恋を語る楽しい夜となった。僕もそんな美しい月夜を過ごし、海辺のアダンの草むらで優雅な景色に魅せられて、初恋の恋人にこんな他愛ないうそを言ったことがあった。海は僕の第二の恋人さと。

タオ人はいつも静かな夕焼けのなかで、孤島の霊を相手に歌い、単調な静謐さをかもしだす。こうして僕には、静かさを好む個性が育まれていった。すべてが自由で、気ままだった。しかしまた、だれもが万物にはみな霊魂があるという信念、とりわけどこにもアニト（悪霊）がいるということを堅く信じていた。そいつは僕らの日夜の行動を見張っている。みんながしゃべる語気、歌う歌詞、ことば選びは「中潮」〔お腹いっぱいでもなくひもじくもない状態〕の状況が保たれ、自己満足に陥らず、また謙虚すぎることもなかった。

僕が一人っ子だったからかもしれない。父は息子が子供のころから村の老人が語る話を聞いたり、よその家族の伝説を聞いたりして、自分たちの民族のことをたくさん学んでくれることを望んでいた。とくにシャプン・ミドリドが蘭嶼とバタン島を行き来する航海の話は、学校にあがるまえに、夜、何度も聞いた。だが、もっと好きだったのは、外祖父が僕に話してくれる「男の子と大きなサメ」が綺麗な水世界を遊歴する物語、境界のない水世界に、我を忘れて浸ることだった。

わが祖先は自らをタオと呼んでいた。この島には「人」が住むという意味があり、だから島のもともとの名前はポンソ・ノ・タオ（人の島）と言う。つまり外来民族が来るまえからの主権、つまりわが小さな民族が海を航海し、移動しながら島を領有してきたということを宣言しているのだ。このような自分のことばで島の主権と伝統的な海域を宣言することは、帝国列強が版図を拡充する政治経済の目的とは無関係なことだ。しかし、大航海時代（地理の大発見は十五—十八世紀）には、オセアニアの数え切れないほどの島々で、オーストロネシア語を話す民族は、強大な軍艦と大砲を擁する西洋の海賊に出会った。やつらは邪悪な文字で「これは我らの島なり」と書いたのだ。ことばの意味はぞっとするような嫌悪感を覚えさせるものだ。日本植民地時代は、あとからの感覚から言えば、「幸運」だった。日本人は我々の小さな島には、南攻西進のための戦略的な価値はないと考え、わが民族を人類学者が理論を構築するための「実験区」とした。要するに、僕の言いたいことは、僕のまえの世代の人びとは日本人の傭兵にならなかったということだ。かくて「誰がために戦う」という家族の悲劇は、わが民族には起こらなかった。手短に言えばそういうことだ。第二次世界大戦後、このような「幸運」は、もうひとつの別の帝国がわが民族を植民するようになったときに変わってしまった。僕の下の祖父〔祖父の一番下の弟。五番目〕がタオ語でこう言った。

「終わりだ、この島の主人よ」

その後、下の祖父は短い詩を歌ったが、それが流行った。

わしらのシフスト(2)の海域に竹の垣根をつくれ
台湾から来る貨物船を進入させるんじゃないぞ
米と小麦粉は遠くの島からやってくるが
遠くの食べ物は冷泉のイモほどうまくない
島のみんな、よくわかってくれ

歌詞の意味はこうだった。台湾から来る貨物船は渦巻くように波を激しく起こし、わしらの海が騒音に包まれる。エンジン船が大勢のよそ者を連れてきて、いつかわしらの土地を奪い去る。もってきた米や小麦粉はわしらの水イモ畑をダメにして、子供たちは外来の食べ物を食べはじめるのだ。そうして島の土地と親しまなくなり、祖先の努力も無駄にして島を荒れさせてしまうだろう。わしらはよそ者の船を拒絶し、わが土地を守るのだ。こんなことを言うのは、わしらが島を失うことを心配してるからだ。

だから、僕が生まれたときには、漢名があった。中華民国の国民として、戸籍事務所が僕につけたものだ。外祖父が僕につけてくれた民族名はチゲワッ(3)だった。僕は外祖父がしてくれた命名の儀式で祝福してもらったのだが、わが民族が、よそ者である漢民族の植民となったとき、伝統の名前もただ伝説の記憶に過ぎなくなり、台湾政府から認められない記号になってしまった。僕が使う中国語は「困惑の年代」のはじまりで、「漢人は主人、われらは下僕」という意味にほかならなかった。

島の六つの村は、川を村落の境界線とし、海に注ぐ河口を延長して村々の漁場としていた。自然の環境や地形、つまり自然の法則でそれぞれ管理し、自然の季節の移り変わりに従って調和を保って共存していたのだ。そこへ台湾政府が突然やって来て、島のすべてを管理するようになった。主権は銃砲をもった「国民政府」に移った。下の祖父が言うには、よそ者(列強帝国)は「混乱の製造者」だと。のちのわが民族の発展から言えば、地球上の弱勢民族であり、下の祖父が言うのはもともだった。それればかりでなく、島の混乱はますます人を憂鬱にさせ、「混乱の製造者」はいったん手を着けると、混乱の元をつくり出し、島の知恵がつくりあげた民族科学(ネイティブサイエンス)(4)、すなわちわが民族固有の全体を否定したのだ。

六つの村は四つの行政区、すなわち紅頭村、椰油村、朗島村、東清村に変わり、ふたつの村(漁人村と野銀村」はなくなった。そしてあらゆる個人の環境との調和や長幼の序、さらに親族呼称などの民族名は烏有に帰し、三つの漢字に変わってしまった。たとえば、外祖父の五人の兄弟たちは三つの姓にわかれた。僕の祖父には三男一女がいるが、叔母は謝と言い、伯父と叔父は李を名乗り、僕の父は施だ。台湾政府はでたらめに姓をつけたが、これは中国の歴史では、漢族の異民族統治の常套手段であって、簡単に言うと、この「混乱の元」は「便利な記号」であり、便利な統治の道具だ。つまり「おまえたち異族はみな炎帝黄帝の子供だ」というでたらめは、銃の威嚇のもとで、多くの民族を迷わせ、自分は本当に炎帝黄帝の子供だと思いこませるのだ。

僕らが三歳になって走りまわるようになると、海辺の浜は僕らの庭となった。魚について知る場所であり、学校にあがるまえの教室であり、男たちが村の会議を開き、儀式を行う場であり、子供のころからの僕の宇宙だった。僕がはじめて海水の洗礼を受けたのは、僕より十二歳年上の異母姉に海辺に連れて行かれたときだ。これは姉の責任でもあった。姉か兄が弟や妹を海辺に連れて行って海水の「洗礼」を受けさせること、それが僕らのゆるやかな決まりごとだった。姉は手で海水をすくい、僕の髪と額にかけて言った。

「海水をおそれちゃダメ、おまえは男の子よ、チゲワッ」

この「儀式」は父が姉に言いつけたものだった。それから姉は僕を連れて海に入り、僕を肩車した。立っていられる深さまで進むと、姉は僕をおろした。僕は両手で姉の肩をしっかりつかみ両足で波を打った。

「海水をおそれちゃダメ、おまえは男の子よ、チゲワッ」

あれは僕が流動する海の世界に正式に入った初体験だった。それは島の子供がみんな同じように経験することで、姉のお蔭ですべてがうまくゆき、海にふれた最初の体験は僕に波への怖れを抱かせなかった。つまり姉がいたから、千変万化する波にはじめから馴れ親しむことができたのだ。姉は一風変わった性格の持ち主だった。どちらかと言うと男性的で、男のクラスメートをバカにしているところがあった。これは早く母親を亡くしたせいかもしれない。母親は弟を出産するとき難産で亡くなり、村の産婆は弟を生かすこともできなかった。だから、僕が生まれるまえ、父は新鮮な魚スープを母乳替わりにして姉を育てたのだ。子供のころから父について山にのぼり、サツマイモやサトイモの栽培を教わった。父が海に潜るときは、波打ち際でエビや貝を採り、それでからだも丈夫だった。また、季節の移り変わりについても敏感で、クラスメートのだれよりも勝っていた。僕が生まれてからは、外祖父の世話をするようになり、サツマイモやサトイモや海の幸もみな自分で植えたり、採ったりするようになった。とくにイセエビを捕まえるのがうまかった。僕が三歳のときには姉は十五歳で、じゅうぶん自分で生活することができて、僕の小さなお母さんといってもよかった。姉に連れられて海に入るときは、安心だった。僕が彼女のたったひとりの弟だったからか、姉は外祖父をいたわるのと同じように僕を可愛がってくれた。

あの年の夏のある日、太陽が照りつける正午の時間帯、風はなぎ波は静かだった。浜では多数のタタラが釣りに出る準備をしていた。村の子供たちも海辺に出て遊んでいる。日に焼けて肌がひりひりすると、浜辺のへりに生えているアダンの影に隠れて涼むのだ。流れた汗が乾くと、また海に飛びこむ。そのときはたまらないくらい気持ちよかった。「こわがらないで、お姉ちゃんがいるから」

姉が僕を見る目は、まるで僕に強くなれと言っているようだった。そのころには姉は、兄とか姉とか呼べる兄弟の縁が薄いことを知っていた。と言うのも、冬の寒さや潮の湿気、餓え、風邪を乗り越えられず、いまの僕の年齢で亡くなってしまったからだ。だからこう言うのだった。「寒さなんかこわがっちゃダメ、いつも泳ぐのよ、そうすると風邪なんか引かないからね」五十年あまりもたった今でも、あの日の情景ははっきりと覚えている。海の波間からふたりの笑顔がこぼれている。姉が僕を突き放したり、海に潜って僕をからかったり、また顔を出したりしている。その繰りかえしだ。浜や波打ち際で追いかけっこもした。楽しい子供の時間や遊びは、あの時代にあの浜で夢いっぱいに育ったのだ。そしてあのころから、姉は国民党の山地青年文化服務隊に参加し、蘭嶼指揮部の軍営で歌や踊りの練習をはじめたのだった。

その二年後には、僕はひとつ年上の父方の従兄について歩くようになり、波打ち際で打ち寄せる静かな波に足をつけ、波の満ち引きに合わせて行ったり来たりした。まるで砂と波の長年の息が合った呼吸に、波への愛着が湧いた。またそのころ、岩に生えた藻類にも興味をもった。五歳を過ぎたころには、岸から一〇メートルばかり離れた丸石や珊瑚礁の波打ち際まで泳ぎはじめていた。波打ち際で、夏の晴れた日には、浅瀬にいる海の生き物を肉眼で観察した。のんびりと泳いでいるさまざまな魚は僕の脳裏で映像を形作り、「海」は僕の想像の原初の視界を刻みはじめた。

毎年、四月から九月まで、昼間は従兄といっしょに浜で遊びながら、父親たちが海から帰ってくるのを待った。浜ではトビウオやシイラや、海の底に住む色とりどりの魚を見た。僕にとって「魚」は成長の仲間で、海の魚は捕っても捕ってもなくならないように思えた。父は帰ってくるたびに、僕に魚を姉や外祖父（同じ村だが家が違う）のところへ走ってもって行かせた。そのころ、外祖父は僕に魚の名前を憶えさせ、魚を捕まえてこそ男だと言った。それがまた僕の興味を引き、海に潜って魚を捕まえたいと思うようになった。家に帰ると、父といっしょに魚の目玉を生で食べたが、すきっ腹には特別うまかった。父がさばいた魚の身はひと切れひと切れ庭に干された。どこの家でもそうだった。金色の海面に夕陽が映えるころ、視覚をさえぎるものがなにもない村に目をやると、干した魚が海の景色のなかでひらひらとゆれていた。そんな風景が幼い僕の心のなかに刻まれている。金色に輝く海面は、ゆれ動く魚の鱗のようで息をのむほどだった。夕暮れどき、村の雰囲気はまるで疲れた漁師のように、夜の優しさが訪れるのを待ち望んでいる。夜が更けると、人びとは四方に壁のない涼み台で寝る。そのとき、「空の目」〔星〕が閃《きらめ》いて人びとの魂をつかみ、遊離した魂は広々とした星空を漂うのだ。

夜になると、島は真っ暗な美しい世界に閉ざされる。空だけでなく、広い海原もそうだ。もし空の目がなく、波音もなければ、島は広々とした海に浮かぶ一艘の帆船のようだ。神様に忘れられた小羊のようでもあり、また冥界のアニトの玩具のようでもある。僕の想像のなかでは、島は夜になると、いたずらな魚の精霊に地表から塗り消され、アニトに手のひらでもてあそばれているようだった。地球が自転して夜が明けると、魚の精霊はふたたび夜明けの風景を海面に貼りつけているように感じた。

闇夜が地表から消えると、白昼がまた目のまえの広々とした海に広がる。このような繰りかえしが、幼い心が未来を想像する起源となった。もちろんあなたは、闇夜に浮かぶ空の目にはタオの子供たちの夢のベッドがあるという、そんな民族の物語は知らないかもしれない。だけど外祖父は僕にこう言ったことがある。それは個人の秘密の温床で、空の目は未知の未来への魂を導いているのだと。あなたには雲をもつかむような話かもしれない。だってあなたは、まったく明かりのない世界や小さな島での生活なんて、まったく経験したことがないんだから。ところが僕は子供のころからそんな生活だった。まさに子供の夢の国、悩みのない夢のような場所だった。でも、僕にとってはまた、いつも神様に奪われる夢でもあった。僕はカトリック教徒ではなかったが、両親はそうだったから。ところが夜から昼に変わるとき、水平線は僕をまた現実に引きもどし、夜の夢はふたたび埋没してしまうのだった。さらに、よく晴れた日には、容易に、はっきりと、台湾の南端が見える。でも泳いでは渡れないこともわかって、子供心にがっかりさせられたものだった。どうしてこんな気持ちになったのかわからない。きっと心に、よその土地へ行って、別のもっと大きな島を探したいという想像が芽生えていたのだろう。

僕が生まれた蘭嶼島のイモロッド〔紅頭村〕は、この島の最も古い村だ。島の南側にあって、ちょうどフィリピンのバタン諸島、ヤミ島の真北にあたる。海に面した村の両側には細い川が流れ、その川の両側では村人が水イモを栽培している。海までの距離は五〇メートルほどしかなく、村の女たちは一生のうち三分の二を水イモ畑で働いている。つまり、島の女たちの世界は水イモ畑そのものだと言ってもよかった。たとえ産後、まだ半月も経っていなくても、生きるためにもう水イモ畑にもどって働いていた。姉は僕にこう話した。母親のお腹に弟がいるときでも、外祖父はいつも彼女の母親に畑仕事に行かせた。そのため、一九四七年の冬に難産で死んでしまった。本当に辛かったと姉は言った。

「幸い、父さんの体温と火と新鮮な魚スープが私を温めてくれたから、寒くて湿っぽい冬を乗りきることができたのよ。だから、私はおじいちゃんを恨んでるわ」

母の話では、僕は朝、鶏が鳴いたときに生まれたということだ。夜が明けると、父がすぐに山に行って、三、四メートルの親指ほどの太さの竹を切ってきたそうだ。家にもどるとすぐに麻縄で縛って、僕の家の庭の海に向かって左側、太陽が昇る方向に立てた。一番長い竹は、村の人たちに男の子が生まれたことを知らせるものだった。左右の二本の竹は、将来まだ弟や妹が生まれるということを意味していた。最も長い竹は、僕が七、八歳になったときの魚釣り用に残しておく。それは島の父母の願いであり、民族の伝統でもあった。つまり、男の子は大きくなったら魚を捕る男になるというのが、島民みんなの価値観だった。生まれたとき、僕は母の六番目の子供だった。母は隣の村から父に嫁いできたとき、大きな子供が三人いた。そして早く亡くなった子供がふたりいた。母の長男、つまり僕と父親が違う長男は僕より十七歳年上で、僕が生まれたときにはもうひとり立ちした若者だった。彼は彼の「霊魂のまえの肉体」(5)の家や財産を受けついで、そのまま自分の村に住んでいた。二番目の兄は僕より八歳年上で、ちょうど学校にあがるころだったので、父は兄を呼んでいっしょに暮した。竹の節は子供の成長の無事や順調さや健康を象徴していた。まっすぐ天に向かって伸びているのは嬰児の長寿を願うからで、からだが丈夫なら、自然環境(僕らが生まれたころは、結核予防のためのワクチンの注射を打たなかった)によって淘汰されることはない。家では薪で火を起こして暖を取らねばならない。だから父は二番目の兄に薪を取ってくる手伝いをさせた。僕が冬に薪で暖まって、寒さや湿気に体温を奪われないようにするためだった。家に竹が三本立っているのは、天の神に健康をお祈りするためだ。これは仙女が下界におりてきて、生まれたばかりの赤子に仙女が微笑む時間の長さを象徴している。竹は長さが不揃いで、竹節は人の命の長さをあらわす記号となる。仙女の記録簿には、早くからその記録が書かれている。母はそのように語り、同時に僕の霊魂が強くなるようにと願った。僕は子供のころから「竹節」の象徴の話はあんまり信じていなかったが、このような最初の記憶が僕に、万物にはすべて霊が宿っているというロマンチックな想像を植えつけた。

　僕は父の長男だった。母から見れば、生きのびた三番目の息子だった。父は僕を痛いほど可愛がった。と言うのも、僕が生まれるまえに父のふたりの息子は四歳のころに、天上の仙女が白い島に召していった。僕が生まれると、一か月後には外祖父が僕にシ・チゲワッと名前をつけた。三か月目には、父は施努来《シヌラィ》というふたつ目の名前をつけた。こちらは民族名の音訳で、戸籍事務所がつけた漢名であった。

　五年目のトビウオ招魚祭が終わったあと（僕は五歳だった）、父は僕に昼間も目が見えなくなった外祖父、つまり姉の外祖父の世話をするように言いつけた。それは姉がいつも国民党の山地文化工作隊に参加するようになり、しかもイモ畑の世話をしなければならないからだった。外祖父を家のそとに連れだして、ひなたぼっこをさせたり、涼み台で涼ませたりする世話が僕にまわってきたのだ。夜になると下の祖父のところに泊まりに行くようになった。そこはトビウオの季節の最初の一か月、漁団家族の男たちがいっしょに寝泊まりするところで、父は子供のころから僕に大人の話や昔の人の話を聞かせるようにしていたのだ。

　外祖父は一八八一年生まれで（戸籍事務所にはそうあるが、もちろん正確な年ではない）、名前はシャプン・ジャフェイヤ、つまりジャフェイヤの祖父という意味だ。ジャフェイヤというのは、僕の異母姉の民族名だった。外祖父の願いはたったひとりの孫娘を先祖の家に残し、よそ者には嫁がせないことだった。シャプン・ジャフェイヤは僕と血のつながりのある本当の外祖父ではなかった。しかし、父が言うには、外祖父はこの島の舟造りの名人で、夜の漁の名人だった。夜に舟を出し、星を観察する智者は、僕に物語を語って聞かせてくれた。だから、外祖父は僕の記憶のなかでは、最も野性美にあふれた尊敬すべき「男」だった。

その年、トビウオの招魚祭のときに、外祖父は姉のジャフェイヤに髪を切らせた。姉は国民党の蘭嶼郷党部の主任から、髭剃り用のカミソリを借りてきた。この手のカミソリはとてもよく切れ、そのころの僕の足と同じくらいの幅の牛の皮で研ぐと、楽々と毛が剃れた。外祖父は目が見えなくなっていた。水が湧く水源までからだを洗いに行っていたが（タオの伝統的な家では、水道施設はなかった）、外祖父の首や頭には垢がたまり放題だった。姉は僕に水源で水を汲んでくるように言いつけた。その水で外祖父の頭や顔や首を洗った。外祖父は昔の人間だった。姉は首からうえを時間をかけて石鹸で洗ったが、いつまでたっても外祖父の頭に泡が立たなかった。僕は何度も水を汲みに走り、ようやく外祖父の頭に石鹸の泡が立った。その汚さは一級品だった。そのとき僕ははじめて泡が立つ舶来品を見た。外祖父は姉に聞いた。

「いい匂いじゃね、なんなのかね？」

「遠くの人(6)のものよ」

「遠くの人のものだって？」

外祖父は手をあげて頭や顔をさわって笑いだした。

「チゲワッ、わしは海のようにきれいになったかね？」

「うん、泉の水のようにきれいだ、おじいちゃん」

島のアシの穂が風に吹かれてゆれ、長い髪が風に揺れるように、外祖父の笑顔は四方に広がった。そして火の煙で燻ったような黒い顔を、石鹸できれいに洗ったとき、現代の家庭の主婦が換気扇を掃除したときのように、垢が黒い水となって顔のシワの溝を流れ落ちた。姉が言った。

「チゲワッ、すぐに乾いたチガヤを取っておいで、おじいちゃんのからだを拭くのよ」

外祖父は笑いながら頭をさすっている。集まってきて見ていた子供らは、口をおさえてキャッキャと騒いでいる。僕も外祖父をさわりながら笑っていた。外祖父が言った。

「チゲワッ、おまえはなにを笑ってるんだ」

「おじいちゃんの顔が真っ白になったから、さっきまで炭みたいに真っ黒だったもん」

外祖父は赤ん坊のような歯のない大きな口を剝きだしにした。のちにこの顔が夢に出てくるようになり、アニトの化身のようでこわかった。しかし、実際は外祖父の顔はよく整っていて、父が言うように、本当に船乗りそのものの顔つきだった。下の祖父もこう言っていた。外祖父が元気だったころは、海は外祖父の庭のようなものだったと。いま思いだしても、とてもかっこよかった。あのようなタイプはいまのタオ人にはもういない。

姉が外祖父を背もたれ石(7)に座らせた。鋭利なカミソリは楽々とチガヤの茎のような髪の毛を剃った。シャーシャーとカミソリの音が響く。姉はさらに頭や首の垢も剃り落とした。外祖父の微笑みを見ていると、気持ち良さそうだった。姉にたずねた。

「どこから来たものかね?」

「遠くから来た人のナイフよ」

と姉がまた言った。

「このナイフはおまえの父ちゃんのナイフよりよく切れるよ」

姉は外祖父が大好きだった。このときまだ少女だった姉の顔には、愛おしさと戸惑ったような笑みが浮かんだ……。

「遠くから来た人には嫁に行かんようにな」

「なにを言ってるの？　アカイ」

「もしもじゃが、おまえが遠くの人へ嫁に行ったら、わしの霊魂や家の霊魂は悲しむぞ」

「わかってるわ、漢人にお嫁に行くわけないでしょ」

僕は海に向かって座っている外祖父の右側に座って、頭を右に曲げて鬚を剃られている外祖父の表情を見あげていた。その表情にはお腹を空かせているようでもお腹一杯というふうでもなく、まるで秋の明け方に単調に波打つ海のような淋しさがあった。そんな遠い昔の記憶が僕の脳裏に刻まれている。白内障で目が見えなくなり、たったひとりの美しく育った外孫の娘の姿が見られないのが不憫だった。外祖父は言った。「漢人に嫁に行ったらだめじゃぞ」それから薄っすらと笑みを浮かべながら、また僕に言った。

「チゲワッ、おまえは男の子じゃ。魚を捕って、舟を造るんじゃぞ。そうしたら、海のアニトがおまえを大事にしてくれるんだ」

「アカイ、頭の垢がイモ畑の泥のようになってるよ」

ハハハハ……外祖父は大きな口をあけた。魚を食べる歯が何本も残っていない口のなかが見えた。まるで、大きな穴のあいた魚網を魚が行き来しているようだった。僕は生まれてはじめて歯のない口のなかを見て可笑しかったし、それ以上にぞっとした。

姉は顔を剃り、耳たぶを剃ると、今度は竹を削って耳垢を取った。外祖父はうっとりとしてすっかり満足そうだった。このようなことは外祖父にとってこれまで想像もしなかったことで、晩年の楽しいひとときだった。僕は外祖父をじっと見ていた。外祖父はぶ厚い手で首をなで、頭をさすった。すっかりつるつるになっていた。両目が見えなくなっている外祖父は大声で笑いだすと、もう何本も残っていない魚を食べる歯がむきだしになった。姉は外祖父のたったひとりの外孫で、それにたったひとりの血のつながった親戚だった。姉の母親は外祖父のひとり娘だった。娘を、僕と姉の父に嫁がせたのだった。と言うのも、父はからだが丈夫で、舟をつくって魚を捕ることができたからだった。しかし、父が婿に来てから、外祖父の家は祖霊に呪われたようになってしまった。生まれた男の子と女の子が相次いで夭逝してしまったのだ。そのころは蘭嶼は日本の植民地だったが、蘭嶼にはまだ医者がいなかった。一九四七年に父の前の妻が姉を生んだが、三年後には難産で死んでしまった。父はひとりで姉を育て、外祖父の面倒を見た。妻が亡くなって十年あまりたってから、父は僕の生みの親を娶ったのだ。僕がちょうど五歳のときに、姉は山東省出身で、蘭嶼に駐在していた若い軍人とつき合うようになった。その外省人は蘭嶼では兵隊だったが、まだ十歳のころに国民党の軍隊に捕まえられて兵隊にされたのだった。彼は字があまり読めなかった。しかし、外祖父はもう目が見えなくなっていたため、姉がつき合っている相手が大陸から来た漢人だとは知らなかった。父もそのことは知らなかった。外祖父や父の世代のタオ人は、漢人の軍人によい感情をもっていなかった。僕らにはちょっと理解し難いほど激しく排斥することすらあった。

大航海時代、そして西洋の帝国列強による植民地の強奪、さらには第二次世界大戦に至るまでの歴史の展開を見ていると(8)、東西の帝国列強は植民地に対して掠奪、殺戮を行なったあと、いわゆる「文明」の法律で自らを「優越民族」とみなすという許しがたい大罪を合法化し、合理化し、国家化した。しかも宗教の名でその殺戮、掠奪の行為を神聖化した。このような行為の背後にいるのは、国家、女王、悪徳商人、聖職者といった食物連鎖の貪欲な共犯者たちだ。日本が蘭嶼を植民地にしたとき、日本の武力警察はわが家族の土地——いまの蘭嶼建蘭派出所が建っている土地を強奪し、島民が捕った魚を奪って金を払わなかった。一九五八年には、台湾の国民政府、そして行政院国軍退除役官輔導委員会は、国家防衛総司令部がわれらの土地を原子能委員会と台湾電力に移譲したのを含めて、掠奪した土地の土地代を一切支払っていない。このような国家の領土を完全なものとすることに加担する徹底した掠奪行為は、その強圧的な手段を無理やり合法化し、国有化したのだ。要するに、「弱者の文明」側には、銃砲や鉄鋼や細菌がなく、あるのはただ「環境を大切にし、命を愛おしむ」という世界観だけである。外祖父は姉が漢人に嫁ぐのを許さなかった。それは家の祖霊の面倒を見る跡継ぎがいなくなるという考えからだった。外祖父は、山から木を伐ってきて建てた家を、民族の命名の儀式を経験していないようなよそ者や、島となんの血縁関係もない外部の人間に引き継がせたくなかったのだ。遠方から来た人は「混乱の元」だと考えていた。

外祖父は四角い顔でくぼんだ頬をしており、目尻には目やにがいっぱい溜まっていた。姉が外祖父の顔を洗うときれいになったが、間が抜けたような顔になった。夕焼けのあと、僕は外祖父と涼み台に座っていた。きれいになった外祖父の顔は見慣れない顔だったので、近所の人たちの笑いを誘った。伝統的には、トビウオの季節には男は髪を切らねばならなかった。使われるのは魚をさばく包丁かガラスの破片だった。だから頭の周辺の髪を剃ると、頭の皮膚は血だらけになった。それから海水で頭を洗うのだから、その痛さといったらなかった(僕もそのころ被害を受けたひとりだった)。このときは外祖父は、見慣れない感じはするものの、急に清潔になった。姉が借りてきたカミソリはそのあと切れなくなり、姉はその外省籍の理髪師に怒られてしまった(姉を追いかけて振られたせいもあった)。僕はいつも外祖父といっしょにいたせいで、その汚い顔や風貌は恐い夢に出てくるアニトの化身そのままだったし、とくに笑ったときの何本も残っていない魚を食べる歯をむき出しにした表情は、夢のなかではいつも海に浮かびあがるアニトに変わり、その姿は恐ろしくてしかたなかった。そのうえ、夢のなかで、長いあいだ舟を漕いでごつくなった指や手で僕の頭をつかんで、宙ぶらりんにし僕の魂を脅えさせた。僕は驚きのあまりギャッと叫んだ。僕がこのような夢を見ると、父は起きあがって長矛をもってそとに飛びだし、長矛を振り回してアニトを追い払ってくれた。その儀式のあとで僕はまたぐっすりと眠りこんだ。僕はいつも夜になると、外祖父のこのようなようすに驚かされたが、その反面そんな自然な姿も好きだったし、昔の話をしてくれるのを聞くのも好きだった。

「チゲワッ」と外祖父は言った。外祖父は機嫌がよかった。そのうえその日は、父が魚を捕ってきたので、新鮮な魚を食べ、新鮮な魚スープを飲んで、からだが軽くなり、耳もよく聞こえていた。こんなに素晴らしい日はめったになかった。「舟を造り、魚を捕ることは、男の子が子供のころから学ぶことじゃ。舟があれば魚がやってきて、人は腹を空かせるようなことはないぞ、それに女の子も寄ってくる。わしはおまえが台湾に行かないように願っているよ」続けてまた次のように言った。

「ある年のトビウオの季節のこと、あれは日本人の時代じゃったな。弟（この話を聞いたときはこの外祖父の弟は亡くなっており、父がひとりで埋葬した）と連れ立って小蘭嶼までタタラでトビウオを捕りに行ったんじゃ。星空がキラキラ光る夜じゃった、海にはトビウオ漁の舟が七、八十艘もあったかのう、雲ひとつない夜空のように静まり返った海上に、どの舟も音もなく上下に浮き沈みしておった。島は真っ黒で、仰ぎ見ると月が移動していた。わしはそのころ、わしのひとり娘をおまえのおやじにやったところじゃった。あのころの日本人は悪かったぞ。やつらは朝になると浜でわしらが帰るのを待っとるんじゃ。そしてわしらが釣った大きな魚を奪っていく。やつらはわしらが抵抗できんように銃をもっとるんじゃ。好き勝手に魚をもっていったぞ。ある晩のことじゃ、月がわしらの頭のてっぺんにあるころじゃった。タタラで五かきもしないうちに、急にトビウオを捕る小さな湾に、数え切れないほどのトビウオの群れが飛びだしてきたんじゃ。そのトビウオの群れの大きさは、わしらの村ほど大きかったぞ。本当にたくさんいた。それから、大きなマグロ(9)が一匹飛びだしてきてトビウオに食いつくと、空中で黒いからだをくねらせながら落ちてきた。口にはトビウオをくわえたままわしらの舟の竜骨にぶつかって、わしの股ぐらの真ん中に落ちてきたんじゃ。マグロはわしの胸のまえに横たわっていた。わしはすぐに、この大きくて黒光りするマグロを抱きかかえ、右手をエラにつっ込むと、力いっぱい引き裂いた。真っ赤な血がドッと流れて、舟じゅうに広がった。わしの両足はまるで血の河にどっぷりつかったようじゃった。大きなマグロはビクビクふるえ、巨大な魚体にわしの興奮もおさまらなかった。わしはマグロの胸ビレのうえに座って、マグロのふるえを感じていた。もう一度わしはヤツのエラを引き裂いた。じゃがエラのとげがわしの厚い手のひらも切ってしまった。何度か引き裂いてようやくマグロは息絶え、わしもほっとひと息つくことができた。弟が必死に血を舟のそとにかきだしてくれたんじゃよ。わしは汗びっしょりになった。マグロは舟の半分ほどもあったが、なんなくわしらの獲物になったんじゃ。『おお、天の恵みだ』わしはそう思った。じゃが黒マグロは本当にでっかいぞ。舟はほとんど海面すれすれじゃった。幸い、わしの舟は頑丈だから人ひとり分、よぶんに載せられたんじゃ。孫よ、これは知恵と舟づくりの合作じゃよ。黒マグロはわしらの魚のなかで最も高貴な魚じゃから、嬉しくてしかたなかったのお。帰りには詩を歌って神様に感謝し、夜半の魚の精霊といっしょに詩を歌った。あのマグロは村じゅうの親戚を呼んでいっしょに食べたんじゃ。みんなが吐く息はマグロの体内の精気だった。わしと弟は漁の英雄になったんじゃ」

これは外祖父の物語で、仙女が人間に与えてくれた贈り物だと言っていた。頭がきれいになり、鬚もきれいに剃ったから、すっかり気分が良くなったようだ。五歳の僕には、日本植民地時代に生活し、その後また国民政府のもとで生きてきた先人たちは、興味深かった。外祖父たちは海に守られ、また食べ物についての考え方も培われた。量は程々でよく、お腹の皮はいつも中潮（お腹いっぱいにならずひもじくもない）にあることだった。外祖父たちが当時、暮らしていた世界は、ただ海や台風、潮、太陽と月、歌声、水源、イモ、そして豚や羊などしかなく、近代的な政治や経済、異民族の文明といったものによる混乱もなかった、また優劣を比べあうようなこともなかった。外祖父たちが知っている世界は、殺戮も戦争もなかった。このような純朴な素朴な生活、このような子供時代の生活の影像、外祖父が語った最初の物語やその趣が、夜の海に出てトビウオを捕ったり、漁をしたりする僕に影響を与え、さらには僕の人生観にも影響を与えつづけている。僕はいまでも外祖父のことを懐かしく思い出す。

石鹸で外祖父の頭を洗いながら、姉は外祖父はとっても汚くて、はじめて石鹸で頭を洗ったと言った。すると外祖父は「わしのからだはとっても軽くなったわい」と言ったが、それは自分がきれいになったという意味だった。

姉はそれから同じカミソリで僕の頭を剃りながら、僕の頭も外祖父と同じように汚いと言った。僕にはその原因がわかっていた。下の祖父や外祖父が僕を可愛がるあまり、いつも油ぎった豚肉を食べたその手で、豚の脂を僕の頭に塗りつけたのだ。これは僕らの風習だったが、そのために僕の頭は汚れて垢がたまり、虱がいっぱいわいた。姉は僕の髪をきれいさっぱり剃り落としたが、きめの荒い石で頭の垢も落としたので、痛くてたまらずワアワアと叫びつづけた。でも、洗ったあとは自分でも軽くなったように感じて気分が爽快で、輝くような笑みがこぼれた。夕陽のころには、遊び仲間につんつるてんとからかわれた。彼らの髪を剃るのには魚をさばく包丁が使われたが、まるでネズミにかじられたサツマイモのようで、頭には長短ふぞろいの髪が残っていた。僕の場合はきれいに剃られていたので、羨ましがられ、嫉妬さえされた。

「姉ちゃん、痛てえ」幼馴染のギャランパが言った。

「チゲワッ、おまえの頭は固まった豚の血の塊みたいだぞ。晩寝てるとき、気をつけろよ。ネズミがおまえの頭や顔を舐めて、サツマイモだと思ってかじりにくるぞ……」

カリカリカリとかじる音、ネズミの丸々と肥えた顔。ワアーッ！　僕は泣き笑い状態となり、外祖父も大笑いしはじめた。魚を食べる何本かの歯が見えた。僕の顔は鼻水と涙でぐちゃぐちゃになった。姉も友達に僕の頭を洗濯板にしているとからかわれて、こう言った。

「おまえは男の子よ。ギャーギャーわめかないの、いい」その後しばらくカミソリと頭の格闘があり、最後に僕も頭が軽くなったと言った。外祖父は僕を抱き、頭をなぜまわし、鼻をつまみ、耳をつねって言った。

「どうだね、軽くなったじゃろ、頭が」

「うん！」

「今夜はおじいちゃんと寝よう、いいかい」外祖父は優しく言った。

友達はみな僕のきれいになった頭を羨ましがり、髪の毛のなかのシラミがきれいに火に焼かれたのを妬んだ。僕は彼らに言った。

「俺、もうおまえらといっしょに寝ないぞ[10]、おまえら臭くてたまらんからな」


外祖父の家は村の中心にあった。村の人間が山にのぼったり、海に出たりするときに必ず通るところだ。その晩は姉が僕らのために火を起こしてくれた。これは姉が毎日しなければならない仕事で、家のなかから煙を出すことで、村のみんなに外祖父は元気だということを知らせるだけではなく、衰えた外祖父が肌を温め寒さをしのぐためだった（丁字褌《ていじふんどし》以外、外祖父には着る服がなかった。戦後になってやっと台湾からの救援物資の衣服を手にするようになった）。姉は軍服のコートを手渡してくれたので、僕はそれを着て外祖父と並んで寝た。薪の火はもう七、八十年も真っ黒にいぶされてきた木の壁板を照らしていた。その壁には黒ずんだ山羊の角や豚の下顎の牙がたくさんかけられていた。これらは家の財産であり、装飾品であった。火にきらきらと照らされ、僕の脳裏にもきらきらとその影がきらめいた。外祖父は鼻歌を歌っていた……。

家のなかに火がなかったら、家のそとより真っ暗だっただろう。屋外では夜には空の目があり、さらに月光も出ていた。僕らの伝統的なかやぶきの家は一たび夜になると、目を閉じたよりも真っ暗だった。父は、外祖父が僕を嫡系の一番上の孫だと考えていることを理解していた。僕が三歳になるまで、外祖父の両目はまだ白内障にかかっていなかった。だから僕の顔を記憶していた。そのうえ、妹が生まれるまえには、いつも外祖父が僕の面倒を見てご飯をたべさせてくれていた(11)。父は、外祖父には成長期の僕の体温が必要であり、僕にも外祖父の吐息を聞く必要があると思っていた。乳飲み子に先人の深い知恵を吸わせ、老人には世代を超えていっしょに寝た温かい思い出を残すのだ。

「からだがたいへん軽くなったような気がするね、チゲワッ」

「僕の頭も軽くなったよ、おじいちゃん」

「おまえは大きくなったら遠くの島へ行っちゃいけないよ」

「どうしてなの?」

「おまえは舟を造ることを学ばなくちゃならん」

「どうしてなの?」

「海はなあ、おまえにいろんなことをいっぱい教えてくれるぞ」外祖父は詩を口ずさんでいた……。

僕らは頭を海に向けて寝た(12)。そこは家のなかの階段式になった二層目の部分で板敷(13)になっており、いっしょに火のあかりがゆらめく黒ずんだ天井を仰ぎ見ていた。はじめてうんと年老いた人といっしょに寝たのだが、こんなことは昔の人にはあたりまえのことだった。外祖父は僕に海に面した右側の石の壁のところにある干したカヤ草を三束もってこさせた。一束は大人が両手で抱えるくらいで、外祖父はそれらを僕に広げさせて敷物にした。かまどで燃えている火は、僕から人ふたりが横になって寝ているほどの距離にあった。僕のからだぐらいの太さの龍眼の乾いた木が燃えつづけて、火は消えることはなかった。周囲に放たれる火の熱は二メートル四方の広さに届いたので、寝ていても一晩じゅう体温は保たれ、寒さを感じることはなかった。

外祖父の年齢をそのころ僕は知らなかったが、背が高くてがっちりした体格だった。僕らはからだを横にしてかまどの火のほうを向いていたが、外祖父は僕をうしろから抱いていたので、外祖父の下あごは僕の頭のうえにあった。僕は軍服にくるまっていたので、外祖父の痩せてへこんだお腹の皮はちょうど軍服に貼りついていた。外祖父も軍からもらった毛布をもっていたが、カヤ草を布団にすることに慣れていたため、外祖父は毛布を枕にしていた。

「チゲワッ」

「なに？」

「お姉ちゃんが生まれるまえ、お兄ちゃんとお姉ちゃんがいたんじゃが、おまえの大きいお姉ちゃんとお兄ちゃんじゃね。わしはおまえの大きいお兄ちゃんにシ・ジャラパス（シ・ジャラパスとは、寒さに負けない丈夫な人の意味）と名前をつけたんじゃが、ひどい喘息を患っていまのおまえぐらいの年で死んだよ。大きいお姉ちゃんはシ・マアナン（シ・マアナンとは、波風が穏やかで、善良な女の子の意味）という名前じゃったが、健康で大きくなるように願っておじいちゃんがつけたんじゃよ。じゃが、歩きはじめて二年目に、やっぱりひどい喘息にやられてしまい、おまえの父さんといっしょにふたりを同じところに埋めてやった。わしは無性につらくてな、つらい気持ちを忘れようといつも夜に舟を漕いで漁に出たもんじゃ。そして、海で空の目を見ながら、おまえの大きいお兄ちゃんとお姉ちゃんの星に祈っていたよ。そして月の満ち欠けを観察しながら、異なった魚が食べる餌について試していた。そのころわしはちょうどおまえの父さんと同じ年齢じゃった。わしは舟造りの名人じゃった。海の気象の変化もみなわかっていたぞ。だからそんないろんなことをおまえの父さんに教えてやったんじゃ。チゲワッ、おまえはからだを丈夫にせにゃだめだよ、病気になったり、ツツガムシにやられたらだめだよ。おまえはわしのたったひとりの孫じゃ。大きな海で真っ赤な太陽に焼かれることを学ばんとだめだよ。雨や風に打たれることに堪えることもな。父さんには木を担いだり、魚を捕ったりすることを学ぶんじゃ。そうするとな、賢い女の子がおまえに好意をもつようになる。おまえはもうすぐ漢人の学校に行ってあの連中の本を勉強することになるが、漢人の学校ではおまえは賢くならんことじゃ。そんなことになったら、漢人はおまえをつかまえて遠いところへ連れていってあの連中の字を学ばせるからじゃ。もしもじゃ、おまえが遠くの島へ行ったらどうなる、わしは自分で自分を墓場に埋めに行かなくちゃならなくなる。だからじゃ、ちょっと考えて、漢人の学校では賢くならんことじゃぞ。一番いい方法は、バカになることじゃ」

まるで遠い海のうえで、僕は歌声をはっきりと一節一節聞いているようであった。沈んだ重い声が、波によって真っ暗な室内に押しよせてくるように、耳に心地よく僕をうっとりさせた。まるで夢のようであり、そうでないようでもあった。漆黒の空間は僕の想像を開け放ち、歌声が止まったとき、夜の記憶がよみがえった。「漢人の学校では賢くならないことだ。一番いい方法は、バカになることじゃぞ」頭のなかはこのことばでいっぱいになり、賢くなることとバカになることについて考えはじめた。まるで遠い海のうえで、僕はまた歌声をはっきりと一節一節聞いているようであった。沈んだ重い声が、波によって真っ暗な室内に押しよせられてくるようだったが、僕には歌詞の意味がまったく聞き取れなかった。歌声は波のように少し憂鬱な響きを帯びていたが、僕には聞いていて気持ちがよかった。オー……オー……と、僕の耳に入ってきた。薪の火はまるで僕の記憶を記録しはじめたようだった。

「起きなさい、チゲワッ、お日様がもう出てるよ。朝の水で顔を洗うから、わしに水を持ってきておくれ。朝、人と会うときに顔をきれいにしておきたいからね。村の老人連中が男の子がお手伝いをしているか、サボっているか、よく見てるよ」

外祖父が歌っているのだった。家の一段目の廊下で壁にもたれて海に向かい古調の詩を歌っているのだ。ちょうど明け方で、姉がもう起きて、外祖父のために洗面器に水を汲んできていた（半竪穴式の伝統の家屋には水道がなかったが、島のどの村にも公共の水源があった）。姉は手ぬぐいを水にぬらして軽くしぼると、頭を支えながら外祖父の顔を拭った。そんなようすを見て僕はジーンと胸が熱くなった。姉は三歳で母親を亡くし、外祖父のもとで育った。父が母親の分も働いてサツマイモやサトイモを植え、そして魚を捕りに行った。いま、姉が外祖父の面倒をあれこれとみていた。

「顔がすっかりきれいになったよ、アカイ」

「ジャフェイヤ、遠くの人に嫁に行ったらだめじゃぞ、いいかね」

外祖父は左手で僕を抱きながら言った。

「おまえの魂は強くなくちゃいかんぞ、いいな」

このことばはいまも僕の心のなかに深く刻まれている。しかも自分の子供たちや、いま高雄に住んでいる姉の一番上の孫（ちょうど満三歳）にもいつも話している。まるでこのことばは、わが民族と環境が互いに受け入れあった宇宙観に呼応しているかのようであった。僕はこのことばを口にすると、いつも心が満たされた。子供たちや孫たちもこのことばを聞くと、なんとも言えない気持ちになった。僕たちのからだの奥底に流れている親しい感情は、牧師や神父の祝福の祈りのことばよりもぴったりと合い、まるで島の霊や祖霊と話しているような感覚だった。

数年のあいだ、父は国民党蘭嶼郷党部から村長に選ばれており、いくばくかの給料と六〇キロの米をもらっていた。一度、外祖父に食べさせるために、父が僕に炊いたご飯を持たせたことがあった。外祖父は僕に訊いてきた。

「これはなんじゃね」

「ムギス（メシ）だよ」

「ムギスって？」

「これは遠くの島の人の食べ物だよ」

外祖父は食べたあとでこう言った。

「父さんに言っときなさい、もう遠くの島の人の食べ物をくれなくていいってね」

「どうして？」

「ムギスじゃ腹がふくれないからじゃよ、孫よ」

外祖父はもうかなりの歳だった。頬はこけ目はくぼみ、目尻には目やにがいっぱいたまっていた。

腕の肉もたるんで老化していたが、ただ手だけは僕の顔ほど大きく、指はごつかった。外祖父の話では両手は波と格闘したり、土地と闘ったりしたためにそうなったということだった（意味は、両手は舟を漕いだり、荒れた土地を開墾したりしたその働きの結果ということ）。生涯、丁字褌をしめ、ズボンをはいたことがない。また機械で織った現代の服を着たこともなかった。顔は引き締まり、若いときにはシイラを釣ったり、海上で舟を漕いでほかの舟と競争するのが好きだった。

「チゲワッ、わしをうちのなかに連れていってくれ」

外祖父は僕の腕を握り、足を引きずりながら歩いた。石の階段をおりるとき、靴下もサンダルもはいていない足は、五本の指が四方に開いていて、地面をしっかりつかんでいるのに気づいた。さらに姉に顔や頭をきれいにしてもらってから、外祖父は気持ちよさそうにしており、僕も気分がよかった。外祖父の表情からは原初的な雰囲気が漂っており、自然のなかに生き、そして死んでいく生命のリズムに包まれていた。それはまるでヤギのように、きれいな自然の食物だけを食べ、病気をしても注射もせず、四季の節気に頼って病気を治すのだった。

家のなかは真っ暗だった。外祖父は籐籠から硬く固まった白い物を取りだし、自分にはもう噛めなくなったので、僕にあげるから新しく生えてきた歯を鍛えるようにと言った。僕は言った。

「これはなんなの？」

「ミルクの粉じゃ」と外祖父は言った。

餓えは食べ物への欲求が激しいところからくる。あのカチカチになり、古くて酸化してしまった粉ミルクは、僕が生まれて二番目に食べた外来の食べ物だった。

「美味しいの？」

「美味しそうじゃろ」
数日まえの朝方のこと、僕は外祖父と家の入口の廊下に座っていた。外祖父はずっと僕の細い手首を握っていた。僕が生まれたとき、父の話では、そのころはまだ外祖父の目は悪くなかった。父が年を取ってから子供ができたことを祝ってくれただけではなく、僕が元気に育つようにと祈祷をあげてくれた。あの日は、僕らはいっしょに座っていて、僕に「魂は強くなくちゃいかんぞ」と言ったのを覚えているが、まるで夢のなかの対話のようだった。

このような話はタオ人の心のなかには深く刻まれている。伝統的な価値観のなかでは、「魂は強くなくちゃいかんぞ」というのは、「からだが健康であれば、大自然に淘汰されることはない」という意味で、強者生存の意味が含まれていた。その意味はダーウィンの「適者生存」の科学的解釈どおりではないが、現代的な単なる適応能力とも無関係である。タオ人の一年は季節は三季で、着る服もなく裸で、食べ物も不十分で医療もない。生まれつきの肉体の強靭さで、島の節気の変化に対応できるかどうか。変化は自然の節気のなかの「落とし穴」だ。からだが丈夫であることの意義は、まさしく肉体が環境の落とし穴に「適応」できるかどうかであって、現代的な複雑化の適応からの定義ではない。

僕は、一九〇〇年以前に生まれた長老たちに、まだ会うことに間に合った。その先輩たちを、僕は子供のころからいつもそばで見てきた。とくにトビウオの季節の春先には、冬の寒さや餓えに耐えて春を迎えた肉体と心は、ふたたび若芽を出した野のユリが露の養分を摂取するように衣食が満ち足りることを願うのだ。あの世代の人たちは、海とトビウオのあいだの季節や漁獲のことしか考えていなかった。彼らには特殊な世界が広がっていて、それは現代人には再現しがたい気質である。つまり、あの世代の人たちは、ただ大自然の気息の変化に適応することだけに関心があり、衣食が満ち足りることを願うのは、儀式や祭典のためだけでなく、大自然からの贈り物を求めているのだ。あの世代は、外来の政治や経済、文化、環境、文明などの干渉がない世代だ。あの人たちに関心があるのは、あたかも空腹のことや生きのびることだけのようだ。しかし、実際はただそれだけではなく、文化の中身に関わる生活の実践や祭儀、家族や親族、村の平和であり、自然の節気と一体となった心理表現である。

外祖父は漢人や軍人を見たことがあった。しかし、もう残された年月も限られていた。父に言われて外祖父に食べさせようと炊いたご飯を運んできても、それを食べるのを拒んだが、それは食べ物が美味しい美味しくないの問題ではなかった。外祖父が言うには、外祖父の胃腸はこのような食べ物に合わないし、気持ちが悪くて落ち着かず、お腹いっぱいにならないのだ。それからまたこう言った。父にサツマイモと温かいトビウオやトビウオのスープをもって来させてくれ、それなら食べられるし元気も出る、と。

いまから考えてみると、あるいは逆思考してみると、僕らの世代のタオ人が食べた米の飯は、サツマイモやサトイモより少なく、食べた種類は複雑になっていた。言い換えれば、日常生活では広い海で魚と格闘したり土地と闘ったりする（それはタオ語の用法で、漢語では焼畑、開墾、整地と表現する）ことが大いに減ったということだ。自然環境との感情のやりとりはしだいに減り、原初民族の環境への正義や土地に対する倫理などから遠く離れてしまった。こうして僕らの世代は広い海から試練を受け、土地から滋養を補給するようなことはたいへん少なくなった。サツマイモやサトイモでお腹を満たすことが少なくなり、そのため気概がなくなり、ジャンクフードを食べることが多くなって、不健康な語彙も増える一方となった。

あの日の夜、父が村の男とトビウオを捕りに海に出た。その晩、母は僕に、外祖父といっしょに寝ないように言った。なんでも外祖父の伝統家屋には悪霊がたくさんいて、外祖母が外祖父に、早くあの世に来るように呼んでいると言うのだ。あの世では食べるトビウオがなく、サトイモばかり食べて栄養失調になっているからと言うのだ。

「アニト」というのは、母から最もよく聞かされたことばで、「アニト」の観念は僕のなかに沁みこんでいた。母が村に新しく建ったカトリックの教会に行ってミサに出ても、彼女の頭には西洋の神様は存在しなかった。この点では僕はいくぶん慰められる。移植されてきた外来宗教では、神父や牧師があの世代のタオ人をもともとの伝統的な霊観信仰から引き離すのは不可能なことだった。いま僕が母の「アニト」の観念で慰められるのは、僕らの民族は科学をタブーとし、生態環境の循環による恩恵を重んじ、魚を美と醜に区別する伝統的な魚の食べ方を重んじる、そのような信仰をもっているからだった。考えれば、冥界には良い霊と悪い霊の区別のほかに、良くもなく悪くもない普通の霊がたくさん存在するのだ。

ある日姉が山にサツマイモを取りに行った。昼下がりの三時ころ、父が海に舟を出して小蘭嶼に行くまえに、姉はサツマイモを煮た。父がトビウオを二、三匹届けてくれたので、外祖父といっしょに早い夕食(14)をとった。伝統家屋のまえの夕陽が射しこむ場所で食べたが、姉はサツマイモやトビウオを外祖父が手でつかんで食べられるところに置いたので、僕は外祖父の筋肉をゆっくり観察することができた。四角形の顔をはじめ、からだじゅうがずっと太陽に焼かれて、荒れた皮膚はまるで野のカヤ草で焼いた豚の皮みたいだった。ご飯を食べるときには、いつものように、姉に漢人に嫁に行ってはだめだと言った。漢人に嫁に行ってしまうと、外祖父が姉に残した畑は荒れてしまい、外祖父があの世で辛い思いをするからだと言うのだった。

僕にも同じように言った。チゲワッ、おまえは漢人の本を読んじゃいかんぞ。たくさん読めばそれだけバカになって、舟が造れなくなるぞ。これは外祖父の善意に満ちた偽りのない信念だった。あの世代のタオ人は、幼いときから自然の霊気にふれあい、広い海と共生してきた後期旧石器時代の人たちなのだ。

外祖父は食べるのが遅く、ゆっくりと味わって食べた。生命力あふれる新鮮なトビウオの身、トビウオのスープを味わった。魚を食べる歯はほとんど残っておらず、魚の身がよく歯のあいだに挟まったが、そのときは太い竹の切れっ端でほじくり出して舌のうえに乗せ、姉の煮たサツマイモといっしょに飲みこんだ。幼い僕には、文明人の気高さや卑しさを見分けることができなかったが、外祖父がうずくまって、お腹を太ももにくっつけるようにして食べる姿からは、食べすぎないように気を使っているのがわかった。まるで初秋の朝方の波打ち際ではじける波のように静かで穏やかだった。さらさらと引いて行く波に砂が混濁しないようにさらさらと流れていくようだった。そして暗い伝統家屋のなかで、すべての視覚と嗅覚が僕の混乱した想像力を開け放った。

僕が生まれてから二年後には、外祖父は目が見えなくなっていたと父が話していた。白内障が瞳をおおいつくしてしまい、そのころ父は、外祖父の生活をすべて見なければならなくなっていた。成長した姉は生活の重点を外祖父の世話に置くようになり、外祖父と孫は互いに助けあって生活するようになった。ふたりの感情はまるで波と砂浜のように結ばれていった。父は若いころ海に出て魚を捕るのが好きだった。家の水イモ畑は姉が学校に行くようになってからも、姉が世話をした。姉が義理の兄と駆け落ちしてしまってから、父が畑の世話をするようになった（いまはみな僕がやっている）。だから外祖父が目が見えなくなってから、姉が学校に行くようになると、外祖父には僕が付き添うようになった。僕が覚えている外祖父が夜の海に出たときの話は、みなそのころに話してくれたものだった。

しかしいまでは、僕と姉は外祖父のことばを守っていなかった。ただ僕は大学を出て、都会で味わった挫折を抱えて島に帰ってから、外祖父の影響で自分の目で村の人たちの舟を造る伝統技術を懸命に学ぶようになった。さらに手や目を動かして、父の代の先人たちが山に入って木を伐る本当の姿を学び、自分の母文化の体得に努めた。とくに小さな島の弱勢民族が近代的なエンジン船や飛行機、電気製品や家電用品を日増しに追い求めるようになると、伝統的な労働や技能、民俗的な知恵の尊さを改めて感ずるようになった。このようなさまざまなことは、僕の子供時代の民族全体に刻まれた記憶であった。姉について言えば、いまでは姉はもうすっかり台湾の生活スタイルに馴れ親しみ、蘭嶼に帰って僕に会うことも拒むようになった。父が死んだときでも姉の意固地な気持ちは変わらなかった。父が外祖父の面倒をよく見なかったことを恨み、それで家に帰って父の最後に会うこともしなかった。僕は、六十歳を超えた姉になにもとがめだてすることもなく、恨み言もなかった。親族としての情を姉の孫にも抱いていて、その孫にンガリワス（父にまだ子供がいないときの民族名）という民族名をつけてやった。その子のベトナム籍の母親は息子が海の名前をもつようになったと泣いて喜んだと聞いて、僕も嬉しくて泣けてきた。あのころ外祖父が海の純潔への愛情を教えてくれた。僕にはそのような能力があるのかどうかわからないが、豊かな社会で成長した「海の純潔」を孫に伝えたかったのだ。そんな思いはいまも僕のなかで生きている。

今日の観点では、ある民族の月の満ち欠けにおける進展から見ると、まず父親以上の世代では、近代的なものが蘭嶼に入って以降の激変が想像できず、また次世代の生活スタイルの変化も理解できなかった。原初のことばが失われはじめ、金をかせぐのは台風を防ぐコンクリートの家を建てるためとなった。九〇年代以降の蘭嶼では、家の解体と建設が進んでコンクリートの家が立ち並び、急速にポストモダンの様相が見られるようになった。しかし実際は、それは茫漠とした風景で、コンクリートの建物は互いのあいだに距離感を生み、昼の連続テレビドラマは村人のあいだに他人行儀な冷たさをつくりだした。もはや子供のころに海を見ていたときのようではなかった。あのころは視覚を遮る建物はなかったのだ。視覚の障壁は、実際に自然の規律に呼応する伝統的な祭典から、しだいに民族アイデンティティを支える力を弱体化させていった。同時に、火は薪からガスに変わり、民俗の生態に関する知恵は忘れられていく運命にあった。寒い冬には出かけるさいに、だれもがコートをもっているし、家にはテレビがある。雨が降っても裸足で歩く必要がなく、バイクに乗るには雨がっぱがあり、車を運転すれば雨に濡れない。カラオケでは酒を飲みながら、六、七〇年代の中国語の古い詩を歌う。肉を食べた口を大きく開けて、顔をゆがめて口げんかをはじめる。みんなはもう飢えることがなくなったことに気がついたが、その反面また、極度に周縁に追いやられ、貧困に陥っていることに気がついた。僕らは父祖の世代よりもぶくぶくと太り、からだの細胞はもはや暴風雨に耐えられなくなっていた。いまや島民の病気は多方面にわたり、複雑になった。癌患者は日ごとに増え、病床に長く伏すようになった。

　エンジン船を買うにはお金を貯めなければならない。友達とお金を融通しあって手に入れても、補修して維持しなければならなかった。小さな島は海に囲まれ、波が足もとまで打ち寄せている。タオ人は波の誘惑には弱く、魚影はまるで舌先の味覚細胞のようで、魚の鱗は毎日毎晩、タオの男が生まれながらに海につながっている血潮をかき立てる。海に出れば、魚が手に入る。それは赤子が母親の乳をほしがって、毎分毎秒母親の愛情深いまなざしを引きつけるのと同じなのだ。エンジン船は、その第一の目的は海で魚を捕ることにある。しかし、僕は外祖父が夜に舟を漕ぐときの話の影響を強く受けていた。それにまた小さいときから父について山に木を伐りに行っていたので、タタラで夜に広い海を航海したり、斧で木を削ったり、伐ったりするのが好きだった。僕はエンジン船にはまったく興味がなかったし、近代的な生活のうえでは貧乏が身についていた。たとえば、外祖父は呪いのことばのように、「漢人の学校で賢くなってはならんぞ」と言った。それは、自分の手で舟を造り、魚を捕まえろということだった。エンジンを使おうなんて考えは僕にはまったくなかったし、もちろん買うこともできなかった。いつも夜にトビウオ漁に出るたびに、たくさんのモーターボートがものすごいスピードで僕の木の舟のそばを横切る。ボートは波を切り、回転するエンジンが螺旋状に大小の波を立て、タタラは激しく揺れる。輝く空の目のしたで、モーターボートに乗った連中は僕がひとりで漁をしているのを見て、まるで現代版の「愚夫」、進歩のない漁師を見ているように感じているらしかった。彼らはそのうえを歩けるほどの大きなモーターボートに立って小便をしたり、新鮮なトビウオを刺し身にして醤油をつけて食べたり、酒を飲んだりしている。僕のほうは、舟のなかを前後に移動できるだけで、小便はひざまづいて瓶に出し、トビウオの網を引きあげるときには下半身がずぶ濡れになり、からだじゅうがトビウオの卵だらけになる。エンジン船に乗った彼らはからだを汚すことがなく、二、三人で網を引く。僕はひとりで網を流し、網を引きあげる。夜に漁に出た船が帰ってくると、モーターボートで捕る魚は千匹以上もあり、僕はぜいぜい百匹ほどだった。あるとき、僕の子供の母親がぶつぶつと言った。

「タタラなんか漕いでどうするのよ！　自分が疲れるだけでしょう。甥っ子たちのモーターボートに乗れば楽で、魚もたくさん捕れるのに」

子供たちの母親がこう言うたびに、すぐにこんな風景が頭に浮かんできた。僕の世代のタオ人が、朝、浜で父親たちといっしょに魚の鱗を落としている。村人やタタラやトビウオが浜で原初的な美しい生活風景を繰り広げている。漁獲量は男たちの静かな顔にあらわれ、舟を漕ぐ筋肉の線が皮膚に刻みこまれている。海の潮や月の変化など、タタラを漕ぐ漁師が海のリズムや気分を最もよく理解している。僕は自分で一生懸命に造ったタタラに乗って、自分の手で櫂を漕ぎ、櫂が海の水をかくときの音を聞くのが好きだった。リズミカルで人間的な澄んだ音だった。モーターボートに乗ればスピードが速く、船上は寒くて、まるで海に出ていないような感覚だったに違いない。

小蘭嶼までタタラを漕ぐと（五カイリの距離）、一時間あまりかかる。いまのエンジン船なら二十分で着く。一時間あまりと二十分の差はなにか。それは簡単なことで、「金と便利さ」、「貧しさと確実さ」だ。

僕の単純な海洋観は外祖父から教えられたものだ。外祖父は僕を血のつながった孫のように思っていた。外祖父はタオ族の未来の変化をまったく予測できなかった。僕はいつも外祖父の腕を枕に、からだを火に向けて横になって寝た。外祖父の手は、斧を握ってどれだけの木を伐ったかわからない。海では何千万回と櫂を漕ぎ、どれだけの魚を捕ったかわからない。毎晩ぐっすり眠っているうちに、外祖父のごつごつした手で愚夫、そして漁師の運命が僕のなかに刻みこまれていったようだ。

僕はエンジン船を毛嫌いしないし、排斥もしない。これは個人の現代的な能力であり、好みであり、そして自由意志だ。しかし僕は若者に木を伐り、タタラや櫂を造ることを学ぶように提唱したい。理由はごく簡単だ。まず第一に森林への知識が増える。これは学校では得られない知識だ。舟を造るときには木に対する思いやりの気持ちが生まれ、自分たちが生きている環境を慈しむようになる。つまり、舟の流線美は波の文様の贈り物であることを意識するようになり、民族の造船言語は波のように舌尖にもどって日常的な語彙となる。素朴さを取りもどせば、大きな島のテレビが持ちこんできた冷淡さや傲慢さ、それに民族の本質とは関係のない連続ドラマも減るだろう。僕と子供たちの母親が、僕が捕って来たトビウオを家の庭に干し、サツマイモやトビウオを食べはじめるたびに、僕の喜びと哀しみが伝統と現代のあいだで葛藤をはじめるのだ。子供たちの母親はみんなが伝統の食べ物を食べるとき、いつも忘れずに次のように言う。

「これはおまえたちに食べさせるトビウオとサツマイモだよ、子供たち」このようなことばから栄養がたっぷりなことと、原初の祈りの愛を感じる。台北の子供たちも感じるだろう。僕はこのようなことばを聞くのが好きだった。それはまるで有機的な土地から芽を出す若芽のようで、それを聞くたびに舟を漕いだ軽い疲れが、瞬時に消えて元気を取りもどすのだった。

外祖父は、いっしょに寝たあの晩から一か月後に亡くなった。父はたったひとりで、外祖父を埋葬した。そしてその年の秋のこと、姉(15)は大陸から来た兵隊のボーイフレンドと、夜、軍の補給船に乗って台湾に駆け落ちし、島からいなくなった。それは一九六三年のことだった。その年から一九六九年まで、船が台東から物資を運んで蘭嶼まで来ると（当時は港がなく、貨物船は僕の村の沖に錨をおろして停泊した）、そのたびに僕は最も高い岩礁に立って、姉が帰ってくるのを待った。小学校一年生から五年生まで姉を待ちつづけたが、結局は悲しみしか残らなかった。失踪のあと、僕は毎晩姉を待ちつづけた。父もそうだった。一九六九年の十二月、娘のことが諦めきれず、ある夜、父は僕を連れて軍の補給船に乗り、台東まで行って姉の行方を追った。

姉はかつて父にこう言った。「貧しいタオ人や前途のないタオ人にはお嫁さんには行かないわ」父は僕が姉のことをひどく恋しがっているのを知っていた。それで僕を連れて台東に姉を探しに行った。僕は父と夜に軍営の補給船に乗り、自分たちの村の浜から沖に出た。十四時間船に乗り、朝方やっと台東の成功漁港〔新港漁港〕に着いた。父は姉の手紙をもって公路局〔道路管理機関〕の職員にたずね、最後に台東の岩湾にたどりついた。岩湾では、姉の夫が囚人を監督する仕事についており、ふたりは貧しいかやぶきの家に住んでいた。実際、姉は一文なしの貧しい兵隊、将来の希望もなく、字も読めない山東人と結婚していた。姉が蘭嶼を離れた本当の理由は、父を捨てることであり、彼女を溺愛する外祖父の愛情を断ち切ることでもあった。その年甥が生まれた。父が姉の子供につけたタオの名前はシ・マニュワンで、姉はシナン・マニュワン(16)となった。「漁団家族」という意味で、父はシャプン・マニュワンに昇格した。

僕の本当の祖父には五人の男兄弟と妹が一人いた。僕が蘭嶼国民中学校に入るまえは、祖父の二番目の弟や四番目の弟、そして祖父の妹といっしょに暮らし、十年あまりトビウオを食べてきた。彼らはみな一九〇〇年以前の生まれで、島の民族がグローバル化の洪水に巻きこまれることはなく、多くの弱小民族と同じようにさ迷う困惑の時代を味わうこともなかった。三番目の弟は五十歳くらいのときにやっと子供ができた。この弟はいまはもう六十六歳になっている。下の祖父〔祖父の一番下の五番目の弟〕にも子供が三人いて、長男は口がきけず、長女は外省人に嫁いでいたが、ふたりとももう亡くなった。一番下のロマビッは僕より五つ年上にすぎなかったが、いまではもう老海人と呼ばれている。彼は僕が小学校時代の全校の代表で、学校の優等生だった。これまでの人生で僕が世界のどこにいようと、奇妙なことに、いつも祖父たちが僕のそばにいるように感じた。彼らといっしょに暮らしたさまざまな思い出、素朴な暮らしぶりはずっと僕に影響を与えてきた。とくに下の祖父がそうだった。もう半世紀を生きてきたが、早朝に起きてペンを執るとき、このでたらめな時代に生きる僕は彼らと共に過ごした日々を思い出す。それはいつも僕が民族の問題に思いをめぐらすときの幸福の源泉だった。下の祖父は、僕の人生に影響を与えた二番目の人物だった。父はいつもこう言っていた。

「おまえのおじいちゃんの妹は、男と女の双子で生まれたんじゃ。そのときはもう子が五人もいて、そのころじゃ子が多い家じゃった。だから、サツマイモ、イモ、魚が生きていくための問題じゃった。それに、わしらの信仰では双子は忌み嫌われて、最大のタブーじゃった。ひとりであってこそ正常で、ふたり目はアニトの子だとみられたのじゃ。だからおまえのひいじいちゃんは男の赤ん坊の息を止めて、わしのおばさんを残したんじゃよ」だから僕にはもともと六人の祖父がいたのだ。(17)

下の祖父は一八八八年生まれで、蘭嶼が日本の植民地となって以降の一八九七年〔鳥居龍蔵が蘭嶼に調査に来た年〕以前に生まれた。民族の発展から見ると、外国人に接触した最初の世代は、昔の世代の人たちである。父は陸での畑仕事や海での漁に忙しく、母はまた僕の妹の世話に忙しくしていた。学校にあがるまえは、ほとんどの時間を昔の世代のふたりの祖父といっしょに過ごした。そのころ祖父たちは、魚を食べる口で祖父たちの世代の話を僕にしてくれた。幼馴染のジジミット（二〇一二年に亡くなった）やカスワル（台湾人を娶った）は、この下の祖父は村一番のほら吹きだったと言った。しかし、僕はそのほらが大好きだった。要するに僕は下の祖父のほらを聞いて育ったのだ。外祖父が死ぬと、学校にあがるまえの僕は下の祖父からいろんなことを教わった。実際いまから考えると、下の祖父から聞いた話や教わったことが、わが民族の生活の知恵にほかならなかった。

曾外祖父の曾外祖父の時代、いま僕らが住んでいるイモロッド村はまだ存在せず、八大漁団家族の集落リマシクがあった。下の祖父はこの村の移村の話を語ってくれた。

リマシク村に一組の夫婦がいて、二男一女を育てていた。ある日の午後、長男がお腹をすかせ、母親がサツマイモのうえに置いていた蒸しあがったサトイモをこっそりと食べた。父親は盗み食いは許されないとして、長男の両手両足を藤蔓の縄で縛って、イモロッド村の浜の巨石に縛りつけた。風雨に打たれ、熱い太陽に焼かれ、夜にはアニトにさいなまれるようにした。この小さな子は陽が昇る方向にうしろ手に縛られたまま、深夜、天上の仙女に祈った。「僕が間違っていました。僕は家の最も長いあの竹です。僕に根を生やすチャンスをください」三日目の早朝、昇ってきた熱い太陽によって目覚めると、そばに一匹のネズミがあらわれて、藤蔓の縄をかじって縄をほどいてくれた。ネズミに礼を言うと、海から一群の白いカモメが飛んできて巨岩のてっぺんにとまった。ちょうど彼の上方であった。彼はまだ子供で、このようにカモメたちが飛んできたのは、彼を祝福するためだということがわからず、みなさんに心から感動しますとだけ述べた。

かなりの年月がたった秋のこと、早朝、貝を採りにここに泳いできた老人が、突然巨岩の附近に煙が立ちのぼっているのを見て、どうしてあんなところに煙がと不思議に思った。そこで岸まで泳いでいった。砂浜にはグンバイヒルガオがいっぱい生えていて、動物が歩いたような小道がアダンの茂みまでのびていた。老人がその茂みに入っていくと、なかには空間が広がっていて、そこで色が黒く髪が地面につくほどに長くのびた人が石でなにかを叩いているのを見つけた。老人はちょっと考えてからたずねた。「もし人間ならなにかしゃべってください。もし幽霊なら俺は帰る」と。かなりの時間がたってからその人は答えた。「そうだ、俺は人間だ、俺の名前はシ・トゥマユ（隠れるの意味）だ」そして、トゥマユの話から、彼は兄の子供で彼の甥であることがわかった。しかし、老人はふたりのあいだの関係にはふれず、ただ長い髪を切ってあげようとだけ言った。トゥマユは頭がさっぱりして軽くなると、お礼に銀貨（今日の言い方）を何枚かおくった。老人が銀貨のことをたずねると、トゥマユは拾ってきた漂流物だと言った。それからトゥマユは老人に火を起こして銀貨[18]を柔らかくし、つるつるの石で叩く技法を教えた。その後老人は帰っていった。

老人はふたたびトゥマユを訪ねた。彼は家族を連れ、銀の帽子をかぶっていた。老人は言った。「おまえはわしの甥だ。わしの兄の子だ。わしらがおまえといっしょに住むのを拒んではいけない。わしはおまえとここでいっしょに新しい村をつくろうと思う。わが家の下女(19)をおまえの嫁に与える」その後、リマシクの人びとは、フィリピンの航海から帰ってくると、しだいにここに移り住むようになり、トゥマユから冶金の技術を学ぶようになった。数十年のあいだは、人口は勢いよく増えつづけた。家々の前庭は夕陽のころには人影にあふれた。その後白いカモメは人口の多さを象徴するようになり、この地はイモロッドと命名された。つまりいま僕が住んでいる紅頭村である。

これは村の移動についての小さな物語で、空間的な距離ではわずかに四〇〇メートルに過ぎない。ほかの多くの大きな民族から見れば、取り立てて言うほどのこともないことだ。しかし、これは民族が小さな島で自然に「生きていく」ための課題であり、肉体は無情な季節の移り変わりに直面し、痩身で病気と闘いつづける。こうしてタオ人が祖父の身分になったとき、その価値はその人の年かさにあるのではなく、跡継ぎがいるということにあると考えられてきた。これこそがタオ人の「テクノニミー（子供本位呼称法）」〔凡例参照〕である。下の祖父が僕に言ったのは、村の移動は村全体の運勢を転換させるために行われるということだった。熱病を遠ざけ、村の人口が増えてはじめて、長老たちの生活の知恵が活かされ、土地は呼吸をする機会を得て、人間と闘うのだ。おまえ〔人間〕が努力して耕せば、わし〔土地〕も努力して食物を与えるというわけだ。

静かな夜空、満天の星、それは良い天気の日に限られるが、僕の子供時代のテレビそのものであった。母はいつも母が教える星の位置を覚えるようにと言った。そして毎日母と話せば、将来は賢い奥さんが授かるだろうと言った。さらに死んだ外祖父のことや、遠く台湾へ行ってしまった姉のことを思いだしてはいけないとも言った。男の子は海や舟造り、トビウオを捕ることだけを考えればいいと言った。母が僕に語ってくれた話は多くなかったが、母は僕に人間と悪霊が戦う話をするのが好きだった。結論は決まって聡明な人間が勝った。しかし、邪は正に勝てないという考えではなかった。アニトは環境の生態倫理圏で「タブー」をつかさどる主宰者を意味していた。「タブー」は生態環境のなかで恒常的に存在しているということだった。それはまるで下の祖父が僕にナンヨウハギを食べてはいけないと子供のころから教えこんできたのと同じだった。もし単に「美味しい」という味覚だけで言うなら、ナンヨウハギの身は骨がたいへん少なく、だれの口にも合う。しかし、僕らの魚の常識や経験からは、ナンヨウハギの尾にはとげがあり、このとげには魚が身を守るための猛毒があった。昔は解毒剤がなく、刺された人は病気になり、ついには仕事ができなくなってしまった。それでこのような人から正常な生活を奪う魚は食べてはいけない魚に分類されるようになったのだ。そしてこのような食べてはいけない魚もまた悪霊の魚に分類される。これは生態科学の定義ではないが、わが民族の科学的な経験による知識である。たとえ今日の僕らのような年代になっても、このような魚を食べる人はやはり「下等な奴」だとの観念が残っている。

蘭嶼は海に聳えるように立ち、季節によって空には色の変化があった。大きな海では波濤がさまざまに揺れ動き、海の情緒を伝える。僕らは目で海の気分を知り、台風は男たちに海に出てはいけないと告げる。黒い情景はまた脈動する島民の情緒を深く支配し、そして僕は孵化した珊瑚虫のように闇夜の水世界で自分の生命力を育んでいるようだった。

僕が住んでいる小島の春と夏は、空と海の気象が不安定なため、雲や波は激しく変化し、まるで思春期の少女の心のようにとらえがたい。そのうえ春と夏には、よく似た現象のときとまったく違った現象をあらわすときがあった。とくに真っ暗闇な夜になると、僕の視野と想像を完全に支配してしまう。もし雲の層がぶ厚く灰色になると、北から低く飛ぶように猛スピードで吹いてくる台風がやってくる。豪雨が降り、天を突くような波が立ち、波頭が荒れ、海霧が狂ったように飛ぶ。どんな命知らずでも、その野性的な自然の力には立ち向かえない。僕が住むたった四五平方キロメートルしかない小島は台風にすっぽりおおわれ、まるで空と海に操られる揺りかごのようになる。僕は子供のころから息を殺して、夜通し寝ないでいる父の胸に縮こまるしかなかった。ゴーゴーと響く巨大な海鳴りは、宇宙のアニトが餓えたときの叫び声だと母に聞かされてきた。そんなとき母は、僕にアニトに許しを乞い、慈悲のとばりを降ろしてくれるようにお願いしなさいと言った。これは夏と秋の台風の夜のことだった。夏と秋のあいだには、空に雲ひとつなく輝く星でいっぱいになり、幻想に包まれるときがある。海も朝から孫の成長を願って歌う祖母の子守歌のように優しく、僕は懐に抱かれるようにうっとりしていた。空の果てまで晴れわたった夜には、空と海はその野蛮さをすっかり隠していた。あの勇者を自称する下の祖父も、ほかの島民たちと同じように家の外に出て星空を眺めた。そして僕を横に座らせて海鳴りを聞かせ、自分の詩を聞かせた。夏から秋へと移るときの静かな夜はいつもこのようだった。

天気が悪い台風の夜も、晴れ渡った月明りのきれいな秋の夜も、僕はずっと電灯の害のない環境で育ってきた。そのような空間が僕にもたらしたのは幸福で幸運な最も美しい風景だった。だから、僕はこの天然のキャンパスに自分の夢を描き、奔放なトーテムを描き、僕のロマンチックな元素を集めることができたのだ。と言うのは、僕は十六歳まではずっとタオ人の島に住んできたからだ。単一民族が住む小島であり、素朴な小島だ。僕が十六歳で蘭嶼を離れたときにも、蘭嶼にはまだ電灯がなかった。それで僕の記憶には、電灯の害のない美しい記憶がいつまでも残っている。つまり「闇夜」や「黒色」は僕のお気に入りで、それらは僕の子供時代に、僕の想像力を豊かにしてくれ、子供のころから自然環境の変化に敏感にさせてくれた。さらに祖父や祖父の兄弟たちや外祖父の伝説や物語は、数えきれない空の目が毎晩僕に話しかけてくるのだとずっと信じてきた。

下の祖父や外祖父は僕が学校にあがるまえ、暗い夜になるといつも話を聞かせてくれ、夜の黒いとばりに僕の夢を美しく描いてくれた。下の祖父の家は水イモ畑のそばにあった。トビウオの季節(20)が来るたびに、田んぼのカエルの求愛の声がやまずひどくうるさかった。カエルが老いも若きも高い鳴き声や低い鳴き声などでうるさいぐらいにいっせいに鳴き、夜のしじまを破り、僕らは寝つけなかった。カエルの鳴き声のほかは、なんの物音もない時代だった。下の祖父も僕に話を聞かせるのが好きで、僕は昔の話を夢中になって聞きながら育った。僕は下の祖父に聞いてみた。

「僕らタオ人はどうして近くの田んぼのカエルを食べないの?」

「カエルは醜いだろう。下等だし、なんでも口にするような奴が、あんなものを食べるんだよ」と言った。

「カエルは醜い」というのは、ヘビのような、陸の醜い生き物を指していた。そいつらは疑い深く、生まれつき悪い卵を孕み、悪霊が食べる下等なアニトだ。海の魚も同じで、姿が美しくなく、特別に大きな魚、たとえばカジキやサメやいろいろなウツボやアオウミガメなどは、みな食べてはいけない醜い生き物だ。だから僕はカエルや醜い魚を食べたことがない。それに海には魚や貝が豊富にあり、醜い生き物を食べなくてもよかった。このように僕の年代のタオ人は、祖先が食べなかった食べ物を口にすることはめったになかった。台湾で生活するようになった連中もそうだった。のち、漢人はこれはタオ人の生態観だと言ったが、それは間違いだ。漢人は勝手に「セックス」のイメージから離れられず、滋養強壮を想像してそう言っているにすぎない。

子供のころから下の祖父のそばで大きくなった。下の祖父が言うには「闇夜」と「黒色」は静寂の行きつく先で、思想の源だと。子供のころの白紙のような記憶に、トビウオの季節になると、毎晩、空や海の静かな映像が書きこまれた。下の祖父は海が僕らの島を飲みこんだ話をした。飲みこまれて九日目に、ひとりの老人がネズミをつかまえ、そのしっぽを切ると呪いをかける。するとネズミのしっぽは巨大な龍となり、海水を吸いこんだ。九年(21)後、海水はようやく引いていまの島の形になったのである。

魚の精霊が人間を嫁に取った童話もある。シ・マヴタラウ(22)(魚の精霊)はタオ人の子孫がシ・ルガン(23)を怖れずに、優美に泳ぐ海底魚に近づいていって海の気質を理解できるようにするために、タオの娘を娶り、彼の子孫の血液のなかに塩の元素を残した。またシ・パルイ(24)の伝説があるが、下の祖父はこれらの伝説をなんども繰りかえし話してくれたので、連続ドラマのようにはっきりと覚えている。僕はこれらの伝説が本当なのか、下の祖父にたずねたことはなかった。しかし従兄たちより運がよかったのは、下の祖父は僕にしか話さなかったことだった。

下の祖父も白い紙のうえに詩を伝え、島の人たちが知っている世界を伝えることを楽しんでいた。こうして僕は真っ暗な夜に、漠然とした未来の夢を描くようになった。

トビウオの季節の夜には、下の祖父は家の涼み台から暗い海や夜空を眺めていた。僕の家族が属する漁団家族の勇士たちが、暗い海面にたいまつをかかげてトビウオ漁を行うとき、下の祖父はいつも彼がつくった「波を追う男」を低い声で歌って聞かせてくれた。これは僕に影響を与え海への深い思いを抱くようになった詩で、僕の子供心を支配していた。まるでタタラに色鮮やかな波の模様が描かれているように、僕の中心思想を形作っていったのだ。

波が静まり、青々と澄みわたった大海には挑むような荒れたようすはない
わが舟は
どんなに愛しているか、櫂をこぐわが手は
どんなに好んでいるか
天を突く大波を、島をふるわす海鳴りを
わたしは海の野性を賛美し、海の野蛮を怖れる
澎湃と波打つリズミカルな波濤は、天の神の娘
——仙女が雲海で歌っているのだ
海に出て
波の背に乗って波を切らせてください
舟乗りの漁の歌を歌いながら、黒い胸びれのトビウオを待ち
島をまわって
海の鱗(25)が家に帰る知らせを伝えている

「波を追う男」(26)は、五十年ものあいだ僕の記憶のなかに閉じこめていた。僕がこの物語を心にしまってきた理由はごく単純だ。子供時代、まだ台湾に行ったことがなかったころ、僕はたくさんの汽船が水平線にあらわれタオの島を通りすぎるのを目にし、どの船も男たちが操縦しているんだ

と思った。そして大海に浮かぶそのような人たちにあこがれるようになった。この地球には「波を追う男」の運命をもつ男たちが、島の男たち以外に、まだいっぱいいるのだと夢がふくらんだ。こうして子供のころから、大きくなったらいつかほかの民族の島の海に航海して、海で波を追う男たちに出会い、海の色について語り合おうと夢見はじめた。これが僕が今日までずっと持ちつづけた願いだ。

僕にもわからなかった。下の祖父は僕に物語を話すのが好きで、僕も下の祖父の話を聞くのが好きだった。僕はまたパネネブ月(27)の真夜中に、なぜ下の祖父が夜の漁に出ないで僕を起こしにくるのかわからなかった。下の祖父といっしょに涼み台に座り、真っ暗な海でたいまつを使ってトビウオ漁をする十人乗りのチヌリクランを見つめていた。そして僕の魂が、まるで海に浮かぶ舟と同じように、下の祖父と自然に同調するのを感じていた。

「おまえはひとり息子だ。からだを鍛えないとな。すぐに倒されるような弱いからだじゃだめだぞ」

学校にあがるまでは、僕と同年代の子は着る服がなかった。下の祖父も丁字褌以外、身につける服はなかった。

「おまえはひとり息子だ。冷たい風でからだを壊してはいかんぞ」

「大きくなったら、自分の手で舟を造らねばならんぞ」

村のまえに広がる海には、晩冬から初春にかけて真夜中にいつも七つ八つのたいまつがあらわれる。たいまつはそれぞれ漁団家族をあらわしており、海で競いあっているのだ。下の祖父の話では、さそり座の端の星の明るさが、その年のトビウオの群れの漁獲を知る印だった。そのときの暗い夜、黒い海は無限に広がる空間を想像させた。タオ人がまだ異民族の文明によって浸食されていない時代には、このような環境のなかで、島の男たちは「トビウオの季節は、男はみな海の人間だ」という考えを受けついできた。海で育ち、海で環境の知恵を学ぶ。大海を男の社会的地位を高めるための場だと見なしていた。僕はまだ小さくて、なにも知らない子供だったが、下の祖父は僕に民族の生活哲学について熱く語り、僕の未来へのさまざまな幻想をかきたてた。夜の漁に出た船団はいつもニワトリが朝を告げるころに帰ってくる。トビウオが捕れたかどうかがはっきりするのは、夜が明けてからで、夜明けごろ、村の人たちは朝食で漁獲の良し悪しを知るのだ。トビウオは晩冬から早春にかけて僕らの胃腸を温めてくれるだけでなく、海を人間化する信仰を育んでくれる。トビウオは村の人びとの満腹と空腹を支配していた。とくに下の祖父の皺くちゃの顔には、喜びと悲しみがはっきりあらわれていた。朝食の熱々の魚肉と魚スープ、そしてサツマイモなどの根菜類の食べ物は、毎日胃袋を刺激し、そしてまた水世界への僕の美しい想像をかき立てた。

「からだは鍛えておかないとな。将来、海に出て暴風雨や灼熱の太陽に出くわしてもやられることはない」下の祖父はいつもこのように僕に言い聞かせた。

「やられることはない」それは自然のなかの悪い気をからだに侵入させず、丈夫な体質をもつという意味だった。そのことを僕はしっかりと胸に刻みこんだ。そのころはまだ漢語の学校に行っていなかったが、下の祖父は僕の真っ白い紙に深遠で測りがたい大海を記憶させたのだ。

「真っ暗な大海は静けさの源、そして自分を省みる荒野でもある」

これは下の祖父が僕にくれた座右の銘だ。

遙か遠くの大海にもたくさんのあかりがあった。それは外海で錨をおろしているエンジン船のものだった。下の祖父は言った。「あれは遠くの人間の船だ、海で魚を捕る男たちだ」

「昔々、日本時代のことだ。リトランでアメリカの船が暴風と大波で遭難したが、そのとき、島のある村の村人が遭難者の持ち物を奪った。船員はほとんどが溺れ死んだ。わしのおやじ、つまりおまえのひいおじいちゃんが駆けつけたとき、ひとりのまだ息のある白人の父親が娘をしっかり抱きしめていた。まるで娘を助けて育ててくれるように頼んでいるように見えた。しかし彼の話を聞いてわかるものはだれひとりいなかった。武器を手にしたたくさんの村人が親子を囲んでいた。それはわしがはじめて見た皮膚の白い人間だった。白人の父親が息を引き取ると、ひいおじいちゃんはその女の子を連れていこうとした。しかし、その女の子は驚いて涙を流しながら息絶えた父親にしがみついていた。そして女の子はわしのおやじに貨幣を何枚か渡した。翌日の早朝、ひいおじいちゃんはわしを連れて舟を漕いであの女の子を見に行った。サツマイモと干し魚を少しもってな。わしらが着いたとき、三人の日本の軍人がそこで、ほかの村の村人を大声でどなりつけていた。あの女の子はもう死んでいた。それでわしらの村の村人に親子の死体を埋葬するように言いつけてきたのだ。しかし見ていた人のだれひとりとして、自分たちのアニトと親族関係もない他人を埋葬しようという人はいなかった。しかも白人だ。みんなが心配していたのはあの白人の家族の溺れ死んだ悪霊だった。土に埋めるなんてとんでもない。だから日本人にひどく罵られたのだ。最後にわしのおやじと親戚があの憐れなふたりの死体を埋葬した。将来おまえのアニトは海で強くならなくちゃならん、とわしに言った。日本の軍人はおやじに刀（日本刀）一振りと斧を三本くれた。その後、その斧で彫刻の飾りのある十人乗りのチヌリクランを造って、海を飾った。日本刀ではたくさんのブタを殺して善霊に捧げ、わしらが海で漁をするときの安全を護ってもらった。これが一九〇七年に蘭嶼で起こったことだ」

これは僕が下の祖父からはじめて聞いた、地球には白色人種がいるという話であり、船が海上で遭難したという話だった。

「女の子はどこから来たの？　その子は海が恐くなかったのかな？」と僕は言った。しかし下の祖父は、そのひ弱な女の子が海のうえでどのような日々を過ごしたか、そのことだけが気になったというような口ぶりだった。「もしこわかったら、父さんと航海なんかしないだろう」と下の祖父は言った。

「夜も遅くなって湿気がひどくなってきたぞ、幽魂もいっぱいいる。家に入ろう！　薪の火でからだを温めよう」このような下の祖父のことばは、子供のころの僕にとっては最も優しいことばだった。薪の火、木、材木、海鳴り、ほかに下の祖父のいろんな話。下の祖父への親近感もそのころから生まれた。

伝統的な家のなかは、夜はまるで深海のような暗さだ。頭にいつも浮かぶのは、下の祖父が描く夜の漁に出た舟がくりひろげるドラマだった。自分も早く大きくなって漁船の一員に加わりたい。しかし、深夜に石壁のすきまから部屋に吹きこんでくる冷たい風は僕を悩ませた。そんなとき、下の祖母が僕を抱きしめて言った。

「風が薪の木を揺らすのを見ながら寝るのよ。幽魂は火を怖れるからね、チゲワッ」

島では本当に幽魂が歩きまわっているということについては、どうしてもばかばかしく聞こえる。しかし、僕はそれを聞いて納得して寝た。いままで、先人たちは異文化の異化を受けたことがないと思っていた。

一九六二年のシイラ釣りの月[28]のことだ。その年はじめて舟を出す日だった。薄暗く静かで荘厳な早朝、村で舟をもっている男たちが浜に集まり、それぞれ舟を波打ち際まで押しだした。それは海の神や黒い胸びれのトビウオの神やシイラの善霊に集団で祈りを捧げることを意味していた。村の漁師はみな、朝の海のような平静な表情をしていた。彼らは丁字褌だけを身に着け、上半身は裸で裸足だった。自分の舟のそばの砂浜に座って、静かな波がくだけたあとの灰白色の濁った波の泡を見つめている。漁師たちの真剣な表情に村の子供たちの目は釘づけになった。海の神に豊漁を願う荘厳な雰囲気のなかで、村人が敬う海の神は漁師たちの目のまえにいるような感じだった。はじめて舟を出す日は、毎年海で漁をする男たちの祝祭日だった。僕は父の舟のそばに座っていた。七十歳を超えた下の祖父もその年のシイラ釣りの船団に加わっていた。下の祖父は僕の頭をなで、将来はおまえも漁団船隊の一員になるんだぞと言った。それはまるで僕を揺れ動く海に連れだしてくれたような感覚だった。その年はほかに十数名の年寄りが加わっていた。みな一八九〇年代の生まれの長老たちで、海の喜怒哀楽に感化されてきた人たちだった。

船隊は日の出の太陽がラクピタン(29)の山頂を越えるまで待った。村の学齢まえの男の子たちはみんな、その日海辺に集まり、海に出る船隊を見ていた。僕もそのなかにいたが、一列になって海に出ていくその瞬間がとくに好きだった。その瞬間、僕らの心もいっしょに飛翔した。

早朝の海は果てしない灰青色に見えた。微かに波立ち揺れ動く海に広がる情景は、あたかも千億年来の古い劇本に書かれているかのようだった。そして、初春に再生した野ユリの花芯からは、アゲハチョウが繊細な触角を伸ばして吸えるように毎晩澄んだ朝露が醸しだされているようだった。船隊には下の祖父より年かさの老人が二、三人いた。彼らは自分の晩年のために、早朝の海に静けさを求めていた。個人の漁の歴史のなかで最後のシイラを釣り、長老として村人に尊重される証としたかったのだ。

父が僕に言った。パパタオ月は、海に出る老人と話をしてはいけない。「童言忌むなし」で子どもが好き勝手なことを言うと、ひどく怒られた。村の人たちが海に出る浜は、まるでバチカンのカトリック教会でミサが執り行われるときのような厳かな情景だった。熟練の漁師たちはみなビンロウを噛みながら、心ではシイラと闘う勇士の気概を燃え立たせ、最初の漁の英雄(30)つまり村の浜のその年の勝利者となることを望んでいた。老人たちは敬虔な表情で波打つ海面を眺めていた。まるで彼らの鼓動する心臓は互いのへその緒に繋がっているかのようだった。このような風景から、トビウオの季節の多くのタブーを目にした。実際、下の祖父はその冬にいろいろと僕に話してくれていたので、僕の頭脳には早々と海の信仰が植えつけられていた。

村の男たちは浜いっぱいに座っていた。道路のそばにも海に出なくなった老海人たちがうずくまっていた。コーヒーのような黒色はタオ人の肌の色で、それは海上の太陽の紫外線によって染められたものだった。

ラクピタンの山の頂きが海に出る船隊の背面に影を落とした。最年長の老海人がゆっくりと立ちあがって、船隊の男たちに向かって言った。

「海の神にわしらの海の詩を聞いていただくのだ」

みなは立ちあがると、年かさのものから順に海に出ていった(31)。原初的な波を追う男たちは、瞬時に村の沖に五十幾艘のタタラを浮かべた。まるで海風に駆られる帆船のように風波を受け、コーヒー色の肌をした男たちの集団は、大きな魚に追われて海面を低く飛ぶ黒い胸びれのトビウオの群れが、胸びれを広げて逃げる一シーンのように見えた。老人たちはそれぞれの方向に漕ぎ出した。

もし地面から天を仰ぐように、海底から海面を仰ぎ見たとしたら、タタラの両側の櫂はまるでンガラフウ(32)(カツオドリの一種)が翼を大きく広げて飛んでいるように見えただろう。櫂で海を漕ぐのは肉体であり、手と腕であり、意志の力そのものだった。海に出た瞬間、勇士たちの心に浮かんだのは、浜にあげる海の神からの初漁の贈り物のことだった。一艘一艘と出ていき、勇士たちは神を敬う神父のような面持ちで、シイラが泳いでいる西門町(賑やかな漁場の比喩)へと向かった。僕が生まれてはじめて海辺まで自分で歩いていけるようになって見た光景は、生涯に残る美しい影像となるほど僕の目を驚かした。僕の幼い魂は言った。わあ、なんてきれいなんだろう! その光景はいまも心の底に残っている。船隊が浜を離れてからも、しばらくのあいだこの美しい光景に心を奪われていた。そして早く大きくなりたいと思った。こうして自分の夢が生まれ、将来はきっとこの広々とした青い海に出てその洗礼を受けるんだと心に誓った。同じころ、隣村からも七十幾艘の船隊が出漁した。そのため僕らの村のまえの海は、遠くから近くまで、そして右も左も、百艘以上の舟でいっぱいになった。海面に群るクロカツオドリ、野性的なシーン、野性的な海の景色は、まるで空を飛ぶ雁、荒野を疾走する野生馬のような勇壮さにあふれていた。さらにはまるで目的をもって静かに漂うさまざまな生き物のようでもあり、海の神の容貌を豊かにしていた。下の祖父は僕に、これは魚の精霊を活発にさせる朝だと言った。僕はカスワルやジジミットやカロロら多くの男の子といっしょに、海に入って自分の父親の舟を押すのを手伝った。「チゲワッ、アカイが帰ってくるのを待っているんだぞ」と下の祖父は言った。それから僕らは、台湾から連れてこられた囚人たちがつくったばかりの道路まで走っていき、海面に群るカツオドリを眺めた。昇ってきた太陽にからだの左側を焼かれつづけ、これ以上海を見ていられなくなってからやっと、村の浜に最も近い涼み台にもどった。涼み台で太陽の光を避けて休みながら、みんなは互いに未来の夢を育んだ。毎日、老人たちが海に出る早朝の広々とした舞台は、僕の子供時代の最も幸福な思い出の一幕であり、最も満ち足りた時間であった。

子供のころは、パパタウ月のあの薄暗い早朝の神秘的な大海の美しさについてことばにあらわしがたかったし、村の男たちが集団で海に出ていく静寂に包まれた儀式にも心を奪われた。浜からつぎつぎと舟で海に出ていく人の動きを見るのが好きだった。それ以上にまた一九世紀末に生まれた長老たちが、海に出る瞬間の表情が僕にはたまらなかった。たとえ広い海がトビウオやシイラやマグロたちの精霊を隠したとしても、海は長老たちを魅きつけるのだと思った。十時を過ぎて灼熱の太陽が照りつけはじめても、彼らはそれを避けることはなかった。広い海に隠された魅力とはいったいなんなのだろう。あのころからずっと僕はそんな疑問とともに成長してきた。

実際、時間のトンネルは今日までつづき、僕はいま毎日海に出ている。広い海では灼熱の太陽にじかに焼かれるのだ。子供たちの母親は、どうして毎日海に出るのかと僕にたずねる。が、僕にも答えなんてない。ただ真っ青な海で揺られる舟との一体感を感じるだけだ。まるで祖霊がやってくるときの歌声が聞こえるようだった。夜にタタラを漕いでトビウオを捕っているときには、海の神の霊気が存在しているように感じる。あるいはこうも言える。海の静かな音を聞き、体験しようとすると、過去の記憶のなかの波の音や魚のことばを聞いているように感じると。

シイラ釣りの船隊は陸地から遠く一、二カイリも離れる。海人たちが波を追う詩をトビウオやシイラの精霊に聞かせているころ、僕ら、同じ年頃の遊び仲間は村の裏山の山頂に飛んでいって、海を見下ろす。そして舟の数を数えながら海の美しさへの想像をふくらますのだった。

「海底から百艘ものタタラを見あげたら、櫂を漕ぐその姿は空の鳥が翼を広げて飛んでいるように見えるんだぞ」

これは外祖父から聞いた話だ。ジジミットやカスワルやカロロにこの話をすると、彼らはこの話が本当か嘘か聞きもせずに、カスワルがこう反応した。

「僕はシ・パルウェイ[33]になるんだ」このように水世界に対する僕らの想像は、一日じゅう村の浜でふくらんでいった。それはまるでタオの子供たちの宿命であるかのようだった。僕は仲間たちよりずっと多く物語を聞いていたが、一番無口だった。

子供のころ、本能に従って海や山から食物を手に入れ、経験から環境の変化を知りつくし、さらには豊かな霊観信仰をもっている人を僕はとても尊敬していた。昇ってくる朝日がゆっくりと木の葉の影を短くするころ、僕はいつもジジミットやカスワルやカロロやサランと棕櫚の木の若芽を採りに山に登った。みんなが採集かごを背負って、村の裏山の頂上まで行くと、桑の木のしたで休んだ。そして若芽でお腹をふくらませながら、広々とした海に点々と浮かぶ小さな舟を眺めた。カスワルの外祖父は僕らの村のシイラ釣りの名人で、一八八〇年代の生まれだったが、活発な外孫のカスワルをとても可愛がっていた。ジジミットの父親と僕の父はちょうど働き盛りのシイラ漁師で、その継承と伝承を演じる役者のように、まさに激しくうねる波と闘っているところだった。体力にはまだ余力があり、謙虚さと傲慢さをあわせもつ中年にさしかかっていた。

村の裏山は海や帆船を眺めるにもってこいの場所だった。視野が開け、さえぎるものはなにもなく航行する船が見える。僕らの視力は良かったので、シイラが釣りあげられたときには、海上に跳ねるその壮観な姿がよく見えた。これこそ山に登ってくる目的だった。シイラが深海から海面に浮きあがってくるのは、現代の腕時計の針で言えば九時ころのことで、ちょうど捕食魚が餌に食いつく時間だった。釣りあげられたシイラは一匹ではなく、釣りあげた船も一艘ではない。炎天下の大海では多数の大魚が小魚を呑みこみ、漁師たちは自作の「波を追う詩」を歌う。シイラは水面に飛びだして釣り針から逃れようともがき、ベテランの漁師たちは大魚と格闘する。空中に二回、三回と飛びあがる姿は、まるでトランポリンの選手のように美しい。魚は海に叩きつけられ、波しぶきが高くあがる。そのさまに僕らは興奮し、喚声をあげる。僕らが山頂から海を見るのが大好きだった理由はこれだった。こうして僕らに将来「波を追う男」になるという夢が生まれた。

山頂は海抜一〇〇メートルあまりで、僕らの子供時代の遊び場だった。この山の道路は日本植民地時代に祖父の世代の人たちがつくったもので、山頂の測候所に通じていた。測候所を建てるのに必要な砂利やセメントの運搬は、一九一二年から一九二一年生まれの父親たちの世代が担った。日本人のために、村の浜から砂利やセメントなどの建築材料を運びあげた。父は、父親たちの野性的な体力には日本の軍人も舌を巻いていたと言っていた。しかしこの労役は、わが民族の植民化の幕開けを正式に告げるものでもあった。つまり孤島はこうして植民の災難に見舞われ、主人から下僕への転落は逃れられなくなっていた。それは地球規模の先住民族の歴史的な宿命であった。

その日は伝統的なシイラ漁が解禁された日だった。海は漁師たちの競技場となり、最初に漁獲を得てもどってきた者が英雄となり、マピニャウ・ソ・アハラン(34)と呼ばれた。カスワルの祖父が若いころは、いつも初出漁の日の覇者だったが、その年、その栄光はジジミットの父親に取って代わられた。

下の祖父は言った。

「初出漁の日の覇者はな、魚の精霊の家族なんじゃ。だからもどってくるときはな、両方の櫂で海面を強く打って人力で波しぶきをあげなければならん。舟を漕ぐその姿はな、今年はわしが、シイラを釣ったぞということを、村のみんなに知らせているんだ」

舟を漕ぐときに飛び散る波しぶきは魔力のように僕らを魅了した。からだを大きく動かして舟を漕ぐ姿はみなの目を引きつけた。僕らは山頂から海面で舟が波しぶきをあげているのを見ると、まるで気がふれたように山頂から葦の草むらを駆けぬけ、村を通りぬけて海辺まで駆けおりた。そして漁師が舟を浜辺に引きあげるのを手伝うのだ。それからその漁師を取り囲んで、魚をさばくのをのぞきこみ、漁師がシイラの心臓を美味しそうに飲みこむのを見る。僕は意味もなく、シイラの心臓を生で飲みこむことに心惹かれ、興味津々だった。生で飲みこむっていったいどんな感じなんだろう。僕の父は大きな魚を釣りあげても、そのころは僕に魚の心臓を食べさせてくれることはなかった。このときのことがいまも心に残って忘れられない。

「浜」は僕らの遊び場であると同時に、子供のころから伝統を学び、魚の名を覚える場所でもあった。僕の記憶では、シイラ月には波を追う男たちの髪の毛は炎熱の太陽に焼かれて黄色くなり、皮膚も山羊の皮のように硬くなっていた。そのうえ引き締まった二頭筋や三頭筋の筋肉に、ふきでものの多い頬で、どこから見ても未進化の野蛮人だった。しかし下の祖父は波を追う男をこう名づけていた。

「黄金の霊魂に迎えられる男」(35)

正午ごろ、海に出た船隊がつぎつぎともどってくると、浜には人だかりができ、がやがやと活気づく。女の子や男の子は浅瀬で大きな魚をさばく漁師たちを取り囲む。魚のえらから流れでた鮮血は足もとの海水を赤く染めるが、その鮮血は海水に薄められる。その変化はまるで夕焼けが水平線の色を変えていくようで僕らの目を引きつけた。群がっている人たちは陽に長く焼かれて、肌の色は茶褐色になっている。濃い茶褐色の肌は太陽がシイラ漁の男たちにもたらした色で、シイラの栄誉と屈辱がなにも語らない漁師たちの目に刻まれている。集まった人びとの皮膚の色は長く直射日光に照らされて、コーヒー色に染まっていた。濃いコーヒー色は、太陽がシイラ釣りの船隊にもたらした男たちを象徴する色だ。シイラにとって栄誉なのか屈辱なのか、それは漁師たちの語らない目のなかに刻みこまれていた。

海はタオの男たちの栄誉と屈辱の不変の競技場だ。失敗は永遠ではなく、一時的な挫折にすぎない。明日、明後日と海の精霊はまた、挽回のチャンスを与えてくれる。勝利者はしばし微笑を浮かべるにすぎない。明日の海は勝利者に謙虚さを求めてくるものだ。律動する海の競技場では栄誉と屈辱が永久に循環し、一年の漁獲量による勝利はあくまで一時的なものなのだ。生涯にわたってこの競技場で精魂を込めてこそ、はじめて謙虚な成功者となるのだ。

その年、下の祖父の漁獲量は多くなかった。初出漁のあの日、下の祖父はシイラを釣れなかった。一八九〇年代生まれのカスワルの外祖父はシイラを釣ったが、それが人生で最後の一匹になった。七十数年におよぶ競技場での成績からすると、僕らにはそれはまさに有終の美を飾ったように思えた。カスワルは外祖父のあとをついて歩いていたが、身内として勝ち誇った笑みがこぼれていた。敗北感を味わった下の祖父は、僕の手を引いて暗い表情で家に帰ったが、道々こう言った。「大きくなったら、太陽をこわがっちゃだめだぞ」

下の祖父には、海の競技場に生きる漁団家族を継ごうという、若くて体力のある甥っ子が五人いた。五人はいずれも標準的な海の男だったが、島民たちのあいだでは自慢の甥っこたちだった。下の祖父は言ったことはやるというタイプの人間だった。話もうまく、村の見識者で、声望のある長老だった。とくに部落史の口述や伝説の民間故事、詩歌の創作は島民に認められていた。

その日、僕の父もシイラを釣りあげた。父は僕に外祖父を連れてこさせ、僕の家でシイラを食べた。「チゲワッ、大きくなったら、よその家から出てくる薪の煙で涙を流すようじゃだめだぞ」と父は言った。父は下の祖父と同じで、自分たちの世代の波を追う男たちの物語を僕に話すのが好きだった。それで子供のころは、僕の心のなかはいつも海の波に浮かぶ舟や、月に照らされた広々とした海の光景に満たされていた。

父は外祖父が食べる魚とサツマイモを、外祖父専用の皿に入れた。三人で魚を食べはじめると、外祖父が父に言った。

「わしが死んだら、おまえは孫を連れて山に行って、わしの林に龍眼の木を植えるんだぞ。子供が将来舟をつくるときの木にするんだ」

その年の晩秋、小雨の降る早朝、父は僕を外祖父のところへ行かせた。父は言った。

「おじいちゃんがおまえに物語を聞かせてくれるそうだ」

昔々、リマシク村にシ・ミナル・ス・ウ・フォアイ（多くの貯えのある人で、漁団家族のこと）という人がいた。この人の祖先はいつも船を漕いでフィリピンのバタン島まで交易に行っていた。そこはわしらの島に最も近い島で、イファタス人（いまのバタン島の住民）はそこをヤミ（海賊島、北方の島）と呼んでいた。

漁団家族の男子はみな海での戦さに強かった。彼らは海賊島の連中が、通りかかる船を襲って掠奪するのを嫌い、イファタス人と協力して海賊島を攻撃し、最後に勝利を収めた。こうしてその後のヤミとイファタスは順調に交易を行うことできるようになった。

父が外祖父から受けついだ銀兜はそのころの交易で手に入れたものだった。いまでは伝統の祭典の招魚祭になると、僕はいつもその銀兜をかぶり、浜に出て魚を招く行事を行う。将来は、息子や子孫にも受けつがせ、この銀兜が子孫たちの伝説となることを願っている。

一九九四年の五月、僕はミンダナオ島のサンボアンガに旅行した。馬のしっぽのようにうしろに束ねた僕の髪は、長年野性の海で漁をしてきたために黄色く縮れていた。ある日の午後、河口付近にある集落まで歩いていった。そこはムスリムの村で、村人が何人かタオの涼み台に似た場所に群って雑談していた。彼らは僕を見て、自分たちと同じような僕の肌の色に気がつくと、痩せて小柄な村の村長らしい人がいきなり僕に言った。

「名前はなんとおっしゃるかな?」

このことばを聞いたとたん、この地球の弱小民族として、ええ! これはいったいどういうことだ、と心のなかでつぶやいた。空間的な距離の長短ではなく、僕にあの「海賊島」の伝説を信じさせた。僕自身の個人的な経験から、海沿いに住む住民は、多くは内陸に耕す土地を持たない人びとで、あとから移ってきた人びとである。彼らの集落はフィリピン政府軍によって竹で囲まれ、イスラム教を信じていた。

僕がさらに突っこんで彼らに話しかけると、なんとタオ語が少し通じた。僕はほっとして、しゃべりながら微笑んだ。僕が最北の島(蘭嶼を指す)から来たのだと知ったある老人が僕の両手を握り僕の顔を見ながら、「この人はわしらの黄金じゃ」と言った。「われらの祖先の親族の後裔」という意味だ。この老人はどうしてこの話を知っているんだろう。外祖父が昔、僕に語ってくれた話を、まさかこの老人も自分の外祖父から聞いたのだろうか。僕はこの話の真実性を証明しようとしたわけではないのに、偶然に証明されたのだ。こんな遠いところに、よく似た物語が残り、談笑しながら意志が通じることばがあろうとは、本当に不思議だった。村長はなにか言っては、僕が泊まっているホテルに、おしゃべりをしにきた。そのお蔭で僕は、サンボアンガ市で一週間、市場や村に安全に出入りできた。これは僕が子供のころから伝説や物語を聞いてきたお蔭かもしれない。このとおり、南洋やオセアニアには、わが民族はたくさんの親戚がいるのだ。

その年、この話を父の三人の兄弟に話すと、彼らの顔にははにかむような笑みが浮かび、海賊島の物語を本当の話として信じた。

外祖父は、僕に、昔の人の話や、生きた人間と霊魂との戦いの話をするのが好きだった。この物語を僕ははっきりと覚えている。外祖父は続けて、僕はその漁団家族の直系の末裔だと言った。

「わしが舟造りに求めるのは、舟の流線美と均斉の取れた彫刻の飾りだ。ただ舟足の速さを追求するだけでなく、それ以上に毎年のトビウオやシイラの大漁を追い求めるのだ。そのような成果を達成しようとするなら、唯一の道は海と友達になることだ」

一年後の冬に、外祖父は亡くなった。そのとき父は四十六歳で、僕は六歳だった。父はひとりで外祖父を埋葬した。あのころ村にはすでに外省人や閩南人《びんなんじん》やアミ族がいた。学校の先生や軍人、さらに囚人や警察官、公務員、神父がいて、興隆雑貨店もあった。僕が小学校にあがると、下の祖父は、僕に、将来は僕らの祖先の島にはよそ者がますます増えるだろうから、自分のことは自分でするようにと言った。

もちろんこれは事実だった。僕らが漢語の学校に入るようになってからは、植民者〔中華民国政府を指す〕が持ちこんだものはますます増えていった。彼らの生活習慣に合わせ、さらには国家の法律によって僕らを管理し、しだいに僕らの父、祖父の世代の考え方や、僕らの子供時代の夢をも抑えつけるようになっていった。

一九六四年に僕は蘭嶼国民小学校に入学した。クラスメートは男女合わせて三十何人かいたが、それは学校創設以来、最も人数が多い学年だった。学校の教室が足らなくて、僕らは午前クラス（養成クラス）と午後クラス（カエルクラス）にわけられた。

ジジミットとカスワルと僕の三人は、学校がはじまった日、丁字褌をつけて心を弾ませ学校に行った。それが「あたりまえ」の服装だと思っていた。上は三槍牌〔スリーガン〕のランニングシャツを着ていた。しかしほかの児童はみんな学校の規則を守っていて、校門から階段をのぼりながら、僕らのかっこうを見ていた。学校は海に面して村の左側に建っていた。校門には監視隊と書かれた赤い腕章をつけた人がふたり立っている。ふたりとも四歳以上年上の先輩だった。大勢の新入生がまえを歩いていたが、監視隊が僕らが丁字褌姿で登校してきたのを見つけると、大騒ぎになった。彼らはゲラゲラ笑いながら言った。

「おまえら三人そこに立て」

僕らがそこで目にしたのは、登校して最初にすることは職員室のまえの国父〔孫文〕像と蔣公〔蔣介石〕像に三拝するということだった。僕らはへえ、変なのと思った。ほかの生徒もたぶん僕らと同じように、なぜ三拝するのか意味がわからなかっただろう。僕らが監視隊の命令で立たされていると、先生がやってきた。

「君たちはどうして丁字褌で登校したのだ？」

僕らは、そのころはまだ中国語がわからず、先生がなにを言ったのかわからなかった。さらにびっくりしたのは、国旗掲揚のときに村の子供たちが中国語の歌をとても上手に歌ったことだった。司会者は僕の親戚で、腹違いの兄のクラスメートだった。とくに目立ったのは靴をはいた子がひとりもいず、足やふくらはぎがきれいな生徒もひとりもいなかったことだ。運動場は雑草だらけだった。国旗掲揚には、ほかに郷党部主任と士官が立ちあった。

国旗掲揚が終わると教室に移り、そこで始業式が行われた。僕ら三人は教室のそとに立たされた。教壇には何人かの上官が座っていたが、靴をはいていない人たちや、僕らと同じように中国語がわからない郷長（僕のクラスメートの父親）や郷民代表会主席もいた。校長が全校の教師と児童に向かって話した。

「この時代に（一九六四年）どうしてまだズボンをはかない『野蛮人』がいるのだろうか……」僕らはうつむいたままで、目のまえに座っている人たちを正視できなかった。まるで天が定めた戒律にふれたような感じがした。しかし実際には、あの郷長や郷代会主席も、ズボンの下には丁字褌をはいていた。僕らが丁字褌をはくのはごく自然なことだ。島の女性たちはヘビの文様やカニの文様、波の形の文様や八字文様の服、それに丁字褌を織ることはできるが、ズボンは難しかった。それに僕らにとっては丁字褌をはくのは野蛮ではないし、原始人でもない。身体の美学の素朴な表現であり、環境の需要に応じたもので、国から決められたわけではない。「野蛮人」、その瞬間生まれてはじめて差別されたと感じた。こうして僕らはうつむきはじめた。

記憶では始業式のあとで、僕ら三人は校長室に呼ばれた。五歳上の叔父のロマビッ(36)は四年生の先輩だったが、呼びだされて、僕らの通訳をした。ロマビッはこう言った。

「校長先生が、明日はズボンをはいて登校するようにって。おまえたちは今回はもう帰っていいそうだ」

これが僕の登校の初日だった。なんの興奮もなく、いくらか惨めな感じがしたぐらいだった。ただ、どうってことないという記憶だけが残った。「丁字褌、野蛮人」、そのころは、学校の先生が言ったこのことばの背景にある意味が、まだよく理解できなかった。

僕らはすぐに家に帰って母を探したが、母親たちはみんなイモ畑に行っていた。それで家で父の物入れを物色したが、大人の服以外、ズボンはなかった。カスワルの家にも、ジジミットの家にもなかった。僕らはこうして村のなかや海辺の船小屋で時間をつぶし、その日はもう学校に行かなかった。もちろん、新入生や二年生は午後には学校は休みになった。

九月の島の気候は、夏の乾燥した暑さが和らぎ、穏やかな気候に変わる。午後、ブタに餌をやる時間になると（四時ころ）、母が畑から帰ってきた。母にズボンのことを言うと、母はなにもいわず父のトランクから「中米合作」と書かれた中国とアメリカが握手をしている絵のついた小麦粉の袋を持ちだしてきた。そうして袋の両角に両足を突っこめる穴をあけ、さらにベルト代わりとなる腰ひも用の麻縄をもってきた。「中米合作」の握手の絵を、まえに向けるのかうしろに向けるのかわからなかった。どうしたらいいかわからなくて、知恵を絞ってなんどもはき直してみたが、どうはいても不自然だった。ジジミットのところに行って、いろいろ試してみたが悩みはいっしょだった。そこでふたりとも丁字褌を脱いではいてみた。互いに吹きだした。あそこが丁字褌でしっかり包まれていないと、まるでシロカツオドリにつつかれているような感じがした。気になって落ち着かず、もぞもぞする不安な感じだ。どうしよう！　どうしよう！　しばらくすると慣れてきた。僕らはそれをはいて、手で口をおおって笑いながらカスワルのところに向かった。道々、僕らは左右の足で交互に規則正しく丸石を踏みながら、嬉しくて「とっても軽くなったよ」「とっても軽くなったよ」「丁字褌を捨てちゃった」「丁字褌を捨てちゃった」と叫びつづけた。カスワルは、外祖母の涼み台に座ってサツマイモを食べながら、海を見ていた。僕らが「中米合作」の握手の絵を前にしてはいているのを見ると、カスワルは思わず大笑いして、口からサツマイモをふきだした。大きな口をあけ、鼻水もふき出した。そして木の板のうえに腹ばいになってワイワイと叫んだ。僕もジジミットも上着を着て小麦粉の袋をはいている。カスワルは、まるで砂浜からいきなり顔を出した「亀の孫」みたいだなと言った。

「じゃ、おまえはどんなズボンをはいてんだい？」

カスワルは腹ばいになったままでばか笑いしながら、手で鼻水をぬぐった。そして笑いながら言った。

「僕のおばあちゃんのパンツ」

「ハハハ……おばあちゃんのパンツだ、おばあちゃんのパンツだ……」

僕らはそのまま涼み台に座って、親たちが夕飯だと呼びにくるまで学校での将来について話した。腹違いの兄は僕がはいているズボンを見て、ひとしきりゲラゲラと笑った。それから昔はいていた短ズボンを探してきて僕にくれた。少なくとも中米合作で握手をしている小麦粉袋ではなかった。

翌日の早朝、僕らは学校の規則どおり国民党郷党部の小さな広場に集まった。僕は兄貴のズボンをはいていたが、ジジミットはやはり「中米合作」のをはいていた。カスワルは口をおおって笑っていた。ふたりは僕のうしろに並んでいた。いたずらな上級生たちはカスワルが女物の粗末なパンツを、そしてジジミットが中米合作の小麦粉袋のズボンをはいているのを見て、ひやかして言った。

「丁字褌よりはいいけど、でもおばあちゃんのパンツをはいて学校に来ると、そうすると……おまえのおばあちゃんがはくパンツがなくなるんじゃないか！」

　このことばでクラスメートは鼻水をふき出し、おならを放ってみな大笑した。

「おい、だれがおばあちゃんのパンツをはくように言ったんだ？」と僕は言った。

　カスワルはやはり口をおさえて笑っていた。そして僕の耳元でそっと二番目の兄だ、ブカルオも祖母のパンツを盗んではいていると言った。僕はそれを聞いて腹が痛くなるほど笑った。僕は振り向いてブカルオのズボンを見て、そして言った。

「ブカルオがはいているのはおばあちゃんのパンツじゃないよ」

「ブカルオはおばちゃんのパンツをスミで黒く塗ったんだよ！」カスワルはやはり口をおさえて笑いながらそう言った。このことばで僕はまた腰を曲げ腹を抱えて笑い、ついにはこらえきれなくなって大声で爆笑した。

「なにを笑ってるんだ、チゲワッ」叔父のロマビッがたずねた。

「ブカルオが、あいつもおばあちゃんのパンツをはいてる。あいつはスミで真っ黒にしたんだって！」

　みんなは振りかえってブカルオの腰から下の布地を見ると大笑いした。

「授業が終わったら見てろよ、おまえをぶち殺してやるからな、カスワル、おまえ」

ブカルオはどうしていいかわからず、そう言った。

僕らはカエル班に入れられたので、三人とも喜んだ。朝、浜で父親たちがシイラを釣りに出て行くのを見送れるからだった。僕らは村の四十艘あまりの舟がいっせいに海に出て行く壮大なながめが大好きだった。僕らの細胞を元気づかせ、朝、海辺ですごすのは気持ちよかった。漁に出た村の勇士たちが帰ってくると、彼らはシイラをさばき、エラをはずす。そのようすを見ていると、血に引き寄せられてウナギが浅瀬に出てくるが、僕らはそれを石で叩いて遊んだ。とても面白く、毎日毎日がそんなふうに過ぎていった。午後になると、僕らは楽しく学校に行った。学校の運動場には国父像と蔣公像があった。生徒は毎朝教室に入るまえに、ふたりの偉人に三拝をしなければならなかった。僕はこの頭を三回下げる行為が大嫌いだった。幸い、午後班はこれをしなくてすんだ。そのうえ、そのころ僕らは国父と蔣公がどんな人物なのか、まったく知らなかった。その人たちは僕らの祖先ではなく、僕らの民族英雄でもないことだけはぼんやりと理解していた。カエルは、一部の先生たちの夕飯のおかずだった。夜、興隆雑貨店のおやじが寝てから、ジジミットが僕らを連れてカエルを四、五匹捕りに行く。それを僕らの秘密基地に隠しておき、先生たちの要求があるとこの下等な食べ物を提供した。

ジジミットとカスワルは現代医学の常識から言うと、多動性障害だった。僕は彼らのクラスの子分格だった。ジジミットは賢くて、機敏な子供だったし、カスワルはいたずらっ子で、人をからかうのが好きなタイプだった。

一九五九年に国軍退除役官兵《こくぐんたいじょえきかんぺい》輔導委員会（行政院に属する退役軍人の職業訓練と再就職斡旋を所轄する機

関。なお、行政院は日本の内閣に相当する）が、村の空地に進駐し建物を建て蘭嶼指揮部と称した。僕らが小学校に入るころには、軍の兵士より台湾から送られた囚人のほうが多かった。そのころ囚人たちは黄牛を台湾から持ちこんできた。僕らが山頂から海で漁をしている船を見ていると、ふたりの囚人が毎朝、決まった時間に牛に草を食べさせるために山にのぼってきて、僕らのまえを通りすぎていった。

ある日、ジジミットが僕らに言った。「あのふたりはお昼、絶対に昼メシをもってるよ。だからさ、明日は浜で父さんらの舟を岸にあげるのを手伝うのやめてさ、山の公道に行って、そこであの牛を放牧している人たちに昼メシを運んでくるのを待とうぜ」僕らは木の影を時計代わりにした。ご飯を運ぶ囚人が通りすぎるとき、木の影の位置にいて、呼びかけられるよう場所に目印をつけた。

当時、島の囚人はふたつのタイプにわけられた。ひとつは台湾で事件を起こした囚人たちで、これを「隊員」と呼んだが、ほとんどは閩南人だった。もうひとつのタイプは「長員」で、彼らは外省人で、軍隊のなかで問題を起こした人たちだった。道路建設のような重労役に服するものは「隊員」で、「長員」は農場や畑仕事や牛飼いなどの仕事の責任を負っていた。

昼どきになったら、昼食を運ぶ長員が僕らが海を見ながら休んでいる木蔭のところを必ず通るはずだ。それからかなり日が経ってから、そこを通りかかった人にカスワルがおどけて言った。「三民主義バーンバーンザーイ！」

僕らは最初、礼儀正しくことばをかけたつもりだったが、その人はこう答えた。（僕の記憶では、これが僕らが漢人と話した最初だった）

「バカモノメガ！」僕らにはその意味がわからず、ただヘラヘラ笑っていた。僕らは子供で、内心では台湾から来た囚人がとてもこわかった。あの人たちはなんと言っても悪いやつらで、父親たちもこわがっていた。僕らの成長は、蘭嶼の刑務官や台湾の囚人の出現とほぼ時を同じくしていた。猛暑の日でも、長員は軍営から食事を担いで運び、全身汗びっしょりになっていた。何度か会っているうちに、僕らはその人のいい子分になった。はじめは竹かごに入ったおかずやご飯を天秤棒で担いで、牛の世話をしている長員に渡すのを手伝った。そこは中横公路と呼ばれ、日本が蘭嶼を植民地としているときに、父や祖父が道路工事に駆りだされてつくった測候所への道に沿っていた。道端の小高い丘にはカヤ草が生い茂っていた。蘭嶼指揮部は台湾から黄牛を連れてきて、囚人に労役させるのにちょうど良かった。四か所ある監獄施設でも国慶節の祝日には、自前で牛や豚を殺して士官や囚人たちにふるまうことができた。

しかし、村の周辺に広がるサツマイモ畑は囚人たちが牛を放牧するための「自然草原」と見なされてしまった。村は行政院輔導会蘭嶼指揮部の中心であり、蘭嶼の当時の行政の中心でもあった。牛を放牧する囚人は二組、編成されていた。一組は村の裏側の丘で計五名、もう一組はジラポンの駐屯地である。この駐屯地の道路は重い刑罰の罪人が山腹に沿ってつくったものである。ジラポンは木を伐りだすための村の伝統的な領域で、龍眼の木がとくに多かった。蘭嶼指揮部は渓谷の狭い平地に簡易な監獄を建て、五人ほどの退役軍人に管理させた。この狭い駐屯地で使われた用材は先祖が遺してくれた龍眼の木で、水の枯れた渓谷に多く育っていて、どれも樹齢は百年を超えていた。このような村の五つの漁団家族が所有する林地は、彼らにとってはいわゆる「国家財産」、つまり台湾政府が所有する財産で、彼らの盗伐は国家が法律上認可した行為になるのだった。

蘭嶼指揮部からジラポン駐屯地までは歩いて一時間だった。指揮部の悪徳士官は、渓谷の駐屯地から道路をつくりはじめた。道路工事がはじまると、囚人はふたり一組となって、渓谷で龍眼の木を伐った。道路が開通した場所まで龍眼の木がうず高く積まれていった。士官や退役軍人らは縄跳び用の縄で重い刑罰の罪人を鞭打って、道路の完成を急がせ、軍営のトラックで盗伐した龍眼の木を運びだした。指揮部の悪徳士官は僕らの伝統的な習俗をよく理解していた。つまり四か月間のトビウオの季節は、タオの男性は海に出てトビウオ漁にかかりっきりとなり、山林に入って祖先からの林を見まわる暇がなかった。女性たちの畑仕事のほうも、突然多くの男の囚人や退役軍人がやってきたので、このような悪人にひどい目に遭わされることを怖れて、ひとりで畑仕事に出ようとはしなかった。

ジラポン駐屯地のうえのほうにある伝統的な領域は、村人が根菜作物を育てる肥沃な土地だった。面積はサッカー場二十個分ほどあり、季節ごとに耕作地と休耕地にわけていた。この全長二キロの道路が完成してからは、蘭嶼指揮部は水イモ畑の空地を占領して、盗伐してきた龍眼の木をバスケットボール場ふたつ分の広さに積みあげた。これらの薪は彼らが食事やマントウをつくったり、士官がからだを洗ったりするために使われた。

龍眼の木の果実は夏に収穫する。僕らにとってそれは最も大切な果物だった。僕らの民族が雄株の龍眼の木を育てるのは、子孫が家を建てたり、舟を造ったりするための材料で、成長ということが僕らのゆるぎない植林の信念だった。しかしながら、島の六つの村では、行政院輔導会が蘭嶼に進駐してきて以来、木材を盗伐されない村はなかった。それに政府から補償金を受け取った家族も一軒もなかった。道路の完成によって、囚人らは僕らの畑で楽に牛の放牧ができるようになり、黄牛がサツマイモ畑を好き勝手に踏みにじることになった。当時、サツマイモはタオの人たちの主食だった。夫婦で炎天下で畑を耕し草をむしるのはたいへんな仕事だ。なのに黄牛はやすやすと餌にありつき、女たちが一生懸命に植えた根菜食物を踏みにじってしまった。囚人らはまた夜間にこっそりとサツマイモの葉を盗みにきた。そのため女たちは彼らを怖れるようになり、よく整理されていた肥沃な土地も次々に荒れてしまった。生存のため、村の男たちはさらに深い山に入って、木を伐り開墾してサトイモやヤマイモを植えた。つまり一九五九年から一九六三年のあの年代は、牛の放牧によって島は飢餓に襲われたのだ。これは蘭嶼に突出して起こったことだった。タオの人びとは辺境にあったためにいけにえにされたのだ。つまり台湾政府が来たことで、戦後僕らは再び植民化され、新しい希望がもたらされることはなく、逆に僕らは恐怖と飢餓のただなかに陥れられたのだ。

あの年の秋、父と伯父、そして叔父と下の祖父の四家族、それから父方の従弟ひとりと、同じ父方の年上の従兄三人、そして僕は、傾斜六、七十度の斜面を登り、高さ一〇〇メートルほどのところにある狭い平地をバスケットボール場ぐらいの広さに拓き、半月ほどかけて整地して、サツマイモ（八か月で収穫可能）を植えた。斜面にはヤマイモやサトイモ（少なくとも十三か月で収穫可能）を植えた。こうした苦労は僕らの家族だけでなく、島に住む民族全体が直面した悲惨な情況であった。

トビウオ漁の季節が終わると、晩春から初夏にかけて、家々の庭先にトビウオを干していかに豊漁だったかを披露するのだが、輔導会が僕らの島に進駐してきたせいで、父や外祖父の世代には明るい笑顔がなかった。なぜなら、イモやサツマイモなどの作物が不作で、アワも牛に食べつくされた。まったくやり切れなかった。これこそが弱勢民族と漢族の出会いの真実の姿である。材木に一銭の弁償も得られなかっただけではない。トビウオといっしょに食べるサツマイモやサツマイモの葉も、夜間、囚人らがこっそり掘って盗みだし、監獄で飼っているブタの餌にしていた。自分たちの食べ物がなくなっていることを知ったとき、老人たちは憤慨して、集団で蘭嶼指揮部に押しかけ弁償を要求した。北京語が話せない郷長がリーダーとなり、小学校を卒業したばかりの僕の義兄（の ちの従姉の夫）が通訳した。僕ら六、七歳の子供もついて行った。軍営の指揮官は新しいバスケットボール場で、事務室のまえに出した籐椅子に座って僕らを待っていた。そのそばには士官が何人か立っており、長老たちは全身武装でバスケットボール場に立った。指揮官は言った。

「なんの用かな？　郷長」

「弁償してほしい、あんたらはわしらの龍眼の木を黙ってもっていった。それにサツマイモだ……。わしらに弁償してくれ」義兄は郷長のことばを通訳した。

「ご存知かな？　あの木は国のもので、サツマイモは……、我々はみなさんに米を提供しよう」

「あの木は国のものじゃないぞ、この島はおまえたち中国人の島じゃないぞ、わしらタオ人の島じゃ」

「あの木は国のもので、おまえたちのものではない。それにこの島も中華民国だ、わかるか」

「違う、どの木にもわしらのものだという印がつけてある。おまえたち中国人のものじゃない」

「なんて言ったんだ」

「どの木にもわしらのものだという印がある、おまえたち中国人のものじゃない」

長老たちは口々に軍営の指揮官と言い争いをはじめ、軍側に伐った木の補償金を要求した。しかし、指揮官は木は国のものだと言い張って譲らなかった。意見は大きく異なり、バスケットボール場にはみんなの声が響きわたった。さらに長矛の柄がコンクリートの床を打ちつづけ、顔をこわばらせ、アニトを追い払うしぐさをしながら声を張りあげた。指揮官の耳にはあちこちで波が立つようなざわめきに聞えたらしく、彼は我慢できなくなって腹を立て、威厳たっぷりに立ちあがると、「木は国のものだ」と言った。みんなは指揮官の訛りのきついことばが聞き取れず、いっせいに「マパトゥル（弁償）、マパトゥル（弁償）」と言った。

突然、バン、バンと音が響いた。指揮官がいきなり銃を空に向けて撃って威厳を示したのだ。みんなはすぐに黙ってうずくまり、お互いに顔を見合わせた。彼はまた言った。

「副官、紅頭村は何戸あるのか数えるように、一戸あたり洗面器一杯分の米をブツブツ……」そう言うと、事務室に入っていった。

「国家権力」を誇示する武器、そして銃を「空に向けて撃」って威嚇することもまた野蛮な異民族の本質である。僕らが「国法」に逆らっているのだから、「国家駐防利益」を守るためには、銃は必携の殺人武器であるというのだ。老人たちは「銃」に目が付いてなくても、人間ひとりを即座に殺す力をもっていることを日本人から教わっていた。指揮官が銃を空に向けて撃つことは、彼個人の行為ではなく、囚人らが木を勝手に伐ったり、悪行を働いたりすることは、彼らの自由な意思によるものではない。牛がわが民族のサツマイモ畑を踏みにじるのは、牛の過ちではない。もともとここに住んでいる人間の過ちだと言うのだ。いったいどんな天の理があるんだ！　これは人間がしたことであり、「空に向けて撃つ」ことの具体的な意味は、当時の中華民国の蔣介石政権の一貫した全体的な「盗賊」行為である。格好つけて言えば、「戒厳令時代」というわけだ。しかし、軍営の老兵たちが百戦錬磨なのは事実だが、彼らがこの島に来たのは、僕らのような質朴な島民を武力で威嚇するためではなかったはずだ。

バンという音がして、村の老人たちは生まれてはじめて銃声を耳にし、銃口から出る煙を目にした。勇士が身につける伝統的な魔除けの籐製の兜や鎧を着て、鋭くない長矛を手に持ち、野性的で野蛮な行動を取るのは、素朴な補償請求のためであり、生活のためであり、ごくあたりまえのことだ。なにも新移民の漢人の軍人たちと戦おうと立ちあがったわけではない。当時のことを振りかえると、彼は文明人の野蛮な指揮官だった。彼の銃は瞬間的な殺傷力をもっており、島には彼の行為を阻止できる人はいなかった。彼はそのときの王であり、彼の銃は国家を代表していた。タオ人は彼をシ・ルピッ（目玉のない人間）と呼んでいた。

生涯、陽に焼かれて黒くなった長老たちが、年じゅう家のなかで煙に燻されて黒ずんだ籐製の兜や鎧を身につけ、手に錆びた長矛をもった姿は、まるで軍紀の厳しい黒い勇士の戦隊のようだった。バン、と一発の銃声がすると、高揚した精神は一瞬のうちに凍りつき、老人たちは静まりかえった。指揮官のひとりが、野獣のような形相で勝ち誇った笑みを浮かべて天を仰いだ。「もう一度叫んでみろ！」「もう一度叫んでみろ！　おまえたちを撃ち殺してやる」バスケットボール場は静まりかえった。長老たちはぐっと口を閉じた。勇ましい野性は姿を消し、野バトのようにおとなしくなった。村の子供たちも、僕も含めてみな、銃の音に度肝を抜かれていた。指揮官のあの天を仰ぐ笑い顔は彼その人ではなかった。あれは国家の権威であり、人を見下す軍人の表情であり、侵入者の横暴なふるまいであり、美しい人間性を憎むなによりの証拠だった。

バンという一発の銃声で、蘭嶼の原初のすべてのものが、一瞬のうちに国のものとなった。村の昔からのサツマイモ畑には、指揮部によってセメント杭が打たれ、そこには「蘭嶼農場用地」と記され、そのほかは「国防用地」(37)となった。行政上の管理移転の手続きを経ただけで、わが民族にはなんらの相談もなかった。夕方になり、「野蛮」そうないでたちの長老たちは、そのときみな裸足だったが、音も立てずにひっそりと村の家に帰っていった。家で待つ女たちのサツマイモ畑への補償はこれっぽっちもなく、龍眼の木についても、まるで尊厳ある回答が得られず、追いかえされた。歩いていく長老たちは、みんなから最強の男と言われた者たちで、最も正義感の強い男と認められた者も、退輔会が盗伐したことに抗議した下の祖父もみな、このときからすっかりおとなしくなってしまった。実は、みんなはアニト以上に銃がこわかったのだ。

僕ら新しい文明の教育を受けた世代はなすこともなく、またなにもわからないままに父や祖父たちのあとにつづいた。生まれてはじめて外から来た文明人と出会った。いや対峙したのだ。あの打ちのめされたような思いは、僕の村だけではなかった。わが民族全体が漢民族政権に植民されたとき、僕らの自然に生きる野性は徐々に順化され、漢人中心の生活リズムに変わっていった。将来、大伝統はバランスを失い、小伝統はすたれ、微かに残った伝統は失われていく。

海に面して村の左側にある軍営では、どんな天候の日でも昼夜をわけず毎日薪がたかれていた。監獄からも薪をたく黒い煙があがり、子供のころから森林を守ってきた村の老人たちは、日夜、その真心が焼きつくされるような思いだった。一発の銃声によって、木の魂は踏みにじられ、林には腕ほどの太さの細い木しか残っていなかった。下の祖父は息巻いて言った。

「あの中国人どもには、龍眼の木がこの島の最上の木だってことなんてわかりゃしないんだ、くそっ！」

囚人らが僕らの木を盗伐してからは、下の祖父は台湾から来る漢人を死ぬほど恨むようになり、やつらの行為は生まれつきの悪人根性から来ていると考えていた。かなりの日が経ったある晩のことだ、父と下の祖父はたいまつをもって入江に行くと、網を張って大きなブダイを八匹と大きなハタを四匹捕った。明け方、家で新鮮な魚と魚のスープをご馳走しようと、父は僕に下の祖父と下の祖母を迎えにやらせた。僕は年じゅうイモ畑で畑仕事をしている下の祖母の手を引いた。瑪瑙や、藍色や黄色の珠をたくさん繋いだ、へそのあたりまで届く首飾りをしていた。下の祖父はにこにこしながら、僕の両親に挨拶をした。しかし、地面に置かれたサトイモやサツマイモはみなどれも小さかった。下の祖父は言った。

「ほおう、たいした漁獲だね」彼は感心し、驚いたように言った。

下の祖父と父と僕は、男が食べる魚のハタを食べ、祖母と母と妹はブダイを食べた。父は男の魚を入れる木の皿[38]を二枚取りだし、一枚に僕と父の魚を入れ、もう一枚に下の祖父の魚を入れた。それから女の魚を入れる木の皿を二枚出して、一枚には母と妹の魚を、もう一枚には祖母の魚を入れた。

「熱いスープをたっぷり飲めよ、からだが温かくなると寒さなんてへっちゃらになるよ」

下の祖父は僕にそう言うと、続けてまた言った。

「あまり賢くなったらだめだぞ、中国人の学校ではな。そんなことになったら、やつらはおまえを遠い島へ連れていってしまうよ」

大人たちはみな漢人を怖れていた。漢人は銃を持ち、理由もなく僕らの土地をかたっぱしから強奪したからだ。下の祖父はいつも漢人に対する不満を口にしていた。僕も成長の過程で、輔導会や軍営が僕らをいじめる多くの場面を見聞きした。それで僕は子供のころから軍人を怖れ、服役している囚人がこわかった。

長員らは木蔭で昼食をとっていた。彼らは食べながら、僕らのようすを見ていたが、かなりの時間がたってからこう声をかけてきた。

「おまえたち、米のメシを食べたことがあるか?」

僕らは頭を左右に振りながら唇をギュッと噛みしめ、口のなかにあふれてきた唾液をのみこんだ。黒い顔の汗はもう乾いていた。彼らがひと口飲みこむごとに、僕らも一回まばたきした。彼らは僕らのほうに目を向けてきた。僕らは向うの山頂に目をそらした。

「小僧たち、食わせてやるぞ」

これは僕らのお腹が期待した回答だった。

おかずの量はともかく、あの日、僕らは「昼食」(39)をもらったのだ。それは生まれてはじめて食べた米のメシだった。それにはじめて味わった醤油とサラダ油で炒めた野菜や豚肉だった。この体験が囚人との不思議な出会いとなった。僕らは彼らの食べ残しを食べたのだ。これらの食べ物は、ゆでるだけの伝統的な僕らの食べ物の味とはまったく違っていた。僕らが食べるために少し残してくれただけだったが、僕らは満足した。はじめて口にした外来の食べ物は、僕らの舌の味覚をまどわせ、囚人との距離が近くなったことで頭は恐怖でいっぱいになった。

僕らはお互いに小さな声で言った。「うまいなあ、うまいなあ」これが結論だった。

ある朝、僕らは川に沿って、村から一キロほど離れた水イモ畑にカエルを捕りに行った。できればカエルを七、八匹捕まえて、牛を放牧している長員たちの食べ物と交換したかった。ジジミットとカスワル、そして僕は、入学してからも、学校の授業にまったく興味がなかった。僕らはただ米のメシのことだけを考え、教科書のことよりは軍営の食べ物を腹いっぱい食べたいと思っていた。僕らがカエルを捕まえだしてから、ふたりは僕よりずっと俊敏に、水イモ畑のカエルを一匹残らず小さな手から逃さずに捕った。女たちのサトイモを踏みつけることなど気にもとめず、ひたすらカエルを捕まえていた。それにカエルの移動や飛び跳ねる方向を僕よりもずっとよく見ていた。そのような本能は僕よりも勝っていた。それにまた僕には別のイメージもあった。穴に手を入れて気味の悪いヌルヌルしたカエルにさわるときのあの感覚が嫌いだった。幸い、ふたりは僕より捕まえるのがうまかったので、僕は自然に彼らについてカエルを運ぶ役をすることになった。

ジジミットは長員にカエルをやって仲良くならないかと言ったが、僕とカスワルはあまり興味を覚えなかった。その後、ジジミットはカエルの交換で長員と仲良くなり、彼らの使い走りをする弟分となった。そのためジジミットは授業をサボってばかりいた。「教科書より軍営の食べ物のほうが腹をいっぱいにしてくれるから」と彼は言った。その後、輔導会は、村の裏手の平地にある、日本人が残していった軍営の建物を修復して、あの牛を放牧する長員たちの住居にした。そのときから、ジジミットは彼らのためにカエルやウナギを捕まえるようになった。カスワルやカロロや僕は、朝になるとあいかわらずシイラ釣りの船隊が出漁するのを見送っていた。輔導会が村に進駐してきて牛を放牧したために、僕らの村のどの家も、ジラポン草原でサツマイモを植えることができなくなった。そのため僕らの食べ物は不足し、僕らのような子供は、潮が引いたときには波打ち際で貝を拾って生で食べ、腹の足しにするようになった。竹竿で釣った小魚は、捨てられていたブリキ缶を鍋にして煮た。腹が満たされると、僕らのような「深蓄」(40)が学校に行く時間となった。しかし、いつもジジミットには会わなかった。彼はもう僕らといっしょに学校に行かなかった。先生がジジミットのようすをたずねてきたときには、いつもお腹が痛いと言っていると応えた。彼は悪知恵が働く子供だった。午後から学校に来るときには、手にカエルをぶら下げて、僕らを鞭で叩くのが好きなあの先生に渡していた。彼は先生に殴られないばかりか、僕らが学校の掃除をするときには、先生に呼ばれて宿舎の周りの片づけをしに行っていた。

昼に学校に行くと、作業ばかりさせられた。毎週、校庭の掃除があり、そのときジジミットはいつもカエル捕りに行かされていた。僕らも山に行って、先生がご飯を炊いたり、風呂用の薪にしたりするために枯れ枝を拾ってきた。学校に行きはじめたころの、二年間の学校の記憶はこんなことだけだった。二年間、漢字をほとんど書くこともせず、注音符号〔ㄅㄆㄇㄈ(ボポモフォ)で表記される中国語の発音記号〕も覚えられなかった。台湾から来た先生は、島流しに遭ったようなものだった。海の交通は不便で、言ってみれば、先生たちは学校の「島の主」だった。空は非常に高く、また、総統は彼らから遠く離れていた。酒好きの先生には閩南人も外省人もいた。あとになって軍営の人たちと知り合うようになると、飲酒と麻雀が先生たちの生活の中心となった。ジジミットは彼らがカエルやウナギを食べたいときには使い走りさせられた。彼が忙しくて手が回らなくなると、僕らもカエルやウナギ捕りに動員された。しかし、僕らがいっしょに捕まえたカエルでもらったお金は、平等にわけてピンはねするようなことはしなかった。要するに、僕らの本当の教室は、野外の海辺や水イモ畑で、そこで僕らはいっしょに学び生活した。ジジミットも僕らから離れられなかったということだ。それから、村の裏手の丘陵で、僕らのような深蕃の児童には先生に好かれる条件があった。つまりカエルや薪で、先生たちの食べ物は困らなかったのだ。それに僕らはカエルは食べられなかったし、親からはカエルやウナギは下等な奴が口にするもので、まっとうな島の人間が口にするものじゃないと教えられていたからだ。このように一年生、二年生の二年間は、本当に楽しかった。午前班、午後班の制度も変わらなかった。学校も新しい教室を建てているところで、先生たちも僕らの授業にはまったくお構いなしの状況で、僕らもそれで一向に構わなかった。三年生になると、生徒の隔年募集が毎年募集に改められた。ところが、ふたつの村では子供の人数が少なかった。村の女たちの妊娠率は本来非常に高いのだが、乳幼児の死亡率も高いために、僕らの年代の子供で学校が求める人数を満たすには不十分だった。そこで毎学年、児童が不足しそうになり、そのため「留年」制が実施されるようになった。

　僕らが一、二年生のころ、宿題をしたかどうかすっかり忘れてしまったが、ただ僕らの何人かは先生たちを大いに助けた深蕃だったので、先生たちが留年生を選ぶとき、僕らは選ばれずそのまま三年生になれたことは間違いなかった。

　二年生の後学期、それはちょうど二月から六月のトビウオ漁の季節で、僕の記憶では学期中の試験期間のことだった。僕らに中国語を教えていたのはある先生の若い奥さんで、授業の代講をしていた。とても可愛くて、僕らにも熱心に接してくれ、いつも歯をみせて笑っていた。スカートをはくのが好きで、白い足をむき出しにしていた（これがカスワルが漢人の女性を嫁さんにもらうと言いはじめたきっかけだった）。僕らは人数が少なく、クラスの何人かはテストの点数を気にしていなかった。先生は「点数」でできる子とできない子をわけるのが好きだった。僕らがテストを終えて答案用紙を提出すると、先生はすぐに教室ですごい勢いで採点をはじめた。男の子も女の子もだれも石鹸で体を洗ったこともなければ、シャンプーで頭を洗ったこともないいたずらっ子ばかりで、からだじゅうからトビウオの生臭い臭いを発しながら、ワーッと先生の周りを取り囲んだ。ところが、先生が採点を終え、みんなの点数を発表しようとしたちょうどそのとき、だれかがたまらないほど臭い「すかしっ屁」を放った。魚臭く、それに肉の腐ったような糞の臭い、あるいはトビウオの身の臭いというか、そんな臭い「すかしっ屁」が周囲に広がった。僕らはすぐに教室のそとに飛びだし、大きく深呼吸をした。ところが女の先生は逃げ遅れて「すかしっ屁」を吸いこみ、その場で嘔吐した。僕らの答案用紙には一面に先生が吐いた汚物が広がっていた。先生は、泣きだしそうな声で言った。

「だれ……だれなの……おならをしたのは？」

僕らは爆笑して、腹を抱えて転げるように教室を飛びだし、そして言った。

「だれだ屁をこいたのは？」

クラスメートの目はいっせいにカスワルにそそがれた。そのときにはカスワルはもう運動場にいて、赤ん坊が生まれるときのようにからだを丸めて、腹を抱えて笑い転げていた。それを見て僕らはさらに大笑いした。またおまえのいたずらか、クラスメートはそんなことを言いながらハハハと笑った。……カスワルも鼻水を噴き出し、僕とジジミットもいっしょに大笑いした。

「先生……先生……カスワルです！」

「カスワルです！」

ちょうどテストの時間だったので、五十数名の全校の生徒がみな教室を飛びだして、「どうしたんだ」「どうしたんだ」とたずねた。するとみんなが答えた。

「カスワルだ！　カスワルがすかしっ屁して、先生がへどを吐いたんだ」

学校の上級生もみなカスワルのいたずらをほめそやし、トビウオの季節の晴れた日に学校じゅうが大騒ぎとなった。しかし、カスワルはなんども尻を鞭打たれ、罰としてカエル捕りに行かされた。数日後、台東から一〇トンの漁船がやってきて、学校の沖に停泊して貨物をおろした。あの女の先生は海上で十二時間波に揺られる苦痛もいとわず船に乗った。カスワルの「すかしっ屁」のいたずらに耐えきれなかったのだ。僕らのことを「いたずらっ子」と言って、蘭嶼を去っていった。僕は「いたずらっ子」のほうが「悪い子」よりずっとましだと思った。

三年生になると、クラスメートは男女合わせて二十数名残っているだけだった。新しい教室で授業が行われた。新しいクラス担任は女性で、薛《シュエ》という出っ歯が目立つ外省人だった。彼女のふたりの子供も蘭嶼国民小学校に入ってきた。ひとつの机は男女のふたりがけだった。カスワルの席は僕のまえだった。薛先生は僕らに注音符号を教えず、直接漢字を教えた。たとえば四字なら中華民国、六字なら復興中華文化と一字ずつ一行ずつ黒板に書いた。僕らはまじめに学んだが、僕にとっては字を書くことこそが本当の授業だった。

新学期がはじまるとすぐ軍人節〔抗日戦争勝利記念日が由来。九月三日〕だった。軍人を慰労する祝日で一日休みだった。翌日学校に行くと、L型の廊下や教室の窓には、「南京大虐殺」の白黒写真が張り巡らされていた。国旗掲揚の儀式のあと、若い男性上官四、五人と若い女性上官が二人出てきた。みな陸軍の大尉クラスの軍人だった。僕らは偉い軍人さんのまえに整列して、第二次世界大戦当時、日本人がどんなに悪く、中国人がどんなに勇敢だったかという話を聞かされた。クラスには十四人の男子児童がいたが、この歴史に興味をもつ者はひとりもいなかった。みんなは「虐殺」事件には非常に嫌悪感を覚えた。偉い軍人さんは口角泡を飛ばして、もっともらしいことを述べたてた。しかし、僕らにはちんぷんかんぷんだった。実は、僕らの目は女の軍人に釘づけになっていた。女の軍人を見ているほうが面白かった。軍服を着た女性が非常に珍しかったのだ。

僕は父のひとりっ子だった。一九六三年の九月に外祖父が亡くなると、十月に姉が軍人と台湾に駆け落ちしてしまった。このことはずっと父を悩ませつづけた。僕が生まれた年から、わが家にはいつも日本の民族学者〔解説参照〕が来ていた。と言うのも、父は日本語ができたので、自然と日本人には親しみを感じていた。日本の学者と親しかった関係で、僕は子供のころから中華民国の兵隊になってはいけないと教えられてきた。父は、兵隊の仕事は「人を殺すか、殺されること」だと言った。それで子供のころからの僕の夢のなかには「軍人」はなかった。

一九六六年の春、学校で「南京大虐殺」の白黒写真が展示されたあと、薛先生が「わたしの志願」という題で作文を書かせた。不思議なことに、十四人の男のクラスメートのなかに軍人になりたいという願望をもつ者はだれもいなかった。僕らの幼心にも、軍人になることは良いことではないようだった。

写真展で、軍人は僕らに日本帝国は悪で、国軍は善だと語った。ところが、目のまえにいる国軍は僕らの山林の木を盗伐した張本人だ。それに自分の名前もまだろくに書けないのに、どうして作文なんか書けるのだ。

「僕の志願」ってなんだろう？　自問してみた。目のまえには流動する青い海と緑の水イモの段々畑が広がっている。それになにもせずブラブラしている警備員や、僕らに体罰を与えるだけで、カエルやウナギを食べるのが好きな先生たちがいる。だから、小学校三年のときには、僕の願いは浜に行くことだった。浜に行って村の勇士たちが捕ってきた魚を見て、男が食べる魚と女が食べる魚について知ることが、僕にとってはとても興味深いことだった。

「カスワル、おまえの志願はなんだ」と僕はたずねた。

「僕の志願は台湾の娘を嫁さんにすることだ」彼は真っ白い歯を見せた。

「カスワル、それは志願じゃないぞ！」

「僕の志願は、どっちにしろ台湾の娘を嫁さんにすることなんだ！」

「おまえのような不恰好な奴を、台湾の娘が好きになるもんか。それにおまえは、ばあちゃんのパンツをはくのが好きだしな、そんなおまえに……」

「それじゃ……おまえの志願はなんだ」と、カスワルはたずねた。

「志願なんてないよ！」

僕の希望は大きくなったら舟を造り、シイラを釣り、トビウオを捕ることができるようになって、海上を漂いながら、毎日太陽で真っ黒に焼けたまわりの漁師を眺めることだった。僕の心の海にはある本質的な問題がずっと渦巻いていた。クラスメートたちと比べると、僕のそれは逆流する想像と言っていいものだった。みんなが考える志願とか願望というのは、たとえば、社長や金持ちになったり、郷長になることなどだった。そうしたことはみな僕の夢の範囲にはなかった。クラスメートたちはこの島の本質から離れた将来を構築しようとし、原初的な想像から遠ざかろうとしていた。と同時に、自分の夢のぼんやりとした未来図にも疑いをもっていた。

ある朝、歴史を教えている外省籍の先生が、新しい教室の外の廊下に並んで太陽に向かって整列するように僕らに命じ、こう言った。

「君たち、今日は先生がひとつお話ししよう……。これらのコンクリートの柱に描かれている歴史上の人物は、『我々』中華民族の偉大な民族英雄であり、この方々は未開の辺境の野蛮人を打ち負かしたのです……」

その絵は監獄にいる三人の囚人が描いたものだった。似ているかどうかは、その歴史人物を実際に見ていないので、なんとも言えないが、絵はたいへんうまかった。

「あの人たちみんな一重まぶただ。僕らは二重まぶただけど」カスワルが僕にこう言った。

「あの人たち泳げるのかな？」ジジミットがまた僕にたずねた。

「チゲワッ、このふたりはなんて言ったんだ、早く言いなさい……」

先生は強い口調で言った。

「カスワルは、英雄はみんな一重まぶたで、僕らは二重まぶただと言いました。ジジミットは、英雄は泳げるのかと言いました」

僕はふるえ声で、どもりながら先生に正直に応えた。

「おまえら三人はあそこの懲罰台に立っていろ！　ほかの者は教室に入れ」

そうだ。僕らはみな二重まぶたで、それに泳ぎもできる。「我々」という意味は僕らを漢人の仲間に入れるということだが、僕らは中国語を話さない。「英雄」と言っても、僕らの海の英雄は人を殺さない。僕らの疑問は事実だったが、先生たちは僕らに僕らも漢族だと認めるように迫ったのだ。これは筋が通らない。僕らのことばは中国語と通じないというのは事実だ。この事件以来、僕は三年生のときに、学校で教える歴史のなかの歴史は絶対にタオ人の歴史ではないと疑いはじめ、心のなかで学校の先生への信頼が揺らぎはじめていた。ジジミットとカスワルと僕は、歩けるようになってから毎日ずっといっしょにいたが、僕の反応は彼らより鈍かった。

いまから振りかえると、小学校のころの記憶は昨日のことのように鮮明で、僕らは成長過程で近代化による汚染をほとんど受けなかった。ふたりに感心するのは、僕らは二重まぶたなのに、「英雄」たちは一重まぶたであること、そして僕らは泳げるのに、「英雄」たちは馬に乗れても泳げないことを、ふたりは疑う勇気をもっていることだった。ここでは戒厳令時代の一元的な教育はひとまずおいて、僕個人は、小学校三年のときから「迷い」がはじまった。漢人から見て、自分たちの理解しがたい生活や地域、あるいは他者については、いつも非文明的だとか粗野だとかと決めつけ、不当なマイナスイメージを塗りつける。ウナギやカエルを食べないと僕らをバカだと言い、丁字褌をはくと僕らを野蛮人だと言う。龍眼の木は僕らの私有財産なのに、どうして国家のものなのだろうか。

僕ら三人は炎天下の懲罰台に立っていた。僕らは漢人の一元的な歴史観を犯したのだ。丁字褌をはくのは「文明の破壊者」なのだ。こうして、僕の価値観は迷いのなかで強くなったが、どうしていいかわからなかった。三年生のときのトビウオの季節のある日、島はとても蒸し暑く、太陽がコンクリートの壁を溶かしてしまうように感じられた。あるいは、青い海の流れが先生たちを感動させたからかもしれなかったが、午後は授業も作業もなしで、学校じゅうで海に泳ぎに行くと言った。それを聞いてみんなは、窓ガラスを破るような大きな声をあげ、雷が天に響くような大騒ぎとなった。

「先生泳ごう、泳ごう」

「先生は泳げない、先生は泳げないんだ……」

「僕らが教えてあげるよ、僕らが教えてあげる」

「先生は泳げないんだ、先生は泳げないんだ……」

青い海の息づかい、波の気分は、僕らのからだのなかにある感覚のようだった。太陽が先生たちの日傘を溶かしてしまうほど激しく照りつける。しかしそれでも、先生たちは僕らといっしょに海に入らなかった。反対に、先生たちは僕らにアダンの茂みの空地をきれいにさせて、そこで涼んでいた。海は先生たちの足もとにあってこんなにも青く、こんなにも美しく人を引きつける。なのに先生たちはアダンの茂みで、午後の灼熱の太陽を避けている。僕らは楽しく泳いだ。しかし、学校では僕らが泳ぎに行くことを禁止していた。このことはどう考えても納得がいかなかった。海は僕らの生活の源泉だ。しかし、学校は僕らを生活の美学から遠ざからせ、泳げない漢人が考える「英雄」像を無理やり僕らに植えつけ、僕らをとまどわせた。ただ僕とジジミットとカスワルは、これまでどおり夜になると泳ぎにいき、カエルを捕って孤島の生活で失った先生たちの栄養を補っていた。

しかし、引きつづき薛先生が国語の授業を受け持ち、相変わらず黒板に大きな字を書いて僕らに書き写させた。たとえば「復興中華文化」、僕は「華」の字を書くのが大嫌いだった。薛先生に感謝するのは、僕に漢人式の名前を書けるようにしてくれたことだ。彼女は僕らに美術も教えた。でも僕が理解できなかったのは、切った「スイカ」の絵を僕らに書かせるのが好きなことだった。教室のうしろに大きな掲示板があって、クラスメートの上手な絵が貼られていた。カスワルの絵が貼られた回数が最も多かったが、僕の絵は一度も貼られたことがなかった。カスワルは僕に言った。

「チゲワッ、おまえ絵を描く才能がないなあ」

そのとき、僕も自分の頭に疑いをもちはじめた。学期が終わると、カスワルの成績は僕よりずっと良かった。僕ははじめて自分がテストの点数を気にしていたことに気づき、下の祖父が苦々しく「漢人の学校で賢くなってはならんぞ」と言っていたことが本当になったように感じた。

カスワルがその年の夏休みに僕に言った。

「チゲワッ、俺のほうが、おまえより賢いみたいだな」

それで、夏休みじゅう、カスワルといっしょにいると気分が悪かった。

その後、薛先生の夫が蘭嶼指揮部の指揮官になると、先生は捕まってしまった。なんでも先生は「スパイ」だったらしい。「スパイ」ってなんなのか、僕らはよくわからなかったが、薛先生の姿は突然消えてしまった。

四年生のときに、東清国民学校から台湾省立屏東師範専科学校〔現、国立屏東大学〕を卒業した台東のプユマ族出身の先生が転任してきた。厳しくて、僕らに最も体罰を加えた先生で、潘という名前だった。

この先生は教えることにとても真面目だったが、体罰も厳しかった。僕らの国語力を重視し、学校がはじまって二週間目には、また「わたしの志願」という作文を書かせた。

「わたしの志願」、僕はもう一度自分に問うた。「わたしの志願」てなんだろう。

その後、僕らがどのように書いたらいいのかわからないでいると、潘先生は口頭で発表するようにと言った。成績が良いクラスメートは、男の子も女の子も将来は先生になると言った。ジジミットとカスワルに順番が回ってきたとき、ふたりの志願は前と変わっていて、軍人になるというのが聞こえた。どうして軍人になりたいのだと聞かれて、ジジミットはこう答えた。

「米が食えるからです！」

「米が食えるから？　周朝成《チョウチャオチョン》（カスワルの漢名）、おまえはどうして軍人になりたいのだ？」彼はこう答えた。

「メシが食えるからです」

僕らはどっと笑った。

「みんな、このふたりの志願は軍人になることではなくて、米を食べ、メシを食べることのようだ。ジジミットは炊いていない米を食べ、朝成は炊いた米を食べる。だからこのふたりの志願は『生米と熟米を食べる』ことであって、軍人になることではない」あるいは生蕃〔原住民族を指す〕と熟蕃〔漢化した平埔族を指す〕かもしれないよ、と僕は思った。

でも「わたしの志願」てなんだろう？

潘先生が僕にたずねたとき、僕は答えた。「志願はありません」僕のきまり悪く怖気づいたような顔を見て、先生はすぐにほかのクラスメートに質問を移した。

そのころから、潘先生は僕とほかの成績が良い子供に、毎晩宿舎で章回体小説〔一章、二章と章に分けて、口語の文体で書かれた長編通俗小説〕を読んで聞かせてくれるようになった。それは唐の三蔵法師の『西遊記』だった。僕は一学期間聞いたが、興味も感動もまったく覚えなかった。反対に下の祖父が魚を捕まえ、舟を漕ぐ経験談を話しだすと耳をそばだてすぐにも下の祖父の頭を僕のと取りかえたくなった。下の祖父が語る海の波は僕のいま鼓動を打っている心臓のようで、どのことばも目のまえの波のように生き生きと躍動した。『西遊記』に描かれた怪力乱神のストーリーは、この海の波のようなエネルギーはなく、僕の脳から遙か彼方千億年も離れていた。

先生は僕に頑張って教科書を覚えるように、そうすればそのなかから僕の望みが見つけられると言った。先生の宿舎は新しいカトリック教会のそばにあった。妹が亡くなったため、父もその近くに六坪そこそこのかやぶきの家を建てた。天気さえ良ければ食べる魚には困らなかった。子供のころから小学校四年生まで、朝食はサツマイモ、イセエビ、ハタだった。たとえ先生の家の近くに住んでいても、将来の夢はしぼりだせなかった。それに、人とも鬼ともつかない孫悟空が、魔物と戦う話を毎日毎日聞かされて飽き飽きしていた。それに勝つのはいつも孫悟空だった。西部劇の映画で勝つのがいつも「ジョン・ウェイン」なのと同じだった。漢民族の民間伝説の歴史観が僕らの心に植えつけられたが、母親のアニトの話のほうが面白いと思った。

トビウオ漁の季節がやってきた。僕もカスワルもジジミットも心はふたたび海辺に、そして大人たちの黒光りする姿に引きもどされた。男たちが舟を漕ぐ美しい音、うっとりするような海の波動は、まるで祖母の切断できない舌先〔ことばが途切れないことの喩え〕のようだった。早朝の海が、成長する僕らのからだをなんども惑わせた。ジジミットが突然、将来は大きな汽船に乗って魚釣りの名人になる、と僕らに言った。

僕らは学校にもどった。潘先生が授業で取りあげたのは岳飛と秦檜の物語だった。先生がジジミットは秦檜のようだと言った。このことばは彼をたいへん嫌な気持ちにさせ、彼の尊厳を傷つけた。それでジジミットは先生たちのために薪を拾う作業から抜けだし、潘先生のためにカエルを捕まえにいかなくなった。

岳飛と秦檜の物語についてはずっと疑問に思っていた。善と悪はあんなにもはっきりとわけられるものだろうか。それに僕らのような漢人でない島の子供に、子供のころから漢民族の英雄で美化された歴史観をもたせる必要があるのだろうか。それに、テストのときには空白を埋める問題が出た。太陽は「山に沈む」が教科書の正解だった。しかし、僕らが肉眼で見る太陽は「海に沈む」。これこそが僕らの正解で、これが事実だ。何人かは教科書を見て正解を書いたが、自分で正解だと考える答えを書いた僕らは、潘先生にこっぴどく叩かれた。僕らは腑に落ちなかった。「海に沈む」は間違った答えなのだ。これは蔣介石の中原文化中心史観の権威に挑戦しようとしない教育部の問題だった。僕はほかにも疑問があった。学校の教科書の知識と僕らが知っていることにはあまりにも大きな隔たりがあった。小学校四年生で勉強したのはすべてが「中国」、「中国」だ。僕らを感化する学校に通いはじめたとき、僕はすぐに戸惑いを覚えた。規範とされる唯一の答は、周縁を否定する環境観であり、中原だけが正しかった。漢人の基準が唯一の正統な選択だった。先生たちが僕らに教えたなかでの大きな「間違い」は、僕らの海洋を中原の陸地に置き換え、僕らの民族がもっていた教育のシステムを抹殺し、僕らの民族を陸地の生蕃に分類したことだ。自分の頭で考えてみると、太陽は「山に沈む」と「海に沈む」はどちらも正解なのだ。これが僕が一九七六年に高校を卒業したとき、推薦を受けて師範大学に入ることを拒否したおもな理由だった。そのころの僕は、師範専科学校、師範学院、師範大学の教育制度の目的は山地山胞〔山地に住む山地同胞。山地同胞は、一九五〇年代から一九九四年まで正式の呼称として使われた台湾原住民族の呼称〕を同化して中原の山胞にすることだと思っていた。だから僕は学ぶ必要性を感じなかったのだ。

一九六七年に蘭嶼の観光が開放された。そのためその年は、いくつもの救国団〔旧中国青年反共救国団〕の大学生の団体が蘭嶼にやってきて「救国活動」を行なった。こうした「救国活動」の偉大な事業のために、そして当然また植民者の権威を象徴する軍人の娯楽のために、潘先生は僕らに舞踊を創作するように言いつけた。「養天地正気、法古今完人(天地の正気を養い、古今の完人に法る)」と書いた蘭嶼指揮部センターの司令台の上で、丁字褌をつけた僕らを踊らせ、「青年救国隊」や植民地の軍人、さらには僕らの木を盗伐する囚人たちを楽しませたのだ。

当時、国民党は僕らの学校の下にある蘭嶼郷党部に「山地青年文化服務隊」を組織していた。僕らは子供のころから、姉や兄たちが「養天地正気、法古今完人」と書かれた司令台で踊るのや、十月の六つの村の青年たちのコンテストを見てきた。蘭嶼の「勇士の舞」と「精神の舞」はこの時期につくられた特殊な舞踊で、植民者を楽しませ、植民者の統治者としての権威を際立たせた。よそ者の「救国団」のために、僕らのような丁字褌をはいた子供たちが力いっぱい踊った。さまざまな団体が来るたびに「歓迎」と「歓送」の晩餐会に出場した。もちろん僕らは力を合わせて踊った。上演後に中華式の夜食が食べられ、空腹を満たすことができた。ひと夏に何組かの「救国活動」が行われたので、そのときは僕らはふだんの倍以上に踊り、こうして夏休みのあいだ時々空腹を満たすことができた。僕とカスワルとジジミットは、小学四年生の夏休みから一九七一年の中学一年の夏休みまでそのような上演に加わった。「救国青年学生」は僕らより八歳から十四歳年上で、一九四九年以前生まれの台湾の大学生だった。

一九六七年、僕の記憶では僕らが大学生と仲良くなってからのことだが、政治大学のある卒業生、関という名前だったと憶えているが、彼が僕らと村を散歩しているときに、僕にこう言った。

「世界はとても広いよ、しっかり勉強すれば君が行きたいところへ、どこへでも行けるんだよ」このことばは今日までずっと僕に影響を与えてきた。またこうも言った。

「世界はとても広いよ、学校の先生にはならないほうがいい。先生の仕事は先生になったその日から退職するまでずっと同じ教科書を教えるんだよ。創造性がまるでなくなって、頭も鈍くなってしまう」このことばもまた今日まで――いや、明日以降もずっと僕に影響を与えつづけるだろう。（いま僕はアメリカの黒人歌手アルバート・キングの曲を聞いているところだ）

ここまで書いて、思わず涙が流れてきた。心に残る彼のことばに感謝している。

そのとおりだ、と自分に言った。当時、太陽が「海に沈む」も「山に沈む」もどちらも実際に目にする正しい答えだった。しかし、地球科学の概念では、地球の自転は自然科学の事実主義によれば、実際は、太陽は「海に沈む」ことも「山に沈む」こともないのだ。もともと僕らは「自分」の生存環境に依拠して物事を判断し、そのうえでその中心主体を解釈して、他者の中心主体を防ぐのだ。「山に沈む」という答えは、勉強していた僕を混乱させた。

潘先生は、授業ではたいへん熱心で、そのうえ情熱的で、師範学校出身者らしく不断に僕らを感化した。

「将来はしっかり『教科書』を勉強するんだよ、そうすれば、観光客が君たちを『野蛮人』なんて思わなくなるからな」

わざと「野蛮人」と言うことによって、僕らを「卑下」するような精神状態に置き、そこから向上心をもたせて、成長する道筋としていた。僕はいままでは、「野性的な野蛮人」の基本は、時間をかけて環境生態から静寂を学び、多元的な内容を磨き、一元的な基準を軽蔑するものだと解釈している。ところが、本当の「野蛮人」は、僕らを野性的で素朴な野蛮人でなくさせてしまうのだ。僕らが一生懸命に演じ、全身汗びっしょりになって舞台をおりると、潘先生がしきりに僕らのために拍手していた。しかし、僕らは先生がこわかった。先生の手からは藤の鞭が離れることはなかったのだ。

「みんな、うまく踊れた、うまく踊れた」

先生の父親はプユマ族で、台東の卑南郷利嘉村に住むたいへん真面目な原住民教師だった。母親は屏東県恒春の平埔《へいほ》族だったが、ふたりは閩南語を話した。

どうして僕らは野蛮な民族で、あなたたちは文明人であり、文明社会なのか？　ここで言う文明もまた、中心史観の価値観に依拠したものではないのか。

「歓迎（歓送）の夕べ」のプログラムが、村の若い娘たちの歌や踊りになると、台湾から蘭嶼にやってきたさまざまな階層の男たちや、いろいろな要因から心身を「閩の字」で抑圧された野蛮な体格の男たちが、すぐに激しく踊りだし、大きな声でわめき、泣き叫ぶような声をあげた。この凄まじい音は、「閩の字」が夜になって台湾から蘭嶼に移ってきた犯罪者や、まだ順化されていない野蛮な悪の源を呼びさましたものだった。「わあ！　門のなかの虫だ」、「わあ！　門のなかの虫だ」（門構えのなかに虫を書く「閩南人」を揶揄している）台湾人の口笛は、ジェット機の騒音より何千倍も騒がしく、指揮部のまえの昔からの墓地にいる先祖の霊たちだけでなく、下の祖父の妻の祖母をも驚かせた。彼女は僕の耳を引っ張って言った。

「チゲワッ、わたしの孫よ、家に帰る道は真っ暗だからね。ばあちゃんを連れて帰っておくれ」

僕が舞台にもどったとき、いろんな階層の野蛮な体格の男たちがまだ泣き叫ぶような声をあげていた。カスワルは僕にたずねた。

「どこへ行くの？　チゲワッ」

「ばあちゃんをおぶって家に帰る」カスワルはまた大笑いした。

「おまえのおばあちゃんは僕らの踊りを見に来なかったのか」

「来ていないよ、来なくて良かったよ」カスワルはまだ笑っていた。

「明日カエルを捕りに行って、おばあちゃんにパンツを買ってやろう、いいな」

「いいよ」

「チゲワッ、ジジミット、見ろよ、台湾から来た奴らは、大声でわめいてるぞ。あいつら、のどをチンコにしたいとでも思ってるんじゃないか」

　カスワルは腹を抱えて笑いながら言った。

「ジジミット、ほら、おまえの姉ちゃんが歌ってるよ。手を横にひらひらさせて、ウナギがイモ畑で泳いでいるみたいだ」

　ジジミットは横目でカスワルが真似る滑稽なしぐさを横目で見て、ハハハと笑った。……「ビンロウ採り」〔周旋、一九三〇年〕を歌いながら、白いブラウスに紺色のスカートで、十六、七歳の娘たちがチャチャチャのダンスを踊っている。大きなわめき声、口笛の音、わあ！　この島はじまって以来の「狂ったような」叫び声だ。招待された救国団の女子大生らは耳をふさいでいる。上陸用舟艇に乗って頭がフラフラしているような状態から突然醒めると、「異国情緒」に満ちたさまざまな美しい想像は、台湾から蘭嶼にやってきた同族の人たちによって打ち砕かれ、光害がまったくない夜空の雰囲気も壊されてしまった。

　少女たちの歌声、異民族の少女たちのチャチャチャが終わろうとするころ、囚人たちのウナギの虫が悲しそうに家の門に顔を引っ込め、閩南語で「本当にきれいだ」と言った。また僕ら小学生の番になり、丁字褌をはいて踊りだすと夜の静寂は数歩歩く間しかなかった。僕らが「元気よく飛び跳ね」ると、僕らの天真爛漫で野性的で、まだ感化されきっていない汚れのない気質に、台湾から来た女子大生たちは目を丸くして息をのみ、僕らのからだにくちづけしたそうな口をふさいだ。僕らのむっちりしたコーヒー色のお尻が、台湾から蘭嶼にやってきた思春期の救国団の女子大生のほうに向いたとき、彼女たちはこのように美しくぴちぴちしたお尻を生まれてはじめて目にした。彼女たちはいっせいに立ちあがって拍手し、口を大きく開けて、お尻にかみつきそうな歯がむき出しになった。彼女たちは叫び声をあげ、涙を流した。「アイラブユー」「アイラブユー」(英語でこう言う)と叫ぶ声は、カスワルの心をつかみ、彼は力いっぱい両尻を震わせようとしたが、あまりに引き締まっていたので、震わすことはできなかった。思春期もおわりごろの女子大生らはまたキャーッと叫んだ。澄んだ声はまるで渓流の水がさらさらと流れるように僕らの心に流れこみ、汗水と溶けあった。「アイラブユー」と言うが早いか、カスワル(41)は舞台のうえから高い声で「アイラブユー」と叫んだ。

舞台を降りると、僕はカスワルに聞いた。

「アイラブユーってなに?」

「僕は君が好きだってことさ」

「僕は君が好きだ! ハハハ……」

ショーが終わると、「引き裂くような声を張りあげ」ていた人たちは、時間どおりぴったりと整列し、班長が点呼を取った。このとき、虫はもう体内にもどり、監獄の自分のベットで「瞑想」するのだ。「アイラブユー」と叫んでいた青春真っ只中の女子大生らは、動悸がおさまるまで、そのまま休憩していた。これは、僕らのクラスがよそ者に見せた最初の正式のショーだった。そしてまた僕らの未来の多様な人生ドラマのスタート台となった。僕らの青い海の魂は、台湾のことをあれこれ考えるようになり、以前のように泳ぐことばかり考えているわけではなくなっていった。

汗をびっしょりかいた僕らが、海に向かって右側の舞台のそばの草地で休憩していると、大人びた女子大生たちがばらばらと数人、僕らのほうに歩いてきた。カスワルはまだ祖母の花柄のパンツ（救援品でたくさんあった）をはいていた。しかし、パンツの裾のゴムは取っていたので、見た目にはショートパンツのようだった。

タオ語で「彼女たちがやってくる」とジジミットが言った。

僕らはクラスメートの女の子たちからは離れて三人で、建物のそばのコンクリート壁のところに立った。中をのぞくと、テーブルごとにランプが点され、上官たちの炊事夫が僕らショーに出たもののたちのために「夜食」を用意していた。

「わあ！　うまそうだな、漢人の食べ物だ」

「おお！　美味しそうだ、でも僕、お腹いっぱいだ！」と僕は言った。

「先生が言わなかったかい、夜食があるって」

「知ってるさ！　でも父さんたちが大きな魚捕ってきたからなあ」

「おまえ絶対に食べるふりをするんだぞ、おばあちゃんの雨がっぱをもってきたからな」カスワルは言った。

「最低ひとり三碗は雨がっぱのなかに入れるんだぞ」ジジミットは続けて言った。

「僕ら、朝、いっしょに食べるんだ」

「この子、可愛いね」三人の女子大生が僕のまえに来て言った。

「ぼく、なんて名前?」カスワルとジジミットは、漢人の食べ物を食べたがる大きな歯を手でおおった。彼女たちは僕の手をとって小さな手を広げさせて言った。

「これはキャンディーよ、ぼくにあげるわ」

「ぼくはなんて名前?」

「僕の名前はチゲワッです」

「漢名は?」

「江中真《チアンチュンチェン》」僕は小さな声で恥ずかしそうに言った。カスワルとジジミットはそばで炊いたご飯を食べたい歯を見せながら、ハハハと大きな声で笑った。

「江中真〔発音が「蒋中正(蒋介石)」に似ている〕」女子大生のうちのひとりが僕に紙を渡して言った。

「これが、私たちの名前よ、明日の午後、私たちを訪ねて来てくれる、いい?」

「うん」

「僕の名前はチゲワッです」「漢名は?」「江中真」「僕の名前はチゲワッです」「漢名は?」「江中真」

カスワルとジジミットは女子大生と僕の会話を繰りかえした。カスワルが続けて言った。

「なに?　なにくれたの」

「カシ(キャンデー)」

これは僕の人生で他人が僕にはじめてくれた「プレゼント」だった。

「あの人たち、真っ白だな!」

カスワルは欲望をむき出しにした歯を見せてハハハと笑った。

食堂は暗かった。歓迎会に出たのは秋には五年生になる四年生の生徒と、山地文化青年服務隊だった。しかし、男子青年は呼ばれておらず、僕らの紅頭村の娘たちだけだった。彼女たちが漢人の軍人と話すことはほとんどなかった。娘たちはわざとらしく恥ずかしそうにことばをかわし、美しい少女のようにふるまって漢人の気を引いていた。カスワルはそれが気に入らず、下品なふるまいだと言った。

「お嬢さんたち、僕ら、ひとテーブル八人がけだよ、ひとテーブル八人がけだよ」

「さあ食べよう」副官が号令をかけた。

三年まえのトビウオの季節に、僕らは山で放牧をしている長員と親しくなって彼らの食べ残しを食べた。はじめての味は良かったが、「食べ物が足りない」と感じた。三年後の今夜、おかず四皿とスープひと碗の中華式料理が食べられた。まずまるまる一匹の魚から食べはじめた。これは僕らのグループの八人の男子生徒と八人の女子生徒が魚を丸ごと食べたはじめての経験で、一九六七年七月のある夜のことだった。その代価は丁字褌で異民族を「歓迎」することだった。こうして「奇習風俗」がギリシア神話の信号弾のように広まっていったのだ。

僕ら三人とカロロは同じ村(ジジミットは二〇一一年に胃がんで死んだ)のクラスメートだった。あとの四人は隣村のクラスメート(のちふたりのクラスメートは海で死に、ひとりは台湾で自殺した)だった。僕ら四人は言い合わせたようにできるだけたくさんおかずを食べた。その一方で、食べるふりをしながら、踊り用の服のそばに置いた雨がっぱにご飯を詰めこんだ。ランプの光りは薄暗かったし、どこからともなく吹いてくる風に揺れていたので、僕らの計画はとてもうまく運んだ。

大陸から台湾に来て何年も経たないうちに、さらに蘭嶼に送られてきたあの外省籍の士官たちは、大人びた島の娘に一生懸命話しかけていた。しかし、薄暗いランプの灯りがどこからともなく吹きこんでくる風に揺らめいていても、僕らの四・〇の視力は真昼のように、外省籍の兵隊たちが「人肉」を食べたい歯をむき出しにしているのをはっきりと見ていた。ひどい歯槽膿漏で歯茎が縮み、口のなかで長い歯がむき出しになっていた。

村では、夜中にぐっすり寝ている子供の魂を捕りにくる悪魔を追い払うために、多くの犬を飼っていた。だから犬同士が少しの食べ物を奪い合うときに見せる、むき出しになった牙や狡猾な目を僕らはよく知っていた。僕らがご飯を隠すときが、ちょうど犬たちが歯茎をむき出しにするときだった。その犬たちの監視がもっともゆるむ数秒間に、ご飯をカスワルの雨がっぱに押しこんだ。あの外省籍の兵隊たちはまだ「小木馬《シャオムーマ》」〔鄧麗君、一九六八年〕の歌を覚えていてよく歌っていた。そして、小木馬は「小木馬」の歌がうまかったが、彼女はあの山東出身の俺たちの上官と台東の岩湾(42)へ行ってしまったと噂していた。小木馬は僕の姉で、文化工作隊にいたときの「芸名」だった。ジジミットは、「ビンロウ採り」の歌を歌っている未来の兄嫁のところに行って、タオ語でこう言った。

「僕の兄さんが待っているよ」

「あの子はだれだい?」ひとりの外省籍の兵隊が笑い顔をつくりながらたずねた。

「わたしの弟よ」

「なんて言ったんだい?」

「食べすぎたらだめだよ、だって」

「なんだ、たくさん食べたらだめだって言ったのかい。僕らの悪口を言ったのかと思ったよ」

「そんなこと言うわけないわ! そんなこと言うわけないわ!」

僕らはお腹がいっぱいになると、カスワルは踊り用の服に雨がっぱを隠した。クラスメートは男女合わせて十六人、それに班長もいっしょにバスケットボール場の横の出口から家に帰った。今回の食事は僕らには生まれてはじめて口にする完全な中華式の料理だった。今夜、みんなはひとりひとり一生懸命に歓迎のための踊りを踊った。「奇風異俗」ふうな踊りは、僕らの民族とまったく異なった文明をもつ外来者を驚かした。夜のパーティが行われたこの日から交流がはじまったが、歓迎と拒否反応が入り混じった複雑な気持ちだった。大学生たちはみんな、まるで国外に来たような感じだと言った。実際、僕らの島は中原中心論から言えば、体質やことば、文化など、もともと国家の外にある島だ。あの夜から、植民者の到来は僕らに不安と不確かさをもたらし、村は昔の姿からしだいに遠く離れていく未来を運命づけられたのだった。

僕らは霊魂を怖れる民族で、子供が病気にかかると、親はアニトの祟《たた》りだと言った。あのころ、蘭嶼指揮部のまえの砂利道はもうできていた。僕らの村は海に面した蘭嶼指揮部の右側にあった。砂利道のそばに囚人たちは人工池をつくり、ティラピア（台湾タイ）を養殖していた。砂利道から池までの中間地点に、彼らは権威を象徴する蒋介石のコンクリートの彫像を建てた。そこはまた営区の兵隊たちが夕食後に大陸各地の故郷のことを語りあう場ともなっていた。

村の子供たちから見ると、この蒋介石像は親族を土葬する古くからの墓地の真うしろにあった。彫像は山に面し海に背を向けていたが、このことはまた海の不確かさに対する漢族の本能的な警戒心を如実にあらわしていた。その一方で、わが民族の原初的な本能によって、十歳前後の僕らは、女の子は道の山側を、男の子たちは道の海側を歩くというようになっていた。幸い、カスワルがおばあちゃんのパンツをはいている笑い話を思いだしたので、アニトへの恐怖心はやわらいだ。彫像を村の裏手に建てると、さらに蘭嶼指揮部は取りあげた村の土地の境界にアーチ門を建てた。そのあいだの大きな通りには軍営があり、囚人たちが通る道となった。僕ら原住民はそばの小道を歩いた。アーチ門のそばには、毎晩、ふたりの軍人が歩哨に立った。アーチ門から二〇〇メートルほど歩くと僕らの村に着く。そこは僕らのアニトがよく知っている道で、そこまで来るとアニトと軍営への恐怖もなくなった。みんなは星の光を頼りにそれぞれ家路を急いだ。ジジミットと僕は、カスワルといっしょに彼の祖母の家の仕事部屋に帰った。おばあちゃんは家の奥のかまどのそばの狭い板間で、薪の残り火に背を向けて寝ていた。

「アカス（祖母）、おばあちゃんが食べたがっていた漢人のご飯をあげるよ」

カスワルはおばあちゃんを揺りおこしながら言った。

「どうしてそんなものがあるのかね」

「漢人に踊りを見せてやってもらったんだ」

「孫たちよ、ありがとう」

「うまいよな、あいつら漢人のメシは」

カスワルがカヤ草のうえに寝転んで僕らに言った。

「うん、うまいよ、サツマイモとかサトイモとかはそんなにうまくないけど」ジジミットが続けて言った。

「でも僕らの魚はうまいさ」と僕は言った。

「どっちにしても、漢人のメシはうまいよ」

カスワルはカヤ草に寝転んだまままもう一度強調して言った。

おばあちゃんはゆっくりと起きあがると、部屋の柱にもたれた。カスワルはかまどに薪を何本かくべた。おばあちゃんは目のほとんどが白内障に犯されていた。手の甲で目やにを拭うと、クワズイモの葉にのったご飯を手でつまんで、歯が何本も残っていない口に入れた。微かな風で火の勢いが増し、部屋のなかがだいぶ明るくなった。おばあちゃんは上を向いてご飯を口に入れると、頭をもとにもどしてかんだ。僕らはおばあちゃんが食べるのを寝そべって見ていた。炎がゆらいで、僕らとおばあちゃんは銀幕で隔てられているようだった。現実であり、また幻影のようでもあった。おばあちゃんはどのくらい食べていたのかわからないが、ゆらめく炎が僕らを眠りに誘い、僕らは夜が明けるまでカヤ草に包まれて眠った。

僕らは起きるとすぐに、雨がっぱに包まれたご飯を取りだした。

「わあ！　アリだらけだ」とカスワルが言った。

そのとき僕はすぐに家にアルミの鍋を取りに帰り、水源に水を汲みに走った。そして言った。

「すぐにご飯を鍋に入れよう、アリが浮いて来たら、それから火にかけよう」

なんとも言い難い、夢か真か、ほとんど幻覚のような、僕の頭のなかで育ってさなぎとなった夢が「浮かんできた」。あの日の午後、カスワルとジジミットと僕はあの女子大生たちに会った。しかし、僕らはなにもしゃべらなかった。それに僕らは中国語があんまりしゃべれなかった。なによりはじめて女子大生に会ったので、なにも話題がなかったのだ。その後僕らはその場を離れたが、カスワルはなんとも言えない失望を感じたようだ。僕らはその後も、違う水イモ畑でカエルを捕って漢人に売り、小遣いを稼いだ。そして七日目にある「歓送パーティ」で、お腹いっぱい食べようと心待ちにしていた。この期間中、蘭嶼指揮部では囚人が減り、まともな漢人の大学生が増えていた。その年の夏、多くの男女の大学生が村にやってきたのだ。一九四五年以来、最も多くの、そして最もまともな漢人たちが村にやってきた。彼らは僕らが伝統的な半地下式のかやぶきの家に住んでいることにたいへん驚き、彼らが戸惑ったことについて質問してきた。僕らはそのころどう答えていいのかわからなかった。女学生たちは男たちがはいている丁字褌に戸惑っていたが、これについてもどう答えたらいいのかわからなかった。しかし、台湾の男女の大学生たちが蘭嶼になにをしに来たのか、僕らにはまったくわからなかった。僕らは彼らが海で泳ぐのを見たことがなかったし、彼らが青い海の美しさに想像をめぐらすことばを聞いたことがなかった。夕暮れどきは彼らの散歩の時間だった。彼らはただ道ばたに立ち止まって、海に浮き沈みする僕らの姿を眺めているだけだった。僕ら三人が海からあがって、アダンの茂みのあたりで休んでいると、何人かの男女の大学生が僕らに声をかけてきた。彼らは僕らのコーヒー色の肌や二重まぶたの目を珍しがり、気に入ったようだ。彼らは泳げないと言った。カスワルは海に入ったら、すぐ泳げるようになると言った。しかし結局は、彼らはおりて行って泳ぐ勇気が出なかった。

「まるで海外に出たような気分ねえ」と女子大生たちが言った。

「歓送パーティ」のまえに、先生たちは僕らに別の踊りを考えさせた。「歓迎パーティ」のときの踊りや歌と違うものにしなければならないと言うのだが、そんなことは僕らにはなにも困ることではなかった。好きなように踊り、いい加減に歌えばそれでいける。要するに、僕らの心にあるのは、その夜のご馳走にありつくことだ。踊りと歌、それに丁字褌は大したことはないが、受け入れがたいのは、僕らの村の娘たちがあの兵隊たちに媚びるような表情をすることで、虫唾が走った。幸い、僕の姉はもう船に乗って台湾に行ってしまっていた。だから姉が兵隊の機嫌を取り、漢人の男に言い寄られたがっているような下劣な表情を見ないですんだ。しかし、ジジミットは、彼の未来の兄嫁が舞台で踊っており、その下劣なしぐさが彼には我慢できなかった。

村の思春期の若い男女は、島に漢人が住むようになってから、互いに異なる点を比べはじめた。話すことばや着る服などだが、なかでも体格や顔の美醜の比較は最もよく話題になった。とくにカスワルにとって、細くて色白の女性は、審美上の一番目の要素だった。あの日、海から岸にあがってアダンの茂みで休んでいるとき、短パンをはいた女学生が何人か彼のそばに座った。彼の目つきは卑わいで、そのうえ真っ白い魚を食べる歯もぽかんと開いたままだった。僕らにタオ語で言った。

「真っ白だぜ、あの女学生たちの太ももの内側って」

大島〔台湾島〕と小島〔蘭嶼島〕の出会いは、漢人とタオ人が移動して出会ったことによって、さまざまな面で「比較」されるようになり、僕らの思いを困惑させ、海洋中心の価値判断を混乱させるようになった。「比較」は、僕個人にとってはちょうどあの日にはじまった。カスワルが白くて繊細な肌を想像した同じ日のことだ。関という名の政治大学を卒業したばかりの学生が僕に言った。

「世界はとても広いわ、世界には数え切れないほどのたくさんの島が、あの水平線の向こうにあるのよ」

「水平線の向こう！」僕の夢はその一瞬に方向づけられた。夢は「比較」を追求する。崇高と卑賤、優れた質と劣った質、優美と醜悪、白と黒……そのような比較は僕の夢が方向づけられた瞬間、僕が求める答えではなくなった。僕が求める夢はひどくぼんやりしてはいたが、今日で言う「バックパッカー」になる夢だった。

ジジミットもあのころ未来の夢について語った。

「たくさんの島に行って、たくさんの女の人と寝るんだ」

「どうしてたくさんの女の人と寝るんだい」と僕はたずねた。

「僕の夢は、カスワルと同じじゃいやだからさ」

「歓送パーティ」の夜、あの三人の女子大生が僕を抱きかかえながら言った。

「チゲワッ、よく勉強するのよ」

「いいなあ、おまえ、抱かれてさ！　どうだった、どんな感じだった、おい」

カスワルは白い歯をむき出しながら僕にたずねた。

「あの人たちのからだは石鹸の匂いがしたよ」

「わあ……わあ……石鹸の匂いだって！」

ジジミットとカロロと僕は、カスワルの呆けた痴態を見て大笑いした。

「しっかり勉強するのよ、チゲワッ」

この「しっかり勉強するのよ、チゲワッ」と言うことばに僕は途方に暮れた。下の祖父は僕に漢人の学校で賢くなっちゃいかんぞと何度も言っていた。女学生は大学生だったが、下の祖父は野性の海の大学生だ。ふたりの話のどちらが正しいのか比較はできないが、ただ僕は「ふたりとも正しく、正しい答えだ」と感じた。

この話はいまから考えれば次のように解釈できる。ふたりの励ましは太陽が東から昇るように正しく、肯定できる。違うのは、女学生たちの答えは太陽が山に沈むであり、下の祖父のそれは太陽が海に沈むということで、どちらも正しい。その人がそれぞれの環境から出した正しい答えであり、多元的な答えだと言うことだ。しかし、僕らがもし地球の「自転」という科学的な面から見ると、ふたりとも間違っている。なぜなら太陽の位置は永遠に変わらず、山に沈むこともなければ、海に沈むこともないのだ。最大の問題は、あの学者の「漢人」、「中原」中心論を唱える大中国主義者、一貫して中国「史観」を世界史観とする中心主義者にある。これは極めつけの偏見であり、異なった意見を認めない自大主義者以外の何者でもない。それゆえ僕らの締まった尻は、なんの罪もないのに先生によって鞭で打たれ、そのうえバカと罵られるのだ。(泳げないほうがよっぽどバカだ、僕らは心でそうつぶやいていた)

この太陽が「山に沈む」という一元的な答えに、小学校四年生のときから僕はずっと戸惑いを覚えてきた。そのため僕は師範系の学校で学んだ先生や、大中国主義者や自己中心論者が嫌いになった。

一九六七年から一九七〇年の夏休みには、僕らのクラスは「救国団男女青年学生」のために、僕ら山地同胞が自作した「救国」舞踏をいつも踊った。僕らには「国を救う」などという観念はなかったが、「整理」されて、生蕃〔台湾原住民族を指す蔑称〕や山地同胞、さらに辺境民族に分類されてしまった。質の悪いまともでない先生や、公務員や、警備員や、囚人を蘭嶼に送りこんで、僕らを感化しようとしたが、この政策はきわめて異常だった。それが時代がくだって一九八一年になっても、台湾政府のまともでない政策は、やはり僕らの存在を忘れることなく、台湾電力の原子力廃棄物を蘭嶼、つまり僕らの家の隣に貯蔵したのだ。このようなことは、「太陽は『山に沈み』、明朝いつものように昇ってくる。花は散っても、明日また同じように咲く」という、とおり一遍の考え方によって引きおこされた災いである。どちらが正しく、どちらが間違っているか。「中心」という考え方こそが災いの根源なのだ。

類似の中心概念が引きおこすのは、欧米文明史の「中心」主義である。一四九二年にコロンブスは「新大陸を発見した」と言った。これは人類文明史上最大の間違いで、まともな人の言い方はこうあるべきだ。アメリカ大陸が「コロンブスを発見した」と。さらに、マゼラン以降の「地理大発見、大航海時代」というのは、これはまたなんというロジックだろう。

アメリカ大陸はもともとそこにあり、そこには異なった民族の原住民族が住んでいたのだ。大航海時代だって？　そんなばかな。僕らのような数え切れないオーストロネシア語族は、西洋の神によって島々に振りわけられた民族だとでも言うのだろうか。もちろんそうではない。僕らオーストロネシア語族の祖先は、白人がやってくるまえに、民族が海を移動する大航海時代を現出していたのだ。マゼランが一五二一年にグアムのチャモロ人によって発見されてのちの、十六、十七、十八世紀を「大航海時代」と称するようになったのではないのだ。この史観は「中心」概念によって引きおこされた誤りである。つまり「文字」によって自己の偽りのヨーロッパ史を、あるいは辺境民族史を含まない中国史観を強大にしているだけなのだ。具体的な覇権像は文字や行間から読み取れる。「文明を自認するものが文字文明をもたない民族に遭遇した」とき、いわゆる「文明」が植民地時代に横行したとき、実はそれは本当の「野蛮」を意味するのだ。

一九七〇年に小学校を卒業すると、「移動」への夢がふくらみはじめた。蘭嶼を離れたい、だれか僕を台東に勉強に連れて行ってほしい。山東人と駆け落ちした姉が迎えに来てくれないだろうかと心から願った。このような願望は小学校に入学してから卒業するまで、変わることがなかった。だから六年生のときには、船が台湾から来るたびに、道路のそばで首を長くして姉があらわれるのを待った。しかし、卒業するころには、姉にも失望しはじめていた。しかし僕は父の一人っ子で、これ以上漢人の学校に行かせないと言われていた。そして、父から海に潜ることや魚を捕まえることと、さらに舟を造ることや陶器をつくることや古調や詩歌を歌うことなど、伝統的なことを学ぶように言われていた。こうしたタオ族固有の伝統は父親がしっかりと訓練できるし、下の祖父は伝統的な生活の知恵をさずけてくれるとも言った。僕は泣いた。そして言った。パパ、僕はそんなタオ族固有の伝統なんか勉強したくない、将来そんな生活をしたくない、パパ、僕を蘭嶼国民中学校に行かせてよ、僕のふたりのクラスメートは、パパ、パパも知ってる子だよ、ふたりとも一人っ子だよ、そして蘭嶼国民中学校に行くんだ、どうして僕ひとりだけ村に残って老人たちといっしょに暮らすの？　僕は泣いた。泣きながら父に国民中学校で勉強させてほしいと訴えた。

「わかった、おまえは国民中学校へ行ってもいい。しかし、台湾に勉強に行くことはだめだ」

「わかったよ、台湾へ勉強に行かないよ」

僕が国民中学校一年生のとき、生まれてはじめて住所が英語で書かれた手紙を受け取った。僕の記憶では手紙にはこう書かれていた。

「チゲワッ、まだ勉強してるとしたら、いまは国民中学校の一年生ね。漢人の本をしっかり勉強をして、それから台湾の高校、そして大学に行くのよ。……広い世界を見れば、自分の民族のためになにかできるわ。私はアメリカで勉強しています。……君のお姉さん、寧海《ネィハイ》より」

この手紙を受け取ったとき、はっと気がついた。寧海姉さんは僕らの尻をつねろうとした、蘭嶼に救国にやってきたあの三人の女子大生の一人だった。肌のきれいなあの人だ。もう三年もたつのに、僕を覚えてくれていたんだ。なんとアメリカで勉強しているのだ。僕は返事を書きたいと思ったが、どう書いていいかわからなかったし、どう字を書いていいかもわからなかった。僕は一学期間、この手紙を抱いて寝た。母がこの手紙の便箋を破ってタバコを巻くのに使ってしまったとき、はじめて手紙を書くことがどんなに難しいのかわかったのだ。いまから考えれば、僕は正真正銘、漢族ではなくて海洋民族であり、漢族の歴史観とまったくつながりのないタオ族だった。

「そうだ、僕はしっかり勉強して、南太平洋をまわる夢を実現するんだ」

一九七三年、僕は国民中学校を卒業した。僕の三年間の成績は、五十人あまりのクラスメートのうち、上位十名に入っていなかった。ただ僕の成績は山地学生の三割加点がなくても、省立台東高級中学校に合格することができた。しかし、また問題が起こった。まさに好事魔多しだ。

僕が蘭嶼を離れて、台東に行く貨客船に乗ろうとしていたその朝、下の祖父が怒り狂って父に言った。

「おまえはそれでも男か。自分の一人っ子に祖先の島を離れさせる気か。おまえはなにを考えてるんだ！」

「あの子は、わしらの言うことを聞かないんだ。わしらが台湾には悪い人がいっぱいいるといっても……あの子は言うことを聞かない。それでじいさんを驚かしてしまった」

「チゲワッ、おまえはどうしても台湾に勉強に行くのか」下の祖父は僕をとがめてそう言った。僕はなにも言わず、さっさと家を出て島の唯一の港に向かって歩いた。

「チゲワッ、どこに行くのじゃ」伯父が聞いた。僕は泣きながら言った。

「伯父さん、父さんも母さんも、小っちゃいじいちゃんも、僕を台湾に勉強に行かせてくれないんだ」

「チゲワッ、おまえは言っていたんじゃなかったか、国民中学校までしか勉強しないって。どうしてまた台湾に行くんだ」

通りまで出て、椰油《ヤユ》の港〔現、開元港〕へ向かって歩いていると、涙がぼろぼろこぼれた。朝の太陽が昇ってきて日差しがきつくなってきた。僕らの仲間は、カスワルもジジミットもカロロもみんな台東に行って、水道や電気工事の見習いをしていた。僕らのクラス代表は、太陽は「山に沈む」とたったひとり答えたクラスメートで、成績が一番だった。名前はマウマイと言い、学校推薦で台東師範学院〔現国立台東大学の前身〕に行くことになっていた。彼は道ばたの船小屋で僕を待っていた。いっしょに椰油の港まで歩いて行き(43)、台東に勉強に行く唯一の友達だった。

「蘭嶼を出ていくんだ!」「蘭嶼を出ていくんだ!」と、僕は心のなかでずっとそう言いつづけながら、椰油の港まで歩いた。

僕らが母の村まで来たとき、マウマイの両親や、僕の両親、僕の伯父が追いついてきた。伯父が僕に言った。

「チゲワッ、おまえはどうしてそんなに言うことを聞かないんだね。台湾人の本で勉強するのがそんなにいいかね」

「チゲワッ、伯父さんの言うことを聞きなさい」

母が顔の汗を拭ったが、まだ目には涙がたまっていた。

「チゲワッ、おまえはどうしてそんなに言うことを聞かないんだね。台湾人の本で勉強するのがそんなにいいかね」

伯父はもう一度僕に大きな声で言った。僕らは歩きながら、夏の青い海を、真っ青な海のほうをずっと見ていた。母は伝統的な民族服に身を包み、父と伯父、それにマウマイの父親も、薪の煙に燻されて黒くなった藤製の鎧や兜、木製の長柄の刀をもって、僕らといっしょに歩いてきた。

僕が台東に勉強に行くのを止めようとする母の武器は、涙と青い海の美しさだった。しかし僕の心には島を離れたい、島を離れたいという夢しかなかった。老人たちは、僕をなんとかして止めようと、島の美しさやシイラ釣りの勇士の話を繰りかえし、僕の耳には蜜のような甘いことばに聞こえた。しかし僕にはただ「蘭嶼を出ていくんだ」「蘭嶼を出ていくんだ」という考えしかなかった。一時間歩いて、とうとう椰油の港に着いた。

椰油の港はきわめて簡単なつくりの新しい港だった。この港ができたことと飛行場が完成したことで、蘭嶼島はもはやタオ人の先祖の島ではなくなり、名実ともに植民地の島となった。外から運ばれてくる物資は、主食だったサトイモやサツマイモやヤマイモが副食に格下げになったことを島の祖霊に告げていた。そうしてタバコや酒が、わが民族の海のような汚れのない性格を堕落させる主要な犯人となっていった。これは全世界のあらゆる島嶼民族に共通することのようだ。港ができると、文明の進化による厄運と人為的な災いは避けようもなく、そう遠くない将来に、僕らはそれに支配されるようになる。台湾からの一発の銃弾がなくても、われわれはおとなしく服従してしまったのだ。

港の貨物船の荷揚げ場は物資でいっぱいになっていた。そこにはまた伝統的な武装をした男たちがいて、みな硬い表情で、人形のようにアニトを追っ払う長柄の木刀を握りしめていた。原初の豊かな社会は、もうあともどりできないところまで来ていた。外からの物資を受け入れるのは、抗しきれない津波と同じように恐怖だった。島と民族は、近い将来必ずや文明に飲みこまれる危機に直面することだろう。

「チゲワッ、おまえ、どうしてもわたしらから遠くへ行ってしまうのかい」

母が目のふちを赤くして言った。僕は返事をしなかった。涙腺が切れて「声をあげて泣きだす」ことを怖れたからだ。父と伯父は櫂を漕ぐがっしりした手で、僕のまだ柔らかい腕をつかんで言った。

「わしらの子供よ、がっしりしたからだになるんだぞ。シイラのニワトリ(44)の翼のように丈夫になるんだぞ」

「本当に台湾に行くのかい」

「うん……」

「どうしてわしらの言うことが聞けないのだ」

「母さん、父さん、伯父さん、もう船に乗るよ」

そう言って、だれの顔も見ずに、僕は船に乗った。

船は海底から仰ぎ見ると、まるで怪物のように、海面の浮遊生物の流れをかき乱し、イルカの耳を混乱させ、はたまたイルカの交配の邪魔をする。そして、船は台湾から腐った食べ物を蘭嶼に運び、島の汚れのない人びとの心身を台湾に運んでいく。僕の最強の下の祖父でさえ、貨物船の往来を阻止することができなかった。船に足を踏み入れると、僕の移動の夢がはじまった。僕は、まだ柔らかい左手を振ったが、家族を想う気持ちは湧いてこなかった。

「父さん、母さん、僕は少しのあいだ移動するだけで、すぐにもどってくるよ」

僕は心のなかでつぶやいた。

貨物船はしだいに岸を離れ、モーターが加速するとスクリューがまるで地下水をすくいあげるように勢いよく加速し、青い海面にはS型の乳白色の航行が水路のように残った。船はますます離れていった。百歩ほど歩く時間が経っても、母の左手はまだ白いタオルを振っていた。その姿はまるでなにかを失った人のようであった。僕の流れつづける涙も、なにかを失った者のようであった。なぜなら僕らは互いに恋しく思いはじめていたからだ。伯父と父は、アニトを追い払う伝統の勇士の藤製の武具を身につけていたが、「文明」を追い求める僕の憧れを追い払うことができず、また丁字褌に対する僕の憎悪と愛着を追い払うこともできなかった。僕が船に乗ると同時に、エンジンは家族の愛情を引き裂いてしまったのだ。この船は一九七三年八月二十六日の蘭嶼発台東行きで、九時間後には、移動と漂泊をつづける僕の生涯の運命が決まった。

「アマ（父）、イナ（母）、マラン（伯父）、アカイ（祖父）、わかりますか？　子供の僕もみんなのことを思って泣いているんだよ」

その日、僕は住所を頼りに台東天主教培質院(45)に行った。鄭鴻生《チョンホンション》神父は大陸の東北人で、僕が敬愛する人だった。僕が学校に来たことを告げると、鄭神父は厳めしくこう言った。

「君、しっかり勉強するんだぞ、君が蘭嶼で最初の『神父』になることを願っているよ、わかるね？」

僕はもちろんわかろうと思わなかった。もともと神父になる夢などなかったのだ。その夜、僕は目がはれるほど泣きとおした。しかし、海のように大きな「神父」の悪夢から逃れる場所は台東にはどこにもなかった。そこでうなずくしかなかったのだ。

三年間は、父が櫂を三回漕ぐほどの時間と思えるほど速く過ぎていった。この三年のあいだ、僕はトビウオを一匹も食べなかった。二月から六月にかけては、心には熱々の湯気をあげるトビウオの姿があって忘れられなかった。祖父や父親たちや村の漁師たちが、舟をこいで海に出てシイラやトビウオを捕っている姿を忘れることができなかった。そのこの世のものとも思えないような美しい映像が記憶に残っていた。トビウオやロウニンアジやシイラなどの魚を思いだすと、すぐに口に酸っぱい生唾が湧いた。

鄭神父はバスケットボール場の木蔭で微笑を浮かべながら僕を呼んだ。「呼ばれ」て教室を出ていった多くのクラスメートが言った。

「チゲワッ、神父がおまえを呼んでるよ」

「チゲワッ、たいしたもんだ、おめでとう、国立師範大学に推薦されたよ。君が師範大に行くなら、私は君に輔仁大学で神学を学んで、修道士になるように無理強いはしないよ」

「神父様の教え、ありがとうございます。僕は師範大に行きませんし、輔仁大にも行きません」そう言ったとたん、神父の左手が僕の右頬を殴りつけた。神父はすぐにこう言った。

「チゲワッ、君は蘭嶼に帰りなさい。そして八月の終りに、学校に行くまえにもどって来なさい、私は君を待っている」

八月の終り、僕はカロロとまた九時間、船に乗って台東に来た。僕の両親と鄭神父が僕にくだした答えはこうだった。「希望のない子」

僕はカロロと公路局の中興号〔長距離バス〕に乗り、四時間かかってやっと高雄に着いた。それからまた普通列車に十二時間乗って台北に着いた。台北駅の朝、そこにはたくさんのおかしな格好をした人たちがいた。僕が想像していたような「優雅な」文明人ではなく、大半が島にいるあの囚人のような姿だった(46)。僕が抱いていた美しい想像とはかけ離れていた。だから僕は新しく起こった恐怖に適応するために、考え方を変えて島に帰らないための長い道を考えはじめた。同時にまた素朴な蘭嶼の人びとを懐かしく思いだし、善悪の判断がつくようになったころからずっと、「優雅な」文明人によっていじめられ辱しめられてきたことについても考えはじめた。ンガルミレン(47)の視界から言えば、これはまさに「劣った正常人(統治者)」が国際政治の舞台で、弱小民族を騙し抑圧する下等な歴史観を終始変えず、正常な人に甚だしい嫌悪感を覚えさせる行為だ。

一九八〇年に僕は行きたかった私立大学に合格した。合格発表の日の晩、僕には温かい拍手を送ってくれる人も、爆竹を鳴らして祝ってくれる人も、さらには豪華な料理をテーブルに並べて祝ってくれる人もいなかった。つまり、両親にはなにが「合格」で、なにが「大学生」なのかわからなかったのだ。僕もこれまで、僕の霊魂のまえの肉体(僕に肉体を与えてくれた両親を指す)に僕が大学入試で推薦されたと話したことはなかった。大学に合格したことは、鄭神父にも言っていなかった。僕は努力家で、役に立たない山地人ではない。自分が変わる過程で味わった多くの辛いことや苦しみは、自分のなかに呑みこんできた。

そうだ、その夜、僕はひとりでマッチ箱のような国民住宅(伝統のかやぶきの家は一九七一年に取り壊された)の屋根の上に座っていた。そして、数え切れない空の目を眺め、夜の海に波が無数にきらめいているのを見ながら、これまで経験してきたたくさんの辛いことや苦しみを忘れていった。しかし、僕は激しい餓えを覚えていた。激しい飢えを覚えながらいつの間にか眠っていた。

早朝、子供たちが歌う歌声がぼんやりと聞こえてきた。なんだろうと思って起きあがり、立ちあがって見ると、それは僕のいとこたちや三人の甥っこたちで、叔父のロマビッが立って指揮をとりながら、彼らに歌を教えていたのだった。

「太陽は山に沈んでも、明日の朝また昇ってくる、花は散っても、来年また咲くよ、ビエダナヤヨー……」〔ウイグル族民謡『青春舞曲』〕そうだろうか？　そう自分に問うた。

「チゲワッ、おまえは魚を捕ることを学ばないといけないよ。おまえはもう一人前の男になった。爆発する(48)太陽に尻を焼かれちゃだめだよ(49)」

魚を食べたがっている母の口が、優しく願うように言った。

一九八〇年の夏、僕は外祖父の青い海に惹かれて、舟造りの技術を学びはじめた。そしてまた下の祖父からは海に出て波に慣れることを習い、海に潜って魚を捕るようになった。こうして季節の変化にともなう島の山林の生態は、僕の生涯の指導教授となり、海洋はわが心のなかの永遠の知識人となった。まさに自分の子供時代のさ迷える考えを徐々に捨て、自分が生まれた島から島の有機的な養分を充分に吸い、父祖の世代の素朴な生活を目指して、この奇妙な社会で自分の飛翔する翼を豊かに充実させはじめた。

二章　南太平洋放浪

フィリピン
サイパン
グアム（アメリカ）
東経180度
マーシャル諸島
ブルネイ
パラオ
マレーシア
ミクロネシア連邦
キリバス
（赤道無風帯）
赤道
ナウル
インドネシア
東ティモール
パプアニューギニア
ソロモン諸島
ツバル
トケラウ諸島
ウォリス島
（フランス）
サモア
クック諸島（ニュージーランド）
バヌアツ
タヒチ島（フランス）
ニューカレドニア島
（フランス）
フィジー
ニウエ
南回帰線
トンガ
ムルロア環礁
（フランス）
ピトケアン島
（イギリス）
オーストラリア
ノーフォーク島
（オーストラリア）
ケルマディック諸島
（ニュージーランド）
オークランド
ラロトンガ島
（ニュージーランド）
ニュージーランド

あの日、親族の夢を見て以来、毎日が快調だった。はじめに想像していた計画よりずっと順調で、あの夢にあらわれた幻は順風満帆な旅の予告のようであり、それに亡くなった親族の善霊が私のそばにいるように感じた。

一九八九年から二〇〇三年まで、年老いた両親との生活は十四年ほどだった。もしこの十四年を振りかえるなら、私の追憶は時空の往来や、それに過去の出来事を自分の反省の糧としたり、自分の舵取りの方向を修正したりすることを意味する。それは給料を銀行や郵便局に預けるようなもので、生活費がなくなると、銀行に行って受けとることになる。そこで金銭は実質的な意味をもち、殺伐とした都会で空腹を満たしたり、服を買って寒さを防いだり、雨具を買って雨露をしのいだりすることができる。当然、人としての最も基本的な人格や自尊心も保つことができる。こうして考えると、私の言う「追憶」とは決して昔を懐かしんだり、恋しく思ったりすることではない。昔とは、私の過去の肉体の自分が生まれた村での旅を意味する。恋しく思うというのは、私の過去の想像が民族の伝統によって育まれたことを意味する。この基本では、私たちの成長の記憶は似ている。

十六歳までの子供時代は、「原初」の生活環境で過ごし、近代的なものが生活のなかに入ってくることはなかった。父は私に民族の神話を語り、母は私に擬人化したアニトの話を聞かせてくれた。

ブラザーさんは私と同じで無口だった。自我放逐の私にとっては、ある種の学習の機会でもあった。毎朝、彼の家の二階のテラスでコーヒーを飲みながら、自分の過去について話してくれたが、とくに意識してなにかを話そうとするわけではなく、私のほうも彼を喜ばせるようなことを話すわけでもなかった。ただ気分のおもむくまま自然なリズムで話すのだった。あのような態度を、互いの生活をなにも知らずに自然に取るのは困難なことだが、しかし互いに寡黙に、互いに主人と客人のあいだの理性と礼儀正しさを保っていた。あのように直感的なふれあいは美しいものだ。

私が海洋文学の作家であることを告げたとき、彼は作家って職業なのかね、とだけ言った。そうだとも言えるし、そうでないとも言える。少なくとも台湾における「作家」の社会的なイメージや地位は、決して重視される職業や身分ではない。この職業は彼となにか関係があるだろうか。彼はとくに興味もなさそうに、作家ってなにをするのだね、とだけきいた。このような小さな島はもちろんのこと、私が住む小さな島でも、お互いが知り合いだが、わが島民ははっきり言うと、作家が職業だとは思ってもいないし、気にもかけていない。ただ私自身はほかの人たちが気にかけない職業が好きだった。また、ブラザーさんも以前モーリア島に行ったことがあるが、そのときの感想やいきさつを話してくれることはなかった。彼の経験に私は興味があって聞きたかったのだが、彼はただそれだけだよ、と言うだけだった。そして蘭嶼には、ここのように「環礁」(ラグーン)があるのか、と私にたずねた。蘭嶼にはないですね、と私はこたえた。

環礁の内外の海をながめてみると、このような景観は南太平洋諸島にはよくある風景だった。クック諸島の東側のソサエティ諸島はほとんどがそうであった。これらの島々の形状は、私にはたいへん興味深かった。母が子供のころに話してくれたように、天の神が鼻水をポトッと地球に落としてできた地形に見えた。

ブラザーさんは言った。「ラロトンガ島にもどってから一九九五年までは、私はほとんど毎晩、仲間たちと環礁でイセエビを獲ったり、魚を突いたりしていた。あのころはエビも魚もいくらでもいてね、捕った魚はみんなでわけたもんだ。それは私の楽しみで、潜ることが生活そのものだったね。フランス政府は、もう前世紀のことになるが、一九九五年の十二月に、シラク政権が国際世論の非難を無視して、フランス領タヒチの南方約二〇〇カイリにある小さな島のムルロア島（ムルロア環礁）で核実験をやったんだ。あのときからだな、もう潜らなくなったし、海の魚や貝類を口にしなくなったよ。当時、放射能が東南東の風に乗ってラロトンガまで流れてきて、そのため島民はそれ以来、珊瑚礁に住むエビや魚を食べなくなったんだ。フランス政府の計画では、北風が吹くときに実験を行うはずだった。ところが、南半球ではいっこうに北風が吹かないんだよ。フランス政府は本当に愚かなのか、この地域の島民の存在と環境破壊を考えずに実験したんだ。私たちのような弱勢民族は、国際政治や経済の舞台でどうするべきかわからなかった。わが国の政府も強国の愚行を黙認したし、国際連合の環境保護団体や社会団体が団結して抵抗することもなかった。この点がね、私にはクック諸島政府の対応に納得がいかないんだ」

「それに私はもう七十過ぎだからね。政府は子供たちが外国に行って勉強することをたいへん奨励しているが、全体的に子供たちの希望は高くない。高学歴の若者がいたとしても、みんな国外に移民してしまう。だからクックの国全体の国際競争力は弱い。はじめのころはね、私もいっぱいお金をもうけてね、教育基金会のような団体を設立して、次の世代を育てることを夢見ていた。ところが私のかみさんが金をもってよその国に行ってしまったんだよ。ああ、白人はほんとうにお金が好きだね。こんな土地の者に嫁いでくる女たちの目的は、ただ性欲を満たすことだけでね。肌の色の違いを超えた幸福ではないんだよね」

「教育基金会」のようなものをつくりたかったというブラザーさんの夢について、あえて余計なことを言えば、彼には夢を実現させるための理由がなかったし、そのような夢は不健全な考えだった。ブラザーさんは、第一次世界大戦と第二次世界大戦のあいだの一九三二年に生まれた。ラロトンガ島に住む民族は、一七六八年にジェームズ・クック船長によって発見され、その後、西洋人の手で統治されるようになった。歴史上これを「被植民のはじまり」と称し、これ以降、歴史の展開は非常に大きく変わった。しかし、彼は祖先から聞かされてきた歴史の記憶をあえて忘れるようにしてきた。彼は私に島に残った者はみな出来が悪くてね、とだけ言ったが、もちろんこのような見方は深く考えさせられるものだった。ここの島民は南太平洋で最も偉大な航海の民であり母系社会だったので、男が島を出て別の生き方を求めるのは理解できることであった。それに島はとても小さく、大航海時代のスペインから第一次世界大戦後のイギリスまで、長いあいだ植民されてきた。島を出てからさらに大きな島のニュージーランドに行き、よりよい生活を求めるのは人類移動の変わることのない最大の動機だ。

ブラザーさんの成長過程の記憶はわずかで、蘭嶼島でもそうであるように、多くの島民の歴史的な記録は、他者の文字や文化によって書かれている。つまり、他者の観点で書かれているのだ。この期間の歴史発展は、島の民族にとっては神話のような幻の記憶に近かった。

第二次世界大戦後の国際政治や国際経済は、米ソの冷戦を除けば、西洋各国はどこも内需立て直しの状況にあった。当時のクック諸島はイギリスの植民地であったが、多くの島民はまさに解体する伝統社会の真っ只中にあり（彼らにまだ伝統文化の祭儀が残っているとしたらだが）、近代化に対しては茫然としていた。近代的な知識や経済への追求と渇望は強かったが、経済的な資金基盤は脆弱であった。ブラザーさんは正規のイギリス式の教育を受ける機会はなかったが、そのような夢をもっていた。彼は民族の未来の発展に危機感を抱いていた。このような気持ちをもちつづけることは容易なことではない。一方わが台湾の閩南人《びんなんじん》であの時代に生まれていた人は、知識人はあまりいず、未来への思考をもたなかった。言うまでもなく、台湾原住民族も当時よく似た夢をもっていたが、力がおよばなかったようだ。いまならどうか。私たちは成功した原住民の企業家や政治家で、人材養成基金会のような団体を立ち上げた人をまだだれも知らない。めまぐるしく変わる複雑なネットワーク社会では、個人の欲望の追求が最高の座標となる。原住民族社会も内部では自分の幸福だけを追求する社会に変化してきている。知的な評論もみな、原住民行政の脆弱な対策に対して文化人の意見が表明されるだけである。しかも他の人の論理を借りて、第三人称の研究者を第一人称の原住民に換えるだけで、創意もなにもないのだ。私のこのような見方は浅く、一方的な偏見かもしれないが、専門家ならわかるはずだ。簡単に言えば、台湾原住民族の漢民族との遭遇は、歴史的に見れば、世界の弱勢民族の植民者との遭遇の一環にすぎない。いま検証している出会いの成果の舞台は「悲劇から絶滅へ」の冷たい海流である。要するに観察するところ、第二次世界大戦後から今日までの漢民族全体の「民族（主）政治の素養」は、レベルは高くないと私は感じる。「民族行政」の制度に関わる協議は、中国の歴史的な懐柔策、民族を「単一」民族へと同化するいつもながらの手段、さらに排他性の強烈な閩南式の「ショービニズム」から抜けきれないのだ。とりわけ戦後、いわゆる省政府の「山地保留地」は、ブローカーや政治家に有利になるように詐欺的な条文が作成された。また上意下達の行政命令では、原住民族の政治家はいつも他人の尻馬に乗り、意見がばらばらで互いに軽蔑し合っている。政治家として個人の地位をひけらかすことばかりを重んじ、原住民族全体の要求に応えようとしない。これが国民政府が行なった山地同胞の教育政策だった。たとえば、単科大学や教育系の大学で教育を受けた原住民族の政治家は、民族自決の意識が最も低い巨大民族の出身者であり、今日の懐柔政策のもとでつくりあげられた品質不良製品だと言える。

私がお世話になっているブラザーさんの場合、彼の夢は彼の世代では実現しがたい。ただ私は、自分の民族の未来を愁えるその彼の思想を大切なものに感じている。弱勢民族が抑圧から立ちあがることは、手のひらをかえすように簡単にはいかない。しかし、手軽に他人の標準を借りてくることとは大言を吐くより簡単である。

一九九六年の年末、私は国際反核団体がタヒチのモーレアで開催した「西暦二〇〇〇年第一世界の核兵器、核廃棄物の第三世界への移転・保存の撤廃」を趣旨とした活動に参加した。フランス政府がムルロア環礁で核実験を行なったあと、汎ポリネシア系の知識人および国際反核団体が団結して、次のような声明を出したのである。第一世界の強国（一九四七年十月、アメリカはビキニ環礁で率先して核実験を行なった）による南太平洋上での核実験、および核廃棄物や不用になった核兵器（アメリカはフィリピンの北のある小さな島に保存）の運搬を阻止する、と。第一次世界大戦後、太平洋上の多くの島々を分割した植民国、たとえばイギリス、ドイツ、フランス、アメリカなどは、そうした島々の島民に歴史上のいかなる深い恨みもない。しかし西洋の帝国は大航海時代にその版図を拡大し、二十世紀に抑圧した実例のなかに核実験を合法化して、次のように主張した。ソ連を主とする共産主義集団による人類の平和追求の真理の破壊に対抗するために行う核実験だ、と。そうしてこれらの国家が、文字もなく「国家意識」もない純朴な島民に遭遇したことについて、彼らは口を押さえて大笑いをして言った。これは「神」が彼らに与えた犠牲のお供え物だ。だから自己の利己的な行為を正当化し、南太平洋の環礁の島々を核実験場として合法化することは、世界平和の行為につながり、科学者や政治家の実験場になるのだ、と。しかし、私たちのような文明化の末端にいる島民を、まさか「出会い」の結論は国際政治の将棋盤の兵卒であり、西洋の原初から選ばれた「神」に与えられた犠牲のお供え物だ、とでも言うのだろうか。もちろんそうではない。真実の神はもちろんノーと言うだろう。ただし、神の多くの使者は、その大半はユダの化身で、イエスと言うだろう。

以上は私の考えだ。あなたの答えがいかに多様で、美しかったとしても、核爆弾がつくられ私たちの住む地球の寿命を縮めたことは事実だ。拳が大きな人〔金もちで勢力のある人〕は、やろうと思うことはなんでもでき、興味があればできないことはなにもない。よく似たことは、台湾の民主政治の発展についても言える。原住民族には、化粧水をただ一滴一滴と恵んでくれたにすぎない。たとえば、新竹県の竹東から五峰郷の桃山村までのアスファルト道路の工事は、二十五年かけてやっと完成したものだ。また蘭嶼中横公路の修理は、核能廃料貯存場〔放射性廃棄物貯蔵所〕が蘭嶼に施した善意で、「開発」だなんてとんでもないと言わんばかりだ。このような優秀民族と劣等民族にわけるペテンは世界じゅうどこも同じで（コロンブスのアメリカ大陸発見の祝賀行事はとりわけ突出している）、傷つけた外見を取り繕おうとする。このようなとき漢族の政府は一貫して、我々はやらないというわけではなく、ずっと一生懸命にやっているのだと、徳政を強調する美辞麗句を述べたてる。一九九四年の夏、李登輝先生は「山地同胞」を「原住民」に変えたが、それでも「族」（ネイション）を加えることにはあれこれと理由をつけて拒絶した。たとえ李先生が「族」の字を加えることが民主政治のうえでの精髄であるとしてそれを願ったとしても、実際は、台湾の立法委員の多くの民族派や投機的な政客が望んでいないのだ。「族」（ネイション）を実質的な政治的意義のうえに開放することを願わないうえに、学者は諫言して「土着族」の総称を提案する。この問題は狭義の「閩南式」、「中国式」のインテリ国粋主義が存在し、その口や顔は異口同音に黄色人種の目にも黒い皮膚が存在していることを証明していた。

台湾の友人たちのなかで、少数でも健忘症でない人がいたなら（多数の漢族は知らないふりをするだろうし、当時の多数のタオ人もまたそうだ）、一九八八年二月二十日、蘭嶼の「アニトを追いだせ」[1]運動でふたりの中心人物が分離主義者だと言われ、さらに蘭嶼の「ゴミ」だと言われたことをおぼえているだろうか。その意味はごく簡単で、権力者の要求に合わない不良分子だというわけだ。もっとも美しい嘘は、蘭嶼は「放射性廃棄物場選択の国際基準にも、国家の経済投資の公益にも合っている」というものだった。当時の台湾には、私たちに代わって正義の声をあげるひとりの学者も、立法委員もいなかった。この行為は「神」の口を借りて語り、そしてまたアニトの手を借りて剣を握り、最初に蘭嶼を選んで台湾の原子力発電所の発展のための生贄にしたのだ。同時に、道路を補修し、蘭嶼中横公路を修繕して、徳政というにせの化粧の手直しをした。これは私たちタオ人の「文明化」が薄弱で、現代的な知識が貧弱で、政治力がゼロだということの証拠であり、南太平洋諸島が西洋の強権の核実験場になったように、タオ人も同じような民族の運命の大災難に見舞われたのである。

「かもしれませんね、でも善良な白人女性もたくさんいますよね。ただブラザーさんの前の奥さんは、子供のころから物欲の世界に生きることに慣れていたのでしょうかね」

私はそのようにブラザーさんにたずねた。

「もちろん、善良な白人女性はたくさんいますよ。わしが出会った彼女は、わしにとって不幸だったね」

彼の口ぶりから心に白人女性のマイナスイメージが残っているように感じられ、表情はいくぶん暗かった。環礁の内海は一面静かな波。潜水を楽しむ客には最も安全な場所だった。しかし、台湾から行くには飛行機代がかなり高くつく。フランス領タヒチのモーレア環礁の内海は、日本人やフランス人が投資した高級ホテルの建物が陸地から海にのびていた。男女が裸で泳いでいるのも頻繁に見かけ、ごく自然だった。クック諸島の島民に比べると旅行客は比較的保守的だった。あるいは私が行ったのがクリスマスのあとだったので、旅行客もそれほど多くなかったからかもしれない。思うに、緯度が高いところに住む欧米人は、長期にわたる極寒や陽光の不足のせいで、天気さえよければ、からだが自然に直射日光を求めるようになるのだ。白い肉体が陽光に晒されると皮膚が陽光を求める、それは自然で合理的だった。それに我々タオ族と同じように、カラムシから大きな布を織る方法を見つけられなかったので、男女が上半身裸でいることは自然で、それは背景となる環境からきている。

ブラザーさんの家の庭は白い砂浜の上方にあり、潜りに行くには大へん便利だった。蘭嶼で潜水漁をするときに見かける魚は、ラロトンガ島とまったく同じだった。しかも環礁内は浅く、もしモリをもっていたら、食べる分だけしとめるのは簡単なことだったろう。このような環境で、私は両親の死の悲しみをいくぶん和らげることができた。しかし、すっかり心が癒えたわけではない。だれであれ、私と同じような気持ちになる人は多いと思う。

午後三時ごろになるといつも、私はブラザーさんとふたりで砂浜の庭で酒を飲みながら雑談し、日々満ち足りた気分ですごした。

そうだ、コロンブスが一四九二年にアメリカ大陸を発見し、一五一九年にマゼランが南アメリカ最南端のホーン岬をまわって、東西の太平洋が発見されると、地理大発見とか「大航海時代」と呼ばれるようになった。それ以降の二世紀のあいだに、多くの島嶼がつぎつぎと帝国列強に分割統治され、西洋人の地名がつけられていった。この世の天国であったところが、よそ者の天国に変わっていった。さまざまな事件や第二次世界大戦後の植民者の悪質な行為について、ここであれこれ述べる気はない。ただ、ブラザーさんが過去に目撃した経験や、ここで発生した漁業をめぐる出来事は、蘭嶼で起こった例と同じだった。彼は言った。

「第二次世界大戦の十数年後、一九六〇年代のことだ。オーストラリアとニュージーランドから来た大型漁船が、クック諸島の南北の島々の海域や環太平洋の海域で、大型の底引き網(2)をおろした。最初の漁獲量は驚くほど多く、船員たちは大喜びで、船主も笑いが止まらなかった。わしの弟のひとりが、その船員のひとりだったが、彼は金をもうけてオーストラリアのダーウィンに移民してしまった。そのような盛況は十数年後にはもうなくなったね。だが、海底の生態の環境は破壊され、再生するのはもはや難しい。わしらのところでは、こういうふうになんの警告もなく、魚類は急速に減少し、サンゴ礁は再生する見込みがなくなった。政府の再生政策が遅々として進まないからかもしれない。国外の漁船団に対しては、わしら現地の者にはほとんど手の打ちようがないんだ。こんな小さな島々、弱勢の島民は、よそ者がわしらの国土から一銭も金をはらわず、わしらの原初の資源をかっさらっていくのを、目を大きくあけて見ているだけだ。しかもだ、環境を破壊しておいて一切費用を払わないのだ。奴らの漁具は進んでいるが、それがまた魚類の枯渇を加速させる元凶になっている。わしらがいまもっている財産は、ただ『黙認』しかないんだ」

私は黙って聞いていたが、心のなかにはやりきれない気持ちが広がっていた。

私は一九八九年に台湾から蘭嶼に帰った。一九九一年の夏のある日の午後、核能廃料貯存場の近くの海に潜り魚を捕っていた。すると海底から突然、大きな音が聞こえて、からだに震動を感じた。海面に顔を出してまわりを見渡すと、魚を釣っているタタラがいるだけで台湾から来た漁船はなかった。しかし私は近くに漁船がいたことを知っていたので、泳いで岸にもどり、バイクに乗って島の反対側にまわった。思ったとおり、私がいつも潜っているところに船が一隻とまっていた。私は岩礁の道を走り、海に潜った。すると水深二〇メートルほどの海底に火薬で気絶させた魚を捕っているふたりの男がいた。彼らはオビテンスモドキや、ユゴイ、ブダイ、コショウダイ、フエダイ、洋魚〔不詳〕などの魚を大型の網袋に放りこんでいた。こうした悪徳漁船は蘭嶼に来て爆薬漁をするが、自分たちの漁獲にだけ関心があり、生態の環境の破壊を考える良心などまったくなかった。このような爆薬漁は違法だと、島の人たちは知っていたが打つ手がなく、よそ者が原初の豊かな魚の資源をほしいままに収奪していくのにまかせていた。

島嶼の環境権から考えれば、蘭嶼の人びとが自分たちの生態資源の永続権を守ることは当然の責務だ。私たちが用いる方法は、最も単純な漁具を用いて生活の基本的な需要を満たすことだ。原則的には、私たちが使用する漁具なら、魚類はいつまでも減ることなく、さらにタオ人の伝統的な漁の知恵文化や「魚を食べる」さいのしきたりも守ることができるのだ。つまり、二月から六月は、回遊してきたトビウオを捕ることができるだけで、サンゴ礁の魚類を捕ることは禁じられている。トビウオ漁のシーズンが終わる七月になってはじめて、浅瀬や深海に棲む魚類を捕ることができるのだ。そうすれば魚類の生態の永続的な循環を維持することができる。

問題は台湾から来た漁船の爆薬漁にある。この漁は最短の時間と最小のエネルギーで魚を「一気に捕りつくす」のだ。一気に多くの金をもうけ、漁船のローンを返す。最終目的は「明日、魚があろうがなかろうが気にしない」侵略行為であり、近視眼的な考えだ。このような考えは全地球の漁民に広く蔓延しており、彼らの行動パターンとなった。台湾の漁業法の基本精神は非常に素晴らしい。しかし、海洋生態保持を永続的に実践するのは、神への道よりも遙かに遠い。海洋政策の執行力、行政のバックアップ、海洋環境の維持、そして海洋科学研究への資金援助を含めて、台湾では最も脆弱な死角となっており、これまで問題とする人もいなかった。これは台湾に住む人はみな知っている事実である。

ふたりの潜水夫は爆薬でやられた魚を海底からすべてすくいあげると、外海に錨をおろしてしばらく休み、次の爆発を待った。台湾漁船のこのようなやりたい放題の爆薬漁は、蘭嶼ではもう長年行われている。私がやっている素潜り漁の漁獲量は、一日で一〇キロ前後、そんなにたくさんはいらないし、もともと蘭嶼の漁具が簡易なつくりなことと関係がある。重要なことは、私たちは今日までずっと「生態循環」の繁殖信仰を保ってきたことだ。

漁船が台湾と蘭嶼を往復しても、彼らは蘭嶼の港で出入境や捕った魚の量や種類について届け出る必要はなかった。一旦来れば、海底の環境を数回破壊したが、タオ人にはなす術がなかった。今日、つまり二〇一〇年の年末まで、私は相変わらず昔のやり方で魚を捕っている。私の観察では、長さ二〇〇メートル、幅三メートルから一八メートルのサンゴ礁では、サンゴの幼虫がほとんど繁殖しなくなっている。これは爆薬漁で使うシアン酸カリウムが原因である。そしてサンゴが激減した結果、熱帯魚類の餌が減り、魚はほかの破壊されていない海域に移っていった。私は魚たちが棲家となるきれいな海床を見つけられるよう心から願っている。


ブラザーさんと私は黙って海を眺めていた。彼は私の住む島に来たことはなかったが、毎朝コーヒーを飲みながら雑談していると、私たちが住む海洋の生態環境の運命はよく似ていることに気がついた。クック諸島の島民は蘭嶼のタオ人と同じように純朴だった。いつも木のしたで涼み、自分がよく知っている世界について語りあっている。このような会話はこの地球に災いをもたらすことはない。ただ主流の勢力に対していつも、たとえば物価の上昇やガソリンの高騰、仕事の減少、賃金が十年あがっていないことなどに、多くの怨みを抱いているだけだ。しかし、もしあなたが原住民で、権力を握った勢力者から頭をちょっと撫でられたら、いま話していることはすべてでたらめと認めるだろう。午後四時になると、私はブラザーさんの草刈り機を引っぱりだして、二本の道に生えた草を刈った。それが終わると、私たちは座って酒を飲みはじめた。

「このごろはなにをしてるんだね」

「アバルア港に台湾から船が来たんだ。その船には大陸の連中が乗っていてね」と私は言った。

「おお、それはあんたが探している人じゃないのか」

「そうなんです。運がいいですよね、作家としては、ですけどね」

「台湾の政府は漁民のことを気にかけているのかね」

「どうでしょうかね、船会社は漁獲量のトン数を気にしていますが。台湾にはもう漁民はいないんですよ。船長しか残っていません」

ここまで話して、私は突然自分が捨てられたような感覚に襲われた。家では家族から余計な存在だと考えられている。まるで陳船長のようだと思った。陳船長は休暇になると家で無気力にすごしていた。陸で起こっている事について、彼はほとんど新しい知識がなかった。陸の人たちに最も欠けている海や魚や漁獲などのことしか知らなかった。彼は自分の家にいるときは、宙ぶらりんになったように感じていた。形ある家財はすべてまえの家族にやってしまっていた。海を漂泊して四十余年稼いできたが、それと引き換えたものは寝るところもない、一夜のうちにすべてを失う荒廃した人生だった。

ときたま陳船長のことを思い出すが、彼は常に漁獲量のトン数に一喜一憂していた。道を歩くときはひどく危なっかしく、陸が揺れているといつも言っていた。いま、ブラザーさんと会っているが、彼は庭の草刈りをしたり、時々銀行に行って通帳を確認したりするだけで、まったくの一人ぼっちだ。前半生は努力して人のために働き、妻のためにあれこれしてやり、残りの人生を幸福に送れるようにと考えてきたが、すべてが無駄になってしまった。ラロトンガでひとりぼっちの旅人であった私は、このようなふたりのお世話になった。ふたりとの縁は、私が夢に見た親族からもたらされた縁なのだろうか。もし「そうだ」というのなら、「闇夜の海風の音」は、わが祖霊が世界をまわってわが民族を見守ってくれているという伝説だと信じる。もちろん、フロイトの「夢の分析」を読むのはやめてしまった。ヨーロッパ大陸の人の解釈をほかの民族に当てはめるのはふさわしくない。とりわけ、わがタオ人の亡くなった人の魂は水世界を潜水するのを好むし、亡魂が話すのはドイツ語だけというわけではない。これは、アメリカ籍のハンガリー人の友人で、アメリカのジョージア大学で言語人類学を教えている教授が話してくれた話だ。

「闇夜の海風の音」ということばは、私がつくったものではない。このことばは、タオ語からきたものだ。一九八九年に蘭嶼に帰り、それからトビウオ漁の季節がはじまった一か月目、西暦で言えば二月ころに、夜、私は親戚の男たちと十人乗りのチヌリクランで海に出た。この月に使用する漁具は長い取っ手のついたすくい網、それに乾いたアシを束ねたタイマツだ。最初に蘭嶼に回遊してくるトビウオを、私たちはミラッ・ス・パニド（銀色の胸びれのトビウオ）と呼ぶが、簡単な漁具なので漁獲も少ない。私にとっても、一、二歳年上のふたりの従弟にとっても、はじめて加わった伝統的な夜の漁だった。ここではじめて参加した漁での私たちのようす、つまり三人の体力のなさや伝統知識の欠如については述べないことにするが、「闇夜の海風の音」の大切な点は、先輩たちが海上で話すことばを風のことばと称することである。たとえば、舵取りがタイマツをかかげて暗闇の海を照らし、もしトビウオがいたら、(3) アラカム・カトゥワンと言い、ふつう私たちが使うヤムヤン（トビウオがいる）とは言わない。右側からトビウオが来ると、アラカ・ドゥ・カワナン（風が右側の人に吹く）と言う。もしトビウオの数をたずねたら、「無理のない」数を言わねばならない。それから、もし天候が悪化して引き返さなければならないときには、「家で子供が駄々をこねている」などと言い、「われわれは帰る」のような直接的な表現は禁じられている。先輩たちの夜の海での会話は、そのころ聞いてもまったくわからなかった。はじめて夜の漁に出た男が聞いてわからないということは、「アニト」も聞いてわからないということだ。つまり、「アニト」は、人がしゃべる話がわかれば、魚の群れを舟から遠くに追いやって、船が空っぽで帰るようにさせるのだ。だから、大事なことは、海のうえで「アニト」が聞いてわからないことば、つまり善い霊が聞いてわかることばを話すこと、これが「闇夜の海風の音」の意味なのだ。

ブラザーさんは英化〔漢化をもじった表現。イギリス人化の意味〕が進んだポリネシア人で、七十過ぎだったが、母語はうまくなかった。わざとではないが、航海の経験や知識を聞いても、彼らの民族の海人の用語や私が知りたい海の信仰のようなものはもう記憶していなかった。

陳船長はと言えば、彼の船長室の左側のドアのうえには大きな扁額がかかっていた。書かれている字は「満載而帰」で、「載」の字には人偏が付け加わっていた。つまり、漁獲で魚艙をいっぱいにし、同時に人も無事に帰ってこなければならないのだ。そして、船の左舷は漁民たちがはえ縄をあげおろしするラインだった。漁獲は海の習性のように捉えがたく不確定だ。しかし、海に生きる人の最終的な結果は「帰る」ことであり、もともと出発した「家」にもどってはじめて「満」になるのだ。ふたつの字のあいだには海に生きる人の心意気が反映している。これが陳船長の深い解釈であった。

さらに陳船長のベッドのそばには金銀の紙銭が山積みになっていた。彼は言った。

「地球には三大洋と数知れない海があってね、昔から海には亡霊が魚の鱗よりもたくさんいるんだよ。ある地域の亡霊はね、海に生きる人の匂いをかぎ分けることができるんだ。船の海難事故は、悪霊と直接関係しているんだよ。広い海で水死体に出くわすこともあるが、その亡霊の国は海なんだ。その死体がどんな肌の色でも、決してその亡霊に話しかけてはいかんぞ。あんたがね、どっちのことばをしゃべっても、亡霊にはなにをしゃべったかわかるんだよ。陰気な海風が吹いて、広々とした大海原に自分の船しかないとき、恐ろしく孤独だ。黒い雲にすっかり囲まれているとね、海に悪霊の存在を感じるよ。これは海人のもつ敏感さが感じ取るんだ。幻覚ではない、理性の直感なんだ。この台湾製の金銀の紙銭は亡霊に払う『海の通過費』だね。台湾の漁船団の船隊は、国際的にもよく魚を捕るグループとして知られているんだ。紙銭はこの世の米ドルと同じでね、冥界の市場に流通しているんだ」

実際、よく知らない島国で、たまたまブラザーさんや陳船長、それに大陸から来た若者たちと出会った。ひとり旅にあっては、多くのことが予期できない。はっきり言うと、私は限られた環境のなかで努力して生きている少数民族や辺境人が好きだったし、関心もあった。彼らのことばやしぐさが私の心を動かした。なんの繋がりもない間柄でありながら、私たちは美しい友情を結んだのだ。このようなこともまた予期しないことだった。陳船長の話から、私は自分が捨てられるのと、拾われるのとのあいだに漂っているような幻を感じた。そのような幻覚は、孤独な旅人が知らない国に行ったときにいつも秘かに感じるものだった。そうして、「闇夜の海風の音」は私の思考の源のようになり、お蔭で異国を旅することができた。

「ラロトンガの一月は、南太平洋の夏だよ。気候は暖かいし、風は季節風が、つまり東風だね、それがずっと吹いている。それで島のヤシの木はみな西に傾いているんだよ。これは気候が安定している証拠でね。ポリネシア人の祖先は、昔からこのような風向きに頼って西へ航海したんだ。聞くところによると、イルカが祖先を導いたということだ。のちにニュージーランドを発見し、ラロトンガの島民の一部がニュージーランドに移住した。それがいまのマオリ人ってわけだよ」とブラザーさんが言った。

「ここ数日どこに行っていたんだね」

「アバルア港で台湾の漁船が魚を揚げているのを見てたんだ」

「台湾から船が来たのかね」

「港があるところには、台湾の漁船がいますよ」

「ほんとうかね」

「港があれば、船長がいるってのは本当だ。そうでなきゃ、幽霊船（ゴーストシップ）だよ」ブラザーさんは微笑んで言った。

ラロトンガ島での出会い

ラロトンガ島での三日目、ブラザーさんは車で僕を島めぐりに連れていってくれた。それでラロトンガ島の様子がわかったので、私はブラザーさんのバイクに乗って島を一周した。このバイクは台湾の光陽九〇CCの中古車だった。島を一周したのは、外国人観光客としての好奇心からではない。小さいころから父や祖父に教育されて自然に身についた儀式のようなもので、私の肩に乗っている霊魂(4)をこの島の移動する霊魂と会わせるためだった。あくまで私の習慣であって、霊異学説とは関係はなかった。

アバルアはクック諸島の主島ラロトンガ島の最もにぎやかな町だった。私たちがよく知っているような大都会ではなく、ふつうの小さな町に過ぎなかったが、街としての商業機能はすべてそろっていた。たとえば、銀行、通信、発電所、スーパー、市場、レストラン、ギフトショップ、病院、本屋など、いろいろな店がそろっていた。私の観察では、蘭嶼島よりずっと近代的で、こじんまりした美しいところで、清潔だった。ラロトンガ島の面積は蘭嶼とほとんど同じで、集落は散在しており、開墾できる平地は蘭嶼より広かったが、渓流のような水源は蘭嶼より少なくて小さかった。島民が食べるイモ類は蘭嶼とそっくりだった。ただ、物価が高かったので、島民の多くは自分で野菜を栽培し、島外から来た物資に頼らないようにしていた。教育程度はふつうで（イギリスの教育制度）、わが島のタオ人と同じく勉強が嫌いだった。見るところわが島と同じように問題は経済にあった。ふつうの人の収入状況は、その人の笑顔が多いか少ないかにあらわれていた。島民は情熱的だが騒がしくない。男も女もタオ人よりハンサムで美人、そしておっとりしていた。母系社会で、伝統的に航海家が偉い人だと考えられていた。

クック諸島は、一九六五年まではイギリス植民地のニュージーランド政府により管轄されていたが、その後、半自治政府が成立した。ただ、国防と外交は依然としてニュージーランド政府が掌握している。島民はポリネシア人に属し、マオリ語を話す。ニュージーランドやオーストラリアに自由に往来でき、公民権ももっている。北方群島のプカプカ島の島民は比較的サモア人に近い。だから、クック諸島から出ていった国民のほうが、クック諸島内に住んでいる人たちより多い。クック諸島は南北の群島にわかれ、人口は約一万五千人であるが、国外に移民した人口は五万人以上にもなる。

クック諸島には独自の伝統宗教があるが、第二次世界大戦後はプロテスタントが主流となり、七〇パーセントの人が熱心な信者だ。政治家も同じで、国内の政治をコントロールしている。少数だが、カトリックやモルモン教徒もいる。ブラザーさんは私とよく似ていて、空と海が私たちの教会だった。このような伝統的なアニミズムやプレアニミズムの多神論者は、キリスト教徒から漂泊の魂と呼ばれていた。私はふざけてそれを乱教と呼んでいる。

アバルアの商業中心地の前方に建設中の埠頭があり、右側はニュージーランド貨物船の荷揚げ場、そして左側は現地の人びとの小型エンジン船や金もちのレジャーボートの専用埠頭となっていた。そして商業センターの真正面が遠洋漁船専用の水揚げ場だった。

二〇〇五年一月のある日の昼、私はバイクで埠頭のそばの細い道を走って、しゃれたカフェに行き、そこでコーヒーを飲んだ。水揚げ場には、五〇トン級の近海漁船が二隻、静かに停泊していた。店長とちょっとおしゃべりしてから、私は彼女にたずねた。

「ここに台湾の漁船が来てる？」

「来てるわよ。いま一隻、港を出ていったわ。一隻は入ってきたばかりよ」

彼女はすぐに微笑み私に言った。

「どうしてわかるんだい」と私がたずねると、彼女は隅っこを指して言った。

「妹よ。台湾の漁業加工場で働いているのよ」

「二時になったら、あの船は捕ってきた魚を水揚げするのよ」

「あなた、漢人らしくないわね」

「違うよ、僕は台湾の原住民なんだ」

「そうだと思ったわ、わたしらポリネシア人とちょっと似てるわね」

だれがだれに似ている、こういった言い方には無意識のうちに主客転倒の見方が顔をのぞかせるものだ。人類学者や考古学者の説では、マダガスカル島はオーストロネシア語族の発祥地で、彼らの祖先は太陽が昇る海の方向に向かって移動したということになっている。それが本当だとしたら、オセアニアの島民は台湾原住民族の「末裔」なのだ。だから、だれがだれに似ているというのは表面的なことに過ぎない。しかしながら我々のことばには確かによく似たところがある。つまり私がいいたいのはこういうことだ。中国政府は、台湾の原住民族と大陸の少数民族は発祥が同じだと言ってはばからないが、オセアニアの島民は大陸から移動していった民族だとは言わない。これは間違いだ。漢族の史観と我々オーストロネシア語族はまったく無関係なのだ。

「あなたがたの祖先は台湾から来たんですよ」と私は優しく言った。

「知ってるわ、聞いたことがあるわ」店長はこぼれるような笑顔で、ロマンチックな目をして言った。「夕陽が海にしずむところが、私たちの祖先が航海をはじめたふるさとよ」

私は冷たい水を飲むと、すぐに埠頭に向かって歩いていった。アバルア港はクック諸島の国際港で、港内は蘭嶼の開元港より広くて二倍ほどもあり、水深はほぼ八メートルあった。ところが港には、港への出入りを取り締まるためのゲートがなかった。ここから想像できるのは、ラロトンガ島は治安がよくて、密貿易などは起こらないということだった。警官が港を行ったり来たりしているのは、クック諸島にも警官がいるぞと見せているようなものだった。たぶんあの警察官は、私がポリネシア人に似ていて、彼と同じように黒いが自分ほどハンサムではないので、あれこれたずねようとはしなかったのだろう。私は自分の皮膚の色や姿かたち、背丈が、現地の人に似ていることに気がついたが、これはこのような島では明らかに有利だった。

昔、嘉義で貨物運輸の助手をしていたとき、ジジミットが高雄の哈瑪星《ハマシン》〔高雄南鼓山地区の旧市街地〕にある遠洋漁船に乗って、子供のころの船員になる夢をかなえていることを知った。そのころ私は彼を祝福していたが、心では自分の実力で大学に合格したいと思いつづけていた。その程度の教育を身につけ、基本的な英会話ができてはじめて安心して「流浪」できる。当時、私の考えはちょうど転換期に差しかかっていた。二十歳になり中学校の同級生が四人、台湾西部の労働市場に飛びこんだ。みんな台湾の西部のことはなにも知らなかったし、頼れる先輩もひとりもいなかった。まったくの無鉄砲で、仕事さえあればなんでもいいという気持ちだった。私たちは嘉義市のある運送会社で荷造りの仕事をした。会社の社長は残業代を搾取したり、私たちの人の良さにつけこんだりして、給料の支払いをごまかした。一九七七年のはじめのころのことだった。

私たちが働きはじめる前夜のことだった。阿輝《アフィ》社長が私たちにビールをご馳走してくれた。豪華な台湾料理は良き社長ぶりを印象づける餌だった。しかし、私たちはだれも酒を飲まなかったし、脂っこいものにも慣れていなかった。年が若くて飲まないのではなく、私たちの民族には酒を飲む習慣と文化がなかったのだ。あのころはまた、慣れない食べ物への食欲もわかなかった。以前は、阿輝のところで働く労働者は阿里山から来たツォウ族ばかりだった。彼らは酒が強く、仕事もよくできた。魚でも肉でもなんでも食べた。蘭嶼から来た我々数人は飲まず買わず賭けずというのを知って、社長は大胆にふるまうようになり、閩南人のペテン師の本質をさらけだした。多くの余分な出費は節約できると言って、私たちに優遇措置の説明をしてくれた。たとえば、一五トンのトラックは一か月十万元以上の純益をあげたら報奨金を増加するし、給料は最低六千元だが真面目に働けば、一か月少なくとも一万二千元以上稼げると言った。これは当時とてもいい給料だった。

朝六時すぎに起きて、食事は自分で用意した。この運送会社のおもな仕事は、雲林県斗六鎮にある黒松サイダー工場のサイダーを全国の取次店に運ぶことだった。私は同級生のカロロといっしょに一五トンの車に乗った。当時、斗六の黒松サイダー工場内には、まだフォークリフトがなかった。だから工場から出た冷えたサイダーはベルトコンベアーで流される。前夜から長い列をつくって並んでいたさまざまな会社のトラックは、順番にサイダーケースを積んでいく。一五トンのトラックには、四二〇ケースのサイダーを積むことができた。出荷された冷えたサイダーは、ベルトコンベアーで運ばれてきて、行列したアリのように止まらない。トラックの助手は、一人は車のうえでサイダーを並べ、もう一人はコンベアーのそばで腰をかがめて木のケースに入ったサイダーをトラックに積みこむ。サイダーが出荷されるスピードは非常に早かった。働きはじめたばかりの私たちは、手がまだ柔らかかった。整った顔立ちは砂浜で太陽の光をあびる少年の顔で、まだ子供っぽさとあどけなさが残っていた。腰をかがめ、木のケースに入ったサイダーをもちあげる筋力はまだ未熟で、瞬間的に体力を超える労働にすぐには適応できなかった。だから夜寝るときには、全身が痛み、起きあがるのが辛かった。一週間で体じゅうが疲れ切り、辛くてしかたなかった。柔らかい手には亀裂ができ、ひと筋ひと筋痛くてたまらなかった。唯一の良薬は我慢することだった。生きていかなければならないからだ。一週間後、会社の社長が労働時間を短くカウントするためにこう言った。ここは工場ではないから、出勤、退勤の制度がない。サイダーを運び終えれば休憩できる。運んだ数が多ければ、もらえる歩合も多くなる。「増える」ことについてはわかったが、社長が「差し引く」

条件は理解できなかった。

「増える」とは、もっと稼げるということだと想像できた。私にとっては、大学受験のために台北の予備校に行く学費を稼ぐことが必要だった。そこで私はカロロといっしょに、嘉義、雲林、台北、基隆、高雄、台南、さらに中部横貫公路を通って花蓮まで、黒松サイダーの取次店に商品を配達してまわった。さらにまた、高雄の鼓山セメント工場からできたばかりのセメントを西部の各県市の農会〔台湾の農業団体〕に運んだ。当時、高速公路〔中山高速公路。国道一号〕は楊梅〔桃園県〕―基隆間しか開通していなかった。トラックに積んだサイダーの空き瓶は私たちの寝床だった。幸い、仙女は私たちの霊魂の釣り糸をご加護くださった（天が私たちを救ってくれることを意味する）。どんなトラック事故も私とカロロの身には起こらなかった。それでふたりの稼ぎが十万元に達しそうになったとき、社長はふたりを稼働率の悪いトラックにまわした。報奨金を出さないためで、その意図ははっきりしていた。四か月間、まともに給料をもらったことがなかっただけでなく、閩南人から不公平な搾取や差別を受けていると感じた。最も不愉快な思いをし、閩南人に嫌悪感すら覚えたのは、彼らが「幹《ガン》×娘《ニアン》〔伏字には「おまえ」の意味の「你」が入る。おまえの母さんを犯すぞの意味の罵語〕ということばをしょっちゅう口にすることだった。この下品な三字経《さんじきょう》〔三文字言葉〕は、西部の取次店のいたるところで聞かれたが、私たちには耐えられないことばだった。私たちが育った島にはそんなことばはなかったし、これほど女性を徹底して差別したことばはなかった。

あのきつい仕事をしていたころ、疲れ切ったときにはいつもこう考えていた。もし国立師範大学に行っていたなら、こんなにみじめなことにはなっていなかったかもしれない。いまは騙されて、働いた時間分の給料も手に入らない。大学に行っていたら、いまごろはバスケットボールをしているかもなあ、ひょっとしたらガールフレンドがいたかもしれない。そんなことを考えながら自分が「間違って」選択してしまったことを慰めていた。しかし、二、三十年も先生をしなければならないと思った。青春は私の夢とは違う単調な生活に消耗されてしまう。無味乾燥な教科書に耐えられないだけでなく、中国の歴史や儒教を教え、漢人の代わりに自分たちの民族をあざむく役割を担わなければならない。そんなことは私にはできない。安い給料のためにぺこぺこし、なんの創意もない生活を送り、夢の理想は現実に食いつぶされていく。あげくの果てには、歩んできた道を振りかえっても、運命の旅の本質は決して良い結論はでないだろう。

人は運不運で行為の良し悪しを論じるものだ。小さいころから試験の二択問題が大嫌いで、マルかバツかを選ぶのが最も苦手だった。理由は「マルバツ」が対立することであった。答案は永遠にマルとバツしかなく、「そうとは限らない」という選択はあり得ない。タオ人が漢民族と遭遇したばかりのころ、漢民族はタオ人をまったく理解できず、溜息ばかりついていた。たとえば、蘭嶼国民小学校のとき、先生はいつも、おまえたちは遅れた人間だ、おまえたちの頭は石のように硬い、おまえたちはこれから、一生懸命に中華文化の精髄を学んではじめて前途があるのだ、と戒めるように言った。毎日海で泳いだら、海は先生を好きになってくれるよ、と僕たちは言った。ああ、あの海はほんとうに怖い。まさか「中華文化」にだけ精髄があるというわけではないはずだ。精髄っていったいなんだろう。いまでもまだわからない。学校の先生の試験で、「唯一」まともな答案を出したのは、師範大学を受けない理由だった。さらに大きな理由は、中国語の文字をマスターするのが怖かったからで、そのためいまでも閩南語も十分できず、フランス語も十分できず、そして英語をしゃべるのがうまくないのだ。

私はアバルア港の真正面の木蔭に座ってタバコを吸っていた。カフェの店長の妹はからだが大きく、すました顔で近づいてきた。挨拶をかわしたあと、私がタバコの長寿を一本差し出すと、可愛い笑顔でありがとうと言った。タバコを半分ほど吸うと、優しい表情を私のほうに向けてこう言った。

「あなた台湾人らしくないわね」

「違うよ、僕は原住民だよ」

彼女は突然ケラケラと明るく笑った。そして言った。

「あなた、わたしたちポリネシア人みたいね」

「そうだよ、僕らの祖先は親戚だよ」私たちは指を折って一、二、三、四、五、六、七、八、九、十と数え、さらに顔の五つの部位の呼称を言い合ったところ、ほとんどいっしょだった。母音が同じで、子音が少し違うだけだ。

「台湾原住民には、わたしみたいに太ってる人いる?」

「たくさんいるよ」

たちまち太陽の光のような笑顔から、サツマイモの香りがしてくるようだった。これはオーストロネシア人の共通点で、国籍の違いから来るよそよそしさが和らいだ。私にはそのような思いがとくに深かった。これは文化やことば、血液の遺伝子などがよく似ていることからくる親近感で、国や同じ宗教信仰から来るものではなかった。

海のリズム、海の喜怒哀楽には秩序があった。毎日毎日、目を開けて目を閉じるまで海の鼓動に包まれて成長した。子供のころからいろんな島の島民と出会い、お互いに親しい感情をもったが、そのような感情は海の海流の繋がりからもたらされたものだ。海を見ながら夢を描き、そして夢を追い、海風に夢を運ばせた。彼女は女性だったけれども。しかし、大家さん、彼の息子のピーダ、私自身、そしてこの女性、それにそのほかの多くのオーストロネシア人にとって、海は私たちの共通の祖先が太陽が昇ってくる場所を追い求めてきた近道であり、私たちは海によって地球を理解してきた。それでは「海」とはなにか？　それは流動し、情緒の水をたたえているところだ。彼女はアシンという名前だった。

アシンは私に言った。「ここには五〇トンの近海漁船が三隻あるのよ。船主は台湾人でね。三年あまりまえにクック諸島に登録して、この経済海域をわたしらの国と共同で開発することになったのよ。捕った魚の利益の分配には内規があるけれど、そのことはよくわからないわ。台湾人は魚を捕るの上手ね。あの人たちはここに魚の加工工場をもっていて、台湾人の責任者のひとりが、わたしら現地人を十数人使っているの。もうひとりの責任者がクック諸島の漁業省と業務交渉する責任を負っているみたい。フランクと言うんだけど、大陸の人よ。英語やフランス語、閩南語なんかができて、なかなかのやり手の若者よ。控えめな人で、私らの工場の責任者より謙虚で友好的よ。船員はみな大陸からやってきた人たちで、船には船員は十人しかいないの。一等航海士がいて、つまり機関長ね。船員の班は二等航海士がリーダーで、キャプテンは台湾から来ているのよ」

アシンはつづけた。「私はその会社ができたときから働いているのよ。船会社はわたしらと船員が接触することを禁じているわ。もちろんことばが通じないからね。はじめのうちは対立していて、友好なんてありはしなかったわ。お互いの理解のさまたげになってたわね。あの人が台湾から来たキャプテンよ。私、仕事に行かなくちゃ。埠頭で魚の数を数えたり魚の分類をしたりするのよ」

このような偶然の出会いは、いつも私の体内の血糖値をあげ興奮を覚えさせるものだった。あるとき私は「運命の旅」における渓流の合流と名づけた。台湾から来た船、台湾の船長、船員、漁師……、これらはずっと私の好奇心をかき立ててきた。そして私が最も見たいと思う人たちや船舶と大海原とが溶け合うドラマだった。いま偶然、アシンに出会った。さながら私のために子供のころの夢の南太平洋という劇場をつくってくれたように感じた。

私は子供のころから、とくに大きな理由もなく、海と共生する弱小民族を尊敬してきた。しかしいつの間にか、私の遺伝子に浮遊生物が寄生する血脈が増えていたらしく、頭にいつも海の近くで活動している、あるいはなにかしている人びとの姿が浮かぶようになった。

あれはもうかなりまえのことだが、淡江大学に在学していたころは、いつも食事をするお金がなかった。だから夕食どきには、いつも淡水河の川辺の小道を歩いて、食べる物がない苦痛を忘れようとした。昔、淡水の漁民が歩いた道、いまはもう淡水の観光夜市となっているが、その道に沿って歩いていてある一軒のまえで立ちどまった。見ると、三、四人の漁民が破れた網を繕ったり、釣り針や釣り糸を結んだりしていた。私は彼らの手足の動きだけでなく、彼らの表情も眺めていた。それで気がついたのは、淡水の漁民はおとなしい人たちで、中西部の閩南人より人あたりがいいということだった。人の胸を抉るようなあの三字経は聞こえてこなかった。私はこの人たちのことを「良質な閩南人」と呼んでいる。このような散歩は私が淡水にいるころに空腹を忘れるための儀式となった。お互いのあいだには共通する母語もなく、民族アイデンティティを疑うこともなく、対立した民族の歴史記憶もなく、恨み合う要因もなかった。

「兄ちゃん、来てメシを食いなよ」これは当時、耳にするのが最も好きなことばだった。

「遠慮は要らないよ、どこから来たのかね」

「蘭嶼」

「ああ、魚を捕ってる、ズボンを穿かない人たちかい」

「そうです、僕は蘭嶼の人間です」

「兄ちゃん、来てメシを食えよ」このようにいつも気軽にことばを交わし、夕飯をご馳走になった。餓えからくるふさぎこんだ気分もしだいに解消され、笑顔も浮かぶようになった。彼らの質素で慎ましい生活ぶりや素朴な人柄は、大学での学業を完成させようとする私を励ましてくれる無形の助けとなった。あのときの気持ちをことばであらわすとすれば、ありがとうというひと言しかない。自分の力でやっていくことを自分に課していたので、個人の「運命の旅」の過程のなかで、その後このような優しい人たちに出会うことはもうなかった。彼らが励ましてくれたことばは忘れてしまったが、あの人たちのもの静かで無骨な表情は忘れられない。私はまさにあのころ、海洋の波動と密接な関係を有する人々の行動を「静かに」観察するようになった。子供のころ、荒々しい浜辺で父たちが早朝、出漁するのを「静かに」観察していた。そのときの波打つ海面や変化する風景がよみがえり、漁民を敬う記憶が二重写しによみがえっていた。


二時を過ぎても、ラロトンガ島の陽射しは蘭嶼ほど熱くはなかった。アシンは箱型の貨物車を運転し、漁船から四メートルほど離れたところに止めた。そのとき船からよく知ったことばが聞こえてきた。

「みんな、出てこい、仕事だ」私は驚いた。興奮して首を伸ばし、サングラスをはずして船長室のほうを見た。台湾人だ、と思った。そういうとき、もしあなたがひとりで旅する台湾の女性バックパッカーだったら、自然に「ハーイ」と声をかけて、台湾から来ましたと言っただろう。しかし、私は船員たちの仕事場に入り込むようなことはせず、彼らを静かに観察し、黙って真昼の焼けつくような陽射しを浴びていた。

するると、なんと十七、八歳の若者たちが船尾から次々と出てきた。船長も操舵室のまえに出てきた。手には魚をおろすためのリモコンをもっていた。

アシンは車のうしろのドアを開けて、船長にハローと言った。船長は六十歳くらいに見えた。リモコンで魚艙の鉄蓋を開けると、やや年長の漁船員が魚艙におりた。彼は船長に信頼されているようだ。陸では四人の若者が魚艙から出された急速冷凍の魚を受け取っていた。私は近づいていって、彼らがしゃべることばを聞いた。

「どこのことばを話しているんだい」私はたずねた。

「四川の郫県《ひけん》〔成都市〕の田舎のことばだよ」

彼らが捕ってきた魚を、漁業会社は「雑魚」だと言っていた。数十カイリの長さのはえ縄の幹縄に、水面下約五〇メートルから一〇〇メートルの深さに餌をおろして漁をする。それくらいの深さにいる魚は、種類がいろいろある。シイラやチョウザメ、クロカジキ、ポリプテルス、カツオ、マグロ、キハダマグロ、カマス、アカマンボウなどだが、これらの魚類は、ふつう魚市場ではひどく安い。

船長が船からおりてきて私のそばで立ちどまり、服のポケットから「白長寿」〔台湾のタバコの銘柄〕を取りだした。私がすぐにタバコに火をつけてやると、彼は私にこう言った。

「ノーグッドフィッシュ」

「なんとおっしゃいました。聞いてわかりませんが」私は愛想よく閩南語で言った。すると、彼はすかさずこう聞いてきた。

「台湾から来たのかね」

「そうです、蘭嶼から来ました」

「おお、幹×娘、ここへなにしに来たのかね。ここは台湾からどれだけ離れているか知ってるのかね」

「わかりません」

「とっても遠いんだよ。ここになにしに来たのかね」

「あなたを探しに」

「おお、幹×娘、わしを訪ねてきてどうするのかね」

「あなたに会いに」

「おお……」船長は私を指さしていた。アシンはそばでひどく驚いていた。私たちが知り合いで、他郷で偶然に出会ったと思っているようだった。彼女は言った。

「キャプテンを知ってるの？」

「知りません、本当に知らないんだ」と私は言った。

しかし、本心を言うと、私はやはり「幹×娘」ということばを口にできなかった。彼は私に「幹×娘」と言った。漁民として、彼らが長年海上で生活をしてきた習慣から考えると、このような「幹……」ということばを使うのは、海の情緒、海の空間であるから許されている。私は、このときの空間、そして閩南人の「情熱」を象徴する口癖として受け入れることができる。

「そうだ、あんたはシャマン・ラポガンだ！　公共テレビであんたを見たことがあるよ」

「運命の旅」は、私を夢の思い出の世界に連れもどした。船長が私を船に招いた瞬間、まるで「劇場」のなかにいるような錯覚を覚えた。このようなことはこのとき一度だけではなかった。あるときは友人がみんな集まっているときに、いつもこのような情景を夢で見たような感覚を覚えた。あなたもこのような感覚をもったことがあるだろうか。船長室のほうに歩いていくとき、「以前から知っている」情景を見ているようでたいへん嬉しかった。

　船長室にはA君とフランクというふたりの漢人がいて雑談をしていた。午後二時、それほど暑くはなかったが、船長室は冷房が効いていた。A君は高雄の人で高雄海事専科学校〔現、国立高雄海洋科学技術大学〕を卒業していた。この漁業会社のために長年国外で頑張っていた。フランクは大陸の寧波《ニンポー》市の人だった。背が高くハンサムで、人となりは上品だった。また世間がよくわかっている若者であり、人当たりがたいへんよかった。そのときちょうど、彼はバドワイザービールを飲んでいて、私にもひと缶くれた。

「この人はシャマン、台湾の原住民で、蘭嶼に住んでるんだ」と船長が紹介した。

「こんにちは」フランクはすばやく反応し、人懐っこい表情で言った。さすがに外で苦労しているだけあって、自信にあふれているなと思った。

「こんにちは、私はシャマンです。台湾の海洋文学作家です」と私は親しみをこめて言った。A君の表情から、A君の目には台湾の作家はたいしたことはないと映っているのがわかった。なんといっても台湾作家の印象は一九七〇年代末期の「郷土文学」以降、社会的地位がどんどん低下している。「作家」という身分には、知識人の完全性や社会正義のイメージはないということだ。A君の「どうでもいい（never care）」という反応は、友人たちのある者は犬や猫を飼うのは好きだが、子供は要らないというような、興味の多元化と同じである。読書の傾向が専門的な知識を得る方向に偏っているいまの時代に、辺縁に置かれていることを私はむしろ歓迎している。文学的な作品が読まれないことを責めるつもりはない。とくに私のような海洋文学作家で原住民族なのだから周縁の辺縁の存在であり、私はむしろ自由を感じている。

「ほお、作家なんだね！」「蘭嶼の人なのにペンをとって、コンピューターを使って本を書けるんだね、本当に変わってるね」船長の口調は不思議そうだった。

その日の夕食は、彼らの船でご馳走になった。それは南太平洋に来て半月で最初の完全な中華式の夕食だった。さらにキハダマグロの刺身があって充分満足した。陳船長は一人ひとり紹介してくれたが、彼らはみな十七、八歳で、大陸の四川から来た船員だった。

「台湾から来られた海洋文学作家のシャマン・ラポガンさんだ」

「わお、海洋文学作家だ！」私を喜ばせる口調や若者たちの目に浮かんだあどけなさは、さっきの台湾から来た現地責任者の反応とはまったく違っていた。みんなまだ子供で、私の子供と同年代だった。

「シャマン、遠慮するなよ」船長は温かく言った。

陳船長の落ち着き先

船長は陳と言い、高雄の小琉球の出身だった。小学校卒業後、勉強をつづけることには興味がなかった。中学校の統一試験を受けたとしても、父親の金を無駄にするだけだった。要するに、学校で文字や勉強を習うことは、水に飛び込んだり水泳したりすることの百倍も難しいことだ。こうして毎日、小琉球の簡易埠頭でぶらぶらすごしていた。彼は一〇トンの漁船に乗って雑役をしたり、飯炊きをすることをずっと望んでいた。この船からあの船へと渡り歩いて、飯にありつければそれでよかった。ある日のこと、船長の老李《ラオリ》が彼を呼んでこう言った。

「坊主、船に乗るか？」

「うん、いいよ」即座にそう応えた。当時、陳船長は十四歳、一九六五年の夏のことだった。

老李は一〇トンぐらいの近海漁船を二隻もっており、一隻は彼の従弟が乗っていた。陳船長は老李の船でまるで犬のように使われた。陸での雑用は、おかずを買いに行ったり、市場に行って魚の名前を調べたり、魚の値段をチェックしたり、人脈をつくったりすることだったが、こうした仕事が好きだった。海に出ると、釣り糸を結んだり、魚網やはえ縄の網糸、厨房の道具や食器を整理し、燃料を補給したり、船を係留したり解いたりと、そんなことがとても楽しかった。すぐにその真面目さや懸命さから、高雄の昔からの市場でみんなの人気者になった。

「疲れるだろう」

「そんなことないよ、飯が食えたらそれで充分だよ」

その後、老李は自分のことでしばらく時間が必要だったので、陳船長を東港〔屏東県〕に行かせて友だちの船に乗せ、二等航海士級の給料を与えると約束した。

一九七〇年ころ、老李が東港区漁会〔漁協〕に姿をあらわした。バリッとしていて流行の服を着、頭髪には油をつけ、体に香水の匂いをプンプンさせて、レイバンのサングラスをかけていた。

「若いの、どうしてる？」

陳船長は老李をよく見ようとはしなかった。老李はまったく別人になってしまっており、ちょっと見ただけでも以前のあのだらしない老李ではなかった。

「どうした、若いの、人を無視する気か！　ガキめ、こっちへ来い」

老李は怒鳴りつけた。

「なんだよ、なんの用だ！」

陳船長はちょうど怖いもの知らずの年齢で、老李のまえまで来てそうこたえた。

「幹×娘、おまえは俺がわからないのか」

老李はサングラスを取り、陳船長に笑いかけた。

「ああ、幹×娘、どこに行ってたんですか」

「海外に出てやりまくってたんだ！　行こう、飲みに行こう」

「阿陳《アタン》、いくつになった？」

「二十歳だよ、もう少ししたら兵隊に行く」

「ああ……」

その晩、老李はまた阿陳にいろいろなことを教えた。海の変化、魚市場の約束ごと、会社ごとに違う漁の用語、国際的な海上での漁の事務などで、阿陳はそれらを心に刻みこんだ。その夜、阿陳は生まれてはじめて屏東の酒場の熟女と情を交わした。謎めいた老李は再び、数か月後に彼の漁船を阿陳にまかせて姿を消してしまった。

それから十年間、陳船長は海で魚を捕る漂泊生活を送ってきたが、そのころはちょうど漁業技術が発展し、台湾経済の転換期だった。景気は良く、国民の収入は増え、個人消費が一気にのびた。そのため夜市が盛んになり、新鮮な海産物は夜市の魚料理の屋台に新しい活気をもたらした。そのころは彼自身も最も充実した時期で、体力もあり、しかも老李から教えられ鍛えられていたので、漁や海の知識はたちまち身についた。さまざまな条件が彼に有利に働いたのだ。海はこうして彼に多くの富や輝かしい人生をもたらしてくれた。貧乏人が変身する場でもあった。両親は田舎で大きな顔で生活ができたし、美女にもてるのは言わずもがなのことだった。若いころは金を湯水のように使い、金も適当に増やした。高雄生まれの美人を妻にし、難なく家も買った。貧しい境遇に育った彼は、幸せをつかみ財産も増やせたので、先行きのことは心配などしなかった。老李は年を取るにつれ、これ以上多くの時間を費やして船を動かしたり、国内外を行き来したりしようとは思わなくなった。そこで船を陳船長に売った。陳船長もまた自分の運命は海にあり、海にいるときが一番気分がいいと感じるようになっていた。どのみち、字も知らず、陸は彼には暮らしにくかった。しかし彼の努力と向上心はこうして最後には報われた。漁で稼いだ金はすべて美しい妻が管理するようになった。

陳船長は恒春半島の南方からバタン諸島の北側、さらには蘭嶼から緑島の周辺まで広く操業し、はえ縄漁から千個の釣り針をつけた定置網漁、小型のトロール船による底引き網漁までなんでもこなし、ポケットは儲けた金でふくらんでいた。数十年にわたって、たっぷりある金は、幸せな夫婦生活を華やかに彩った。しかしまた、さまざまな落とし穴が待ち受けていた。ふたりは夜市で金を使い、魚問屋からはおべっかを使われた。色男は色仕掛けで欲求不満の妻に言い寄り、熟女は積極的に陳船長に迫ってきた。当時、金をたっぷりもっていた中年夫婦は、女のほうは色男の甘い言葉に勝てず、男のほうは肉感的な熟女から受ける妻以上のサービスから逃れられなかった。女の舌先は彼のズボンのなかのうつぼを水世界の格闘に狂わせた。

ある夜、とうとう嵐がやってきた。広々とした海は真っ黒で、視野が悪くパニックに陥った。岸にもどると、これまでのシナリオはすべて妻が綿密に仕かけた大人の遊戯だと知った。この三十年の努力はすべて無に帰し、一場の夢の戯れだったのだ。真実なのか、はたまた夢幻なのか。古い二隻の漁船を売りはらうと、昔を顧みるに忍びず、陳船長はひとりある寺廟の納骨塔にこもって骨拾いをするようになった。人生はドラマのごとく、ドラマは人生のごとし。自分に残ったものは、一切合財が霧のなか、鬱々とした気持ちにふさぎ込んでいた。ただ死体だけが人を騙さない。生きている人間は、波の変化以上に人を騙すものだ。だから生きている人間とは話さず、焼かれたあとの骨にだけ波を追う男の心のうちを語り、自分にも言い聞かせたのだ。こうして三年がたった。五十歳になったときには、心の海にいたのはたったひとり、恩師の老李だけだった。

老李は善良で施しを好んだ。澎湖の将軍島から来て、早くから高雄の哈瑪星で悪い仲間とつるんでいた。見かけは浜の人間の荒っぽい性格だったが、どこか謎めいておとなしいところがあった。彼が胸に入れていた刺青は、龍か蛇かはっきりわからなかった。そのため同じ年頃の仲間に「龍でもなく蛇でもない」とからかわれていた。この刺青のせいで、やくざの兄貴になる夢ははかなくも破れた。過去の荒れた生活は海での生活によってしだいに薄らぎ、海に生きる人間になっていった。その後、高雄の哈瑪星で遠洋漁船に乗るようになった澎湖人は、多くが老李の弟子たちだった。

陳船長が骨拾いになってから、老李は重い胃病を患った。老李は病床から陳船長にこう言った。

「あんた、船会社のキャプテンをやってくれないか。会社はパナマにある。わしが死んだら、わしの遺灰を少しもっていってバゾ(ネイティブアメリカンの名前)という男の子に渡してくれないか。これがその子の住所だ。この子はわしの唯一の希望なんだ、頼むよ」

バゾはとくに目立ったところのないふつうの若者だったが、閩南語、英語、それにスペイン語ができ、船運会社に勤めていた。

「これは老李の遺灰だよ」

「僕のパパだ」と、バゾは言った。バゾの家の客間には写真が数枚あった。一枚はバゾと老李とバゾの母親で、八〇〇トンの遠洋漁船の船長室で撮ったものだ。一枚はパナマ市郊外で、ふつうの平屋建ての住宅で、彼ら三人の家だった。

波を追う男はだれもみな自分の物語をもっている。しかしその物語は輝かしいとか、感動的だとかという類のものではない。ただ大海に漂う浮遊生物の物語のひとつに過ぎない。そんななんの取り柄もない物語を喜んで聞く陸の人が、台湾に何人かでもいるだろうか。またテレビで追跡報道されたり、あるいは報道されることを願ったりするような波を追う男もひとりもいない。この広い世界では海が最も大きいのだ。陸から近い海に生きる人びとはその生活圏は陸と密接し、陸のニュースも頻繁に聞こえてくる。遠くの海に生きる男は陸からは遠く離れ、陸の生活から切り離される。彼らは海の神の気分を信仰し、海の波を友とする。そうして海の女は魚であり、陸の女は見知らぬ人だ。互いの目はからだの媒介となる。運命のなかで残ったものはすべて、最初と最後の出航の興奮と淋しさだけが語られる奇妙な解釈があるだけだ。運命的な漂泊の旅は永遠に達することのない水平線のようなもので、どんなに遠くても目で見ることができ、どんなに近くても船は到達できない。陳船長は生命の離散集合は必然であり、また偶然でもあると信じていた。大きな波とはなにか。

静かな波とはなにか。永遠とはなにか。一瞬の間とはなにか。よく知った人びとの群れのなかに災いの終着点が隠されている。微小なものでも一切を見下すことができ、一瞬の間も未来に伝わると考えていた。陳船長はバゾの目を見つめながら老李のことを想っていた。

バゾと陳船長はもう一度抱擁し合った。そしてまた会おうと言い合った。それから三年間、陳船長はクック諸島の海域で海での生活をつづけた。それは次に高雄の寺廟の納骨塔を訪れたとき、見知らぬ霊魂のために銀の紙銭をたくさん焼くためだった。そして海で歌いながら波を追う男たちを守ってくれるように祈るのだ。

陳船長は缶ビールを三缶飲み、私は六缶飲んだ。アバルア港には灯りがついていた。お茶でも飲んでいるような気分だった。それから彼はベッドのしたから長さ四メートルほどの柔らかいビニール管を取りだし、管の口にじょうごを挿してテープで貼りつけ、管の先を船外に投げだして、そこに放尿した。終えると私にかわった。これは船長の秘密の方法だった。雨に濡れず、また波のしぶきも浴びずにすむ。同時にまたすべての埠頭の神々を尊重する方法でもあった。

「あんたはここへなにをしに来たのかね」彼は缶ビールを開けた。私はビールをひと口飲んでこう言った。

「実は、私の両親と一番上の兄が、去年（二〇〇三年）の三月、同じころに亡くなったんです。今年の七月には、伯父が九十二歳の高齢であとを追うように亡くなりました。私は悲しさのあまり海外に出て気分転換したいと思っていたんですが、ちょうど折よく文建会（文化建設委員会の略称。現、文化部）のプロジェクトがあったんです。私は貧しい作家で、大きな志や特別な専門分野があるわけではありません。ただ自由に考えることが好きなんです、今日はクック諸島に来て、キャプテンの世界（船長室）でのんびりビールを飲んでいます。おもてなしいただいてたいへん感激してます」

「老李はわしの恩人でね、それに恩師でもあるんだよ。わしはバゾに会って感激のあまり泣いてしまった。こんなにしっかりして、自律心のある子供がいるんだなあってね。自分の子供を思いだしたよ。奴は金を使うことは覚えたが、稼ぐことを知らないんだ。食べるだけで、煮炊きは知らない。本当に悲しい。悲しいよ。バゾが言ってくれたんだが、もしわしが船を操業するのに疲れたら、いっしょに住もうってね。老李の経済援助がなかったら大学に行けなかったし、大学を卒業できなかったら今のようないい仕事につけなかったと言うんだ。『パナマに来てよ、お父さん』ってね。だからあと数年、金をしっかり稼いで、パナマに行って余生を送ろうって計画してるんだよ」

「台湾の家族は？」

「情も義理もない奴らと暮らすことにどんな意味があるのかね。海を知り、魚を知る民族の人たちと話すほうがよほど楽しいよ」陳船長はもう一度ビニール管をもって小便をした。そろそろ休む時間だ。それに私もブラザーさんの家に帰る時間だった。

「明日また飯を食いに来なよ」

「偶然」の出会い。ブラザーさん、アシン女史、陳船長……あの時間がまるで永遠のようだ。彼らの顔と笑顔をぼんやりとだが覚えている。陳船長は蘭嶼で魚を捕りすぎて、海底の生態循環を一部破壊してしまったから、私にその償いをしたいなどと思っているわけではない。陳船長はただ私に思い出したくもないような過去を自然なようすで話した。私に会い、ビールの助けもあったので、あたりまえのような感じだった。彼が言うには、遠洋漁業の船長の九九パーセントは海での経験を話したがらない。台湾人は国際社会では漁業関係で有名だった。台湾人の魚を捕る技術や経験は一流だったが、「中華民国」と言うと、ほかの国の人たちはみな知らないというのだった。

私は船をおりて、今では少し慣れてきたブラザーさんの家にもどった。バイクで十分あまりの距離だ。私はほろ酔い状態で、もし海からの風が私の意識を覚ましてくれず、バイクのタイヤの振動やエンジンの音がうるさくなかったら、嘘か真か分かちがたい夢のような状態に陥っていただろう。実際、私がクック諸島に来たのはなんのためだったのか。子供たちの母親を家に残し、十代の子供たち三人を台北に置いてきた。こんなことをなんのために？　なんのために？　子供のころの夢を実現するため？　それとも別のことのために……。そんなことを深夜、異郷の地で考えていた。もし将来、この本を読むようなことがあったら、蘭嶼へ手紙を書いて私にその答えを教えてくれないだろうか。

小平と発仔

小平《シャオピン》と発仔《ファツアイ》が住んでいた田舎の社区〔コミュニティ〕は、チャン族〔羌族〕の小さな自治社区だった。ふたりはでこぼこ道をほぼ七時間かけて車に乗ってようやく成都市に着いた。発仔はごつごつして滑らかでない中国語で社区の職員に言った。

「俺らの自治社区は不毛の地だ。人口は七百人ほどだ。田舎の言葉と中国語をしゃべってる。俺らはお国の競争力のために船に乗るんだ」

彼らはふたりともチャン族だったが、発仔の母親は漢族で、父親は羊を飼っていた。小平の父親は炭鉱夫で、妹がひとりいるが、母親は早くに亡くなっていた。

彼らは成都の公立の学校に行って、水泳や人命救助の課程を三か月学び、水泳ライセンスと救助ライセンスを取った。男女ふたりでやっているある船舶会社の仲介業者が、プールサイドで拍手をして言った。「おめでとうございます、おふたりともライセンスを取られました。サインをお願いします」

三日後の朝、小平の父親と妹、そして発仔の父親と弟が成都駅の構内でふたりを待っていた。駅の構内では大勢の人がヘビの群れが驚いて這いまわるように行き来していた。小平と発仔は黒いビニール製の旅行かばんを左手にもったり右手にもちかえたりしていた。構内の旅立とうとしている人たちは、山で草を食べさせる羊の群れ以上にせわしなくうるさかった。彼らはこの光景に恐れをなした。

これは彼らふたりにとってはじめての遠出だった。こんなに大勢の人の顔をはじめて見た。構内の人の数は社区の人口と比べものにならないほど多かった。ふたりは黒いビニールの旅行かばんを手に提げ、心臓をドキドキさせながら列に並んで動いた。知らない人ばかりのなかで、引ったくりに遭わないように気をつけろと聞かされていた。発仔は仲介業者との待ち合わせ場所を書いた紙を取りだした。今回の遠出は新しい生活への門出、運命の転換する出発点だ。いい方向に曲がっても悪い方向に曲がっても、それが今日からの運命の旅に影のようについてくるのだ。彼らはそのように考えていた。

「平兄《ピン》ちゃん、ここよ！」少女が叫びながら飛びあがった。

「平、ここだ！」男がなにか病気でもしているのか、しわがれ声で叫んだ。

「発仔、こっちにおいで！」

家族のそばには仲介業者が立っていた。男ふたり、女ひとりで監視人でもあった。彼らは小平の父親と妹に言った。

「おわかりだと思いますが、私どもの会社はみなさんに便宜をおはかりし、手厚い生活費をお支払いします」

小平の父親は咳きこみながら、しきりにうなずいた。妹は両手でしっかりと小平の腕を抱きしめ、別れがたい表情を浮かべていた。そして言った。

「平兄ちゃん、三か月会わなかったけど、たくましくなったね」

ホールは耐えられないほどの熱気だったが、それは天気の暑さのせいだけではなく、大勢の人が行き来して、太陽が構内の空気をせきとめているかのように息苦しかったのだ。妹はずっと平兄ちゃんを見あげながら、汗を拭いてやっていた。仲介業者は彼らの父親の耳元でなにかささやき、それからまたこう言った。

「おわかりだと思いますが、私どもの会社はみなさんに手厚い生活費をお支払いしてますよ」

小平の父親は小平を引き寄せると手を握って言った。

「この五十元をもっていけ」

「父ちゃん、家で使ってよ。俺、二〇ドルもってるから」小平は父親の耳元でそう言った。そして、妹の肩を抱き頬を寄せてこう言った。

「からだを大事にして、父ちゃんの面倒を見てくれよ。先生が寸草春暉《すんそうしゅんき》〔父母の恩は大きく、子がどれだけ孝行しても報いることは難しいというたとえ〕って言ってただろう」小平は妹より三歳うえで十六歳だった。

「発仔、わが息子よ」発仔の父親が言った。なにか、思いつめているようだった。

「息子よ、わしらの家は、おまえらふたりが小さいときから羊を飼いはじめたんだ。小平が飼った母羊は十頭以上も小羊を産んだが、おまえの母羊はというと、一頭も産んでいない。小平はわしらに少しばかり財産を残してくれたよ。発仔、おまえは小平の面倒をよく見るんだぞ。海のうえは命がけだからな」

「うん、わかってるよ！」

「三年半経ってもどってくるときには、きちんとした服を着て、日本の腕時計を買ってこいよ。そして正式に小平の妹にプロポーズするんだぞ」

「うん、わかってるよ！」

「おまえは俺らチャン族の村一番の美女だよ。俺が帰ってくるのを待っててくれよ」

「ええ、待ってるわ。帰ってきたら私をお嫁さんにしてね。発兄ちゃんの家の羊をまるまる肥らせてあげるわ」妹は兄の腕をしっかり抱きしめた。

「発仔さん、これはおふたりの切符です。広州駅に着いたら、通りに面した駅のホールの右側にだれかが迎えにきてます。ではそういうことで、どうぞお気をつけて」

成都の七月は蒸し暑かった。ホームに入るまえに妹が兄の胸を軽く叩いて言った。

「平兄ちゃん、海の男になって、陸地ではお金を節約してね。帰ってきたらお嫁さんをもらわなきゃね」

「待ってろよ」発仔は小さな声で愛情たっぷりに言った。

ホームに入ると、知らない人でごった返し、引ったくりに遭う危険が潜んでいたので、ふたりは黒いビニールの旅行かばんをしっかり抱いて錦ヘビのように蛇行して前進し、彼らの運命の長旅の最初の座席を探した。今後のシナリオは予測できないが、彼らにとってすべて人生の処女航海だった。

「平兄ちゃん、発兄ちゃん、海で男になってね」聞き慣れた優しい声が大勢の人の向うから、ふたりの耳にはっきりと、非常にはっきりと聞こえてきた。その瞬間からそのことばは脳裡に刻まれ、いつまでも消えない響きとなり、忘れられない情景となった。

汽車に乗って三日目の朝の四時ごろ、彼らは広州駅に着いた。人が行き来し、ふたたび慣れない環境に直面した。それで黙って人の群れについて地下道を歩いた。左に曲がり右に曲がりして行くと、ホールの方向を示した標示版があった。ふたりは声をかけられた。

「兄ちゃんたち、どちらへ？」

「行きたいとこへ乗せていくけど、安くしとくよ……」広州の違法タクシーの運転手がことば巧みに言い寄ってきた。ふたりは返事もせずに、仲介業者の地図に従って歩いた。広州の朝はまだ明けきっていなかった。ふたりは地面に座って食べかけの饅頭《マントウ》と、もってきたミネラルウオーターをかばんから取りだした。これが彼らの三日目の朝食だった。

「兄ちゃんたち、どこへ？」その男の口調はさっきの運転手よりずっと荒っぽかった。小平は座ったまま、かばんから成都で買った小説を取りだして読むふりをした。発仔はあれこれと言い寄ってくる男を相手にせず涼しい顔をして、知らない人とは話さないという態度を取りつづけた。

朝七時ころ、ぱりっとした洋装の中年の男が彼らのまえに立ってこう言った。

「小平と発仔かね？」

「行こう、車で白雲空港まで行くんだ」彼らはまた小一時間、車に揺られてやっと広州白雲国際空港に着いた。その男は飛行機の切符とパスポートをふたりに渡すと、細かく指示をした。「これは君たちの出国後のスケジュール表だ。しっかり覚えとくんだよ。問題があったら、この紙をもって空港の係の人か警備の人にたずねるんだね。白雲空港からダマスカス、そしてパナマ国際空港まで。わかったかい？　お兄さんたち」

成都を離れてからはじまった運命の旅。ふたりにとっては生まれてはじめてで、すべてが見慣れないものばかりだった。空港の風景、行き来する旅行者、出入国、免税店、機内、座席の左右、キャビンアテンダント、ことば、機内食などが、ふたりの頭をかき乱し、恐れおののく目をさらに驚かせた。ふたりはまるで結合双生児のような運命共同体だった。いま進んでいる過程は、この世界の華やかさや不思議さをちょっと覗いてみるためではなかった。これは彼らの最終的な答えではなく、答えは「貧乏からの脱出」だった。転機、「貧乏からの脱出」、どのようにして転機をはかるのか、なんのために転機をはかるのか。「貧乏からの脱出」だ！

「発仔、俺らなんで村を出てきたんだ」小平は涙のあふれ出る目で聞いた。

「俺にもわからないよ」

「俺もわからない」

四川省の陴県という地方にまで「国のために海に出て働き、花嫁に新しい服を着せてやろう」というスローガンが伝わっていた。貧しい村の男子はこのことばに奮い立ち、途方もない夢を抱いた。「男児たるもの、志気を四海に放ち、花嫁に新しい服を着せて、ズボンのまえのふくらみのために性の喜びをもとう」こうして中学校を卒業すると、多くの若者が口伝えに聞いて、次々に出国して船員になる道を選び、台湾人の漁船の船員になるのだった。若者たちがこうして彼らの村を出るようになってからもう三年になる。村に残った男たちはできそこないの男だと娘たちの笑いものになった。しかし、どれだけの若者が願いどおりに夢をかなえるだろうか。

「小平、わしらの家は貧しい。父さんは炭鉱夫だ。おまえのいまの年齢のときに掘りはじめたが、父さんはまだ石炭金（アメリカドル）〔「煤（石炭）」と「美（アメリカ）」の音が通じる〕を掘り出すことができない。爺さんもおまえが花嫁に新しい服を着せてやることを心待ちにしているよ。海に出て三年、六年になるかもしれないが、時間は飛ぶように過ぎていく。国に帰ってきたら、金もたくさんあるし、外にもいい顔ができる。父さんのように一生、炭鉱で味気のない生活を送ったりしないようにな。考えてみろ、おまえの妹には、国のために船に乗って頑張っている兄がいると、話にも説得力がある。いつか発仔の嫁になるが、外にもいい顔ができる。毎日うまくいくように祈っているぞ。父さんもおまえのために元気で暮らすよ。行っておいで、行っておいで」小平は静かに父親の手紙を読んだ。

　発仔は六か月まえに村の同級生と海に出ることになっていた。彼は小平と仲が良かった。ふたりは子供のころからいっしょに発仔の家の羊を七、八年世話していた。発仔の雄羊は雌羊に子供を産ませず、父親のまえでメンツがなかった。一方、小平の雄羊はよく子供を産ませ、発仔の家の羊の頭数を増やしてやり、喜びと少しばかりの財産をもたらした。ある日のこと、小平は秋の気配が漂う黄葉した山を見ながらなにかを考えているようだったが、とうとう口を開いた。「発仔、俺もいっしょに海に出て男になる」こうして夢をかなえる飛行機に乗ったのだった。小平は理解していた。

海に出る冒険をしなければ、村の男ではないし、嫁に来る村の娘もいない。彼は自分のからだは発仔ほど丈夫でないことを知っていた。幸い、自分には人に嫌われない顔があった。それに発仔の家の羊をよく世話をして、家にもお金を入れられるという自負があった。発仔も小平は彼より羊を飼う素質があることに気づいていた。羊よ、広々とした大海のお守りになってくれ。彼らは同じ村の人の手紙から、海上ではひんぱんに暴力沙汰が起こり、殺人もあるという悪いニュースを聞いていた。彼らが考えたのは、まず護身用のナイフを買うことだった。

「小平、後悔するなよ、この道を歩くんだ……俺らは男だ」

「そうだよ、後悔しないよ」小平は嗚咽しながら言った。

「俺ら助け合おうな」


「ダマスカスの空港には広州白雲空港ほど親しみを感じないなあ。みんな外国の字だ」発仔はそう思った。もちろんここは外国だし、人種も違う。空港の武装警察官はみな殺気立った表情をしていて、彼らを不安にさせた。乗り継ぎの通路で、同じ便で来た五人の漢族の女性が、まだ子供っぽさが抜けず、おどおどした表情のふたりをじっと見ていた。

「兄ちゃんたち、パナマに行くの？」ふたりが一瞬ためらい、ようすがつかめないでいると……。

「そうでしょう、兄ちゃん」

「そうです、そうです……」

吉と出るか凶と出るか、運を天に任せていこう。羊を放牧するときに天に任せてきたように。このときふたりは若者らしい笑顔を浮かべていた。ただ自分たちでもなぜ笑みが浮かんでくるのかわからなかったが、第六感ではいいことがあると予感していた。少なくともあのお姉さんたちと中国語でことばを交わしたのはいいことだ。知らないことばかりの世界で最も恐ろしいのは、ことばが通じず、違法な荷物を運んでいないか疑われ、足止めされてあれこれ聞かれることだ。南米では入国までに予想できないさまざまなことが起こるかもしれないと聞いていた。いまは彼らは自分の村を歩いているような表情で、生き生きしていた。小平の明るくこぼれるような笑顔が女性たちを引きつけ、彼女たちはしきりに彼を笑わせていた。そして言った。

「あなたたち、船に乗りに行くんじゃないの……」

「そうでしょう？　そうでしょう？　ねえ、ねえ……」

「四川から来たんじゃない？」小平は内心少し不安になり、女を見た。

「うん……お姉さん、どうしてわかったの？」発仔は目を大きく開いて言った。

「体つきを見ればすぐわかるわよ」

「みんな同じじゃないか」そう言いながらゲートに進み、中米のパナマ国際空港に向かう乗り換え口に入っていった。

「ここに来て座りなさい、小平」少し肉感的な熟女が言った。

「家を出ることと国を出ることの違いはなに？」その女性がたずねた。

「空間の距離、人種、ことば、肌の色、背丈、太ってるか痩せてるか、近代化の進展の程度……こんなところです」

「そうね、そのとおりよ。私たちの国はあと数年したら発展するわよ。指導者はよく将来を見通しているから、将来性があるわよ。知ってる？　二〇〇八年には北京でオリンピックが開かれるけど、そのときには世界じゅうの人たちがみな北京に来るのよ。私が言いたいのはね、将来、国は国内の観光に力を入れるから、旅行業は見込みのある事業になるってことなの。外でしっかりとお金を稼いで、あまり使わないようにして貯めておくのよ、いつか錦を飾って故郷に帰ったとき、お家の人にはメンツが立つし、君にはもってるものがあるってことになるわよ。それからなにかのお店を出せば、幸せな毎日をすごせるわ。わかる？」

「わたしたちはね、みんな遼寧省の大連市から来たのよ。国内でもとても大きな港よ。あんたは、海を見たことなくて、今度出てきて海に出るのね。海では生活と忍耐を学んでいくのよ。ホームシックで泣きたいなら、ここで泣きなさい。泣いたらお姉さんがまた話してあげるからね。私を鳳《フォン》姉さんと呼んでいいよ……」

鳳姉さんは左手を小平の背にあてた。小平の右頬は鳳姉さんの豊満な胸にぴったりと貼りついていた。小平がほんとうに疲れていたのか、それとも鳳姉さんの母性に安心して眠ってしまったのか、発仔には小平がなにを考えているのかわからなかった。鳳姉さんは二十二歳のときに、大連港で酒場の女として働きはじめた。それは娘を育てるためだった。娘が良い教育環境で学び、いい成績をおさめ、将来は社会に出て実力で競争できるように育ってくれることを望んでいた。家庭のためにお金を稼ぎ、ひとり暮らしの船員たちの性の要求にも応じてきた。そうした生活を送りながら、彼女は懸命に英語を学んだ。さらに港湾業務担当の高級職員や外交部の外事職員におべっかを使って人間関係をつくってきた。かなり経ってから、国外にいる外事職員の地下要員として働くようになった。そのさいには彼女の情熱や美貌、さらに交渉能力や小さなことにこだわらないおおらかな性格などが、当時の職員たちを大いに助けた。

彼女は小平は良い子だとひと目で見抜いていた。善良な田舎の子供で純粋で素直だ。小平を励ますために、暖かい部屋から外に出てきたばかりのような子供を守ってやるために、心を配ってやった。彼女の心配りは貧しい家で育った記憶や、外で死に物狂いで働いた経験の蓄積からきていた。小平の肩を抱いて「これから三年頑張ろうね、そうすればおばさんはもう構わないからね」と心のなかで彼女は年数を数えていた。

女性たちは鳳姉さんに頼んで「旅行」に連れてきてもらっていたのだ。見聞を広めるためということであったが、自分の青春に美しい思い出を残すためだった。しかし、思わぬことが起こると、いつも彼女に助けてもらった。彼女自身は外事職員のあいだを駆けまわってどれだけ苦労したかわからなかった。つくり笑いはお金のためだった。男が悪いことをして秘かに妻に背くのは、いつも女の仕業だ。中国史はそんなものだ。そう考えると、まるで自分のシナリオのようであり、多くの酒場で働く女の真実や舞台劇のシナリオだった。彼女自身の物語や仲の良い女友達のドラマ。これは将来の理想だが、一冊の本か舞台劇を書いて男の陽物の野獣のような本質を暴き、さらに女性の権益のために女性たちの猜疑心について書きたいと考えていた。「フェミニズム文学思潮」の本を読み終えたら、書いてみようと思った。彼女がここ数年経験してきたセックスツアーの「実務」のことを書きたいと思った。本を閉じると小平の背中をちょっと撫で、彼女も目を閉じて、異郷の大海世界に彼らを運んでいく飛行機に身をまかせた。

「娘よ、愛してるわ」彼女はネックレスの十字架に口づけした。これは彼女が旅行に出るたびに行う寝るまえの習慣だった。

飛行機がパナマのトクメン国際空港に着いたのは、午前中だった。

「君たち、わたしらについて来なさい」と鳳姉さんは言った。

パナマは、近代史のなかで植民地時期〔スペイン、コロンビア、アメリカによる植民地〕とスペイン帝国の覇業のほかは、全長八二キロの「パナマ運河」が太平洋と大西洋を結ぶ航運の枢軸となっている。パナマ市の太平洋に臨む港プエルト・アルムエリュは遠洋航海の港で、旅人を広々とした水世界に誘う起点となっていた。それはまた人種、肌の色、ことば、空港のつくり、空港警察官の服装などが異なるもうひとつの不思議な世界の一角だった。小平は自問した。「俺、どうしてここにいるんだろう？」彼は生まれたばかりの赤ん坊のように両目を大きく見開いて、この新しい世界を識別する風景を探し求めた。入国まえに、鳳姉さんはこう言った。

「小琴《シアオチン》、あんたら四人はこっちを行って。私はこのふたりを連れてあっちから行くから。同時進行よ」そのあと入国書類を彼女たちに手渡した。

「私が全部書いといたからね。もっていきなさい」

「鳳姉さん、『花木蘭大将』〔テレビドラマ〕に似てるね。なんだか安心だよ。ありがとうございます」

小平は恥ずかしそうに言った。

「縁があったのよ」

「鳳姉さん、久しぶりだね、ほんとうに懐かしい」中産階級らしいネイティブアメリカンと白人の混血の中年男が声をかけてきた。

「ハーイ、エリック、久しぶりね」

「ハーイ、鳳姉さん、こんにちは！」続いてバゾが挨拶をした。

「ハーイ、バゾ、このふたりの子供たちの面倒を見てやって、よろしくね」

鳳姉さんのグループは、エリックについてホールを出て、トクメン空港のそとの通路のところで立ちどまった。バゾと小平と発仔はあとについていた。

「小平、おいで、鳳姉さんが抱きしめてあげる」小平はまだ身長が一六〇センチもなかった。身長一七〇センチあまり、体重七〇キロもある鳳姉さんに抱かれると、まるで大きな象の腹のしたに猿がくっついているようだった。鳳姉さんは小平の耳元でなにかささやいていたが、慣れた手つきで小平のズボンのなかの大事なところを撫でて言った。

「君はまだ子供なんだから、ここを大切にね」それから満足そうに笑みを浮かべて、優しく手を振ると、暑い町を慣れた足取りで歩いていった。俗世間に生きる女性が新鮮な若い芽をほしがるのは悪いことではない。鳳姉さんからすると、これはモラルの問題ではなく、十六歳になったばかりの小平の純潔を心の底からいとおしく思っているということだった。クラクションの音が響くと、車はパナマ市街のごみごみした雑踏に消えていった。

小平はまるで夢でも見ているように、そこに立ちつくしていた。これは女性とのはじめての接触だった。心で秘かに思った。どうしてもっと触ってくれなかったんだろう。本当に時間があの瞬間で「止まり」、未来が来ないでほしかった。

発仔は好奇心いっぱいで兄弟を見つめ、よだれを垂らしそうになりながらたずねた。

「鳳姉さんは、おまえになんて言ったんだ?」小平は頭をかきながら、気が抜けたように発仔の驚いた目を見ていた……。

「乗りなよ!」バゾが言った。

疲れと、はじめて熟女に触られた感覚が、われに返った小平の嬉しそうな顔に刻まれていた。小平は車のなかで発仔に言った。「鳳姉さんがぼくのチンポを触った」発仔はすぐに大きな口を突きだしてガー……ガー……と、まるで年取ったカエルが春先に相手を求めて鳴くように、ガーガー……と叫んだ。

小平は黒いビニールカバンを太ももに押しつけた。発仔は彼より興奮しているらしい。はじめて発仔がトランプのキングのような顔をしていると感じた。洪水があふれるようにヘラヘラ笑う発仔は、まるでオス猿のようで、それを見た小平はずっと笑っていた。

夢のような長旅はいよいよ真実の世界にもどろうとしていた。彼らは考えていた。三日前はまだ成都にいたが、いまは希望のない時間と未来にいるようだ。明日からは残酷な日々がはじまるんだ。未来の大海、海ってなんだろう。小平は真面目に考えはじめた。

小平は港の船上にいた。船は静かに揺れつづけていた。いつまで揺れているんだろう。船に乗ったのは生まれてはじめてで、恐しく感じた。しかし、時間、場所、金、ことばなど、総合的に考えると、海に出るのは唯一の選択だった。海に鍛えられるという選択は、彼の生涯計画の一歩ではなかったし、闇夜に見る夢でもなかった。妹が成都駅で叫んだことばを思いだした。それがいま生きていく闘志をかき立てるための唯一の座右の銘となっていた。そうして鳳姉さんのことを想像するや、ふつうの正常な若者と同じようにたまらず勃起した。それは発仔も同じで、若者の女性に対するぼんやりした想像のはじまりだった。

波を追う男子の出航

バゾに連れられて、彼らは遠洋漁業の港プエルト・アムエエスにやってきた。小平と発仔はまるで少年院に入って服役するかのような「苦悩」の表情で、バゾにぴったりついていた。ふたりをひと目見ただけで、彼らの出身がわかった。彼らが金儲けのために国を出る決心をしたこと、そしてどのようなことが起ころうともゆるがない決意をもっていることが見てとれた。外国で金を稼ぎ、金を貯めて国に帰るのだ。彼らは港に停泊しているすべての船を興味深そうに眺めた。これは本物の船で、海上を移動する船だ。一瞬、好奇心からこれまでの遠い道のりを忘れていた。こんな船で、海上で六か月も生活できるのだろうか。三年も生活できるだろうか。

陳船長はバゾに礼を言うと、船に飛び乗って船尾のほうに歩いて行き、まだあどけなさが抜けない新米の船員たちをちらっと見た。少年船員については、彼らが金を稼ぎたいと心から望んでいることと、両親から遠く離れた不安を理解していた。仕事の能力については、異郷の大海で船長として子供たちをしっかり教育し、海での精神性を訓練してやることが彼の責任だった。そして無事な日々を願っていた。違法な少年船員を雇うかどうかは船会社の責任だった。便宜置籍船《べんぎちせきせん》(5)(flag of convenience)であれ、国内の漁船員制度であれ、彼はもうこの年になったらそんなことはどうでもよかった。

「この船だ、乗ろう」

彼らは船尾に向かって歩き、荷物を置いて座ると風に吹かれた。

「この船だ」

船は想像していたのとはずいぶん違っていた。仲介業者は、彼らが乗る船はとてもきれいで、まっさらの船だと言っていた。どうしてこんな中古の船なんだ。

しばらくすると、小平は船尾でこらえきれずにこっそり泣いていた。恐いという不安の涙であり、はじめて家を離れたホームシックの涙だ。うつむいて右肩のTシャツで谷川の水のように流れる涙を拭った。一度、二度と拭いても涙はすぐには止まらなかった。このとき、発仔が小平の肩を抱いた。ずいぶん経ってから、むせび泣きながら言った。

「俺らの運命の漂泊の駅に着いたな、パナマだ」

互いの目を見合わせると、たちまち故郷を思う涙がどっとあふれた。いま異国に来て抱く想像と興奮の気持ちは、ロマンチックな旅人が感ずるものとはまったく異なっていた。海は彼らの足もとにあったが、そんなに美しくないと感じた。

「神よ、お守りください」「神よ、お守りください」発仔は何度もつづけた。このことばは、ほんとうに海の波と向きあった小平の恐怖を少し和らげてくれた。

「わしがキャプテンだ」陳船長は穏やかに自己紹介した。

「俺は発仔です。こいつは小平です。」

「どこから来たんだ」

「四川省の陴県、×社区です」

陳船長は手にした二本のミネラルウオーターを彼らに渡して言った。

「口をすすぐんだ。それから口のなかの水を海に吐いて、海の神様におまえたちが来たことを知らせるんだ」それからまた言った。

「どんな問題でも直接わしに言ってくれ。わしはおまえらの海での父親だからな。六時に飯だ。発仔は飯炊き、小平は野菜を洗うんだ。荷物は船艙にもって行け、ひとりひとつのベッドだ」

「覚えておくんだぞ。どんな問題でも直接わしに言ってくれ」

「はい、問題が起こったらきっとそうします」

小平は船員室から急いで上って船尾に行き、すぐに胃のなかの食べ物を吐いた。発仔もあとから上ってきた。小平は顔を真っ赤にして目には涙をためていた。船が軽く揺れ、少年の風に乗って波のうえを行く夢を動揺させた。小平はなんども吐いた。そして発仔に言った。

「全然慣れない、頭がふらふらしてきたよ」

「がまんしろ、兄弟、がまんしろ、兄弟」

陳船長が近寄ってきて言った。

「これは酔いどめ薬だ。タオル二本は自分で持ってろ」

陳船長は小平と発仔を見ながら、船尾の縁に座ってタバコを吸っていた。そして彼らの家庭環境をたずね、それから言った。

「あれは水道だ、顔を洗ったり、野菜を洗ったりするんだ」

「船に酔ったら、陸を見るといいよ」陳船長はふたりの若者をじっとみながら、自分の境遇について考えていた。


「家にはお金がないから船に乗っておくれ、おまえも勉強するような柄じゃないしね」

ちょうど十四歳の年の冬に老李の船に乗った。金《かね》、金、金の日々だったが、ちょろちょろ動きまわっていた子供から、船員を可愛がる船長となった。多くのことは自分で決めたことではなく、彼の生涯は海によって決められたのだ。小琉球の貧しい家庭の七番目の子供だった彼は、自分から学校に行くのをやめた。学校からやめさせられたのではなかった。船に乗った最初の十日間は恐怖の日々だった。食べたものはすべて吐いた。一〇トンの船は老李と彼のふたりだけだった。最初、老李は彼を鍛えた。陳船長の母親は老李の姉だったし、そのころ老李はひとりで魚を釣って、金をたっぷり儲けていたので、陳船長の母親は弟の老李から借金して家を買った。借りた金は百万元あまりで、子供を十年間船員として働かせることを担保にした。こうして陳船長のからだは担保となったのだ。勉強するかしないかは、海に選ばれたもので、自ら選んだものでなかったかもしれない。十日間吐きつづけると、突然、一〇トンの船が陳船長の陸になった。彼の小さな世界では、船員になることが彼の運命の場所への道筋だったのかもしれない。老李は彼にどう釣り針をつけるか、船をどう操縦するか、そしてどのように天候を観測し、水温を測り、海流の流れを見、雲や風速を観察するかを教えはじめた。とりわけ月と水温の関係は浮かびあがってくる魚の数に直接影響した。

生きていくためには努力して学ばなければならない、陳船長はそう考えていた。しかし最も重要なことは、彼は反抗期を海ですごしたことだった。海の波が彼を鍛え、釣り針が注意深さを教え、釣り糸が忍耐と節約することを教え、月と気象が知恵を授けてくれた。たくさんの人生哲学については、打ち寄せる波が彼に思索させたが、それらはみな学校では学ぶことができなかったと言える。これがまた、のちになって海洋科学の専門家たちや測量機器に頼って知識を得ることしか考えない知識人と会話をしなくなった原因でもある。彼は知識人が科学機器に服従して知識を得ようとするばかりで、彼の野性の知識がどのように訓練されたかに興味を示さないことを嫌悪した。

老李は彼の叔父であり、また親方でもあった。甥だからといって老李が彼を優遇したり、特別なにかの関係であったりするようなことはなかった。老李はこの甥を観察して、甥を海の男だと認め、四年目に入ると、海での仕事を彼ひとりに任せはじめた。場所は蘭嶼海域での漁だったが、彼にとっては生涯で最も輝かしい黄金の日々だった。特異な東北の気候のほか、老李から伝授された知識、すなわち月の満ち欠けや潮の満ち引き、水温と浮遊生物や浮遊魚群の密接な関係の知識をすべて経験した。老李が陸でぶらぶらしているころ、彼は海で漁をしながら、老李のぶ厚いノートをめくっていた。そこには時間、潮の満ち引き、農暦、水温、さらに緯度などが記録されていた。彼はノートに書かれたことを実際に体験したが、こうした知識は彼の記憶力を鍛えてくれた。生きるためだ。兵隊に行くまでに、彼は叔父のためにしっかり金を稼いだ。つまり小琉球の家は彼が両親に買ってやったということだった。

「陳キャプテン、契約は四年にしましょう。あなたははえ縄漁の達人だから、最初の二年間は、雑魚を中心に捕ってもらいます。あとの二年間は超低温の魚(6)を釣ってください。こうしますと、ご存知のように、釣れば釣るほど利益が出て、少なくとも四百万元は稼げますよ。そうすればすぐにも退職して自分の好きな生活を送れますよ」

実際、陳船長はどうすることもできなかった。この業界のきまりを知っていたし、なんと言っても彼は戦場であるこの野性の海の老将だった。ここで彼はまた国外で登録する台湾の便宜置籍船のことをバゾから聞いていたが、真相を直視したくなかった。たとえば、現行のザル法や、証拠をあげたり、法を執行することの困難や、投資比率の損害など、魚をたくさん捕るだけでなく、国際漁業法のスキを突かねばならなかった。最近では、中西部太平洋まぐろ類委員会(WCPFC)、パナマ遠洋漁業、大西洋まぐろ類保存国際委員会(ICCAT)、それにグリーンピース海洋資源維護協会などが、どこでも台湾の遠洋漁業の漁船に目を光らせていた。だから、ピリピリした時期に雑魚を捕るのは自分を守るためで、危険を少なくするやり方だと思った。しかもバゾの情報は第一級で、信頼できた。それに将来は中西部太平洋のマグロの捕獲量は五〇パーセントに減らされるため、会社にあれこれと掛け合うまでもなく、超低温の魚(7)を捕るしかなかった。

いま十人の新しい船員と舟山《しゅうざん》群島〔浙江省〕から来た機関長をひとり抱えていた。彼らに漁の技術を教え、海上での安全について注意を与えた。ちゃんといい物を食べさせ、働く時間を公平に振り分け、よく働く者を奨励して、船上生活を楽しく和気あいあいとすごせるようにする。そうすれば漁獲量も自然に増加する。なんと言っても、自分はこの仕事では苦労して四十数年やってきた。若い船員の考え方はよく理解していた。

陳船長は発仔を連れて貯蔵室に入り、こう言った。

「ここはおまえが責任をもつ仕事場だ。おまえはこの船の料理人だ。あれはフカひれだよ。取りだして解凍しておけ」俺が料理人って、発仔は自分にたずねた。

陳船長はまた言った。「一週間後に出航するぞ。おまえは小平の仕事の量を大目に見てやるようにな。料理人には、会社は給料を余分に一〇ドル払うんだよ」

「わかりました、陳キャプテン」発仔は物分りが良く、人の言うことをよく聞く子供で、学校では入学後ずっと班長だった。小平といっしょに育ったが、小平は学校の成績はたいへん良かったけれど、貧乏だったので進学という明るい将来を断念していた。発仔は、いまはただ船長の言いつけに従って、小平の仕事を分担してやれば良かった。さらに言うと、彼の体力は小平をずっとうわまわっていた。

午後五時ころになると、若者のグループがトラックからワッとおりてきた。小平は船尾の木の板のうえでうつぶせになったり、無気力な表情で海を眺めたりしていた。発仔はタオルを湿らせて小平の顔を拭ってやっていた。

「よう！　発仔班長が来たぞ！」若者たちは大きな声を張りあげて叫んだ。彼らの甲高い声からは、親しい仲間の情熱が発散されていた。わあ……、発仔は見慣れた顔を見て興奮を覚えた。まるで神が天兵を遣わしたように感じた。そこで昔のように偉そうに言った。

「班長の指示に従うように。ちゃんと並んでひとりずつ船にあがって来い。さもなければ船にあがってはいけない。食事も許さない」ははは……、ははは……小平は村の仲間たちが異国の地で再会するのを見ていた。そして起きあがると、笑顔でクラスメートたちを迎えた。

「おまえたちまでどうして来たんだ？」

「おまえらが村を出て行って面白くなくなったから来たんだ」

「ははは……、ははは……」

船長はなにごとが起こったのかと、顔を出して見た。ひとりずつ船にあがってきたが、彼らの表情にはホームシックからくるふさいだ気持ちがなかった。

「キャプテンこんにちは！　班長こんにちは！」

船上はたちまちこれまで見たこともないような明るい雰囲気に包まれた。陳船長はいっそう強い予感を覚えた。長年にわたって海や波と闘ってきた人の敏感さで、漁獲の多寡によって体内の温度が高くなったり低くなったりするのだが、これからは豊漁がつづく予感がしたのだ。要するに、これは船長の経験から来る第六感で、海で生活する少数者の微妙な感覚だった。この狭い船尾の明るい雰囲気は、船長を引っぱりだした。彼は通路を歩きながらこの若者たちが集まっているようすを見た。ワイワイと賑やかに喜びがあふれて、彼は気分がよくなった。

「キャプテン、発仔は俺らの班長で、小平は模範生でした。俺らは牛飼いの子供でしたが、ふたりは牛飼いのリーダーでした」しゃれっ気のある小良《シアオリアン》が言った。

「そりゃ素晴らしい、発仔、おまえたちにフカヒレスープをご馳走するよ。仲間が来たお祝いだ（星晨之風）」陳船長は顔を喜びにほころばせて言った。

「いいぞ！　いいぞ！」ふだんは口数の少ない、舟山群島から来た機関長も口を挟んで言った。

「俺も舟山名物魚の醤油煮込みをつくってやろう」和気藹々とした雰囲気のなかで、小平と発仔は船着き場で美しい最初の夜をチャン族の仲間といっしょにすごした。

「星はなにも語らず永遠の光を放つ、海の大波と小波は悪魔と神の戦い、海上の人よ、海上の人よ、悪魔と神の手の平と手の甲のあいだで審判を受けるのだ……」小良は自作の歌を大きな声で歌った。

小平は腹のなかをだれかがかき回しているように感じて吐き気を覚えた。彼はすぐに船員室を飛び出し、船尾でまた大量のゲロを吐いた。ゲエ……ゲエ……、数分後、彼は鼻水を手の甲でふき、涙をぬぐいながら船の縁にもたれて呼吸が落ちつくのを待った。小良が薄い布団を抱えて出てきて小平と並んで座った。そしてしばらくしてからこう言った。

「小平、辛抱するんだ。俺らには帰る道がないんだよ、ただまえに進むしかないんだ。俺らはここにもう一か月あまりもいて、船底を修理したり、船艙や魚艙や電気や電気回路や電灯や漁具や釣糸なんかをちゃんとしたりしてきたんだ」発仔も船室から出てきて雑談に加わった。小良はつづけて言った。

「会社はもう新しく漁業基地をつくったらしいぜ。クック諸島の領海内の経済海域らしい。この五〇トンの台湾籍船もクック諸島に属するように登録をすませていて、これからはクック諸島の国旗を掲げるらしいぜ。俺らは何々国なんて関係ないよ。魚を捕って、金を儲けりゃそれでいいんだ。そこに着くには一か月かかるらしい。俺らの村の何人かが別の船でもう一か月ほどまえに出ていったけど、船酔いが半端じゃないって話だ。小平、秘訣があるんだ。吐いたらすぐに食べるんだ。そして吐いたらまた食べる。こうすると船酔いする日を短くできるし、からだも元気になる。俺らも何人かは来たばかりのころは、おまえといっしょだったよ。安心しろよ、お互いに助け合おうぜ。いいかい、班長。海は俺らの青春時代の女性さ。さあ、もう行って寝ようぜ」

パナマのアルムエージェス港〔前出、プエルトアルムエリェ〕は彼らにとって陸地の運命の旅の終点であり、海洋の運命の漂泊の出発点だった。この若者たちは同じ地方から出てきて、運命を共にする船に乗り、広々とした海での幸運や災難を共にする。この地球上でただ家族だけが彼らのことを思っているのだ。

海から港に吹いてくる風は潮気を帯びている。アルムエージェス港は嵐のときに避難する港でもあった。ここ数日の長旅や飛行機の乗り継ぎは、ふたりにとっては楽な旅ではなかった。小平の気持ちは落ち込み、話すこともなく、ただ船尾で静かに座っていた。発仔はそばで眠っていた。

小良も船艙には寝におりていかず、船首のほうに行って甲板に横になり星や月を眺めていた。そこで将来の夢を追っていた。彼はチャン族の作家になりたかった。だから枕元には沈従文の小説集と莫言の並装本の小説集、それにぶ厚いノートを置いていた。どのように書くか？　僕の将来は……。

「班長、小平、船首のほうに来て寝ないか？　少し広いし、エンジンの音もそううるさくないよ。どう？」

　小良は頼むように言った。夜のとばり、空の星、海風、海の波が彼らを夢の世界へといざなった。そして故郷の貧しさや静けさ、素朴でなんの華やかさもない内陸世界の夢を見た。

運命の漂泊の駅

　私がひとりでニュージーランドのオークランドからラロトンガ国際空港まで飛んだのは、二〇〇四年の十二月三十一日の午後のことだったが、ラロトンガに着いたのはまだ十二月三十日の夜の十一時半だった。つまり三十一日を二日間過ごしたわけだが、これは国際日付変更線のせいだった。最初の二日間は、お世辞にもいい人とは言えないキリスト教安息日派の牧師が営む民宿に泊まっていたが、そのあとブラザーという見知らぬ人の家に移った。彼の家に移ったその日、明け方の三時から四時を過ぎようとするころに、幻のように家族や年配の人たちの夢を見た。彼らは笑みを浮かべ、トビウオを迎えるときの儀式に着るような伝統の衣服を身につけて、ラロトンガまで私に会いに来たのだ。私はずっと微笑んでいたように思う。目が醒めたとき、月はまだ島の東側にかかっていた。私は見たばかりの夢を振りかえり、私に会いに来た家族の笑顔を思い出していた。そうするうちに気分がとてもよくなって、まるで生まれ故郷の島にいるような感覚になった。私は心のなかでつぶやいた。

「僕のそばにはみんながいるから、僕の霊魂は落ち着いていられる」

そのときから、ラロトンガの旅はすべてが順調にいった。それは目のまえの環礁内の青い海のように、静かな海が人を安らかな気持ちにさせるのと同じだった。

どう解釈しようと、私にとっては、それが夢なのか現実なのか、あるいは幻覚なのか、ただ夢のなかの夢なのか夢でない夢なのか、確かに真実と虚無の空間に存在し、現実でもあり幻でもあるが、しかしその現実感は少しの疑いもなかった。

ラロトンガに半月いるうちに、ブラザーさんと親しくなり、私も信頼されるようになっていた。だからいつも私に彼の車を運転させて買い物に行ったり、島を巡ったり、あるいは白人の友人や同年代の原住民の人たちを訪ねたりした。またあるときは私に陳船長のところを訪ねさせたりした。

ある日、アバルア港で若い船員たちと雑談していた。台湾の農耕チームがラロトンガを離れたあと、それはまたクック諸島と中国が国交〔一九九七年六月〕を結んでから数年後のことになるが、中国は台湾農耕チームがこの島で行なっていた植物の病害に関する研究を接収した。アバルア港に面する新しい建物は大陸の領事館だったが、ふたりの研究者が港のほうに歩いてきて私にたずねて言った。

「台湾からお出でになった海洋文学の作家の方でしょうか?」

「そうです、私です」

そのあと彼らは私を彼らの研究室に招き、そして彼らが借りている家に案内してくれた。雑談をしてから、私に緑色のまだ熟していないとてもきれいなバナナを五房くれた。私は礼を言って、車を運転して帰った。この熟しきっていないバナナは格別どうということはなかった。こういうきれいなバナナは台湾ではどこにでもあった。私が植えたバナナだってずいぶんきれいだ。私はそれをもって帰ると、ブラザーさんの家の客間に置いた。彼はちょうどテレビを見ていて、私が緑のバナナを手に提げて入ってきたのを見て、こうたずねた。

「それはなんだ？」

「バナナです」

彼は立ちあがって歩いてきて、バナナを舐めまわすように見て言った。

「この果物はなんなんだ？」

「バナナですよ」

彼は跳び上がって言った。

「なんだって？　バナナだって！　どうしてこんなにきれいなバナナがあるんだね」彼は納得できず、バナナをしげしげと見てまた言った。

「ほんとうかね？　ありがとう、ありがとう、シャマン」


ブラザーさんの大好物はバナナで、朝食に焼きバナナと眼玉焼きをトーストに挟んで食べるのが好きだった。これにコーヒーを二杯飲むと、一日、気分よく過ごすことができた。このような食習慣は、子供のころからのものだった。私の父の兄弟三人も同じで、朝は熱い魚スープがあればその日は一日機嫌が良かった。だからブラザーさんのこの嬉しそうな反応も十分理解することができた。

「シャマン、行こう、車で肉を買いに行こう。午後から友達を呼んでバーベーキューをしようぜ」

その日は、私が彼の家に住みはじめてからブラザーさんが最も機嫌のよい一日となった。実際、私の肌の色や顔だちはポリネシア人とまったく似ていた。だから車を運転していても、私が外国人だと思う人はだれもいなかった。これは青い海からの恩恵だと私は思った。

そんなある日、私たちは車で、島で唯一の総合病院にブラザーさんの白人の友人のお見舞いに行った。友人は喉頭がんを患っていた。そのころ私はラロトンガ島にもう半月も滞在していた。病院は島の西部にあり、それほど高くない山の丘のうえに建っていた。医者はほとんどみなオーストラリアから来ていた。ブラザーさんの話では、一九六二年から一九九五年の十二月まで、フランスは南太平洋の仏領タヒチの東南にあるムルロア島で不定期の核実験を行なっていた。その結果、死の灰や高濃度の核物質が季節風に乗って飛んできて、島民の健康に大きな脅威をもたらした。そのためクック諸島では長期的な医療支援体制ができ、病気の種類や原因などを究明する施設が置かれた。第二次世界大戦後、ドイツ、イギリス、フランス、アメリカなどの欧米列強（強国の印象があり、いろいろな意味がある呼び方だが）は、地域をまたがって核実験を行い、死の灰を巻き散らし、島民の生計を脅かした。それは蘭嶼の情況とそっくりで、島民にはさまざまな病気があらわれ、しかも以前よりいっそう複雑になり、だれも魚を口にしなくなった。国際関係について言うと、このような扱いは、まさに弱勢民族の弱勢ゆえであり、さらに孤島の悲しみそのもののあらわれであり、きれいな専門家の鑑定による放射能の「安全」な数字は彼らが自らの「無辜」を強調したにすぎなかった。しかし、ラロトンガはニュージーランドから飛行機で四時間半の距離にあり、急性患者は間に合わないことが多く、慢性患者も治療が難しかった。クック諸島はすでに独立した国でありながら、依然としてさまざまな面で大英帝国の支配を受けていることに島民は強い反発を抱いていた。そのため汎ポリネシア人連合による抗議活動が頻繁に行われたが、今日までの結果は、私たちの蘭嶼の島民が受ける待遇とまったく同じだ。つまり、病気は核実験が行われる以前より複雑になった。それは否定できない事実である。さらに悪いことに、現在の強権国家や多元的な帝国は自分たちに都合よくゲームのルールを決めてしまい、そのため、正義の拡張はすでに国際間の虚偽の仮面となり、小さな島の住民への恩恵ではなくなった。

「ちっとは良くなったかい？」ブラザーさんはたずねた。

「ますますひどいよ」彼らは小鳥のように小声で話した。そのあと、ブラザーさんはほかの患者を見舞った。その白人たちはみな七十歳以上で、ブラザーさんが国際空港で重機機械の工事を請け負ったときに、オークランドからラロトンガ島に移民してきて、未亡人の白人女性と結婚した人たちだった。みな腎臓病を患っていた。

「仕事をしないか？」ブラザーさんが私にたずねた。

「いいよ」そのあと、私はボランティアの契約書にサインした。帰り道でブラザーさんは私にこう言った。

「あの白人たちはみなわしのところで働いていた労働者やエンジニアだ。あの人たちは『からだを拭いて』きれいにすることが必要なんだ」

「いいですよ」私はこたえた。

孤独な白人たちの「からだを拭いて」きれいにする、とそう聞いて、私は思い出していた。父が生前、村の女性に「からだを拭いて」きれいにしてもらったことや、彼女たちが思いやりから伝統のタブーを破ったことを思いだしていた。そして、知らない人のために尽くすチャンスを自分もつかむべきだと、私は心のなかでつぶやいていた。
数日まえ、ブラザーさんの家で寝ていたとき、家族が夢に出てきた。父は全身がきれいさっぱりとしており、それを見て私は気持ちが良かった。今回こうして異国の島にやってきて、知らない人のためにからだを拭いてやることに少しも違和感を覚えなかったが、それが私には不思議な感覚だった。ブラザーさんは私に友人たちのことを話してくれた。私の理解では、白人には漢人のような「落ち葉はもとの根に帰る〔故郷に帰ること〕」という考えはない。彼らはブラザーさんともう三十年以上の付き合いだった。ラロトンガ島には、やもめの白人男性が三十人あまりいた。彼らは政府と協力して、貧しい家庭の子供をオークランドで民族大学や一般の大学（私がいたときは、ちょうど十年目）に送っていた。こうした彼らの善意はブラザーさんを感動させ、そのため彼は少しばかり金を出し、時間を使って、こうした古い友人に付き添って、雑談をしたり、病苦を和らげたりしていた。

私は九人の重症患者の世話をした。その人たちを自分の兄と考え、彼らのからだを「拭く」ボランティアを一週間つづけた。いつも車を運転して山に行くたびに、彼らのためにからだを拭く行為は、まるで自分のからだをきれいにする儀式のようだと感じた。まえから知り合いのドイツ人のバックパッカーで、ミュンヘンの高等学校の芸術史の教師A君は、毎週二日、癌患者と雑談したり、基礎的な木炭デッサンを教えたりしていた。三日目、いつものように彼らのからだを拭きおえ、四、五人のボランティアの人たちと雑談をしながら楽しく過ごした。その後、A君が午後に暇ができたというのでブラザーさんの家にやってきた。そしてみんなで酒を飲みはじめた。飲んだ酒はブラザーさんが自分でつくったバーボンウイスキーで、コーラを加えると、蘭嶼で飲む米酒《ミーチュ》に緑茶を加えたものより美味しかった。この「ボランティア」のなかで私にとって個人的に幸せな出会いとなったのは、A君に出会ったことだった。A君の祖父はドイツのゲシュタポの親衛隊の兵長だった。A君が自分の身分を知り、ドイツが第二次世界大戦後に南太平洋の領地、すなわち低い環礁の島を朝鮮戦争後にアメリカと協議してドイツの核実験の試験場としたことを知って、A君は複雑なヨーロッパの白人としての原罪を深く感じた。つまりいわゆる多元的かつ多機能型の「地域をまたぐ帝国」は、母国の環境を清めるために、植民地の島や島民を汚染して屈辱を抱かせる。A君は欧米帝国の行為は「島を破壊し島民を大量殺戮する」だけでなく、彼らをこの地球上の最も無辜なる者とみなし、同時に私たちの海を破壊していると言うのだ。そしてひとりの地域をまたぐ帝国の芸術家として、ただ黙々と行動することしかできず、汚染された島の学童の教育を助けるのは自分がすべきことだと言うのだ。あとで知ったことだが、私がからだをきれいに拭いてあげたあの白人たちは、もともとドイツの科学者であり、核汚染監視の専門家であり、そして数学者であった。A君は私が受け取るべき報酬だと言って、三〇〇〇ドルを渡してくれた。

それを聞いて私は本当に驚いた。私はアメリカとフランスだけがオセアニアで核実験の被害を出したとばかり考えていた。「これがわしらがここでサンゴ礁の魚や環礁内の魚を食べられない理由なんだ。死の灰はクック諸島まで飛んできたんだよ」とブラザーさんは重ねて言った。そのあと、私は蘭嶼で行なった「アニトを追い出せ」運動の動画と、一九九六年一月に仏領タヒチで私が国際的な反核団体と行なった第三、第四世界への「核廃棄物・核兵器輸送阻止」の写真をコンピューターで見せた。それで友人たちとブラザーさんは、私がひとりでラロトンガ島までやってきた小さな目的を知った。こうしてやっと私も、あの手渡されたお金を気持ち良く受け取ることができた。

私がもっていた世界地図は中国大陸を中心としたもので、この地図では南太平洋は不完全なオセアニアに分割されていた。そこでオークランドでオセアニアと経度百八十度を中心とする世界地図を買った。この地図には面白い発見があった。私たちのような少数民族の海洋民族にとって、これは正確な世界地図である。その理由は東経百八十度ではまず太陽が見えるが、西経〇度では先に月に出会う。これは私たちが東洋人と西洋人をわける原始的な理由でもある。科学者によれば、日の出を最初に見るのはアメリカ領サモアで、最後に見るのはロンドンである。だから地球科学の知識にもとづいて、世界地図は太平洋の東西経百八十度を世界地図の中心とするのが正確だということだ。しかし、多機能型の帝国主義はいつも「自己」を世界の中心とし、いわゆる西洋の「文明史史観」も含めて、私たちから見ておかしな謬論を形成している。

私は台湾の東南方のあたりに小さな点を記して言った。

「私はここから来ました。面積はラロトンガ島と同じくらい」みんなは笑い、ブラザーさんは驚いたように叫んだ。「おお、そ……そんなに遠いのか！」

A君は西洋の帝国のやり口である本質的な掠奪行為は、グローバル化した多機能型の銀行のサービス業務にあらわれるようになったと言う。その後、私はA君とここの匯豊銀行に行ったが、銀行間のスイフトコードさえ知っていれば、お金はすぐに中国商業銀行の私の口座に入れられたいへん便利だった。ただ、私が言いたいのは、西洋文明史観が文字のない原初的な民族の社会に出会えば、西洋人の真理が唯一の基準となり、悪魔を英雄とみなすようになるということだ。

私は運が良かったのだろう。病院でのボランティアをする以外は、ブラザーさんの運転手をつとめて現地の原住民の末亡人を訪ねてまわった。もちろん人類学のフィールドワーカーとしてではなく、単なる通りすがりの旅人としてだ。五十五歳までに死ななかった女性たちは、おおむね体重は正常だったが、正常でない人は肥満症で、五十五歳以降体重を減らさなければならない。そうしないと死期を早めて心筋梗塞で死んでしまう。島民は長期にわたる反核問題を嫌い、反核についてはに語ろうともしなかった。これはもともと南島民族が自ら引き起こした災いではなく、帝国が人々に強いた政策によるものだった。本当に残念だったのは、ラロトンガ島では八十歳以上の老人に出会わなかったことだ。毎回違った女性の家を訪ねたが、最大のタブーは「反核」問題だった。私たちはいつも手に六缶のハイネケンとコンビニで買ったジャンクフードを酒のつまみ代わりにもっていった。A君もいつもいっしょについてきた。私は「反核」が目的で南太平洋まで来たのではなく、自分の子供のころの夢を追ってきたのだった。いまは実際にポリネシア人に会い、私自身が信じている西洋人の人類学者の学説を検証している。これはA君も言ったことだが、人類学者たちはみな自分で問題意識を立て、西洋人のロジックで問題を整理し、執筆し、解釈し、そして自分の問題にこたえようとしているのだ。文明自身が他者を引き裂くとき、自己が優勢である論考の位置を合理化し、島嶼民族自身が解答を探すことには非協力的である。蘭嶼の原住民が、第二次世界大戦後、中華民国の国民となったとき、中原中心主義（中原とは中華文化の発祥地である黄河中下流域を指す。中華主義）であらゆるゴミを押しつけられ、政治家と科学技術の植民の島とされてしまったように。このことは太平洋上の島々の運命は人間がつくりだし、人間が罪業を積んだ結果であることを本質的に明らかにしている。

A君と知り合い、親しくなってから、私たちは毎日、午後、いっしょに酒をたしなむようになった。ブラザーさんはラロトンガ島に弟がひとりいて、島のスーパーに豚肉をおろす商売をしていた。一月のある日、その日はポリネシア民族の伝統的な祭典の日だった。その日、母系家族型の宴会があり、私たち三人は昼食に招かれた。私たちが着くと、ブラザーさんの弟が薪を割っているのが目に入った。薪は買ってきたものだった。その様子を見て、私はすぐに薪割りを替わった。大勢の男たちが私が手慣れた手つきで薪を割るのをじっと見ていた。興味深げにまた驚いた様子で、私をどこかの島のポリネシア人だと思っているようだった。それから私はいつものように地図を取りだし、私が生まれた島を指さしてみせた。そのとき、ひとりの男が私に言った。

「台湾は俺らの母さんが来たところだ」

「そうだ」と私は言った。この理論がハワイ大学、あるいはオーストラリアの某大学の教授の説かどうかはどうでもいい。私は少なくとももう証明済みだった。オセアニアを移動するなかでよその島民と接触するとき、我々が共通の語彙を話すことをずっと観察してきたのだ。のちに学んだ技能は別にして、薪を割るのは、ほかのオーストロネシア語族の人たちより私のほうがうまかった。船を造ったり、薪を割ったりする斧の使い方の美しさは、みんなの目を引きつけた。それはまるで我々はもともと親戚関係にあることを証明しているかのようであった。それで私と彼らのあいだの隔たりがなくなり、互いに友情の笑みが顔に浮かぶようになった。ブラザーさんは母系家族だった。来客はますます増えて、若い男女が多くなった。私はその人たちを注意深く見ていたが、思わず賛嘆した。顔立ち、肌の色、挨拶の仕方、会話の様子など台湾原住民とよく似ている。島の民族が第二次世界大戦後に植民化され、辺縁化され、そして脱主人公化されていったやや憂鬱な気質さえもよく似ていた。雰囲気はまったく笑おうともせず、奇異な感じだった。午後、男たちが赤ん坊用の盥ほどの大きさの木の器を囲んだ。ひとりの男が水を入れながら手にしたガーゼでかき交ぜ、水が器に八分目ほどになったとき、半分に切った椰子の実の碗でこの水を八分目ほど汲んだ。この水はカヴァと呼ばれ、舌を痺れさせる植物の根を粉にした飲料だった。それは人を酔わせないが、舌を痺れさせる。たくさん飲むとやはり覚醒作用がある。酒ならどんな酒も飲めば飲むほど人を饒舌にさせるが、この飲料は飲み過ぎると舌が痺れるようになり、しゃべる言葉も少なくなる。

私とA君はポリネシア語を聞いてもほとんどわからなかった。そこでA君はハイネケンをひとケース買ってきて私と飲みはじめた。しばらくすると人々は六缶のビールとカヴァを一杯手にしていた。こうして私たちは「輪を作」ってワイワイやりだした。ハイネケンが三ケース目になると、夜のとばりがおりるころとなり、夕日が人を眠りに誘う。雰囲気は酔いたいが、酔おうとしない島民の楽しい気分に満ちていた。まさにブラザーさんが私に言ったとおりだった。大きな鍋いっぱいの肉、そして女性たちは座りこむと、飲料のカヴァやイモや豚肉、牛肉など、いつまでも食べていた。子づくりが終わった女性はこのような習慣から、しきりに食べ、飲み、セックスをする。これがポリネシアの女たちが「太る」ことを美しいと思う定義だった。

しかし、ブラザーさんの考えは違っていた。彼は「太ること」を非常に嫌っていた。六十数年まえ、彼が十歳くらいのころの、第二次世界大戦後まもなくのことだが、彼の父親は彼と弟、母親を連れて、タヒチの北の西側のある島からマスト一本の動力がない丸木舟に乗ってラロトンガにやってきた。彼がいま住んでいる家だ。父親が彼にこう言った。

「食べて『太る』というのは、島々の陸の動植物を浪費し、海の生物を殺してしまう元凶だ」これが彼が肥った女性を嫌う理由だった。

私はA君と病院で老人のからだを拭くボランティアをしていたが、白人は背が高く体が大きい。

そのため彼らのからだを動かすだけでもひと苦労だった。そのうち四人はドイツの科学者で、家族とは音信がほとんど不通になっていた。第二次世界大戦後、アメリカがドイツの植民地であった島々を接収したのち、一部の核エネルギーの専門家はアメリカの核実験後の環礁島を駆けずりまわって、サンゴ礁の探索と研究に従事した。そのなかのひとりがA君の父親だった。しかし彼は父親がなんの病気だったかは言わなかった。彼らはバイエルン州の出身だった。老人たちのからだを拭いているとき、私はまるで恩返しの仕事をしているように心が落ち着いた。病院の看護師には現地の原住民はほとんどいなかった。大部分がオークランドから来た白人か、オークランドから派遣されてきた看護スタッフであった。そのとき私は、太ったポリネシア人はほとんどが五十歳前後で亡くなっていること、そして、そのほかの人たちにはボランティアをする気持ちがないことを知った。

A君は高校の先生であり、芸術家でもあった。毎年、休暇になると、ラロトンガに来てこの病院でボランティアをした。そのとき、バックパッカーのなかからひとりかふたりに声をかけて、彼の手伝いをさせた。このようなボランティア活動をA君は十年来やってきた。その後、彼はいつも私の大家《おおや》の家におしゃべりにやってくるようになり、私たちはいい友達になった。彼が私に三〇〇〇ドルをくれたとき、私はそのうち一〇〇〇ドルを大家のブラザーさんに残しておいた。

ラロトンガにいたとき、私のもともとの計画は船員に話を聞いたり、ポリネシア民族の二本マストのカタマラン船〔双胴船〕を訪ねたりすることだった。清華大学では講読の単位を残しただけだったので、「海洋」に関する人類学や民族誌の本、できれば南島民族が書いた海洋文学を読みたいと思っていた。そうだ、私はすでにポリネシアやメラネシア、さらにミクロネシア地域について西洋の学者が書いた本をたくさん読んでいた。もちろん最も有名なマリノフスキの『西太平洋の遠洋航海者』

〔Argonauts of the Western Pacific. 中国語訳『南海舡人』〕も、そのなかに含まれるが、私はマリノフスキの陸地中心の考え方は非常に問題だと考えていた。「時計回り」と「反時計回り」は貝殻のクラ交易圏（Kula Ring）内の移動のことを言うが、正確かどうかは私にとって重要ではない。しかし、「時計回り」と「反時計回り」は海洋民族の科学の概念であり、これは月と海洋の潮汐の不変の規則である。次に興味深いのは海洋の風で、私が「風の名前」と訳するものである。

ミクロネシアのカロリン諸島には、航海を専ら職業とする男たちがいた。航海には星を観察する知識や月と潮に関する常識が含まれるが、彼らは長年にわたる観測から、風に二十八の名前をつけていた。これはいまの航海図の近代化された知識に非常に近かった。ブラザーさんによれば、このような知識は彼らのところでは男たちがよく知っている常識だということだった。これは蘭嶼のタオ人とよく似ていた。これは海洋民族に共通の環境についての知識であり、西洋の人類学者の著作に見る観点とは異なっていた。いわゆる「風の名前」は、西洋の人類学者が最も鈍感な部分だった。あるいは最も興味を覚えない知識だと言える。これは私が大学院で学んだ結論だった。私たち蘭嶼の人びとが学校で学んでも、海洋と文学関係の本を読まないのと同じで、ふつうでは考えつかないいわゆる中心観点であった。

翌日、「ボランティア」の仕事を終えてから、A君とブラザーさんの家から「反時計回り」で砂浜の道を歩いていった。彼は私に父親のことを話してくれた。A君は一九五〇年生まれで、ユダヤ人だった。第二次世界大戦前、彼らは一家でスイスに引っ越し、父親はある医薬科学研究所センターで働いていた。一九六二年にオーストラリアに行き秘密研究に従事するようになり、そのころから父親とは音信不通になった。A君は博士号を取り、バイエルンにもどって仕事を見つけ、十年、お金を貯めてある基金を立ち上げてから、南太平洋の諸島に行くようになった。気ままな一人旅と言っていたが、実は父親を探すことが目的だった。彼はソサエティ諸島のタヒチからアメリカ領サモア、サモア独立国、マーシャル諸島、ソロモン諸島、フィジーなど多くの国と島々をまわった。一九九六年、南太平洋の島々のポリネシア人が、団結してタヒチのフランス政府の行政ビルに押しかけ、フランス政府が国際世論を無視して、環礁の低い島で秘密の核実験を続けていることに抗議した。その年、A君も参加した。そして、ドイツの地球環境を守る反核団体や、核兵器を第三世界に輸出することに反対する運動にも加わった。その年の核実験による死の灰は、南半球の太平洋の東南風によってソサエティ諸島やクック諸島、とりわけクック諸島の首都がある人口五千人ほどのラロトンガ島まで流れてきた。私たちは大きな庭のある、一軒の家まで来たとき、私より若い現地人に出会った。彼は小さな椅子に座って魚の鱗を落としていた。私が知っている魚で、タオ語ではマロラル、台湾語ではヒメジという名前だった。私はそばに行ってたずねた。

「これらの魚は食べられますか？」

「食べられるかどうかなんて知らないね。でも俺ら魚が食べたくてね、もう何年もそう思ってきたよ」

「もう十年にもなるな、俺ら魚を食べなくなってね」

「食べても大丈夫ですか？」

「関係ないね！　キリストが判断してくれるさ」

そうだ、私の島の蘭嶼島も放射能の脅威にさらされ、私は島の人たちと何年も反核活動をしてきた。死の灰はかつてラロトンガまで流れてきたが、蘭嶼島でもなんども放射能漏れがあったとされる。しかし、私自身も死の灰が海底に沈むのかどうか、それとも水面を漂うのかよくわからなかった。プルトニウム、セシウム、ウラン、トリウムなどの人工の核物質が、人体にどの程度の傷害をもたらすのか本当にわからなかった。本当にわからなかったし、実際のところ、私もこのポリネシア人と同じように、食べてみないとわからないと感じていた。魚を食べないというのは、海洋民族にしてみれば、まるでのどを半分に切られたようなもので、なにを食べてもしっくりこなかった。そうだ、私も彼らといっしょで、こう言うだろう。「関係ないね！　キリストが判断してくれるさ」病気になっても、黙認するだけだ。

トビウオの季節が過ぎると、ほとんど毎日、蘭嶼の核能廃料貯存場の沿岸に潜水漁に行った。私だけでなく、島の多くの人もみな核能廃料貯存場の沿岸に魚を捕りにきた。みんな舌の味覚のことしか考えていなかったのかもしれない。あるいは新鮮な魚のスープが我々の胃腸に最も合った食べ物になっていたからかもしれない。私たちが放射能を気にかけないのは、原子力発電を擁護する人たちが放射能廃棄物を他人の家の庭に貯蔵して気にかけないのと同じ精神状態なのかもしれない。A君は原子力発電所を擁し、核兵器をもつ第一世界の国家をたいへん嫌ってきた。なぜなら、先端科学技術の知識や技術をもつ国家や、領域を越えて多元的な科学技術を有する会社は、第三世界の人びとの首根っこをおさえているからだった。オセアニアの南半球と北半球には多数の低い環礁の島がある。先進科学技術を提供する帝国が高レベル核廃棄物や核兵器を貯蔵しているほか、美しい島はまた地域をまたいだ帝国や財団が、高度な消費を発展させる観光の島に変貌している。たとえばタヒチのボラボラ、フィジーのヤサワ諸島、ハワイ、グアム、ヤップ、アメリカ領サモアなども、ほとんど西洋の国家や財団があやつる観光事業に組み込まれている。これはまさしく、強権国家や財閥が自己のために他人の財産を利用したり掠奪している不公不義の証拠である。

その人は私たちを家族といっしょに魚や魚スープの食事に誘ってくれた。私とA君は彼の誘いを受けた。彼の家で私は三匹の魚を醤油煮込みにし、A君はハイネケンを六缶と子供たちのための飲み物を買いにいった。

「関係ないね！　キリストが判断してくれるさ」病気になっても、黙認するだけだ。

島の住民の収入は、観光客がもたらす季節がらみの財源がほとんどだった。民宿の経営者、それにスーパーの品物もほとんどニュージーランドから送りこまれていた。物価が高く、現地の消費力を刺激することはできなかった。現地の人びともやむなく私と同じように自分で魚を捕り、自分で食べるしかなかった。船で釣り上げ、あまった魚は、土曜日の市にもってきて売った。もともとこの一家の主は、十数年まえにポリネシア人たちとハワイまで航海して、またラロトンガにもどってきた人たちのひとりだったが、いま彼の人懐っこい顔には、収入が少ないことへのやりきれなさがにじんでいた。結局、彼はラロトンガ島でオーストラリア人の雇われ漁師となり、漁師として家庭の生活を維持していた。彼の名前はランダウと言った。

パナマからアバルア港へ

陳船長の幸福号に乗った漁師は全員新人だった。パナマのアルムエージェス港から西南の方向に出発したとき、羅針盤で二百二十五度の方向に定め、北緯十度の地点から時速一一カイリで赤道に向かって航行した。港を出てから西経百五十度、南緯十度までの海域は、魚を捕ってはいけなかった。南太平洋地域漁業管理機関公約（SPRFMO Convention）の規約を守らねばならなかったし、同時にまた魚が捕れるという気持ちを抱いてもいけなかった。このことは彼もよくわかっていたことで、違反すれば、船長免許を取りあげられ、船を没収され、さらには拘留されて、牢獄に繋がれるはめになる。

いま、クック諸島の排他的経済水域（EEZ）は、ニュージーランドによってパトロールが行われている。ニュージーランドは、クック諸島の住民がニュージーランド国籍を二重にもつことや、ニュージーランドに定住したり自由に出入国したりすることを認めていた。南太平洋フォーラム漁業機関（Forum Fisheries Agency）や太平洋共同体（Pacific Community）、中西部太平洋漁業委員会（Western and Central Pacific Fisheries Commission）などには、ニュージーランド政府は直接、参加し関与している。このほか、クック諸島は、たとえば国連海洋条約（UNCLOS）や化学兵器禁止条約などの若干の国際公約や協定に署名していた。この禁止条例については、二〇〇〇年にフランス領タヒチと共に署名し、南太平洋地域漁業管理機関公約などにも署名していた。

このようなことは、陳船長がパナマにいたとき、はえ縄漁ができる経緯度も含めて、バゾが繰り返し教え、注意を喚起してきたものだった。今回の出漁の終点基地は、ラロトンガのアバルア港だった。バゾが言った。

「西経百六十度から西経百六十五度までと南緯十度から三十度まで、この海域がクック諸島の漁業権の範囲で、この中でなら漁が可能です」

陳船長は漁の名人で、国際的な漁業協定もきちんと守る台湾人であった。四十数年来の彼の努力については、台湾の会社もよく理解していた。遠洋漁業のベテラン船長は次第に年老いてきており、多くの会社も自分のところでさらに多くの遠洋漁業の船長を育てたいと考えていた。高雄の海洋科技大学や澎湖の水産科技大学でも、その方向に向かって積極的に努力していた。しかし、台湾の次の世代の人たちにとっては、遠洋漁業はもう選択肢のひとつではなくなっていた。陳船長は新しい船員たちを見て、これまで海を見たこともなかったチャン族の子供たちを、三年で船長に鍛えあげねばならないと思ったが、まったく容易なことではなかった。幸福号が西に向かって二日進んだころには、チャン族の子供たちのようすは、まさしく彼が予想したとおりだった。発仔を除いてみんな船に酔い、激しく嘔吐した。三日目のこと、風が穏やかでよく晴れた日に、発仔に命じてすべての船員を船尾に集めさせ、ミネラルウオーターをひと瓶ずつ配らせた。そして、口をすいで、残りの水を飲み干すように命じた。小平は発仔を見た。そこで発仔が言った。

「飲むんだ、みんな」

発仔たち九人の船員は水を飲み干すと、口を船外に突き出し、ゲボゲボと胃液まですっかり吐き出した。「もっと飲め……もっと飲め……」みんなはぐったりと船尾に腹ばいになり、頭を船のしたの海に向けた。胃液が下唇に粘りついて滴り、またボトッと滴った……この情景は船長の目には、まるで死んだイルカが並んでいるように映り、哀れでやりきれなかった。それから、機関長にエンジンを切らせ、船を停止させて言った。

「発仔、めしとおかずをもってこい、みかんももってこい」続けてまた言った。

「みんなめしを二杯食べるんだぞ、おかずも全部たいらげるんだぞ。食べきれなかったら、ひとり五ドルずつ給料から差し引く。機関長、付けとくんだ」みんなは給料から差し引かれると聞いて思った。魚も捕らないうちから給料を差し引かれるなんて。それ以上食べられなくても、喉を軟らかくして飯を呑みこまなければ。海上で上下に揺れる寝床にからだがどんなに慣れなくても、家のために貧しさからぬけだして花嫁を娶るためには、無理にでも海上生活に慣れなければならない。いまはこれが唯一の選択だった。船長の目には、実際のところこのような光景は好ましいものではなかった。しかし、彼はこの船の船長であり、遠洋漁業の目的は金儲けだ。ほかのことはともかく、からだは鍛えるほかなかった。

一日目、二日目、そして一週間後には、小平だけが吐きつづけ、船酔いがつづいた。出航後の十日目には、幸福号はもう赤道に沿って航海していた。そのころ、機関長は子供たちにはえ縄に釣り針をつける方法を教えはじめ、船が上下に揺れるのを忘れさせた。はえ縄は長さ約三〇メートルあり、全部で六千個の釣り針をはえ縄につけねばならず、それも一週間以内にやり終える必要があった。みんな新人で、それに船酔いしているので、船上では投縄《とうなわ》のまえに準備する仕事がたくさん先延ばしになっていた。投縄のまえに細々とした仕事をすべてやり終えておけば、空船でアバルア港に入港するような事態にならない。それにラロトンガにある船会社に捕った魚を見せれば、基本的な関係をつけておくことができる。

機関長が陳船長のもとで働くのは、これで二度目だった。台湾船での仕事は四年目に入っていたが、契約は六年だった。海上で起こるいろんなことを、彼は理解しており、自分は修業を十分積んだ七十歳の老人にならねばならないと考えていた。そして、どんなことも細かく詮索しないことが、船員たちと摩擦を起こさず、お互いが不愉快な思いをせずに済む方法だと考えていた。もちろん、陳船長がベテランの漁師であり、いい船長だということは彼にもわかっていた。陳船長は貯金や家をすべて妻に取られ、その前半生のすべての精力を使い果たしてしまったけれども、しかし、まだしっかりと船のうえに立って、天候を観察し、水温を感知できる知恵さえもちつづけていれば、青い大海で、さらに六年、いっしょに稼ぐのはそう難しいことではないと考えていた。陳船長についてしっかり学べば、この船の船長になることも不可能ではない。なんと言っても、この十年ほどで、海での苦しい生活を学びたいというような若手の台湾人はいなくなってしまったのだ。こう考えると、機関長は元気が湧いてきた。

「キャプテン、はえ縄の釣り針はすべて準備できました」機関長は大声で言った。

「機関長、昼めしが終わったら、はえ縄を船首のロープに繋いで並べてくれ。三千七百個の釣り針をおろそう。千個は予備だ」

「小平、来なさい。この薬を飲むんだ」船長は小平の頭を撫でながら言った。「小平、海で男になるんだぞ、そうでなきゃ、壊血病で死んでしまうぞ」小平は薬を飲み、茶碗と箸をもって、機関長のそばに座った。そして言った。

「ありがとう、機関長、薬をくれて」

「キャプテンにありがとうだよ」昼食後、機関長は小平を船尾の日陰に引っぱっていき、こう言った。

「わしらのこの船は、みんなでひとつのズボンをはいているんだ。良くも悪くも同じ運命なんだ。金が儲かると良いことがあるぞ、男になれ。自分で病気をつくっちゃだめだぞ、船のうえでは、医者がいる陸のようなわけにはいかないぞ！」

小平は涙のあとを拭き、遠く果てしない水平線を眺めた。東を見ても西を見ても同じ距離で、目のまえの海はまったく人を引きつけず、太陽はお湯よりも熱く感じた。成都では、人の声や車の音、男の声や女の声、中国語、四川省各地のなまりが聞こえ、これらは羊の群れのメーメーという鳴き声より複雑だった。彼にはメスの羊とオスの羊の鳴き声や、成長した羊と子供の羊、羊の群れが喜んでいる鳴き声と驚いている鳴き声を聞き分けることができ、なんでもよくわかっていた。陸地ではやることもいろいろあって、やり終わらなかった。成都では、発仔と氷を食べて暑さしのぎをする場所もあったし、都会の若い娘を眺めることもできた。たまには父親や妹に電話をかけて、淋しさを紛らわすこともできた。船ではどんなことにも慣れず、たとえなんとかできてもお腹は回復せず、毎日毎日、昼も夜も一日じゅう吐きつづけた。そのため、海も空も一色となった炎熱の航海のなかで、彼はやつれきっていた。

「機関長、陸も島も見えない！　気が変になりそうだ！　気が変になりそうだ、本当に気が変になりそうだ。機関長さん」

「小平、わしらのような船に乗る者は、家は地の底をはうくらい貧しいんだ。おまえのおやじに金があれば、盗っ人の船に乗るかい？　おまえにはそんな勇気がないだろう。羊を飼って、何万元って稼げるかね。本当に、気が変になるのは当然だ。とくにおまえたちのような小さいころから海を見たこともない内陸の子供は、気が変にならなかったらそれこそおかしいよ。わしらの国は貧しい。わしらは今日、台湾の船に乗って苦しい船員をしているが、三年、六年すれば、小金が入ってくる。台湾に観光に行って、きれいな台湾娘をおがめるよ。それはいいことだろ、兄ちゃん。わしは舟山《しゅうざん》群島の出だ。家は貧しくて雨水を飲んでいたし、貧しくて若い娘を見ると泣き叫ぶほどだった。嫁にもらえないからね。わしはな、それで船に乗ったってわけだ。この船はな、四年めなんだ。海は面白いし、お金も使わなくてすむ。魚一匹一匹がアメリカドルだ。六年したら、若い娘を嫁にもらうよ、小平。どうだい？　兄ちゃん」

小平はこの十日あまりの海上生活のなかで、ようやく笑顔を浮かべた。そして言った。

「機関長、おっしゃるとおりです」

「聞くところによると、あのグラマーな、大連から来た阿鳳ねえさんがおまえの小さなチンポを触ったらしいが、本当か？」

「機関長、おっしゃるとおりです」

小平ははにかんだような笑い顔からとうとう白い歯を見せて言った。

「どんな気分だった？」

「機関長、からかわないでくださいよ」

「どんな気分だった？　言ってみろよ」

「ん……」小平が見ると、機関長は興味津々な「色」目で小平の答えを待っていた。

「機関長、からかわないでください！……仕事をしましょう」小平はもとの純真さを取りもどしたようだった。機関長は口元の唾液を拭いて、船首の甲板におりていき、みんなと仕事をはじめた。

「機関長、道糸を8の字結びにして、はえ縄とはえ縄のあいだは六〇センチだ、よく覚えておいてくれ」

「了解です」機関長が応えた。

「小平、こっちへこい」船長が言った。

「おまえが船を操縦するんだ、わしは昼寝する」

「どういうことですか？」

「おまえが船を操縦するんだ、わしは昼寝をする」小平は緊張して、どうしていいかわからなかった。羊を去勢するために睾丸を取る以上に難しいことだった。

「ここにおいで、いいかい、ここが二百三十五度で、方位は西南西だ。指南針がずっと二三五度を指しているようにすればいいんだ。わしはおまえのうしろで寝てるから。しっかり学ぶんだぞ、おまえの仕事は楽だからな」

小平は顔から汗がにじみだし、手にも汗がにじんだ。両足を震わせながら、目のまえに広がる青い海をまっすぐに見ていた。「どうしてこんなことに？」彼はむせび泣きながら自分にたずねた。「二百三十五度……二百三十五度……」両足はずっと震えていた。震え、むせび泣き、震え、むせび泣きしながら、しだいに痩せてきた故郷の父ちゃんを想いだしていた。父ちゃんはしゃがみこんで、彼がだんだんと成長していくようすを見ている。ますます可愛くなって、おしゃれな洋服を着てはしゃぎまわる妹、それに妹が歩きだすまえに死んだ母ちゃん。そんなことを想っているうちに、彼の着ているシャツは、母羊から生まれたばかりの羊水まみれの小羊のように、べとべとになり、興奮したようになった。彼は目のまえの果てしない海が憎らしかった。痛いほど目に突き刺さってくる太陽の光が憎らしかった。舵輪を握る両手から汗がしたたり落ちて、操舵室の絨毯を濡らした。五〇トンの木造船は東風に乗って前進した。小平は目のまえの計器を見ていたが、なにもわからなかった。ただ、二三五……二三五……のアラビア数字しかわからなかった。風速四、五メートルの穏やかな天気だったが、そのときは緊張のあまり吐くのを忘れていた。操縦しているあいだじゅう、父ちゃんや妹、母ちゃんのことで頭がいっぱいだった。舳先《へさき》は高波を越えたり、海面すれすれになったり、雲に届くほど高くあがったり、波を衝き切ったりした。「平兄ちゃん、海で男になってね」「平兄ちゃん、海で男になってね」成都駅で聞いたこの声が、激しく脈打つ心臓を突き刺した。突然、彼は心が落ち着き、吐き気がしなくなったことに気がついた。そのとき、彼は両足を動かしてじっとり濡れた絨毯を見た。片手で操縦桿を握り、片手で湿ったシャツに触れた。それからつま先立って、甲板の炎天下で働いている兄弟たちを見た。突然青い海に心が開かれ思い出した。「平兄ちゃん、海で男になってね」その瞬間、船を操縦していた彼は、いまの自分の姿こそもう男になったんだと感じた。こうして彼はゆっくりと船を操縦する自分の勇壮な姿に浸りはじめ、羊の群れを放牧していたときの元気をゆっくりと取りもどした。船の舳先は向かってくる小さな波を砕き、しぶきが飛び散った。彼はもう立派な男になったように軽く武者震いした。かなりの時間が経った。操縦に専念していた彼は、突然声を聞いた。

「男になったな、もう吐かなくなったなあ」陳船長が起きあがってそばに立っていた。「ああ、キャプテン」

船長は操舵室を出て、機関長に大声で叫んだ。

「子供たちを、船尾で休ませろ。果物を食べさせるんだ」少年たちは並んでのぼってくると、船長室のまえを通った。

「わあ！　小平が操縦してるぞ、わあ！　小平が操縦してる」みんなは、ひどく羨ましがった。そのとき、船長が小平に向かって言った。

「その緑のキーを押すんだ、船は自動操縦になる、よく覚えておくんだぞ」

そのとき見せた小平の笑顔は、幸福号を象徴する陽光だった。それは彼はこの船で一番弱い少年であり、最年少のひとりであることをあらわしていた。小平はこの優雅でもあり荒々しくもある職業に合っているか、陳船長には理にかなった答えが見つからなかった。繊細な体つき、いつもまわりに気を使うでもなく、ぼおっとなにかを考えているようなようすは、海で稼ぎはじめた人にとって最大の弱点で、致命的だった。彼らはもう二十日も海に揺られていたが、小平は朝から深夜まで吐きつづけ、一食もまともに食べていなかった。彼はいつもひとりで船尾の甲板に這いつくばって嗚咽しながらへどを吐いていた。深夜、広い静かな海には無数の美しい空の目〔星〕が映っていて、その眺めは故郷や親族を想いださせた。ただ、舳先が波を切るザァーザァーという音が、迷子になったクジラの子供のように、彼の未来の美しい夢を台なしにした。周りに広がる静かな夜の広い海は、彼に海洋小説を書こうという気持ちを起こさせなかった。ただ昼も夜も一日じゅう吐きつづけ、そのために、まるで病気で弱った小羊のように、ぼんやりとして魂がぬけたかのようだった。

「わあ！　小平が操縦してるぞ」

突然、奇跡が起こったかのように我に返ると、四川の田舎で近所の人たちから愛されていた笑顔を見せて言った。

「はい、キャプテンパパ、俺、酔わなくなりました」

「そりゃ良かった。みんなが暇なとき、おまえは操舵室に来て、操縦(8)するんだ」

これは陳船長が独自に信じているやり方で、感じることがあればそれを信じた。みんなが船尾に行くと、船長は線香を三本もって火をつけ、船の左舷と釣り針をおろすところに向かって三拝した。そして三本の線香を彼がとくに設けた場所に挿し、「南無阿弥陀仏」「南無阿弥陀仏」と唱えた。

その日は波が三級の穏やかな天気だった。小平は操縦をはじめるとすぐに、眠りこんでしまった。もし海に生きる船長たちの多くが自分だけの特殊なタブー信仰をもっていなければ、特殊な好みと言ってもいいが、それをもっていなければ、操舵室で眠るなどということはあり得ないことだった。十四歳から海に生きてきた陳船長は、成文化されていないタブー文化を知っていた。たとえば、普通の船員は命令がなければ船長室や操舵室に入ってはいけない、操舵室でおならをしてはいけない、操舵室のものは一切動かしてはいけないなどだ。この小さな空間は、船長の神聖な場所で、あるいは神父の密室のようなところで、船長は海の神と直接話をし、漁獲量に直接影響する禁じられた場所だった。広い海における無数の閩南式のタブーを彼はたいへんよく理解していたし、なかには彼自身が設けたタブーもあった。いま彼は考えこんでいた。と言うより、頭を痛めていた。いきなり小平に船を操縦させたが、彼は海についてなにも知らない大陸の四川省の最も内陸に住んでいた子供だ。まるでなにかの魂に理性をくもらされてしまったかのようだ。このようなことは、海に生きて五十年、ついぞ経験したことがなかった。「南無阿弥陀仏!」と手を合わせて言った。「神様、これが良いことでありますように」彼は神妙な顔つきで祈った。

数日して、陳船長が機関長にたずねた。

「準備はすべて済んだか!」

「ご安心ください、すべて済みました」

「もしここ二、三日、天候が変わらなければ、クック国の漁業権の海域に入る。電話を待っているところだ」

「どんな電話ですか?」

「契約が満期になる経験豊富な船乗りの電話だ」出港から二十二日経って、南緯五度以下、西経百五十度から百六十五度で、彼らはクック国の漁業権の海域に入った。早朝の三時だった。陳船長は命令した。

「南に舵を切れ、はえ縄をおろせ」彼らのエサはイカで、三千七百個の釣り針がついていて、はえ縄を吊るした幹縄は五〇メートルあった。三時間後、空はもう明るくなっていた。エサのついた釣り針はすべて海におろされていた。朝食を食べたあと、陳船長は言った。

「機関長、寝ていいぞ」

陳船長は小平を船長室に呼んだ。

「まだ船酔いしてるか？」

「キャプテンに報告します。船酔いしなくなりました」

「北に舵を切れ」二時間後、幸福二号があらわれた。幸福二号は海上でもう十三か月も操業をしており、漁業会社のためにはじめてクック国のアバルア港に帰航するところだった。陳船長はようやくはえ縄をおろしたばかりで、二隻の船は横に並んで走った。幸福二号の船長も台湾人で澎湖《ポンフー》の人だった。ふたりは短く挨拶のことばを交わした。そのあと幸福二号船から熟練の船員が乗り移ってきた。六年の契約の満期がもうすぐだということだった。彼は言った。

「報告します、陳キャプテン、私は于峰《ユーフォン》という者です。小峰《シアオフォン》と呼んでください。四川省のチャン族です」陳船長は彼を見てとても気分が良かった。漁の経験が豊富なことがひと目見てすぐにわかった。しかし、小峰は荷物を置くと、二〇〇トンから五〇トンの小さな船に移り、空間も狭くベッドも小さくなっただけでなく、見ると、みなチャン族の新米の同胞ばかりで、まだなんの経験も積んでいないようだった。小峰はどっと疲れを覚え、契約終了前の最大の苦痛だと思った。

彼は操舵室の入口に立って、陳船長の指令を待った。小峰は海の波に鍛えられた無口な青年だった。契約はあと三か月残っていた。これまでの船では二年八か月働き、魚艙が満杯になったので、ひとまずアバルア港に帰ることになった。彼は内心、残った三か月の契約期間のあいだに、船会社は彼の労働力や経験や精神力を絞りとって、若い同胞たちに漁法を教えさせようと企んでいることを理解していた。はじめは、彼も小平のように内陸の子供で、船に乗ると嘔吐が止まらず、船に慣れたのは二十日ほどしてからだった。下っ端の見習いから一人前の漁師になるまでの五年の歳月が彼を成長させた。彼はこうして導いてくれた劉《リウ》船長にたいへん感謝しており、自分の人生での幸運だったと考えていた。あと三か月で、海での生活がまるまる六年になる。これは短い日々とは言えない。彼は陳船長にたずねた。

「網をおろしてからどれくらいになりますか？」

「まだ二時間にならない」

「縄をあげるときは教えてください」

陳船長は温度計を見、腕時計を見た。船は北に向かって進みつづけた。はえ縄の目印のブイの間隔はほぼ二カイリあった。船長が追っているはえ縄の端には、信号トレーサーのブイがつけられていた。計器の画面にはまだ一二カイリの航程距離が示されている。陳船長は時速八ノットで進んだが、あと一時間半はかかる。到達したときはもう夜になっていた。陳船長は機関長と船員のグループ分けを行い、小峰には魚をあげてしめる仕事を割りあて、助手をひとりつけた。陳船長は内心大喜びだった。小峰はサメのエラを除くのがうまいという評判で、てきぱきしていて手さばきもよかった。このようなベテランがいると、新米の船員たちはリラックスする。陳船長にははじめて針をおろし、そしてあげるのは、海上での漁を学ぶ最初の授業だとわかっていた。新米にあまり働かせるわけにはいかないが、海上の二交替の生活に慣れさせなければならない。機関長はしばらくのあいだ船長といっしょに作業した。彼は漁獲量を気にしていなかったが、凍った魚艙に漁獲が並べられたときの重量のバランスについては気にかけていた。だから、小峰がやって来たことで、時間が節約でき船員への負担が軽減されると、船長と同じように喜んだ。

陳船長は船を自動操縦にした。そして機関長に操舵室で新聞や本を読んでいてもいいが、航行中はほかの船が付近で操業をしていないかどうか気をつけるようにと言った。レーダーのスクリーンにはいくつかの点があったが、緑点の距離を見ると安全だった。これは夜間の漁で、注意しなければならないことだった。今回はパナマから出航して、クック国に来てはじめての投縄だった。投縄を終えたとき、陳船長は線香をもってしきりにぶつぶつとつぶやき、何度も海に向かって拝んだ。この海域ではじめての投縄に戦果が得られるように祈ったのだ。いくらかでも漁獲があれば、船での階級に応じて分配する。

そこで船長、機関長、上船したばかりの二等航海士の小峰、そして新米の船員たちは、いまある漁獲から計算をはじめるのだ。機関長は船首にいて、操舵室のうえの見張り台に楕円形の網をかけ、中西部太平洋漁業委員会が人工衛星でこの船を監視できるようにした。この船は雑魚漁を主とする船で、もちろん魚類研究の面から言うと、「混獲」(9)(bykill)に類する漁のやり方だった。漁の漁具から言うと、このような単線はえ縄漁は、全地球の魚類資源の殺傷ではまだましなほうだった。

単線はえ縄漁は、船尾で一本の幹縄を流し、船のトン数にもとづいてはえ縄を一〇カイリ、あるいは二〇カイリと流す漁法である。幹縄は水深三〇あるいは五〇メートルのものを雑魚を釣る漁法と言い、深度が一〇〇あるいは一五〇メートルの深さのはえ縄漁を超低温魚を釣る漁法と言う。超低温魚には、おもにクロマグロ、メバチマグロ、カジキなどの三種類があり、消費市場は日本が主であった。あとは台湾や韓国、香港、サンフランシスコ、ハワイなど刺身を好む大市場のおもだったレストランなどである。

陳船長は十年まえまでは、超低温魚釣りをおもにやっていたが、ここ数年は体力の衰えが激しく、それに腕のいい漁師が見つからずやめていた。北に向かって十時間あまり航行してから、彼は小峰、そして小強《シアオチアン》をリーダーとする第一組の船員を起こした。空が暗くなったころ、発仔がつくる夕飯ができた。陳船長はみんなに夕食をたっぷり食べるように言った。そして小峰の指示に従うようにと、次のように言った。

「わしが船を操縦して、揚縄するとき、船は幹縄と三十度になり、魚は船首のほうから船にあがってくる。ひとりが巻揚機を担当して、ひとりが吊上げ、ほかの者は魚を船に引きあげるんだ。小峰が魚をしめて魚の内臓を取りだすから、小強は機関士といっしょに魚艙に魚をきちんと並べるんだ。成功を祈る！」

陳船長は船首のすべてのランプに灯をともし、幹縄が三十度を保つように照らした。彼は祈りつづけた。もうひと組の連中も見習って協力した。幼い彼らは、生まれてはじめて、漁を体験していた。天候と海況が子供たちに味方し、風波は揚縄に最適な時間だった。船はかすかな海流に逆行していた。小峰はベルトをしめ、よく研いだ包丁をベルトの皮に差していた。そして辛抱強く、はえ縄をあげる方法を教えていた。一時間後、やっと最初のサワラがあがった。船長は小峰に内臓を除いてくれるように頼んだ。これは小峰の腕を試したのだったが、小手調べだけで、本当に素晴らしい腕前だとわかった。船長は心のなかでラッキーだ、素晴らしい奴が来たと思った。そしてすぐにその魚を冷凍した。船は安定して進んだ。百個の針をあげたが、魚は二十四にも満たなかった。新人船員たちにとっては、楽な作業と言えたし、小峰が魚をしめる技術をまぢかに見ることもできて、なんとも言えない幸せを感じた。

小峰はこのあと砥石を取りだし、小強に包丁の研ぎ方を教えた。彼はもう一本の包丁を取りだし、小強に刃先を鋭く研ぐように言った。

「刃先がこれぐらい鋭くなるまで研ぐんだ」

小峰は魚をしめながら、班員に海水で内臓の血を洗い流すように言った。それから魚を鉄の鉤《かぎ》に吊るして魚艙に入れた。これが基本的な手順だった。つまり、はえ縄をあげ、魚を釣り針からはずし、魚をしめ、洗い、魚艙に吊り下げ、急速冷凍し、釣り針をきちんと並べる。小峰は面倒を厭わずこの作業を繰りかえした。そしてみんなに自分の作業をきちんとやれば、仕事が楽になると言った。六時間後、最後のはえ縄が船にあげられた。それから点滅灯のついたブイを引きあげ、ブイに追跡装置をつけ、こうしてようやく釣り針をあげる作業がすべて終わった。

陳船長は船を反転して進路を南に向けて言った。

「小峰、何トンだ」

「一トンになりません」

「イカを解凍しろ」さらに言った。「小峰、刺身をつくってきてくれ、それでお祝いしよう。おまえたちは練習して、刺身が食えるようにならんとな。今回の漁の航海は三か月の予定だ。おまえたちのための実習だ」

「刺身は羊の生肉よりうまいぞ、おまえたちも練習して慣れるんだ」

小平にとっては、これもまた胃腸の別の食べ物への挑戦だった。彼は船長や機関長、小峰が刺身を食べるようすをじっと見ていた。醤油と唐辛子か、醤油とわさびをつけて食べている。船長は星空や海の様子を見ながら、なにも言わずに海での年度はじめの刺身を食べながら、はじめての漁の成績に気分を良くし、三か月で三万トンと見積もった。今回、はじめてクック諸島に来て漁をしたが、これは彼と幸福号との処女航海でもあった。

「小峰、南緯十度で、投縄開始」新しい風景が開け、ブルブルブルというエンジン音がした。船が進んでいく遙か南方には星がいっぱい見えた。赤と緑の灯火は船首の左右の灯りで、白い灯火は星の光だった。船長は船員たちに注意して、これを見分けるように言った。この灯火は海上では重要な知識だった。このような知識はすべて小峰が新人たちに教え、お蔭で船長は多くの雑事をしなくて済んだ。

小峰は二十三歳だった。十七歳で幸福号の属する船会社で働きはじめた。彼と同じ年代の四川省の人びとの多くが、貧困ゆえに、海上で仕事をする根性と落ち着いた気性を身につけていた。海上で六年間金を稼いだが、それは六年分、陸でお金を使う時間がなかったということだ。小峰は稼いだ金をしっかり守り、数十万の人民元をもって家に帰ることができる。これが彼が五〇トン級の小さな船を好んだ理由だった。二〇〇トン級以上の船は、人が多いだけでなく、三交替で仕事をした。そのため一部分の人たちはいつも賭博をやっていた。彼にはそのような習慣がなく、お蔭でそれで困るということはなかった。五〇トン級の近海船は、船員にとっては仕事量が多く、かなり疲れる。それにまた船尾の睡眠室のベッドも小さかった。しかし、船員同士の衝突は少なく、お互いに仕事のうえでの暗黙の了解ができた。

陳船長は、小峰が来てくれて大助かりだった。とくに魚の腹を開いてエラや内臓を除く作業は、新米には任せられなかった。陳船長自身も魚の腹を開く名人だったが、しかし、海上ではさまざまなことや作業が多く、海での歳月は彼をひどく老いさせた。海上で一か月も経ったころには、小峰は小強をいっぱしの助手に鍛えあげていた。小強だけでなく、あとの九人もすでにまともな作業ができるようになっていた。小平は船の操縦以外は、雑用が割り当てられていた。小峰にとって、彼の仕事は新人たちをまとめあげることで、彼らにはえ縄の投げ方や餌のまき方、さらにどのようにしてはえ縄をあげて漁獲を取りこむかを教えていた。一か月が過ぎると、はえ縄を投げたりあげたりする作業は、十回のはえ縄漁で、みんなもその要領をすっかり飲みこんだ。最も重要な作業は、二〇〇キロを超える魚をどうやって引きあげるかということだった。起重機の操作は、のちに小強と発仔の責任になったが、それはみんな新米で、チャン族だったたからだろう。互いに揺れる船のうえで相談し合うようなゆとりはなかった。このことは陳船長にとって船員を選ぶ重要なポイントで、ゆっくりと教えられるし、衝突さえ起こらなければそれで良かった。

船長になって以来、陳船長は船員間のいがみ合いや械闘《かいとう》〔出身地などで集まったグループ間の武闘〕を一番恐れていた。海上での淋しさや、なんの変化もない作業のせいで、いつ船員たちが情緒不安定になってもおかしくなかった。そのため彼は船員の情緒不安定を観察する心理カウンセラーの役割を果たすようになった。これはなかなか難しい仕事だった。彼は船員に、仲良く協力し合えば漁獲が増え、稼げる金も増えるぞ、と言ったが、これが海上で毎日するおもな仕事だった。天候さえ良ければ、小平に船を操縦させた。彼は船尾で釣り針にエサをつけたり、はえ縄をあげて魚を捕るコツを船員に指導した。サメに食われた魚以外、どんな魚も捨てなかった。魚一匹一匹が重量となり、すべてデンプの原料となるのだ。優しさと意思の強い男らしさが発揮され、その根性と我慢強さが船員たちの心をつかんだのだ。彼は十分に経験を積んだ船長で、月や潮汐や温度が魚の気分につながっていると知っていた。彼は船を南緯三十度以下の海域まで進めた。その一帯は三〇メートルより深いところでは、水温は二十度に保たれている。二千七百個の釣り針に、少なくとも百匹かかれば、大小の雑魚を合わせればなんとか目標に達する。

海の神が老漁夫を心にかけてくれたからかもしれない、あるいは彼が新米の船員たちの面倒を見たからかもしれない、あるいは彼が機関長や小峰を大切にし、船員をみんな可愛がったからかもしれない、彼らの漁獲量は二か月も経つと、三万トンあまりに達した。彼が船員たちにかけることばは「海では一生懸命に、陸では金を大切に」で、子供たちに少しでも多く金を貯めるという考えをもたせようとした。陳船長の船会社との契約は、船艙の漁獲が四万トンを超えれば、港に入って魚をおろすことができるというものだった。彼は母船が報告してくるトン数は信じないようにしてきた。この点は、彼ははっきりしていた。これまで彼は何度もばかを見てきた。陸との連絡は絶やさなかったにもかかわらず、たとえば、一トン分の売却代金を、陸の会計責任者はいつも挨拶代にすると言ってピンはねした。こうしたやり方がまかりとおっていたが、彼にはどうしても腑に落ちなかった。人の心というものは、一旦なにか疑問をもってしまうと、信じられなくなってしまうものだ。このことも彼が五〇トン級の近海船に乗るようになったおもな理由だった。

南半球の緯度三十度以下の海域は、確かに北半球の夏より涼しい。彼の船が南緯二十度の海域で作業をするようになると、ラロトンガ島が見えてきた。子供たちは島を見てたいへん興奮した。船会社の船員への待遇は、いつも船会社の利潤が最優先だった。どのみち、船会社は船員が費やした労力に酷い待遇で対応し、賃金を差し引く理由も船員が聞く気にもなれないようなことがほとんどだった。とりわけ上陸した新人船員へのペテンときたらおかしなことばかりだった。だから、小峰にとっては、陸の責任者とのやりとりを減らすことが得策で、若い船員たちとうまくやるよりは、陳船長と海上で運命を共にすることのほうが受け入れられた。彼は言った。

「僕の経験では、漁獲は四万トンを超えてますよ」

「感謝するよ、小峰」

「小峰、はえ縄を回収したら、わしらは直接アバルア港に行く。今回のクック国への処女航海は収獲が大きかったよ」

小峰もそうだと思った。そのことは自分自身でもよくわかっていた。今回は海上での最後の漁であったが、成績が良くて、自分でもこの船から利益を多くもらえただけでなく、海上での最も幸せな日々となった。このような終わり方ができてたいへん満足だと、彼は思った。最後のはえ縄の回収は、もう若い兄弟たちがはじめていた。小強が魚をしめ内臓を取りだす手つきに、陳船長は心から満足していた。発仔がつくった料理はみんなの好みにあっていた。小平の痩せ細ったからだは、しだいに回復して陸にいたときの小柄な体格にもどっていた。彼は兄貴分の小峰にいたずらっぽく言った。

「ありがとう、小峰兄さん、俺の操縦はどうですか?」

「すごくいいよ、たいへん素晴らしい」みんなががからかうように言った。陳船長は左舷に立ち、両肘を手すりにのせて、力いっぱいはえ縄を回収する子供たちを見ていた。はえ縄を回収するたびに、漁獲さえあれば金が稼げる。自分の経験では、十数カイリの長さのはえ縄で、一匹の魚もないということはよくあることだ。だから、彼の四十年あまりの漁の経験と、この新人たちは海上の運命を受け入れあったと言える。彼は若者たちを大切に思った。これからの三年間、順調にいくだろう、彼はそう考えた。

「キャプテン、島が見えた、キャプテン、島が見えた、すごい、すごいぞ！」みんなは狂ったように叫んだ。

島が見えた……島が見えた……。まるで渡り鳥の群れか、クロカツオドリの群れが長い距離を飛んできて、すぐにも島に羽根を休めたいと望んでいるかのようだった。島、島、父さん母さんの島だったらいいのに。島、島、四川省の成都市だったらいいのに。若者たちの踊るような気持ちは、目標ができた喜びだった。五か月まえ、パナマから西に向かって出航するときの恐怖はすっかり忘れていた。海を見たことがない内陸の子供たちが、短期間のうちに揺れ動く海上の生活に慣れるなどとは想像もできなかった。たとえ台湾で毎日海を見ていても、船員になって漁師の生活を送ろうという子供はごく少数だった。あまりの貧しさがチャン族の彼らに早熟した考え方をもたせたのだろう。まるで私自身のようだ。私の島の子供たちは、四、五歳でもう海に入り、海の波を怖がらなくなる。これは後天的な環境の劣悪な条件と先天的な環境の優勢な条件によるものだと思う。同様にあまりの貧しさゆえにかきたてられた意志から来ているのだ。私はそう思う。

「キャプテン、俺から先に上陸させてください、俺から先に上陸させてください、すごいなあ！すごいなあ！」子供たちは陸にあがると、しばらく興奮していた。そのとき、彼らは自分たちが陸地で長く貧しかったことをつかの間忘れることができた。

「キャプテン、俺から先に上陸させてください、俺から先に上陸させてください、すごいなあ！

すごいなあ！」
「陸にあがる、出航する、陸にあがる、出漁する、これが俺の唯一の信仰だ」
船長は自分にそう言い聞かせた。

海洋国家

アシンは埠頭に接岸した船が綱をかける円柱に腰をかけ、車のそばで魚類の名前と数量を記録していた。陳船長の船員たちが魚をおろすと、この資料は会社だけでなく、クック政府の漁業局にも届けられ経済性の高い魚類調査のための基礎資料となった。クック国にとってはこの書類は非常に重要だった。二〇〇五年一月から、クック諸島と台湾のある漁業会社は、漁業協力のために魚類分類表を作成している。この漁業会社の便宜置籍船は三隻あったが、陳船長の船は雑魚を捕り、ほかの二隻は超低温魚を捕った。アシンは魚類の分類係で、台湾人から給料をもらっていた。彼女はポリネシア人で、この島の原住民だった。幸福号は台湾の某漁業会社の船だが、パナマ船籍として登記していたので、国際漁法では「便宜置籍船」と称した。

二〇〇五年一月九日、私はブラザーさんの九〇ccの光陽バイクに乗って、アバルア港を通りかかった。そのとき、まるで海に吸い寄せられるように埠頭に近づいていった。それまで島を巡るたびに何度もアバルア港を通ったが、いつも埠頭に目をやって港に漁船が入っていないかどうか見ていた。これも私がクック国に旅行にきたおもな理由だった。国外の漁船、そして船長や漁師に会って、陸にいる人の知らない物語を聞きたいと願っていた。

私はアシンに挨拶をした。それから船員たちが魚をおろしている円柱のあたりに立った。私の右下に幸福号が停泊していた。時間はちょうど午後一時だった。若者たちがいて、数えると十一人だった。彼らは私にはわからないことばを話していたが、見たところ中国大陸から来た若者たちだった。しばらく彼らのことばを聞きながら、魚を見ていた。彼らが捕った魚は、ほとんど私の知っている魚だった。要するに、それらの魚はみな蘭嶼にもいる魚だった。たとえば、シイラ、カマス、キハダマグロ、サワラ、それに大きな尾びれをもつカジキが少しいた。彼らは魚をコンテナ車に積みこんだ。一台、二台、私はサングラスをかけたまま若者にたずねた。

「どちらの方ですか？」

「四川からきました」

「四川のことばですか？」

「いや、田舎の方言」

「台湾の船ですか？」

「そうです、台湾船です。あの人がキャプテンです」

船長は操舵室のまえに立って、手に起重機のリモコンをもち、船艙から魚を吊りあげていた。穏やかな口調であまり流暢でない中国語を使いながら、上下に指揮をしていた。私は彼が笑顔になるのを待ってから挨拶をした。

「キャプテン、こんにちは！　私は台湾から来ました。ここに遊びにきました、蘭嶼の人間です」

私は閩南語で船長に挨拶をした。

「バカ野郎、ここに来ただって？　ここは台湾からどれだけ離れているかご存知かね？　リーホー

〔こんにちは〕」彼は閩南語で応えた。私は船長のことばを聞いて気分が良かった。気持ちがぱっと明るく開けたようだった。私は心のなかで、とうとう私が会いたい人や船に会い、捕った魚類が見られるとつぶやいた。

船長は引きつづき起重機のリモコンを操作して、魚を魚艙からコンテナ車に次々に積みこんだ。魚はみな急速冷凍されていて、白く霜を張り白い霧が立っていた。魚身はまるで石のように硬かったので、凍った魚を吊りあげるとき、とくに魚艙にいる船員に注意を払った。不注意で人にあたるようなことがあれば、冗談では済まない。だから起重機の操作はすべて船長がしていた。一台の車が工場に行くと、続いてもう一台が魚を積みにきた。四台目の車が行ってしまうと、漁業会社の漁業基地局(10)の責任者がビールをひと缶もってきて、私に渡してこう言った。

「フランクと言います」

「シャマンです。台湾の原住民で、蘭嶼に住んでいます」

「浙江省の寧波《ニンポー》の出身です。妻は台湾人で、フィジーのスバに住んでいます」

フランクは三十過ぎの若者でとても世慣れた人物だった。二十二歳で台湾の漁業会社が国外においている漁業基地局で働いていた。彼は台湾船が出入りする港があれば、どこにでも出かけ経験を積んできた。閩南語とスペイン語と英語ができた。彼はこのラロトンガ島を二年あまり行ったり来たりしていた。この漁業基地局は彼が開発したもので、クック国の「漁業資源協力開発」事業に入札し、台湾の船会社と契約を結んだ。彼の稼ぎは非常によくて、彼自身は遠慮深く、また知識も豊富な中国人であった。

今回、フランクと陳船長もこの日はじめて顔を合わせた。漁業基地局には高雄から来た業務責任者がもうひとりいた。彼は現地の漁業工場と人事業務を管理し、業務に精通していた。年は四十歳に近かった。アシンは捕獲した魚種をフランクに報告し、それをフランクが陳船長に伝えた。工場の事務室から電話がかかってきた。

「全部で四万トンです」

「陳キャプテン、おめでとう、たった三か月で戦果をあげましたね」フランクは言った。

「運が良かったんだよ、フランク」

アシンは魚類の統計をフランクに渡し、陳船長に見せた。統計の数字を見せられて、船長は南緯三十度前後の海域にいる魚の種類を知り、それから使用すべきエサや、大型の魚類は高く売れることを知った。

「シャマン、船長室に来いよ、外は暑い」船長は私を大声で招いた。

願ってもないことだった。私は操舵室に入ると、タオ語で短く挨拶した。彼らとひとりずつ、缶ビールを合わせ、そのたびに異国のビールをひと口ずつ飲んだ。私は自分が最も好きな漁師の話が聞けると期待していた。かつて台湾の淡水で勉強していたとき、よく港に行って漁師の話を聞いた。しかし、いつも彼らは話がとてもへただと感じていた。私の父や祖父の世代の人たちが海を描くのとは大きな差があった。

「シャマン、わしは陳だ、小琉球人だ。あんたたちタオ人からは海賊の島と呼ばれている」

「どうしてご存知なんですか?」

「わしのおじきが言っていたよ、昔ね」

「わしは十四歳でおじきに船の操縦や漁を習いはじめたんだ。わしにとっちゃ、船の方向盤を握るほうが、ペンを握るより楽だからね……あのころ、蘭嶼はわしらの漁場だった。うんと稼いだね。あんたたちの島で、申し訳ないが、シャマン」そう彼は続けた。

六十歳になる人間が、五十年近くも海上で、それも漁師を最もやり切れなくさせる赤道無風地帯で過ごしてきた。肝をつぶすような暴風雨や大波にも遭ってきた。心臓を突き刺すような辛いことも経験してきた。妻が若い男を囲うようなことも起こった。だから、漁獲は彼にとっては、六十歳以降の生活を占う数字だった。

「フランク、ありがとう。台湾漁船が邪魔しに来ない海域を教えてくれて。またこれからも頑張る理由ができたよ」

「キャプテンの漁の腕前は素晴らしいですからね。お蔭で僕はこの島の漁業開発に自信ができました。お礼を言います」

ふたりは缶ビールをポンと合わせた。互いの役割がはっきりしており、それぞれの必要に応じて受けとっていたので、気持ち良く協力できた。もちろん、フランクがやりたいのは市場開発で、とくに外国での漁業の新しい市場開発だった。船長のほうは、魚市場の急な需要への供給だった。彼らは、魚類の混獲や乱獲、あるいはフカヒレだけ取ってほかの部分は捨てるフカ漁を問題にせず、さらには漁業専門の科学者の意見にも耳を傾けなかった。また政治家が政府の管理者に働きかける漁獲規制の考えも気にかけなかった。彼らは、管理者が法律をつくって漁労行為を規制しようとしていることを知っていた。多くの点で、これまで漁民は管理者より一歩先を行っていた。こうした技量は、陳船長が台湾の近海で漁をしていたときにいつも使っていた手法だった。

他国の漁業市場開発について、数年前に私の日本人の友人でドキュメンタリー映画の監督をしている人が、台湾のはえ縄漁の技術は、日本や韓国よりずっと優れていると言ったことがある。

陳船長はフランクに語った。彼の船に乗った青年たちはみな新人で、はじめはだれひとり耐えられるものはいなかった。パナマを出航してから天気はずっと良かったけれど、みんな船酔いがひどくて、いまにも死にそうな形相で吐いていたと。「最初はわしが料理をつくって、あっさりしたおかずを食べさせてやったけど、最もひどかったのはあの笑顔の可愛い小平でね。二十日間というもの、吐きつづけてね、船に酔っていたよ。あとで機関長がわしも知らない酔い止め薬を飲ませていたよ。あれはクック諸島の北の島に近づいたころだったね。ようやく陸にいるときのようになって船酔いが治まった。可哀想な子でね。家の貧しさから脱け出すために、海に揺られる日々に耐えているんだよ。この子たちが、金に切羽詰まっているのがよくわかるよ」

フランクは言った。「あの以前からの船員、小峰はどうですか？」

「あいつのお蔭で、本当に漁獲が増えたし、幸運をもってきてくれたよ。熟練の船員だね。彼には本当に感謝してる」

「シャマン、あんたは遠くからこんなところまで来て、なにをしてるんだね」

「おふたりに申しあげますが、純粋に遊びにやってきました。僕の子供のころの夢を実現するためなんです。本当にそうなんです」私は遠慮がちに言った。多くの場合、自分の移動の初志について述べることが、他人を尊重する基本原則だとずっと考えてきた。「僕の子供のときの夢を実現する」というのは、確かにそのとおりだった。漁師が乗ってる船を探すというのが本当の目的で、国外の海にいる漁師の生活を理解し、彼らが心のなかでなにを見ているかを理解したいと思った。もちろん、蘭嶼のタオ人にも、六、七〇年代に台湾の遠洋漁業に携わっていた人がいた。同級生のジジミットがそうだ。しかし、彼らが話す物語は私の耳を引きつけず、私の想像力を刺激することもなかった。だから、旅をして海外の漁師に会いたいと思っていた。今回の旅は、最も身近な家族を失った悲しみと引き換えになったが、これは私の夢にはもともとなかったシナリオだった。

「純粋に遊びにやってきました。本当にそうなんです」ともう一度はっきり言った。海外における台湾漁業会社の便宜置籍船の漁業基地の開発には、数え切れないほどの失敗が積み重ねられ、無力な台湾政府のまえを歩いてきた台湾人の苦闘の歴史が刻みこまれている。過剰な混獲と適量の漁獲の綱渡りをし、先端の漁業の科学技術に頼りながら、伝統的な漁師の漁具を駆使してきた。真に山が動かなければ、こちらが動くという果敢な闘いであった。フランクはクック諸島国で共同漁業基地局を開き、決して台湾政府の支援に頼らなかった。台湾政府は国際的な漁業環境ではまるで無能だった。国外で漁業を行う台湾船にとっては、台湾政府の漁業署はなんの役にも立たなかった。これはフランクも陳船長もあきらめざるを得ないことだった。便宜置籍船のさまざまな過程については、私は台湾の漁民は国際漁業事業の先端で綱渡りをしているとしか言えない。だから、私は単純な海洋文学作家であり、私の移動の本当の目的は、決してほかの会社の漁業スパイではないことを明らかにする必要があったのだ。最後には、酒を飲みながら互いに心を開いて談笑するようになり、私は船長とフランクに受け入れられた。その日の晩、陳船長が私を心から慰留してくれて、接岸している船での食事に誘ってくれた。船長や若い船員たちといっしょにする動かない島での最初の食事だ。私は心からありがたく思い、感激した。

「発仔、遠方からの珍しい客人だ。おまえの腕の見せ所だぞ。今夜の晩飯はおかずを増やして六品にしろ。キャプテンがビールをワンケースおごるぞ」陳船長は操舵室のマイクを使って言った。それを聞いて、私は内心本当に嬉しかった。

先に約束していたフランクは、私を向かいのコーヒーショップに連れだして、コーヒーを飲んだ。そこは埠頭の一角にあった。フランクの話を聞きながら、上陸したばかりのチャン族の若者たちのようすを眺めていた。そして、この初対面の若者たちとの最初の夕食での出会いを静かに待った。

いつも移動している旅人として、旅の途中での思いがけない人との出会いや思いがけない想像から、旅人の移動や自己修正や自己発展の人生が生まれると考えてきた。そうして、移動しない人からはいつも前向きでない貧弱な想像しか生まれず、そういう人が人に怨みを抱くことが多いのはその明らかな例だと思ってきた。フランクは三十を過ぎてから、父親と北京からウクライナのキエフまで汽車の線路を歩いたことがあった。彼はその道中に見たことを私に語ってくれたが、私のような島の民族には想像し難いことだった。それは少数民族が北京から雑貨を買ってきて、駅に着くたびに物売りをするという行為だった。時間にせかされるので、雑貨も、品物の良し悪しよりは実用性が求められて、すぐに売れた。売り買いは駅での停車中に行われ、また損をしないことが最も重要だった。しかし、問題は瞬間的に偽物と本物を見分ける時間がないことだった。さらにリスクも大きく、地域を越えたさまざまなことばの意思疎通能力が必要だった。多くの人の売り買いには景気と不景気の循環があった。車上ではうまい話を探している連中に気をつけねばならなかった。このような連中は、フランクの話では、汽車のなかをいつも移動している幽霊のような奴らで、神出鬼没で金のために人を殺すことも平気だった。彼らは移動する商売人の金銭を狙っており、彼らに目をつけられると、抜け目のない商売人は銀貨を渡して身の安全をはかるしかなかった。彼は汽車のなかで、このようなペテン師たちのだましだまされる現場を度々目にしてきた。フランクは口の達者な話し上手な人だった。顔立ちも整い聡明感にあふれ、世故にも長け、さまざまな国のことばができた。そのうえ、身長も一八五センチあった。そのようすを見て、私はその表現能力や常識は、旅から自ら学んだものだと信じざるをえなかった。彼の話では父親と北京とキエフを往復した経験から、弁舌で生きていく技術と詐術が鍛えられたということだった。南アフリカや西インド諸島、フィジー、西サモアでもいくつかの事件に巻きこまれたが、漁港や漁のことであれば、彼には台湾の便宜置籍船のために魚を売るルートを探す手立てがあった。彼は、自分は海に生きる「移動するマネージャーだ」と言った。もちろん、私の見たところ、彼はたいへんな努力家で国際漁業事務にも通じていた。その後数日間、彼はいつも私を彼の会社が借りている家に呼んで昼食をご馳走してくれたが、そこにはすでに契約が満期になって、船をおりていた小峰もいた。

陳船長はフランクに説得されていた。フランクは言った。

「キャプテン、僕はあなたのために南太平洋の漁業資源を開発しますよ。あと三年いっしょにやれば、きっと儲かりますよ、キャプテン」

「シャマンさん」陳船長は私に説明をはじめた。「フランクは台湾漁業の漁業基地局を開発した有能な人物でね、頭が切れて、世間のこともよくわかっていて、いくつもことばができる。わしを口説きに来たし、わしを助けてもくれた。数年まえ、妻に財産を騙し取られて、すっかり落ち込んでいたときに、フランクは台湾の賢い娘を嫁にして、台南での披露宴に、わしを熱心に呼んでくれた。そのお祝いの日に、フランクは三十万元わしに渡してくれたんだよ。契約のひとつ目は、金を彼に返してはならない、ふたつ目は、もう一度三年間、船に乗ってくれというんだ。フランクが言うには、フランクは、クック諸島国との漁業資源開発の計画はうまくいっているから、漁業資源を開発してほしいと言うんだ。そこは台湾船業会社が入ったことのない海域だということだった。はえ縄で雑魚を釣るのがおもでね、漁業用語では混獲と言うがね。それにわしの恩人だよ。それでわしは来たんだよ」

「奴はわしと親子の契りを交わした息子でね、それにわしの恩人だよ」

「キャプテン、海洋文学者、ごはんです！」発仔が大声で叫んだ。その声には船長を敬愛する子供たちの喜びがこもり、はじめて上陸して興奮した感情が響いていた。

「シャマンさん、この子は発仔、小平、小強、小良……この人は機関長」船長は一人ひとり紹介してくれた。

このときの食事については、その豊かな食材のことは話さないことにしよう。私の人生で最大の弱点は、子供たちの母親と一度大喧嘩したことがあるが、料理がよくわからないということだ。若者たちのグループは、発仔がつくったご馳走を囲んでいる。そのようすを見て私は十歳のときに、蘭嶼の監獄ではじめて中国式の料理を口にしたときの、甘美な感覚を思いだしていた。すべてのことが繰りかえされ、別の移動のときに美しく思いだされる。ひとつの島から反対側の南半球のもうひとつの島へと、私がずっともってきた旅の夢の実現。ああ！　長く米の飯を食べていない。中華料理だ。私は心の底で涙を流しそうになりながら夕食を眺めていた。

「海洋文学者、遠慮なく食べなよ」私は餓えたトラががっつくようなぶざまさでフカヒレ（父が食べなかった魚）以外のご馳走を平らげた。この一回の食事で三日分食べて満足しようとしているようでもあり、心からの喜びの表現でもあった。

「海洋文学者って、シャマンさんの本当の身分ですか？」小平は真面目にたずねた。

「そうだよ、近海の海洋文学者だ。きみは遠洋文学者だね」私はユーモアをこめてそう応えた。そ

して、かばんから『冷海深情』を取りだして彼らに見せた。（あとで署名をして小平にあげた）

「おお、本物の海洋文学者だ」小平は人なつっこく言った。

「作家のシャマンさん、これからは俺らの船に来て、シャマンさんの話を聞かせてよ」

「シャマン、時間があったら船にめしを食いに来なよ」船長は親切にそう言った。旅行中のさまざまな出会いのなかで、「めしを食いに来なよ」ということばは、旅人が最も好むものだ。「めしを食いに来なよ」というのは、私がよく知っている米の飯のことであり、よく知っていることばで、そこには異郷で勉強していたころの甘酸っぱい思い出がにじんでいる。私は生まれてはじめて「作家」という身分の心地よさを感じていた。台湾で経験したことのない感触が、この異郷、異国での知らない人々との出会いのなかにあった。私は深い慰めを覚えた。

　船長と私は、船長室で缶ビールをひと缶ずつ飲んでいた。船長はまた、子供たちが船のそばの埠頭のコンクリートの地面に座ってビールを飲むのを許していた。彼らは楽しそうに飲んでいた。

「人間の一生は人間が書くんじゃないよ、菩薩様が一人ひとりの話を書くんだ」陳船長は腹を突き出しながら、背中を傾けて椅子の背もたれにもたれていた。

「老李はわしの母方の叔父でね。叔父がわしを海に連れだし、わしに海での生活を学ばせたんだ。夢のように過ぎ、一場の空《くう》でもあったし、また海の波にもまれつづけた人生でもあった……。今度、このなにも知らない若者たちが、もう一度わしの人生の晩年を彩ってくれることになった。この子たちは本当に貧しい。その貧しさがこの子たちに海での成長を早めさせ、互いに励まし合い、仕事を分担し合うようにさせるんだね。わしはあと二年あまり海にいるが、素晴らしいことだと思う」

「あれは一九九一年のことだったなあ。私はカロリン諸島で漁をしていた。漁師たちは舟山群島から来た、漁の経験のある若者たちだった。わしらは熱帯低気圧に遭遇したが、幸いその台風の外側にいた。しかし、荒波と豪雨が加わって、わしらはもう一隻の船といっしょに、狂ったように逆巻く高波や暴風に襲われた。わしらは避ける間なく、その韓国製の船と並んで風波に立ち向かっていた。わしらは、パラシュートでつくった海面に浮かぶ移動式のシーアンカーを投入した。シーアンカーの綱はわしの腕くらい太く、船首につながれ、船を波と垂直に保ち、舳先は波や風を切って危険を低くする。ただ九級クラスの小さな台風だったが、海上ではそりゃたいへんな恐怖を感じて、生きた心地がしなかった。本当に恐ろしい夜だった。わしらは一〇〇メートル以内にいて、点滅する照明灯でお互いの安全を確認していた。幸運だったのは、二隻とも大陸の人間がいて中国語で連絡を取り合えたことだ。荒れ狂う強風と豪雨、それに天を突く荒波で、その夜は、まるで一年にも感じられるほど長かった。いまなら少しも慌てることはないがね。もし本当にそんな状態になったら、どんな無神論者で、屈強で、たくましくても、そんなときはそいつもきっと腑抜けになって、鼻水を垂らし、涙を流して、跪いて天の神に助けを求めるさ。わしは機関長と操縦室で、エンジンの回転数を最低にまで落とした。船がまっすぐにゆっくりと前進すれば、嵐の波の瞬間的な衝撃の激しさを緩めることができる。波が船首に襲いかかり激しく落ちるとき、まるで悪霊が大きな口をあけてわしらを飲みこむような恐怖を覚えた。砕けた波にもまれ、浮びあがるときは、まるで雪のような白波の海面で揺さぶられるようだった。漁師たちは船尾の船艙に隠れていた。機関長とわしは恐怖で目を閉じることができず、菩薩に祈りつづけていた。わしは経験から、夜明けまえが魚がエサを食べる、最も活発な時間帯だとわかっていた。同時に、自然の台風が最も怒りやすく、引力が暴発して災難が起こるときでもある。空が少し明るくなったころ、向こうから彼らのシーアンカーが裂ける音が伝わってきた。わしは波間から波を切って前進する船を目にした。しばらくすると、知らぬ間にその船は降りそそぐ波と平行になった。巨大な波が船体の中央を襲ったとたん、鉄の船はまっぷたつに裂けた。わしは危険を冒して助けようとしたが、救命具を拾えただけだった。わしが言いたいのは、わしは本当に幸運だったたってことだよ。わしのそのときの船は台湾製の木製の船だった。台湾の造船技術は海の神の試練にも耐えられるってことだ。これが重要なことだよ」

このようなことを、陳船長は最も簡単な中国語で話した。私はまるで海上にいるように感じ、息をついではビールを飲んだ。汗がにじみ出てきたように感じた。船長は続けて言った。

「シャマン、わしの海の人生を、陸にいる連中でわかる奴が何人いるかな。レストランで金を払う客は、この魚は新鮮でないなんて言うが、わしに言わせりゃ、新鮮な魚は海にいるんだよ。陸にいる連中は偉そうで金遣いも傲慢だ、がまんがならないね。とっても嬉しいよ、この小さな国であんたに会えて。わしの国は海だ。シャマン、ありがとう。明日またメシ食いに来なよ。大歓迎するよ」

若い海人たちにおやすみと言うと、彼らはこう言った。「シャマンさん、明日はシャマンさんの話を聞きます！」

ブラザーさんは、テレビのまえでインドネシアで起こった津波〔スマトラ島沖地震、二〇〇四年十二月二十六日〕のその後のニュースを見続けていた。私はそっと二階にあがって、ベランダで海を眺めた。このラロトンガ島で最初の二階建ての建物で、私は自問自答した。なにを見、なにを聞いたか。私のような異邦人が、こんな善良な現地人に、妻のいない独身男性に出会った。が、私が台湾から来たというだけで、ポリネシア人は台湾は祖父母の祖先が航海に出たところだと言って、ただで私に家を借してくれたのだ。

陳船長の波の人生、そして若い少しばかり金を貯めようとしている船員たち。私は彼らを「波を追う若者たち」と呼んでいるが、彼らはとうとう上岸し、はじめての港で、はじめての人に出会ったのだ。彼らは私よりもたくましく、これから三年、海で波の人生を過ごそうとしている。私は自分に問うた。彼らが私が探し求めて、ここまでやって来た人たちなのだろうか。

三日目の晩、ブラザーさんの二階建ての家のベランダで、私は親族の夢を見た。彼らは私に白い島（漢人の言う西の空）からわざわざ私に会いにきたと言った。父はなにも言わなかったが、叔母が私に話しかけてきた。私も話そうとして、それは夢だと気がついた。

A君は引きつづき病院で癌に罹った科学者たちを世話しており、そのなかには彼の病弱な父親もいた。彼は私に、父親がバイエルンの田舎に帰ることを承知してさえくれれば、自分は死んでも心残りはないと言った。私の父も伯父もふたりとも私の目のまえで息を引き取った。息をまったくしなくなったとき、それを「死」と称するのだ。

私は小峰に言った。「いつ帰りますか？」

「パスポートを受け取り、アメリカドルを受け取ったらすぐに帰ります！」

私は遙か遠く、蘭嶼から台北に行き、そして台北からオークランドへ、さらに五時間かけてこのラロトンガ空港までやってきた。船長は私にずいぶん遠いところからの旅だねと言った。私は、家族を失った悲しみを癒すために自己放逐して、こんな遠くまでくる必要があったのだろうか、と自分に問うた。そもそも十歳のときに抱いた「南太平洋」に飛ぶという「くだらない夢」を実現する、その意義はどこにあるのだろうか。

フランクさんは言った。「二十八日は、クック国でのあんたの最後の日だね。二十九日にいっしょにフィジーのナンディ国際空港まで行こう」

そこも私の移動の目的地のひとつだった。それで私は言った。「OK」

「明日、またご飯を食べにきてくださいよ！」小平は懇願するように言った。

その夜、私は眠れなかった。ブラザーさんはテレビのまえの寝椅子で眠っていた。私はフィン、水中メガネ、潜水用懐中電灯をもって浜に歩いていった。ここの環礁の環境はもう十分に観察していた。環礁のなかには波がなくとても安全だった。私は蘭嶼で魚を捕ってきた本能を発揮した。あるいは潜在的な本能なのかもしれない。ここの人たちは放射能のせいで、もう環礁内の魚を捕らなくなっていた。私は岩礁に沿って水深二メートルから四メートルのところに潜った。ブダイは捕まえなかった（たくさんいた）。この魚は海面に出てパンを食べるからだ。私は四メートルの深さまで潜り、素手でハタを四匹捕まえた（本能的に）。ほぼ三斤から四斤の重さがあった。魚はたいへん多く、人間を怖れなかった。多くの魚が午後の四時になると海面にあがってくるのが習慣となっていた。浅瀬にいるこの魚たちにパンをやる人がいるからだ。これらの魚を私はすべて知っていたし、私の島で捕まえたことがあった。私は素手でハタを捕まえたが、この魚は海面に浮かんでパンを食べないからだ。

私は弱火で四匹のハタを煮て、ニンジンやショウガやネギ、それにラッカセイ油や醬油を入れ、最後にレモン汁を少し入れた。温かくなって香りが広がり、ドアのすき間を抜けてブラザーさんの鼻に届いた。

「シャマン、なにを煮てるんだい」

「魚ですよ」

「どこの魚?」

「台湾の漁船が捕ってきた魚です」

「おお、ハタだ、うまい魚だ」と彼は言った。私は少し微笑んで、心のなかでつぶやいた。「ブラザーさん、ありがとう、私のような異邦人を泊めてくれて」

「おお、うまいハタだ!」

「ウイスキーを飲みましょう、いいですか?」と私は言った。

「どこの?」

「台湾の漁船からもってきたんです」

「本当に台湾の船が来てるのかい?」

「明日、いっしょにアバルア港へ見に行きましょう」

ブラザーさんの前半生は、重機械のメンテナンスや請負店で成功し、フランス人の白人を妻にして男の子を三人もうけた。長男と次男はラロトンガ島でバイクのメンテナンスを商売にし、三男は牧師をしている。

その晩、ブラザーさんは私に、両親が寒さを嫌って彼と弟を連れてラロトンガ島に渡ってきたという話をした。タヒチのモーレア島から一本マストの丸木舟を操ってラロトンガ島にやってきたらしいということで、バナナとパンノキの果実が海を渡るときの食料だった。今日になってはじめてこの本を書いているが、ブラザーさんの美しい風貌は私の心の奥深く今なお残っている。私はブラザーさんを乗せて、車でアバルア港の銀行に行ったことがあったが、ブラザーさんは服を着ていなかった。それでも銀行員やマネージャーたちはよく酒をもってブラザーさんの家に来て、酒の相手をした。もう七十四歳になる老人で、昔の航海家の眼差しをしており、その目には波のようなリズムの生活哲学が浮かんでいた。当時、彼は島で二番目に年老いた老人だった。

「波を追う若者たち」の発仔、小平、小強、彼らはこの呼称を気に入っていた。みな十七歳だった。私は船尾の木の板のうえに座っていた。発仔は野菜を洗って料理をつくる準備をしており、動作はてきぱきとしていた。小平が言った。「俺の妹は将来、あいつのお嫁さんになるんだ。妹は俺らの村で一番幸せな奴だよ」

「君ら、海でどれくらいになるのかな?」

「もうすぐ六か月だよ」

「俺、まだシャマンさんの本読んでいない」

「シャマンさんは、本当に台湾の少数民族なの?」

「そうだよ」

私は幸福号の船上で十回あまり食事をした。彼らは陸にあがって漁獲を岸におろしてから、倉に食料を貯え、魚艙や甲板やロープや釣り糸や釣り針や貯水槽などを片づけ、次の漁のために必要な準備をすべて済ませた。そのとき、私は陳船長と操舵室に座ってお茶を飲みながら彼の話を聞いていた。船長の顔には、水を抜いた翌日の田んぼに、土壌が呼吸するための穴がたくさんできるように、毛穴がたくさんあった。そのようすから、船長はこれまで石鹸で顔を洗ったことがないことがわかった。ただ顔が油ぎったように感じたときだけ、手ぬぐいをミネラルウオーターで湿らせて顔を拭く程度だった。毛穴は大きく、それは長期にわたって海上にいる人の顔の特徴だった。彼は言った。

「海のうえでもうすぐ五十年にもなるなあ。子供は、自分の子と思えないようなのがふたりいて、それと女房の面倒を見てきたんだが、わしらのような海に生きる人間の閩南の女はまるで穴の開いた魚網のように、いつも陸のあの閩南のごろつきどもに遊ばれて、でれでれしたことばに騙されてしまう。あ〜あ、結局のところまるで沈黙した夢のようだ。女房のために一生懸命働き、自分の老後のためにお金を蓄えてきたんだがね。こうしてわしが努力してきたのも、子供たちがわしのことを誇りに思って育ってくれると思ったからだ。一九七九年から一九八〇年にかけて、台湾の遠洋漁船は国際海洋漁業の高度な技術を確立してね、農業から軽工業へ転換する力を台湾にもたらしたんだ。ただ台湾政府は漁業に対しては展望をもった政策や、漁業や漁民を保護する政策をもっていなかったんだ。わしら海の人間は漁が振るわなくなると、次から次と逃げだして、国際漁業大国の傘下に入り、その国の便宜置籍船になっていったんだよ。本当に悲しいことだ！　確かに、フランクはクック国の漁業協力を開発した。フランクはわしにここの漁業資源を開発させ、わしに雑魚を捕らせた。わしの儲けはあのころほどにはならないが、会社は大陸の船員たちの賃金をさげたんだ。これはどうしようもないことだね。船をおりたあの小峰はそのときの達人でね。なかなかあんな子はいない。しかし、あの子ももう帰っちゃうしね。あの子を将来の船長にと鍛えてやろうと思ったんだがね。あの子が心配してるのは、将来嫁さんがもらえないことでね。それは間違いないことだ。わしらは魚をたくさん捕りすぎたよ。魚が大きくならないうちに、わしらに捕られてしまって、魚はますます少なくなるが、人口はますます増える。あの子は六年稼いだんだが、まあ大きな家は持てるだろうがね、故郷に帰れば。わしが運がいいのはね、あの子が同族の子供たちを鍛えてくれたことでね。それにわしが子供たちに、わしといっしょにしっかり魚を捕ろうと励ましたとき、彼もそうすればきっとお金が稼げると、あいつらに言ってくれたことだ。わし自身も養老年金分を稼いで、パナマに行ってバゾといっしょに暮らすよ。台湾にはもう帰る気はない。わしらのような、海で二十年以上、一生懸命働いてきた海の男は、魚を捕る技術は国際的には日本や韓国やその他の国々を遥かに越えていることを知っている。だが、魚を捕まえるのに、先進的な科学技術や漁具を使っている。科学技術はわしらに便利に魚を捕まえさせてくれるが、同時に魚を短期間で絶滅させてしまう。わしが運がいいのは、あの子供たちはわしの海上の子供みたいだということだね。あいつらはわしの言うことを聞いて、どんな魚も捨てたりしないんだね。わしの船では漁は昼夜ぶっとおしでやるんだが、経験から半年ごとに港にもどって、水揚げできるだろう。二年もかからない。わしとあいつらはそう信じているから、海上では楽しい。陸の女のことを考えたりしないし、海であいつらを教育もしてやれる。わしは雑魚漁の達人だから。その技術は小強や発仔にゆっくりと教えていくよ。あの子たちに言ったんだ、七万トンの漁獲があれば港にもどれるってね。四か月に一回、港にもどる。これが最もそろばんに合うんだ」

「あんたはこの小さな国にやってきたが、本当にバカ野郎だ。クック国には漢族は何人もいないと思うよ。（そのころ私を含めて十人に満たなかった）」

私にとっては、別段「バカ野郎」と言われるような軽々しいことではなく、十歳のときの夢が突然実現したに過ぎなかった。どんなにたくさん理由をあげても、私たちそれぞれの「夢」が実現するいきさつを説明することはできない。それぞれが育った環境や身近な民族、あるいは隣近所の人びととの多様さに関係している。ただ、自分自身や蘭嶼の同級生の「夢」は、奇抜なものばかりだと思う。それに私のような自我放逐の夢は「夢」と言えるのだろうか。私は、「夢は本当になる」について、多くの移動者や旅行家も、そのように想像していると思う。私の言う夢とは、総統になるとか、医者になるとか、弁護士になるといった人の役に立つ職業（実際は自分のために蓄財し、名誉を得ることが多い）につく夢のことではない。海を見たこともなく、台風とはなにかも知らないチャン族の子供たちに会ったとき、私が思ったのは、出身の貧しい子供はほかの国の子供たちと比べると精神的な面で早熟だということだった。そこで自分について考えてみると、子供のころ、家族のなかの男たちは、海の変化や風に吹かれて流される雲の速さや海上での話、さらにわが民族がどのようにして蘭嶼に来たかとか、男たちが大魚をしとめたときの話、あるいは詩歌をつくる過程の話などを夢中になって語り合っていた。私は子供のころから、このような環境で、金銭の概念のない人びとのなかで育った。私は、堅実で誇張のない人を尊重している。私は下の祖父が、マグロやロウニンアジやシイラやトビウオなどを擬人化して話してくれるのが大好きだった。つまり、わが家族の男たちは、海の世界や魚類を彼らの国土と見なしていたのだ。私はこの成長過程に「魅了」されてしまった。陳船長たちが魚をおろしていたとき、私は彼らが釣った魚をどれも知っていた。私たちのタオ語の魚の名前は、赤道の南・北半球の緯度二十度付近の魚ととてもよく似ていた。

一九九六年にフランス領タヒチに旅行したときのこと、私は現地の若者たちとボラボラ島に素潜りで魚を突きに行った。そのころは私の素潜り漁の絶頂期だった。あるダイバーがカンムリブダイを見つけたが、彼は潜って追っていくことができなかった。彼らが使っている水中銃は私が蘭嶼で使っているのとまったく同じだった。私はその人の水中銃を借りて海に潜った。だいたい水深三〇メートルぐらいだが、問題は深さではない。私はその魚を仕留めた。三〇キロ近い大きさだった。タオ族の魚についての知識ではカンムリブダイは食べない。しかし、ポリネシア人は、それを「天の神」に属する魚と考えている。食べる食べないは、民族の「魚の神」の伝説によるもので、それは海洋民族間の魚の知識の差異性を物語っている。また、私がフィジーのヤサワ諸島にいたころ、彼らが話すアカハタやタコの名前はタオ語と似ていた。それで私はオーストロネシア語族という民族が存在することを確信した。

私は人類学者でもなければ、旅行家でもない。しかし、子供のころからの夢から言うと、南太平洋の多くの島々の民族とわが民族は、同じ始祖をもつことが確かに証明できた。私の下の祖父の曾祖父や高祖父は、海との関わりのなかで「天の神」の魚――トビウオを中心として民族の自然律法を決め、それ以降、「天の神」の魚を基準に魚を分類して宗教儀式を行なってきた。つまりこれがタオ族の中心となる科学で、「天の神」でない魚は儀式を行う必要がない。こうして私たちは自然の法則に基づく環境信仰を形作ってきた。ポリネシア人たちは、ここの村ではほとんどがモルモン教で、西洋のタブーの宗教を受け入れていた。あのカンムリブダイに出会ったとき、彼らは思わず西洋の宗教では行わない、魚を食べるための神聖な儀式を行なった。そのようすは彼らが教会に行くときよりもずっと静かで神聖だった。

私個人は「民は食をもって天となす〔世の中を治めるうえで、食べる問題が最も大切であるという意味〕」という考え方はあまり好きではない。この考え方の重点は「食べる」ことにあり、人間中心主義で、魚類への「混獲」と同じように「無制限に食べる」ことだ。数えきれないほどの多くの人たちが私にたずねる。「トビウオは『食べて』美味しいか」と。この「食べて」美味しいかどうかというのは、中華料理にもとづいた食感の定義だ。わが民族にとっては、トビウオは「食べて」美味しいかどうかにあるのではない。私たちがトビウオを捕る過程は、まずトビウオを招く祭儀からはじまる。祭儀というのはむろん宗教学の解釈だが、私たちタオ人にとっては、「食べる」ことは民族科学の生態の順序に従って、私たちは海に出て捕ってきた苦労を「食べ」ているのであり、それはお百姓が「米のひと粒ひと粒に丹精をこめる」信念と同じである。ポリネシア人がカンムリブダイを「食」べるのを見ていると、それは「食」べて美味しいかどうかではなく、カンムリブダイの魚の身の一片一片が彼らの民族の歴史記憶なのだと感じた。

陳船長が私にフカヒレを「食べる」ように勧めてくれたとき、私はやんわりと断ってこう言った。「おやじはフカのヒレを食べたことがなかったので、私も『食べ』ないんです」

私は刺し身を食べ、煮魚を食べた。これは発仔の得意料理で美味しかった。その夜、陳船長が私やフランクを誘って、港の向かいのパブに行きビールを飲んだ。船長の子供たちである船員もいっしょについてきた。私は言った。

「キャプテンが私にご馳走してくれますので、私はキャプテンの海の子供たちにご馳走しますよ。それで公平になりますから」最終的には船長がご馳走してくれて、私にお金を出させなかった。そして結局は、フランクが船長にお金を出させなかった。おごってくれた金額の多寡はどうでもいい。私たちは、「海に生きる人」について、人が知らない内面世界のことをあれこれ話し合った。

子供たちは時々缶ビールを挙げて私に乾杯してきた。私は彼らと仕事のうえで直接の関係はなかったが、彼らは私が私の出自を「海洋作家」と自称していることにたいへん興味をもっていた。とくに「作家」として文学作品を書いているということで大いに尊敬された。

「みなさんが捕る魚はみな特大の魚ですね」と私は言った。

「あれはね、金に換えるためでね。あんたが捕るのは知恵との交換、本当の潜水夫だね」

「三年ってすぐでしょう、キャプテン」

「すぐだよ、魚が捕れれば、時間なんてすぐだよ」さらに続けて言った。「六か月のあいだに雑魚を捕って、魚艙がいっぱいになったらもどってくる、時間はすぐに経つよ」

陳船長は船をおりた小峰を惜しんでいるようだった。小峰が魚をしめる手さばきや、船に引きあげるときの集中力は、船長が求めているものだった。彼はフランクにあと一年、小峰との契約を頼んだ。ふたりが協力すれば、稼ぎは間違いない。フランクと陳船長はもう十年もいっしょに仕事をしてきた。良い船員を見つけることは難しく、ろくでもない船員ならどの船にもいることを互いに理解していた。

小峰は私に、陸にもどって普通の人の暮らしがしたいと言っていた。青春の歳月を海のうえで過ごすことを選んだが、貧しさが彼をこの道に追いやり、そしてまた彼を成長させたのだ。六年間に陸で使った金は、人民元で五百元に満たなかった。彼の最終目的は花嫁に見栄えのするウエディングドレスを着せてやって、結婚することだった。あと一年というのは、彼にとっても魅力的な話だったし、船で幹部になれば仕事は楽だ。彼は考えてみたが、海で魚を捕る知識と技術以外、陸で起こったことはなにも知らなかった。

「キャプテン、海洋作家、乾杯！」子供たちは顔を赤くし、とても嬉しそうに一斉に言った。

彼らと私の息子は年齢が近かった。小平は駆け寄ってきて私に抱きついて言った。

「俺の夢はチャン族の作家になることです。乾杯」

「小平、小説を一編書けば、それでもう海洋作家だよ」

「小平の笑顔を見ると、もう海上での生活に慣れたようだな」船長は私に言った。

「小平の笑顔を見ると、この子たちのなかで一番体力がなさそうだな」陳船長はさらに私に、はえ縄漁は最も得意だと言った。「太平洋漁業資源管理協議は、クック国も署名国のひとつなんだがね、しかしここの漁業資源については、漁獲がはじまったばかりでね、まだ記録がない。会社の便宜置籍船は三隻だけここで稼動している。リスクをさげるだけでなく、クック国のために漁の数量も記録しているが、それも、わしとフランクのもうひとつの仕事なんだ。半年に一度もどれば、七万トン以内でもうけが出る。わしははえ縄漁のベテランだから、あと三年漁に出れば、パナマに帰って隠居生活をするよ」

「台湾は？」と私は言った。

「台湾はどの色の政権になろうと、国際海事の面ではどちらも無能だね！　わしらのような海に生きる人間には、フランクのような専門家のほうが頼れるんだ」

「わしらの国家は青色の大海、魚はわしらの衣食の父母だ。台湾かい？　死んだ人の魂が帰る島だね」陳船長は続けざまにそう言った。

「台湾は死んだ人の魂が帰る島」これが四、五十年におよぶ海上生活の末の、台湾への結論だった。妻や子供には、もはや魚に対して抱いているほどの未練もなかった。船長のほろ酔いの表情はいくぶん虚無的で、そしてまた台湾の近海で行われている「混獲」が今後も変わらないことを伝えていた。台湾南部の多くの地引網船が行なっている「混獲」漁法は、台湾の漁区の海底生態を大きく変えてしまった。しかし、魚が海底でどのように「移動」しようとも、漁船の科学機器は、やはり魚群の移動区域を探しあててしまう。

「南緯二十度と三十度のあいだで、漁業資源を開発するぞ。競争相手もいないし、わしの天下だ。陸にもどるときは、もう死ぬのを待つときさ」

幸福号は魚をおろしたあと、いろいろな魚の補給をするなど、さらに次の航海への補給をはじめた。そのころ私はまた小峰を訪ねた。二十三歳の彼には、再び海上にもどって単調な生活を送る気持ちはもうなかった。パスポートを待ち、米ドルが彼の帰路の荷物に入るのを心待ちにしていた。まさに帰心矢のごとしだった。家に帰って家族を抱擁し、村に洋館を建てて貧しさから脱け出すのだ。

私はもう一度、病院でボランティアをしているA君を訪ね、彼を招いて再びブラザーさんの家で昼から酒を飲んだ。ブラザーさんは、私にパスポートに記された帰国の日を忘れないように注意してくれた。彼らは偶然に知り合った人たちだったが、私に最大の友情を示してくれた。ブラザーさんは私を泊めてくれたがなにも要求せず、ただ無事に家に帰ったらはがきだけほしいと言った。A君もそうだった。(二〇一〇年六月に、ベルリンに一か月滞在したとき、彼に何回も会った)
二〇〇五年一月二十五日の早朝、幸福号はゆっくりと移動し、大海での漁の生活がはじまった。子供たちは船首の甲板に立って、じっと目を凝らして陸を見ていた。彼らの海上での六か月の運命は、この木の船の霊魂と陳船長の判断に握られていた。再び南緯三十度の海域での漁にもどるのだ。このような冒険生活は、ただ最高目標の米ドル一万ドルのためだった。みな十七歳から十九歳だった。あなたたちの霊魂が強くなりますようにと、私は心のなかでつぶやいた。これは果てしなく広がる海に生きる人びとへの私の特殊な感情表現で、子供のころから育まれた人を敬う心だった。彼らを見送った。まるで子供のときに、あの灼熱の太陽のもとで、ただ一匹のシイラを捕るために漁をする村の漁師たちを、村の浜で見送ったときの延長のようだった。それは海の浮動への特殊な感情だった。

「シャマン、気をつけてな」船長が言った。

「あなたもお気をつけて」

「波を追う男たち、気をつけて」

「海洋文学家さん、あなたもお気をつけて」

私たちは互いに挨拶を交わしたが、子供たちが手を振るのを見送っているうちに、名残惜しくて知らぬ間に涙が流れた。両親に別れを告げた最後の儀式のときのような感じだったが、このときの涙は私の心をずいぶん軽くしてくれた。アシンが私にたずねた。

「どうして涙を流しているの」

「海のために流しているんです」と私は言った。

「父さん、母さん、すぐに僕らの島、僕らの家に帰るよ！」そう心のなかでつぶやいた。

帰路

その日、二〇〇四年の十二月二十九日の早朝、四時ごろのことだった。私は自分が夢のなかでとても幸せな気分で笑みを浮かべているのを感じた。私は異国で出会った友人の家の二階の客間の外のベランダで横になっていた。子供のころから父に、どんなところにいても頭を太陽が昇ってくる方向に向けて寝るか、あるいは海に面したところで寝るようにしつけられていた。

この日は、クック国のラロトンガに自己の魂を放逐した三日目の晩だった。私が「放逐」ということばを使うのは、私の最も身近な親族が前年の三月に相次いで亡くなったからだ。三月二日に父親違いの長兄、三月十四日に母、そして三月二十二日に父が亡くなったのだ。私にはこのようなことがどうして起こるのか理解できなかった。とりわけ母とその長男、つまり私の父親違いの長兄が同じ月にこの世を去ったことだ。私はこの事実を受け入れたが、仙女のこのような選択を、本当に不公平だとも思った。

その年、私は大学院の修士論文を書き終えた。ちょうど行政院の文化建設委員会が国外に出て創作を行う台湾作家を奨励する「グローバル化における文学創作養成計画」を発表したので、私はそれを申請することにした。このプログラムができたのは、私にとって実に不思議なことだった。

小、中学校時代の同級生のジジミットは、現代風に言えば多動児らしいが、私を家でイモを煮るための柴を山に拾いに連れていったり、当時、島に少しいた漢人に売るカエルを捕まえるために山の水イモ畑に連れていったり、裸足で岩礁を歩いて魚釣りに連れていったりした。島ではそれらの仕事は男の子がすることになっていた。しかし、ジジミットは小さいころから無口で、盗人のようにずるくて知恵がまわった。学校で彼が先生に鞭で叩かれるのを見たことがなかったし、また罰で立たされることもなかった。授業はそこそこで、私よりぱっとしない子供で、先生の記憶には残らないタイプだった。私たちはいつもいっしょだったが、彼のことはまったく理解できなかった。

そのころ彼は、夢は海を漂流して島の東側に行くことだ、と私に語ったことがあった。いまから考えると、それはオセアニアや南太平洋だ。私はそのころから遠く南太平洋に行く夢を幻想しはじめた。ジジミットが私に遠く南太平洋に行く夢を開いてくれたのだ。私が理解できないのは、彼が未来の夢を築く場所として、アメリカや中国を選ばなかったことである。

両親が亡くなったあと、両親を恋しく思わない子供はいないと思う。その年、文建会の「グローバル化における文学創作養成計画」で、私が申請した創作計画は南太平洋に行くことで、無意識のうちに子供のころの夢を実現しようとしたのだ。そして、そのような夢が五十歳になろうとするころになってようやく現実になったのだ。

私は父の影響を深く受けていることを感じていた。父は私を台湾に勉強に行かせようとしなかったが、理由は台湾にはたくさんの「悪人」がいるからということだった。いまから考えれば確かにそのとおりで、しかもその数はわが民族の総人口より多い。さらに私に台北から帰るように求めたのも父だった。理由は家に帰って「自然人」の生活をしろということだった。このような理由は、父の世代の一貫した考え方だった。父は一九一七年生まれで、台湾には悪い人がたくさんいるが、どんな理由があっても悪い人になってはいけないといつも言っていた。私はこのように行ったり来たりしながら、大島と小島の海と空の旅を十六年にわたってつづけ、私の「漂泊」が運命づけられてきたが、これはたいへん不確実な人生観であり、世界観である。

数え切れないほどの深夜に、父は自分でつくったタオ語の詩歌を歌っていた。私も無数の夜にそれを聞いてきた。

もしあなたが広々とした大海の魚なら
黄金の霊魂があなたを祝福することを願う　わが膝から生まれた子よ〔四章注（20）参照〕
おまえの霊魂がひとりでに航行する船のように、島々や大海を漫遊することを願う

私は夢のなかにいながら、意識が冴え、目もはっきり見えているように感じた。眼のまえにいるのは、下の祖父夫婦、両親、それに伯父、さらに私を可愛がってくれたおばだった。みんな伝統的な民族衣装を着て、首には金箔片と数珠つなぎの瑪瑙の首飾りをかけていた。これはわが民族がよその村を訪問するときの最高のいでたちだった。みんな微笑み、生きていたときのように穏やかなようすで、純粋だった。まるで山奥の谷間から静かに湧きでた冷泉が自然に渓流となり、その清く柔らかなようすにひきつけられて、腹ばいになって口にすると、その清水の霊力がこの世で生きていこうという欲望を与えてくれるかのようだった。彼らは私のまえに立って、子供のときに私にタオ族の名前をつけてくれたときのような表情で、私に「強い」名前がつけられるように黙って祈っていた。私はこれは本当だ、単純で美しい子供時代の村の生活みたいだと思っていると、目が開いて目が醒めた。おお！　まだ夜中だ。私はゆっくりとからだを起こした。しかし、心や思いや懐かしさはまだ夢のなかにいるような感じだった。ベランダの木の壁にもたれ、タバコに火をつけた。目のまえの、月光のもとに広がる見慣れた海をじっと見ていた。打ち寄せる波に過ぎ去りし日々を思いおこし、私は見知らぬ時空、現実のなかの現実に迷いこんだようだった。美しい世界は、それぞれの人が暗闇のなかに建てたユートピアにだけ存在するのだ。

「あれは本当だったのだろうか？」

「家族の霊も本当に私についてクック諸島国に来ていたのだろうか」

夢にあらわれた顔は、私のよく知った、そして私の人生に影響を与えた身近な親族だった。あの人たちは、私がひとりで知らない島、知らない海、知らない国に来たことをどうして知っているのだろう。私は自問した。

南太平洋のクック国のラロトンガにやってきた目的は、島の風土や民情、さらに旅先での出来事を書くことではなかったし、ポリネシア人の航海や海洋の知識について調査することでもなかった。立て続けに親族を亡くして、心に受けた打撃をすぐには受け入れられず、その心の傷を癒すためだった。

フランクは私に言った。「行きましょう！　フィジーに行きましょう」

大家のブラザーさんは、焼きバナナを挟んだサンドイッチを私に持たせてくれて、言った。

「行きなさい！　島にお帰りなさい」

フィジーのスバの国際港では、大陸の記者が用意してくれた国際港への通行カードのお蔭で、三隻の台湾籍の遠洋漁船を訪ねることができた。船長のひとりは連長というタロコ族で、七八〇トンの遠洋船の責任者だった。漁労長は日本人だった。連長は南太平洋の海域で十一年間、漁をしてきて、この間、台湾に帰ったことがなかった。彼は港に入って魚をおろすときに、船に一トンの魚を残して船員たちの食料とし、また港の「広報」用にも使った。彼は言った。

「ここは恐ろしいところだ。国は貧しくて、失業率がひどく高くてね。港に入る正門ゲートでは毎日百人以上の若者が立ちんぼして、臨時の仕事にありつくのを待ってるんだ。『ビッグマン』は警備服を着ていない守衛で、人のための守衛じゃない。毎日台湾の船から大小の魚を巻きあげても、奴らは満足することがない。やらなければ船会社に難題を吹っかける。でたらめな書類をどっさり出してくるんだ」

「『ビッグマン』は通行の出入り口のところに陣取っている土地のヤクザで、台湾船を一番困らせている原住民のグループだ」
その後、早朝に連長から魚をかつあげした「ビッグマン」に会った。真っ黒で背の高い現地のフィジーの原住民だ。彼の貧困ぶりはひどいものだった。港の正門の後方にドラム缶でつくったかまどがあり、木をくべて大きな鍋を炊いていた。「ビッグマン」は魚を鍋に放りこみ、失業者の男女に食べさせていた。私の印象は最悪だった。数日後にはもう、大陸の船員たちと話をしに国際港に行くのはやめた。

その後、フィジーの台湾大使館は、台湾の東港〔屏東県〕から来た紀船長を私に紹介してくれた。彼は良い人で、三隻の近海漁船を所有し、ここの個人の埠頭に停泊させていた。彼の船も、同じように貪欲な「ビッグマン」のかつあげをいやというほど受けていた。彼は三人の大陸籍の若い船長を育てていた。船員はみな舟山群島のベテランの漁師だった。紀船長夫妻は私にとても親切で、二〇〇五年二月七日の旧暦の大晦日には、私を家に招いて年越しの料理を食べさせてくれた。彼は陳船長と同じように、台湾はひとつの国家ではないと考えていた。台湾の青〔国民党色〕と緑〔民進党色〕の政争は、彼らのような漁民には「理を説いても無意味」な世界で、外交官は現地の漁業基地局の「マネージャー」、たとえばフランクのような人にもおよばなかった。紀と陳のふたりは良い船長だったが、台湾の政府に「恩を感じた」ことはなかった。これは彼らに共通した体験だった。私は海外の漁業の場における閩南人の強靭さ、忍耐力、辛抱強さを理解するようになった。海外では彼らは、大陸の漁民といっしょになって「漁業国家」の運命共同体を形成しているのだ。

フィジーには三週間滞在した。最後に私のホテルでの「ボディガード」と車で三時間かけて彼の田舎、ナンディ国際空港へ車を走らせた。その夜は彼の家で過ごしたが、アカハタやタコなど少なくとも五種類の魚の名前が、彼らのことばとタオ族のことばは完全に同じだった。それでその夜はふたりでカバをたくさん飲んだ。

翌日は飛行機でオークランドに飛んだ。私は「ボディガード」に四〇〇フィジードルを渡した。彼の給料の一か月半分だ。こうして私は南太平洋とグッドバイし、わが夢を実現させた旅を終えた。

家に帰った。そこは私が生まれた島で、運命の移動の旅は呼吸のしやすい湿度の島に帰りついた。ちょうど三月、トビウオが来る季節だった。最初にふたりの伯父を訪ねた。遙か遠くの南太平洋の島から帰ってきたこと、そしてオーストロネシア民族とタオ族はよく似た海洋観をもっていることを話した。

「なんだそうだったのか。孫たちの父親（私のこと）は、わしらの代わりに遠方の島の親戚を訪ねてきたんだな」伯父たちはそう言った。

数日後、黒毛のブタを一頭殺して親戚や近所の人たちに配った。これは放逐された魂を招きもどした自分への贈物でもあり、また一年まえに亡くなったばかりの私の両親の霊がいる白い島へのお礼でもあった。さらにまた、両親が自分たちが建てた家にもう住んでいないことへの追悼の儀式でもあった。私と子供たちの母親が、伝統的なお祝い事のときに、原初的なタオ族の宇宙観のために儀式を行なってくれた親族を失ってちょうど一年になるのだ。

私はブタの五臓六腑と肉をひと切れ切って、一頭のブタと見立て、それをイモといっしょに家のうしろの庭に置いて、両親の亡き霊への供え物とした。

伝統の祝い事では、私たちの原初的な宇宙観のために儀礼を行い、祈りのことばを捧げるようになった。父が生前に言っていたのは、島の生態環境の四季の移り変わりのなかで、「暴食」をしてはいけないということを忘れるなということだった。食べるとは、食物の栄養を食べることではなくて、食物の美を食べるのだ。このとき私はしだいに「暴食」をしてはいけないということは、お腹を常に「中潮（飽きず餓えずの状態）」にしておくこと、そして満腹になると、怒りっぽくなるという生活哲学が理解できるようになった。

「暴食」も海や陸の生き物への混獲と同じ考え方で、父が「食べた」ことがない魚や陸の生き物を食べてはいけないと、私はきつく言われていた。

南太平洋に行き、十歳のときから温めてきた夢が、もう五十歳に手が届くようになって実現した。まるで両親や伯父、下の祖父夫婦、おばの霊が私を連れて旅行に行ってくれたように感じた。あの人たちは私に最も大きな影響を与え、子供のころから物語を語って聞かせてくれた人たちだった。従弟が言った。「チゲワッ兄は運がいいよ。まだ漢人に邪魔されていないころの海の話を聞けたからな」

二〇一四年二月、私は海外に出かけるまえに八十八歳になったおじを病床に見舞いにいった。おじは素潜りで魚を突く名人で、海の魚の話になると自分の病気を忘れて、にこにこしながら海で魚を捕った話をしてくれた。おじは私が訪ねていくのを喜んでいた。三月十三日の早朝、天上の仙女がおじの魂を召して、白い島に連れていってしまった。私はおじの最期に間に合わず、とても残念で、消せない汚点となった。おじは父と十歳離れていて、奇遇なことに十年後の同じ月に亡くなった。

父はまだ生きているころ、いつもわたしにこう言っていた。「わしらの祖父やおまえのおじいちゃんは、わしがいっしょに舟を造るのを待ってるんだ」伯父やおじも同じような話をしていた。あの人たちの頭のなかは、海や造船、航海、トビウオのことで占められていた。いま私は確信する。私の運命の旅は、あの人たちが私が子供だったころから私の魂を移動させてきたのだ、つまり彼らの南太平洋を「航海」する夢を私に実現させたのだと。私は自分がいつも子供たちの母親から離れ、家から離れる理由をこう合理化している。子供たちの母親はそれを人生計画がない男だと言い換えるのだ。

自分で造ったタタラを漕いで広々とした海に出て、夜、トビウオを捕っていると、私の敬愛する先人たちや家族、そして漁団家族たちが生前の姿のままで私のそばにいるように感じる。私は夜の海上で感じるこのような感覚がとても好きだ。それはわが民族の、原初的で簡易な木の舟が島の生態の完全性を象徴しているかのように私の有機化学の想像を豊かにする。これが私がエンジン船に乗ってトビウオを捕ろうと思わないおもな理由である。

思いおこせば、南太平洋への自己放逐からまるまる十年の歳月が経ったが、貧しさから逃れるために、南緯三十度の南太平洋に青春を捧げて漁をしていた、あの内陸の山地のチャン族の子供たちのことが忘れられない。大海で茫然としていた彼らのまなざし、出港していく彼らを見送った情景を私は決して忘れない。彼らは船首に立っていた。

「お気をつけて、海洋文学者」

「気をつけて、波を追う子供たちよ」

三章　モルッカ海峡の航海

二〇〇五年二月末、南太平洋から蘭嶼にもどると、すぐにトビウオ漁の季節に合わせて山に木を探しにいった(1)。これらの木の名前や分類やその用途については、私が蘭嶼に帰って定住するようになってから父から教わったものだった。これらの木はただタタラにだけ用いられるものだとばかり考えていた。一九九九年に私は生まれてはじめてタタラを造ったが、その後父が最後に私を連れて木を探しにいったとき、父はもう八十三だった。私たちは小さな山の木蔭に座って休みながら海を眺めていた。父が私に言った。

「子供よ、考えてごらん、わしの釣り糸ももう長くない(2)。おまえを連れて山に木を探しにくるのはこれが最後じゃ。これからは伝統の教えに従って、山にのぼってトビウオ漁の季節に使う木を伐るんだぞ。適当に低級な木を伐ったりするんじゃないぞ。ここでわしから教わったことは、伝統的な昔からの知恵じゃ。それに、トビウオは神様がわしらにくださった魚で、決して普通の海底魚じゃない。絶対にいい加減に木を伐ってくるんじゃないぞ。それはちゃんと親から教えられなかった者がすることじゃ。よく覚えておいて、おまえも将来このようにわしらのあとの世代の子供たちに教えていってくれよ」

私は父の世代の島民のことを理解していた。外来民族からの干渉のない時代に生活し、あらゆる生活のリズムは伝統的なタオ人の四季の祭事や生態の移行に従い、整然と秩序だっていた。島民の使う暦はすべて自然界の呼吸に合っており、環境に融け合った彼らの世代の価値観と生活哲学の思想をはぐくんでいた。だから、父はあとの世代を憂えていたのだ。将来、この島の主人がこうしたものを失い、自然環境の変化に合わせた祭事が急速に衰え、消えてしまえば、それは島嶼文化の滅亡を意味する。これが父が私に残した考え方だった。

　樹木には名前がある。それは私の世代のタオ人ならみな知っている常識だった。そして山へ行って薪を取ってくることは、学校にあがってからの男子が父親を手伝ってする仕事だった。そのころ私は、それは生活の一部分だと思っていた。幼い霊魂はまだひとりで山に入ってはならず、年端のいかない少年は村の近くでしか木を伐れなかった。山奥にいるアニトは子供の霊魂を捕まえて養分にするのだと言われていた。だから、島の若者は山に行くより、海で過ごしたり海に潜ったりすることのほうが多かった。タオ人の多くのタブーは、どれも直接的あるいは間接的にアニトと関係している。アニトは私たちの日常生活を左右する支配者だった。アニトのタブー信仰とトビウオ漁の生活規則がなければ、タオ人もほかの弱小民族のように、島に押し寄せる近代化のなかで同化を避けられず、またたく間に欧化や漢化の渦のなかに消えていっただろう。神話や民間伝説を含む歴史的な伝統は、いまの島民はでたらめだと言う。多元化の多角的な解釈はもとよりミクロ的な物の見方の基礎を構成しているが、ただ現代的な知識の乏しいタオ族にとっては、他者の安易な解釈、すなわち自己の文化儀式はすでに彼らのいまの考え方の主軸に転化して、長年蓄積されてきたものがどのような文化によって形成され育まれてきたか、その過程が無視されてしまったのである。

　父は生前私に言ったことがある。おまえの将来がどのように欧化され漢化されるか、わしにはわからないし、おまえも逃れられないだろう。もしわしらの原初の「伝統」習俗が、おまえの人格に少しでも良いものをもたらすなら、この十数年間わしらといっしょに生活して学んだタブーに従って生きていってほしい、と。父祖の世代は、大自然と共存して生活してきた。子孫が将来、近代化され、それが「良いか悪いか」は彼らにも予想できないことだ。伝統の流れに従った生活規律や、原初の漁労活動の変化、漁団家族の瓦解などの社会組織も、彼らの死後、エンジン船の導入によって再編成や再構築が行われていくだろう。

父や祖父の世代の人びとがひどく憂慮してきたことがとうとう起こった。島の山林に関する民俗生態知識や知恵、海上のさまざまな漁やそれにまつわる儀式などが急速に失われ、その結果、海や山の神への信仰が、近代化がもたらした便利さによってすべて失われていった。

こうして私と子供たちの母親は飾り気のない日々を送りながら、近代と伝統のあいだで両方の生活様式を過ごし、またふたつの異なった信仰のあいだを揺れ動いている。これはやむを得ない選択なのだ。

私はトビウオ漁の季節に行う仕事の準備をすべて整えると、今月のシイラ漁のために、夜明けまえ、トビウオを干すために四本の柱を立て、横竿を数本渡した。私は毎年伝統的なやり方どおり行う。そうしてから海に出ると気持ちが落ち着くのだった。このときに山で取ってきた新しい木と、海で捕ってくるトビウオを結びつける主体が自分であることに気がついた。私は「儀式」を行なってそれを完成させなければならなかった。父が言うには、このようにしてこそ神様が喜ぶというのだった。実際、生活における芸術や美学はまた、生態倫理の信仰であり、無形の文化資産であった。これが私のいまの認識であり、深い体験をとおして悟ったことである。

夜のトビウオ漁をはじめると同時に、私は成功大学の台湾文学学科への出講を引き受け、原住民文学と文化を教えた。もちろんこれは私のもともとの人生計画にはなかったことだ。要は、子供たちの母親が私に働いて家族を養うことを求めているからだった。実際のところ、私には台湾へ行って働く気はまったくなかった。それから幾日もしないある日、私は電話を受けた。

「あなたと航海に出たいという日本の友人がいるんだが、彼は海洋冒険家だ。台湾で航海に熱心な原住民族をひとり探しているんだ」

「航海に熱心な原住民族」って？　いるのだろうか？　私は心のなかでこのことについて考えた。十歳のころ、「航海」の夢を抱いた。そして、私の生涯の夢のひとつになっていた。

「航海」は、子供のころに、村の浜で遠く水平線を眺めながら夢見たことだった。

「航海に熱心な原住民族」だって？　いるのだろうか？

「物事って、どうして思いもよらないときに起こるのだろうか」そのとき、頭を石で一撃されたような感覚、痛くもなく気分が悪くもない、まるで波が足もとに打ち寄せてくるような感じだった。私はそれを聞いてもそのときは真面目に考えられなかった。

「航海」については、子供のころ夜がふけるといつも、自由にあれこれと空想にふけった。いまも真っ暗な夜の海でトビウオを捕りながら、同じように星空を仰いで夢見ている。そうだ、私はいま二十一片の木を組み合わせた簡単な舟に乗って海上を漂っている。一人乗りの舟で、私たちはピカタギエンと呼んでいる。村の近くの海で漁をするには便利で、海上の孤独にも容易に適応できた。しかし、異国での航海はその危険性は予測できないし、それにいっしょに航海に出るインドネシア人たちの性格もよくわかっていない。私はそのように考えたが、しかし内心では不吉な予感はまったくなかった。

もし私が承諾すれば、あの忘れられた幻想的な大海原での孤独な航海が実現するのだ。私には自分がどうしてそのような感覚を好むのかわからなかったが、広々とした海に漂う孤舟はもう一つのユートピア想像であり、虚無の感覚だった。当然、それはまた短い国外流亡であり、求めて得られるものではなかった。もしそのとき承諾して、「海への見聞を広める」願望を実現させなかったならば、それはただリアリティのある幻覚にすぎず、夢のなかで私を優美に癒してくれるだけになる。私はその話を心の奥底に深くしまって夜通し考えた。もちろんわが家の舵《かじ》を取る人(3)にも相談しなかった。そのときは身内が亡くなってちょうど一年が過ぎたばかりで、私が子供たちの母親と両親がいない家庭を築きはじめたころだった。私には子供たちの母親が、私が行くことを必ず認めてくれるとわかっていた。なんと言っても、近代的な生活をするためにはお金もいくらか必要なのだ。「子供たちの母親よ、ある人に南太平洋に航海に行かないかって声をかけられたんだが」と私は言った。

「家に帰ってきてまだ二、三か月にもならないのに、また流浪するって言うの?」

私はなにも答えなかった。不愉快な気持ちにもならなかった。ただ黙って漁網を背負い、夜のトビウオ漁の準備をしに村の浜まで歩いていった。そうして妻の気持ちを落ち着かせた。私が自分で気ままに南太平洋に行っていたとき、彼女はひとり蘭嶼で家と家の霊魂を守っていた。私は、帰ってきたらトビウオを捕り、シイラを釣ると言った。私が外にいるときは、彼女は私のことを心配するが、家にいると恨みごとを言う。そんなことはよくわかっていた。そのような矛盾した夫婦の情愛が繰り返されてきたのだ。両親は亡くなったが、父は家には必ずトビウオがなくちゃならんと言っていた。トビウオは家の「繁栄と希望」の証しのようなもので、私たちふたりにはこの信仰がとくに強かった。だから「海に出る」ことは、私が喧嘩を避けるための最上の理由となった。海! それはずっとふたりのあいだの不平不満をなだめる、飴のようなものだった。これも私が台湾に住まない大きな理由だった。海がなく、魚がなければ、ふたりは簡単に離婚していただろう。

「行きなさいよ！　あなたが嬉しいならそれでいいのよ」切ないことばだった。

十歳の夏、浜でひとり想いにふけっていたことを思い出した。救国団の夏季活動で蘭嶼に来た学生たちが、海辺できれいな貝殻を拾っていた。この大学生たちのなかにはきっと国外に留学した者もいるだろう。だが航海の仕事についた漢人はだれひとりいないだろうと思った。あれからほぼ四十年経ったいま、高校、大学、大学院、舟造り、夜のトビウオ漁、シイラ漁、南太平洋への旅などの子供のころの夢は、本当に奇蹟的にすべてかなった。母が私に話してくれた物語を思い出し、そして子供のときに父が家のまえの海に向かって左側に立てた竹を思い出していた。竹の節は運命への忍耐力を象徴し、土から吸収した養分が根を強靭にするとのことだった。

結局、航海への誘いに応じることにした。しかし、航海に出るまえのさまざまな事務手続きのことはなにひとつわからなかった。二〇〇二年、清華大学人類学研究所の最後の年の半期、私は頑張って南太平洋の民族誌に関する本を読み、ポリネシア人の航海知識に関して初歩的な理解を得ていた。それに蘭嶼に住んで家族や長老たちから教えられた海洋知識や月と潮の直接的な関係などの知識が加わり、大海原が祖先が航海してきた平坦な陸地に見えるようになっていた。ただし、これだけで海の不確実性に十分対応できるとは思えなかった。しかもインドネシア人の性格についてもよく知らなかったし、私のロマンチックな性格も航海のための基本的な条件ではなかった。

かつてその日本人がインドネシアのスラウェシ島で人を雇って船を造っているとき、台湾の新聞社が彼の南太平洋航海計画について報道したことがあった。その後たいへん仲の良い友人がこのことを教えてくれて、私が航海に行く気があるかたずねてきた。そのときはちょうど冬の季節で、私は三艘目のタタラを造っている最中だった。頭のなかは山林の木や船体の流線美でいっぱいだった。それに私がちょうど南太平洋からもどったばかりだったので、すぐにまた家の舵を取る人や家の霊魂から遠く離れるのはいささかつらった。子供のころの航海の夢を本当に実現することについては、あの飴の甘さのように、私の心の深層の夢を断ち切ることはなかった。あのころ積極的になれなかったのは、現実的な問題や家族への配慮からだった。なんと言っても、私はもう一家の主《あるじ》だったし、儀式を行う立場にあったのだ。

南太平洋にいた二か月のあいだ、家族を亡くした悲しみが自分の魂を放逐することによって癒されるということは決してなかったし、それは不可能なことだった。一方ではまたその間、私は自分の家族、ちょうど両親がそばにいてやらねばならない十歳前後の三人の子供をほったらかしにしていた。子供たちは台北で学校に通っていたが、自分たちで生活しなければならなかった。私は子供たちに無駄遣いしないように、むやみに物をほしがらないようにと言いつけ、悪い友だちと付き合わないように神様にお願いするしかなかった。子供たちの母親は、ひとりで蘭嶼の家にいて畑の世話をしていた。それなのに私は、家の主でありながら、家を遠く離れようとしている。そのことで私は葛藤した。まるで空で旋回するばかりで、急降下していって餌食を獲らない鷹のようだ。家族はベルトをきつく締めて、飢えと闘いながら家でじっと待っているのだ。私は海の誘惑に耐えきれず毎日海に潜って魚を捕った。魚は家族のための食べ物であって、売ってお金に換えることはなく、収入にはならなかった。

三人の子供は祖父母にとても会いたがっていた。しかし、子供たちを汽車や船あるいは飛行機で蘭嶼に帰らせ、十数年来いっしょに過ごしてきた祖父母に会わせてやるための金はまったくなかった。空間的な距離の隔たり、現実的な生活の困窮のために、子供たちの祖父母との記憶は、限りあるものになり、亡くなった人を思う気持ちに変わってしまった。正直なところ、私は現実生活で金を稼ぐうえでは無能だった。霊魂のまえの肉体〔父親を指す〕の子供として、このすき間の役割を担っていた。伝統的なタタラと近代的なエンジン船、薪の火とガスの火。私は確かに自分の役割を演じきれず、親としてうしろめたく、申し訳ない気持ちだった。いまはただ真剣に創作に励むしかなかった、しかし救いにはならなかった。そのときに気づいたことは、朝は九時、夜は五時に出退勤する生活に私自身は耐えられないということで、いっそう自分を嫌悪しもした。

トビウオ漁の祭典がはじまると同時に、自分の人生計画にはなかった大学での講義に行くことになった。これは私と海との密接な関係にとっては浪費でしかなかった。空間の転換であるだけでなく、思考の再転換でもあった。悪いことではないが、ただ私にとって、運命の旅における大きな後悔だった。海の律動から遠く離れることは、私の生活の核心から離れることだったからだ。私はずっとそう考えている。原住民の友人や大学の同僚は、私が大学で講義をするよう激励してはくれたが。この二か月のあいだ、蘭嶼から台南〔成功大学の所在地〕に行き、それから台北に行って一日子供たちのようすを見ると、また台北から蘭嶼にもどってきた。島では毎日シイラを釣り、夜にはトビウオ漁に出た。時間と空間の差異は、私の潜在意識においても、身体移動においても大きなカーブを描いた。歳月はまるでこま回しの人がこまを回しているようで、私は目がくらくらした。このような二か月あまりの移動は、私の魂を疲労困憊させ、木のこまのくぼみもつるつるになるほどだと感じた。

現代の大学生は、二十年まえに私が大学で学んでいたころの百倍も優秀だった。私はもともと教室では、優秀な学生ではなかった。だから教室では、私のような、教師にふさわしくない流浪人を見て、彼らの顔には疑いの表情が浮かび、原住民文学を読まされる戸惑いも心にあった。私は自分が教室ではずっとある種の不安を感じていたことを認めざるを得ない。学部の研究室や事務室でも落ち着かなかった。考えれば、私は学校にいるような類の人間ではなかった。私には開放された空間こそふさわしく、自分がのびのびできる世界が好きだった。台北にもどると、子供たちはすっかり自立していた。数日いっしょに生活すると、子供たちは私を邪魔だと言いだし、早く家に帰ってママの相手をするようにと言うのだった。

再び蘭嶼の家に帰ってきた。トビウオの季節はタオの男は海に属するものだ。このとき私はやっと自分の存在を実感することができた。この短期間の行動の結果は、まるでモモタマナの葉が早めに澄んだ渓流に落ちて、曲りくねった渓流にさらさらと流されていくように、自分の運命の不確かさを予言したものだった。魂の漂泊を運命づけ、心を広々とした大海原やだれもいない空間に遊ばせる。そのとき子供のころの夢のなかの幻覚が再びあらわれた。かつて存在したかのような情景で、映画で「見たことのある」シナリオのようでもあった。

台湾じゅうを行ったり来たりする旅に、四月の終りになると、南洋のインドネシアへの旅が追加されることになった。小さな会社を経営している陳さんが、私を説得するようにこう言った。

「インドネシアにあの船を見に行きましょう！　ついでに蘭嶼の舟のトーテムをあの船に彫ってもらって、タオ族の特殊な図案を南太平洋で見られるようにしましょう」

このことばに大いに魅きつけられた。船に彫刻をして、それから帆にもタオの舟の目〔解説写真5

参照）を描こう。そんな帆は大海原で確かに人目を引くだろう。そうだ、西太平洋の孤島の島民は、舟の図案を創造したのだ。舟の四つの目は四方を見、海の波は三角形で、波の紋はヘビが砂浜をはう図柄で、大きな波をも象徴している。そして、人の形の図案は、舟そのもので、擬人化された舟の霊魂をあらわしている。それに、ふたりの甥と三人で一週間かけて船に彫刻すれば五万元もらえ、損はしない。奇妙なことに、インドネシアという国は南洋のいくつかの国のなかで、子供のころから私が一番行きたくないところだった。しかし、自分がどうしてこのような考えをもったのか、実のところわからなかった。もしなぜと聞かれても、どう答えていいかわからない。どうしても答えろというなら、「私は人口が多い国がとても嫌いだ」（約二億人の人口）というのが私の答えだ。私を罵倒してもらってもいい。これは私個人の偏見だから。もうひとつ私を引きつけた理由は、南島民族はアフリカ東岸のマダカスカル島から東へ移動したが、今回の航海の航路は、オーストロネシア人の祖先が太陽が昇る地点を追ったルートのひとつだということだった。スラウェシ島南部のマカッサル市（漢名は錫江市、別名は望加錫。南スラウェシ州の州都）を出港して、北に向かって赤道を越え、そして北緯二度から三度のあいだを東方に向かって航行するのだ。

話をもどすと、わが民族は人口が四千人にも満たない。タタラにはあのようによく調和のとれたトーテムが描かれ、赤白黒の三色がバランスよく用いられている。南太平洋を漫遊できれば、タオ族の大きな誇りとなり、芸術品の出航となる。私はそう思った。

その後、私はインドネシアにふたりの甥を連れて船の彫刻に行くと伝えた。もちろん当時はまだ陳さんに、日本の航海家と航海に出ることは伝えていなかった。陳さんは小さな会社の経営者で、日本のあるグループと提携してビジネスではその傘下に入っていた。山本良行（Yamamoto Yoshiyuki）さんは、航海の冒険の夢を実現しようと、偶然、陳さんと接触していた。私もずっと航海の夢を抱きつづけてきた。ただ私の考えでは、私は彼らの計画の脇役に過ぎなかった。が、山本さんが海難事故に遭ったら、そのとき私は海の神に捧げられる副葬品となるだろう。しかし、私の個人的な体験にとって、広々とした海上でたった一艘の船がなんの目的もなく航海することは、運命のなかに予定されていなかった旅で、思いがけない事件が起こったとしても、それは望むところだった。

私は子供のころから夜の漁の話をする姉の外祖父（私も私のおじいちゃんと呼んでいた）の話を聞くのが好きだった。父の話もそうで、それは運命の采配によるものだろう。私は海を大切に思わないなどとは言ったこともなかった。子供のころから聞いてきたのは、人と海のあいだの「原初の物語」が、私の運命の旅を支配しているらしいということだった。姉のおじいちゃんの「原初の物語」は、私の幼い心に早くから焼きつけられていた。それは音を立てない渓流のように私の体内を流れていた。まるで天上の仙女の帳簿に早くから記されていた旅程のようなもので、知らないうちにいろんなことが静かに流れていった。山奥の細い湧水がたくさん集まって澄んだ小さな渓流となるようなものだった。外祖父が語ったたくさんの物語では、将来、自分のタタラを造るようにと言われたことしか覚えていないが、そのことはやり遂げた。ただ私は外祖父に賢くないとも言われていた。私はそう言われるのは嫌だったが、実際、そのとおりになった。私は大学院で「言語学」を取ったが単位をもらえなかった。文学の博士課程では「中国古典文学鑑賞」を落とした。この道では、まさしく外祖父が私のことを賢くないと言ったとおりだった。だが、このことでつらいとは思わなかった。私にとっては、それは私の伝統であり、成長の記憶の跡だ。中国古典文学や、一字も漏らさず書かねばならない言語学の専門用語は私の頭には入らなかった。学校では、私の常識にとって有意義な知識を記憶しようと努めた。このとき、私は生まれてからの記憶に頼った。それは海のリズムであり、私の民族のことばであり、私が育った環境だった。そうすることで簡単に覚えられたが、私が育った環境と大きく異なる知識については、私の記憶は貧弱だった。

学校を離れて学生でなくなると、成績表の点数はただ成績が上位の学生だけがよく覚えているだけだということに気づくだろう。社会に出るとそのような点数は航続力がなく、自分の現実生活の中身を充実させることはできないと思う。

二〇〇五年五月一日、私は蘭嶼から台南に行った。そして二日に台南から台北へ行き、四日に桃園国際空港からバリ島のデンパサール国際空港に飛んだ。さらにそこで乗り換えて、スラウェシ島のマカッサル空港に行き、マカッサルからワゴン車に乗って、六時間かけて目的地のパンブスアン村に着いた。すでにもう真夜中だった。

これはとても疲れる旅だった。その後、私たちは粗末な宿に落ち着いた。宿の看板は星の光よりもぼんやりしていた。部屋はじっとりとしたベッドと四〇ワットの小さな電球があるだけで、あまりの薄暗さに人はまるで幽霊のようにみえた。窓がなく、便器もなく、ただトイレ用の穴があるだけだった。石鹸もなく、トイレットペーパーもなく（幸い、自分で用意していたが、インドネシア人はトイレットペーパーを使わない）、テレビもなかった。水はポリバケツに入っていた。この宿は南北に走る長距離トラックの運転手や助手たちが疲れたときに休憩する場所で、要するに、ただ寝るだけの場所だった。バックパッカーのための便宜はなにも用意されておらず、大便をするのに便利な場所という感じしかなかった。私はからだを拭いて、亡くなった両親や子供たちや女房に、目的地に無事着いたと話しかけた。これはタオ人にとって、「あとを追う」ことにも似た重要な結びつきだった。その後、自分のバスタオルにくるまって横になるとすぐに寝てしまった。翌日の早朝、ふたりの甥が私に、まるでこの土地のさ迷う霊たちに監視されているような感じがしてよく眠れなかったと言った。私は思わず笑った。おそらく環境の変化からきたのだろう。幸い、私たちは海洋民族だった。その霊たちは遠くから来た私たちの体臭を嗅ぎとったのだ。このような想像は、実は子供のころから外祖父や下の祖父、父や伯父たちの話から聞かされてきた。異域の空間を自分の馴染みのある環境に転じれば、他人の悪霊は自分の生霊にちょっかい出せないというのだ。

「僕もそんな感じがしたよ。だからよそに行ったときは、亡くなった人や元気な親族と話すということを知っておけよ」

私は甥たちにこのようなことを言った。と言うのも彼らの両親は戦後生まれで、私の両親は第一次世界大戦まえに生まれた旧石器時代のタオ人だったからだ。これは旧世界から新世界へと移る過程で、「ルーツ」よりいっそう不確かなものを探しているのだと思った。

バリ島のデンパサール国際空港で、日本の海洋冒険家の山本良行さんに会った。彼はかつては柔道の選手で身長一七八センチほどあり、私とほぼ同じ背丈だった。ただ体つきは私よりずっとがっちりしていた。ショートパンツをはき、サンダルをはき、口には匂いのきついインドネシアのタバコをくわえていた。彼とこの土地のインドネシア華僑が飛行場に私たちを迎えにきていた。ふたりのインドネシア華僑は、インドネシアの古代船の復元に協力するメーカーで潮州語をしゃべった。私は閩南語で彼らと話した。ふたりはインドネシアで商売をしており、第二次世界大戦後の第二世代の華僑だった。

山本さんは私とふたりの甥たちを見て陳さんにこう言った。

「タオ人はインドネシア人より男前だね、体つきもいい」

彼がこのような想像をしていた理由はよく推測できた。蘭嶼の人びとはオーストロネシア語族の仲間で、亜熱帯に住んでいるのだが、一般人の常識からすれば、体つきも顔もインドネシア人とよく似ているはずだ。もちろん山本さんはタオ人に会ったことがなかった。そのような視覚的な誤解には、少なからぬ落差があったが、彼の表情から彼の表現が肯定的なものであり、驚いているのがわかった。

「実は私も蘭嶼に行ったことなくてね、蘭嶼人の体つきについてもよく知らなかった」陳さんがそう答えた。

私は他人が「褒める」ことばを聞くのがあまり好きではなかった。ただ私の経験では、知らないもの同士が口にする第一声は、本心を語ったことばが多い。

「お会いできてうれしいです、山本さん」と私は言った。

私たちは握手をした。彼の手はごつくて分厚かった。言葉はあまり交わさなかったが、会うまえから、私は台北で陳さんから山本さんのことをだいたい聞いていた。だから見知らぬ人という感じはしなかった。もちろん私たちが会ったときに、彼は陳さんから、私が彼と航海するかどうか返事をしていないことをまだ聞いていなかった。私が迷っていたのは、陳さんを信じられないからでも、山本さんの航海の知識を疑っているからでもなかった。両親が時を同じくして亡くなった数か月のあいだ、私はほとんど家におらず、夫婦でいっしょにいた時間が少なかったことが、返事をしていなかったおもな理由だった。

翌日の早朝、一行五人は簡単な朝食をすませると、車で三十分あまりのパンブスアン村に、インドネシア人が造った船を見に行った。道々、山本さんは、船はもう完成していて、あとは細々した作業が残っているだけだと言った。造船現場に着くと、山本さんが私に言った。

「この船、どう思われますか?」私はぐるっと船の材質やその流線を見てまわった。船は海から一〇メートルあまりしか離れていない砂浜に置かれていた。私は海洋民族としての直感から山本さんの質問に答えた。

「この船の船霊は非常に強靭です」

山本さんは私の返事を聞くと、なにも言わず笑顔で船小屋を出ていきながら言った。

「少し待っていてください」

もどってきたとき、彼はビールをひとケース持っていた。私たち数人は船のそばに座った。甥が慣れた手つきで、ライターを使ってビールの栓を抜いた。それを見て山本さんや取り囲んで船を見ていた村人はひどく驚いた。

「かんぱい」山本さんが嬉しそうに日本語で言った。冷たいビールは、熱帯地方では暑気払いの効果がある。私はビールを一本、ふた口で飲み干してしまった。私は言った。

「どうしてお酒でお祝いを?」

山本さんはビールの最後の数滴をゆっくりと飲み干しながら、「ああ……」と答えた。

「あなたにこの船の船霊は非常に強靭だと言っていただいて、そのことばが嬉しくてね」

山本さんの南太平洋横断という大きな夢の目的地はロサンゼルスだった。その夢の実現のために、工賃の安い船大工を探しにインドネシアの村にやってきて、インドネシア語も真面目に学んだ。彼はバナナがたいへん好きな人だった。ロマンチックで粗野な感じがするが、私は内部には繊細な思考が秘められていることを感じた。今回の航海のまえに、実際、何度か単独航海に出ていた。たとえば、インドネシアから北上して日本へ、インドネシアから西に航海してアフリカへ。インド洋では沈没の憂き目にあったが、幸いにもイギリスの商船に救出された。そんなことがあったので彼は私の第一声が気に入ったのだった。海洋冒険家にとっては、私のことばは疑いもなく冒険家の最も真実な直観だった。インドネシアの船乗りたちからは、このような海に鍛えられた原初の感覚は出てこなかった。

　私は子供のころから外祖父や下の祖父や父たちの漁団家族のなかで、海のことばを聞いて育った。だから海の記憶は、私のなかにしっかりと根づいていた。蘭嶼にもどり、蘭嶼に居を定めてからは、伝統的な「生活実践」をとおして、海の波や海の神と直接やりとりし、自分と上の世代をつなぎ、持続させる要素を得ようとしてきた。私には、自分が勉強のために外に出て海との関係が疎遠になってしまったために、短期間に元の状態にもどすことは困難だとわかっていた。自然界の海への畏敬の気持ちを「信仰」だと言うのなら、私の信仰心の濃さはあの世代とはレベルが違うほどの差があった。私は人生の旅のなかで親族の死の儀式を体験したが、それは私の永遠の記憶のなかの情緒的な力となり、生まれた島では「回憶の地」〔蘭嶼〕のことばを話すようになった。私が山本さんと出会った場所は、私たちが生まれたところではなく、夢はからだといっしょにインドネシアに移動してきていた。まるで「航海浮夢《ふむ》」を力を合わせて実現しようとしているようで、私はこれを「移動の郷愁」と呼んだ。私たちの協力は、互いのEQ（心の知能指数）を試すものだった。

山本さんはずっと自身の血統を疑っていて、自分は絶対に純日本人の血統ではないと言った。彼の想像では、先祖は南洋から航海して鹿児島に渡ってきたに違いないと自信をもって言うのだ。自分の内面に凍結した海の氷を打ち砕き、純日本人の血統を持つ日本人と一線を画したいと思っていたのだ。彼はずっと単独で航海に出ていた。小さな木の船で航海し、簡便な帆を張り、その帆のしたには名も無い日本籍の海の男がいた。ひとりで深山を旅するのが好きな人にとって、山の神や樹霊との対話は生命のエネルギーとなる。それは社会で起こるさまざまなことは関係がない。しかし、もしひとりで海の旅に出るならば、空間は転換し、太陽の直射に苦しむのはもちろんだが、暴風や雷雨に遭遇し、果てしない広々とした海に翻弄される。それは悪魔が人を恐怖に陥れる場面よりもずっと恐ろしい。だからあの私のことばは、ビール十二本分の価値にとどまらず、実際は十二億の細胞が心から歓喜する儀式だったのだ。そのあと、山本さんは協賛してくれるメーカーの陳さんに言った。

「私たちの航海の大きな夢をやり遂げますよ」続けてまた私に言った。

「航海はあなたの子供のころからの夢でしょう？」

そうです、まちがいなくそうですと、心のなかでつぶやきながら、返事の代わりにビンをあげて乾杯の仕草をした。言うまでもなく、このことばは祖先が自分たちの血のなかに残した「大海浮夢」をいっしょに実現しようと誘いかけることばだった。

翌日、ふたりの甥といっしょに彫刻の仕事をはじめた。一日かかって図案と図案の大小の比率を設計した。翌々日には彫刻をはじめたが、そのまえに陳さんに雄のニワトリを買ってきてくれるように頼み、さらに現地のムスリムに船霊に祈りを捧げる儀式の邪魔をしないようにお願いした。つまるところ海に出るのは我々であり、船主は自分たちに無関係の人たちであったから、当然現地の人たちには異議はなかった。

その日はよく晴れた日で、現地の多くのムスリムが取り囲んで、私がニワトリを生贄にする儀式を見ていた。この「儀式」は父の解釈では、すべての生物の亡霊を祝福し、彼らを祝福することで私たちの航海の安全を得るという意味があった。このような「儀式」の教義については、私は父祖の世代の教え、つまり自然環境に包まれた人間の原初信仰をすべて受け入れていた。だから私も内心では身の程も知らずに神様に平安を祈っていた。「現世」の人間の数え切れないほどの「儀式」はみな、「要求」する行為で、地球の万物が互いに「共存共栄」する願いを忘れていると私は思う。

もし三十二歳のあの年に家に帰るのを忘れていたなら、このような「原初信仰」の体得もなく、両親や親族が亡くなったあとでは、いまのように自然や生態環境へのもう一つの直感を育むことはできなかった。このような信仰は、想像による霊感の表現にあるのではなく、金銭のために働くことを目的としない、父祖の世代の生活哲学を受け継ぐことだった。私はいまこれを純粋な「生活美学」と呼んでいる。

一九九九年の夏のことだ。父の山林に木を伐りに行った。私が生涯ではじめてタタラを自分で造ろうと計画したときで、父はもう八十二歳の高齢になっていた。父は私にひと言こう言った。

「あの木を伐るまえに、樹霊に話しかけなければならない」

「なんて言えばいいんだい？」

「おまえがまえに（一九九一年）わしと山に木を伐りにきたとき、わしがあの木に話したことばだ」

そのとき、私は薄暗い蔭が落ちる谷間で、父が言ったことばを一所懸命に思い出した。

「もしあなたが海のなかの魚類なら、あなたは私の知恵の成長の源です。私をそのような知恵者の末裔にしてください。あなたはかくのごとく私のすべてです。私はあなたを大切にします。これからは、私たちはいっしょに広々とした海で航海しましょう。私の舟が完成したなら、山林の小さなアニトたちよ、たくさんのお供え物をします。だから私が木を伐るのを手伝って、木が早くわが家に帰るようにしてください」


父祖の世代は、近代的な知識や科学技術がもたらす生活用品を便利に使いこなすことはほとんどゼロに近い。暗い谷間で、私は生まれてはじめてひとりで木の霊魂に向きあった。この龍眼の木は、子供のころからその成長を見てきた木だった。私がたどたどしいタオ語で祈りを終えると、山林に向き合う敬虔さは、かつてカトリックの教会でミサに出たときよりずっと濃いと感じた。ここで西洋の宗教をどうこうと否定するつもりはない。民族文化による生命の経験は、西洋の宗教観とはかけ離れているということだ。斧を握ると(電動のこぎりは使わない)私は木のそばで身震いがした。そのときはじめて木の霊魂が存在することを悟った。そしてはじめて、父祖の世代が木を伐るときに見せる自然のなかの生霊への敬虔な信仰を感じた。その龍眼の木はちょうど私が両手で抱えられるくらいの太さだった。斧は父のものだったが、斧を使った経験や思い入れはまだ見習いの段階にあった。谷間には数種類の鳥の鳴き声が響きわたり、なかにズアカアオバトの鳴き声も混じっていた。私が山に来るとき、子供たちの母親は祝福しなかった。ただ「気をつけてね」と言っただけだった。

斧の最初の一撃が樹皮を伐りつけた。わあー！　硬い。私は新米だった。私の霊魂も筋力も握力も腰のすわりも未熟だった。木を伐ったこの瞬間に、村に帰ってからの私の生活実践が脆弱なものであったことが証明されてしまった。このような木を伐る体力や技術などを身につける教育は、潜水や泳ぎを含めて、今の学校にはない課程だった。午前中いっぱいかかって、ようやく龍眼の木が谷間に倒れた。運命の旅の過程における自己訓練だった。私のからだと汗も泣いていた。不思議なことにその瞬間、神様に助けを求めるような気持ちは少しも起こらなかった。そして自分はたいへん不真面目なカトリック教徒で、祖霊の存在を信じているのだと感じた。

私には舟を造り木を伐る経験と覚えがあったので、船の完成や数日後にこの船で広々とした大海で数か月過ごすことに対する祈りのことばは、自然に自分が成長した島にもどり、私が父祖の世代と共に暮らした日々の記憶にもどっていたのだ。父から聞いた祈りのことばを感じると、すぐに山本さんに伝えた。そして船の霊のために「酒を飲み」、冒険航海家と出会った簡単な儀式とした。私と山本さんのあいだには、共通することばや成長の経験、さらに共通する信仰や目的がなく、似通った「大海浮夢」の夢があるだけだった。瓶を掲げて「酒を飲む」出会いの儀式は、出会いによる線を引っぱって、航海の運命共同体の心境にまで発展させた。

パンブスアンは、スラウェシ島の中部に位置する赤道の南にある村で、村人はほとんどが熱心なイスラム教徒だった。またみな痩せていて、私たちより肌は黒かった。一見したところ、村人にはほとんど笑顔が見られず、憂鬱そうな顔つきをしていた。とくに子供の多さが目立ち、みなお腹をすかした表情をしていた（そのとき私のそうした子供たちへの同情心はすでに枯渇していた）。明らかにこれは貧しさのあらわれで、貧しさのあまりセックスだけができることであった。

船は村長の家に置かれていた。私たちが彫刻をしているあいだ、昼食は村長が用意してくれた。

船を造ったのは村長のいとこたちだった。造船技術は特殊な職能で、家族によって継承されており、船主はもちろん金持ちだった。時間が切迫していたので、私は村長に、村民に声をかけて彫刻を手伝ってほしいと頼んだ。興味深かったのは、船の目や人の形の図案を彫るとき、彼らはそれが「マタ」(船の目)、「タウタオ」(人の形の図案)だと知っていたことだ。甥たちはそれを聞いてたいへん驚いた。実際のところ、このふたつの単語は、フランス領タヒチ、クック諸島、フィジーからグアム、ヤップ、パラオ、フィリピン、インドネシアなどの南の島では通じるのだ。ほかにも、インドネシア人はトビウオをリバンと言うが、タオ人の言うリバンバンともよく似ている。こうして単語がよく似ていることから、そこでの彫刻の作業はたいへんはかどり、よく知らないことや宗教上の違いから訳の分からない対立が起こることもなかった。これ以降、船造りを見に来た村人ともことばを通じて、しゃべったり笑ったりするようになった。

山本さんの話では、パンブスアンには、南北三〇キロある村のそとに出たことがない村民がたくさんいるということだった。貧しいからだけではなくおもな問題は、イスラム教と他の宗教とのあいだに暴力的な衝突がずっと起こっているからだった。だから、私たちを彼らが会ったよそ者(現地の人の解釈では侵入者)のなかでは最も友好的で、最もおしゃべりな人たちだと言っていた。

彫刻の仕事をはじめて三日目に、山本さんはいっしょに航海する予定だった現地人の機関長と三人の乗組員を私に紹介した。こうしたことについては、私にはなんの知識もなかった。もともと個人の運命の成長過程で、素朴な「航海」の旅をすることが私の最大の夢だった。三人の乗組員はみな独身だった。家が極度に「貧し」かったので、山本さんから航海でもらう給料を先払いしてもらっていた。だから、彼らはすでに乗組員に確定していた。機関長は、まだようすを見ており、「費用」

の面で山本さんと掛け合っていた。山本さんがその後、私にたずねたとき、私はすぐにきっぱりと言った。あいつの航海の「純粋さ」には問題がある。航海中に海上で面倒を起こすだろうと。山本さんはすぐに彼との航海の契約を取り消した。私の第六感では、インドネシア人は国内の海域で魚を捕るには問題はない。「国内」の海上では、その自然環境をよく知っており、共通の言語や宗教観や価値観が衝突の原因となる要素を薄めている。しかし、彼らの国際常識や国境外の海事に関する経験、さらに異なった民族と一隻の船で共同生活を送るとなると、精神的な面で問題があった。

私にはインドネシア人を見下すようなつもりはまったくない。私も辺縁の孤立した小さな島に生まれたのだ。自分自身の民族体験から言うと、たとえば、伝統的な知識で発展中の近代的な事柄を解釈しても、その解釈の立脚点は今日の複雑さを読み解くには十分ではない。さらに、近代的な知識を大きく欠いていれば、事件そのものを解読するうえで必ず衝突が起こり、正しいか間違いかの結論が出ず、人びとは灰色の想像のなかで意見を交わすことになる。たとえば、トビウオの招魚祭は浜で行わなければ、トビウオは来ないのだろうか？　教会のなかでトビウオの招魚祭を行なっても、トビウオは来るだろうか？　このような問題意識は、「凡人のあさましさ」にすぎない。ただ、はっきり言ってこのような問題は、必ず現地の文明による解釈に帰さなければならない。

同じように推論すれば、インドネシア人が船に乗って私たちと「航海の冒険」に出るのは、まったく「貧しさ」から出たもので、愛と夢によるものではなかった。だから、その瞬間、私は第六感から、機関長（彼はライセンスを持っていた）と話すことを拒絶し、彼にいかなる好意的な態度も取らなかった。そしてふたりの甥には、あの機関長は自分の階級をひけらかそうとしているから、彼に遠慮するような態度を見せるなと言っておいた。私は台湾タバコを一本も彼にやらなかった。

私は大学院で、人類学者がフィールドワークを行なって書いた民族誌の本をたくさん読んでいて、伝統社会の階級制度に敬意を払っている。非工業社会の部落民族は、酋長がその集落を安定させる能力をもっていて、儀式や祭典を主宰する。また、自分の後天的な努力によって人びとに能力を認められる。それはたとえば航海家や猟師などだ。しかし、あの初級の機関士は字もあまり知らず、立ち居振る舞いも威厳がなく、あれこれ策略をめぐらすばかりで、あまりしゃべらず、容貌もまた冴えない中年男（私より六歳下）だった。私のまえで「高尚」ぶって、私のうえに立とうとするが、それは不可能なことだった。私たちが出発する前日、彼は通訳をとおしてこっそりと私にたずねた。

「あんたが航海に加わると、おやじはあんたに一か月いくら出すんだい？」

「米ドルで五〇〇〇ドルだ（と彼を騙した）」と私は言った。彼の口は急に驚いたようにひん曲がった。そして言った。

「そんなに多いのか？」

「そうだ、僕は学者で、海洋文学の作家だ。さらに生活実践家で、航海家だ」続けてまた言った。

「僕はいくつもの国のことばをしゃべれるよ。あんたはどこの国のことばもできないじゃないか。インドネシアを出たら、あんたは自分が一匹の愚かな豚野郎だって気がつくよ」

私が勢いよく自信たっぷりにしゃべると、圧倒された彼は自分の無知や国際感覚のなさを思い知り、すごすごと元の場所にもどっていった。そしてがっかりした表情で妻に携帯で電話をはじめた。ずっとアナク、アナク（タオ語と同じで、子供の意味）ということばが聞こえてきた。最終的には私の判断が正しかった。彼は参加を取りやめた。理由は簡単で「自信がないし、金が安すぎる」ということだった。

船の彫刻を終えると、ごく自然にまた船の霊に話しかけた。これは蘭嶼に帰ってからタタラを二艘造り、父たち三人から受けた伝統教育のお蔭で自然に行なった儀式だった。

父祖の世代の日常生活のなかでは、西洋の宗教の「神」ということばが話題になったり話されたりすることはなかった。自分たちの民族には自分たちの「神」がいた。だからここで使う「伝統」ということばは、ほかのことばでは「アニミズム」(多神論)を指していた。私個人のことで言えば、たとえひとりで夜に海に潜って漁をしたり、ひとりで夜に舟を漕いで冬の海でトビウオを捕っているときでも、「神よ私を助けたまえ」といった類のことばを言ったことはなく、ただいつも心のなかで「祖霊の庇護」を願っていた。先達たちの影響だけでなく、タオ語で「祖霊の庇護」を願うと心が落ちつき、海にぴったり寄り添っているような感覚になった。これこそが私の成長の旅と自然環境との直接的なつながりだった。

一九六七年の夏、小学校四年から五年にあがる夏休みのとき、私は十歳で父は五十歳だった。その年から高校三年の十六歳で卒業するまで、父はいつも私を連れて山に入り山林のことを教えてくれた(造船と家の建築に使う材木は、生命の儀礼に直接関係する木で私有財産である)。その山林で、父は発芽したばかりの龍眼の木を私にくれてこう言った。

「木が成長する場所を自分で探して植えなさい。これはおまえの最初の木だ。これからは毎年この木を見にきて、家の整理を手助ってやるんだぞ(木の周りの雑草を刈ること)。山林には木の神や木の霊がいる。おまえを連れてきたのは、木の神や木の霊におまえのことを知ってもらい、おまえのからだの匂いを覚えてほしいからじゃ」

父には、万物には生命の聖なる霊が宿っているという最も原初的な信仰があった。この父のことばや私に話すときのその敬虔な表情は、その後の私の宗教観に影響した。「毎年この木を見にくるんだぞ。おまえといっしょに成長するんだ。わしが願うのは万物の霊を敬う純真さだ」

あの機関長も私の信仰する宗教をたずねた。私はわが民族の伝統信仰を信じている、とくに海の神を敬っていると真面目に答えた。と言うのも、その日、ムスリムが爆弾を抱えて礼拝中のキリスト教会に突入し、午後、その驚くべき事件が報道されていたからだ（のちにある記者が言うには、このような自爆テロ事件のニュースは、スラウェシ島では毎月のようにあちこちで起こっているということだった）。もちろん私も、この地区のインドネシア人はみな熱心にイスラム教を信仰していることを理解していた。それで自己防衛のために自分の「伝統信仰」をあげる必要があった。

その後、現地のふたりのスポンサーのメーカー（華僑）と陳さん（主要メーカー）、山本さん、それに私たち三人は車でマカッサル（漢名は錫江、別名は望加錫でインドネシア南スラウェシ州の州都）にもどり、ご馳走を食べた。食後、スポンサーのふたりが秘かに私に言った。

「あなたは海洋民族ですね。あなたが航海の夢を実現しようとされるなら、私たちは陸地から応援しますよ。あなたを支援します。あなたが船を離れたら、私たちはこの船のスポンサーになることも、航海費用を援助することも止めます。私たちはあなたを華人（中国系原住民）として見ているんですよ」

私はそれをいまいましい気持ちで聞いた。ありがとうと、何度か礼を言ったが、これがのちに私が航海に参加する理由となった。

ひとりは劉といい、もうひとりは黄といった。劉さんは水産業を経営し、インドネシア政府に登録した五〇トン級の漁船を三隻持っていた。つまり彼の船はインドネシア籍で、国際海事のうえでは「便宜置籍船」〔税金その他の点で便宜を与えてくれる国で船籍登録した船舶〕だった。彼はインドネシアでハタを養殖して、自分の船で香港やマレーシアなどに運んでいた。

黄さんは不動産業、建築業を経営する寡黙なビジネスマンだった。彼が遠く南太平洋まで航海する船のスポンサーとなる理由は「華人の栄誉」だった。私は彼にこう言った。

「私は華人ではありませんよ。ただ華語で創作する海洋文学者です」

「私はネットであなたのことを調べましたよ」と、彼は答えた。

もとより彼らはインドネシアで成功した商売人だった。彼らの会社では、たくさんのインドネシア人を雇い、職員にはカトリック教徒、キリスト教徒、ムスリム、仏教徒、ヒンズウー教徒がいた。ふたりは現地人をバランスよく受け入れて商売をする控えめな人たちだった。

私はデンパサール空港から台湾にもどった。旅程は台北、台南、台東、蘭嶼。その後、蘭嶼から台東、台北、台南、インドネシア。このような移動が三か月もつづいた。これは特殊な人生経験だった。三つの異なったところで、異なった役柄、すなわち航海家、教師、漁師を演じたのだ。もし物書きの能力がなければ、このような行動は「荒廃」の旅程ということになろう。船を造っている村が信じているイスラム教信仰を見て、私はこの地球上の複雑な宗教信仰が、人びとに不安を与えているということを感じた。成功大学の教室で学生に原住民文学を教えているとき、大学の学生たちはただ自分の点数にしか関心がないと感じた。家に帰ってトビウオを捕るとき、自分はこの地球の人間ではない、子供たちの母親の夫ではないと感じた。台北で子供たちが学校に行くのを見送るときには、自分は彼らの父親ではないように感じた。インドネシア、台南、台北、蘭嶼を移動する肉体はまるで凧のようで、陸にいる実感はずっともてなかった。あたかも亡くなったばかりの両親の霊のあとについて、この世のものではない旅をしているようだった。

蘭嶼に帰ると、すぐさま昼の海に出てシイラを釣った。夜にはトビウオを捕り、時間のあいまを見て学生の読書リストを作成した。また学生たちの読書レポートも読んだ。この間、体力は消耗したが、自分は伝統的な考え方に導かれており、この旅から新しく得ることがあったと感じた。

蘭嶼でのある夜、タタラでたくさんのトビウオを捕ってきた。私は子供たちの母親といっしょに真夜中からトビウオをしめ、内臓を取りだし、魚を開いて塩をまぶし、日干しにするなどの煩瑣な作業を行なった。作業は夜が明けてようやく終わった。子供たちの母親はトビウオのお蔭で気分が良さそうだった。トビウオの朝食を食べるとき、私はこう言った。

「子供たちの母親よ、あの日本人と航海に出ることにしたよ」

「あなたが決めた道は、だれも変えられないでしょう」

彼女はトビウオを食べるのをやめた。

「子供のときからの夢なんだ」

「『夢』だから、子供と私の面倒を見られないって言うわけ?」

「おまえたちのために、少し金を稼ぎたいと思ってるんだ」

「子供たちはだれが面倒見るの?」

「おまえが台北に行って子供たちと一か月住んだらどうだ?」

「だれがサツマイモやサトイモ畑を世話するのよ！」

「サツマイモやサトイモは自分で育つよ」

「航海はどれぐらいかかるの？」

「一か月くらいだ」

「あんたは南太平洋からもどって来たばかりなのに、また行くのね！」

彼女は声をつまらせて泣きながら言った。

「俺らの現実生活のためだよ」と、私は言った。

「もちろんあんたの『ろくでもない夢』のためだわ」

「あとでこの経験を本に書いて、国芸会〔国家文化芸術基金会〕に創作計画を申請するつもりなんだ」

「あんたの本がわたしら家族を肥えさせてくれるといいわね」

「家族の尊厳を養うんだよ」と、私は言った。

「ふん！　なにが尊厳よ」


私がタタラで魚を捕ることについては、彼女は深く尊敬してくれていた。トビウオが家の庭に干されると、彼女の顔には女主人としての誇らしい表情が浮かんだ。私は彼女といっしょにトビウオが家の庭に干されているのを眺めるとき、かつて都会をさ迷ったことを忘れ、私たちがかつて民族を見失っていたことを忘れた。そして、これまでトビウオの儀式を通じて私たちの失われた魂を取りもどし、海や土地から再び純度の高い生活の味わいを得ていた。いま子供たちの母親は、金銭のプレッシャーのない落ち着きのなかにいた。

彼女が私にひどく腹を立てているわけではないことはわかっていた。私たちはちょうどトビウオを食べていたからだ。トビウオは私たちの伝統信仰に根ざしており、私たちの観念でもあった。夫婦やタオ族の人びとは、トビウオの季節のあいだはみな自分の感情を抑えた。できるだけ口げんかを避け、汚いことばを口にしない。トビウオはわが民族が集団で魚を招く「儀式」を行なって得た食べ物で、汚いことばを口にするのは、民族や島の生霊を呪詛することをあらわす。トビウオはわが民族の集団漁労のおもな対象であるだけでなく、トビウオは毎年やってきて、わが民族に生きていくうえでの海の知識をもたらす。トビウオゆえに家族の情が集まり、村に平和と暖かさをもたらすのだ。

「どっちみち、自分でもう決めた『出口のない夢』なんだから、だれにも止められないんでしょう！」

トビウオを食べると、眠らずにまた海にシイラ釣りに出た（いまもまだずっとこのような伝統的な漁の仕方に惹かれている）。伝統的には、子供たちの母親に徹夜のあと、家で休んで、私が海から帰ってくるのを待っていてほしかった。私自身は眠らないが、これが男が妻と口げんかを避けるための正しい理由だった。そうすれば、午後になったら、彼女は少しは楽しい気持ちで畑に出かけることができるだろう。サトイモ、サツマイモなどの根菜植物は、もともとタオ族のおもな食物だった。それゆえ畑での労働は、子供たちの母親がくつろげる場となり、彼女の知的なことばが絶えず再生される源泉であり、女性たちの話題の中心だった。それは男たちの漁の物語と同じだった。

「シャマン、お父さんとお母さんが亡くなってちょうど一年ね」

私は彼女の言いたいことが理解できた。そしてこう言った。

「海から帰ってから相談するよ」

昨夜は一睡もせず、いまはまた海上でシイラを追った。明るい太陽が高く頭上に昇って空は晴れ渡り、日光が直に漁師たちに照りつけていた。魚を追うシイラの群れは姿をあらわさず、このような明るい太陽が照る海上では、漁師たちの海への闘志は打ち砕かれ、早めに漁を切りあげる。私は疲れていなかったが、帰って考えを整理することにした。

海上で漁をするとき、タオ族は自分で造ったタタラを漕いで海上を行き来するが、舟には良し悪しがある。私の年齢のタオ族の人たちが、海で漁をするときどう思っているかはいざ知らず、私にとって、それは子供のころのもうひとつの夢、「海上で男になる」ということであった。とくに厳しい太陽のもとで漁をする先輩たちを敬愛し、子供のころの記憶がいつまでもつづくことをとくに望んだ。もとより、シイラを釣ることが目的で海に出るのだが、それ以上に大切なことは、造船の技術やそれに関わる民俗や植物の知識や内在する信仰であった。海で舟に乗る人の「漁」の目的は、捕った魚を「売る」ことではない。シイラは家の庭への「贈り物」〔家の庭にシイラを干し、家の豊かさを誇示する〕であり、海からもち帰る「贈り物」なのだ。

私は海で、昔、父が漁から帰ってくるのを待っていたころのことや、台北で暮らし、勉強している子供たちのことを思い出していた。そして子供たちの母親がひとりで家を守り、畑で仕事をする孤独な姿を思い出した。また、大学で教えるかどうか、今後の私の文学創作についても思いをめぐらしていた。伝統と現代、一神論と多神論、自然科学と民族科学、西洋文学と東洋文学、原住民文学と漢語文学、夫と妻、父親と子供などの多くの対立する問題を考えるときには、実は大海と山林が私に緊張を解く秘法を授けてくれた。それは大自然の「静けさ」で、いまもその情況にあった。

「疲れてないの？　昨夜は寝てないのにね」妻はたいへん気遣って私にこう言った。妻のことばは、きつい日差しに焼かれた疲れを忘れさせてくれた。

「大丈夫だよ。海から生活について学んだよ」

シャワーを浴びると、私は子供たちの母親に言った。

「山に行ってサトイモを採ってきてくれよ、俺はオンドリを買いに行ってくるから」

私たちには漢族と同じように、特別に両親の命日を覚えていて、「贈り物」をする儀式があった。ただ、伝統の祭典のときにも毎回、霊魂のまえの肉体〔父母を指す〕に食べ物を供えていた。

しかし、一年はまだ親を失った記憶が鮮明で、「贈り物」の儀式をしなければならない。食べ物は亡くなった両親に供えるが、それは必ず朝にしなければならなかった。つまり、夜はトビウオ漁に海に出ないということだった。

子供たちの母親は、敬虔なキリスト教徒であった。彼女は、西洋の宗教の「祈り」の儀式は、亡くなった家族への悲しみを十分に癒すことができるとは考えなかったし、また民族の「伝統儀式」が、西洋の宗教や神の教義に背くとも考えなかった。彼女は彼女の母親（敬虔なキリスト教徒を自任していた）、私の両親から、生態の多様性や文化の多元性と差異性の観念を学んでいた。彼女は、「神」の存在の目的は、この地球や人類文化、文明の多様化をつくり出すことにあり、「唯一」ではないと考えていた。

朝、両親を偲び、霊魂のまえの肉体にお供え物をする簡単な追悼の「儀式」を行なった。オンドリの内臓と胸肉一切れは一羽のニワトリを象徴しており、それは両親が亡くなって一年後に、白い島(4)で取るべき食べ物だった。

「お父さん、お母さんにきちんとお供えさせていただいて、安心したわ」と妻が言った。そしてまたこう言った。

「こうしておけば、あんたが知らない海に航海に行っても、私の心は穏やかでいられるわ」

父母や長兄を亡くしたのは私で、彼女ではない。この儀式の背景を簡単に解釈すると、「夫婦円満、家庭円満」ということだ。これまで彼女と十数年暮したが、彼女が最も恨んだのは、「教会」へ行って結婚式を挙げなかったことだ。私には「教会」で結婚するような考えは毛頭なかった。教会で式を挙げ、信徒に祝福されて「幸福」だと言われて、それで幸福になるなんてあり得ないことだと信じていた。それはもうひとつの「きれい事」で偽りの表現に満ちている。つまるところ、いわゆる「祝福のことば」は形式的なものではなく、野性美を備えた本当の感情の発露にあり、それは神聖なものだ。教会にあるのは偽りの喜びの場面だけで、一生祝福されたいという信徒の夢の源にすぎない。

その日亡き家族を偲ぶ簡単な儀式を行なったが、儀式のもうひとつの本質は「私たち」のあいだにしっかりとした「円満な家庭」を築く精緻な儀式だった。それは海洋の心に寄り添い、土地の息吹に寄り添い、夫婦間の義務を果たす、本当の生活を送る家庭であった。

その日の朝、私は妻にとりとめもない話をした。

僕ら（僕らというのは、夫婦で力を合わせて舟を造るという意味）が二艘目のタタラを造ったとき、ある日、姉の夫が僕といっしょに山に木を伐りに行ってくれたことがあった（労働の助け合い）。山に入ると、僕は斧でヴィニワ（アカテツ）の樹皮を切り、樹肉が薄紅色かどうか見たいと思った。一本目、二本目、三本目、姉の夫はとうとうこう言ったよ。「弟よ、四本目を切るのは止めるんだ。切ってもみな同じで、木の中身は白いよ」

「どうして?」僕はたずねた。

彼はこう言った。この山のヴィニワはすべて雌の樹だ。葉っぱを見ればわかるよ。僕ははっと気がついた。木にも雌雄の別があり(私が台湾で学んだのは森林学科ではない)、類は友を呼ぶだった。姉の夫の表情は、まるで「おまえが学ばないといけないことはまだたくさんあるね」と言っているようだった。

この種の木の材質は軽いけれど、腐りやすい。それ以降、僕はようやくおやじの哲学を理解できた。おやじはこう言っていた。造船や家の建築に使う木は母系を象徴し、移動することなく家の舵取りをする。海の魚は父系を象徴し、移動する魚は限りなく広がる海なんだ。荒地を開墾し、陸での力仕事を担い、女性を助ける。これがタオの男の仕事であり、海と陸を共に受け入れるわが民族の考え方だ。


あれらの木々にも、母性の意味があるということが、妻に多元的な考え方をもたらした。別の事実は私が怠け者で、どこかに勤めてほしいという子供たちの母親の要求を聞き入れないことだった。もし台湾で会社勤めをすることになれば、「海との関係がなくなり、私の後半生は空虚にな」ってしまうと私は思っており、それが最も心配していることだった。

「俺が航海に行ったら金がもらえるよ」

「お金がもらえるんならいいわ」

「もうおやじたちのための儀式を済ませたから、おやじたちは海で俺のそばにいて守ってくれるよ」

「どっちみちあんたは、あのくだらない夢が実現したらそれでいいんでしょう!」

そうだ、私は私の生涯の道を規定するのが嫌いだった。多くのくだらない夢が私の移動の旅を導いてきた。私はそんな人間だった。明るい太陽が射す午後、徹夜で一睡もせず頭も混乱していた。一組の中年夫婦が、多くの小さな島や大きな島のあいだで茫然と矛盾した生活の板ばさみになっている。夫婦には、生涯の計画もなく、その生活のリズムは伝統の祭儀に従っている。多くの美しいことは、いつもふたりのそばを通り過ぎていき、止まることはない。最も身近な両親は、妻がサツマイモでお返ししようと考えているときに亡くなってしまった。私の妻の母親もそうだった。子供たちの母親が、実父の話をもっと聞きたいと思っているときに、多くを語らないまま母親は病気で死んでしまった。父親に対する彼女の記憶は、ほとんど小学校二年のときまでしかない。妻の母親が口を閉ざしていたのにはいろんな原因があるだろう。ただ作家としての私の観察では、次のような簡単な結論になる。「夫が早くに亡くなったので、子供に聞かせる思い出が少なかった」そして、さまざまな近代的な物が蘭嶼に入ってきたとき、彼女自身拒否もできず、抵抗すらできず、島の民族の将来が、まったく見通しがつかないものであると、黙認するしかなかった。息を引き取るその瞬間も、子供たちに優しいことばを残すことがなく、妻の憤りを買ってしまった。

「お母さんのために探した島（土葬の地）はとてもきれいだよ。他人の骨は、埋められていないから」と、私は言った。

「神様、きれいな四門房(5)を賜りありがとうございます」

どうして神様なんだ。俺じゃないのか！　彼女のことばにはグレーゾーンにある理性が込められており、多機能を越えたポストモダニズム的なことばづかいだった。

私はずっと考えつづけていた。作家の社会的責任ってなんだろう？　台湾の作家は、台湾になにを与えたのだろう？　台湾の社会はまた、作家になにを与えたのだろう？

台湾では、作家は最も人気のない職業だと思う。しかし、よくよく考えてみると、この地球に「作家」がいなければ、回転する地球、移動する人類社会はまるで空しくなるだろう。写実的作家、虚無的作家、ベストセラー作家、厳格な作家、あるいは通俗小説、純文学作品など、みな必要だ。ただ、台湾には文学作品の良き読み手がいない。あるいはこうも言える。台湾には舟を漕いだり、舟を造ったり、潜水したりできる、あるいは登山家などの、多彩な能力をもった評論家がいない。多くは、西洋思想を踏襲するばかりで、島を主体とした論述がない。それは将来彼らが負わなければならない責任だ。

運命の旅は多くの要素からなっている。私は中心にいる周縁作家からスタートした。私は自己放逐し、家を出て事件を探し、想像をかき立てねばならない。しかし、家庭や家族に対してはうしろめたさを感じていた。個人の「旅行」は現実であり、残酷でもあり、また勉強にもなる。しかしロマンチックなものではない。伯父のことばを借りればこういうことだ。

「毎日海に行って魚を捕る人は、一度は魚鱗（大きな魚のことを指す）を捕まえるだろう。いつも移動する気持ちとからだがあってこそ、はじめて食物が手に入り、物語が訪れるのだ」しかし、物語はどのように語ればいいのか。

妻はこのことばの前半部分は認めたが、後半部分については考えようともしなかった。私は彼女が黙って怒っているのがわかった。女性というものは夫が決まった「職業」につくことを望んでいる。これは世界の女性にすべて共通した考えだ。もし私に魚が捕れなかったら、彼女の目には私は最も低級な魚に等しく、タオ族の女性がだれひとり食べようと思わない魚に違いなかった。蘭嶼では、私たちは近代と伝統のあいだに押しつぶされ、時代に引き裂かれた世代で、薪でサツマイモを煮て食べるか、あるいはガスで野菜を炒めて食べるかどちらかを選ぶ世代だ。伝統的な生活は、自然のリズムに密着した生活美学だが、近代的生活は、さまざまな逃れられない圧力や憂慮に挟み撃ちされ、私たちの笑顔を消してしまった。しかし、あれもこれも天を恨むわけにもいかず、また不平を抱くこともできず、尊厳のある道を探さねばならなかった。私はずっとそうあるべきだと考えてきた。

二〇〇五年の五月末、私はもう一度妻に言った。

「今度台湾に行ってから、またインドネシアに行ってくる。インドネシア人のあの村で、もう船ができたんだ。儀式をして、それにあの船の霊に試験航海をさせなければならないんだ」

「行きなさいよ！　未来のない夢を実現すればいいわ。子供たちのようすを見に行くのを忘れないでね」

このことばはひどく腹立たしかったが、また「未来の夢」についていろいろなことを考えさせられた。

再びインドネシアにもどってきた。造船者や船に関係する人たちとは「顔見知り」で、もうあまり心配を感じなくなっていたが、「美しい」という感覚ではなかった。私をたいへん喜ばせてくれることがあった。それは劉さんが私に言ったことで、この村にはたくさんの中年の男たちがいたが、わずかな金のために、私といっしょに「アメリカ」（当時の陳さんの計画）に航海に出て、アメリカの大都市を見てみたいと言っているとのことだった。彼らは本当に奇想天外なことを考えていた。それにパンブスアン村では、肝っ玉のある航海人はたいへん尊敬されていて、それこそ本当の男（名誉ある男）だと言われている。このような考えから、私を手厚く遇してくれているのかもしれない。マカッサル市では、劉さんと黄さんが私にこう言った。ここの人たちとはあまり親しくならないほうがいい、彼らはたいへん貧しくて、教育もない。さまざまな方法であなたから金をまきあげようと企むよ。そのころ、劉さんと黄さんは中国語がうまいというので、私を華人と見ていた。山本さんとはたまに話をするだけだった。私たちのあいだには互いに通じることばがなかったのだ。今回は、陳さんは清華大学の臧正華《ツァンチョンホク》教授を呼んで、派手に民視テレビの『異言堂』という番組で、オーストロネシア語族の移動史を語ってもらおうと計画していた。正直なところ、臧正華教授は、ただ西洋人の人類学のペーパー上の理論だけに頼り、オーストロネシア語族の航海民族誌を読んだことなどなかった。学術用語を並べたてるが、星や月のことはわからず参考にならない。この航海の活動が「環太平洋航海文化交流活動」と名づけられていたので、私は航海者として参加していたが、彼はタオ族が海洋民族であることなどは口にもせず、この活動の重要な意義を強調していた。私がインドネシアに来るまえに、陳さんも台北で記者会見を開き、原住民族テレビや民視テレビはこのニュースをごく短く報道した。と言うのも、当時、副総統の呂秀蓮《リュシウリエン》女士が「台湾は海洋国家だ」と言っていたからだ。彼らが認知している海は「死」のプールだった。ただこのことばは、政治家にとって合理的に嘘をつく社会の道具となっていた。これが私の客観的な表現だ。

　本当に私に声をかけてくるのだろうか？　いいだろう、そう心のなかでつぶやいた。再びマカッサル市にもどってきて、もうこれ以上躊躇するゆとりはないようだった。心のなかで航海に応じることを決意した。

運命にはあれこれ解釈しなくてもよいこともあるのだろう。家庭をもっていたが、台湾から引きあげて蘭嶼にもどったとき、両親はもう老年に入り、顔には皺が増え、背も縮んでいた。しかし、いろいろな島を巡るという夢は、そのために消えてなくなるということはなかった。まるで天上の仙人が、私が生まれてすぐに手配した旅のようだった。こうしたすべての移動の旅は、両親が亡くなってから実現し、私の心にある両親の記憶は鮮やかなものとなった。

さらに私の記憶では、学校でたまたまインドネシア史を読んだことがあったが、すっかり忘れてしまった。研究所の人類学の民族誌では、インドネシアは私にとって大きな魅力とはならなかった。そのうえ、下の祖父は子供のころから自分の知っている原初世界について話してくれたが、インドネシアはそのなかに入っていなかった。それで私の子供のころからの夢のなかにはインドネシア諸島への旅はなかった。実を言うと、私はとても小さな島で育ち、人口二百人あまりの村で暮してきた。このような環境で育ったために、私は子供のころから人口の多いところへ行くことがあまり好きではなかったし、そこに住もうとも思わなかった。人口の多いところやビルが林立する都市を歩くことが恐ろしくさえあり、知らない人が怖かった。だから、日本の海洋冒険家の山本さんにインドネシアへ誘われたとき、私はあまり気が乗らなかった。

「どうして私に声をかけてくれて、アミ族や閩南人に声をかけなかったのですか」

彼はすぐに答えて言った。

「あの連中は金ほしさに海上に来ますが、あなたの民族は文化のために海上に来ますね。あなたは夢のために来たんですよね。連中は知ったかぶり屋です。ものごとの値段は知っていますが、その価値を知らない」

私は言った。「作家は教室の技術職員ではありません。野外でうそを生みだし、虚と実のシナリオを創作して、読者の脳の皺を啓発します」

彼の返事に、私は深い雲海のなかで心を射ぬかれたような気持ちになった。海洋冒険家の山本さん、そしてこれまで一面識もなかったインドネシア人や国籍の異なった人が、長期にわたって船室のない古代船の復元船〔解説写真5、6参照〕でいっしょに暮すのだ。長時間、赤道直下の炎天下で耐えるには、忍耐力と強靭な精神上の素質を必要とする。毎日明けても暮れても海のうえにいて暗い星空と無情な波濤のあいだにいる。船は木の葉のように弱々しい。それは人に恐怖心を呼びおこす環境だ。だから海への情熱がなく、精神面での素質も劣り、修養を積んでいない人は、海上で落ち着いた自分を保つことはできないだろう。

私たちがビールで乾杯すると、山本さんは言った。

「我々の船の船霊が非常に強靭だと言っていただいてありがとう。あなたのような民族だけが、瞬時にそのような簡潔で深いことばが言えるんですね。私が最もほしかったお祝いのことばです。そのことも私があなたを、インドネシアから南太平洋のタヒチ、イースター島、チリのリマ、アメリカのロスへの航海に誘いたいと考えた理由です」

私は理解した。陸でこんなロマンチックなことばを口にするのは容易なことだ。陸での想像力は、いつも一カイリを平たい紙のうえでごく短いものとみなして、大海原での安全指数を水増しし、荒波の危険度を低く見積もるのだ。

「しかし、なぜ航海の冒険をするのか」と自分に聞いた。

「わずか六万元のために？」

「それとも『くだらない夢』のために？」

「あるいはまだほかの隠れた要素が、私の野性の魂を突き動かしているのだろうか？」

実際、私にはとくに明確な目的がないように思えた。「古代航海術の復元」で自分の海洋文学者としての地位をあげようというわけでもなかった。あるいは、「冒険」によって読者に尊敬されようと企んだわけでもなかった。またタオの舟の模様を人びとに見てもらうためでも、タオの人びとに冒険の航海に出るのを見せるためでもなかった。さらにまた、タオ族は航海民族であることを、明らかにしようというわけでもなかった。そうしたことは、すべて私の目的ではない。私の心の底にある答えは、私の子供たちの母親が言った、「自分の子供のときの『くだらない夢』のため」だった。

伯父が亡くなる前年、まだ島で元気にしているときのことだが、私にこう言った。「陸では、人はいつも大海原での安全指数を水増しし、荒波の危険度を低く見積もるのだ。なぜって、連中はあの海に触れたことがないからだよ」

だから私が航海の冒険に出たのは、純粋に個人的な行為で、ベストセラー小説を売るなんてあり得なかった（その後の数年で、自分のこの答を証明した。「航海の冒険」はまったく自分のくだらない夢で、私の子供を含めて私を偉大だと考える人はだれもいなかった）。別の観点から考えてみると、私の以前の「美しい夢」は、台北市を自分の「最後の楽園」とみなしていたことだったが、結局その「夢」は粉々に砕け散った。また、推薦された師範大学には行かず、意地を張って四年間台湾でさ迷い、やっと淡江大学に合格した。私は「苦労人」を自称していた。

いままた海の「魂」に招かれて、妻の気持ちを紙屑なみに扱って私は決心した。だれも私の選択を揺るがすことができない。このようなやり方は他人の親身な忠告や気持ちを無視した行為で、気分は良くなかった。

伯父は生涯に一度しか台湾に行ったことがない。病院に行ったのだが、それ以外は自分の家の涼み台で海を見て過ごした。ただ伯父が私に言った「荒波の危険度を低く見積もってはいけないよ」ということばは、私の真実の感覚で、いまの私の信仰、生活美学の源泉だった。

いま、マカッサル市の海岸線沿いの公道で、陳さんがこの市のその顔立ちも気質も私にはなんの気品も感じられない政治家たちを招き、「インドネシア復元古代船」の進水式を行なっていた。参加者はこの船に乗る船乗りたちと、招いたばかりのライセンスのある新しい船長だった。

私は先に多神信仰で船の船霊のためのお祈りを済ませていた。私にはわが民族の現代版「アワ豊年祭」や台湾原住民族の祭りなど、複雑な要素がまじった儀式（スポンサーは華人で、龍舞と獅子舞を演じる）を見学したり、あるいは参加したりする興味はまったくなかった。それはまるで「ドタバタ劇」で、その場に座って見学したり、参加したりすることは耐えられなかった。そのすべてがでたらめだった。私は航海に加わるにさいして、このような部外者が行う現代版の演技を心底軽蔑していた。

子供のころから私は、一八八〇年代生れの祖父たちや外祖父といっしょに暮してきたが、彼らの海や山に抱くあのような畏敬の心は、自然環境を敬う多神論者のもので、新しい船や家の落成祝いを行う敬虔さは、牧師が神に抱く崇敬の念以上のものだった。私がおじたちから受けた影響は今日までつづいている。

私はこれまで図案の彫られたタタラを造ったし、父とおじと従姉の夫の装飾を施した大型のチヌリクランの進水式のまえの「祝賀歌会」に参加したことがある。舟には女たちが丹精込めて育てたサトイモがいっぱいに積まれ、歌会では船主を「褒めたり貶したり」バランスの取れた祝いの詩《うた》が一晩じゅう歌われた。そこには祖先の知恵や考え方を敬う気持ちがあふれ、「政治家の参列」や「牧師の祝福」を拒む雰囲気に満ちていた。私はそのような自然環境に包まれた祝いのことばや観客の心からの参加が好きだった。私が真に感じ、生活のうえで実践しているのは、上の世代から得た思いだった。「造船や家の建築に用いる木には山と海の音がたくさんあって、私に謙虚さと自然の霊気の寛容さを伝えてくれる」

こうして「インドネシア復元古代船」の進水式は、私には堪えられないような情景のなかで進み（のちには仕方なく拍手の振りをした）、その後私たちは「試験航海」を行なった。航海がはじまると、新しい船長が私に挨拶をし、自己紹介してアントニーだと名乗り、アントンと呼んでくれと言った。インドネシア人は二音節の名前を好む。彼は長髪で、黒人のように髪を編みこんでおり、ちょっと見たところトレンディで、さっぱりしていた。試験航海からもどって岸にあがると、山本さんといっしょに航海に出るインドネシア人を、船長を含めて五人決めた。そのうちの四人は、それぞれ私が暇な時間を見計らって一枚の紙を見せにきた。英語で「私はスラウェシ島で最も優れた水夫です」と書かれてあった。私は可笑しくなって笑いながら、ナンバーワンの意味で親指を立て、グッド、グッド、グッド……と言った。一般に社会常識では、本当に実力があり中身がある人なら、自分を最も優れた云々といった類の自己宣伝などしないものだ。しかも字を書いた紙を見せて、私に「信任しろ」と言わんばかりだった。長い海上の旅のためには、私自身が外国人であるゆえに、善意を見せておくべきである。私は口をつぐんでなにも言わなかった。

私は彼らを「流亡する無学の民」（exilic illiteracy）と呼んだ。遠くへ行くことを夢見ている無学の民は、地区のイスラム教指導者に目をつけられて自爆テロをさせられる(その可能性は高い)ことから逃れようとしているのだ。無学や貧乏のために、自分の村にいても小さくなっている。このような人は、私の村にもたくさんいる。村社会のなかで片隅に置かれた存在として、アルコールを飲み、低級な魚を食べてそれなりにみんなで生活している。しかし、これらのインドネシア人が内心考えていることは、私が考えていることと同じようなことだろうか。もちろんそうではない。

岸にもどると、四人は先に自分の村に帰って、次の出航を待つことにした。次が本当の出航で、いよいよ航海に出て、山本さんの「航海の大きな夢」を実現する。目的地はロスだ。船にはアンハールという苦労人の若者がひとり残った。

アンハールは、十一歳のときにサバ州(マレーシア)とパラワン(フィリピン)とミンダナオ(フィリピン)の三つの大島に囲まれたスールー海で働いていた父を失った。アンハールはサマ人で、台湾ではバヤウ人と呼んでいる。彼には妹が五人、弟が一人いて、彼は長男だった。彼の前歯は揃っていなかった。なんでも十歳のときに小型漁船で手伝いをしていたときに、手動発動エンジンの鉄栓が前歯に当たった。それで前歯が欠けてしまい、苦労したことの証拠として残っていた。

アンハールの父親はフィリピン、マレーシア、インドネシアの三国が交わる海域で、マレーシア華人の船主に雇われて、サマ人、つまり自分の同胞といっしょに海に潜ってナマコを採っていた。

一九九〇年五月、アンハールは父親が海でナマコを採っている最中に溺れ死んだとの電話を受けとった。彼はひとりで、片側にだけアウトリガー〔解説写真6参照〕が装着されたマスト一本の帆船に乗って、パンブスアン村から出航し、スラウェシ島の岸に沿って航海し、さらにセレベス海を北上して、バヤン・ブンガウ(ミンダナオ島とスラウェシ島のあいだにある小島)というところで父親の遺体を引き取った。往復に一か月かかった。彼はひとりで行動したのだが、まだ十歳の子供だった。彼が父親の遺体を運んで村に帰ったとき、村の人たちは、彼の父親のためにムスリムの最高級の葬儀を行なった。アンハールのこの航海のようすは、スラウェシ島じゅうに知れわたった。山本さんは、この話を私にしてくれたが、とても感動的な話だった。心のなかで、このような若者が私たちといっしょに行ってくれれば安心だと確信した。

西洋人にはこのようなことばがある。「神に仕える職業を神父または牧師と称する」と。

私の解釈では、彼らは一般大衆のための信仰カウンセラーで、心理カウンセラーの役割と似ている。地球では、各民族はそれぞれ「神」を有し、それぞれのレベルの「神」に仕える職業は数知れず存在すると思う。

「神に仕える職業」、ここで「神」が存在するかどうか疑えば、私はきっと宗教界から打ち殺されるだろう。「神」は、私と妻がいつも言い争っている問題ですらある。しかし、どこに行っても私たちが頻繁に耳にするのは、「神」はこの地球の唯一の真の神だという「神父」や「牧師」のことばだ。そのためほかの宗教を信じる熱心な信者は、それは違うと繰り返し感じるようになってきた。南洋のインドネシアでは、実は近年の宗教政策は開放的で、仏教、ヒンズー教、カトリック、プロテスタント、真イエス教会、イスラム教などがある。スラウェシ島の縦貫道路を走っていると、道路沿いには村落が多く、たくさんの小学生がさまざまな服装をしている。たとえ外国人でもその「服装」から宗教を容易に見分けることができた。

アンハールの村には、ほかの宗教とよく似ているが、護身符を出す職務か権利をもった神職らしき人物がいた。「ある者」は西洋人や漢人から「迷信」（スーパースティション）だと言われている人たちで、私もそのひとりと考えられていただろうと思う。

「迷信」とはたいへん興味深いことばだ。第一人称で他者が信奉する宗教を「迷信」と言い、あるいは偶像を崇拝する「民間信仰」（フォークビリーフ）の異教徒と言ったりする。これは紛争を引き起こす導火線で、さまざまなご利益は領域を越えるという各宗教の教義を無視することになる。

ムスリム（イスラム教徒）は一夫多妻で、（能力さえあれば）数名の女性が男性ひとりに仕える宗教で、男性主義の非常に強い宗教だと言える。もちろん、彼らから言えば、一夫多妻は合理的でアラーの思し召しである。パンブスアン区では、男性は娘を嫁に出すことを非常に重視していた。アンハールが私たちの航海に参加する最大の願いは、ほかの地域から女性を妻に迎えることだった。彼が言うには、パンブスアン区の女性を嫁にするには、おそらく台湾元で五十万元以上かかるという。この価格は娘を売って富を得る現代版の「女性をめぐる迷信」をあらわしている。その後、彼らの村では、たくさんの男の同性愛者がいることに気がついた。またひとりの年増の女を共同で妻とする現象が度々見られた。そのもとをたどれば、それはみな「貧しさ」が引きおこした不幸だった。

一九九五年のこと、私は台湾のある雑誌から、どこか旅に出た感想を書いてほしいと求められた。私はフィリピンを選んだ。ある日、私はミンダナオのサンボアンガに飛び、ある地区にあるムスリムの村を歩いた。この村は河口近くにあり、周囲は竹垣で囲まれ、河口の海に面した左側は簡素な漁船がいっぱい並んでいた。ここでは少なくともふたつのことに驚いた。ひとつは彼らとタオ語が通じたこと。ある種の単語、たとえばヤドカリ（ウマン）、椰子（アンニュイ）、子供（カナカン）

などたくさんのことばがタオ語とまったく同じで、私はたいへん驚いた。のちにある痩せた中年の男が私に言った。

「名前は?」

「私はシャマン・ラポガン」

「どこから来たんだ?」

「台湾の近くの小さな島だ」

「ポンソ・ノ・タオ(人の島)」

「おお! あんたの祖先はわしらの祖先の遠い親戚だ」

互いにこんなに遠く離れた国との距離を、飛行機の飛行時間で数えずに、無動力の帆船で広い海を漂流することを想像して、私は一瞬、驚きをともなった喜びを覚えた。そして、なんと知らない者同士のあいだで意思が通じたのだ。周りにいた大勢の老人や女性や子供たちが笑いだし、まるで異郷にいるとは思われないような雰囲気に包まれた。それから、村長を自称する人に連れられて、彼の家に行ってお茶を飲んだ。彼は見たところ私より若く、からだは痩せ、頬はおちくぼみ、太ももの筋肉はふくらはぎと同じ太さだった(タオ語では同じように繊細の意味)。彼の家は川の上のほうにあり、木でできた粗末な草ぶきの家だった。家のなかに入ると、三層になった寝床があり、ひとつの寝床ではだいたい五、六人寝られそうだった。茶卓のうしろの海のほうを向いたベッドは、彼個人の竹のツインベッドだった。客間にはひととおり家電製品が置かれていて、テレビと冷蔵庫があった。お湯を沸かすと、彼は口笛を吹いた。すぐに小さな客間は子供たちでいっぱいになった。村長は私に言った。

「彼らはみんな私の子供だ」（タオ語と完全に通じた）

数えてみると、彼には十六人の子供がいた。彼には奥さんが四人いるとのことだ。だから彼の車のバンパーには四つの獅子の頭部がついていて、四人の妻をあらわしていた。四人の妻はそれぞれ子供を四人ずつ生んだ。このように言えるだろう。「アラーの神は、この者に大任を下しけり。道理でその大腿と小腿は同じ太さだが、まさにこれ天賦の精虫なり」と。この地球にどれだけの負担を与えているか、と私は彼に対してそんな偏見をもった。しかし、彼は私にこう言った。

「子供たちはわしの財産だ」私の考えとどれほど違うことか。

それから、この集落の海に面した左側の空地に、台湾から来た雑誌のカメラマンが私を誘った。サンボアンガに連れてきたモデルの水着姿を撮りに行こうというのだ。モデルはまだ着替えていなかった。空地にはまばらにしか人はおらず、私と世間話をしている実弾を装着したフィリピン政府軍を含めて十三人にも満たなかった。カメラマンがカメラをセットし、モデルが水着に着替えてワゴン車から出てきて、姿態をしなやかにくねらせて撮影のポーズを取りはじめた。すると、村中の男や子供がどっと出てきて全員ミツバチのように三人のモデルにまとわりついた。だれの目もみなこれ以上大きくできないほど見ひらかれて、モデルの五臓六腑を透視せんばかりだった。大きく開いた口は、驚きのあまり白くて柔らかい肌に吸いつかんばかりだった。いつの間にか私は群れのそとに弾きだされていた。村長は私に言った。「北方の女は肌が白くて柔らかいね。南方の女は……ガキを生むだけだ」

私は微笑みながら彼を見て、意味がわからないふりをした。そのようすはインドのムンバイ市の貧民窟の男たちのようだった。二日飯にありつけなくてもセックスする体力がある。どうしても理解できないのは、痩せほそって精虫しか残らないほど貧しいのに……。もし東京や上海や台北に住んでいたなら、あなたの理性は私ととても似ていたかもしれない。空きっ腹を抱えて、それでもまだセックスをすることを考えるだろうか。そんなばかな。人ごみのなかで村長は私の手を取って、手で素晴らしいというしぐさをした。頭のなかは「セックス」のことでいっぱいなのだ。

その日、私はパンブスアン村で航海に出る船のために、船に鶏の血を塗りつける儀式を行なった。タオ語で祈りを唱えているときに、船の周りが人でいっぱいになっているのに気がついた。みんな、船の船霊のために祝福の儀式を行なっている私の表情をじっと見つめていた。私はどうしてこんなに多くの人が集まってきているんだろうと思った。もともとこの村で信仰されているのはイスラム教だ。それなのに彼らの表情は静かで、目は厳かに輝き、異民族の儀式への蔑視は微塵も感じられなかった。反対に彼らは恭しい手振りで私に挨拶を返した。それは思いもよらないことだった。この村の男たちも海に出て生計を立てねばならず、「海」は民族の生活資源の源としているからだろうと私は思った。人口が多いので、魚を売って利益を得ているのだ。私の「儀式」も彼らのアイデンティティに合致していた。これは他者と自己の信仰は無関係である。明らかに私は彼らに受け入れられたのだ。なぜなら、私たちはどちらも広い意味の「海の神」をもっているからだ。狭義の一神教の宗教観のようにある神の権威を極端化し、人間の日常生活の現実観を蔑視することはないからだった。

正直なところ、私たち三人で四日以内に船の彫刻を完成させるのは無理なことだった。ところが、祝福の儀式を終えたときには、パンブスアン村の男たちがみな彫刻の手伝いに来てくれていた。それはタオのタタラの舟の目（マタ。航海の目）、船霊（タオ。航海の霊魂）、トビウオ（リバン）はまた彼らの民族のことばであり、信仰だったからだ。彼らは、航海家にとっての船の目と船霊の大切さを深く信じていた。これはお互いのことばが似ているという親密度をあらわしているだけではなく、千年にわたって航海してきた漁労民族が、神秘的な大海原に畏敬の気持ちを抱く霊観信仰は、相通じるものであることを物語っていた。

私は山本さんにたずねた。「私にこうしてこの船の儀式をさせてくれましたが、どうしてあの村のムスリムの長老に儀式をお願いしなかったのですか」と。

「僕はあなたのように毎日海に関わっている海人《かいじん》やあなたの民族文化を信じているんです。僕は教会やモスクや福音テレビで話している人の信仰に深い疑念を抱いていてね。彼らは信者のお供えで生活しながら、教会も太らせている。金持ちには慇懃な態度を取るけど、貧しい人たちへの慈悲の施しはいつわりだと思うね。それに西洋のルネッサンス時代には、マゼランの探検隊が航海に出て、一五一九年から一五二三年にかけて地球一周をやり遂げましたが、西洋の神学者らはこれを壮挙として祝うどころか、反対に怖れてこれを忌避しましたね。それにね、僕はあなたの名前のシャマンをシャーマンと訳してるんですよ。魔術をする人、巫師ですね。この村の人たちは本当だと思って信じていますよ。あなたは『海の祭司』ですよ」

それを聞いて私は愉快な気持ちになった。こうして私も村から礼遇を受けるようになり、彫刻の作業も順調に進んだ。

タオ族の文化では、シャマンはすでに父親となった人を意味し、つまりラポガンの父親はシャマン・ラポガンと称する。シャーマンの意味とはまったく異なるのだ。山本さんのこの手法は、字の読めない人が多く、外界や外国との接触が少ない所では、たいへん効果があり、説得力があった。

山本さんはインドネシア語ができ、インドネシア人との意思の疎通は問題がなかった。彼は寡黙な人だったが、自分の体内には原住民族の航海の血が流れていると信じ、後半生を海と共に生きると誓ったのだ。私より四歳うえで、柔道六段の腕前だから、からだががっちりしていた。スモーカーで、酒にも目がなかった。私自身、タバコも酒も好きだったが、酒に目がないというわけではなく、ただ少し嗜むという程度だった。彼にはふたりの娘がいるが、ふたりが六歳と四歳のときに、妻と娘たちの元を離れて海洋を冒険する航海に出て海をさまよい、家族とはもう十年連絡を取っていなかった。彼が私に話したのはこれだけだった。

「航海の冒険」の意義とはなにか？　彼にとって、私にとって、また台湾のスポンサーの目的はなんだろう？　私はバリ島のデンパサール空港でそんなことを考えていた。そしていつしか、子供のころの記憶や夢見る航海の映像が私の脳裏に浮かび、人や土地や出来事や物の情景が、しだいにはっきりと浮かび、まるで幻覚のようだった。それまでのインドネシア人への偏見は消えて、私たちはかつて失われた地図のなかで会ったことがあるような感覚だった。シャマンとシャーマン、発音はよく似ているが、彼らはその語意を深く追求もしないで、私を「シャーマン」の身分を備えた航海者と見ている。私の運命のなかで、これらはどんな意義があるのだろうか？　私は繰り返し考えていた。船の彫刻が終わったとき、私たちはまた一度台湾に帰らねばならなかった。そして蘭嶼にもまたトビウオを捕りに帰らねばならない。

出国するさい、山本さんは私を熱く抱きしめながら言った。「あなたの航海の魂を待ってますよ」

「航海の冒険」、村の浜にひとりで座りこんで遠く水平線を眺めてきた子供のころからの原初の夢であり、追求してきた理想であった。しかし、そのとき私の脳裏に浮かんだ別の影は、敬愛する父母と伯父だった。彼らは慈愛に満ちた静かな顔で、まるでこう言っているようだった。「航海の冒険」に行きなさい、私たちの霊魂もいっしょに行くよ。このとき、心の深いところで神秘的でかつ具体的な感覚があった。

インドネシアから蘭嶼にもどると、五月は毎日、昼間は自分で造ったタタラを漕いでシイラ漁に出た。西南の季節風に吹かれて波に浮き沈みしながら、伝統を受けつぐ老海人たちといっしょに海の神を讃え、黒い胸びれのトビウオの神を讃える古調を吟唱した。海面では、数知れない波の音が、まるで閉じこめられていた千年の情を海人に伝えているようだった。私は波の山と谷のあいだに揺られており、まるで海の神の体内を逃げまどう精霊が、海の神の試練と養育の恩恵を受けているかのようだった。夜にまた、トビウオを捕りに海に出た。真っ暗な空、真っ暗な大海原で、空いっぱいの星を見あげながら静寂を学び、海面に浮き沈みする銀の光を見て、海流の古来の息づかいを学んだ。これは私が最も好む、海のために奉仕する仕事だった。

トビウオやシイラがわが家の庭に干されると、子供たちの母親の眼には喜びがあふれ、夫を敬愛する自信が見えた。私は言った。「子供たちのお母さん、俺、あの日本人と航海に行くよ」

「行きなさい！　あんたの魂は海のものよ、家庭のものじゃないわ」

切ないことばだったが受け入れ、そのことばに女性がこめた意味を受けとめるしかなかった。時と空間は換わるが、成功大学台湾文学系の学生にはこう言った。

「航海に行くので、出国まえにみなさんの期末の読書レポートを受け取りたい」

学生たちは読書レポートには反応を示したが、私の「大海浮夢」については、航海に出ることにはまるで関心がなかった。学生たちの目には「航海」っていったいなんのこと、というような無関心な表情が浮かび、そんなことは映画のなかでしか起こらないと思っているようだった。それはまた、台湾の漢人は海についてロマンチックな想像はまったくもっていないという証しで、だから学生たちから祝福されることもなかった。そのことから、私が「航海の冒険」に行くのは当たり前のことであって、なんの称賛にも値いしないのだと感じた。

タオ人の信仰から言うと、「祝福」がないことが最もよい祝福であるのは確かだった。なぜなら、私も成仏できずにさまよっている孤独な霊がついてくるのを最も恐れていたからだ。科学的な訓練を受けたり、英米ふうの教育を受けたりした人が、そんなことは「迷信」だと言うなら、私も認める。このような迷信は、いわゆる近代的とか伝統的ということについての解釈とは無関係で、さらに落伍や進歩といったこととも無関係で、私の海の旅を阻むことはない。もちろん、私の「迷信」だと言われるものが、海上での私の恐怖を少なくしてくれるのであろう。

六月一日、航海に行く七人が正式に決まった。私たちはマカッサルから北に向かって車を走らせ、アンハールの母親の住む村から出航することになった。そして、予約を入れていた小さなレストランで食事をした。食事がはじまると同時に、突然、何台ものパトカーがレストランのまえの道を飛ぶように走っていった。外が暗くなるころにニュースがあり、それによると、過激なキリスト教派のひとりが、爆弾を抱えてちょうど夜の礼拝が行われていたモスクに突入したということだった。テレビの画面には、双方(キリスト教徒とイスラム教徒)の「自爆テロリスト」が互いに報復し合う無残な画面が何度も流された。

インドネシア政府には、異なる教派が互いに報復し合う状況を阻止する有効な手段がないようだった。この字の読めない船員たちは、別のテーブルに座って悲しげな表情で食事をしていた。だからいざ正式に出航して、揺れ動く青い海に出たときには、私は首にかけていた十字架のネックレスをリュックサックのなかにしまっていた。そうすることで、自分と彼らの運命が出会ったとき、宗教信仰のわけのわからない「対立」を「協調」に換えたいと望んだ。

私は五人のインドネシア人の船員の顔を見た。彼らのうちの何人かは同じ村の人ではなかったが、みなイスラム教を信じていた。この点は、山本さんははっきりしていた。しかし、スポンサーになった会社では、上陸したときの事務処理を任せるために、カトリック教徒をふたり雇っていた。カトリック教徒の教育レベルは比較的高く、英語ができるからだった。しかし、彼らはテレビ報道を見ていたが、知らぬ間に、私たちとは別のテーブル（インドネシアでは異なった信仰をもつ者は異なったテーブルで食事を取る）から姿を消していた。私は劉さんにたずねた。

「彼らは行ってしまったんだね？」

「行ってしまったよ」

続けて、劉さんは私にスラウェシ島の最近の信仰の情況やそこにある矛盾と、観念の厳しい衝突について話してくれた。

「実際、スラウェシ島には多くの異なった民族がいてね、違う宗教を信じてます。大体、ここの人たちは、インドネシア語を話し、なんとか仲良くやってますよ。『テロリスト』は少数の過激派です。しかしね、イスラム教徒たちは、キリスト教が『神は唯一の真の神だ』と言うのを恨んでいるんですよ。わかるでしょう、このことばはそのほかの教派の『神』の存在の本質を否定しています。スラウェシ島あるいはインドネシアではね、オランダの植民地時代には西洋のいろんな教派が入ってきて、それ以外にもアラブのイスラム教や、インドのヒンズー教、それに仏教が、スマトラやジャワ島で非常に盛んになったんです。しかし、第二次世界大戦後、スカルノ大統領は内戦を治めて、独裁政権を打ち立てることに忙しくて、結局はインドネシア全体の教育をないがしろにしてしまったんです。だから、字の読めない連中ばかりになり、文明は低いレベルにしか発展しなかったんです。それでいままでもやはり開発途上国なんですね」

「私は一九五七年に、死んだおやじについて潮州からバリ島にやってきて、ホテル業をやったんです。商売はうまくいきましてね。一九七五年には、私はある台湾人といっしょにインドネシアの近海漁業を新しくはじめましてね、商売もうまくいきましたよ。私が成功したのはですね、現地の人たちの複雑な信仰に触れず、また干渉せずで、いつも現地の従業員や家族、さらに現地の役所になにかしらお返しをするようにしてきたからです。ただね、政治家とはできるだけ距離を置いて、公務員や現地の人たちと酒の付き合いをしないようにしてきました。私はね、黄さんといっしょにあんたの理想を大いに応援していますよ。海では、自分のことに気をつけてくださいね。名も知らない小さな島で補給するときでも、あるいは陸にあがって山本さんと宿に泊まるときでも、絶対に現地の女に近づいちゃだめですよ。どんな問題も、山本さんには話してありますから、自分の身を守ってください。私らはあなた方がどの島に行って食料や水や油の補給をするのかわからないんですから。それからね、船員たちとは距離を置くようにね。彼らにあなたのもっている金を見せちゃだめですよ。（乗船するまえに、劉さんは私に四十万のインドネシアルピアをくれた）

夕食後、私は山本さんとこの地域で山本さんが頼りにしている助手、それに陳さんと薄暗いホール(インドネシアの田舎のホールはどこもこのようだった)で酒を飲んだ。私は山本さんとお互いの習慣を話し合い、航海や大海の不確実性をもってそれぞれの大きな夢を語り合い、正式に出航したあと、揺れる青い海で浮き沈みしながら、すべてがうまくいくように祝った。

山本さん、それに五人のインドネシア人船員について、私はなにも知らなかった。それぞれの習慣はもっとわからなかった。にもかかわらず、私は不安定な海上で彼らと日々を過ごそうとしている。山本さんも陳さんも、その夜「台湾に帰るのなら、今夜ならまだ間に合うよ」というようなことを言って、私の心を試すようなことはなかった。私は孤独にインドネシア、台湾、蘭嶼を往来しながら、その間、子供のころに外祖父が私に残してくれた広くて、美しい海のさまざまな記憶を想いだし、さらにおばが耳元で、チゲワッ、将来、おまえの魂は強くならなきゃいけないよ、いいね、とささやいているように感じていた。家族の男たちが夜の漁に出るさいには、下の祖父が目のまえに広がる漆黒の海を活性化させて、「男の癇癪は波濤の波間に吐きだすもので、女子《おなご》にあたったり大声でわめき散らしたりするものじゃないぞ」と言った。

「今夜ならまだ間に合う」、心を決めてからは、もう「後悔」の気持ちをもつことはなかった。「万一」海で何かあったら、家族はどうするのだろうなどということも考えなかった。移動しているあいだは、ただ子供のころの夢が急に実現するというロマンチックな想像にふけり、混沌とした気分でそれに溺れていた。

「どうしてまた帰ってきたの?」家でサトイモの苗を植えていた妻が疑わしげにたずねた。

「あの人たち、まだいろいろと自分たちの気持ちを調整しているところなんだ」

あれは五月の中旬のことだった。一度家に帰って、毎日ギラギラする真昼の太陽のもとで舟を漕いでシイラを釣り、夜は魚網でトビウオを捕った。舟を漕ぐ父の姿、伯父が魚を食べている嬉しそうな顔、母がビンロウを食べる歯などが、魚を捕っている私の脳裏から離れなかった。時間や空間、人種の違いなどの多くの転換が私の意志を試練にかけているようだった。しかし、私がトビウオをさばいているとき、妻が私の心に呼びかけることはなかった。あるいは、「このさい、あんたのくだらない夢を諦めるのね」といったことばを私は期待していたが、結局はそのようなことはなにも言わなかった。彼女も私のくだらない夢を実現させようと、心を決めたようだった。私は七十九歳になる下の祖父に言った。

「僕は航海に行ってくるよ、からだ大事にしてね」

「帰ったら、わしにようすを話してくれよ」

十九歳の息子と十七歳、十五歳の娘たちには、こう言った。

「パパは航海に行くから、おまえたち自分たちでちゃんとやれよ」

「行って、行って、自分たちでちゃんとやれるから」

親族のなかでだれひとりとして私のくだらない夢を止めようとするものはいなかった。私は子供のころのくだらない夢が、天上の仙女の記録簿に書きこまれていて、必ず実現しなければならないのだと黙って認めるほかなかった。私は漁具、フィン、ゴーグル、ナイフ、懐中電灯、そして最も簡易な小型の羅針盤を準備すると、またスラウェシ島のマカッサルに飛んだ。船は「ヴィラッド号」〔タオ語で「帆」の意味〕とタオ語で命名した。古代帆船の意味だ。航海のまえに船主の陳さんが記者会見を開いた。このとき、民進党が政権を取っていたが、会場には、私たちの航海の文化交流活動に興味をもつ記者や公務員はひとりもいなかった。このころ、民進党政府は絶えず、台湾は「海洋国家」であり、我々は「海洋立国」として国際舞台に目を向けよう、と宣伝し、多くの政策が海に結びついていると、恥ずかしげもなく大言していた。しかし、私が実際に国際的な航海交流活動に参加しようとしていても、関心は示さなかった。つまり、陳船長や紀船長ら、南太平洋で漁をして海に生きている男たちの言ったとおりだった。

「台湾の青と緑の政党は、台湾のなかでしかやりあえず、国際舞台に目を向ける度胸も見識もない。門のなかの虫が切り捨てられないんだ（閩の字）」

再びスラウェシ島のアンハールの母親の村に飛んだとき、タオの図案を彫刻した古代復元船の「ヴィラッド号」は沖に停泊していた。その姿は美しく、とても頑丈そうに見えた。私たちと航海するはずだったインドネシア船員の機関士が逃げてしまい、かわりに私と同じ年回りの実直そうな人が来ていた。さらに、民間のＭｅｔｒｏ　ＴＶ（二〇〇〇年十一月二十五日に設置されたインドネシア初の二十四時間ニュースチャンネル）の記者もふたり加わり、復元船の航海のようすを報道することになった。ふたりが参加したことで、わたしはいっそう落ち着き、くだらない夢を実現するための基礎条件が完全に整ったと自信たっぷりに思った。

アンハールの母親の村では、船員たちの家族以外、出航式を見にきた人は三十人にも満たず、私たちの航海の正式の出航式はなんとも淋しいものになった。五人の船員は遠くに行くことを知っていた。それがまたわずかばかりの生活費のためであり、村の狭い世界からの脱出のためであることも知っていた。遠洋航海の男という位置を手に入れるために「貧しさ」から海に出ることになったのに、男っぽくふるまっていることもわかっていた。私は泣くに泣けず笑うに笑えない心境だった。彼ら五人はそれぞれに「俺はインドネシアじゅうで最も優れた水夫だ」と私に売りこんでいた。同胞のまえでは、英雄気取りだったが、私には彼らが内心怯えているのが感じられた。

「あんたはこの船の幸運の星だ。僕を強くしてくれる」日本の航海冒険家の山本良行さんは私にこう言ったが、私におもねることばでもあった。

山本良行さんと台湾のスポンサーの陳さんが、ほかのスポンサーからの義捐金を得ようと計画した行程は次のようなものだった。インドネシアからニューギニア、パプアニューギニア、ソロモン、フィジー、クック諸島、ソシエテ諸島のタヒチ、イースター島、そして北上してチリのリマに行き、その後カリフォルニア州へ、終点はロサンゼルスだった。ふたりは私に全行程の航海に加わってほしいと言った。そうすれば私の航海の夢がかない、偉大な台湾海洋民族の「航海記事」を書くことができると言うのだ。しかし、そのことばは軽く感じられた。まるで民進党の「海洋立国」のページをめくるのと同じくらいたやすく、しかも「命を棄てて坊ちゃんの火遊びにつき合う」ようなもので崇高な事業とは言えなかった。

私の観察では、山本良行さんの「命知らず」ぶりはこんなところにあった。たとえば、出航まえに衛星電話の説明書を読まず、陳さんが教える通話の基礎的なキーを聞いておくだけだった。GPS〔全地球測位システム〕や航海の方向定位については、ほとんどでたらめにキーを押し、出航寸前には衛星電話を壊してしまった。それでもすぐに陳さんに教えてもらうことはしない。私から見ると、彼は私よりも大雑把だった。それに、彼の目的は古代の航海を復元することではなかった。自分がオーストロネシア語族の末裔だと考え、一念発起して書を著し、自分が純粋な日本人でないことを証明するためであった。私たちは岸で正式に出航するという顔をし、インドネシア人の船員はごく少数の見送りの人びとに勇敢さを気取っていた。アンハールは、年は最も若かったけれど、最も航海の経験を積んだ若者で、山本さんは彼を最もあてにしていた。私はさしずめ船上の坊ちゃんといったところで、船では作業の責任はまったくなかった。仕事道具や物資をすべて船に運び終えると、私は地図を見た。私たちは南半球の南緯二度の位置にいた。出航のとき天気は晴朗で、風力は三級程度だった。山本さんはこのとき私に英語でこう言った。

「私たちは航海家だ」

「わが航海の祖先のみな様、私たちに同行してください。これはみな様がかつて航海した海です」

私は心でそのように唱えて、タオ語で口に出して言った。

船長はアントン、コックはカハル、機関士はブラウ、水夫はアンハールとハドゥという名前だった。船にはほかにテレビ記者がふたり乗りこんで、記録のために随行していた。

ヴィラッド号の船体は流線が非常にきれいだった。船の中心構造は一六メートルの太い原木を穿って造った丸木舟で、その原木は非常に堅かった。それに板木を組み合わせて船体が造られていた。この技術は蘭嶼の板木を組み合わせて船を造る方法とまったく同じで、それにヤマグワを木釘に使っていた。内部には小さな船艙が二つあり、寝ることができ、また荷物を置く場所でもあった。甲板は私たちの活動場所だった。雨水や海水が船内に入りこむのを防ぐために、ガラス繊維がしかれていた。船の高さは二メートルしかなかった。アウトリガーは大小二本あり、船尾に近いところに取りつけられていた。船の吃水は九〇センチだった。両側に四本の平行木柱が立てられ、船が強風や大波に遭ってもすぐに傾むいて、転覆したりしないようになっていた。

船が航行をはじめた。私たちも正式に航海に出る気持ちを起動させた。私は心のなかでこうつぶやいた。

「僕の夢はどうしてこんなに変わっているんだろうか。子供のときの夢が、どうして本当に実現するんだろう？」

船上では船尾に近い右側に、つまり三つ目のアウトリガーの上方に私の場所を確保した。空には一片の低い雲もなく、晴れわたっていた。風力はほどよく、帆を揚げると、船は時速六ノットになった。最も安全な速度だった。海の気象も山本さんが船体の構造を試すのにちょうどよかった。

「おお、出航だ！」今回は、蘭嶼で自分の舟を漕いで「出航」するときとは異なっていた。蘭嶼では日帰りするが、今回はもどってこない航行だった。ただ前に進むだけで、後退はなかった。言い換えれば、私はすでに弦に矢をつがえている状態で、「後悔」する理由はもはやなかった。

船員はみな船上に座って、太陽にじかに焼かれながら、スラウェシ島の西側を航行した。揚げられた帆は風を三十度の角度で受けながら進んだ。帆にはスポンサーのロゴと私が名づけた「Vilad（ヴィラッド）」の文字が描かれていた。船首が波を切って進む。その勇壮さはまるで武士の刀が風を切るようだった。船尾にはふたつの舵《かじ》があった。ひとつは予備で、主要な舵は左側にあり、船長のライセンスがあるアントンが舵をとっていた。船の甲板は海面から一メートルほど離れていた。四本のアウトリガーは、いずれも長さ八メートルで、海面でバランスを取るための竹は長さ一〇メートルだった。パンブスアン村で船造りにたずさわった人びとは、確かにベテランぞろいで、船はしっかり造られていた。出航の日は天気が良かった。そのため山本さんは、四本のアウトリガーが丈夫にできているかどうか、まだ確かめることができなかった。この日は二〇〇五年の六月一日であった。

私は外国人であり、インドネシア人たちのあいだでは、山本さんの話から、すごい「海人」で、毎日海に出ている潜水夫としてとおっていた。彼らはまた、私がこの船のために鶏をほふり、祈りを捧げ、儀式を行う伝統的な「祭祀巫師」のような身分にあると見ていた。彼らは赤道を挟んだ海域で育ち、漁に出ても暴風雨に遭うことは滅多になかった。また貧しさのあまり村から出ることもできなかった。しかし、同じ肌色で、インドネシア語と通じることばをしゃべる私という人間に出会い、このふたつの条件が互いの距離を縮めた。こうして私は彼らから尊敬されるようになった。

出航した初日は見渡す限り晴れわたっていた。南緯二度の風向きはスラウェシ島の西側から北に向かって吹いていた。北半球での経験から言うと、これは西南の季節風だったが、波は穏やかだった。この地域の海は、船長からコックまで五人のインドネシア人はよく知っており、海の気象も熟知していた。つまり、「航海」のスタートは、彼らがよく知った「安全」圏内において切られたと言える。ヴィラッド号は、スラウェシ島の西側を岸からほぼ五カイリ《ウェイリ》離れて航行した。「航海」に出た興奮のようすは、みんなの好奇心に満ちた顔に書かれていた。船に積まれた食料は白米と維力のインスタントラーメン、それに山本さんの好物のバナナだけで、干し魚も少しあった。船艙には炊事用の簡易かまどが設置され、灯油でご飯を炊くことができるようになっていた。

六月初旬の赤道の海は焼けつくように暑かった。私のかばんに入っているのは外套、バスタオル、全身用雨がっぱ、サングラス、それに潜水具一式、万一に備えてナイフ一本、コーヒーを飲むためのステンレスカップひとつ、それだけだった。インドネシア紙幣は一万ルピアほどもっていた。太陽が照りつけていたが、山本さん以外はみな、直射日光にほぼ適応できた。しかし、私たちは帆桁にあげた帆で太陽を遮って涼しくできたが、船尾の操縦席には太陽を遮るものはなにもなかった。アウトリガーは船外にあったが、船の両側に二枚のむしろ分ほどの長さの簡単な棚が造られていた。ここにはいろいろな物を置いていたり、寝床になったりした。インドネシア人はとくに白色が好きだった。だから甲板はすべて白く塗られていて、太陽が照りつけると非常にまぶしかった。全長一七メートル、幅二メートルの復元船は、ふたりの記者が加わって全員で九人となり、確かに手ぜまだった。アントン船長は船尾の操縦席にいて、寝床用に大きな網を編んでいた。私は第四番目の桁構えに竹の梯子をしばりつけて寝床にした。つまり、寝ている私のからだは海面上にあり、足は船体内にあって、寝ると実に気持ち良かった。

二か月ほどのあいだ、インドネシア、台湾、蘭嶼を行き来して、乗組員とは親しくなった。機関士とアントン船長には妻がいた。三人の船員は独身で、アンハールを除いたコックと丸木舟（補給用）を漕ぐのがうまいカハルは同性愛の気があり、イスラム教の信者でもあった。海を四日航行したのち、全員が便秘になって排便できないことに気がついた。私はこれまで便秘をしたことがなかった。そこで私は山本さんに陸に船を向けてくれるように頼み、オレンジやミカンなどの果物を買って、からだにビタミンCを補給することにした（大航海時代の十六、十七世紀、多くの船員が壊血病やビタミンCの欠乏で死んだ）。ミカンをたくさん買ってくると、夢中になって食べた。その効果が出たので、私はトイレットペーパーを手に船尾に行って排便しようとした。インドネシア人たちが目を丸くして私を見ていた。山本さんが私に日本語でこう言った。

「トイレットペーパーはダメだ（私は日本語がわかる）」彼は左手でその仕草をしたが、私にはあの左手の仕草を受けいれられなかった。そのあと、船尾に半時間ほどうずくまっていた。すごく苦しかった。排便をすますと、腹のなかから大きな石を落としたような感覚で、体重が突然減り、からだも軽くなった。そのときから、インドネシア人の左手の習俗を尊重するために、私は排便の習慣を改めて、夜にトイレに行くようにした。

五日目のとき、ふたりのインドネシア人の記者がこう私にたずねた。

「あなたはどうして太陽にあたるのを怖れないのですか」

「慣れですよ」私はそのように答えた。

一九八九年に、私は家族みんなで蘭嶼に帰った。父は私たちが帰ったのを機に、私のためにタタラを造ってくれた。タオの男の生きるための条件は、一人前になった男の尊厳である漁具を増やしていくことだと言った。当時、村にはエンジン船が二隻あるだけで、村の人たちはタタラを使って漁をしていた。とりわけトビウオの季節はそうで、村の浜には三十艘のタタラがあった。タタラの数は私の子供のころの記憶とほとんど変わらず、人びとのあいだでは伝統的な漁のやり方がまだしっかりと守られていた。それに伝統的な漁の規範もまだ完全に整っていた。私にとってこれは幸運なことで、子供のころのシイラ捕りの夢をかなえられたし、私のいまの思考の源泉ともなった。また「伝統的な生活美学」と環境の生態の季節の移り変わりが融合した、島の民族の貴い知恵を深く体得することができた。このような過程で、私はさまざまな近代的な便利さを取り入れることによって、それぞれの民族が「伝統的な生活美学」をいつの間にか破壊されていくのを知った。「便利さ」のなかで、民族の生活のリズムや価値観が分化され、解体されて、秩序の崩壊が静かに進んでいくのだ。

私が舟の漕ぎ手として新米のころ、父がシイラ漁のときには、あの経験豊かな従姉の夫について舟を漕ぐんだと言っていた。あのころ、村のまえの海は二つの村の男たちの漁場になっていた。私は三十を出たばかりだったが、船団の年長者には八十歳や七十歳過ぎの人たちがいた。そのころ、同級生のカロロはシイラ漁の名手になっていた。私はこの漁に加わって「伝統的なタブーの美学」について学んだ。たとえば、海上では他の人にビンロウを食べさせてはいけない、水を飲ませてはいけない、さらに大声で叫んではいけないなどだ。父親も、お前が海上でだれかが歌っているのを聞いたら、その人が歌っている歌詞を静かに聞くのだと言った。私はそのころは聞いてもわからなかったが、その後ようやくわかるようになった。父は私に海上で海流に乗って流れてくる男の歌を学ぶようにと言った。それは魚たちに聞かせる歌で、私たちに食物を運んできてくれる海をほめたたえていた。多くの歌詞には、タオ族の海への感謝や畏敬の気持ちが込められていた。男たちの出漁の目的は、トビウオやシイラを捕ることだ。しかし、父のことばから、トビウオの季節には男は海に奉仕（すなわち漁）するものだということを体得した。その考え方は漁は季節による生態の変化に従い、トビウオや大型捕食魚〔シイラやマグロなどトビウオを食べる大型魚〕を捕るためには集団で招魚祭を行わなければならないというものだった。このような魚は回遊魚で、季節が来ると捕ることができ、乱獲してはならない。その期間、深海にいる魚は成長期にあり、捕ってはならない。今日的な観念で言えば、それはタオ民族の海洋生態倫理観と言えるもので、よその国の学者が言う生態系保全観念ではない。この「保全」は私たちのことばにはない。私たちのことばではサンゴ礁に住む魚を「休息」させ、「邪魔」してはいけないという意味になる。私たちが使うことばのほうが高尚で優雅だ。

父がブタをほふる儀式を行わなかったので、四年間、私は厳しい日差しが照りつける海で、水を飲むことはできなかった〔海上で水を飲むには、ブタやニワトリの血を供えて海の神の許しを得なければならない〕。仲のいい同級生のカロロ（のちのシャプン・トゥマルク。そのころ、同級生は十数人いたが、十数年後、私たちだけがシイラ漁の伝統漁をしていた）と並んでタタラを漕いでトビウオを釣っていたが、私が喉が渇いても、彼が水の入ったペットボトルを渡してくれることはなかった。それがタブーであるというのは、大きな魚を釣る名手であったカロロが私に水を飲ませれば、彼の長年の運気が私に移り、彼は幸運を失うことになるからだった。このような伝統的な解釈は科学的ではないし、文章に書かれたものではない。しかし、私たちの内なる漁の美学がそのなかに流れ、心地よく感じる。私は朝六時に海に出て、十二時まで水を飲まなかった。この四年間の苦しい訓練によって、今回こうして突然実現した航海の夢を実行するさいに、灼熱の太陽に耐え、紫外線の被害に耐える十分な体力が身についていた。父に、あるいはタオ族のこのような訓練に感謝せずにはいられない。これもまた子供のころから厳しい太陽のもとで漁をする父祖の世代の精神を敬愛してきたからであり、海上でタオ族の詩を聞くことで厳しい太陽のもとで心を落ち着かせ、正常心を保つことを学んだからであった。父にはとても感謝している。

私たちが毎日見ていた海図は、オランダ植民地時代のインドネシアのものだった。山本さんはそのころ熱心に、アンハールに基礎的な航海学を教えていた。私自身は大学院で南太平洋のポリネシア人の航海学の本を読んでいたので、多少なりとも実学的な航海術のことはわかっていた。さらに蘭嶼で雲層や風向き、風力、潮流について自ら学んでいたので、これらの自然に関する知識については自分でもかなり敏感だと思っていた。しかし、今回のように北に向かう航海は、山本さんにとっても私と同じようにはじめてだった。航海のうえで非常に重要なことがひとつあった。船の両舷の灯は、夜間は左が緑で右は赤だが、同じ色が重なるときは、対向して航行する船があるということで注意しなければならない。色が異なるときは、並行する船があるということだ。ただ、私たちの船の左右の灯はよく故障し、光らないという問題があった。それで私は夜、山本さんとアンハールに付き合って眠らなかった。航海をはじめて六日目、山本さんが急に緊張しはじめた。理由は、彼は航行の時間数と距離数、つまり一時間に何カイリ進むかの計算ができなかったからだ。船は風力の強弱によって速度の差が生じる。緯度の一目盛の距離は六〇カイリで、仮に風を受けて走る船の速度が一時間五カイリなら、十二時間で六〇カイリとなる。つまり南緯二度から一度まで昼いっぱいかかることになる。彼の最初の目標は赤道直下の島を越えることだったが、そのまえに彼は落ち着かなくなった。そこで奥行きの深い湾に船を進め、そこで一日休むことにした。そして船員たちには上陸してムスリム寺院の礼拝に行かせ、はじめて遠く航海に出た彼らの心を落ち着かせることにした。

海上から眺めると、湾があれば必ず大小の集落があり、簡単な埠頭がある。私たちの船が停泊したところは陸地から約三〇〇メートル離れていた。彼らはモスクに行くのに、丸木舟を漕いで上陸した。私はこの機会に、海に潜って魚や貝を探した。そのあと陸にあがって観光した。そのときに気がついたのは、この集落はグーグルでも見つけにくいのに、陸にあがってから入ってきた小型の船に近づいて見ると、なんと船内の魚艙はイワシでいっぱいになっていた。蘭嶼の十人乗りのチヌリクラン三艘分の漁獲でとても驚いた。道路に沿って歩いていくと、なんと日本の漁業加工工場があった。日本人はみなインドネシア語を話していたが、話せるだけでもすごいものだ。この日は北上して航海してきた最初の休息日となった。ただ補給はしなかった。

彼らがモスクに行って祈っているあいだ、山本さんはインドネシアの海図を出してきて、この地域の海底の地形を調べはじめた。それは夜の航行時に暗礁を避け、安全をはかるためだった。私たちは世間話をしながら、海図を詳しく見ていた。彼は言った。「あとふつか航行してから、どこかで水や油、それから果物や米を補給しなきゃならんね」

遠くからモスクがインドネシア語で放送するムスリムの宣教の歌声が聞こえてきた。音量は異常に高く、その村の宗教ではイスラム教がほかの宗教の教派を圧倒していることがよくわかった。山本さんはそのとき、彼専用の船艙からウイスキーを一本取りだしてきて、「ふたりで飲もう」と言った。そしてあの連中には言わないでくれと言った。彼は地図に一本の線を書きながらこう言った。

「ここはインドネシアの赤道直下の島。私たちが南北半球を越えるために一本飲みましょう」山本さんは私のまえでは、どの宗教についてもその是非を語らなかったし、船上では最も避けるべき話題だった。その夜、私と山本さんは酔っぱらった。午後から明け方まで眠ったが、真昼の太陽のもとでの睡眠とは違って、その夜はぐっすりと寝ることができた。私は起きあがると、ポリバケツから水を汲んだ。そしてタオルを水に濡らして、それで顔を拭いた。歯も磨いた。コックは私が起きたのに気づき、すぐに湯を沸かし、私のスチールコップにコーヒーを入れて飲ませてくれた。彼が私にコーヒー一杯を入れてくれる代価は、白いパッケージの長寿タバコ一本だった。互いに通じる共通のことばはなく、ただイエス、ノー、オッケーだけだった。

このコックは四十近かった。私は最初は船員たちのことをそれほど真面目に観察していなかった。これは、細かいことにはこだわらないという私の性格ゆえかもしれない。その後、船で過ごすうちに、彼らはそれほどいい船員ではないとわかった。アンハール以外の船員たちは、私とのからだの接触をできるだけ避けようとしたが、それは彼らの宗教観からくるものだった。船では、互いになんでもない習慣がどうしても気になるが、できるだけほかの人の邪魔にならないようにして、それぞれの責任を果たした。私の立場は「祭司」だった。私はこのコックが気になった。と言うのも彼には変わった癖があって、昼食や夕食をつくるとき、いつも船長のうしろに蹲ってトイレをするのだ。左手の習俗から、トイレットペーパーを使わない。このような習慣のない私たちからすれば、彼が飯をつくるまえにトイレに立つのは気持ちが悪かったが、しかし、船にはセブンイレブンのようなコンビニはないのだ。お腹がペコペコのときは動く海を見ながらご飯を食べ、できるだけ彼のほうを見なかった。タオ族にトイレットペーパーが普及していない子供時代には、私たちは豚小屋に行ってトイレをした。もっといいのは海辺に行って、石で肛門を拭くのだ。これは環境保護になるし、また快適なやり方だった。私は石を使うのは好きだが、左手を使う勇気はなかった。船は狭く、日夜同じ場所で過ごす。多くの人の習慣に慣れる必要があった。だから、私はトイレットペーパーでトイレを済ませる時間を夜に換え、トイレットペーパーと左手の戦争を避けるようにした。

彼らの何人かは「インドネシアじゅうで最も優れた船員」を自称していた。出航してから、船尾で釣り針を垂らしていたが、数日たっても私たちは魚を口にできなかった。その後、私が代わって釣り針を垂らした。赤道直下の島に近づいたころ、まずカマスを釣り、さらにシイラを釣った。山本さんはそれを見て、親指を立てて称賛した。その真意は彼らは私よりずっと劣っているという意味だった。

「祭司」の身分でこの船の船霊のためにはじめて魚を捕った。わが民族、あるいは彼らの海洋観では、「船霊はだれが幸福を祈る者かを理解して」おり、船霊は最初の漁獲をその人に授ける。これは民族科学の解釈であって、西洋の理性科学の解釈ではない。これはまたもうひとつの形而上学だった。

カマスやシイラはヴィラッド号の縁起のいい魚だった。魚の身を細かく切って太陽で自然に干した。こうすればコックが焼きやすくなる。この航海で、彼らはスープをほとんど飲まず、ミネラルウオーターを飲んでいることに気がついた。刺身も食べようとしなかった。村の衛生習慣が良くなかったのは、私がこの船の船霊のために魚を釣りあげたために、彼らが自任していた優れた漁師という誇りが、たちまち打ち砕かれてしまった。私たちが赤道直下の島を確認したとき、天気はよく晴れてかつ風がなかった。私たちは四十馬力のエンジンで、船が海流に逆行して航海していることに気がついた。一時間に二キロで、私がタタラを漕ぐスピードより遅く、船ではとても退屈だった。そのとき、五人の船員がインドネシア語を英語に訳す会話のテキストを取りだし、同行している記者から英語の読み方を習いはじめた。最後には、アンハールだけが真面目に学んでいた。私は記者に、どうしてこのようなのかたずねた。彼が言うには、彼らがインドネシア語を知るだけでも難しいのだから、英語を学ぶとなるとたいへん難かしいことだということだった。アントン船長については、私や山本さんとはとくに関わることはなかった。ただ彼の性格を見て、三日坊主で、派手なことをして功績をあげたがるが、忍耐力がなく、最後までやり遂げることはないだろうと思った。

夜、山本さんがたいへん緊迫したようすでこう言った。

「あんたの羅針盤をもってきてくれ、わしらの羅針盤と比べたいんだ」そのとき、私たちは赤道直下での二日目の夜を過ごしていた。私たちはもう一度海図を広げ、私はこう言った。

「大丈夫だ、私たちは航路をそれていない」

その晩、ふたりは二本目のジョニーウォーカーを飲みつづけた。夜中の二時を過ぎたころ、波が出てきたと感じた。このときすでに北緯二度の場所にいて、吹いてくる風は少しひんやりしていた。考えれば、ずいぶんシャワーを浴びていなかった。夜が明けると、コックがいつものように湯を沸かしてコーヒーを入れてくれた。私は彼にタバコを一本渡した。午前十時ころになると、北方からひと塊の厚い黒雲が近づき太陽を遮ってしまった。風はしだいに強くなり、波も三級から五級に近づいた。これはヴィラッド号が初めて遭った悪天候だった。船はまともに天気と波の試練を受けた。二時間経つと、雨が降りだした。私と山本さんは服を脱いでからだを洗った。わあ、すごい雨だ。からだを洗うと本当にいい気分で、海水でべとついたからだをきれいさっぱり洗い流した。ところが、からだを洗い終えたころ、この黒雲は熱帯地域のスコールではなく、熱帯低気圧だったことに気がついた。私たちは、帆をたたみ、ロープでしっかり結んだ。風と波は突然六級と強まった。しかし、ヴィラッド号の船型は波を切る流線となっていて、船は一時間三カイリの速度で進んだ。スピードは遅かったが、しかしたいへん勇壮な光景だった。船首は波を切り、波は船の甲板に平行に打ちあがる。それはサーファーが波に頭を突っこみ、また浮びあがってくるような情景だった。私は立ちあがって雨がっぱを着た。船から前方を見通せる距離は一〇〇メートルにもおよばなかった。船には、インドネシア人が海上の気象情報を得るラジオもなかった。これは山本さんか、私がうっかりしていたのだ。黒雲は頭上に覆いかぶさり、風は強かった。海上には一隻の船も見あたらなかった。私たちには当然、随行する護衛船はなく、私たちは本当に「冒険」に出ているんだと悟った。波と風は船に襲いかかり、この船が試練に耐えられるかどうかまったくわからなかった。

長さ八メートルのアウトリガーが四本、三メートルの波のうえで上下に揺れ、船体は軋んでギーギーと音をあげた。パンブスアン村の村長の家でヴィラッド号を建造したとき、船体の内外のつなぎ目はほぼすべて籐《とう》でつくったロープを使用した。それは海水では腐らない自然の植物で、一般の市場で売っているロープより硬くて丈夫だったからだった。蘭嶼の伝統家屋や涼み台でも、籐で木と木のつなぎ目をしめあげる。これは多くの辺境の地の住民が使っているもので、このような使い方は広く普及している。山本さんは二本の帆柱の強度を調べた。籐縄は、気温で弛むことはないことがわかった。風と波は強く、猛烈なスコールだった。黒雲はちょうど私たちの頭上にあるようだった。私たちには護衛してくれる船がないだけでなく、低気圧のなかに入っているので島の輪郭も見えなかった。からだを三百六十度回転して見渡しても、目視できるのは白い霧状の波しぶきだけだった。このような情景は三時間つづいた。このような海象のなかで、孤独な航行をしていると、私たちの心には恐怖が生まれた。風向きが変わって私たちの右手から風が吹くようになると、アンハールとカハルはアウトリガーのうえに立った。これは船体を平衡にするための危険な動作で、波が襲ってくるたびに、船と平行についている海面下のアウトリガーの平衡柱は魚雷のように波の谷間を突き抜けた。すると、アンハールは籐縄を握って猿のように飛び跳ね、まるで海と恋に陥っているようだった。波が次々に襲ってきた。私たちはだれも救命胴衣を着ていなかった。私と山本さんは竹の甲板のうえに座り、アンハールに前からくる波に注意するように声をかけた。雨がやんでからも、彼は船外にいて船と平行に進み、さらにアウトリガーで綱渡りをして私たちを楽しませてくれた。山本さんは、彼は「海の子」だと言ったが、私が言う「海人」の意味だった。

アウトリガーと船の平衡を保つための竹はどれも丸く、動く海面では確かに歩きにくかった。アンハールは小学生のころからパンブスアンにいて、村々にある簡易停泊地で暮らしを立てていた。飯さえ食わせてもらえれば給金は要求しなかった。その後、三トン級のサンデック船〔西スラウェシの伝統船〕に乗るようになった。サンデックとは片側にだけアウトリガーをつけた船だった。この地方では、南緯に位置するパンブスアン区域で操業した船の漁獲をマカッサルに売っていた。だからアンハールは青春時代をほとんど海上で過した。つまり苦しい生活だったのだ。山本さんは、私たちが航海に出る四年まえに「航海の冒険」を計画したとき、パンブスアン区域でインドネシア語を学んだ。そのとき、人にアンハールを紹介され、ふたりの関係は親子のようになった。航海のまえに、インドネシアでのスポンサーの劉さんと黄さんのふたりも私にこう言った。この船で信用できるのはこの子だけだ。とくに岸に着いて船員たちがタバコ代がほしいと言っても、あなたから渡してはいけない、上陸したときの費用はすべて山本さんが責任をもつと。

赤道直下の島を過ぎると、この小さな嵐以外は、ほとんど風が穏やかで波が静かな天気となった。船はゆっくり進んだ。スラウェシ島の西側の岸から五カイリ以上離れて航行した。私たちが食べる昼食と夕食は、ふだんは白いご飯入りのラーメン、それに干した塩魚で、野菜は一切なかった。夜にトイレに行くのに慣れたころには、私はよく食べていた。しかし、我らが大コック先生の悪習は変わることがなかった。彼はいつも航行中にアウトリガーをつかんで泳ぎながら用を足した。これはなかなか真似できない芸当で、退屈極まりない航海生活では、いつも私たちの退屈しのぎとなった。とくにジャカルタから同行してきたふたりの記録映画の記者は、彼にトイレの時間を変えてくれるように何度頼んだかしれなかった。しかし、彼は変えられないと言っただけではなく、一般のサンデック船でコックをしていたころは、用を足すとお腹が空き、料理をつくるのに元気が出たと言った。私は、インドネシアの海で生活する人たちは、それほど優秀な船員というわけではないとずっと思っていた。と言うのは、船主は通常、アンハールのような貧しい家の子供を働かせ、給料を支払わず、二回の食事を与えるだけで搾取する。私たちのコックもこのようにして育ち、その後、船のコックになることを望んで、簡単な料理を習い、金をかせぐようになった。しかし貧しい集落は人口が多く、教育水準が低い。労働力は多く、賃金は安い。物価も低い。だからコックが船に乗って一か月に要求する給料も台湾元千元に過ぎなかった。それで航海のあいだじゅう、彼は私にコーヒーを入れてくれるが、その代価はタバコ一本で、一日でだいたい三本渡していた。毎朝、彼は私にコーヒーを入れてくれるが、山本さんのために食事をつくっていた。山本さんはインドネシアの海人たちの船上での食べ物、ご飯やくたくたに煮たラーメン、そして干魚にとても慣れていた。これ以外に大量のオレンジがあり、海上でのビタミンCの補給源になった。

山本さんの東京でのもともとの仕事は、私に語ってくれたところでは、記録映画の監督、撮影スタジオでの撮影指導などで、日本での過去のことについて話すのをあまり好まなかった。彼は妻とふたりの娘のために二十数年努力して働き、東京で小さな家を買った。娘たちがそれぞれ四歳、六歳になると、流浪をはじめた。かつてフィリピンから黒潮に乗って北上し沖縄まで航海した。そしてまた、インドネシアからインドまで航海し、ある海域で彼の小型船の船底に穴が空き、イギリス船に救助された。イギリスに数年滞在したあと、彼はまたインドネシアに行ってインドネシア語を学んだ。そして、信頼できる航海仲間を探し、さらに交流協会の台北事務所で台湾籍のスポンサーを探してくれるように交渉した。彼はその後日本語に訳された私の小説『黒い胸びれ』を読み、私のことが少し印象に残ったようだ。東京の家を離れてからは、家族とはもうまるまる十年も離れていた。だから彼は私にこう言った。家族は僕がいま生きているか、死んでいるか知らない、十年間連絡を取っていないからね、と。

いったいなにが、山本さんを海に引きつけたのか、私にはよくわからない。彼は私に自分は純粋の日本人じゃない、自分には琉球民族の血統が混じっていて、それで航海していると淡々と語った。それに彼はバナナが大好きな人だった。

六月四日、私たちは曲がり角にある海辺の村で、飲料水、それからガソリンの補給をする準備をした。その集落はサミティギと言った。この村から、航海の方向を北から東へと転換する。だいたい北緯一度と二度のあいだにある漁村で、熱帯の無風地帯であり、酷暑で風がなく、航行は非常に遅かった。山本さんは船員たちに陸にあがって休養するように言い、それから私を連れて陸にあがり旅館を探しにいった。ゆっくり休んで、からだを洗いましょう。それからアンハールを現地の魚屋に行かせた。三人で腹いっぱい食べましょうと言った。彼がもっている金はスポンサーから与えられたもので、もちろんタバコも買って船員たちをねぎらっていた。

サミティギの漁村の岸に着くと、そこはたいへん汚く、細い道が複雑に入り組んでいた。海岸沿いの多くの家は、十数本のチャンチン〔香椿〕の木で建てられていた。現地の人が言うには、このような家はよそから来た陸地に土地をもっていない人のもので、彼らは生きるためにイスラム教を信じているということだった。大半は人の家の手伝いをしたり、使用人として雇われたりしていた。ここでは人びとはビンロウを食べていた。通りではたくさんの小さな馬が運搬車やタクシー代わりに使われていた。私と山本さんはからだを洗ったあと、三人でできるだけ清潔なレストランを探した。しかし、山本さんが気に入った店は一軒もなかった。私たちは「焼き魚」を食べさせる店を一軒探しあてた。焼き魚を頼み、それぞれ人に分けずに自分で食べることにした。私は鯵を二尾頼んだ。インドネシア人の焼き魚は、少し酸っぱい甘みに辛さがあって私は好きだった。私と山本さんはそれぞれビールを六本飲み、アンハールは二本飲んだ。山本さんは私たちに、船の海面の平衡を保つ浮き竿はマナド市(6)に着いてから補修しようと言った。夜寝るときになると、その宿があまりにもうるさくて私はほとんど眠れなかった。

翌日の朝、私を最も驚かせたのは、スラウェシ島の道路沿いに並んだカトリック教、プロテスタント、安息日派、ムスリムのモスク、ヒンズー教などの教派が、それぞれの「歌」を早朝から放送していたことだった。その音量は非常に大きく、たいへんうるさかった。アンハールは、各教派が流している音量はその宗教の強さをあらわしていて、スラウェシ島のほとんどの村が同じような状況で、本当に「人も鶏も騒々しい」んだと言った。私が村を歩いて観察したところでは、確かにここでは学校は十分に普及しているが、しかしその大多数を占めているのはムスリムの家庭の子供だということだった。この「多数」というのは、多くの家庭でイスラム教を信仰しているということだが、早くから子供を働きに行かせているということでもあった。子供たちの父親はここでは習慣的に「教父」となり、子供を働かせて自分はなにもしなくなるのだ。アンハールは、この「多数」は村におけるムスリムの勢力を意味しているが、それが「多数の文盲」を生みだしているんだとも言った。インドネシアは発展途上国で、地域の発展はもともと不均衡な状態にある。イスラム教の聖職者の信者の教義は「排他性」が際立ち、西洋のキリスト教とは火と水のように相容れなかった。そして船私は朝の船着き場あたりまでぶらついてみたが、ほとんどがムスリムで占められていた。そして船主が船を出そうとすると、船着き場近くにいた子供たちが押し寄せ、だれにも止められなかった。子供たちは沖に出て魚を刺し網に追いこむのだ。海上で一食にありつければそれでよかった。

キリスト教会まで行くと、子供たちを車に乗せて学校に連れて行くのを見た。そのようすを見ていたアンハールの目は「無意味だ」と言っているようだった。彼は中学校に行くのは時間の無駄だと考えていたし、家庭でもごくつぶしだと考えられていた。造船の村、パンブスアンの子供たちはほとんどみな小学校卒程度で、私たちの船員四人はほとんど学校に行っていなかった。アントン船長は中学校を卒業してから努力して航海学を学び、船長の基礎課程の授業を受けており、レベルが高いほうだった。そのあと、簡素な船着き場に立って見ていると、私と似た年配の人たちは、ほとんどもう老人の段階にあるようだった。私がショートパンツをはき、スキューバプロのフィン、マスク型の水中メガネを手に提げていたので、彼らは私がよそ者だとわかった。そこにいた人たちは、当然ムスリムだったが、魚網で漁をする。パンツを穿き、水中メガネは私の父の世代が使っていたプラスチック製のもので、双眼の水中メガネだ。私はフィンを提げて歩いていった。航海をしてきたために、私の肌は彼らと同じように黒く、長髪で、タバコを吸い、ショートパンツ姿だった。彼らはみな上半身裸で裸足だった。小さな双眼の水中メガネを首に掛けていた。ひとりの中年の男が目のまえに停泊している船を指さして、私にあの船から来たのかと言っているようだった。私がそうだと言うと、みんなが笑いだし、素晴らしいと親指を立てた。この男たちは大人も子供もみなビンロウを噛み、口元をくちゃくちゃさせながら、ビンロウの噛み汁を吐いていた。ひとりの人がビニール袋を私にくれた。その仕草は私が蘭嶼にいるときとまるで変わらなかった。ナイフ、ビンロウ、貝殻の粉、キンマの葉がみな揃っていた。私はごく自然に自分でビンロウをつくったが、その手つきから彼らには私がビンロウを食べられる人だと見えたようだった。そしてこのなんでもない手つきが互いの「共通のことば」となり、見知らぬ人という距離間がなくなった。だから彼らと一、二、三……と数えたり、顔の五官の呼称を言うと、みんなは驚いた。実際、タオ語とインドネシア語にはたくさんの同じ語彙がある。それから、私はインドネシア紙幣を取りだして、一万、五万、十万の数字の呼称を口にした。デンパサール国際空港で、私たちが使っている数字とフィリピンの公用語がまったく同じであると知ったので、私がこれらの数字を口にすると、みんなは大笑いした。

ビンロウを嚙むことや、数字や単語の類似は、「オーストロネシア語」の使用範囲が非常に広いことを物語っている。早朝の焼けつく太陽やあちこちの教会からの騒音は、このときにはもう私たちをわずらわすことはなかった。私はコンクリートの地面に台湾と蘭嶼の位置を描いて、ここが私が来た島だと説明した。さらにニューギニア島を描いて、インドネシア語でイリアンジャヤ州と言って、私たちはここまで航海する予定だと話した。実際、私がこの人たちに出会ったのは、私の旅における偶然だった。彼らは首を伸ばして、私たちの船を見、そして私を見た。彼らが一生行くことができない場所を想像しているかのようだった。私は彼らといっしょにビンロウを嚙んだ。彼らはみんなイスラム教徒だったが、私の村の人たちとよく似ており、小学校卒レベルだった。彼らは私を見て驚きもしないし、好奇心ももたず、たまたま見知らぬ人に会ったに過ぎなかった。このとき私は、胸にかけていた十字架をはずしたことを良かったと感じていた。劉さんが私にこう言ったことがある。彼は漁業の仕事をしているが、この島のイスラム教徒がほかの教派の人びとを非常に強く排斥することが実際に理解できないと。だから、私が信仰をもっていないと知ったとき、彼らは私に比較的親しく接してきたのだ。私は経験から、早めにこの人たちから離れたほうが安全だと感じた。別れ際に彼らに台湾の白いパッケージの長寿タバコを一箱渡して離れがたい気持ちをあらわした。それにしても、ここのイスラム教徒は、どうしてこんなにほかの宗教を排斥するのだろうか？

実は、蘭嶼でも、多くのキリスト教徒は仏教徒をひどく排斥する。牧師から、仏教は偶像崇拝だと聞いた、線香を焚いてさまざまな神を拝むと聞いたりするからだ。私から見れば、これは西洋の神学が自己の信仰を唯神化し、さらにその信念を第三世界、第四世界に伝えたのだ。クック諸島でもフィジーでも、そこの原住民は神は唯一の神だと信じている。これはいわゆる「神」に、世間の人びとの目から見て高貴と卑賤の区別があるということなのだろうか。もちろんこの考えもすべて人間の言ったことである。

さらに三〇メートルほど歩いていくと、比較的小さな音の音楽が聞こえてきた。すぐにそれはカトリックの教会だとわかった。ずいぶん変わった洋風の教会建築だった。近づくと、地面を掃いている中年の人がいた。そこではっと今日は日曜日なんだと気がついた。それほど多くはないカトリック教徒がそれぞれ『聖書』を手に教会に入り、その週に指定された聖歌を歌っていた。この集落の宗教は本当に複雑だ。それは蘭嶼島のある村に五つの外来の教派が来て、ついには二つの教派が三年後に敗退したような状況に似ていた。タオ族はトビウオはキリスト教の神が与えてくれたものとは決して信じていないし、海での漁で「主に感謝します」とは言わない。このことばを海上で口にするとひどくおかしく感じる。私たちはみな「カトゥワン」と言う。そう言うと、トビウオ、海、舟、人などが一体となったように心から感じるのだ。私は、インドネシア人にとってイスラム教は移民の外来宗教だと考えているが、この島にはイスラム教徒がどうしてこんなに多く、そしてどうしてこんなに過激なのか、本当に理解できなかった。私は歩きながら、両親や伯父のことを思い出していた。彼らは自分たちが住む環境をよく知っており、そのことが確かな信仰を形作ってきた。私にもその信念の傾向があるようだ。畢竟、神が人間世界に降りてきて、確かに天国があるとおっしゃったとはまだ聞いていない。もし天国があるならおそらく人でいっぱいで大変だろう。

早朝の赤道直下の日差しはひどく蒸し暑い。教会を過ぎてさらに歩いていくと、もう一つの簡素な船着き場に大勢の人が立っていた。日よけテントのある、長さ一二、三メートル、幅二メートルほどの二艘の船が泊まっており、ちょうど魚が水揚げされていた。漁獲はほとんどが手の平ほどの大きさのアカタマガシラだった。ここ数年私が蘭嶼で潜水してみると、この種の魚は急激に減っていた。地球温暖化で水温が上昇したからなのか、それとも人間が混殺〔無差別殺戮〕、乱獲した結果なのかわからなかった。今日まで生態魚類学者もまだ、それが温暖効果なのかどうか完全に実証できていない。私個人は、人間が混殺し、乱獲した結果だろうと推測している。十数年来、私はインドネシアやフィリピンなど多くの島で潜水してきたが、魚が棲息するサンゴ礁地帯では、ほとんどが青酸カリを使って熱帯魚を捕ったために、サンゴ礁の成長と生態が大きく破壊されている。バターン諸島、ミンダナオ、インドネシアなどの浅瀬のサンゴ礁では、手で触れれば、サンゴはすぐに粉々に砕ける。だから潜水夫が潜ると、魚はさらに深い海に逃げていくのだ。

私は中年の男たちが魚を水揚げしているのを見ていた。まだ大きくなっていないアカタマガシラばかりで、それを個人客や主婦や小さなレストランの店主が、それぞれ要るだけ量ってビニール袋に入れていた。最終的には、これらの魚は日本人の水産加工場に送られる。船主は水揚げは減る一方だと愚痴を言い、それを口実に若い漁船員たちの賃金を減らしているようだった。アカタマガシラの稚魚は群遊する浮遊魚で、サンゴ礁に棲息していた。私はこの漁は刺し網漁で行われたものに違いないと思った。魚網の網目が小さくなればなるほど、そして小指しか入らないほど小さくなると、大小の魚をすべて捕ってしまうのだ。

私は船着き場で魚を直接売り買いをしている人びとから離れ、丸木舟を漕いでいた色黒の男に乗せてもらって航海船にもどった。船にもどったとき、一艘の小型のエンジン船がついてきた。彼らは興味深そうに船を私たちの船尾に寄せ、インドネシア人の船員たちに話しかけてきた。彼らの笑い顔から判断すると、「この船じゃロスには行けないなあ」と言っているようだった。このことばはあの綺麗好きなコックが彼らに言ったようで、また私を指さしながらこう言った。「彼はこの船の祭司だ(記者の通訳)」と。船員たちは、自分と出身もことばも同じ同胞には自分たちがもうすぐ「航海の大きな夢」を実現すると大きく出て、自分は彼らより勇敢で高尚だとひけらかすのだ。一体この船はなんだと集まってきた人びとは、船員たちが村を離れることについては肯定的だったが、その目は「この船じゃロスには行けないなあ」と疑っていた。船員たちが補給後、船にバナナが何房かとオレンジが三十斤〔台湾の一斤は六〇〇グラム〕増えていた。陸では各宗教の聖歌が依然としてうるさかったが、村人たちは慣れてしまって、聞こえないようだった。聖歌の騒音は宗教間のもう一つの戦争であった。私がそのときに感じたのは、多くの教派が開発途上国の集落にもたらしたのは対立であって、調和ではないということだ。出航しようとして帆を揚げはじめたとき、記者が山本さんに言った。「もっと山奥の小さな町で、また自爆テロの惨劇が起こった」

ジャカルタから同行したふたりの記者は、私のまえでは彼らの宗教について口にしなかった。彼らが言うには、インドネシア各地の教派はなんとか平和にやっている。ただこのスラウェシという大きな島だけが緊張状態にあると。蘭嶼でも、私と同年代の伝道師や牧師はみな確固とした一神教者だった。その信念から、彼らは信者以外の人びととは排斥し合って往来しない。私個人のさまざまな経験からも、次のように深く感ずるところがあった。

「西洋のキリスト教が、西洋人が言う第三世界、第四世界に伝わったそのキーポイントは、『伝える』というところにある。要は、西洋の価値観を移入し、西洋の神学論、神学観、宇宙観で非西洋人の『伝統信仰』をひっくり返し、引き裂くことが目的だった。もともと、数えきれないほどの第三世界の地方を、大航海時代以降、『聖書』と剣を併用して鎮圧に成功し、宗教改革に成功した。私の観点では、地球上の文明がそれぞれ発展し、継続していくのは、その土地の文明の生態的な厚い基礎があるからで、西洋帝国の掠奪や殺戮が起こるまえの世界各地ではそうであった。文明の発展の本質は、文化やことば、環境観の多様化などであり、文明の基礎的な元素を豊かにすることである。なぜ西洋の教義は、弱小民族がもともともっている宗教を放棄させ、数え切れないほどある私たちの民族信仰を邪教だ、迷信に満ちた宇宙観だと言うのか。私自身、子供のころから自分の村で神父にそう言われ、私たちの伝統は『罪悪』の源だと吹きこまれてきた。ただ私はこう考える。簡単に言うと、世界のそれぞれの民族の伝統信仰は、私たちの民族科学そのものであり、土地や海に密着した生態環境信仰であり、生活環境と結びついた人間らしい教義である」

サミティギから出航すると、ここから私たちは太陽が昇る東方に向かい、北緯一度と二度のあいだを航海することになる。高校時代の記憶では「赤道無風地帯」である。この船はすべて木で造られていた。山本さんは、船にはエンジンを付けなければならないとわかっていた。パンブスアンで船を造っていたとき、私は機関士がエンジンを取りつけるのを見ていたが、中古だった。費用の節約のためだったが、エンジンは絶対に途中で故障すると思った。エンジンを取りつけにきたのはマコスという三十五歳位の男で、急遽呼ばれたらしい。赤道無風地帯は本当に無風だった。潮位の差は大きくなく、帆を揚げてもほとんど効果はなかった。そこで帆を降ろし、太陽を遮るビニールの帆を張った。私たちは船ではいつも太陽の動きに合わせて移動した。陽光は本当に人をさいなむ。数日後には、山本さんの肘の皮膚の皮はむけてしまった。この数日の海上生活で、インドネシア人船員たちは、太陽のもとでの私の忍耐力や精神力、強靭さを知るようになっていた。自分がこのような厳しい太陽のもとで適応できることについて、私は子供のころの村での出来事を思い出した。

「照りつける太陽」、あれは一九六二年のことだった。私は幼なじみたちといっしょに浜で、シイラ漁の出漁を見ていた。出漁する老人たちには父も混じっていた。彼らは早朝海に出て、昼ころ帰ってくるが、そのころには、漁師たちの肌は太陽に焼かれ真っ黒になっていた。彼らは手製の木の帽子をかぶっているだけだが、木の帽子はどんなに直射日光にあたっても、頭は暑く感じない。しかし、からだのほうは、裸が太陽の光に晒されていた。当時、私はこのような老人たちがひどく羨ましかったことを覚えている。老人たちは照りつける太陽のもとでも、海上ではほとんど水を飲まなかった。

二十五年後、幼なじみのカロロ（シャプン・トゥマルク）と私はシイラ漁の船隊に加わるようになり、環境に自然に適応した。海上には毎日六時間いた。だが、私には「照りつける太陽は私たちの皮膚には優し」く、日焼けで熱傷をおこすようなことはなかった。

だから航海の夢を実現しているいまこのときも、「照りつける太陽」は私には脅威ではなかった。また海上でインドネシア人船員は私によくこう言った。アラウ（太陽）、マヌギットゥ（人を噛む）

と。これらの単語はタオ族のことばと同じで、聞くたびに驚かされ、いつも太陽のことを忘れた。船のスピードはきわめて遅く、風と波はこのうえなく穏やかだった。船上は退屈でなにもすることがなかった。アンハールは記者に英語を読んでもらい、文を十読むごとに、それを使って私に英語で話しかけてきた。このようにしてアンハールは、山本さんや私たちを楽しませ、簡単なわかりやすいユーモアを飛ばした。再び出港してから二日目、コックが竹に二本の釣り糸を付けてギターをつくった。海上ではお互いに慣れてきたので、宗教観念による警戒心がなくなっていた。彼らも「祭司」である私は善良だと理解していた。コックはギターをつくりあげると、昼食のあとにギターを弾きながら大きな声で一曲歌った。なんとも聞くに堪えないだみ声だった。静かな海上に笑いが生まれみんなで楽しんだ。「だみ声」は練習不足のせいだったが、彼がつくったまずいラーメンよりはましだった。

船上での私の場所は決まっていた。昼も夜も同じところで寝、コーヒーを飲み、日差しが動いても私には影響しなかった。数日まえに来た小さな嵐やスコールも私たちは楽に乗りきった。陸との距離は遠ざかったり近づいたりしたが、私はこのような退屈な航海には十分慣れていた。彼らは英語を読む練習をしていた。彼らは船はいつかロスに着くものだと思っていたし、英語を読んでいる数時間は海を見ないですんだ。私はもってきた二冊の本をゆっくりと読んだ。夜にはベッド代わりの竹のはしごに寝転んで星空を見あげ、昔のことを思い出しているうちに、すぐに眠りに落ちた。

竹のベッドは舷のそとに延びたアウトリガーに竹製のはしごを四段目までくくりつけ、それを船体にしっかりと結びつけてあった。要するに、私のからだは海のうえにあり、両足は船のなかにあった。眠るときは、ロープでからだをアウトリガーに縛りつける。こうするとしっかり固定され、眠りこんでいるあいだに海に落ちて行方不明になることはない。この竹のベッドを山本さんはとても羨ましがった。そして、海洋民族の末裔である私の海での忍耐力は遺伝子から来ていると、彼ははじめて理解した。私は、子供のころから父や祖父たちから海に生命を吹き込み、海を擬人化した物語を聞いて育ったので、知らない人びとや海域にすぐに適応できた。絶対そうだと言うつもりはないが、私は南太平洋からもどってまた赤道の航海に来たが、私の漁団家族の男たちが私についてきているように私の魂は感じていた。

いまこの航海の過程について語るのは、本をめくるように簡単なことだ。十歳のときにもった夢から数えれば、このような航海の準備にはほとんど四十年の歳月がかかった。十六歳で蘭嶼を離れ、三十二歳で蘭嶼に帰った。その後、自分の黄金時代を文字にあふれた書物から、生き生きとした海の波や山の木々に移し、改めて民族の生活のリズムを学び、民族科学の信仰の要諦を感得した。さまざまな実践や継承に努めるのも自分が望んだことで、金銭を追い求め、蓄える近代的な考え方とはほとんど逆行していた。自分の身に起こった多くのことは、ほとんどが興味の赴くままに起こったことで、計画的な生涯の旅ではなかった。

航海の旅は、だれにでもその冒険の夢を実現するチャンスがあるものではない。ところが、私の子供たちの母親は、私の航海をまるで私が蘭嶼の島にいるような感覚でとらえている。何度、私がひとりで潜水しようが、あるいはトビウオの季節にすべての舟が帰ったあと、私が夜明けから早朝まで海で漁をしていようが、彼女は私が夜の海でも自分で自分の面倒が見られるものと思っており、いまだかつて海では「気をつけてね」と言ったことがない。彼女の信仰では不言は有言に勝っているのだ。それどころか、遠く国外に行くときでも、あれこれ細かいことを知ろうとはしなかった。ただ、いまはいわゆる「携帯電話」が、私と家族のあいだの緊張感を和らげていることは認めざるを得ない。私が航海に行くことは、私のくだらない夢だと言って、彼女はあまり関心を示さなかった。話をもどすと、彼女は自分と土地とのあいだの労働の約束を通じて、深く理解しているかのように、自分が植えたサトイモやサツマイモやヤマイモに話しかける。私たちが新しい苗を植えて、畑を離れるたびに、彼女は生存に直接関係する作物や自分で植えたものについて学び、それらを擬人化して話をする。彼女は、父が私に、木を伐るときはその木に話しかけるようにと言ったのを聞いていたのだ。「擬人化」は私たちに生命力を与える。私たちに想像させる生態は私たちの信仰であり、学者は私たちの「生態観」と言っている。インドネシアの航海の旅では、私が波と会話できること、さらにいまは亡き漁団家族と共に航海をしていることを彼女は知っていた。サミティギからマナドまでの二日間は、夜空がたいへん美しかった。山本さんは南十字星を指さして私に教えてくれた。私が読んだ南太平洋に関する西洋の人類学者の民族誌によると、南十字星は航海者にとっては運命の保障となり、自分たちの航路とつき合わせて、この星座がありさえすれば、人びとは安心したという。

夫婦間の仲の良さは、多くの要因が偶然に重なったものだと思う。私は「幼なじみ」の夫婦が生涯仲良く暮すとは限らないと思っている。夫婦の愛情には互いの訓練が必要なのだ。彼女はこう言った。「ラポガンを私たちの息子にしたいから、私はあんたの奥さんになったのよ。息子が大学の統一試験を受けようというときに、あんたは航海に出る。息子は台北に残ってひとりであんたからのプレッシャーに耐えてるのよ、公平だと言える？」

海上にいると、夜空が私に時間をさかのぼってさまざまな想像をさせる。頭上に広がる星空、航行する船の右手にある島、私にはすべてが見えるが、触ることができない。夢の本質は幻覚であり虚無だ。「南太平洋」や「航海」、これらのことは最愛の両親が同じ年の同じ月に亡くなったのちいきなり一気に実現した。両親や伯父がまだ元気なとき、伯父はいつも「わしらから遠くに離れていってはいかんぞ」と私に言いつづけていた。子供たちの母親もまた、心のなかで同じように「私から遠くに離れないで」と思っていた。静かな夜の海、空の目〔星〕、こうしたすべての自然現象は、動いていく船影とともに家族への思いを募らせる。そのとき、男の涙が静かに流れるのだ。夜が明けたことにも気づかなかった。コックが熱いコーヒーを入れてくれてはじめて空が明るくなったことを知った。そして、「環太平洋交流航海の再建」と名うたれた航海で、私は添え物に過ぎないとはじめて実感した。マストにあげた中華民国の国旗が私の身分を象徴しているだけで、具体的な意義はなにもなかった。あるいは山本さんの霊魂に付き添って遊んでいるだけと言えるかもしれない。命の危険を冒し、しかもスポンサーは私のためにまったくなんの傷害保険もかけず、船には緊急時に位置を知らせる衛星イパーブもないのだ。私の救命道具は、フィンと水中メガネだけだった。もちろん私自身も自分がなぜ航海の冒険、しかもまったくくだらない夢を実現しようとするのか本当にわからなかった。

マナド市はスラウェシ島の北部の最大の都市だ。小さな湾に船を進めると、山本さんは、四つのアウトリガーがちょうど入る簡素な埠頭を探して停泊し、私たちは再び陸にあがった。今回の停泊は、マカッサルからマナド市までの航海で、最も重要なことはヴィラッド号のアウトリガーの支えの強度を試すことだった。数日まえの小さな嵐のときに、波の上下の振動のせいでアウトリガーは破損していた。少し休んだあと、船員たちが自分からアウトリガーをはずしにかかった。山本さんは私を連れてセレベスホテルへ休みにいった。翌日、インドネシア華僑でスポンサーの劉さんと黄さんも、マカッサルからマナド市に飛んできた。山本さんはふたりに航海中に遭遇した問題を報告した。私はもう一度浴室に入り、ゆっくりとシャワーを浴びた。そのあと、ふたりのインドネシア人の同行記者もホテルに泊まりにやってきた。山本さんは、アンハール以外の船員はホテルに来させなかった。彼らの責任は港でヴィラッド号の世話をすることだった。

劉さんと黄さんは三日目の昼、私たちみんなにご馳走してくれた。そこには、マナド市で彼らの手伝いをしているカトリックのエリックもいた。インドネシア人が宗教の違いで排斥し合ったり対立したりするのを私はよくわかっていた。エリックとその助手、そしてムスリムの船員たちはそれぞれレストランの別の隅っこで食事を取った。エリックは私に言った。

「なにかお手伝いすることがあれば、言ってください」

そのとき私は、船長とある船員がカトリック教徒に軽蔑の目を向けていることに気がついた。エリックとその助手は箸で食べているが、船員たちは右手で直接ご飯を食べている。黄さんは私になにか必要なものがあれば、エリックに連絡してくださいと言った。彼は黄さんの不動産業の特別助手で、大学教育を受け、英語を話した。その日の午後、山本さんは劉さんと黄さんといっしょにマカッサルに飛んだ。新しい船長に面接するためだった。と言うのは、アントン船長は手当てをもっと出すようにずっと山本さんに迫っていて、山本さんはうんざりしていたのだ。翌日、船員たちが裂けた二本のアウトリガーを懸命に修復しているとき、アントン船長は港のそばのカフェで土地の若い男女と酒を飲んで歌を歌っていた。夜になると、彼はその若い連中を連れてきて船で酒を飲みはじめた。このような行為は契約違反だった。アントン船長はパンブスアン地域の出身ではなく、南方から来ていた。つまり、船から船を渡り歩く渡り船長だった。アンハールたち四人は、港のコンクリートの地面で夜を過ごした。これには私も激怒した。彼が酔いから醒めたとき、私はアンハールに彼のものを船外に運びだすように言った。彼が酒を飲み、やりたい放題だったのは、劉さんと黄さんからすでに解雇されていたからだった。契約どおりの任務を行わず、しかも船長手当ての値上げを要求しつづけたからである。

翌日の朝、私はふたりの記者とホテルの二階で朝食を取った。右手には川があり、魚市場が見えた。川辺には長さ一五メートル、幅二メートルほどの船が三隻止まっていた。三隻の船は若者でいっぱいで、どの船にも三十人近く乗っていた。みんな首に双眼の水中メガネをかけ、ひしめき合っていた。操縦台に簡単な日よけ幕が張ってあったが、それ以外の者は厳しい直射日光に晒されていた。三隻の船は一斉に海に出た。ひと目見て彼らが海で働く少年たちで、泳いで魚群を追うのだとわかった。聞くところによると、彼らは海上で夜を過ごし、浮遊魚群を捕るのだということだった。船主は華人だった。次の日、私は好奇心から彼らが魚市場に魚を水揚げするのを見に行った。思ったとおりすべてアカタマガシラで、船いっぱいに積まれていた。魚を触ってみて、これらの魚はダイナマイトで気絶させられたものだとすぐにわかった。魚が気絶して沈んでいくとき、少年たちが海に飛び込んで魚網ですくうのだ。どの船も漁獲は少なくとも一万匹以上あった。このようにして幼魚を捕獲していては当然長つづきせず、この海域はすぐに資源が枯渇し、魚がいなくなってしまう。

マナドは大都市で人口が多く、旧市街は雑然として汚かった。山本さんと劉さん、黄さんといっしょに車で街に行ったが、どの通りにも三〇〇メートルも行かないうちに障害物が置いてあった。台湾的に言うと、この障害物は現地の政治家が「通行費」を取るために置いている。政府の規制ではなくて、地方のボスが仕切っており、どの通りも「通行費」を払って、はじめて通過することができた。女や子供がお金を集め、それを土地のやくざに渡すのだ。劉さんと黄さんはもう慣れきっていて、淡々と話してくれた。通行費を取るなんて理屈がとおらないし、まったく白昼強盗と変わらない。結局、私と山本さんはホテルから埠頭まで歩いて帰り、出費を節約するしかなかった。

マナド市での滞在は船を整備するためと、新しい船長が来るのを待つためだった。ある日、エリックと助手がホテルにやってきて、二〇万インドネシアルピアを私に渡してくれて言った。

「後半の航海はたいへん危険です。このお金を四人の船員に分けてやってください。彼らはあなたにもっとよくしてくれるでしょう」つまりひとり五万ルピアずつということだ。その後、私は家に電話して、子供たちの母親に無事を伝えた。彼女は無事ならそれでいいわ、神様が守ってくださるわよと言った。今回の航海はたいへん地味な旅だった。私は子供のころから大人になるまで、家族や友達のまえでどんなことも自慢らしく言ったことがない。たとえ潜水で大きな魚を捕まえても、伯父は控えめにするように、ほかの人の話を聞いて学ぶようにといつも私を教育してきた。古代帆船の復元船で航海するのは本当に子供のころからの夢であった。蘭嶼に住むタオ族は、日常生活においても互いに謙虚であった。しかし、マナド市まで航海してきて、補給のために陸にあがってみると、インドネシアという国はいたるところ人だらけだということに気がついた。インドネシアは発展途上国であるだけでなく、インフラの発展も極めて不均衡で、各州の州長は経済をコントロールする独裁者のようだった。マナド市で民間人が通行費を徴集することは驚くにあたらない現実であった。人口が多く、教育水準が低く、非識字者も多くて貧しい。そして街の通りも汚かった。エリックは私に言った。カトリックを信仰すれば、学校に行くチャンスがあり、いい仕事も見つかる。

それにマナド市は宗教間の対立が比較的少なく安心だと。私は彼らに言った。

「ビツン国際港に行って漁業に従事している台湾人に会いたいんだが」

彼らは二つ返事でいっしょにタクシーに乗って台湾人探しにつき合ってくれた。ビツンには四十分で着いた。幸運なことに、三人の現地の人にたずねると、彼らはすぐに「あそこ」が台湾から来た船会社だと指さして教えてくれた。私はなかに入って自己紹介をした。船主の書棚には、なんと私の本『冷海情深』があった。私は驚いて言った。

「私はあの本の作者で、シャマン・ラポガンです」しばらく挨拶のことばを交わすと、船主は警戒心を解いた。それからマネージャーが出てきた。彼は高雄の人で、祖母は台東のパイワン族だということだった。それから、蘭嶼で台湾電力が私たちを籠絡するために提供した六隻の一〇トン級漁船は、彼が手がけて蘭嶼に運んだということだった。そう聞いて互いに心が打ちとけた。彼らはどうしてここに来たのかとたずねた。私は言った。

「私は、マカッサルから航海してここに来ました。これからニューギニアまで航海します」

「気がおかしいのか、あんた」彼らはそう言った。それからまた言った。

「モルッカ海、北部のハルマヘラ島には得体の知れない海賊がいっぱいいるよ、行っちゃいかん！そんな無意味な航海の夢なんか見ちゃいかんよ。兄弟、ここから台湾に帰ることだ！」

その晩彼らは酒と海鮮料理をご馳走してくれた。彼らと商売の取引をしている香港人も同席した。私は少し酔って、エリックにホテルまで連れて帰ってもらった。彼も彼らの話に同感で、モルッカ海はインドネシアで最も危険な海域のひとつだ、もしできるなら、マナドからマニラに飛び、台湾に帰ったほうがいいと言った。

そこは確かによく知らない海域で、私も、海の自然環境の情況も含めて、不確かさからある程度の恐怖を感じるだろうと思った。この船には緊急時に位置を知らせる衛星イパーブがなかった。船が転覆しても、海難が発生したことは絶対にだれにも知られないだろう。スポンサーは山本さんの航海の夢を支援しているが、会社の悪意が隠されているかもしれない。

偶然出会った友人たちが移動の観点から検討したり、漁業に従事してきた経験から言うように、モルッカ海は確かに危険だと私も認める。しかし、私の第六感では、子供のころの純粋な航海の夢には危険の可能性が感じられず、そのため諦めるとか、中途で逃げ出すとかといった気持ちは起こらなかった。

私の『冷海情深』には、蘭嶼の家に帰って父や祖父たちから学んだことや、子供のころの生活の記憶、さらに素潜り漁や夜間のトビウオ漁、父たちが語ってくれた伝統的な海洋観、人の予測できないような状況でパワッド・ノ・ポソノ（島の魂）があらわれたような宇宙信仰など、ことばで表現し難いさまざまなことを描いたものである。自然環境との会話、栽培したサツマイモやサトイモとの会話、さらにトビウオとの会話など、さまざまなことを父祖の世代の環境観から学んだ。生態種を擬人化するか、自分のからだや霊を種として見るかを問わず、自分の理性面を捨てたので、私が恐怖の予感をもつことはなくなった。

朝は毎日、セレベスホテルの階上から、多くの少年たちが船に乗って出漁するようすを何日も続けて見ていた。船には少年たちの人数を数える船主の姿は見えず、三隻の船は人がいっぱいになれば出航した。翌日の朝、船が帰ってきて川岸に船を着けると、少年たちはひとりひと袋の魚をもって、すぐにその場からいなくなった。マナド市の東部海岸には、粗末なトタン小屋が圧倒的に多かった。この地域はムスリムの集落で、ホテルの従業員の話では、ムスリムにはもともと避妊という考えはないということで、だから人口が多く、就業難で、教育レベルも低かった。そのためアカタマガシラは乱獲されて小さくなってしまったのだ。

エリックは大学を出て、劉さんの船会社に勤めていた。彼は北スラウェシ州で養殖したハタを買いつけ、魚が一斤ほどに成長すると、劉さんの船でインドネシアから直接香港に売りにいった。商売は大いに繁盛したが、しかしハタを買いつけるのがしだいに難しくなった。そこでエリックは、ニューギニアのハタ市場を開拓する計画を立てた。彼の話では、難しいのは、民族の違いや宗教の違いで、それが買いつけのさまたげになるということだった。そして私が航海でそこに行くのをやめるように熱心に忠告した。エリックはオランダの白人に養育された子供だった。もとの家族はイスラム教を信仰していたが、彼はカトリック教の大学で学び、中国語を話すことができた。養子先では子供のころからカトリックの教えに従った生活をしていた。そのため彼は生まれた家を追い出されていた。しかし、マナド市は大都市で、宗教間の対立は鮮明でなく、彼もそれほど緊張することもなかった。劉さんがいないとき、彼は私といっしょに埠頭に行ってくれた。私は彼にたずねた。

「どうして僕がニューギニアに航海するのを止めるのかな?」

「あそこのふたつの島の漁民はみなダイナマイト漁で魚を捕っていて、とても敵対的なんです」

山本さんと私とアンハールの三人は、モルッカ海の海域図を広げて、三角儀でカイリ数を計算した。仮に風速五級なら三日で横ぎることができ、その後ドイ島とバウ島のあいだを抜ける。このふたつの島は、山本さんが最も心配しているルートだった。セレベスホテルに滞在していた数日のあいだに、船長と機関士が代わった。新しく来たふたりはまえのふたりより年齢が上だったが、モルッカ海で漁の経験があり、電球を使ったスルメイカ漁をしていたという。彼らはまた海賊が船を襲ったり金品を奪う実態についても話してくれた。このことで私たちの心の安心感が少しは増した。

船外のアウトリガーは、その後、プラスチック製のパイプに取りかえたが、さらにガラス繊維でパイプを保護した。また、マナド市には衛星電話を修理できる電気屋がなかった。山本さんはここまでの航海の経験から、インドネシア領内の航海は安全だと考えていた。私の直感も同じだった。私たちは海図に航路線を引いた。赤道無風帯で嵐が起こっても、我々の木の船は七級までの風雨なら耐えることができる。新しく来たふたりを除いて、ふたりの同行記者を含めた我々七人はお互いがよくわかっていた。その後、比較的上等のビニール製の帆を買ったが、それは赤道無風帯の炎熱を防ぐためだった。

サンデックエクスプローラー号〔前出ヴィラッド号の正式名称。サンデックはスラウェシ島に伝わるアウトリガーが装着された帆船のこと〕は、マナドから再び東に向かって航海をはじめた。スラウェシ島からは遠く離れはじめ、セレベス海に入った。時はすでに六月中旬になっていて、山本さんは「風向き」を心配しはじめていた。と言うのも、六月を過ぎると、南太平洋に吹くのは貿易風、つまり東風だった。もともと私たちが航海に出た正式な日付けは五月の初めで、山本さんの計画では七月にはソロモン諸島に着いていたかった。しかし、彼には記録をつける習慣がなく、私は彼が非常に惰性的な人だと気がついた。彼が現金をいくらもっているのかわからないが、マナドからイリアンジャヤ州のインドネシアの最も辺境のジャヤプラまでは最も困難な航程である。私たちはドイ島とバウ島のあいだを抜ける途中、水や油を補給するにも、船員のなかにはこの地域の人と接触したことがある人はいなかった。そのとき、同行の記者が本領を発揮して、私と山本さんに「安心してください」

と言った。多くの島にはテレビがあり、地方紙もある。辺境に住む人びとは記者をとても大事にする。あの辺での補給は、彼らに現地の人びととの交渉をまかせることにした。

マナド市から東に向かって出航するとき、劉さんと黄さんがマナド市まで飛んできて送別の宴を設けてくれた。山本さんは酒好きで酒も強かったが、口数が少なく、インドネシア人船員には怒ったことがなかった。彼はほろ酔いで船にもどった。私は自分を抑えていた。ここは台湾でないのだから、注意したほうがいいと自分に言い聞かせた。船に乗るまえ、劉さんが耳もとで私に言った。

「万事気をつけてくださいよ。できることなら、ジャヤプラで航海を終えてください」

エリックはグーグルで私の個人資料を探しだし、プリントアウトして劉さんに渡していた。その資料を見て彼は、私のことを少し理解したようだった。私は彼にありがとうと礼を言った。

「万事気をつけてください、できることなら、ジャヤプラで航海を終えてください」


そうだ、実際のところ、今回の航海の大きな夢は学術界となんの関係もない。私は山本さんの航海の大きな夢には関心がなく、関心があったのは自分の航海の過程と安全だった。サンデック号がいよいよモルッカ海に入ると、船は帆を揚げてスラウェシ島を離れていった。友人の忠告は私の耳にまだ残っていた。一日経った夜には、もうどんな島も見えなかった。陸地にある蜂の巣のような集落は、考えてみれば人間にとって、群れたがる性格は依存し合っているだけでなく、情け容赦なく搾取し合っているのだ。商売の行き来や物流の移動は、ほとんどが人びとの富の蓄積を満足させるためだ。友人の話では、北スラウェシのマナド空港付近の大方の土地はほとんどが政治家が所有しており、資本主義が生みだす富は少数の人に集中している。陸地に密集する灯火とまばらな灯火は、遙か遠方の海から見ると、大小不揃いの蜂の巣のようだ。大多数の人びとは物流の移動のために移動するが、我々の航海は不明確な目的のために移動している。

私は海面に突き出た竹のベッドに横になって数え切れない空の目〔星〕を眺めた。南十字星とオリオン座ははっきりと見えた。周りに島が見えない広々とした海で、目を三百六十度回転させて空と海を見た。船はまるで海と空の中央を移動しているようだった。一艘の復元古代船がどのように移動しようと、周りの距離は永遠に変わらないかのようだ。私はいくぶん恐ろしくなり、小型の羅針盤を首にかけ、針が指す東の方向を注意深く見た。船には蛍の明るさほどの航海灯があるだけで、無限に広がる海でまるで幽霊船のようだと私は感じた。山本さんが船を操縦し、海図に基づいて東に向けて舵を取った。微風がしだいに吹いてきた。アンハールは主帆をあげ、風に対して三十度に保った。私は船のスピードが速くなったように感じた。もし一時間で五カイリ進むなら、二日半で、陸が見えるだろう。それから、ドイ島とバウ島のあいだの海を通り抜けるのだ。私は厳しい太陽が照りつける午後でも、もう習慣的に寝ることができ、二時間ごとに起きた。夜も同じで、起きてする仕事は、地図に船の位置を記すことだ。二日目の夜を過ぎても、私たちはモルッカ海でまだ一隻の船にも一機の飛行機にも会わなかった。つまり、この海域の漁業はひどく遅れているということだ。突きつめれば、海賊船の出没はあり得ないということだ。天気がとても良く、私たちは四十馬力のエンジンにだけ頼って、一時間に三から四カイリ進んだ。三日目の明け方三時に、コックが私を呼びおこして言った。「アプイだ（明かりが見える）」

もうドイ島の北側まで来ていたのだ。インドネシア語のアプイはタオ語とまったく同じだった。アンギンもそうだ。アンギンはタオ語では「台風」など暴風の意味だが、インドネシア語はただの風の意味だった。

三日目の夜九時だった。接岸する予定はなかった。ふたつの島のあいだでは厚い雲が月光を遮り、船首の前方に見える水平線には真っ黒な厚い雲があらわれた。船の北側から吹く風はしだいに強くなってきた。新しい船長が雨合羽を着ると、ほかの船員や記者もそうした。私は全身用の雨合羽をそばに置くと、そのなかに下着のパンツと潜水服を入れた。遮光用のテントや帆をしまい、船は大波のなかを進んだ。雨が降りはじめた。私は裸になって雨水でからだを洗い、それから石鹸をつけて急いでからだを擦った。雨足が強くなったころには、ちょうど石鹸の泡を洗い流す段階だった。こうして全身をきれいにできてとても気持ち良かった。

私はすぐに乾いた服を着て、そのうえに潜水服を着、足を乾いたままにするためにフィンをはき、それから全身用の雨合羽に身を包んだ。雨は非常に激しくなり、大粒の雨が集中的に降りそそいだ。私は主帆のマストにもたれて、船を操縦している船長と向きあった。と言うのも、激しい嵐は船首のほうから吹きつけてきていたからだ。私の理性的な常識や経験から見ると、風力それに海況は七級程度で、小さな台風並みだった。山本さんは舵を取る船長に、東に向かって航行する緯度を言いつけると、狭い船艙に入って寝てしまった。船には小さな船艙がよっつあり、たとえ驟雨や荒波が甲板を襲っても、水が船内に流れこむことはなかった。しかし、私は船艙に入って船員たちとからだをくっつけて寝ることはなかった。雨水が首から入ってきても、足さえ濡れなければ、私は寒さを感じなかった。だから乾いた潜水服も、自分を守るための航海の必需品だった。彼らにはこの備えがなかった。私は風雨と波浪を背にしていたが、四時間経っても嵐は弱まることはなかった。深夜の二時に、アンハールは船長に替わって舵を取った。彼が舵を取りはじめてから、私は父や伯父、下の祖父の霊魂とことばを交わしはじめ、そのあと太いロープを枕にして横になった。雨水が首すじから入ってきても、潜水服が私の体温を守ってくれる。サンデックエクスプローラー号の船体のラインは、タオ族の舟と同じように波を切って進むのに優れていると、私は思った。次々と大波が襲ってきても船の上下の揺れは小さい。いま四本のアウトリガー、そしてマストを縛りつける籐のロープが荒波の試練を受けていた。私は先人の霊魂に祈りを捧げるとすぐに眠った。もちろん寝るまえに自分のからだをロープでマストにしっかり縛りつけた。こうしておけば、大波で船外へ放りだされることはない。

船の揺れが穏やかになり、籐のロープがギシギシと音を立てなくなったと感じたときは、風も雨も波もおさまっていた。コックが私を起こしてコーヒーを出してくれた。空には嵐が通りすぎたあとの穏やかな静けさがあらわれ、まるで昨夜の嵐などなかったかのようだった。嵐がもし人だとしたら、怒りをきれいさっぱり忘れてしまったかのようだ。私はからだを起こして海を見た。口にした苦いコーヒーが本当にうまかった。

その夜の嵐のなかでの私の感情や気持ちを文字にすることは難しい。激しい雨のなかで私ひとりが一晩じゅう甲板でぐっすり眠ったのだ。私は潜水服を脱ぎ、立ちあがってだるくなった腰を伸ばした。そのとき、船長とアンハールが私に向かって親指を立てながら微笑んだ。私は自分でも信じられなかった。からだを横にして縮こまり、大粒の雨が私の魂をマッサージするかのように、激しく降りそそいだのだ。この船はインドネシアの木造のサンデック船で、蘭嶼の十人用のチヌリクランの二倍の大きさだった。だからインドネシアの領海の航海なら問題なかった。しかし、パプアニューギニアを越えて以降の南太平洋の長い航海となると、多くの予想できない問題が起こる可能性があった。

その嵐の夜、私はなんの夢も見なかった。私はただこの航海は安全だと予感していた。不思議なのは、私の子供たちは、私が木の船で「航海」することを大したことだとは考えていないことと、私が「安全」がどうかなど気にもかけていないことだった。そうして不思議に思うのは、私の十歳のときの夢が、四十八歳になった年のトビウオの季節が終わるときに実現し、五十七歳になったいま、はじめてこのことを書いているということだった。

私が言いたいのは、私の航海の意義はなにかということだ。なにも驚くようなことはないようだ。私は「航海」で金持ちになったり、有名になったりしなかった。

蘭嶼の家に帰っても、私の冒険によって核廃棄物が蘭嶼からほかに移されたりはしなかった。タオ人も、私の航海によって民族の自覚が堅固となって、民族の迷いが減ったわけではなかった。あるいはわが家がいっそう高貴な家となったり、子供たちがいっそう自信をもつようになったわけでもなかった。すべては昨日と同じで、私は「航海」などしなかったかのようだった。

海上で四日過ごしたあと、ビアク島の南側のビアク市に着いた。この島は西パプア州とパプア州のあいだにある大きな島で、島にはインドネシアの国内空港もあった。山本さんと私は陸にあがった。ふたりの記者は、ふたりの船員を連れ、車を頼んでガソリンスタンドと水の補給スタンドを探しにいった。私はショートパンツをはいて、手にはナイフとタバコが入った袋をもち、海を背にして木のしたに座って休んだ。行きかう人びとは、インドネシア人のように背が低くなかった。彼らの皮膚の色は黒く、髪の毛は巻いていて、からだつきもインドネシア人より背が高くてがっちりしていた。彼らはメラネシア人だったが、方言以外に、みんなインドネシア語を話した。人もどちらかというと穏やかだったが、大人も子供もみなビンロウを噛んでいた。道には一〇メートル置きにテーブルが一台あり、テーブルのうえにはビンロウ三粒と、小指ほどの大きさのキンマの葉、それに少量の石灰が並べられていた。私は母娘がいるテーブルに行き一組買った。値段は台湾元で一元だった。私は小刀を借りてビンロウを開き、蘭嶼と同じようにして噛んだ。母娘は私が手慣れた手つきでビンロウを切るのを見て、笑いはじめた。そこで私は世界地図を取りだして、私が来た場所、台湾を指さした。それから指で一、二、三、四、五、六……百、二百、一万、十万と数えた。数字の言い方はまったく同じだった。ふたりはまたビンロウを食べている歯をむき出した。私にはふたりの頭髪が興味深かった。私は心のなかでこう考えた。

もし子供のころから大きな夢を抱かず、水平線に自分の夢を築かなかったならば、私の境遇はこの母娘よりずっと良いということはなかったかもしれない。ビアク島は蘭嶼島よりかなり大きく、原住民がジャカルタまで出て大学に行くのは非常に難しかった。この母娘に残された貧しい生活のための手立ては、ビンロウを売ることしかなかったのだと思う。早期に蘭嶼に来た台湾の観光客が、私たちが裸でのんきに海辺で遊んでいるのを見て、あまりに貧しく潜ったり泳いだりする能力しかないと考えたようなものかもしれない。母娘の顔は見たところ楽しそうだったが、それは自分なりの見方で彼女たちに同情しているのだと気がついた。この通りではいたるところでテーブルを置いてビンロウを売っており、まるで台湾ビンロウ美人〔台湾の南部の田舎では、若い女性がセクシーな姿でビンロウを売っている姿をよく見かける〕のようだった。島の経済発展は国の全体的な発展に頼っているが、インドネシアには数え切れないほどの民族と島があり、島民はみな自分の力で生きていかねばならない。この人たちの生活上の物欲は強くなく、蘭嶼での私と同じだった。人の物欲が強くなればなるほど、煩悩が複雑になるものだ。しばらくして、母娘はにこにこと三叉路の一軒の雑貨店を指さして、あれは中国人がやっている店だと言った。

雑貨店はその名のとおり雑貨店で、なんでも売っていた。店の主人は広東から来た客家人で、ビアクにはもう三代続けて住んでいた（私には信じがたいことだった）。このような感覚は、一九九六年にフランス領タヒチのモーレア島で感じたそれと同じだった。三代目の客家人がそこでも雑貨店を開いて商売をしていたが、このように苦労を惜しまず働く客家人はどこにでもいる。生きるために移動するのは人間の本能だ。その店の主人によると、ビアク島はほとんどが客家人で、物を売る商売をしており、潮州人はレストランを開いているということだった。

山本さんと私はレストランを探し、そこで米の飯や魚を食べ、さらに多くの野菜を食べた。私たちは多くの島で上陸して食事を取り、海上での栄養を補い、果物も食べた。私たちが錨をおろした浜には、トタンの簡単な小屋がたくさん海上に建てられていた。インドネシアの東部の多くの島の街はどこもこのようだった。このことはこれらの島には台風がなく、あとからやって来た移民は、陸地に不動産をもっていないエスニックグループであることを物語っていた。

酒を飲み食事を済ませると、船にもどった。船員たちはすでにジャヤプラ市までの航海用の食糧を積みこんでいた。ビアク島を過ぎると島は少なくなる。おかしなことに、インドネシア人は野菜をほとんど食べず、刺身も食べず、慣れた食べ物しか口にしなかった。言い換えれば、彼らが本当に南太平洋まで航海するなら、食べ物の面で問題が起こるだろうということだった。しかも英語が話せないのだ。私の見るところ、船員たちの航海の目的は単純なもので、つまり山本さんからいくばくかの金を得ることで、それ以外の最終目的は、移動して自分の村を離れ、いつか帰ってきたときには「新生階級」となって、離婚歴のある女を嫁にもらうことだった。

山本さんは補給後の午後に出航することを望んだ。ビアク島を通過したあとの風力は東北風だった。七月に近づくと、北緯一度から二度の海面はしだいに貿易風、つまり東風が吹く。東風になると船のスピードは遅くなり、四十馬力のエンジンでは時速四カイリから五カイリになる。六〇カイリが緯度一度と換算すると、ジャヤプラに到達する日がほぼ計算できる。

私は船員たちと懇意になったが、ことばが通じないので意思が通じるまでにはいかなかった。山本さんとも同じだった。出航後、また酷暑の炎天に痛めつけられた。そのころは雲が出て太陽を遮ってくれることを期待した。そうすれば、ゆったりとした気持ちでぐっすりと寝られる。出航してまもなく、私はまた自分に問うた。「航海の夢はだれから与えられたのか」と。

下の祖父のシャマン・クララエンの長男は口がきけなかったが、記憶力が良かった。夏の終りから秋の初めの美しい月夜に、村の男たちが海辺に最も近い家に集まっておしゃべりをする。記憶ではいつも下の祖父が伝説の物語を語り、古調の詩歌を吟唱した。私たちは村にあった二軒の雑貨店にはなんの興味もなかった。どこかの家でおしゃべりをし、海の潮汐の変化について考えた。長老たちの「昔を語る」雑談は村の野性教室だったし、一人っ子が知識を吸収する場所でもあった。シャマン・クララエンは昔の生活の知恵を伝授する人で、村の指導者でもあった。私の外祖父が亡くなったあと、トビウオの季節になると、父は私に下の祖父についていくようにさせた。下の祖父が話してくれた話は、おおかたが夜の漁をする家族の物語だった。木の舟での「夜の航海」は、海に対する無限の想像をかき立てた。波にもまれながら行う漁は、海況の変化について一定の経験と知識がある人にしてはじめてできるもので、木の舟の「夜の航海」には長期の経験が必要だった。四百年まえ、バタン諸島に住むイバタス族〔イバタン族〕がタオ族との交易を拒絶したとき、「夜の航海」による漁は私の祖父の世代の社会的地位をあげる基礎的要素となった。これが下の祖父が私に冒険の訓練をしたはじまりであり、それはまた体力の訓練でもあった。

私たちの世代は、大きくなったころ、近代化がきわめて大きな影響を及ぼすということが予想できなかった。村の家族や家庭によって子供への教育はちがっていた。私やカスワルやジジミットが、村の興隆雑貨店でもの欲しげにキャンデーをじっと見ていたころ、店に出入りしていた外省人の老兵には、父や祖父たちのような優雅な気概がないように見えた。もちろん、村の老人たちがみなそうだったのではないが。いまでは近代化はタオ人の心を支配し、土地と格闘していた（働きつづけること）生活は、ガス代や電気代を払うために「金儲け」に忙しい生活に変わってしまった。そのため私たちは、環境エコロジーと共存共栄する生活のリズムから遠ざかってしまった。

あの三粒のビンロウを売っていた母娘が、私がビンロウを買ったときに私に微笑んだとき、私の孤独な航海は子供のときの純真な記憶にもどった。小学校から中学校に進む過程で、あの時代の先生たちはだれも異民族・異文化の多元的な思考について気づいていなかったようだ。私たちは、子供のころから漢族の先生に「遅れた山地同胞」と言われ、私たちの固有の民族科学を貶められ、私たちの世代のタオ人は自分たちの文明は「迷信」だと言われてきた。タオ人がタタラの代わりにモーターボートで魚を捕りはじめたときが、民族とエコ環境が共存する科学（文化）的知識が絶滅するはじまりであり、父祖の代の生活様式は伝説や物語となり、生活様式の構造的変化が起こった。子供のころに目にしていた民族文明は、五十歳、六十歳になったいまではいつの間にかすっかり変えられてしまった。そのうえ西洋の教義を中心とするキリスト教の宗教観は、多くの生活の知恵を急激に破壊していった。

　私はあの三粒のビンロウを売っていた母娘の微笑みが忘れられなかった。あの微笑には貧富の差がなかった。ある種の美しさが私の心に沁み、ジャヤプラに向かう航行中、彼女たちは私の心を孤独にさせなかった。昼も夜も、彼女たちは私を昔に引きもどし想いにふけらせた。

　ビアク島で錨をおろしたとき、船がたくさん停泊していた。住民も私たちの船にやってきて、船員たちとニュースを伝えあい、雑談した。彼らはインドネシア語を話したが、まったく異なる民族で、異なる信仰をもっていた。小さい声で話し、宗教の違いが私を緊張させることはなかった。ビアク島ではキリスト教や、さらに大陸の閩南人や客家人の民間信仰を信じている人が多かった。船長とアンハールは彼らとたいへん親しく話していた。このような和やかな雰囲気のおかげで、私は最後の航海の旅では日夜、十分に睡眠を取ることができた。

　私たちはイリアンジャヤ州の沖を航行した。出航したとき、沿岸の住民にとっては、船体の形や図案の装飾は別段興味や好奇心をそそるほどのものではなかったようだ。要するに、ヴィラッド号あるいはサンデックエクスプローラー号と言っても、さらには私たちが航海冒険家を自称しても、名もない鳥と同じように感じられていたのだった。

　一九六〇年前後のことだ。晩夏から初秋のころ、いつも沖縄から来る二、三隻の漁船があった。私たちは彼らをカグシマ〔鹿児島から来ていたのでこう呼んだ〕と呼んでいた（山本さんは、自分には沖縄の原住民の血が混じっていると言っていた）。彼らは台風に遭って、帰れなくなると、村のまえの海に錨をおろして、岸にあがって避難していた。父はサツマイモや干し魚を彼らに与えていた。船が台風の荒波で壊れ、天気がおさまるのを待っていると、二、三隻の漁船が彼らを迎えに来た。

彼らの勇ましい姿も、私の記憶のなかではただの鳥に過ぎず、タオ族とはなんの関係もなかった。だから私たちが帆を揚げてビアク島を離れるとき、島民が手を振ってきたり、祝福のことばをかけてきたりするようなことはなかった。よく知らない航海を祝福するのは余計なことであるかのようだった。私がそのような移動の過程で覚えたのは、私たちがたまたま会ったあの沖縄の漁師を祝福しなかったのと同じような感覚で、親近感でも疎外感でもなかった。その情景は微風が吹くようなものだった。あのビンロウ売りの母娘はもう家に帰っただろう。明日はまた、場所を変えて別の街角でビンロウを売っているのだろう。

ヴィラッド号は北緯二度で東南の方向に向かって長い無目的の航海をつづけた。最終の目的地は東経百四十度で、赤道以南のインドネシアで最も東に位置するジャヤプラだった。船は陸地から約三カイリから四カイリの距離にあった。ジャヤプラに向かう途中、沿岸から三キロごとに堆積した原木があったが、これらの原木が国のものなのか、それともその州の土地の有力者のものなのかわからなかった。ここはジャカルタから遥か遠く離れており、インドネシアも木材輸出大国のひとつだ。夜になると、沿岸はほとんど明かりがなく、真っ黒な陸地だった。このあたりの航海は安全で、ほかの船に出会うこともなく、漁船も見かけなかった。明らかにこのあたりは魚が少なく、磯もサンゴ礁もなかった。昼間の海面は緑色だが、それは海藻が豊かであるためだった。

六月三十日の夜、同行記者がひっきりなしにジャヤプラ市の記者たちに電話をかけ、船の位置を知らせた。私は懐中電灯で地図を照らしていた。幸いなことに船は時とともにゆっくりと移動していった。私はまた竹のベッドに横たわって星空を眺めた。そして退屈な時間を短くし、闇夜で過ごす時間を短くするために、ぐっすり眠ろうとした。

腹をすかせた子供時代の冬の夜、私は長い夜が嫌いだった。真っ黒な夜はいつも月の黒い裏面を夢に見た。丸い月の光は夢のなかで良い人の顔だった。黒い月はいつも悪魔の顔の影のようだった。私がうなされて目を醒ますと、母が薪を燃やし、それから塩をつまんで呪術のことばを唱え、悪魔を追いはらってくれた。

風が東のほうから吹きはじめ気持ちが良かった。そのとき、山本さんが私のそばに来て座り、こう言った。

「ジャヤプラ市で英語のできる新しい船長を探すことにする。それから船を整備するよ。わしらといっしょにパプアニューギニアのマダン港まで航海してほしいんですが。マダン港から飛行機でパラオまで帰れますよ」

「考えてみます」と答えた。実際、私のビザはパプアニューギニアのマダン港までだった。そのあと、夢のなかで、知らない海にいて、悪魔の顔を見た。私の伝統的な信仰では、それは「もう止めるように」ということを意味していた。

夜の十一時ころに、「銅鑼を打つ」音が微かに聞こえはじめた。私は起きあがって方向を聞き分けた。すると、記者が私にこう言った。

「あれは迎えの船です。私たちを迎えにきたんですよ」

陸には依然として明かりがなかった。ただ星の明かりのもとに黒い陸地だけがあった。「銅鑼を打つ」音は、私の耳をつんざかんばかりにうるさく、夜のしじまを破り、船が波を切る穏やかな音もかき消していた。しかし音ばかりが聞こえて、船の姿はまったく見えず、まるで幽霊船がついてきたようだった。私は自分に言った。この本当に奇妙な航海の旅は、まさに私の子供たちの母親が言うとおり「くだらない夢」のようだ、と。

出航した夜、第六感で感じたことがあった。それは私の家族は南太平洋から最後まで、航海のあいだじゅう私のそばにいるだろうということだった。航海、このすべてはなんのためなのだろうか？


今日は二〇一四年六月だ。ちょうど二〇〇五年のその日に私はモルッカ海を航海したのだ。時間は飛ぶように過ぎ去っていくが、いつも過去を思い出させ、反省させられる。あれから蘭嶼に帰ると、私は自分のタタラを造った。いまこうしてこの本を書いているが、書き終えたらまたタタラを一艘造る計画を立てている。モルッカ海で私は海の怖さを少し知るようになったが、蘭嶼の台風に伴う荒波も、私に波の無情さを感じさせてくれた。私はいま木の舟の社会的意義はどこにあるのだろうと考えている。外祖父や下の祖父、父や伯父は、子供のころからいつも私にこう言っていた。

「木の舟は海の最も美しい装飾品だ」

外祖父たちが海を人格化するとき、彼らが山で木を伐ったり、海で漁をしたりする姿が私の最も深い思い出としてはっきりと浮かんでくる。タオの男は山の木と海の魚をつないでタオ人の宇宙観とするが、そこには島の生態を維持する民族の考え方の一貫性が流れていると、私は考えている。

私は子供たちの母親に言った。

「もう一艘、わが家のタタラを造ろうと思う」

「よく考えて準備することね」

妻のいる家は、夫が魚を捕って帰る本当の「家」であり、揺るがない陸地の島だ。耳にしたり心に思ったりすることは私の喜びである。

夜半、迎えの船はしきりに銅鑼や太鼓を鳴らし、陸に群がる人びとに「冒険船」がもうすぐ接岸することを知らせていた。私自身は「銅鑼や太鼓を鳴らす」ことはあまり好きではなかったが、船がもうすぐ無事に「接岸する」ことは私にとってもこのうえなく嬉しいことだった。

私の漁団家族がいつも私のそばにいて、海上ですべてのことがうまくいくように私を守ってくれたのかもしれない（と私は思っている）。陸地で考えればたった一か月に過ぎなくても、海上での一時間は一日にも感じられるのだ。夜が明けると、コックがいつものようにブラックコーヒーを入れてくれた。彼がこのようにしてくれるのは、私がこの船の「祭司」だからだ。私が彼らにもうこれ以上航海の冒険をつづけないことを告げれば、彼らはパンブスアン村に帰るだろうと思われた。

ジャヤプラ市の入り江で、とうとう水先案内の船を見た。それはニューギニアの黒人の歌舞芸術団で、船には棕櫚の葉で装飾が施されていた。ひとりの背の高い原住民が私たちに手を振って、インドネシア語でこう言った。

「お帰りなさい」

ジャヤプラは南半球の赤道付近に位置する大きな都市である。東から昇ってきた太陽の光が目に痛かった。私は黙っていつもの場所に座り、コーヒーを飲みつづけた。船員たちと山本さんは、国際的な航海の交流活動の象徴として、インドネシアと日本と中華民国の三か国の国旗を掲げた。

ここは私の航海の終着点です。わが漁団家族がかつて航海した海です。

私はタオ語でたくさんのことばを祖先に話しかけ、航海の神々に話しかけた。ちょうど二〇〇七年に、叔父といっしょに山で木を伐って舟を造ったときに、叔父が樹霊に自然に流れるようなことばでたくさん話しかけていたように話した。人が自分のことばで自然に流れるように祈るのを聞いて、私は多元的な信仰や多元的な神の存在を信ずるようになった。さらに「アニミズム論者」こそ地球環境を大切にする民族であり、生態系保全論者よりも崇高な美徳を有していると確信した。

ジャヤプラ市の朝、ここでは各教派が競争で流す音楽の騒音は聞こえなかった。おそらくここのイスラム教は盛んではないのだ。三か国の国旗は、主軸のマストで平等に風に吹かれている。八時を過ぎると、通りに集まった人の群れがしだいに多くなり、迎えの船では銅鑼や太鼓はもうたたかれなかった。船員たちは「環太平洋の交流航海の再建」と書かれた服を着て陸にあがった。私は着なかった。

上陸の儀式は現地の歌舞団の女性によって執り行われた。

「台湾からお出での方はどなたですか？」

ふたりの女性が私に中国製の陶器の皿を踏ませて、「とうとう無事に上陸されました」と言った。それからまた私の頭を押さえつけた。ひとりの女性が大きな刀をもち、もうひとりが椰子殻を私の頭に載せるやいなや、刀をもった女性が椰子殻を刀で一撃した。椰子の汁が一気に私の禿げた頭を涼しくした（とても気持ち良かった）。そして英語で言った。

これは空の涙です。

ようこそ私たちの国へ。

大きな刀をもった女性はそれほど美しくなかったが、彼女の祈りのことばには感激した。見学にやってくる人が増えて、人だかりができた。現地の色の黒い女性が私の脇を支えて人びとを押しのけ、近くの州政府のホールまで歩いていった。そこで黒人の州長が私たちの上陸を迎えてくれ、さらに歌と踊りで歓迎してくれた。セレモニーは簡素なものだったが、賑やかだった。

「すべてはこうして終わった」と私は自分に言った。

正午、私たちは記者たちに食事に招かれ、にぎやかに歓談した。船員たちは航海が一段落したことを喜び、嬉しそうな顔をしていた。山本さんと私はまたビールを六本ずつ飲んだが、ビールを飲む儀式は「ありがとう祭司」と名付けられた。その後、山本さんは私の携帯電話で日本に電話をかけてほしいと言い、こう言った。

「もう十一年になる。妻と二人の娘に電話しなくなってからね。あんたの携帯で娘たちと話したいんだが」

十一年、連絡を取らなかったのだ。彼が家を捨てたとき、娘たちは四歳と六歳だったが、そのときはもう可愛い少女になっていた。私は山本さんのそばで航海のあとの涙の痕を見ていた。ふたりの娘が泣きながら話しているのが聞こえてきた。電話は長くつづいた。最後に山本さんは英語で私に言った。

あなたの携帯のお蔭で、私の家族にたくさんの涙とたくさんの幸せをいただきました。いつか家に帰ります。本当にありがとう、シャマン。

山本良行さんが家族と話し終わっても涙を流しているのを見て、世界を流浪する男の気持ちがわかった。彼の体格は日本の柔道で鍛えられて大きかったが、そんな彼のロサンゼルスへの航海の夢は、娘の「お父さん、帰って来て！」ということばには勝てなかったのだ。

山本さんは涙も拭わず、柔道選手の優しさで家族と心を交わし、自分はまだ生きていること、家族を棄てた最初はただ自分の航海の夢を実現したかったこと、そして自分が純血の日本人ではないことを証明したかった、と語った。彼はヒトラーの純ゲルマン血統主義の政治思想を純血主義として心底嫌っていた。また日本の右翼の軍国主義が歴史においていつもアジアに戦争をしかけてきたことに対して、彼個人が「殺戮」と感じている歴史的汚名を、この航海を通じてそそぐことを願ったのである。ただ、私たちは名も無き小人物に過ぎず、驚くようなニュースとして取り上げられることはなかった。彼が携帯電話を返してくれてから、私はすぐに家族に電話した。妻は台北にいた。彼女は私に言った。

「ラポガンが国立高雄海洋科技大学の航海技術学科に合格したわよ」

その日、それは美しい終りであり、そして再び家に帰るはじまりだった。子供たちみんなと話してから、私は子供たちの母親に言った。

「家に帰るよ！」

「当たり前でしょう、もう帰ってきなさいよ、あんたのくだらない夢を終りにしなさい！」

インドネシア人の記者たちが空港まで見送りにきてくれた。ジャヤプラからビアク、そしてマカッサルまで、彼らはファーストクラスのチケットを用意してくれた。機内からジャヤプラからビアクに広がる海、そしてスラウェシ島の東側の海を見下しながら、海と空の青色に挟まれていると感じた。それは台東から蘭嶼までの風景と似ていた。あの「青色」は自分がいつも移動する夢を挟んでいるようだ。青い空と青い海を子供のころから夢とともに移動し、家庭に安定した収入をもたらさない職業を追い求めてきた。一日飛んで、航海に出た元の場所にもどってきた。私のくだらない夢に一か月費やしたが、この海上の旅はなんのためだったのだろうか。

私はマカッサル市で劉さんのホテルに泊まった。青色でない天井を見あげながら、外祖父や下の祖父や父たち三兄弟を思い出していた。タオ式の「海洋学」、青色の海や青色の空のもとでの移動、彼らが私にくれた海は、私を近代的な金儲けの職業から遠ざけ、家族にひもじい思いをさせた。蘭嶼の家にいるときは、木の舟やトビウオ、海底魚、海の波が私の心を動かし、夜にトビウオを捕りに海に出て、家族の男たちが私が海の静けさに近づくよう求めていたことを思う。この航海で私はそれを感じることができた。しかし、その意味はどこにあるのだろう。

数え切れないほど何度も、舟を漕いでトビウオを捕りに行くたびに、いつも早朝に家に帰ってきた。子供たちの母親は、私が「海上」に出てもまるで心配するようすがなく、私の気分がよくなるようなことも言ったことがなかった。ただあっさりと「お帰り！」とひとこと言うだけだった。

このすべての始まりと終わりは、私に伝統の知識と知恵を教えてくれた家族が次々と亡くなったあとに起こり、彼らの魂が私の「くだらない夢」をもちつづけさせたのである。

桃園国際空港で私は旅の疲れを忘れた。海で黒人のように真っ黒に焼けていたので、子供たちには私のことがまるで見分けられなかった。子供たちの母親が歩き方から私がわかり、ようやく私たちは再会した。財布をひっくり返すと、台湾元が三十元しかなかった。

一九七六年に高校を卒業したとき、八時間、船に乗って蘭嶼に帰ったが、そのときもポケットには三十元しかなかった。今回と違っているのは、そのときは父が手にカヤ草をもって私のからだを上下に払いながら祈りを捧げ、アニトを駆逐してくれたことだった。私はこのお祓いの儀式が好きだった。今回は自分のために祈り悪魔を払うしかないが、子供たちと手をつなぐことが最も心のこもった歓迎の儀式だった。しばらくして、子供たちの母親がタオ語でこう言った。

ありがとう、シャマン、ようやく帰ってきたのね。

「パパ、どうして涙を流しているの?」

陸地を離れて航海に出るときのように、涙が汗のようにあふれでた。両親の魂も私といっしょに台湾に帰ってきたようだ。車のスピードは海の木の船よりずっと速かった。台北は高度に発展した国際都市だ。私はかつて住んでいたことがあり、よく知っていたが、しだいに見知らぬ街になっていた。だんだんと年も取って、この街はもう私には縁のない街になっている。子供たちは夏休みに入っていた。みんなでいっしょに私たちの本当の家に帰った。こうして家に帰る移動の団欒は、次の分散のためだとわかっており、私は時間を貴重に思った。私は魚を捕るために海に潜った。海の波で私のからだの霊をきれいに洗い、家族が再び新鮮な魚のまえに集まった。夜、オリオン座が明るく光っている。海を航海しているときはこの星を見あげながら眠った。母はあれは三人兄弟の星だよと言った。

「お父さん、お母さん、僕らは帰ってきましたよ」

このとき、両親が私たちのもとを去ってからすでに二年経っていた。父の歌声、そして母の幽霊の話がとても懐かしかった。

さよなら、モルッカ海よ、モルッカの太陽よ、それに明るい月よ、そして遭遇した三人の海賊よ。

四章　島のコードを探し求めて

二〇〇六年十月のある日、海に潜り魚を突いて帰ってくると、子供たちの母親もサツマイモ畑からちょうど帰ってきて、その日の漁獲が多いのに目を止めた。彼女は一日じゅう陽に当たって働き疲れたようすだったが、僕が魚の鱗を落としている姿や新鮮できれいな魚を見て、笑顔になった。そして熱いコーヒーを一杯入れてくれて、こう言った。

「あんたが潜りに行って、魚をたくさん捕ってきてくれたときは、熱い魚のスープが疲れを忘れさせてくれるわ」

妻のことばは島のまえの世代の女たちの考え方を受けついでいた。夫が捕った魚を見ると「疲れを忘れる」というのは、男が海で耕す（漁をする）ことを自分たちと同じ苦労と考えるのだ。これが僕らの伝統となり、海と陸の食物のバランスがとれているということになっている。

長期間、外に旅に出たり、ブラブラしたりして、子供たちの母親から長く離れているので、島に帰って魚を捕ってきてこのようなことばを聞かされるたびに、陸での労働と海での漁で得た海と陸の食べ物が夫婦のあいだをなごやかなものにしてくれる。そして、夫婦の強いきずなは、家の霊魂のことばにできない「コード」を強くするのだ。

両親が同じ年の同じ月に亡くなってから、僕らは両親が残してくれた畑や土地を受けついだ。いままでは、子供たちの母親はすべての時間と労力を土地に費やし、島の伝統的な女性と土地のあいだに交わされた格闘契約（労働）のコードになじみ、畑の仕事に専念している。一方僕は、長年にわたって大小の島々を駆けまわるばかりで、そのため多くの水イモ畑をだめにしてしまった。今日の近代化の波のなかで、子供たちは他郷に出て学校に通っている。そんななかで、子供たちの母親は僕らの土地を守りイモ類を植えているのだ。僕は感謝とよろこびの気持ちに満たされていた。

最後に、僕は子供たちの母親にこう言った。「舟がなければ、僕らの家は男がいないようなもので、村じゅうで喧嘩して負けたようなものだ」

僕らの民族の習慣では、「舟を造る」とは直接には言わず、控えめに表現する。なぜなら僕らの伝統的な考えはうそをつくことに慣れていないからだ。舟を造るというのも、家族にしか話せない。一度口に出したことばは実現しなければならないのだ。それに島にいるアニトが口にしたことばを聞きつけ、あれこれと仕事の邪魔をすることを僕らは怖れていた。

成長の過程からもうひとつ言うと、僕は子供のころから祖父や父たちに「舟を造ることができなければ男ではない」という考えを叩きこまれてきた。このような考えは僕の心のなかに深く根づいている。しかしいまでは祖父や父たちはみな亡くなり、彼らが僕らの世代に残してくれた智恵や島の知識、そして自然環境と受け入れあうパスワードなどは、さまざまなはかりがたい現代文明のなかで、島民が自覚しないうちに静かに消えていった。

子供たちの母親は土地に生きる女の生き方を選び、島の女の伝統的な役割を理解するようになった。つまりイモとトビウオの組み合わせの主食は、島の土地と広い海を結ぶパスワードなのだと理解したとき、彼女は子供のころに望んでいた台湾人のような生活スタイルを捨てたのだと感じた。彼女がこんなふうに変わるとは、僕の同級生たちはだれも思ってもいなかった。

「あんたが舟を造ることに反対する理由はないわ。海はもともとタオの男が耕すところだし、それにあんたはあんなにも好きなんだから」

僕と同年代の多くのタオ族や原住民族の人びとは、伝統信仰のパスワードと、近代性を求め、主流社会から認められ、地位を与えられることのあいだで苦闘している。多くの人は一方でだけ成功し、さらに多くの人が伝統と現代の交錯を共に受け入れるのに失敗した、と僕はずっと思ってきた。つまり「魚と熊の掌《て》をどちらも同時に得ることは難しい（伝統生活と現代生活のいずれにも成功することは困難だという意味）」と言える。僕は自分自身は両者のあいだの失敗者であり、両者のあいだでの自己適応に問題があると考えている。

だが、こんな僕にも、子供たちの母親は舟を造る時間をもたせてくれて、穏やかな家庭の温かさが静かに僕の心のなかに入りこんだ。僕は大自然に抱かれた幸福感のなかにあり、自然の静けさの近くにあった。僕は過去の美しい記憶に静かにもどっていったが、そのような記憶はゆれ動いて、目のまえに広がるコンクリートの建物を視野から消した。村の伝統的な草ぶきの家があらわれ、海の眺めをさえぎるものはもうなにもなかった。

その日から、奇妙なことに、夜になると、父がかつて僕に話してくれた物語を夢に見るようになった。それが夢なのか、ある種の予感的な記憶なのか、実際よくわからないのだが、いつも同じ情景の夢を見た。

山の深い谷間で干あがった川の丸石に、五人の男たちが老人を囲んで座っている。彼らはコーヒー色のからだをして、タオ語のことば、考え方で、これから伐り倒す龍眼の木に向かって、樹霊を敬い、幸せを願う古調の詩《うた》を歌っている。老人は厳かな表情を浮かべており、歌声が静かな深い谷間に、自然人と自然環境がしっかりと溶けあったように響き、いまだ異民族の文明に干渉されていない信仰を伝えている。老人が口ずさみ、若者が古調の旋律をまねて吟唱している。柔らかく沈んだ音律が大自然の樹霊を讃えるとき、ひきしまった筋肉に木を伐るための力がだんだん満ちてくる。

それは形をあらわした竜骨がはや海上を風に乗り波を切って進んでいるような感覚だった。

舟造りは海との関係から、祈禱や儀式、宴《うたげ》や民族の科学をあらわしている。若者たちの姿かたち、筋力を鼓舞する歌声、そして彼らの想像は、この谷が求める「自然人」の特質に完全に符号しているようだった。木を伐る斧の音や歌声は山の壁に軟らかく木霊《こだま》して、暗がりや洞穴に隠れた多くの物の怪を驚かした。それらはまるで本物の人間をまねて木を伐り、舟を造っているようだった。突然、山林の影像が村に変わった。彫刻された大きな舟の祝賀会だ。舟は女たちが苦労して育てた水イモですっかりおおわれていた。舟の完成祝いにやってきた賓客たちの顔からは、祝いの詩が読み取れた。僕は父のそばに座って、大人たちがだれも大きな舟の船霊に畏敬の気持ちをあらわしている厳かな表情をじっと見つめていた。それはこの人生でいまもはっきりと記憶している一場面だ。その年、僕は五歳、一九六二年九月のことだった。

僕は目を開けた。蛍光灯が僕の書棚を照らしている。僕は夢を見ていたのだ。夢のなかの人物はもうみな亡くなっていた。そのなかのひとりの若者が父だった。そして、あの老人は下の祖父だった。下の祖父は一九七八年の晩秋に亡くなった。その年僕は二十一歳だった。

このような夢を見たのは、二〇〇六年の十月以降のことだった。その日の明け方、三時か四時ころに、僕は屋外の庭に座って今しがた見た夢を思い出していた。先輩たちが穏やかに斧で木を伐る姿が僕の心のなかに映っていた。それは村に選挙がなく、物も売られていない時代で、村の仕事は季節の歩みと足並みをそろえていた。僕はあのような生活が好きだ。空の目（星）は、晩秋の夜空で僕が目を醒ますのを待っていたのだ。空の目の詩意は変化し、僕が自分を省みる背景や書こうとする自然の素材を変化させる。僕は空の目を眺めながら、亡くなった両親や親族を想って、自分をクック諸島、フランス領タヒチ、フィジー、ニュージーランドなどの南太平洋に放逐し、魂を流浪させた冒険旅行を思い出していた。さらにマカッサル海峡、スラウェシ海（セレベス海とも言う）、モルッカ海峡、ハルマヘラ海など、数え切れないほど多くの島々を通り、数えきれないほどの島々の民族に出会ったのだった。このとき不意に「不完全な家族」(1)という別の考えが僕の頭のなかに入り込んできた。

山に入って正式に木を伐り、舟を造りはじめる数年まえに、僕はすでに何度も山にのぼって、木を見て歩いていた。つまり、僕は伐る予定の二十一本の木をもう見つけているのだ。このような行為も伝統的な習慣だった。このときに心がけなければならないのは、心を平静に保ち、人に言わないことだ。また、斧を担いで山にのぼるまえに、自発的に子供たちの母親の水田や畑で草取りを手伝ってやって、仕事を軽くしてやらねばならなかった。そうして彼女が癇癪を起こす回数を減らしてやる。それも夫婦の和を保つ基礎条件でもあった。

祖父や父たちのころは、つまり一八九五年以前の蘭嶼は「世界と隔絶」した島であった。外祖父の話では、嬰児の生存率と死亡率はほぼ一対一であった。日本の民族学者の資料を見たことがあるが、そこには一九一〇年のわが民族の総人口はわずか千百人あまりと記載されていた。一九六六年には、一九四一年から一九五一年のあいだに島で生まれた少女たちは、僕の姉も含めてみな、自分たちの将来の生活を変えたいと願い、島の人との結婚を嫌って、台湾人や外省人に嫁いでいった。彼女たちは第一代の「出て行った」タオ人である。こうして島の男女比は男が上回り、どの村にも男のひとり者が五人以上いた。だから、僕が中学生のころには、島の人口はまだ千五百人以下だったのである。

僕と子供たちの母親はタオ人だが、自前で建てた鉄筋コンクリートの家に住むようになった。生活条件は父の世代に比べて格段に進歩し、バイクや車、冷蔵庫、テレビ、そしてたくさんの服があり、モーターボートなどの近代的で便利な道具や器具までもつようになった。こうして僕らの世代の多くのタオ人は、民族と自然環境とのあいだの「共生のパスワード」から遠ざかった。さらにサツマイモと魚の主食から離れて、米を主食とするようになり、水イモ畑から女性の美徳を判断するようなことはなくなった。水イモ畑が荒れただけでなく、あの隠された「共生のパスワード」もいつの間にか近代化に取って代わられ、村の共有地の概念は、個人による土地占有に変わり、共有地が激減して私有地が一気に増えた。

実際に、両親が亡くなってから二、三年のあいだに、僕は大小さまざまな水イモ畑を十数か所開墾し、知らず知らずのうちに子供たちの母親の労働量を増やしていた。しかし、彼女はこれまでは勉強には関心が薄いほうだったが、しだいに女性の世界を理解するようになると、進歩は目覚ましく、女性の役割について考えはじめた。タオ族の科学知識が彼女の思惟に浸透すると、それまでは西洋のキリスト教信仰と民族信仰が反発しあっていたのだが、どちらも受け入れるようになった。新しいサツマイモやサトイモ、ヤマイモなどを植えつけるたびに、子供たちの母親はこれらの植物に話しかけるのを忘れずに、こう言った。

「十分に土地の養分を吸ってください。あなた方は私たちへの贈り物です。それにあなたたちのおかげで私たちは土地と親しくなりました。美しく育ってくれたら、もっとお世話をします。喜びが増せば、私たちはどちらも丈夫になるでしょう」

このような祈りのことばは、彼女は以前にはあまり上手に使えなかった。これは僕らタオ人の詩のことばで、民族文学であり、民族の環境信仰そのものであった。僕はこのような妻のことばを聞いて心が落ち着き、嬉しかった。彼女は僕たちの郵便貯金の不足に心を痛めることが少なくなり、働くことで慰めを得、環境を守る実践者となった。故郷の村に帰って定住するようになった三、四十歳代のタオ人は、土地との直接的な関係をとっくに放棄していた。どうしてこのようなことが起こったのだろうか。二階建てのコンクリートの家は、人びとが海を眺める権利を侵していた。これも村社会構造の伝統と現代のあいだの戦争だと言える。はじめのうちは、子供たちの母親は村の若い女たちにサトイモやサツマイモを植えるよう熱心に教え、互いの考え方を結びつけ、土地から有機的な話題を得て、タオ女性としての気質と忍耐力を美しくしようとしていた。いまでは、彼女は失敗者だと言えるだろう。田畑に後継者がいないことを嘆いているのだ。彼女の言い方ではこうだ。

「雑草がはびこっている土地には、土地に背を向けた女の心があらわれてるわ」

自分の畑で孤独に作業をし、土や雑草と心を結ぶ女は少ししかいない。だから、伝統の祝日が来て、大きなサトイモやサツマイモやヤマイモを掘る彼女の笑顔は土壌の養分のようだった。僕はどうしてもたくさん食べてしまう。妻の汗と土地が結ばれてできた作物を味わい優雅に感じる。それは明け方、のんびりと海を漂っているときに感じる生活美学の純度に似ている。

一方、そのころ僕は毎日午後になると海に潜りに行き、突いてきた魚を保存していた。これは毎日の食糧で、僕たちは近代的なことに煩わされなくなっていた。舟を造る場所は家屋の一階だった。わが家の玄関をなくしてからもう十六年経っている。家の霊気、そして家族はみんな元気で、なにも問題はなかった。そのころ僕はいつも、父や叔父が舟を造るときにどのような心の準備をしていたかを思い出していた。二十一本の木を伐るときには、虚心に細心の注意を払わねばならない。まえに僕が舟を造ったときは、両親はまだ元気で、山に木を伐りにいく僕の精神的な支えだった。いま、僕の霊魂と山林の木の神はお互いを受け入れられるが、僕と自然環境とのあいだのパスワードが伝承されているかどうか、自分でまだ証明していなかった。

山にのぼる数日まえ、夜明けに家のそとにある水槽で、木を伐るための三本の斧を研いだ。斧を研ぎながら、下の祖父や外祖父といっしょに暮らしていた子供のころのことをいつも思い出した。こうして僕は四十数年昔の静けさに近づき、海や太陽に刻印されたふたりの祖父の顔を想った。僕がとても嬉しかったのは、近代化がいっそう侵入してきた困惑を忘れて、静かな山林に近づくことができたことだった。

子供たちの母親は敬虔なキリスト教徒だが、二十数年が経ったいまでは彼女の信仰にも民族の原初的な科学概念が浸透していた。たとえば伝統的な行事にも真面目に参加するようになり、イモ類も伝統的な暦に従って栽培するようになった。そのころ彼女は僕が知恵を働かせ、常にからだを動かしてタオの「完全な家庭」の伝統的な信念を受け入れるように仕向けた。男は山をめぐってあちこちにある林を世話し、同時に海で長い時間をかけて生きることを学び、季節の気象に慣れ、大海からどのようにして魚を得るかを学ぶ。山と海のあいだを行き来する生活のリズムは、実は僕が子供のころ、最も憧れた生活だった。山や海に出かけないときは、子供たちの母親の畑を手伝い、天候が悪い日は小説を書いて過ごすようになった。

舟を造るというのは、祈りと儀式と山の神と分かち合う宴とをあらわしており、心にさらに深く確かな感覚を探しあてさせることだと僕は考えていた。僕は山にのぼるまえの晩は、斧の霊魂を静かに休ませ、山の住民（樹木）や山の神に安らかさをお与えくださいと願った。そして、斧をそばに置き、山の谷の洞穴にいるように心をひとつにしてぐっすり休んだ。

子供たちの母親は、早朝僕にサトイモを三つ、干し魚を三匹、それに燻製にしたブタ肉をナップサックに入れてもたせてくれた。そしてこう言った。

「男の山には、女は入れない。あんたはまた冷たい風が吹く谷間をヤギが歩く山の背を通っていくけど、そこはお父さんたちが開いてくれた道よ。あんたのあの斧はこれまで三艘もの舟を造るのに働いてくれて、あんたの気性もよくわかっているわ。心配しないで行ってきなさい！　子供たちのお父さん」

蘭嶼の早朝の郵便局は、島の六つの村の住民が金をおろしたり預けたりする出会いの場所となっていた。姪っ子がやっているビンロウ売りの露店のまえの小さなテーブルでは、金をおろす予定の老人たちが二本の維士比《ウェイシビ》〔栄養ドリンク〕を囲んで雑談していた。僕が車で走る通りには秋風が吹いていた。数日まえの満月の日は、ちょうどその年の干しトビウオを食べ終わらなければならない日だった。この日は漢人の中秋節とよく重なることがある。タオ族の伝統では、この日は男は夜に月明かりのもとで釣りをする。先に波打ち際でカニを獲り、カニの卵やカニの足を餌にして、岸辺の岩礁の海に集まってくるコガネマツサカ（マヴァラ）やユメハタンポ（イヴァイ）などの女や妊婦が食べる魚を釣る。この夜は、タオ族の夜暦〔タオ族独自の暦法で陰暦。一日のはじまりは夕刻六時から数えるので「夜暦」と呼ぶ。二〇〇二年より暦が作成されている」でマヌユトゥユンと言う。海が与えてくれる豊富な海の幸に感謝する日で、大勢の男が夜に岸で魚を釣ったり、舟を漕いで海で夜釣りをするのだ。月が丸く煌々と照り、潮汐の差が大きい。沿岸では潮の流れが強く、浮遊生物が豊富だ。そのために魚も美しく脂がのっている。翌日の朝になると、家々の庭先には昨夜の漁獲が干される。女たちは藍色と白色の民族衣装を着て、胸には瑪瑙や藍色や淡黄色の首飾りをかける。女たちは美しく、とても自然だった。男たちの干しトビウオ、昨夜釣った新鮮な魚、魚スープ、そして女たちのサツマイモ、サトイモ、ヤマイモ、これらが僕らのこの日の朝食だった。

台北から蘭嶼に帰って二十余年、僕は島での見聞を広め、積極的に行動し、さらには年配者に教えを乞い、わが民族の伝統行事の祝祭日や儀式の由来について島の知識をたずねてきた。世界と隔絶した狭い島に近代化が進んだのは、第二次世界大戦後のことだが、台湾政府は軍事体制の戒厳令のもとで一元的な漢族化教育を推進し、多元文化政策を極端に軽視した。しかし、島が辺境の位置にあり、さらにその辺縁化が優位に働いて、私たちが一気に漢族化されることはなかった。このような島の民族の強靭さはどこからもたらされたのか。それはしっかりと体系づけられた伝統行事にあると考える。季節は三つに分けられ、夜にはそれぞれ名前が付けられている。このような民族科学の知識が受け継がれていくことは並大抵のことではない。月の満ち欠けと海流の潮位は、魚が海面に浮かんできたり、海底に沈んだりすることと深く関係する。僕らは夜暦の名前の順序によって、どの夜に、魚がよく餌を食べるかをはっきり知ることができる。このような知識は学校では教えられないものだが、僕がそこから受けた恩恵は限りなく、それがまた僕がはじめた文学創作の本質であって、最も誇りに思う野性の知識でもあった。僕は釣りやカニを獲るのが得意でなかった。だからその日の午後は、夜の魚釣りの代わりに海に潜った。海への「感謝の夜」の行事がおわると、トビウオを待つ季節（アムヤン、秋冬）(2)に入る。それは餓える季節でもあった。

ちょうど涼しい風が吹いてきた。他の村から郵便局にお金をおろしにやってきた人たちが、テーブルの維士比をまえに台湾式の酒の飲み方をまねて飲んでいた。アルコールには人におかしなことを考えさせる機能があり、失態、自失、暴言暴力、時間や体力の浪費、肝臓や脳の損傷などの数知れないダメージをもたらす。それでも島の多くの住民はアルコールから離れられなかった。僕は車でこれらの善良な島の人たちのそばを通り過ぎた。彼らのようすは、原住民の村とほとんど同じで、南太平洋の島々の村のようすともよく似ていた。ときには、このような時間や友人もまた有意義で、僕もその仲間に入って酒を飲みながら語り合い、他の人の経験や話を聞いた。とくにみんながタオ語で話すときは、絵に描くように物語を語った。なかでも海に潜る人の話は、その情景はいつも動画のようで、特殊な環境とぴったりの語彙が、僕の思考を刺激し、創作に大いに役立った。

舟を造るときに最初に伐る木はモモタマナ（イタップ）だった。木の根元から伐り、形は成魚になったロウニンアジの肋骨、あるいは博物館の恐竜の肋骨に似ていてパヌワンと呼ばれる。タオ族が造る舟の一本目の木は、モモタマナが九割方を占めていた。もちろんモモタマナがこの島に生えていたからだが、先祖は手探りで舟を造る過程で、のちの人にはわからないようなさまざまな失敗をうんざりするほど重ねてきたことだろう。丸木舟にはじまり流体力学に基づいた美しい設計へと発展して、舟の前後が隆起した波を切るのに優れた寄せ板造りの舟となった。舟には、孤立した島民の知恵と生きる強さがあらわれている。

島に帰って定住するようになってから、伝統行事があるたびに、父親たち兄弟三人と二人の従弟たちが交替で子ブタをほふり、団欒した。僕は幸い父親たちが集まる日にいつもそばにいて、母語の本当の教育を再び受けるだけでなく、タオ語で表現される生活哲学や優美な語彙を知ることができた。物語が語られだすと、音と映像、詩歌、海のイメージのパスワードが僕の心深くに埋めこまれた。若いころに台北で傷ついた心とからだを真に癒してくれた。僕は静かに父親たちのうしろに座り、彼らが環境から得た静けさや、激しい波で磨かれたことや、烈しい陽ざしや嵐から受けた試練について学んだ。彼らはわが民族が最初に舟を造ることに成功した詩を次々に歌った。

鬱蒼とした山のために歌う
フクロウ山、ズアカアオバト山に育った林
そこで木を伐り　舟を造る
波濤はまるで私たちを航海に招くパスワードのようだ
黒い胸びれのトビウオは海の神が私たちに授けてくれた贈り物だ

僕は重い口を開いて父親たちについて歌ったが、音感が悪く、大きく開かないのどの音は自分が文明に馴らされた世代で、口を開いて詩を歌う自然な野性を失っていることを物語っていた。七十歳くらいの一番上の従兄や従姉の夫たちは、微笑を浮かべてちらっと僕を見た。国民住宅の蛍光灯がついたタイル張りの客間で、老人たちは力をこめて海流や波、舟が浮き沈みする情景を歌った。それはまるで美しい夕焼けのようで、全神経が注ぎこまれて、その歌声は薄暗い海面を漂っているようだった。僕はそれを聞いてうっとりとし、彼らの歌声のパスワードを記録するのを忘れてしまっていた。いまあの人たちはみんな亡くなり、島の知恵の精霊もいっしょに連れていってしまった。

多くの画像は、僕に深い悲しみとなって残っているだけだ。

僕の夢はひとりで描いたものではない。懐旧ではなく、先輩たちが山林で木を伐り、海で舟を漕いで漁をするパスワードを確かめ、解読するのだ。彼らは簡単な生産道具を用い、豊かな感情を投入する。求めるものは多くないので、欲深い悪習が身につくことはなかった。このようなパスワードによって、僕が子供のころから、外祖父や下の祖父は海の活性化や魚の永続的な生存に務めてきたのだ。これは僕が生まれた島の漁団家族の男たちの教育のために提供された民族科学であり、芸術と環境が溶け合った健康の信念だった。僕らは自然科学が環境を護るという正義の概念は理性に基づいたものであり、また法律の条文であるとだれもが理解している。僕はこのような「法律規範」は、文明化された人類がみな都市のジャングルに住み、循環する生態環境の影響から遠くなったためだと考える。高層ビルや密集した住宅の意味するところは、個人の財産の蓄積を重視することであり、プライバシーが侵されないことはまた、人と人が互いに疎遠になった源でもあることを示している。大胆に言えば、都会で生活する大多数の人びとは、最も自然の資源を大切にせず、浪費し、消費する集団なのだ。


一九八六年九月、長男のラポガンが生まれて一か月が経ったころ、当時七十二歳だった父が、蘭嶼から飛行機で直系の孫を見に台北にやってきた。父はこう言った。

「シャマン・ガガイ(3)、これはタオ人がはじめて父親となったときの名前だ。ちょっと孫を抱かせてくれ。命は授かったが、この生まれたばかりの命が島の自然環境の寒暖や太陽と月から来る海洋の潮汐の試練に耐えられるかどうか、まだよくわからないんだ。だからこれはしばらくのあいだ、新しい命に与えられる仮の名前だ。孫の母親はシナン・ガガイ（はじめて人の母となる子供の母親）だ。正式な命名は、伝統では生まれたばかりの命の呼吸の強さと、霊魂が夜間のアニトの悪戯から逃れられるかどうかを観察しなければならない。長い闇夜の試練は、十日、あるいは二十日か、わからない。それにまえの月とあとの月の夜暦の期間や兇の夜か吉の夜かの選択も考えねばならん」

「わしはおまえの父親で、生まれたばかりの生命、シ・ガガイ（生まれてから結婚するまで、名前のまえに「シ」をつける）の祖父だ。おまえとシ・ガガイの母親は、もう長く天然の環境（意味は蘭嶼）で生活していない。わしらの島を離れてもう長いことになる。おまえたちは、海の見えない大都市にやってきて、潮騒の聞こえない家にいる。すべてがわしのような老人の想像を越えている。孫の運命だが、タオ人の孫は遊牧の扉と舞台が開かれるように運命づけられているのじゃ」

「わしは飛行機でなんにも知らない都会に出てきた。街を行き交う人の顔は、わしが知ってる魚や植物より複雑だ。海中のプランクトンが、目には見えても捕まえられんのと同じじゃ。わしのような老人は、いつまで頭がはっきりしていて、ことばもたっしゃにしゃべれるか、わかったもんじゃない。月が暗雲におおわれて光を失い、そのせいでわしが迷子になり、海での位置がわからなくなってしまうようなもんじゃ。それにわしも、自分でいつまで舟を造る体力があるかどうかわからんしな。潜水ができるか、詩が歌えるかもわからん」

「わしは嫌いじゃ。台北の車には目がない。それに静けさからほど遠い家も嫌いじゃ。わしはおまえが街を選んだことが気に入らない。もっと気に食わないのはおまえが筋肉を衰えさせるような仕事を選んだことがじゃ。もしおまえたちがずっと都会に住むなら、わしはおまえに樹木の性格をわからせ、トビウオのことを理解する海の知識を教える機会が一生なくなってしまう。おまえたちはここで暮らしてまだ疲れを感じないのか?」

あの年のあの夜は、私の頭も肉体も、実際のところ父の話をまったく理解できなかった。父はなにを言いたかったのか。子供のころに聞いたことがあったが、学校に行くようになってからはその記憶もすっかり薄れており、漢語の古典文学よりずっと難しかった。気がつくと、父はそれ以上話そうとはしなかった。父は目をそらし、僕が抱いている赤ん坊を見た。赤ん坊の母親は、僕に漢人式のサラリーマン生活をしてほしがっていた。彼女は物心ついてから、親や家族から伝統的な教育を受けたことがなかった。だから、父の話は、彼女が読んだ『聖書』から見ても、長年受けてきたキリスト教の霊糧堂〔一九四三年に上海で創設された独立教会で、台北市には一九五四年に設立された〕の教義から見ても、まるででたらめだった。そのため、父の枠にはまった伝統的な観念のもとでは、僕らは完全に「島のパスワード」の圏外に置かれ、情報網から隔絶されていることがわかった。

僕は客間のスタンドの電気を切った。はじめて親となった僕らは、喜びと茫然とした気持ちが入りまじり、海に流れこむ河口に立っているようだった。海に流れこむまえの渓流の水は淡水そのものだったが、河口では海の塩分が混ざりこんでいる。父の話は「澄んでいるうえにまた濁っていて」、海水と淡水の密度を測ることができなかった。

僕らの永和〔現、新北市永和区〕の借家がある通りの街灯が、五坪にも満たない客間を照らしている。父は白壁にもたれ、両膝を抱いて目を閉じ、低い声で口ずさんでいる。突然、狭い空間にその声が響き渡ると、そこは子供のころによく行った下の祖父の家となった。夜更けに、僕がよく知ったメロディが聞こえ、僕の幼い心を広々とした海に誘った。孤独な声、抑揚のない音律が波間に浮き沈みする。それは長く長く忘れていたメロディだった。僕の鼓膜は震えた。それは生まれたばかりの赤ん坊が母乳を吸うまえの餓えた状態のようだった。おお、長ーく、長ーく、聞かなかったメロディだ。僕の脳裏にすぐに父が浮かんだ。子供のころに父が夜の海にトビウオ漁に出るのを見送るシーンだ。すぐに浮かんだ記憶は、砂浜で寝っころがって漁から帰ってくる父を待つシーンだった。おお、長―く、長―く聞かなかった。いま歌っているのは下の祖父ではなく、僕らが村に帰るのを望んでいる父だった。

僕は横になって、生まれたばかりで、まだタオの名前がついていない子供を抱いた。そして、とうとう子供ができ、シャマン・ガガイになったことに思いをめぐらしていた。いまこうして、自分の努力で大学に行く願望を実現した。四年間アルバイトをしながら予備校に通って私立大学に入った。そしてアルバイトをして大学に通わなければならなかった。この間、父はずっと、僕が政府の奨学金で大学に行っているものと思っていた。父は大学に私立と国立があることや、僕が拒否した師範大学のような学費の要らない大学があることも知らなかった。学校に行くのはたいへんだった。父は一九一七年に生まれてこの方、山地同胞〔一九九四年に「原住民」に改称されるまでの戦後の公称〕は学校に行くには学費がいるということをまったく知らなかった。当時、父は僕に台湾に勉強に行かないように言った。僕自身が勉強したかったのだ。だから、ひもじい思いをしたり、金のない日々は、みな自分の子供のころからのくだらない夢のためで、いささかの恨み言も言えなかった。父はただ魚を捕り、舟を造って、僕らが帰ってくるのを待っているだけだった。僕は父と息子のあいだにいる直系の肉身だ。三代にわたるパスワードが僕には伝わっていた。あるいは僕の霊魂は流浪するものと定められていたのかもしれない、そのような予感がした。するとそのとき、目から涙があふれた。それは継承や伝統の文字化けしたパスワードだった。
その数日、シャマン・ガガイとして、タオ族社会の新しい身分を得て、たいへん嬉しかった。新しい身分には新しい社会的責任が生まれる。稼ぐためのタクシー運転手の仕事にも大いに熱が入った。それは子供の母親のからだのため、生まれたばかりの子供の健康のため、タクシーの借賃、家賃、それに父が蘭嶼に帰るための旅費や小遣いのためだ。若い体力でタクシーの運転手をして、はじめて生まれた息子や息子の母親、そしてふたりの健康や父の旅費などいろんな過度の出費をまかなうことができた。

僕らが蘭嶼の家に帰るのを期待したのは父だった。老人に最初の孫が生まれ、この孫に名前を付けるのが、父の最大の願いだった。僕らの家で、父は毎日孫を見ながら詩を歌った。父は孫の命名の儀式をするために、強く僕らに蘭嶼の家に帰るように迫った。あのころ、子供の母親と父はうちとけ合っていた。子供の母親は長男の「命名式」の重要性を深く理解していたし、同時に妻として、そして異なった村、異なった漁団家族の人間として、男と海の関係の密度にも潮位があると知った。父もはじめて彼女に正面から向き合い、タオ族にとってのトビウオの重要性を聞かせた。このような知識や魚の知識はどれも、彼女が自分の民族と海の環境の関係を理解した最初の経験だった。

一九七三年の秋に、僕は蘭嶼を離れた。台東の高等学校に合格したのだ。学校は「省立台東高級中学」と言い、この学校ではじめてほかの原住民族の生徒に出会った。すべての原住民族の生徒は「山地（平地）山胞」と呼ばれた。僕らは毎月、月の初めに学校で政府からの生活補助の「食糧配給券」をもらった。この券を受けとると、県政府が指定する「米屋」に行って現金に替えた。記憶ではたぶん九百元だった。九百元を握りしめた手は汗をかいた。緊張していたのだ。それからその現金を宿舎のカトリック白冷会の神父に預けて管理してもらった。宿舎は「カトリック培質院」（高速鉄道の理事長欧晋徳や前台東県知事の陳建年は、中学校、高等学校時代をここで六年過ごした）と呼ばれた。寄宿生は田舎から台東に出てきて、国民中学校や高等学校で勉強していた。漢人も原住民族もいたが、中国東北の遼寧省から来た生徒もいた。鄭神父が僕らの面倒を見てくれた。鄭神父はたいへん厳格な神父で、『聖書』の宗教哲学観や宗教心理学で僕らを教育した。培質院では、どんな宗教を信じていても、毎週日曜日の朝、院内の礼拝堂のミサに出なければならなかった。しかし、神父はそれぞれが生まれてからもっている宗教を変えさせようとせず、西洋の宗教哲学理論を広く解釈して話して聞かせた。これは神父たちの普遍的な基礎知識だと思うが、僕は聞いてもほとんどわからなかった。礼拝堂では、神父は「偶像崇拝」だなどと言って、ほかの宗教を批判するようなことはなかった。これはあの神父の美徳だと思う。

院内には図書館があった。生まれてはじめて、あんなに多くの本のある部屋を見た。僕はいつも館内に入って本を読んだ。目的は自分の中国語のレベルをあげ、より多くの漢字を知ることだった。しかし、僕は高一から高三まで図書館で本を読んだが、一冊の散文も、一冊の小説も読み終えることはなかったし、僕を興奮させたり、僕を啓発したりする一冊の本に出会うこともなかった。僕はいつもがっかりして図書館を出、自分の資質を疑いはじめた。古文の文章を暗記したり、試験のときに書いたりしたが、完璧な答案を出したことはついぞなかった。これはたいへん悲惨な記憶だ。

時間は常に進み、太陽と月が入れかわる。高校の三年間はよく島の両親のことを考えていた。父が捕った新鮮な魚を思い出すと、小学校から国民中学校までのさまざまな記憶がいつも思い出された。青い海は台東での試験の挫折を忘れさせてくれた。南太平洋を漂流するという子供のときの夢は、そのころはきれいさっぱり忘れており、ただ自分が行きたい大学のことだけを考え、台北に行って勉強したいと考えていた。

一九七六年六月のこと、僕が「国立師範大学」に行かないと知って、神父は僕をバスケットボール場の真ん中に呼びだし、僕に言った。

「役立たずの山地人めが、ばか者！」

神父は僕の高校三年間の成績をよく知っていただけでなく、僕への期待もたいへん大きかった。しかし、山地人が社会的地位を高める唯一の道は「国や学校からの推薦」にしかないと思っているようだった。僕は小学校四年生のときに、「自分の力でやる」と心に決めていた。神父は僕が大学に行かないと言うのを聞いて、睨みつけた。次の瞬間、彼の左手が強く僕の頬を打った。「ばか者！」、僕はじっと立っていた。、尊厳が打ち砕かれ、困惑のあまり涙を流した。

「役立たずの山地人めが、わかっているのかね」

しかし、僕の記憶にある蘭嶼で出会った先生こそ「ばか者」で、動かない教室から生涯離れず、安い給料のために汲々として過ごす。僕は貧しくてもいいが、一生「ばか者」の汚名を着たままではいたくない。僕にすれば、正しい人生観で僕を教育してくれたあの神父を恨むようなことはもちろんないし、いまでもあの神父のことがたいへん懐かしい。神父は二〇〇六年に主に召された。しかし、「動かない教室のなかで、漢族の一元的思考の教材を生涯守」り、からだは東西南北へ、深い山から都市へと移動しようとも、教材を変えない。そのような教材をつくる学者は社会の上層部にいて、世のなかがどのように変わろうと、依然として都会文明に依存する学生を中心に考える。彼らの頭には、「多元」的な想像や「山と海」の健全な知識など、浮かびもしないのだ。世界にはただ「都市」だけが存在し、ただ漢人と白人だけが存在するという感覚なのだ。

ここ二十年来、「海洋文学者」と呼ばれるようになってから、多くの学校や社会団体に講演に招かれたが、若い世代は蘭嶼がどこにあるのかさえ知らなかった。悲しむべきことだが、これが台湾の教育なのだ。

学校に行くようになってから大学まで、出会った同級生や友人たちはみな同じことを聞く。「水泳は怖いだろう！」

もし怖いというのなら、蘭嶼の人びとや子供たちは神の子とでも言うのだろうか。もちろんそんなことはない。学校が健康な海洋知識を教えていないのだ。教材をつくる教授は静態学の専門家だから、自分の手で海水に触れようとしない。だから台湾では毎年、川や砂浜で遊んでいて水に溺れる子供があとを絶たないのだ。今日でも、台湾政府や教育部は対策を出していない。悲しむべきことだ。「山の事故」も同じで、専門家は温室のなかの説教者であって、野外でのサバイバルの教育者ではないのだ。

あるいは神父は、僕らのような山の同胞のレベルはそれほど高くなく、都会での競争力もかなり劣っていることがよくわかっていたのかもしれない。僕らが就いている仕事を見れば、それがわかるというのも事実だった。しかし、僕は、どうして山地人は「師範学校」に行かなければ、前途、つまり経済的な将来がないのかと考えていた。当時の島の経済状態から言えば、先生になることだけが、金が貯まり、貯金通帳の数字が増える唯一の道だった。そして謙遜からはほど遠い追求者でもあった。だからこの職業は、僕の人生観では求める職業ではなかった。

別の角度から見ると、山地人が師範大や大学に行くチャンスを失えば、社会に出てからはほとんどが悲惨な結果に終わった。そこで山地人は物質や貯金通帳の「貧しさ」を変えるために、五、六〇年代には警察官や公務員、教師、牧師、さらに原住民族の村の国民党党部の職員になる道を選んだ。これらの「職業」はどれも、植民された弱勢民族の「自覚」を消滅させる仕事であり、また安い給料のために汲々として、人としての尊厳を失っていった。このような話は、僕や実力で大学に合格した一部の人たちのあいだで、八〇年代中期に原住民族の自覚運動を推進したときに得た暫定的な結論である。

両親には理解できない「ばか者」の汚名を背負い、貨客船に九時間乗って台東から蘭嶼の家、両親のもとへ帰った。青い海、美しい太陽、よく知っている島は、これからどうやって生きていくか、考えるチャンスを再び僕に与えてくれた。

高校卒業後、蘭嶼に居た二か月あまりのあいだ、父はいつものように山や畑で仕事をしたり、海に舟を出して魚を釣ったり、海に潜って魚を捕ったりしていた。母も同じで、毎日毎日畑で忙しく雑草を抜いていた。家に帰ったときの食べ物は、三年まえと同じで、サトイモ、サツマイモ、カニ、魚など、大自然の食べ物だった。同級生のカロロは、水道電気工事の見習いの仕事を止めて、毎日、昼も夜も海辺で釣りをしていた。彼はこう言った。「俺、末っ子だろう、両親のために俺が魚を釣ったり、カニを捕ったりしなくちゃならないんだ」こうして彼は潮の満ち引きと月の満ち欠けをよく知るようになった。島にはまだ近代的な施設はなく、電灯もテレビもなく、もちろん冷蔵庫もなかった。あの時代の退屈さはすがすがしかった。酒も飲まず、多くの時間は山に行って薪を伐り、それを集めて家にもって帰った。これは若者の責任で、父親が自分の仕事に専念できるようにするためだった。家には柴がうず高く積まれ、母が火をおこしてサツマイモを煮るときに不足することはなかった。親たちは喜んでいたが、これも両親が僕を家にいさせようとする理由だった。父親たちの仕事を軽くし、日の出と共に働き、日の入りと共に休む。美しい夜にはどこかの家の庭で夜の海を見ながら、波のリズムの古調の詩歌を学んだ。

夏だったので、わが漁団家族の十人乗りの舟、チヌリクランと別の家族のチヌリクラン、さらに隣の村の三、四艘のチヌリクランが、二級、三級の風の好天気の早朝、村の東南の方向にある小さな島に向かって漕ぎだした。僕らのような五〇年代中期に生まれた若者は、歩きはじめたころから舟を海へ押しだすのを手伝い、それから舟を漕ぐ男たちの勇ましい姿を浜で見て育った。舟は肉眼で見える近さにあり、肉眼で父や祖父たちを見ていた。長いあいだ、舟を漕いで波を浴び、太陽に焼かれたので、全身の皮膚は真っ黒になり、しわがはっきりと見えた。子供のころからいっしょに育った七人の同級生は、僕が高校を卒業したあの年にみな島に帰ってきた。僕らはもう櫂を漕ぐ年齢に達していた。だからみんな心では、大きな舟の漕ぎ手になりたいと思っていた。青い海は僕らの血管細胞のなかに形容しがたい抗えない「魔力」をもっているようだった。トビウオの季節には、大小百艘ほどの舟が村の浜から小蘭嶼に向かって漕ぎだされ、海面はまるでシロカツオドリの群れが移動するように見えた。朝のキラキラ光る波が魚を追う景色、そして夕焼けが海面を照らす時刻になると、上下し明暗を見せる無数の波は、男たちが帰ってくるのを待って村人たちが瞬きを繰りかえすまぶたのようだった。このような情景のなかで僕らは成長した。僕らも大きな舟が帰ってくるのを待つのがとくに好きだった。異なった漁団家族が、黄金の余光に輝く三カイリの海上で展開する競争はとても素晴らしかった。僕は従姉の夫にこうたずねた。

「疲れない？　いつもこんな競争をしてさ」

「もちろん疲れるさ、一日じゅう太陽に焼かれながら、海に潜って魚を捕るんだからなあ。一日じゅう海にいて、昼にサトイモを一、二個食べるだけだ。しんどくて疲れ切るね……。でも、舟に乗ってる先輩たちが漕ぎ手を励ましてくれるんだよ。男は生まれつき海の波と闘うもんだ。女にばかにされるわけにはいかない……」

父親たちが浜にもどってくるとき、家族のなかで海に行かなかった男の子が水桶をもって浜に行く。母親たちも伝統衣装を身に着け、盛装して、長いあいだ魚を捕って家族を養ってきた男たちを迎える。彼女たちも水をもって行くのだ。漕ぎ手たちはみんな冷たい水を頭からかぶり、激しい太陽のもとで舟を漕いで腫れあがった肌のほてりを冷やす。こうして浜には喜びを顔いっぱいに浮かべた人びとが集まる。海、波、舟、村人たちは、共に民族の生きていく姿を描きだす。それは夕陽のなかで僕らの心に刻まれた子供のころからの記憶だ。

ある日、僕は同級生のカロロと海に出る漁団家族を見送ったあと、村の涼み台で休んでいた。そのあと従兄に連れられて彼の家に行くと、伯父が家のなかから三十何束かのアワをもちだしてきた。アワ粥にするなら、ひと束で四杯、五杯分になるが、アワ粥は薄く炊いてはならない。

伯父の家には臼はひとつしかなかったので、僕は家に帰ってもうひとつ家のをもってきた。最初に、従兄といっしょにアワを棚のうえに置き、火をおこしてアワの湿気を除いた。温かく乾いたアワは搗きやすい。僕の年代のタオ人なら、アワを搗くのも子供のころから覚えないといけなかった。ましてや僕はもう一人前の男子だった。従兄とアワを搗くとき、伯父は頼むような口調でこう言った。

「おまえはひとり息子だ。できることなら、島に残って魚を捕ってくれ。おまえの両親はおまえの助けを必要としているし、わしらもおまえがわしらの漁団家族の詩を受けついでくれることを望んでいる」

カロロも伯父の家に来ていっしょにアワを搗いた。ふたつの臼に三本の杵だ。美しい明るい太陽のもとでのアワ搗きはとても楽しかった。とうとうアワ搗きができた。かつては父がしていたが、僕たちも大きくなったのだ。アワの種蒔きには儀式があり、収穫時には神様へのお礼の詩を歌い、収穫したアワは、最も心のこもった贈り物の象徴となることを学んだ。漁から帰ってきた男たちは、円陣を組んでアワ粥を食べる。これは海に出て漁に携わった男たちの「密接な関係」をあらわしている。家族のなかで漁に出なかった男は、庭で女性たちといっしょに捕ってきた魚を目で楽しみながら、男の魚と女の魚の二組にわける。

「分類」は老人が言うには節気の順序だということだった。海の魚は浅瀬から深海や外海まで、生息環境には深度の差があり、そのため魚の肉質にも違いがあった。本当は、最も簡単な漁具で魚が釣れることが願いだ。本物の魚は美しくて生きがよく、泳ぐ姿は優雅で敏捷、群れをつくっている。生臭くなく、肉質も柔らかくて、澄んだスープができる。男が食べる魚はよくない魚と言われる。それは、女のためにあれこれ荒っぽい仕事は男が引き受け、危険な仕事は男が担うということだ。だから、僕らは子供のころから魚の分類を知っている。魚を入れる皿も女の皿、男の皿、さらにはトビウオの皿にわけねばならず、木の皿の形も大小で区別される。子供のころから漁から帰ってきた漁師たちを手伝って舟を浜に押しあげる。漁師は僕らに男の魚、女の魚の分け方を教え、家では両親が子供たちに魚の木の皿の区別を教えてくれる。スープを飲む碗も同じで、ブタ肉用やトビウオスープ用の碗など、きちんと区別しなければならない。日常生活に使う器や皿はどれも、男が季節ごとに違ったものをつくる。こうしたことは、父がすべて目で観察し、皮膚で季節の温度の変化を感じとるのだと、僕に教えてくれた。

季節ごとの食事の「順序」については、台東での高校の三年間で忘れてしまっていたが、蘭嶼に帰ってすぐに生活の記憶がよみがえった。そして本当に美しいと感じた。そのとき、伯父が僕らに物語を語りはじめた。高校にいるころ、先生たちも物語を話してくれたが、それほど興味が湧かなかった。神父も『聖書』の物語を語ってくれたが、それも遙か遠い世界のことのようだった。僕は思った。先生や神父たちが話す物語にはどうして海と人が結びついた物語や、海や波に親しむ物語がないのだろうか。人間の物語は殺し合いばかりで、本当にわけがわからない。あるいは、教会に行かず、キリスト教を信仰しない人は罪人だとでも言うのだろうか。他人のプライバシーを侵すなんて暴論に近い。

お昼時分に伯父がこのようなことを言った。

「マラオス、おまえたちのこの兄貴が、よちよち歩けるようになったころのことじゃ。ある日、太陽があまりにもきついのに腹を立てたわしは、水中メガネと水中銃をもって海に潜ったんじゃ。一メートルから十数メートルの深さのサンゴ礁の岩のところに魚が数え切れないくらいたくさんいたんじゃ。魚はすぐ近くにいて、手でつかめるほどじゃった。わしは捕る魚を選んだが、何度も撃つわけにはいかなかった。水中銃の鉄芯がしっかりしていなかったので、魚を撃つたびに水中でまっすぐに直さなければならん。だからわしは両手を合わせた大きさの魚しか撃てなかった。もちろん女が食べる魚を狙った。ラグィナの崖のある海岸まで泳いで行くと、わしはサンゴ礁のうえに腹ばいになって、わしの手の平から腕までの長さがあるロウニンアジを待っていた。そのとき、突然左耳の方向から得体の知れないものが近づいてくるように感じたのじゃ。わしら三人兄弟の肺活量はとても良かった。チゲワッのおやじもじゃ。そこで振りかえると、わあ！　とんでもない奴だ、本当に怪物だ(カロロはそれを聞いて、思わず涎を垂らした)。どうしてこんな怪物に出くわしたんだ、ついてないと思った」

「わしは思った。これは一体なんなんだ」

「わしはゆっくりと岸辺の磯に泳いでいって、この怪物から逃げた。しかし、怪物はまるでアニトのようについてくるんじゃ。おまえたちはいまは、足ひれをもっていて速く泳げるが、わしらはただ足と手だけだったから、どんなに力いっぱい泳いでも魚のようには泳げなかった。ましてやアニトにつきまとわれた怪物じゃなあ」

「言っておくが、おまえたちが水中銃をもって潜って魚を捕るときには、足のしたで海草を食べている魚に注意するだけじゃだめだぞ。目はいつもまわりの水世界を見まわさなきゃならん。最もいいのは、ふたり以上で潜ることだ。仲間がいれば、霊魂も安心するよ」

「怪物はぴったりとわしにくっついてきた。わしはますます緊張した。『わしはおまえのおやじをのろってやる、もうついてくるな。そうでなければおまえのその小さな目を突き刺すぞ』そう心のなかで言ったんじゃ。しかし、そいつはわしの言っていることがわからず、わしについてくる。わしが岸に上がろうとした瞬間、そいつはそれを察したのか、突然すごい勢いでわしを追ってきた。わしは怖ろしくて口から心臓が飛びださんばかりになったが、片手で岸の鋭いサンゴ礁をつかんで、すばやく身を翻して岸にあがった。しかし、怪物は片目で蔑むようにわしを見た。わしはいっそう怖くなった。わしは息を吸い、深く息を吸いこむと、口に出してそいつに言った。『すぐにわしから離れろ、さもなければわしは死んだ祖父を呼んで、おまえの肝を食ってもらうぞ』。怪物はわかったようだ。肝を食われてしまったら、アニトは生きられない。それで去っていった。その魚のからだは不完全で、尻尾がなく、からだも半分しかなかった。サメに食われてしまったということじゃ。その後、あのサメも死んでしまったそうじゃ。なんでもとても食べられないような魚や、怪異な魚を食べたからということだった。しかし、実際は、魚をつくった神カブラゥの傑作で、『怪異な顔つき』は食べられない魚類のしるしだったのじゃ」

物語を聞き終えると僕らは楽しく笑った。僕らには、このような物語は覚えやすく、夢中になった。伯父のことばは僕らの「想像力」を水世界の中まで連れて行き、まるで伯父といっしょに泳いでいるような感じがした。あのようなことばに耳を傾けていると、ことばの背後にある隠喩や潮流のような語調が理解できた。このような物語は、学校で最も読みたいものだったが、残念ながら、大学で勉強するようになっても、国文の授業にもなければ台湾や大陸の作家も書いておらず、このような物語のテキストもなかった。僕らは小学校のころからこういう状況にあった。学校のテキストの内容は僕らの思考経路から遠く離れ、僕らに自然環境の知識からかけ離れたことばかり教えるのだった。

高校ではたくさんの文語文のテキストを読んだ。僕は文天祥〈南宋末の詩人〉の「正気の歌」〈正気が存在する限り正義は不滅であることを歌った五言古詩。「天地に正気あり」にはじまる〉を覚えている。先生は、毎月の定期試験で、文語文のテキストを覚えて書かせると言った。「テキストを覚えて書く」のは最も嫌いだった。それは僕の脳の記憶回路は海流のような動きのない語彙を受けつけなかったからだ。またわが民族には殺戮の歴史物語というようなものがなかった。だからそのようなテキストを暗記するのはたいへん難しく、後半を覚えたら、もう前半を忘れており、暗記は非常に苦しかった。それに、僕は漢字をきちんと書けなかった。払いが一画多いか、画数が一画少ないかで、漢字の勉強にはひどく苦労した。ずっとこんなありさまだったので、「テキストを覚えて書く」のは一度もうまくいったことがなかった。

僕らは涼み台に座って海を見ていた。青い海は知り得ない未来の夢を僕らに育ませた。雑談しながら見る、目のまえに広がる青い海は、空を大きく広げたかのようだった。外来文明に接したばかりの僕ら新世代の知恵を広げられないかもしれないし、父や祖父たちの山や海と調和した生活のコードも留められないかもしれない。

カロロと従兄のマラオス〔伯父の二番目の子供〕と僕は、そのとき、真っ青な大海原、海流がゆったりと動く美しい景色にうっとりしていた。従兄は大病を患った。幸運にも彼の名前がアニトによって早々と仙女のところに送られることはなかったが、活発だった彼は、島の若者の輝きを失っていた。すっかり意気消沈して顔には覇気がなく、目のまえのきらめく陽光や青い海に背を向け、ことば少なく憂鬱そうだった。カロロと僕の状態もいいわけではなかった。僕らは自分の思いをどのようにして実行していくかについて考えていた。僕の感覚では、僕らの世代は小学校に入るや漢語とタオ語を同時に使いはじめる。それが僕らの矛盾のはじまりだった。さらにたくさんのどうしていいかわからないことがある。それは海洋の渦巻きが航行する船の方向を狂わせるようなものだ。カロロは海を見ながらタバコを吸っていた。彼は台東で水電工をしていた。慣れない環境で、山地人の労働時間をごまかす閩南人の水電会社で働き、戦後、小さな島から大きな島へ働きに行ったタオ人が肉体労働で金を稼ぐときに受けた屈辱をいやというほど味わった。彼は働く時間の長さを気にかけず、また当然もらうべき賃金や、仕事の出来栄えがいいことをあれこれ気にしなかった。だが、三年にわたって会社でいじめられ、閩南人への信頼をまったく失っていた。彼がはじめて社会に出たときの人生観は、彼の心では、閩南人には階級観念があり、あちらは優秀でこちらは劣等、あちらは高級でこちらは低級だということだった。このような差別に遭遇した経験は僕らの世代に共通したもので、台湾で生きていくなら、数えきれないほどたくさん学ばねばならないと運命づけられているようなものだった。しかも茫然と矛盾の交錯や大島と小島のあいだの移動によって、学ぶことが増えるばかりで減ることはなかった。「適応」は僕らが現実社会に直面したときの主要な課題だった。しかし、そんなに簡単なことだろうか？　国語〔台湾で公用語の「標準中国語」。近年は華語とも言う〕を話すのさえ容易じゃないのに、閩南語まで学ばなければならない。なんと大変なんだ。カロロは蘭嶼に帰るとき、多くの挫折を味わっていた。労働時間は限りなく長く、賃金は限りなく安かった。十六歳から十九歳まで、三年間働いて稼いだ金は、郵便貯金の口座を開くほど貯まらなかったし、またどのように口座を開くのかさえ知らなかった。これはまったくばかげたことだ。とうとう彼は夜逃げをして、富岡漁港〔台東市〕に身を隠し、改修中だった漁船で夜を過ごした。海が見えて、風を避けられればそれでよかった。最後に残った金では家に帰る船の片道切符しか買えなかった。彼は僕に言った。

「閩南人はよく人を騙すよ、奴らは俺を『蕃仔《ファナ》』って言いやがる」

「蕃仔」ってどういう意味なのか、知らなかった。蘭嶼ではそんなことばを聞いたことがなかった。

ただ「鍋蓋《クオカイ》」というのは聞いたことがあり、父や祖父たちの世代の髪型がまるで鍋蓋《なべぶた》のようだったからだと言うことだ。このような閩南式の「民族差別」のことばはいつも暴力的で、激しい蔑視の意味を含んでおり、子供のころに閩南人にはじめて会って以降、彼らから好意を感じたことはなかった。

二〇〇六年の秋、成功大学台湾文学研究所の葉石涛（葉老）先生〔『台湾文学史綱』一九八七年の著者〕の「退職」かなにかのお祝いのときに、あるレストランで宴席が設けられた。お祝いの会が終わると、詩人や事業で成功した台湾人や濃いグリーン〔民進党系。国民党系はブルー〕の詩人たちが、僕を誘ってある人の家に行き歌をうたった。酒がだいぶ入ったときに、ある詩人が僕にこう言った。

「閩南語は台湾文学の主流だよ。閩南人が台湾の人口の七〇パーセントを占めている。我々こそ正統の台湾人だ」

このとき、僕はカロロといっしょだった。十九歳のときに僕らは西部で運送助手をしていたが、毎日耳元で言われる「幹《カン》××〔バカ野郎〕」「蕃仔」といったことばから逃れられず、閩南人と出会ったことの善さは感じられなかった。三十数年後のあの日、また同じことを味わったのだ。小島から大島に来た僕をいたぶったとも言える。このような詩人たちは文学に従事するとき、勉強不足で、「詩学」、つまり文学者の体内に流れている美学の気質を感じることができないのだ。移民の初期に見せた粗暴なふるまいは、四百年あまり経ったいま〔台湾人の台湾への移民は、四百年前のオランダ時代の十七世紀初頭にはじまった〕でも、ほとんど変わらないのだ。そこで僕は次のように応えた。

「あなたがたはみんな『蕃仔婆〔原住民女性〕』の孫の孫ですよね。あなたがたが主流なら、僕は海流です。それに台湾人にはいろんな民族がいて、台湾語もいろいろです。あなたがた閩南人はただそのなかの一民族に過ぎませんよ。閩南語もそのなかの一言語ですね」

「兄弟、閩南人は俺の金を騙し取りやがった、十七歳の若者を騙したんだぜ、憎くてしかたないよ」

カロロは僕を見てそう言った。

「俺らも騙されないような策略を勉強しないとな」と僕は言った。

社会に出る、台湾社会ってなんだろう？　父が暮らしたことがない場所、姉が嫁いでいった町がある場所、母が行こうとしない場所、だれも台湾人とどのように付き合うか教えてくれなかった。僕らの世代がはじめて接触したが、僕らは見習いになるか、体力に頼って金を稼ぐ仕事しかできない。カロロは水電工となり、カスワルとサランたちは台北に行って、兵器工場で爆弾をつくり、ジジミットは台東の富岡の近くの海で漁や船の操縦を学んでいる。アンランムはヤクザの子分になった。僕らのクラスの班長はまだ師範学院でタオの子供たちを教育する課程を学んでいる。彼らはみな台湾のどこかで、金を儲けて生活をする術を学んでいるのだ。カロロの従弟も水電工の見習いをしていたが騙され、船に乗る金しか残らずに村にもどってきた。そして、いま、ギターを抱えて伯父の家に来て涼み台から海を見ている。十六歳から十九歳まで、三年のあいだ、台東での学習生活のなかで、僕らはからだも大きくなった。そして鬚がはえた顔には困惑の表情が刻まれている。それはまるで小学校四年生のときの国語のテストの穴埋め問題に答えたときのようだった。太陽は「山に沈む」が正解だったが、僕らが実際に目で見ている太陽は「海に沈」んだ。同級生はみんな自信たっぷりだった。テストは少なくとも零点になるはずはなかった。ところが、思いがけないことに太陽は「山に沈む」が正解だった。僕らが見た実際の風景は間違っているかのようであった。これは僕がその後、師範大学への推薦を断った大きな理由のひとつである。次の世代に「過ちを知る」ことから教えはじめなければならない。

カロロ、彼の従弟、僕、そして従兄の四人は、涼み台で昔から僕らを泳ぎに誘ってきた青い海を見ていた。正午、強い太陽が射し、そよ風が村の背後の山から吹いてくる。風の優しさを感じながら、従兄が病後の内気な笑みを浮かべて言った。

「あの日、学校から帰ってから、俺らは何人かで海に泳ぎに行ったんだ。すると、あの外省人の先生がムチをもって俺らを追いかけてきたんだ。そして『泳ぐ子はわかってるな、明日、学校でムチが待ってるぞ。泳ぐんじゃないぞ』と言ったんだ。おまえらは俺らの村の向かい側の岩礁に隠れていた。あの泳げない先生は岸辺で喉がつぶれるくらい叫んでいたぜ。おまえらが怖かったのはムチで叩かれることだったけど、先生が怖かったのは泳げないことだったんだな」

「ああ、俺ら叩かれてめちゃくちゃ痛かったけど、泳がなかったら楽しくないよ」と、カロロは言った。

伯父は薪小屋で細長い木の匙を使ってアルミ鍋に入れたアワをかき混ぜつづけていたが、汗びっしょりになって出てきた。そのあと、僕ら四人は順番に薪小屋に行って、熱いアワ粥が柔らかくも固くもならないようにかき混ぜた。伯父は、炭火を分散させ、残り火が消えて、余熱で鍋の蒸気を飛ばす方法を教えてくれた。そして、鍋のなかのアワを周囲一尺ほどの藤のかごに入れてから、僕らにも小さな碗に入れてくれた。そして言った。「ゆっくり食べなさい。漁団家族が帰ってくるのを待つあいだに、水桶を用意しなさい。漁師たちにかけてやるんだ」

カロロの従弟は僕の母方の従弟でもあった。彼は僕らに治りきっていない、皮が破れた両方の手の平を広げて見せて、言った。

「俺、おやじらと小蘭嶼に魚を捕りに行ったんだ。近くて楽だし、面白いと思ったんだ。ところが、俺のやわい手は長いあいだ、櫂を漕いでいるうちに摩擦に耐えきれなくて、皮に水ぶくれができてめくれてしまった。海水に濡れるたびに、すごく痛くて悲鳴をあげたよ。それに筋肉がまだしっかりしていなかったから、痛いし疲れ切ったよ。それに、帰ってくる途中には、他の漁団家族のチヌリクランと競争しなければならない。そのうえ三時の太陽の洗礼をたっぷり浴びるんだ。俺の背中はまるで先生のアイロンの熱でやけどしたような感覚だった。家に帰って、なにも言わずに三日間寝込んだよ。そのときやっと、俺らの先輩が舟を漕ぐ忍耐力や、魚を捕る苦労や、大波から受けた鍛錬はたいへんなことなんだと知って、深い尊敬を感じたよ。この経験をおやじはすごく喜んで、俺のためにアワを搗いてくれた。おふくろもブタの油がしたたるイモ餅やブタ肉を用意してくれたよ。そして、海の波の気質を学べば、魚を捕って家族を養うことができると言った」

マァルックは僕らの目のまえに、まだ癒えていない、櫂で傷ついた手の平を広げてみせた。その表情を見て、先輩たちに鍛えられ、波にもまれて、彼の知識は厚みを増したのだと感じた。マァルックはギターを弾いた。伝統的な男女の恋の歌で、僕らはその単調なメロディに合わせて、よく知った歌詞を口ずさんだ。

なにも遮るものもない空間、目のまえに広がる大海原は、僕らの視野を大きく広げてくれた。まるで水平線まで目尻を大きく広げたようだった。東南の方角に黒い点が四つ、五つとあらわれた。それは帰ってくるチヌリクランだった。黒点は五カイリ離れたところから村の浜まで漕いでくるのだ。マァルックの経験では、少なくとも四十五分かかるという。そのころ、村の女たちが水イモ畑から帰ってきた。村の共同の水源(4)でからだを洗ったあと、青と赤と白の民族衣装を着て、美しい髪型に結い、首には瑪瑙の首飾り、手には冷たい水を入れた陶器の甕《かめ》をもっていた。そして村の子供たちと涼しい場所で熱い太陽を避けながら、浮き浮きした気持ちで漁から帰ってくる夫を待っていた。黒い点が舟の形に見えるようになると、喜びが増した。からだを倒したり上向けたりしながら櫂を漕ぐその姿は、僕らの力を漲らせ心を躍らせた。マァルックとカロロと僕の三人は、違う漁団家族だった。しかし、漁師たちが舟を漕ぎ、競争した疲れを軽くするために、みんな浜に出て、舟を浜に押しあげるのを手伝わなければならなかった。村の若者が集団で舟を押しあげる力は、漁団家族が助け合い、うちとけ合うための原動力だった。

僕の村の二艘の舟と隣りの村の三艘の舟が、黒い点から舟の形に見える距離まで近づと、十本の櫂が前後に動き、人が仰臥する姿が目に入ってきた。僕らは立ちあがって水源に水を汲みにいった。それから村の六、七十歳の老人たちと道路に出て、十人乗りのチヌリクランの競争を眺めた。蘭嶼国民中学校の少年少女たちも道路脇までやってきた。さらに村に少ししかいない警察官や雑貨店のおやじも駆けつけた。この風景は、僕にとっては、漁団家族や造船文化や漁について考えるはじまりだった。父親たちは疲れもみせずに櫂を漕いでいた。櫂から規則正しくあがる白銀の波は僕の脳を刺激し、鳥肌が立つほどだった。これはほんとうに美しい移動のシーンであり、民族の集団の漁労文化が刻まれている。海と魚は民族が永続するエネルギーを育み、島嶼民族と海洋を結ぶ深い情感を構築している。両手で力をこめて櫂を漕ぐたびに白い波しぶきが力強くはねた。まるで波の舌が島の若者の足の裏や成長した腕に吸いついて、「子供よ、さあ来い!」「子供よ、さあ来い!」と呼びかけ、海と漁師と舟の歌声を描きだしているようだった。漁師たちがこのように舟を漕ぎ、漁をする経験は、明るい夜に老人が歌う詩の素材となって「勇ましい」筋肉を讃える。つまり、島民の知恵が生まれる海なのだ。

近づいてくるにつれ、舟を漕ぐ雄姿がはっきりと見えてきた。漁師たちの真っ黒に日焼けした背中の筋肉は、家族が食べる魚によって刻まれた印しであり、村人が海を信仰するコードであり、僕らが本当に愛する生存環境のパスワードであった。将来は、舟を造ってこの技術を継承しなければならない。季節に従って民族に伝わる漁を実践しなければならない、と心でつぶやいた。

僕とカロロとマァルックは、冷たい水を入れた壺を手に提げて砂浜に歩いていった。舟を漕ぐ雄姿がいよいよ近づいてきた。きれいな服を着た母親たちも壺を提げて浜にやってきた。大人も子供も大勢が漁師らが励まし合う息遣いを聞いた。心臓の脈拍は波の動きに呼応し、僕ら、さらには赤ん坊も踊りだすほど息を合わせて舟を漕いでいた。舟の舳《へさき》が切る波を見て、漁師たちがラストスパートをかけたことがわかった。全力で漕ぐその姿は精緻で美しい絵だった。僕は心から感動し、想像が強く刺激されて、海と魚とわが民族と、舟のあいだを循環するコードについて考えていた。

立ちあがって、首を伸ばすと、鍛えられて平たくなった漁師たちの腹が見えた。舟は二十数メートルずつ離れて、順に浅瀬に近づいてきた。父親たちの世代は、僕らが歩いて浜に来られるようになってからいままでずっと、炎暑の夏には、漁をする情景を僕らに見せてくれた。いま、僕らは十九歳の若者になった。中壮年の人たちは、体力を使うときは口数が少なくなった。舟を漕ぐ姿勢に慣れたからかもしれないし、すでに個人の社会的地位が固まっていたからかもしれない。ただ僕は、老人たちの知恵を完全に解釈できていないことばがまだたくさんあると思った。

村の十人乗りのチヌリクランが二艘浜に着いた。太陽が無情に漁師らのからだの汗を蒸発させていく。人びとは力を合わせて舟を浜に押しあげた。漁師たちは冷水を頭からゆっくり浴びた。フーッ――長い声。父や叔父たちの腕の筋肉や胸が震えた。僕より五歳うえの叔父も今回の漁団家族の漁に加わり、男が身につけなければならない基礎的な訓練を受けた。将来漁師になるための鍛錬を太陽から受けたようなものだ。

カロロの漁団家族の男たちはほとんど舟釣りの名人で、僕の漁団家族は海に潜る男たちだった。海から借りたいわゆる魚屋は浜にあり、子供のころからの海洋教育はここで行われ、僕はここで自分がなにに興味があるかもわかった。

ふたつの漁団家族は漁獲を波打ち際の丸石のうえに並べた。魚の種類が異なっているのは漁具の違いによるものだ。それは僕らの目にも容易に見分けられた。潜って捕った魚は大ぶりで、また野性味も強かった。僕らは平べったい丸石を石で二つに割ると、それを使って浜で魚の鱗を落としてきれいに洗った。そのあと、男の魚と女の魚にわけて四つか五つの網袋に入れた。父親たちが捕った魚は、ハタ、チョウチョウコショウダイ、ブダイ、オキナメジナ、チョウチョウウオ、ロウニンアジなどだった。数量は百匹を超えていた。僕らは何人かでこれらの魚を担いで嬉々として伯父の家に運んだ。僕らのあとには村の男の子や女の子がたくさんついてきた。漁師たちは僕らに大小の魚や男女の魚の分け方を教えてくれた。そして、二つの輪になって、椰子の殻でつくったスプーンで朝僕らが搗いたアワ粥を食べた。

僕と従兄は漁に出たことがなかった。草地に座って、父親たちがアワ粥を食べたあと、魚を十等分してくれるのを待っていた。そのときに海に潜って魚を捕ったときの興味深い話や経験を面白おかしく話してくれるのだ。その場面は、子供のころから大人になるまでいつも身近に感じることだった。海に出て舟を漕ぎ漁をするごとに、海の波がいとこたちをしっかりと結びつけた。そのころ僕の下の祖父はまだ健在だったが、あまり喋らなくなっていた。漁師たちは自分の取り分を手にすると、自分の家に帰っていった。下の祖父はハタのような高級魚を多くもらったが、それは彼の口から多くの民族の知恵をもらった後輩たちからの贈り物で、彼が亡くなるまでその贈り物はつづいた。

僕は父について家に帰った。僕らの家は伯父の二軒隣だった。僕は水源まで数往復してアルミ製の水桶で水を汲んできた。僕はひとり息子で、そのころ両親はそれぞれ五十八、九歳くらいだった。厳しい暑さはしだいにやわらぎ、夕陽が射す穏やかな時間帯になった。通りには車の音はなく、歩いているのは帰りが遅くなった猟師やイモ籠を背負った女性だけだった。村には酔っ払いはいなかった。充分食べた人たちが涼み台で太陽が海に沈むのを見ているだけだった。

天気の良し悪しや海流の穏やかさについて、島のどの村でも、暗くなるまえに海の動きを観察する。海を見ながらあれこれ考え、過去、現在、そして漢人が島にやって来てからのことを考え、不確定な未来について思いをめぐらす。

父は魚をみな二枚におろすと塩をまぶした。僕はそれらを横に並べた木に干した。昨日の魚、一昨日の魚、今日の魚というように並べた。どの家の庭も夕陽を浴びて風に吹かれる穏やかな眺めだった。このように子供のころから年老いるまで、男は漁を終えて海からもどると、島民の集団の美しい記憶を形作っていく。そしてまた、魚のために、波のために、舟のために、協力し合うために、自分のために、月明りの夜に歌うための素材を育んでいくのだ。

台東で三年間勉強しているあいだ、いつも次のような場面が心にあった。僕は両親といっしょに涼み台で夕飯を食べている。陶器の碗に新鮮な熱い魚スープ、木の皿には美味しい魚肉と母のサツマイモが載っている。僕は汗で濡れた台東高級中学と書かれた服を着ていて、家に帰った幸せを感じている。妹は国民中学校を卒業すると、同級生と台湾に仕事を探しに行っていた。僕は家に帰り、両親と三人で蘭嶼の食べ物をゆっくりと味わって食べている。肉身の温かさが母の嬉しそうな顔に浮かんでいる。海に潜り、舟を漕いで疲れた父が、太い指で魚肉を挟んで口に入れる表情には、僕への不安が浮かんでいた。父は僕の将来のことを聞かなかったし、僕は僕の夢について話さなかった。それは海面は静かに見えても、海流が休みなく浮遊生物を運んでいるように、大きな不安が秘められているのだ。

カロロとマァルック、それにまだ蘭嶼国民中学に在籍している何人かの村の中学生が、僕の家のまえの草地に座って僕を待っていた。彼らはずっと僕の家に干してある魚をちらちらと見ていた。

「しっかり魚スープを飲みなさい。おまえの育ちざかりの筋肉が丈夫になるから。台湾の魚と父さんの捕った魚とは違うからね」母は僕にたくさん食べるように言った。僕は自分に言った。大学に受からなかったときは、舟を造り、舟を漕いで魚を捕ることを自尊心の立脚点にしよう、と。しかし、どこかすっきりしなかった。僕の夢はまだ固まっておらず、まるで不安定な海流のようだった。

「母さん、父さん、もう腹いっぱいになったよ」僕は涼み台を離れ、汗をかきながらカロロたちのところに休みにいって、海に沈もうとする夕陽を眺めた。七月、八月の夕暮れは美しく、どこの家でも新鮮な魚と熱い魚スープでお腹を満たす。空の目、銀色に光る月夜の広い海、それらは村人の物語の舞台であり、僕らがいつも天気を観察する場所でもあった。家に帰ってきたばかりだった。台東には三年いたが、師範大に推薦されたことは忘れるしかなかった。カロロはいつも僕に行くべきだと言った。そして僕が教師になれば、あれこれと助けてもらえると言った。そうだ、彼とは小さいときからいっしょに大きくなった。将来はどうなるかまだわからなかったが、彼は僕が行くことをたいへん期待していた。数十日まえに決めたことに急に後悔を覚え､戸惑い､逡巡しはじめた。実際、師範大に行くことにすぐに決めていれば、卒業してもどってきたとき、蘭嶼じゅうの先生たちが僕を仲間として祝ってくれただろう。あのころ、村には小学校の先生になる候補がふたりいるだけで、ひとりはすでに高雄師範学院に推薦入学していた。

まだ国民中学校で勉強している何人かの後輩が、夕焼けに照らされて僕と同じようにぼんやりしていた。僕の従弟のマァルックは、彼の従兄のカロロと同じように台東で水道電気工事の見習い工をやっていて、同じようにボスから訳のわからない理由をたくさんつけられて、苦労して稼いだ賃金を騙し取られていた。彼は憂鬱そうに言った。

「努力さえすれば、飯にありつけるよ。お互いに励ましあえばね」空腹という壺には足し算と引き算しかない。水の入っていないからの壺は努力しなかった結果で、何リットルの水を入れるかは個人の努力しだいだと僕は考えていた。

マァルックはギターで簡単な和音を弾いた。単音を弾くときもあったが、聞いていていい気分になった。目のまえに広がる満潮の海と空、島の人たち、八代湾〔紅頭村のまえに広がる海〕、この三次元の空間が満ちたり調和しているようだった。このような背景はいつも将来のことを忘れさせてくれて、美しかった。いまでは僕らの世代の若者の多くは国民中学校に行くようになった。将来は台湾人を嫁にもらったり、台湾人に嫁いだりするだろう。僕の姉は外省人に嫁いだし、マァルックの一番上の姉さんは閩南人に嫁いだ。将来は多民族間の結婚に直面せざるを得ない。要するに、僕らはもはや、日の出と共に働き、日の入りと共に休むというような、原初的な村の生活を送れなくなったということだ。それはタオ族ではじめて先生となった人の生き様を見ればわかる。彼は先生たちと毎日酒を飲み、酔っぱらっていつも村人を不安にさせていた。彼を見ていると、僕らは希望の影を見いだすことができなかったのだ。

マァルックはまた、ギターを弾き、いま流行っている鳳飛飛《フォンフェイフェイ》の歌を歌った。空にはたくさんの空の目が、そして片側が欠けた月が出ていた。ギターの和音はマァルックの素朴で澄んだ歌声に和し、僕らを羨ましがらせた。一〇メートルほどしか離れていない隣の家から男の歌声が聞こえてきた。それは現代楽器の伴奏がない、三級の風の音のような和音と歌声で、村の長老が語りはじめた物語がある段までくると、それまでの話を詩にして歌っているのだ。そこはいわば伝統の移動教室であった。みんなは歌いながら海の潮を観察している。僕は子供のころから父に連れられて移動教室に行って物語を聞いてきた。それらの伝説は聞いてもよくわからなかったが、長老たちが海で潮の流れや波と出会う筋書きが好きだった。それはまるで目のまえで繰り広げられる物語のようで、ひとり乗りのタタラが真っ暗な夜に波に翻弄され、自分も大きな魚と闘っているようだった。そこには生きていくための深い考え方が語られていた。あるいは先輩たちと野性の環境のあいだで、長年にわたって練りあげられたことばにはならないコードだった。野性的な想像も父に導かれて、僕の心のなかにしっかりと注ぎこまれた。

光害のない蘭嶼では、空の目がその最も明るい光を放っている。動く月も漂う雲のあいだからぼんやりとした光を放って、赤ん坊を背負った婦人が家に帰る道を照らしている。軽やかな古調の詩は、静かな波が弾けるように澄んでいる。僕らは仰向けになって星の海を見ていた。後輩たちは、将来、金を稼いで汽船を買うんだと話している。僕の夢はまだこだわりを捨てられず、明日以降どうするか考えこんでいた。カロロとマァルックは、どの方向に進むか相変わらず躊躇していた。いまは、島の生活が静かで穏やかで、物質的な欲望をなくすことができ、将来変わるだろうと考えてみても、やがては金や現代化後の常識に頼らざるを得ない。僕らは星空を見ながら迷っていた。

父は外祖父から受け継いだ板をもっていた。その板は曾祖父たちの時代に山から伐りだしてきたもので、長さ二メートルあまり、幅六〇センチほどでたくさんあり、外祖父と父が彫刻を施してあった。外祖父が死んでから、家では三人の子供が生まれたが、僕が会ったことがない二人の兄はつぎつぎに夭逝し、山東人と結婚した姉だけが残った。姉の生母は四番目の子供を身籠もったとき、難産で母子共に亡くなってしまった。父は、この家の霊が取りもどせない貴い命を奪っていったと考え、その板を折ってしまった。さらに多くの祖霊が関わる工芸品や先人の知恵を集めた品々を、プユマ人に売ってしまった。その人は伝統の品物を買い集めており、僕の小学四年生以後の担任の先生の父親で、台東の卑南平原の利嘉村に住んでいた。彼が貨物船で台東から蘭嶼に来ると、僕とカロロとカスワル、そしてジジミットの四人は、夜が明けるまえにそれらの板を運んだ。村から八キロの道を椰油の港〔現、開元港〕まで運んだが、運び賃として十元ずつもらっただけだった。そのころ、僕はまだ子供でそうした工芸品の重要性がわからなかった。彫刻がない板や木目がある十枚足らずの板は僕らの寝床になった。あとは、涼み台の板にした。だから、わが家の涼み台はカロロやマァルックの家のそれより大きく、涼み台のしたには母のサツマイモを煮るかまどがあった。

ロマビッが歩いてきて言った。

「チゲワッ、おまえんとこの大きな鍋をもってきな」

僕らは四、五人いっしょに立ちあがってたずねた。

「なにするの？　叔父さん」

「イセエビをゆでるんだ！」ロマビッは僕らにイセエビを照らして見せた。どれも二斤以上あるイセエビで、少なくとも三十匹はあった。月明かりのもとで、だれかが水を汲みに行き、僕は鍋を取りに行った。カロロは火をおこした。

「すごいなあ、叔父さん」

「潜水用の懐中電灯をもっているからな。イセエビがどっさりいたよ。俺ひとりじゃ獲りきれないよ」

薄明りの夜で、たいへん静かだった。かまどのうえのアルミ鍋で新鮮なイセエビをゆでた。エビは長いひげを石で押さえつけた鍋蓋に力いっぱい打ちつけていたが、ブツブツと白い泡を吹きだした。僕らは汗びっしょりになりながらぼそぼそとしゃべっていた。夏の夜、元気のないカエルが鳴いていた。

カロロとマァルックが僕に言った。

「明日、山へ薪拾いに行こう。シナブワイ(5)の薪が少なくなってるから」

「明日、俺が連れていってやるよ」ロマビッはそう言った。彼は二十四歳で、僕らは十九歳だった。

ロマビッは鍋を外にもちだした。鍋蓋を取った瞬間、天然ガスが煙突から吹きだすように湯気が立ちこめ、僕はうしろにのけぞった。みんなはハハハと笑った。これは人の目を盗んで食べる行為で、わが民族がものを「食べる」倫理に背いていた。

ロマビッはイセエビのスープをアルミ製の洗面器に移し、イセエビを取りだして一匹一匹クーポー芋の葉のうえに置いた。六匹ずつ大きなイセエビをわけてくれた。そして言った。
「朝、このイセエビをおやじさんやおふくろさんの朝食にあげるんだ。みんなでいっしょに獲ったと言うんだぞ。俺が、ロマビッが獲ったと言っちゃだめだぞ」

村には閩南人がやっている雑貨店が二軒あった。店にはたくさんの、たとえば熱湯をかければすぐにお腹をふくらませられるラーメンのような外来の食べ物があったが、僕らには買うお金がなかった。だが、ロマビッ叔父は、愛情深く熱心に民族の伝統的な習慣や考え方を僕らに教えてくれた。たくさんの日常的な約束事が、彼の心のこもった解釈を通じて語られ、僕らを大きく成長させてくれた。民族の語彙は日常生活に密着した表現で、これは学校の「生活と倫理」のテキストにもなかった。そのころ、彼はいつも「月と潮」の潮位を出来事の進行にあてはめ、海に潜って魚や貝などを捕るようになれば、すぐにわかると言っていた。

僕らは子供のころからいっしょに大きくなった。僕は台湾に行って勉強し、彼らは水電工の見習いとなった。この三年の時間は、民族と自然の野性の環境を受けいれる教育を遠ざけてしまった。僕らは環境への理解が十分でなくなり、村の若者として果たすべき役割の指標を失っていた。そして伝統と現代のあいだの取捨選択のバランスが、僕らの明日からの判断や適応のうえで避けられない課題となっていたのだ。

僕らの青春時代の空腹、そして硬くて鋭い歯。新鮮なイセエビとスープがあっという間に腹を満たした。スープのおかげで毛穴からは健康な汗が吹き出た。そのあと、ロマビッは完全なイセエビを十四あまりと、食べ残したエビの足をハトロン紙に包むと、こう言った。「これは明日、山に薪とりに行くときの食糧だ」

翌朝、母が僕にたずねた。

「どうしてこんな朝ごはんがあるの？」

「僕らとロマビッ叔父が、ゆうべ、獲ったんだよ」

「おお！　おまえたちも獲れるようになったのかい」母のあふれるコードは喜びであり、賛美であった。そしてまた言った。

「こうでなくちゃね、漢人の本からは生きたイセエビなんか生まれないからね、子供よ」

母はいつものように、新鮮な野性の食べ物を例にあげて、学校の勉強はなんの役にも立たないと皮肉った。僕が微笑みながら母の得意げなようすを見ていると、母はここぞとばかりにこう言った。

「魚が捕れるようになり、女が食べる魚を捕まえるようになったら、おまえの親戚や叔父さんたちはきっと娘をおまえにくれるよ」

「父さん、母さん、今日は僕に構わないで。僕はロマビッ叔父と山に薪取り行ってくるから」僕はそこを逃げだして言った。「叔父さん、ありがとう、父さん母さんに朝食をくれて」

そうだ、僕らはまだ非常に単純な物質生活を送っていた。食物は豊富で、自然で、工場で加工などされておらず、すべて水だけで煮た食べ物だった。朝食を食べると、両親には山や水イモ畑、そして海上や海中での漁の仕事があった。

島にもどってから数日、僕はカロロと道ばたに薪をたくさん積みあげた。薪にする木は一日に一本しか運べなかった。そこで比較的長いものはふたつに伐り、波や風の穏やかなときに父の舟に載せて運んだ。歩いて運ぶより時間が節約でき、負担もなくなった。この仕事は両親を喜ばせただけでなく、僕らも達成感を覚えた。そのとき、自分で舟を漕ぐことができるようになったことに気がついたが、それはもう大人になったということでもあった。このことは、父に言わせれば、食べられる魚の貯蔵量が増えたということだった。

高校を卒業して家に帰った当時、父は僕をもう大人だと見ていた。それでまた山にのぼったとき、僕が十歳のときに行った林にもう一度連れていった。そして十歳のときに植えた二本の龍眼の木の周りをきれいにさせた。山のなかはひどく湿っぽかった。子供のころから母に幽霊の話を聞いていたので、頭のなかには幽霊の姿があった。台東にいた三年のあいだも忘れることはなかった。だから干あがった川床を歩いていても、キョロキョロできなかった。山のなかの細い道は非常にはっきりしていた。あちこちの谷からは、時々村人が斧で木を伐る音が聞こえてきた。

歩きながら原始雨林を見ていると、たくさんの龍眼の木やトガリバアデクがあちこちの谷の窪地に育っていた。林からは光合成が起こるときの匂いが発散していた。父は土と腐った葉っぱの匂いだと言った。そして指さしながら、これはどの漁団家族のもの、あれはどこの漁団家族のものだと言った。これはおまえの外祖父の林だから、よく覚えておいて、暇なときはここに来て、林のまわりの雑草や雑木を抜いてやれ。質がいい木が元気に育つようにな。時間をかけてやるほど、ますます大切に思うようになるよ。僕らは谷底の泉まで歩いたが、父はそこでは足を止めず、僕を連れて丘をひとつ越えた。ふたつの谷は五、六〇メートルほど離れていた。谷を出ると、木蔭がなくなり蒸し暑かったが、小蘭嶼がとても近く見えた。父は腰をおろした。このように山で父と二人っきりになるのは、久しぶりのことで変な気分だった。父は渦を巻いている海を指さして言った。あそこは浮遊魚や海底魚の家だ。舟を漕いであそこに行くには、月の助けがいる。秋や冬の中潮のころなら安全だ。上弦の月と下弦の月のときは、潮の速さや強さが違うんだ。しっかり覚えておくようにな。父は立ちあがると、木を眺めるだけでもうなにも言わなかった。しかし、僕は、自分が考えた未来の夢とはギャップがあり、父の言うことには将来性がないと感じはじめていた。父の知っているこの海や魚やトビウオの世界と高校の歴史の授業はあまりにもかけ離れていた。それに父は殺戮の歴史を忌み嫌っていた。三民主義〔孫文が唱えた国民革命思想で、民族主義・民権主義・民生主義の三つからなる〕とはなにか、父にはまるでわからなかった。僕にもわからなかった。祖先の物語を聞くのがこんなにも好きな父の記憶のなかの小島の過去と台湾という大きな島について思いをめぐらしてみた。台湾が光復〔中国復帰〕する前後には、緑島の人や恒春の人はいつも船で蘭嶼に来て、魚を捕っていた。夜は島の羊を盗んだ。それで父は台湾の人があまり好きでなくなった。「盗み」は労せずして得る行為だ。タオ人が十年以上の時間をかけて育て、祭典のときにはじめて殺すことができる羊が、こうしていつも台湾から来た漁民に盗まれていた。このことが父が僕を台湾に勉強に行かせようとしないおもな原因だった。

僕らはまた山を越え、もうひとつの谷底に着いた。そこはジコルビィと言ったが、父は豪雨に削られてできた谷だと言った。また次のようにも言った。「ここの龍眼の木やモモタマナはどれも美しくて堅い。谷の上流はわしの林で、中間は伯父さんのもの、次の丘は叔父さんのものだ。さらに次のは、シラ・ド・アヴック漁団家族のものだ。これまでおまえを連れてこなかったのは、ここの幽霊は島に昔から住んでいるやつらだからだ。あのころはおまえの霊魂はまだ成長していなかったから、警戒して連れてこなかったんだ。いまはおまえの霊魂にわしの林をよく知ってほしいんだ。これからはおまえのものだし、子孫たちの共有財産だよ」

父は台風の豪雨で谷になぎ倒された龍眼の木をのこぎりで伐った。僕は斧で僕の腕のように細い枝を伐り落とした。それから両手で抱えられるほどの木を集めて一束にすると、父が堅いフジツルでしっかりと縛った。全部で三束になった。正午が過ぎると、来た道を引き返した。谷のどこからか、斧で木を伐る音が聞こえてきた。その音は僕を引きつけた。ひとりで山で木を伐り、それを担いで家に帰るのが好きだった。

その日以来、魚を捕りに海に出ない限り、父は夏休みじゅう僕を村の伝統領域にあるわが家の林に連れていき、舟や家を建てるときの木の名前やその用途、取ってきて儀式を行う意義を記憶させた。

「おまえは大人になった。これからはなにがなんでも、わしらの林を覚えておくようにな。わしらのものでない木を盗んだりしちゃだめだぞ」

父は僕に教えるだけでなく、木の幹にコードを彫った。それと同時に、ほかの家族が先に所有したという記号が見分けられるように教えてくれた。このような「コード」はいわば財産で、山林で男たちが子供のころから時間をかけて注いできた「愛情」表現だった。父はいつも裸足だった。家ではいつも二本の鎌と数本の斧を準備し、それは僕がひとりで山にのぼるときの道具とするためだった。両親は食事をするときに、いつも一人分の食事をそばに置いていることを、僕はあとになって知った。台湾にいる妹のためだということだった。食べ物はこの土地で育った原初の食物や、海から捕ってきたものだった。網で捕ったのや、釣ったのや、潜って突いたのやで、ひとつとして雑貨店から買ってきた物はなかった。父と山にのぼると、父はいつも午後一時ころに家にもどった。薪をおろすと、朝、残しておいたイモや干し魚を食べた。それから父は道具をもって海に出てタコを獲ったり、貝を採ったりした。僕は涼み台でカロロを待っていた。

純朴な時代は、太陽と月の交替に従って生活を送っていた。カロロと僕とロマビッはいつもいっしょにいた。そのころ村の若者はみな、力仕事を求めて貨客船で台湾に行ってしまい、残っているのは僕ら数人だった。それでほとんど毎日いっしょにいて、わが家の涼み台で寝ていた。ロマビッはイセエビを獲ってきて店に売ると、タバコやラーメンや缶詰を買ってきて、僕らにわけてくれた。わが家の涼み台のしたの竈は最も便利だった。このころは、仲間といっしょに食べる物のほうが、自分の家で食べる物より美味しかった。

一九七〇年、島にも飛行機の定期便が来るようになった。観光客を乗せて往復したが、一便に乗れるのは四人だけだった。一九七六年、僕は貨物船で帰ってきた。ある日、村の小さなホテルが観光客からイセエビを求められ、ロマビッと僕の同級生のシャマン・ファトゥカにイセエビを獲ってくれるよう頼んだ。僕とカロロは村の浜で待っていた。イセエビはたくさんいて、ふたりはたちまち金を手にした。僕らは夜間に潜水するときに使う懐中電灯をもっていなかったし、島では売っていなかった。しかし、僕とカロロはさし迫って金が必要だった。その後、ホテルのマネージャーは、海鮮料理を食べたいという観光客の希望に応えるために、僕らに頼んだが、僕らはイセエビは獲らず、昼間に潜って野性のトコブシを採った。

ロマビッは鉛筆ほどの太さの長さ一〇センチほどの鉄の棒を探してきた。先端部分を平らにつぶすと、トコブシをはがすのにちょうど良かった。僕らはそれを一本ずつくった。家からは中型の網袋をもちだし、父の潜水用の両眼水中メガネも借りた。フィンもつけず、潜水服も着ずに海に潜った。僕らはロマビッについていったが、彼はこう言った。

「島の老人たちはトコブシを食わない。頭の皮がトコブシの吸盤で吸われて毛が抜けるって言ってるよ。犂で畑を耕したみたいに、頭がみっともなくなるって」そう言うとまた言った。「トコブシは俺らの足の下にあるぞ」

彼は指さして見せた。トコブシの殻は岩のようで、なかなかはがれなかった。トゲのないウニといっしょに、手の平のくぼみほどの大きさの岩のなかにいたが、十個採ったあとは、簡単にはがれた。僕はカロロと波打ち際で採った。少し深い海に入っていく勇気はなかった。水圧で耳が痛くなると思ったからだ。僕らは潜ってトコブシを採りながら、水面に顔を出して息をついだが、採るのは簡単だった。僕らは波打ち際に立って、手でトコブシの身をはがして食べ、空腹を満たした。二十個採ると、十個食べたが、生のトコブシは非常に美味しかった。幸い、僕らの両親はこの類《たぐい》の貝を食べなかった。そうでなければ、二〇メートルも行かずに五キロ以上ものトコブシが採れるはずがなかった。

三年台東にいて、一九七六年の夏休みに島に帰ったが、海に潜ったのはこの日がはじめてだった。魚を捕るためではなく、台湾に仕事を探しにいくための船賃を稼ぐためだった。ロマビッはまた海に入ってシャコガイを採り、タコを獲ってきた。シャコガイは二十個採ってきただけだった。彼は言った。

「シャコガイは一人四個ずつ、タコは一匹ずつだよ。それ以外は夜に焼いてみんなで食べようぜ」

ロマビッは最もよく働いた。しかし、いつも採ったものを僕らと平等に分けた。昼間採ったトコブシも売ると千元あまりになったが、それも等しく分けた。僕らはとうとう金を手にした。僕とカロロが海に潜って稼いだ金だった。しかし、郵便局の貯金通帳をもっていなかったので、どうしていいかわからなかった。僕らはやむなくそれぞれの金を本に挟んで、僕のかばんのなかにしまい込んだ。

村の夜の生活は、月が明るければ、みんなが集まって、昨日やその前の日の仕事のこと、海に出て漁をしたことなどを話した。僕ら三人は漁をする男たちのところに行って話を聞くことにしていた。村の人たちは酒を飲まなかった。静かで穏やかな夜となり、僕はいつも気分がよかった。横から口を挟んだり、からんできたりする人はおらず、ひとりの長老が話しおわると、聞いている人たちは海や山での仕事の経験から感想を話した。騒がしくなく、夜空のように静かで、言い争いもなくさざ波のような自然な律動だった。疲れた人は静かに帰っていった。物語の語り方を学ぼうという人たちは物語の背景にあるストリーを静かに考えていた。村の静かな環境で、みなその息づかいを学び、互いを尊重する態度をくずさなかった。気性の良くない者は、その漁団家族に問題がある。ほかの家族は口出しせず、心に留めておくが、婚姻によって親族になれば、時期を見てその人を諭した。下の祖父がよその家で昔の物語を話さなくなったとき、父はたまにほかの人の物語を聞きにいくようになった。

カロロとロマビッは物語を聞くのはあまり好きではなかった。それよりもカロロはロマビッの話を聞くのが好きだった。だからカロロは辛抱できなくなると、僕の足をつねった。それで僕らは静かにその場を去った。

ロマビッは火をおこし、シャコガイを火のうえに置いた。彼はまた鉄線でいま流行っている焼肉用の網をつくり、トコブシをひと山そのうえに置いた。そしてカロロに雑貨店に台湾コーラを六本買いにいかせた。

僕らはこれまでシャコガイとトコブシを焼いて食べたことがなかった。これはロマビッのアイデアだった。新鮮なシャコガイとトコブシは焼くととてもおいしく、あっという間に食べてしまった。それからシャコガイの殻を父が置いている場所に積みあげた（貝を焼いてビンロウを噛むときに使う石灰にする）。トコブシの殻はマダンの茂みに捨て、僕らが伝統では食べてはいけないとされている海産物を食べたことが人に知られないようにした。

ロマビッはまた同級生とイセエビを獲りにいった。僕はカロロと家の背もたれ石⑹にもたれて銀色の海を見ながら夢を追っていた。カロロは言った。

「俺、台北へ行って仕事を探そうと思ってる。稼ぎがいい仕事を見つけるよ。どっちみち、おまえは師範大に行かないことにしたんだろう。俺ら、いっしょに行かないか？」

「もちろんだよ、おまえの従弟のマァルックはもう台北に行ったんだろ、俺らには言わなかったけどな」

「あいつのおやじ、退職した郷長だろう、金があるんだよ」

「それじゃ、まずトコブシで金をもうけて、二千元貯まったら台北に行こうぜ」

トコブシは本当にいっぱいあった。その後、従兄のカルブも呼んでいっしょに採った。そのとき、海のなかでゆっくり動く甲殻類を採るのは簡単で、一、二メートルも潜れば手に入ることがわかった。このような生活の技能は、父の世代にとって、水を飲むのと同じくらい自然で、たやすかった。しかし、彼らには「食」の美醜に関する民族の審美観こそが問題だった。魚介類の栄養はどうでもよく、ましてや金銭のために海に入って漁をするのではなかった。そこには自然の生命の尊厳があった。

僕らふたりは新世代で、魚介類の栄養のために採るのではなかったし、醜い食物を獲ることが自然の生命の尊厳を失うことになるということも理解していなかった。僕らはただ金のために海に入って貝を採ったのだ。この島を離れ、両親の行ったことがない町に行く夢のために、波間を浮き沈みしたのだ。海流に潜るのはからだが適応したということだが、僕らが潜る姿はまだ不自然で不恰好だった。

父から借りてきた古いガラス製の両眼水中眼鏡は、目を圧迫して使いにくかった。それに岩礁のくぼみでトコブシを探すときには、海面に出て息継ぎをするたびに目をつけていたトコブシを見失った。そのころは、いま使っている潜ったまま息継ぎができるシュノーケルはなかった。だから息継ぎをするとすぐに潜って、岩礁にはりつき、鉄の棒でトコブシをはがした。このときに、僕らは海中でからだのバランスを取るコツを覚えた。そうでなければ、からだは三百六十度回転してしまう。疲れたが、野性の環境のなかで波に揺られるからだを適応させるのはとても面白かった。僕らは真剣に潜った。もともとこの島の男子が身につけねばならない技能だった。波によって僕らの律動的なからだがつくられ、潮のリズムをからだで覚えていくのだ。タオ族は伝統ではトコブシを食べなかったので、僕らにはこの機会が得られたのだ。僕らは浅い海からしだいに深い海へと進んでいった。学校では異民族の本を読まされて、文字を通じて世界の変動を理解させられ、海の律動から離された、わが民族と背反する海洋観を教えられたが、このとき僕らの血液は、太陽は海に沈むと認識する民族に帰属し、太陽は山に沈むが唯一の選択肢ではないことが証明されたのだ。

「潜り過ぎて、疲れたよ」カロロは、海面で水中メガネをはずして言った。

僕らは泳いでいって岸にあがり、太陽の光を浴び、網袋のトコブシを岩礁の溝につけた。僕らの成長盛りのやわらかい肌は直射日光に晒された。陽に焼かれた肌は夕方になると水膨れになり、夜は横向きになって寝た。数日経つと、皮膚はしっかりしたコーヒー色に変わった。このようないわば海による鍛錬は僕らが経なければならない過程だった。潜ってトコブシを採っていると、タコが石を運んで自分が隠れる洞穴をふさいだ。このような情景は父からは教わるまでもなく、水世界の生き物たちが自ら僕らの海での視覚を開いてくれた。数えきれないほどの岩礁の海底魚やきれいであでやかな熱帯魚が近くにいて、僕らは海のなかで浮き沈みしながら、野生の生き物の動きを観賞することができた。ひとつ、ふたつとトコブシをはがすたびに、親指ほどの大きさの魚がたくさん、ミツバチのように先を争って浮遊する微生物をついばみ、水中メガネから一尺と離れないところを活発に動いた。あるとき、ロマビッが穴のなかのウニを打ち砕くと、大きな魚たちが争ってそのウニを食べた。僕らは海面から律動する野性劇場を見て楽しんだ。

「何斤だね？」

「一五斤です」

「すごいね、君ら」

「すごいですね、観光客から儲けてるんでしょう」ロマビッはホテルのマネージャーに言い返した。

浮遊生物が多いときには、外海の海流が浮遊生物を岸に運んでくる。気味の悪いクラゲがとくに多いときには、僕らは潜水服を着ずに上半身裸で潜っていたので、クラゲに刺されて皮膚が痒くなり、赤く腫れあがる。そんなときは岸にあがって、太陽に焼かれて熱くなった石を拾って、刺されたところにあてがう。石はジュッと音を立てて皮膚に吸いつく。大変熱かったが、気持ちが良く、腫れも引くのだ。

僕は思った。僕らは台東にいて海の波から三年離れていたが、これはこの島の僕らの世代の人間がみな直面しなければならない現実だ。それに適応の程度は同級生のあいだでそれぞれ差があった。僕はしばらく島に帰って、両親のふたりは一日二食の食事習慣を取りもどし、挫折による傷も癒え、再出発する契機となった。少なくとも、星空を眺め、美味しい海の幸を味わっているとき、僕自身は青春をこの美しい景色のなかに消耗したくないと思い、自分には美しい未来があると幻想した。生まれた島にもどって、自分は海については無知で、波に揺すられる幼子だと思った。しかし両親から見れば、海に入って海の幸を採り、涼み台の板と喧嘩することなく(怠け者を比喩する)、海に行って食べ物を捕ってきて食べればそれで良かった。しかし結局のところ、それはあくまで学習であって、家族を養うために海に潜り魚を捕る生産活動ではなかった。

海に入って魚介類を捕るのは、実際は自分を適応させ、あれこれ考え、自分で体得するものだ。しかしロマビッが連れていってくれなければ、こんなに早く進歩できなかったし、彼が捕ったものをいつも平等にわけ合う友情を実感することもなかっただろう。ロマビッと同年の若者は、みんな結婚して子供がいたり、台湾に行ったりしていた。

「おまえ、師範大に行かないって、本当か?」ロマビッ、つまり僕の叔父は僕にたずねた。僕は、ロマビッが台東に行って勉強することを父親に止められた話をよく知っていた。

「そうだよ、叔父さん」

僕らはどちらもなす術もなく、彼は僕の答えにどう返すべきかわからず、僕も自分の気持ちをうまく言い表せなかった。そのときはまるで仙女にありのままの命を預け、人の倍頑張るという気持ちだった。村のあの先生は教え子にほとんど関心がなかった。

「それなら、おまえ、どうするんだ」

「カロロと仕事を探しに台北に行くよ」

シャコガイやトコブシ、イセエビ、ブダイなどが僕らの夜食だった。涼み台のしたの火が、僕とカロロが稼いだ金を照らしていた。明るい場所でいくらあるか計算すると、カロロは台湾コーラを買いに雑貨店に行った。そして帰ってくるとこう言った。「興隆雑貨店のあの肉感おばさん、イセエビがほしいってさ、それにトコブシも」

カロロはまた雑貨店に電池を四個買いに行った。ロマビッは夜食の海の幸をアルミ製の洗面器に入れた。島に帰って一か月あまり、僕らはこのような生活を送って、潮の変化の息づかいを学んできた。循環と周期のパターンが僕らの幼い肌と心に、波と共に絶えず動き、水世界を探り、自分の未来を探るように呼びかけていた。このような野性を学ぶ生活が、僕の将来の主軸となるのかもしれない。それともいつまでも迷いつづけるのだろうか。僕にはわからなかった。

夜の月はもう海に落ちていた。僕らは三人で、野性の海の幸を、涼み台のしたでおこした火にあぶって食べた。焼いたトコブシとシャコガイはとくに美味しかった。それに台湾サイダーは、いまから四十年まえの島では最先端で最高級の味がする飲み物だった。

空の目は雲に遮られることなく、炎は風に吹かれてしだいに赤い残り火に変わり、熱気は涼風に吹かれてなくなっていた。僕らは静かに今日の労働の成果を食べた。両親がもう寝ていたのでくつろげたし、「こっそり物を食べる子供」と言われることもなかった。それにロマビッの教えで、両親に食べ物を残すことも忘れなかった。

これは生存の道だった。僕は民族が海から生活の根源や身体の表現や身体の記憶をずっと学んできたのだと思った。僕はいろいろ考えはじめたが、神父が僕に「自ら墓を掘る奴」と言ったのを思いだした途端、わけのわからないコードに囚われて憂鬱になり、苦しかった過去のことを思い出した。未来はどこにあるのだろうか?

「おまえらふたり、俺といっしょにイセエビ獲りに行こうぜ」ロマビッはまるで疲れを知らない野良犬のように、自信たっぷりに言った。

「懐中電灯ひとつしかないよ、俺たち」

「おまえらは、俺のあとについて泳いできたらいいんだ!」

わが家の犬が残り火のそばでのんびりと寝ていた。僕らはそとに出て座り、夜空を眺めながらぼんやりとした空気を吸った。庭からは夜空のしたに広がる海を見通すことができた。台風がなく、西南の季節風が吹いていない夜は、海はいつも穏やかに感じられた。僕ら三人は漁具はなにも用意しなかった。ただ魚を入れる小麦粉の袋とイセエビを入れる自家製の網袋だけをもった。星空の明かりで海辺に向かって歩いた。家の犬はまるで怠け者のブタのように横になり、炭火の余熱を楽しみながら寝ていた。僕らが海水が打ち寄せる砂利のうえに裸足で立つと、ロマビッがこう言った。

「俺について来るんだ。岩礁で毒のあるウニを踏むなよ」

三人は裸足で、空の目の微かな光のもとで海辺に向かって歩いた。振りかえって村を見ると、あの雑貨店が石油ランプをつけているだけで、警察署もすっかり灯りを消していた。彼らは麻雀をしているのかもしれない。あるいは老兵が台湾からもってきた高粱酒を飲んでいるのかもしれなかった。僕は肉感おばさんの名前をすっかり忘れてしまった。彼女の名前は重要ではなかった。重要なのは、あのころ村人は「人はどうしてあんなに太れるのか？」理解できなかったということだ。男たちは丁字褌姿で興隆雑貨店を通りすぎたり、彼女に薪を売りに行ったりするとき、彼女の丸々肥った臀部から目が離せなかった。「女はどうしてあんなに太れるんだろう？」

「早く行こうぜ、俺ら、デブ女が俺らのイセエビを待ってるぞ！」

僕はまだ学校の制服を着ていたし、カロロは雑貨店から買ってきた安物のランニングシャツを着ていた。父親たちの世代は裸足で海に入っていた。ところが、ロマビッは潜水用の懐中電灯をもち、フィンを穿くと、夜空より暗い、僕らを怖がらせる海にバシャッと入っていった。

僕らの村の浜のまえにはサッカー場ほどの大きさの岩礁がある。満潮の時には岩がいくつか海面に出ているだけだが、大潮の干潮のときには海底のようすが村からすっかり見える。ロマビッは台東から乾電池を四個入れる潜水用懐中電灯を買ってきていた。彼はこの種の懐中電灯を手にした最初のタオ人だった。

海に入ると、ロマビッは電灯をつけた。灯りが細い光からしだいに広がり、明るくなった。彼は海のなかをサアッと掃くように照らした。まるで潜水後の儀式のようだった。ワア！　なんて明るいんだ。僕らの四つの目は光の動きにつれて移動した。ロマビッはさっと僕らの足もとの岩礁を照らし、またサッと遠くを照らした。僕らは夜の海の知らない世界をはじめて体験して緊張した。目のまえには見たこともないような風景が広がり、好奇心がいっそうかき立てられた。ワア！　なんとたくさんの魚だろう。僕らはひっきりなしに海面に出て息継ぎをした。ロマビッがイセエビを獲るシーンを見逃したくなかった。カロロはブダイを入れる網袋をもち、僕はロマビッがイセエビを獲ったときのための小麦粉袋をもっていた。僕らは浜の左側から泳ぎはじめた。その日、僕とカロロははじめて夜の潜水を体験した。エビや魚を捕るロマビッの両手のすばやい動きを見られて、僕らは幸せだった。イセエビが三、四匹穴から出てくるのを見て、ロマビッはすぐに懐中電灯を僕に渡した。僕は彼といっしょに深さ二メートルのところまで潜って行き、彼を照らした。彼の両手はボクサーのように俊敏に動き、パッパッパッとイセエビを一匹も逃さなかった。一斤以下のエビは獲らなかった。二、三斤のはどっさりいた。七、八斤の大きさのブダイを照らしあてたときは、彼は網袋をブダイの頭にかぶせる方法を取った。魚はロマビッに手なづけられたかのように、素直にやすやすと捕まえられた。ワア！　すごいな、そう心のなかでつぶやいた。魚やエビはいくらでもいて、ロマビッが捕りきれないほどだった。このとき僕に海に潜って魚やイセエビを捕りたいという気持ちが芽生えた。

懐中電灯が一瞬、海中の岩礁を照らし出した。手の平ほどの大きさのカニがたくさんいた。ロマビッが獲ろうとしても間に合わなかったが、彼には獲る気はなかった。彼の目的はこの大きなカニを獲ることではなかった。時が経つにつれて、懐中電灯の光が明るさを失っていった。僕らはしきりに顔を出して息継ぎをし、そのたびに振りかえって石油ランプがまだついている雑貨店を見た。店のまわりの家々は闇夜の静けさのなかに眠りこんでいた。星空の微かな光は自然界の子守歌のように静かで安らかで、この光景がいつまでも続くようにと幻想させた。

「充分だ、岸まで泳いで行くぞ！　子供たちよ」

このことばは、初体験の僕やカロロには、イセエビ十四の旨さ以上に心地よかった。しかし、岸に向かって泳ぎはじめると、ロマビッは懐中電灯を切ってしまった。そのため僕らは空も海も真っ暗ななかを泳ぐことになった。心では数えきれないほどの喜びと恐怖が交錯した。岸辺までたった七〇メートルしかなく、この海は僕らが育った子供教室で、子供のころに魚を知るようになった教室であった。真っ暗で汚れのない静かな夜は美しく、周りから漂ってくる穏やかさはユートピアの世界のようであった。しかし、空よりも暗い海で泳ぐのはいかにも恐ろしかった。ほとんど真っ暗で、村も闇に包まれていた。はじめて味わう不安に耐えきれないほどで、さらに気持ちが悪かったのは、ウミヘビが股間の睾丸のしたからしょっちゅう顔を出すことだった。こんなことはよくあり、夜はとくに多かったが、これは非常に怖かった。ウミヘビが目のまえを突然ひらりと横切り、そのまま目のまえを泳いでいく。僕はこの感覚が嫌いだった。僕らふたりはそれぞれイセエビとブダイの袋をもって、平泳ぎで、ロマビッのあとをついていったが、大変疲れた。

「早く来いよ、おまえら」彼は岸にあがっていた。フーフー、フーフー、僕らはぴったりと寄り添って泳いだが、心ではサメよ来るな、サメよ来るな、と念じていた。はじめての体験の美しい感覚と恐怖の交錯は、海への恋を実践する訓練の課程だった。岸だ、岸だ、岸にあがると元気をとりもどした。水中メガネをはずすと、胸から長く息を吐きだし、二歩歩かない時間息をととのえた。

「大きなケツの女はもう店を閉めてしまうぞ」

興隆雑貨店はちょうど僕らのうしろにあった。彼女はまだ店を開けていた。雑貨店はもともとこの島の郷公所〔役場〕の職員宿舎だった。その後、郷公所が別の村に移ると、早めに退職した頼という閩南人が借りることになった。店主の頼おやじは賭博が好きで、かみさんはネグリジェのように派手なワンピースが好きだった。一年じゅう、何着かの服をとっかえひっかえ着ていた。明るくてよくしゃべる女性だった。

「こんなに早く来るなんて！　兄ちゃんたち、いくらだい？」

「計ってよ！　おばさん」

二千元近い金がロマビッに手渡された。「早く煮てくれよ！　おかみさん」と言う声が聞こえた。酒を飲んでいる外省籍の老兵たちが催促したのだ。

「明日午後、トコブシをもってきて、夜はイセエビを、いいかい？」

僕らはまた金が稼げるってわけだ。涼み台で、ロマビッが金を均等に分けてくれた。深夜には海ですぐに金が稼げると感じた。僕はまた金をかばんのなかの本に挟んだ。その日の晩、父と叔父は村のそばの磯に行き、松明で照らして、すくい網で魚を捕った。父の話では、叔父が竹で磯の洞穴を突くと、ハタやブダイがすぐに洞穴から飛び出てきて、すくい網に入ったということだ。僕らは父や叔父に起こされ、母も起こされた。母は父親たち兄弟ふたりが捕ってきた魚を見て、たいへん喜んだ。

父は家から石油ランプをもちだした。涼み台のしたの竈に火をおこした。父親たちはふたりとも丁字褌を穿いていた。父は五十九歳、叔父は四十九歳だった。彼らはブダイを九匹、ハタを三匹捕っていた。

「従兄《にい》さんたち、こんばんは。今夜は大魚があらわれる、縁起がいい晩ですね！」ロマビッが祝って言った。

「縁起がいい晩だ、今夜は」父が微笑んで答えた。

「伯父さんを呼んでおいで、チゲワッ」

僕は夜道を歩くのに慣れていた。灯りはなく、家の犬がついてきた。伯父の家は二軒隣りの家で、伯父は高床式の作業部屋で寝ていた。部屋のしたにはサツマイモを焼いた残り火があって、部屋の入口に立つと温もりを感じた。この温もりが木の板を乾かし、湿気と臭気を取り去るのだ。

「伯父さん、おやじが家に来てほしいって!」

「なんの用じゃ?」

「おやじと叔父さんが魚をたくさん捕ったんだ」と僕は言った。伯父はすぐに起きあがると、魚をさばく包丁を手にした。夜に漁をする男、第一次世界大戦の影響がなかった島で、島民は環境の変化に合わせて自然な生活を送ってきた。伯父たち三人兄弟と第二次世界大戦後に生まれた彼らの従弟、そして僕。彼らの知恵では、子供たちの未来の海流は予知できなかった。

「わしといっしょに育ったふたりの弟よ、わしらの魚をありがとう」伯父の笑顔は、星空で最も明るく輝き、月の色を消してしまう空の目のようだった。

「兄さん、こんばんは」ロマビッが続けた。台東には三年いただけだったが、彼らの話す語彙は大海原に取り囲まれているように感じられた。命がけで漁をする彼らには欠かせない要素であり、僕はとりわけ温かく感じた。僕とロマビッは静かに彼らのそばに座り、彼らの会話を聞いた。だれかがひと言話すと、だれかがひと言答え、まるで波のように順序立っていた。わが家の犬は声も立てずに母のそばにいて、風に吹かれる炎のそばに這いつくばっていた。木を伐って舟をつくり、波に逆らって舟を漕ぎ、海面から水世界に潜って鍛えられた三兄弟が力を込めて魚をさばくと、腕や胸に刀傷の跡のような筋肉の線があらわれた。ロマビッは「波の線」と呼んだ。

父は伯父に語った。

「兄さんと物語を話すのは、漁獲が良かったからだが、これもわが島民の固有の習慣だ。話さなければ、わしと弟が兄さんを見くびっているのと同じだ。そうですよね。生きるために、わしらが月の気分を考えるのは、一人前の男としてもつべき知識だからだ。幸い、弟がわしの言うことをよく聞いてくれた。わしが乾燥したアシを三束もってくると、弟は乾いたビンロウの茎で月光貝〔サザエの一種〕のなかの炭火を包んでくれた。月が海に沈んだあと、わしらは走った。このようなことは、兄さんがよく知っていることだね。おやじが死んだとき、弟はやっと三歳で、歩けるようになったばかりだった。成長盛りの弟の魂のために、弟に飲ませるおふくろのお乳のために、兄さんは今夜のような縁起のいい大潮の晩にわしを連れて、わしらの足が山羊のように敏捷になるようにと、鋭い岩礁で飛び跳ねさせた。生きていくため、知恵に見合った仕事を確定するため、歌会で詩がつくれるようになるため、それではじめてこの島で一人前に生きていける。チアクワラワン（7）で、わしらは最初の松明に火をつけたんだ。風で松明の火が勢いよく燃えだすと、すぐに速足で波打ち際の溝のところまで行き、片手で高く松明をかかげ、片手で溝口をふさいだ。弟は片手で乾いたアシをふた束抱え、片手に竹をもって溝の穴を突いた。すると予想どおり、最初にあの一番大きなハタが驚いて出てきて掬い網に飛びこんだ。松明で照らしたとき、わしと弟の漁の魂のあいだには暗黙の約束があったんだと思って心のなかで微笑んだ。わしはすぐに魚を波が来ない岩礁のうえにすくいあげた。そしてまたすぐに溝口をふさぐと、弟がほかの穴を突いた。果たして思ったとおりだった。満潮のときは魚の警戒心が薄くなる。チアクワラワンのあの溝だけでブダイが三匹、ハタが一匹捕れた。それからわしらは急いでヴァリチに場所を変え、さらにパムスタンにも行ったが、どこでも良く捕れた。まだ二本目の松明に火をつけたばかりだった。わしらが背負った網袋は、魚でいっぱいで、とても重かった。「もう十分だ！」とわしは弟に言った。最後に、三本目の松明で村に帰る道を照らした。道は暗く、松明はまるで夜の海を移動する船だった。要するに、腹を満たすためであり、わしらが男として家族を養う原初的な本能でもあって、それがわしらに話をさせるんだ。見てのとおり、ブダイが九匹とハタが三匹、それにイセエビが十匹以上だ。ことは以上のとおりで、わしの話は終わりだ」

父はハタの厚い切り身を男用の木の皿に置き、ブダイの切り身を女用の魚の皿に置いた。三匹のハタの目玉は三人の兄弟が生のまま食べた。僕と母はブダイの目を食べた。それから魚肉を波の形に切り、塩をまぶしてから、朝の太陽に干した。そうすれば早く乾くのだ。

父はおろしたハタの半身一枚とブダイ半身二枚を兄である伯父に渡した。残りは漁をした兄弟ふたりで均等にわけた。父は自分の取り分の魚を庭のサッカーゴールのような干し台に干した。僕らは石油ランプのしたに半円に座ってみんなで魚の生肉を食べた。父親たち三兄弟の姿、母の優しさ、ロマビッの思索的な目、僕はしばらく神父の「無知」ということばを忘れていた。

「チゲワッ、熱いスープと魚がおまえを待ってるわよ」母が僕を呼んだ。

一九七六年、島には漢人が増えた。とりわけ各村に駐屯している軍営や監獄では、多くの人の食事をつくるために大量の薪を必要とした。軍営の補給船が運んでくる炊事用の石油はいつも欠乏していた。一般の貨物船もあてにならず、台湾から来た物資を興隆雑貨店に補給することはできなかった。当時の囚人はしたい放題に山や谷で樹齢百年以上の龍眼の木を伐った。龍眼の木は山で最も貴重なタオ人の私有財産だった。僕はカロロといっしょに、家用の薪を拾いに頻繁に山に行っていた。そこで何人かの囚人が、タオ族の龍眼の林で大きなのこぎりを使って木を根元から伐り倒しているのを、しょっちゅう見かけた。木が倒れ、枝がバリバリと音を立てて折れた。それは僕らの心を深く突き刺した。それらの木は台湾から来た人たちの祖先の資産ではないのだ。僕らは林の茂みのうしろに隠れていた。老人たちは山林で彼らの盗伐を止めようとした。タオ語と漢語ではまったく意味が通じなかったし、この土地で木を植えた者とよそから来た盗伐者では、林の使い方に対する考え方や愛情がまったく違っていた。盗伐者はまるででたらめを言っていたが、僕らは学校に行っていたので、囚人たちが話すことばは聞いてわかった。

「これは中華民国の木だ、国家が使うんだ」

「中華民国の木だ、国家が使うんだ、だって?」僕らは自問した。「これは一体どういう意味だろう? 台湾の人たちはいつここに来たんだ?」

龍眼の木は倒れ、木を植えたものの心は打ちのめされた。何人もの木の持主たちが谷の石に座っていた。龍眼の木が倒されたあとには、空が見える空間がぽっかりとあいていた。軍営の上司の命令で盗伐を働いた三人の囚人の汗びっしょりのからだに、木のすき間から太陽の光が射していた。これはどちらが勝ちでどちらが負けという結果論でなく、また倒れた木には再生の機会がないというのでもなかった。これは、よそから来た盗伐者が国家の名を借りて、自分を正当化するという行為であった。外来者の「国家」はこの島の生態倫理に「国有化」をもちこんだ。それは共有して共に管理するといういままでのやり方ではない。元からいる島民に、統治され管理されるという「どうしていいかわからない」極度の不安をもたらし、国家と小島が遭遇したあとの混乱の扉が開かれたのだ。老人たちは、僕の父も含めて、倒れされた龍眼の木を困惑したような目で見ていた。祖父の祖父が植えた木は、こうしてなんの祝福の儀式もないままに倒された。外から来た盗伐者にとっては、木を伐るのは将校がシャワーを浴びる湯を沸かしたり、マントウを蒸す用途のためだ。しかし、老人たちにとっては、あの木は寝床にしたり、舟をつくるのに使われたり、また若者に話して聞かせる木の物語の知恵の源泉になるのだ。僕とカロロ、つまり十九歳のふたりの若者は老人たちといっしょに、まるで倒された木の沈黙した魂のように石に座っていた。僕らは国家とは何者なのかという想像の渦のなかをさ迷っていた。

台東の高校の歴史の授業で、先生が「夷を以て夷を制す」の懐柔政策をほめたたえたことがあったが、これは最も面の皮の厚い恥知らずな仮面だ。あとになって、推薦で師範大学に行くことを拒絶したのは、この「夷を以て夷を制す」に抵抗していたのだとようやくわかった。生蕃（漢化していない「蕃人」（原住民））を完全に漢化せず、半ば漢化した「蕃」に育てあげ、漢族の価値観に基づいて、民族と生態環境の霊気が堅く守り合っている臍帯を壊してしまうのだ。それは僕には絶対にできないことだ。五斗の米（薄給）のために生まれてから島の魂と愛し合ってきた尊厳を打ち砕くことは、非情な苦痛である。

僕がカロロと盗伐を目撃したとき、老人たちは黙って座っていた。その目にはどうしようもない無力感が浮かんでいた。この情景は先生に藤のムチで尻を叩かれた痛みより、ずっと強烈だった。僕らはそのとき心が痛かったのだ。僕らは乾いた龍眼の木の枝を鎌で落とした。深い谷や林の湿気で、僕らの細いからだには滝のような汗が流れた。「痛恨」はなんの役にも立たなかった。外から来た盗伐者は、僕の村の共有の伝統の林で盗伐しただけでなく、五つの村の林でも、「国家」の名で彼らの行為を合法化した。タオ族の人びとのまばらな抗議は、怒りをあらわすだけで、僕らはM16歩兵銃のほうが恐ろしかった。小島の異民族の島民は、漢族の目には多くの廃棄物（人）が「堆積」された無限の利用を待つ辺境に映っていた。

自分の力で大学に行こう！　僕は自分にそう言った。

台湾の退除役官兵輔導会は、僕らの村のジラポンに龍眼の木を置く基地と宿舎を建て、四人の囚人看守を置いた。

僕らが薪を担いで回り道をすると、丘であの人たちが龍眼の木をのこぎりで一尺ほどの長さに伐っているのが見えた。彼らは毎日伐っており、積みあげた薪は宿舎ほどの量になった。これらの木は、村はずれの監獄にいる四、五十人の囚人が、ひとり一本ずつ担いで蘭嶼の指揮部に運んだ（当時は島を一周する公路はまだ竣工されていなかった）。一キロ半の道のりで、囚人たちが林の道を抜け、海岸沿いの岩礁の道を歩いて木を運ぶ姿は、アリが食物を運ぶ隊列のようだった。サツマイモ畑にいる老女や女たちは、アシの茂みに隠れて隊列を見ながら、驚きや、怖れや、やりきれなさを感じた。新しい国家がやってきたが、新しい移民のすることはひどかった。大義名分のある盗賊だった。補給船は冬になると不定期になり、四か所の監獄と五か所の放牧農場は燃料が切れてしまう。島じゅうの軍営や監獄からやってきた人たちを村人はたいへん恐れた。彼らは木を伐り倒すだけでなく、波打ち際で何度も爆薬を使って魚を捕った。このように軍隊や囚人がもち込んだ数えきれないほどの新しい悪習は我々の未来を運命づけ、このあまり善良でない民族と出会ってからは、毎日のように混乱が増えていった。そして民族と環境が共栄する節気のコードは日に日に侵食されていき、そのような未来の臭気を嗅ぎとれるほどだった。

村の蘭嶼指揮部から椰油村の港の端までの砂利道が拡張されて以降、夏の日没まえの夕暮れになると、将校や士官、老兵たちが、夕食後、軍営から道沿いに僕らの昔からの村を通りすぎるようになり、僕らはそれに慣れてしまった。そのころ、漁から帰った男たちや畑からもどった女たちは庭先で雑談していた。海岸の監視哨にいる外省人の老兵は、このときを利用して、浜でタタラを数えた。船尾には船主の名前と番号が書いてある。舟の「点呼」は、囚人が舟を盗んで脱獄するのを防ぐためだった。

手かせ足かせをつけた重刑犯は、囚人の隊列のまえのほうに並んで散歩した。将校は腰に拳銃をつけ、藤のムチを手にしていた。村の子供たちや少年少女、そして若者たちは毎日、恐ろしそうに彼らの散歩を見ていた。外省籍の士官や兵士は、村に入るとすぐに若い娘を探して、甘いマントウで気を引こうとした。僕の民国三十三年〔一九四四年〕生まれの姉は、マントウはイモよりも美味しく、軍服は丁字褌より布地がたくさん使われていると想像して、とうとうある夜、男と補給船に乗り、台湾に駆け落ちしてしまった。

高校を出て島に帰ってみると、前には痩せこけていた囚人たちは、何年もの重い労役や道路工事でがっちりしたからだに変わっていた。囚人たちは洗面器や洗濯用品をもって、村の右手にある谷川でからだを洗っていた。この水浴のときが恐怖だった。いじめられた囚人が班長と喧嘩をしたり、グループ同士で殴り合ったりした。その首謀者は監獄にもどされるとき、両手足を縛られ、そのあいだに棒を通されていた。僕らが殺すまえのブタを担ぐのと同じだった。村人はみな笑っていたが、また同情もしていた。このような事件は頻繁に起こった。そのために士官や老兵は毎日僕らの舟の番号を点検しなければならなかった。このような現行犯のなかにいる原住民に僕らはとくに注意していた。いることはいたが、多くはなかった。犯罪を犯すのはやはり閩南人が多いのは明らかだった。刑期を終えた原住民で、のちに僕の同級生を嫁さんにもらった人が三人いた。

僕が中学生のころ、監獄で頼りにされている犯罪者の男たちが何人かいた。軍営の文書関係の仕事を手伝っており、夕方の散歩の時間になると、村のホテルに来て雑談していた。台湾やくざの竹聯幇《ちくれんほう》の高級幹部を名乗る男が、ホテルのまえの広場でいつも新聞のスクラップブックを手にして読んでいた。彼は僕がよく英語の教科書を読んでいるのを見ていて、ある日こう言った。

「小僧、おいで、この課の英語を暗誦して聞かせてくれないか」僕が暗誦すると、彼は笑いながらこう言った。

「やるなあ、この島に君のような英語を暗誦できる子がいるとは、本当に大したもんだ」

スクラップブックは、『新生報』の英語の短い文章だった。彼は退屈しのぎに毎日そうした英語を覚えていて、刑期が終わったら外国人と商売をすると話していた。僕は彼をすごい人だと思ったが、彼も僕をとても励ましてくれた。あの年、高校を卒業して島に帰ると、ホテルで偶然彼に出会った。自分はもう「自由の身」で、ホテルでしばらく外国人相手のガイドをしながら、台湾に帰る旅費を稼いでいると言っていた。四年後、僕が淡江大学で学んでいるころ、ある年の「暴力団取締捜査」で竹聯幇の一員として写真が新聞に載った。逮捕されて岩湾〔台東市〕の刑務所に送られた。僕は驚き、悲しかった。あのころ彼が励ましてくれたことに大変感謝している。彼がホテルで働いているとき、僕らはイセエビやトコブシを彼に半値で売っていた。彼はそれを観光客に売って金をもうけた。それで僕らの関係はよかった。それに僕も道義に基づくヤクザの仁義を少し理解するようになった。

彼は台湾に帰るまえ、蘭嶼でしばらく自由な身だった。灯りのないある夜、僕らはゆでたイセエビをもって行ってホテルのまえの広場で、彼に腹いっぱい食べてもらった。そのときは彼は囚人服を脱いでおり、僕らは彼の本当の笑顔を見た。彼は極悪のヤクザではなく、インテリで、僕に人生の正しい道の選択について語ってくれた。そして勉強すると、自分で是非や善悪を深く判断できるようになり、それが自分の民族のために尽くす唯一の道だと言った。民国三十八年〔一九四九年〕生まれの山東人で、成功中学と政治大学を卒業していた。軍人村で育ち、酒も飲まなかった。陳という姓だった。

僕が師範大学に行かないと言うと、彼はこう言った。

「正しい選択だ。いろんな経験を積んではじめて語ることができ、問題を考えることができるんだ」

このことばは僕に大きな影響を与え、決意が固まった。そのとき迷っていた気持ちを彼だけがさまざまな視点から解き明かしてくれた。師範大学だけが大学ではないのだ。これは自分で捕った魚こそ美味しいという考え方だった。あれからもうずいぶん時が流れたが、僕に笑いかけてくれた微笑みや励ましてくれた優しい顔をいまでもぼんやりと覚えていて、たいへん懐かしい。

ロマビッは彼の父親、つまり僕の下の祖父が亡くなったとき緑島に行き、友達の阿輝《アーホイ》と船で漁を学び、漁師となってフィリピンのバタン諸島にイセエビを獲りに行った。村には僕と僕の従兄のカロロだけが残っていた。

台風が来ると、僕は父と台風の来襲に備えて涼み台の板を固定した。それから、カロロと涼み台のしたにカヤ草を敷いて、台風の夜を過ごす準備をした。また興隆雑貨店に行ってラーメンやマグロの缶詰を買い、鍋と水も用意した。おかしなことに、台風が島を襲うのはいつも夜だった。僕らは停電や断水を恐れなかった。薪の火が僕らの灯りで、洗面器の雨水は僕らの飲み水だった。

海に潜って採ったトコブシでもうけた金はラーメンなど二日間の食べ物を買うのに十分だった。台風のこうした外来のものは、僕らの胃には新しくも古くもなかったが、煮炊きには便利だった。台風の気象には子供のころから慣れている。夕方になると、村の少年たちがたくさん僕の家の涼み台に集まってきて、暴風が波を巻きあげる壮大な風景を眺めた。これは僕らが大好きな自然現象だった。夜になると、風雨が吹き荒れ、巨大な波がゴーッと音を立てて、ロマビッがまえの晩に僕らを連れて行ってくれた岩礁を叩きつけた。イセエビには大きな波から身を守る術があるのだろう。水深一メートルの海のなかにいるトコブシも流される心配はない。ヘビのような形の岩礁の窪みや平べったい硬い殻は台風から身を守る本能によるものだった。涼み台はせいぜい揺れるぐらいで吹き飛ばされることはなかった。そうでなければ、父は二流の男として村の人たちに笑われてしまう。この点では十分安心だった。僕は妹の本を破り取って火をおこした。龍眼の木の小枝は簡単に火がつき、また火持ちが良かった。一尺ほどの長さの枝木を二本、かがり火にした。龍眼の木は煙も灰も少なく、煙でむせたり、涙が出たりすることもなかった。かがり火の煙が強風に乗って板と板のあいだのすき間から吹きこんでくる。雨水が混じっていてひんやりと気持ちが良かった。ヒュー――風の音が長く短くなり、強風が時々風よけの板を揺する。雨宿りに来た少年たちは家に帰れなかった。彼らは口を開けて鍋のなかでグツグツと煮えているラーメンを見ていた。缶詰のマグロを鍋に入れ、竹でかき混ぜた。蒸気や煙が僕らが横になっている小さな空間に立ちのぼった。しかし、碗は椰子の実を半分に割ったものがふたつしかなかった。僕はラーメンを魚の皿にすくいあげ、スープは椰子の実のお碗に入れ、五本の指を箸にした。スープにはマグロの身が混じっていた。僕らは座って魚の皿のラーメンを囲んだ。立ちのぼる湯気が彼らのまだ幼い顔を湿らせた。彼らは僕のほうを見、ラーメンを見て、片方の手の平をお碗にしてラーメンを少し載せ、それを呑みこんだ。そのあどけない姿は焚き火に照らされて、まるで今夜は台風だということを忘れてしまうほどだった。

僕らは外来の物に興味があった。好きだと言ってもいいだろう。はじめて食べたラーメンは口当たりがよく、噛まなくても呑みこめた。少年たちが満足しているのはよく動く目を見ればわかった。腹いっぱい食べると、彼らは手を伸ばして雨水で手を洗った。僕らはカヤ草を枕にした。残り火はまだ燃えていた。少年たちは「兄ちゃんたち、ありがとう」と言うのを忘れなかった。

腹いっぱいになると、すぐに自分の想像世界に入っていった。ふたりの少年が勉強したらなにかいいことがあるのかと訊ねてこないのが不思議だった。それで僕のほうでもどう口を開いていいのかわからなかった。台湾に行って勉強をするのはいいことだ。明らかに、少年たちの危機意識は知識への好奇心や追求にはなく、腹を満たすことにある。僕らは火種のように静かに燃えていると感じた。台風と豪雨の暗い夜、僕はカヤ草を抱えて夜が明けるまでぐっすりと眠った。

ある新興の空間から帰属する島へ動き、生活費補助を受けるひとりの山地学生から、国家の強化により植民の汚名化を受ける山地学生へと移動する。政府は山地人の面倒を見てやっているとは言うが、自分たちが山地人の土地を掠奪したとは言わない。我々の島と土地は「国有地」にされ、軍営や監獄が建設された。僕の両親は個人の尊厳を守り、隣りの水イモ畑が少しでもこちらに入りこむと、怒りの声をあげるが、強権に直面すると、なす術を知らず、共有の土地が外来者に掠奪されることに危機感をもつこともなかった。

「勉強はいいことだろうか？　僕は服従者なのか、それとも反逆者なのか？」

自分にこう問うた。ただ、両親は必ず次のように言った。

「漢人の本を勉強すると、おまえはわしらの祖先やわしらの島や海がわからなくなってしまうぞ」

風はまだ吹いていた。豪雨は止むことなく空から降りそそいでいた。僕らは、木の板のすき間からそとを眺めていた。僕はカロロにたずねた。

「おまえ、いつ台湾に行くんだ？」

「俺、おまえといっしょに台湾に行きたいんだよ」

「俺ら、トコブシを採って金を貯めようぜ、いいかい？」

台風が遠のくにつれて波が少しずつ穏やかになってきたが、しかしまだ僕らが海に行けるような状況ではなかった。父は言った。

「子供よ、山に行くぞ」

父と僕は山道を太陽が昇る方向へ歩いていった。一キロほど行くと谷に入った。外祖父の龍眼の木を見にいこうと言うのだ。目的地に着いてみると、外祖父の龍眼の木の林は、断崖絶壁のそばの緩やかな斜面にあった。台風のあとの豪雨は、谷の絶壁の上から滝になって流れ落ちていて、水は澄みきっていた。僕の目はその眺めに引きつけられた。まるでこの世の仙境のようで、水煙が霧のように舞い、深い谷は多くの善良な霊魂が歓喜の歌声をあげる舞台となっていた。父は山の神のアニトに、たいへん長い呪詛と祝福が混じった祈りのことばを述べた。このような祈りのことばを正式に聞いたのははじめてだった。これはいわば伝統の信仰であり、父は山林で僕を教育しているようだった。山でも海でも、父はいつも善い霊と悪い霊がいると言う。さらに、この山頂には家族がいくつかいると言い、腰をおろして妹の本の紙で吉祥タバコの葉を巻いた。そしてある木のそばで次のように言った。

「だれにでもみんな霊魂がある。霊魂のなかには、祖霊に護られておまえを強くしてくれるものや、アニトの誘惑を受けておまえを怠け者にするやつもいる。おまえを連れてきたのは、山や木の霊魂や神様におまえの体臭を嗅ぎわけてほしいからだ。おまえは台湾に行っていて、今度、島に帰ってきたが、父さんはおまえが島に残って、わしから舟造りを習い、わしらの詩を学んでくれるように願ってる。歌詞は働く者がつくるものなんじゃ。父さんがいまから龍眼の木を伐るのは、舟を造るためじゃ。わしの話を覚えておくんだよ」

父は木の根元の泥をとり除き、曲がりくねった根をむき出しにした。まず曲がりくねった根を斧で伐り、それから根元にのこぎりを入れ、木の幹に達して木が倒れるとひと休みした。父は肥料袋でつくったリュックサックから紐を取りだして長さを測ったあと、僕にのこぎりで木の幹の端を切らせた。僕は何度も何度も休みながらようやく父の胸周りぐらい太く堅い龍眼の木を伐った。父は僕の体力を試してるんだな、と思った。僕は身長一六二センチのときに台東に行き、三年後に一七五センチになって島に帰ってきた。背は高くなったが、筋肉はたくましくなっていなかった。

三時間経って、龍眼の木から舟の竜骨ができあがった。父はまたタバコを一本吸いながら、竜骨の形になった木をじっくり見ていた。蒙古人の弓のような形で、前部と後部が少しはね上がっており、航行に有利な造型だった。その形には父の思想と信仰があった。

「木の姿には、それが山でどう育ったかがあらわれている（木そのものの修練）。わしは三十年あまりこの木の面倒を見てきたが、それはおまえが家に帰ってくるのを待つためじゃ」と父は言った。

木の修練、祖先、僕ら家族の修練。父がなにを強調しているのか、僕にはわかった。僕は真面目に聞き、真面目に考えた。父の信仰は僕を島に残し、父からいかに「生活」するかを学ばせ、父ができること、考えられること、歌えること、語れることなどを、私にそっくり受け入れさせることで、それが父が僕に求めるレベルだった。父は五十九歳だった。長さ四メートルの竜骨は、僕の太ももぐらい太かった。父はそれを担いだ。肩にはなにもあてがわなかった。僕はあとをついて行った。渓谷の岩の道を歩き、山の斜面をのぼり、からまったフジツルをくぐり抜け、原始林の道を、父はなにも言わずにひたすら歩いた。丘のなだらかな傾面に着くと、父は座って休み、海を眺めた。少なくとも四十分は歩いてきただろう。父は疲れないのだろうか、僕はずっとそう考えていた。

「ここの地名はA、あそこはB、あそこはC……」父はあたりの地名の由来や特徴をわかりやすく話してくれ、囚人たちがそこでなにをしたかも話してくれた。「台湾から来た囚人たちは木をどれだけ伐ったことか！　あの草を食べてる台湾から来た黄牛を見てみろ。わしらの村の共有のサツマイモ畑だぞ。わしらはどうやって暮らしていくんだ！」父がなにを言ってるのか、僕にはわからなかった。ただ、台湾から来たいろいろなものに、彼らの行為に、タオ人は嫌悪を感じているということはわかった。「できればじゃ、もう台湾に行かないでくれ」とまた言った。

「わしはおまえが帰ってくるのを、三年待った」

「山から舟を造る木を運ぶのはたやすいことじゃない」

「いつも子供が手伝ってくれるのを待ってるんだ！」

これは僕がやりたい仕事じゃない、それにおやじのような一生は嫌だ、僕はここを離れて台湾に行く、と自分に言った。これは将来、僕がやりたい仕事じゃない。

家までまだ一キロあまりあった。それに三〇〇メートルは岩礁の道だ。台風が去ったあとで西南の風が吹き、厳しい太陽のもとでも涼しかった。坂道をおりて行くと、叔父に出会った。父が竜骨を家まで運ぶのを手伝いにわざわざ来てくれたのだ。兄弟はふたりとも裸足だった。ふたりで前と後ろを担ぎ、休まずに家まで運んだ。僕はただうしろからついて行くだけだったが、両足はだるくなっていた。

家に帰ると、父が竜骨を、船首が太陽が昇る方向に、船尾が夕陽の方向に向けて置いた。そして言った。「舟を造らない男は下等な人間だ。山林や大海の知恵を授けられなかったやつだ」父はタオ語で言った。このような深い意味をもつことばは、聞いてもあまりよくわからなかった。

父は毎日木を伐りに山に出かけたが、もう僕を誘わなかった。父は来年のトビウオの招魚祭のまえにこの舟を完成させたいと願っていた。そのころにはもうトコブシのある場所を探して海に潜っていた。僕はカロロと毎日いっしょにいて、トコブシ採りの名人になっていた。かばんのなかの金ももう千元を超えていた。それに村にはレストランがもう一軒でき、観光客も増えて、売れゆきの心配はなかった。しかし、僕は僕の未来のことを心配していた。僕は小学校のときにすでに流浪する未来の夢を描いていた。「舟を造らない男は下等な人間」なんて、僕にはわからなかったし、気にもかけなかった。

村は本当に退屈だった。カロロの従弟のマァルックは台湾に行ってしまい、十八歳から二十五歳までの若者は僕らしか残っていなかった。父は天気のいい日にはタコを獲ったり、シャコガイを採ったり、海に潜って魚を突いたりして、いつも収獲があった。しかし、しだいに僕と話さなくなっていた。母は毎夕魚を食べると、隣の村に行って同級生を嫁にもらってこいと迫った。もし僕がうなずいていたら、父は縁談を申し込んでいただろう。いつもいつも母はこのことを口にしたが、僕は言い返すこともできず煩わしくてしかたなかった。それで予定を繰り上げて家を離れて台湾に行き、子供のころの夢を追求しようと思った。僕のかばんにしまってある僕とカロロの金はもう四千元を超えていた。七月二十六日、僕は台東県政府教育局からの手紙を受け取った。そこには県政府に行って申請すれば、簡単に師範大学に入って勉強できるとあった。カロロと僕は手紙の内容を父に話した。父は言った。

「四年後には、おまえは蘭嶼国民中学校に、先生になってもどってこられるんだな？」

「そうだよ、四年後には帰ってくるよ」

翌日、父は首飾りをつくってくれた。カラムシの紐に藍色の珠をふたつ通したものだった。この球はマラプナイと言って、わが民族のどの家にもあり、先祖伝来の「財産」だった。ふたつの珠のあいだには、車のタイヤを切ってつくったゴムの人形が挟まれていた。父は僕の首に掛けながら、聞いてわからない祝福のことばをつぶやいていた。

「四年と言ったら四年だ、それから家に帰って舟造りを習うんだぞ」

僕はやっと気が楽になった。これで正当な理由で家を離れることができる。僕とカロロは村から歩いて出発した。椰油の港まで四十分かかった。僕はひとり息子だった。家を離れるとき、両親はこう言った。

「ふたりで助け合うんだぞ、台湾には悪いヤツがたくさんいるからな。道を歩くときは端っこを歩くことだ。台湾の車には目がないからな。四年後に帰ってくるんだぞ」

これは僕が両親についた最大の嘘だった。県政府の公文書が僕に申請に来るように言ってきたのは本当だ。しかし、僕はもう師範大学に行かないことに決めていた。理由は、僕の中国語はレベルが低かったこと、次に、一生、先生をして、自分の民族の人びとを同化したくなかったこと、第三に、小学校四年生のときからの夢を実現するために、実力で高校に行き、大学に行きたかったからだ。

船は椰油の港を離れた。波が立つ青い海を貨物船が切り開き、船尾ではスクリューが銀白色の渦をつくっていた。離れた、と心のなかでつぶやいた。両親の昨日までの姿がずっと脳裏に浮かんでいた。それが恋しさのはじまりなのか、それとも嘘をついたせいなのかはわからなかったが、心臓は落ち着きなく鼓動を打った。母が涙をぬぐいながら言った。

「おまえの霊魂が強くなるように願っているよ」

台湾の社会の動きというものを僕らは実際に感じたことがなく、両親の世代の島民になるとなおさら、漢人と接触したことさえなく、「おまえの霊魂が強くなるように願っているよ」としか言えなかった。父親たちはただ天の神に頼って子供の幸せを願うだけで、なにか現実の経験を授けることはできなかった。強くなるぞ、絶対に大学に受かるんだ、と自分に言い聞かせた。八時間後、よく知っている街——台東に着いた。公路局のバス中興号で台東から高雄へ五時間ほどかかった。高雄から台北へ、普通の各駅停車の汽車で十二時間かかって台北へ着いた。着いたのは明け方だった。台北駅のタクシーは山地人をよく騙した。僕らは駅で夜が明けて、同級生のマァルックが迎えに来てくれるのを待った。彼は中和の台貿一村にある叔父のロマビッの姉の家に案内してくれた。台北駅で僕は夢を追うもうひとつのスタートを切った。

四年後の同じ月（七月）、僕は再び家に帰った。村の家屋のようすはすっかり変わっていた。伝統の地下式住居は、冷え冷えとしたコンクリートの国民住宅に変わっていた。十坪の広さの家が二軒ずつくっついたマッチ箱のようなコンクリートの建物だった。僕は私立の淡江大学に合格した。合格発表の日の夜は、屋上に寝そべって空の目を眺めていた。「とうとう合格した」とつぶやいたとたん、涙が目尻を伝わってこぼれ、耳元から首筋まで流れた。父がくれた藍色の珠の首飾りはまだ首にかかっていた。独りっきりの晩、だれも祝ってくれる人のいない晩だった。四年かけて「とうとう合格した」（十二万余人の受験生のうちで二万七千人余が合格した）のだ。両親は推薦入学とはなにか知らなかったし、どうして合格したのか、大学生とはなにかも、理解しようとはしなかった。それは無意味なことだというのが、父の世代の島民の考えだった。

小学校四年のときにもった夢が実現した。これまで工場で作業員をしたり、トラック会社の助手になったりして、高雄と基隆のあいだを駆けまわり、染め物工場をまわった。建設現場と予備校を行き来する餓えた生活を送り、「山胞」と汚名を着せられていたが、自尊心を保ってきた。今夜は輝く星空のもとであふれる涙が止まらなかった。下層社会の重労働に従事する山地人の生活圏からぬけ出し、今夜からは少しずつ自分を取りもどし、明日以降はこれまでのことは消えない経験の記憶となるのだ。トラックの助手時代は、カロロと僕は十九歳から二十歳だった。あのころの飯《めし》は本当にまずく、僕らを「蕃仔《ファナ》」と呼ぶ閩南語のなかでの暮らしは辛い記憶となっている。

その夜、僕は屋上で星の海を仰ぎ見ながら、僕の星だと母が言った空の目を探しながら、母に伝えたかった。

「僕は大学生になったよ、やったよ」

「グアガイ[8]、俺の家で魚を食べようや」

「おまえ船で帰ってきたのか？」

「そうだよ、船で島に帰ってきたんだ」

「俺の娘、トマルっていう名前だ。だから俺、シャマン・トマル〔カロロ〕になったんだよ」彼は娘を抱いていた。僕は嬉しい気持ちで、まだ六か月にもならない彼の娘を見ながら言った。

「そう聞いて嬉しいよ」

「俺もおまえが大学に受かって嬉しいよ」

その後、大学院で修士や博士の過程を学ぶようになったが、僕の生涯ではその夜、シャマン・トマルが僕を祝ってくれただけだった。その夜、僕は明るい「空の目」を見つけた。


二十九歳の年に、僕も人の親となった。父がわざわざ島から飛行機に乗って台北に初孫を見にきた。借家の客間で、僕はまだタオの名前が付いていない息子を抱いていた。命名は僕の生涯で最も望んでいた民族の儀式で、是非行いたいと思っていた。父は言った。

「ここには祖霊が命名の儀式のときに必要な冷泉がない。家に帰ろう！　孫の父よ」

「孫の父」、父の脳から出たのは血のことばだった。台北にいるうちに僕のタオ語は衰えていたが、心では父の望みを理解できた。

「家に帰る」とは、家の霊魂の祝福を得ることであり、「命名」とは島の祖霊の賛美を得ることだった。母は伝統の服装を身につけ僕の先を歩いた。僕は父の銀兜をかぶり、首には家伝の金の飾りをつけ、母が織ってくれた服を着て、母のあとを冷泉のある水イモ畑に歩いていった。母が言った。

「気をつけて歩くのよ、絶対に石につまずかないようにね(9)」

母は僕の手の平ほどの大きさの葉のついたイモを三つ掘り、それらを村の人たちが飲み水を取る共有の冷泉で洗った。

「気をつけて歩くのよ、絶対に石につまずかないようにね」

ああ、嬉しい、僕は本当の名前をもてるのだ。僕は痛快な気持ちになって、「命名式」のあと、漢人の名前をきっぱりと棄てた。

ゆでたイモを肉用の木皿に入れ、それから父が薪で燻したブタ肉を入れた。父は僕の息子の母親にこう言った。「孫の顔を太陽が昇る方向に向けなさい」そのあと、父は島の環境と大海の波に関わる、そのころの僕にはわからなかった祈りのことばを長々と述べた。僕と子供の母親は、はじめて両親の「血のことば」を聞いた。父は言った。

「三つのイモの真ん中のは、おまえたち夫婦の食べ物じゃよ、運命がしっかりと堅く結ばれるようにな。もうひとつは孫の口にあて、芋のまえの部分は孫の母親が食べ、後ろの部分はわしが食う」

そして最後にこう言った。「孫の名前はシ・ラポガンだ（シ・ラポガンとは、結婚するまでの名前で、男女を問わず「シ」という）。これは海の魚がずっとおまえたちと孫の近くにいるように願い、おまえたちが広く善い縁に結ばれるように願うからじゃ。おめでとう、いまからおまえたちの名前は、シナン・ラポガンとシャマン・ラポガンじゃ、おまえたちは一人前になったのじゃ」

父がそう言うと、僕の血は沸き立ち、僕の記憶に刻まれた。そのあと、僕はシャマン・トマルの家に走っていき、こう言った。

「グアガイ、俺のなまえシャマン・ラポガンだ」

「きれいな名前だね」彼は微笑んで言った。

このとき、旅人は家族を伴って島の村に帰ってきた。これまでは村と台北のあいだを往来し、失われた民族の伝説と文明の伝説のうそに挟まれてきた。帰郷して島の伝統に従い、両親に再び教育され、波に再び鍛えられることが、尊厳を取りもどす唯一の機会かもしれない。環境と島のことばの文化から秩序を学び、故郷にもどって「島のパスワード」を探そう、僕は心のなかでそうつぶやいた。

二〇〇七年、両親が亡くなって四年目のこと、僕は文学博士の課程を放棄することにした。野性の海の学生として、海流の律動に浮き沈みしながら野性環境の季節の移り変わりを学ぶことを、生涯不滅の志業にしようと強く望んでいたからだった。その年の秋のある午後、僕は毎日の課業のように海に潜った。僕は子供たちの母親が僕の捕った魚のスープで僕を再び認めてくれるよう願っていた。僕らは現実生活においてさまざまな場面でぶつかり衝突したが、魚のスープは、民族生活の実践と生態環境の知識から微かな伝承を学び、身体言語で文化の受容を体得した、野性空間のコードなのだ。

二十数年を経て、子供たちの母親は僕の毎日の午後の潜水に驚かなくなっていた。それに収獲量や魚の大小についてなにも言わなかった。彼女はさまざまな信仰を通じて、僕の潜水のリズムは島の魚を捕る男たちと同じように「自然」なものだと、早くから感ずるようになっていた。妻の考えでは、「海は男が語る物語の源、波は成熟を学ぶ草原」だった。

「ありがとう、わが家に来てくれた魚たちよ」子供たちの母親は血のことばで言った。

「僕にはこんな魚を捕る力しかないんだよ」

「魚のスープがあればそれでいいわよ、どうして海に贈り物をせがむの？」

夜が来ると、家の男と女の対話の時間となる。魚のスープを飲んだあとの余熱を喉に感じながら言った。

「子供たちのお母さん、おやじが言っていたけど、舟をもたない男は下等人だってね、それに海からの贈り物ももらえない。僕にはわかってるよ、僕が舟を造るとおまえに迷惑がかかるってことぐらい。でも、舟を造らなければならないんだ。わが家も舟の霊に祝福されるようにね。そうすれば、トビウオもやってくる。海がわが家に贈ってくれる物は、僕らを喜ばせてくれる。それに子供にも舟造りに参加する機会を与えて、成長の美しい思い出をつくってやりたいんだ」

「お父さん、お母さんが亡くなって、甥っこたちはモーターボートをもってるけど、それは先祖の知恵でできあがったものではないわ。舟を造りなさい。私は男のするべき仕事を邪魔したりしないわ。水イモ畑も世話しないといけないしね。こうして山で仕事ができるのは嬉しいことよ」

村の両親（一九一七年と一九一八年生まれ）と同じ世代の人たちは、二〇一〇年ころまでにほとんど亡くなった。彼らがもっていったのは現世での肉体だけではない。土地や海と共に生きてきた、原初的科学のパスワードももっていってしまった。ことばだけが残り、あとの世代の者が学ぶための、環境と受け入れあうための文字コードは一字も残されなかった。あの世代の人たちがしだいに亡くなり、次の世代の僕らは、時間の三分の二を金銭との闘いに費やし、一生を貯金通帳の数字の増減にすり減らし、それが僕らの最大の悩みともなっている。僕らの同級生は、台湾のどこかの街で死ぬことを選び、一生、土地や波と闘ったことがない。僕の母から見ると、「顔が大島の台湾に向いている」のは、「根」を失い、「道」に迷ったということだ。人々が迷ううちに、青々としていた畑は荒れ、雑草がはびこり、土地と闘う人々は減っていった。これが僕らの世代に起こったことだった。自然環境と「闘う」ことは、土地に呼吸させ、成長した木を舟造りの仲間にし、人類と土地の呼吸を長らえ、息をつづけさせることで、労働によって生産と交配を繰りかえすことになるのだ。

両親が亡くなるのは、だれもが通る道だ。わが民族の「両親の葬儀と墓参（終りを慎み遠きを追う）」の儀礼は、漢族の清明節（墓参）に見られるような形式ではなく、水イモ畑を維持し、イモの苗を繁殖させることにある。子供たちの母親がそう言ったのを僕は覚えている。僕らの伝統では、祖霊を祭り天神の儀式(10)を行なったあと、山にのぼって木を伐る計画を立てるのだ。

二〇〇七年の秋、僕はもう五十歳の中年になっていたが、文学の博士課程の院生だった。この年になっても、何事も勉強だった。博士の学位は子供のときの夢ではなく、僕に働きに出るようにと迫る子供たちの母親から逃げるためだった。しかしちょうどこのころ、やめようと考えていた。舟を造ることは、環境山林の実学で永遠に学びつづけなければならない民族の科目であり、父親たちから学ぶ信仰だった。

日本の人類学者の瀬川幸吉〔一九〇六—一九九八〕と馬淵東一〔一九〇九—一九八八〕は、父について山にのぼり木を伐った。台湾の人類学者はいまにいたるまで、そのようなフィールドワークをしたことがない。父は彼らに、木を伐り舟を造る過程はわが民族の文学であり、生存のための教育にほかならないと語った。この一本の線は深山から村へ、そして浜へ、さらに海へと延びている、と。

三十一年まえに、僕は高校を卒業したが、この課程は父がそのときに教えようとしたものだった。しかし当時、僕は学ぼうと思わなかったし、そのような技能に頼って一生を過ごしたくなかった。そうして、台湾に行って、漢字の実用性を学び、人類学科の狭い視野や思想を学ぼうとしたのだ。いま僕はひとりで、身体の表現をとおして、そして学びとった現代知識と島の知識の結合をとおした課程を書くようになった。しかしこれも僕の子供のころの夢ではなかったし、また海と人の物語を書こうとか、海洋文学作家になろうとか考えたこともなかった。

僕が十九歳だったときの記憶を振りかえると、そのとき父は五十九歳だった。父は山に木を伐りに行くとき、いつも夜明けまえに、斧を二本、鎌を一本、念入りに磨いた。縄紐、ゆでたイモ、干し魚、ビンロウ袋を準備し、砥石は、僕が寝る涼み台のしたに置いた。もっていくものがそろうと、肥料袋でつくった背負い袋に入れ、ビンロウをかみながら思いにふけっていた。そして気持ちが落ち着くと出発した。

一九九九年に、僕が最初の舟を造ったとき、父は静かな表情で僕に言った。

「山に行くまえに、斧と話をしなくちゃいけない、木の魂と話をしなくちゃいけない。それから山の神と木の魂とアニトにブタ肉をひときれお供えしなければならない」

僕は磨きあげた二本の斧と鎌、そしてのこぎり、それとナイキのリュックサックを玄関先に置き、庭に座って夜空を見あげていた。そして、昔、父について行ったときに見た、木を伐る父の表情を思い出していた。そのときの父の平静さは、野性の自然環境や野をさ迷うアニトによって形づくられたものだった。父は善い神とアニトはどこにでもいると信じていた、神は唯一だとは信じておらず、海にも海を司る「海の帝王」がいると信じていた。それで僕もすっかり汎神論者になったのだ。

「山に行くのね、明日」

「ああ」

家の女主人と僕は、子供たちを連れていっしょに島に帰り、二十数年間、島の民族の原初的な科学（文化ということばを使わない）を学んできた。敬虔なキリスト教徒の妻は、はじめは拒否していたが、いまでは完全に融けこんでいた。近所の女たちとふだん、仕事を助け合い、サツマイモやサトイモ、ヤマイモなどの根菜作物が話をするのを感じとり、女たちが土地を心から愛し、信仰しているのを感得したからだ。神は食物を創造し、多様な文化をつくったが、決して「迷信」は創造しなかったと、妻は言った。

「サトイモと干し魚と塩漬けした肉を入れておいたわよ」と、家の女主人が僕がバイクに乗るまえに言った。

「友達に手伝ってもらわないの?」

「ひとりのほうがいいんだ」

僕はバイクに乗ると、一九六一年に台湾から来た囚人たちが手とつるはしで造った環島公路を走った。三十年まえに父とこの道を歩いたときは一時間かかったが、いまはたった十分しかかからなかった。便利というのは、あのころの解釈では、福利だったのかもしれない。

道から「悪霊の海」(11)へ坂道をのぼっていき、海抜二〇〇メートルほどの高台まで行くと、そこで野性のワワナン(フクギ、海抜三〇〇メートル以下のところには見られない)を伐った。その木は三年まえには目をつけていて、だれも印をつけていない木だった。この木の幹は堅くて、いつも斧の歯がこぼれるほどだった。

坂道の道ばたは芝でおおわれていた。秋になると、山に行く村人はほとんどいなかった。僕の世代の同級生は行かなかったし、舟も造らなかった。山のなかの小道は雑草におおわれていた。これは老人たちが年を取ったり、亡くなったりしたからだ。来る人は減ってしまったが、彼らはかつて自分の足で踏み分け、人と山羊が共に歩いた美しい小道を愛おしく思っていた。僕は島に帰ってからは、海に潜って魚を捕る以外は、いつも山に行き、山の神や木の魂に自分を覚えてもらおうと歩きまわった。叔父たちはみな、どこどこの木は自分の木だから舟を造るときに使っていいと言って、島に帰って質朴な生活をしている僕への贈り物にしてくれた。また海の波と陸の物語も話してくれたので、僕のタオ語も大いに進歩し、生活の知恵も増した。

僕は、父が木を伐るまえにしていたとおりにした。リュックサックをおろし、座ってまわりを見まわした。祖霊を祭ったあとの山林は湿気がひどく、落ち葉の腐臭が漂い、まわりには雑草が生い茂り、フジツルが絡まりあっていた。木のまわりの雑草を刈り、木の幹に絡まったフジツルを切った。過去の記憶にある父が、そのとき木蔭で僕を観察しているように感じた。

僕はこのような状況をどう理解していいのかわからなかった。犬はそばにいたが、吠えることはなかった。僕らは日が出ると仕事をし、日が沈むと休むといった素朴な生活を送っているが、そのせいで三十年まえのことが、まるで昨日起こったことのように感じられるのだろうか。素朴な生活のリズムが、記憶を深いものにしているのだろうか。僕は本当に金銭で売り買いしない日々や電気のない歳月を求めているのだろうか。

木の幹のフジツルをきれいに取り除き、斧を置いたところにもどって座ると、タオ語でつぶやいた。「タバコが時間をつぶしてくれるよ」

数歩あるくほどの時間のあと、僕は木の根元のところに行った。

おまえが村の幼なじみなら
おまえは僕の最も親しい友だちだ
だから僕らはいっしょにトビウオを釣り、シイラを釣ることができる

小蘭嶼まで航海していっしょに漁をしよう
いま、おまえの樹肉がコウトウラノキのように柔らかくて、僕を楽にしてくれることを願う
僕らは早めに美しい湾で休むことができるだろう

村の生活を送るのは自分が望んでいるからで、自然環境と日常生活や長老たちの哲学的な語彙を体感できる。そしてまた、伝統的な生活技能の実践でもあった。舟造りは島の男の天職であり、基礎的な生活機能だ。島が近代化されるスピードが、こんなにも速いとは思ってもいなかった。飛行機で二十分で台湾に着けるようになった。老人たちは、子供たちに教えないまま、木の種類や名前、その使い道を覚えさせないまま、環境の知恵と共にこの世を去ってしまった。

いまも元気な九十一歳の父方の叔父が、僕にこうたずねたことがあった。

「わしのあのカショウイヌビワの板根《ばんこん》は、どれぐらい大きくなったかのう？」

「叔父さんの家の玄関の戸の二つ分くらいありますよ」

「おお！　そんなに大きくなったかね！　わしは、もうあの木を見られんじゃろうな」

喜びと驚きを浮かべた叔父の顔が目に浮かんだ。僕にもまだ若くて面倒を見ている木が何本かあるが、いつかそんな日が来るんだろうなあ、と思った。

僕は木のそばで、木が僕の誠実さや僕の存在を感じてくれるように、思いにふけっていた。そして言った。「わが心の友よ、僕の斧に、そして山の霊魂にお願いする。僕は漁団家族の末裔だ。僕には漁団家族の信仰が流れている。海の神は僕に付託された。斧は僕のからだだ。鋭いまっすぐな鋳鉄と僕をひとつにしてください。おまえには私たちに養分をくれる土地に早く横になって休んでほしい。わが家の庭に早く横になってほしい。いっしょに海の波が漁師を迎える恋歌を歌おう。こ

の恋歌は祖父から子供のころに教わった詩だ。歌声と喚声、僕らが結びあう海の恋歌は、魚たちの水世界へと降りていく」

ついに僕は最初の斧を振りおろした。右肩から四十五度の角度で鋭利な斧の刃が傷がひとつもない木の幹に音もなく打ちこまれた。二回、三回と何度も振りおろした。この木は海に面した丘の稜線に立っていて、下方には雨水の流れる道があった。湿気がひどく、木の梢は雨水の道に弓なりになっていた。ひとりで、犬を相手にカーン、カーンと斧の音が響いた。フーフー、フーフーと僕は息を吐いた。直径三〇センチの蘭嶼福木のまわりを回りながら伐っていった。父は、木が倒れたら休んでいい、と言っていた。僕は海に潜って息を止める感覚で、フーフー、フーフーと息をつぎ、腕や手にはますます力がこもった。フーフー、フーフー、体内から吹きだす汗が、斧に伐られて飛び散る木屑のように、土地にもどって養分になる。僕は僕の家族が山で木を伐るときに歌う詩を歌った。今日は僕の感謝の日だった。わが家の二十一枚の木の精霊で組み立てる一艘の舟が、海を喜ばせ、海を飾る舟となり、海の永遠のファンとなることに感謝した。さらに僕のような現代版の愚か者で、山の神に監視される軽率な男に、木の精霊が真情を沸き立たせて応えてくれることに僕は感謝した。そして、僕のような現代版の愚か者が、昔ながらに斧で木を伐り、油を使って木をすばやく伐り倒せるチェンソーを使わないのを、笑っているかのようであった。そのとき斧がバナナの木でも伐っているかのように軽くなった。父は、おまえの神聖な歌声、真情の発露、吹き出る汗、山林の精霊、そして精霊の多くの孫たちが僕を助けてくれると言っていた。僕にはこのようなアニミズムが存在するのかどうかわからない。だが、科学者になってそれを証明しようとも思わない。僕の筋肉はまだ疲れていなかった。木がギシギシと音を立てるのが聞こえた。さらに四回、五回と力を込めて斧を振りおろした。すると木はバリバリバリと音を立てながら雨水でぬかるんだ道に倒れこんだ。それはちょうど僕が倒そうと思っていた位置だった。僕は両手をおろし、右手に斧を握っておりていった。丘にはぽっかりと空間ができ、午前十時の太陽の光が、影になっていた稜線の斜面に直接射しこんだ。明るくなって、腐った葉の湿った匂いが立ちのぼった。鳥たちが驚いて飛び立ち、ズアカアオバトやヒヨドリの雛鳥たちは悲しそうに鳴きつづけた。鳥類の知恵が理解できず、鳥の鳴き声も聞き分けられない僕には、鳥の鳴き声も僕に協力してくれているように感じられた。わあ！　木がとうとう倒れた。僕は木が深呼吸をしているのを見ながら、「ありがとう、僕の兄弟」、と心のなかでつぶやいた。

僕は木を測り、それからのこぎりで四メートルの長さに切った。僕の初歩が完成した。中学一年生の勉強のようなものだ。違うのは、ここは野外の教室であり、先輩たちが環境の姿を学んだところであり、僕はいま学んでいるところだった。学校の先生には永遠に教えられないテキストと作業であり、理解できない原初の科学だった。

早朝から午後にかけて、鳥はひっきりなしにあの木からこの木へと飛びまわり、しきりに鳴きつづけた。この種の鳥は昼間に行動し、村人から良い鳥とされていた。それは島民の昼間の活動が正常な行為であるのと同じだった。だから、トビウオの季節には、夜行性のリュウキュウコノハズク（トゥトゥウ）は求愛のためにオスが「イエース」と鳴き、メスが「トゥトゥウ」と鳴き、夜行性のハクビシンも求愛期には猫よりも凄惨な声で鳴いて、ぞっとさせられるのだが、このような夜行性の動物は正常でなく、アニトの伝声管とか悪霊のブタとされている。こうした観念について、現代の動物学の研究者は、タオ人のアニト信仰には悪魔の鳥とか、悪魔のブタとかといった「迷信」

があるが、そのようなことはないと述べている。もちろん僕はそのようなことがあるかどうかという問題ではないと主張する。科学は科学の解釈に過ぎず、白人には白人の解釈があり、その土地の解釈はその土地の生態環境観のことばに帰する。黒人にも自ずと黒人の解釈があり、本来互いに衝突しない観念なのだ。ただ一方は主流派で、「我こそは正しい」という覇権的な心理状態を増長させているにすぎない。僕は少数中の少数で、主流派の足が届かない「海流」である。僕は「海流派」なのだ。

僕はまず竜骨内部の原型を頭に描いてみた。中間は幅広く、船首と船尾は狭い。そして中心線を定めた。木の内部に隠れた竜骨の形が完成すると、いよいよ斧で木の両側から削りはじめた。腰を曲げ、膝をついて、斧で六時間あまり、休んでは続けた。腐った葉っぱや林の生きた葉のマイナスイオンを吸った。ひとりで林にいても、木の神が昼行性のたくさんの鳥たちの声を聞かせてくれて、筋肉の疲れが楽になった。それは水世界でイルカの声が僕の怖れを取り除いてくれるのと同じだった。山林の土、草むら、腐った葉っぱからの湿気で、僕は汗まみれになった。飴をなめ、少量の水を飲んで体力を補った。午後一時になって、弁当を開けた。弁当にはイモと干した魚と煮た塩漬け肉が入っていた。僕はこの三種類のおかずをそれぞれ小さくちぎり、クーポーイモの葉を取ってそのうえに置いた。少し呼吸を整えて、弁当を食べるまえに言った。

もっていきなさい、友よ、おまえたちの小さなお腹を満たすのだ
それから、僕の斧を磨いてくれ
願わくば祖霊よ、僕に力を与え
少しでも早く美しい海にもどれるようにしてください

「祈りのことばはそんなに短いもんじゃない。おまえのタオ語のレベルや、おまえが自然環境とどれくらい親密かによるんだ」環境の精霊との対話の多くは、僕が島に帰ってから、伯父や父や叔父について山に木を伐りに行ったときに、聞いたり、習ったりしたものだ。昔、工場の作業員や、企業家の下働きや、トラックの助手をしていたときに使ったことばではないし、街頭での抗議デモのときに使ったことばでもない。父親たちは僕が子供のころから生活の実践の物語を語ってくれた。今日では僕らの同世代で、山林で木を伐る仕事をして、あの「物語」は民族の環境科学の教育であり、樹林の保護は循環するものであると体感できる者はほとんどいない。十歳のとき、父が僕にある場所に龍眼の木を二本植えさせた。毎年、成長のようすを見に行き、さらに新しい木を植えた。近年では、村の女たちも夏の暑さをしのぐために、畑に次々に木を植えている。実際、僕らの心は、毎日これらの木の成長と共にあり、これらの木々もまた僕らの心のなかにある一冊の本なのだ。

多くの友人が僕にこうたずねる。

「すごいなあ、だれも教える人がいないのに、舟が造れるって、どうしてなんだい?」「どうしてってことないよ」と僕は応えた。

島でだれかが舟を造っているとき、僕はよくそこに行ってその人とタオ語で話をした。ただ、斧をもって手伝うようなことはしなかった。強い西南風が吹き、潜水漁に行けないときは、鎌をもって山に行き、林のなかを歩いて木の成長を見てまわった。僕はそれがたいへん好きだった。多くの時間を木の観賞に費やし、家には薪を一本もって帰るだけだった。その後、子供たちの母親から「頭がおかしいよ、退屈きわまりない人ね」と言われてしまったが、僕は心で笑うだけで、なんの弁解もしなかった。

舟を造り、木を観察するというのは、心と目と手で行うことであり、それゆえ、本当に野性の環境を愛する信仰が心のなかに入ってくる。父親たちの日常生活の態度は、長期にわたって木の成長や海の潮位差の変化を観察することで育まれたものだ。彼らが黙ってなにも言わないときは、実は流動する環境のなかで思索しているのだ。

舟を造ることが決まると、山にのぼって木を伐り、舟の部位ごとの木をそれぞれ運びだすことになるが、そのとき、僕は直接目的地に行く。伐る木がないことに悩んだり、苦しいときの神頼みで適当に木を伐ったりはしない。

フクギの竜骨用の木は目のまえにあった。イモ、干し魚、塩漬け肉を食べおわり、山や木の神や祖霊への供え物もし、祈りのことばも言った。あとは斧で削って木を軽くし、山林の小道を楽に歩けるようにすることだ。それに竜骨の形の美しさにも気を配らなければならない。僕はまた腰を曲げて木を削った。使っている斧は、フィンランドの伐採労働者や消防隊員が火事のときにドアを破るとき使うものだった。僕は木を削っている近くに火をおこし、煙や炎で蚊を追い払った。木が倒れたときに射しこんできた光線は、海に沈む方位にまで移動していた。僕の原始的な筋力は同化(アシミレーション)されたという汚名をすでに返上し、父親たちと野性の空間が互いを受け入れあっていたレベルにまで徐々に回復していた。西洋の神が僕に理性的な智恵を授けたかどうか、あるいは島の民族の原初的な霊観信仰が存在するかどうか、どのように解釈しようともこのような知を求める過程が僕の体内にあり、心が撹拌されて馴らされ、僕の全体となったことを認める。

山林ではこのときただ三つの音、斧が木を伐る音、人が呼吸する音、鳥が鳴く声だけが聞えていた。頭を低くして竜骨の曲線を見ていると、汗がたえず額から流れて地面に落ち、一瞬のうちに土壊の養分になる。僕は感じていた。父親たちの世代の汎霊観では、炎のまわりにはたくさんの小さなアニトがいて、僕が鋭い斧で木を削る美しい眺めを見ている。奴らは裸で泥土に座り、驚いた目つきで眺めている。僕は奴らが見えないふりをしている。犬は物憂げに腹ばい、頭を炎のほうに向けて暖を取っている。僕は再び腐った木を足して燃やした。湿った木からの蒸気で、煙がもうもうと立ちのぼった。周囲の泥土は二時間も焼かれると、すっかり乾いてしまった。

僕はまた座って休憩し、もう一度竜骨の曲線を見た。そのあと、帰り道の下り坂の地形を考えた。ある場所では担いで運ばねばならないし、また、引っ張って運ぶ道もあった。いま、ひとりで山のなかにいて、木々に囲まれ、小さな魔物に見られている。奴らは、こいつはどうして丁字褌をはいていないんだ、どうしてビンロウを食べないんだと言っているだろう。奴らも深く考えて、時代が変わったのか、と思っているかもしれない。そんなことを考えて、僕は笑った。山のなかではいつもそんなことを考えて、筋肉の疲労を忘れた。この方法は本当に効き目があった。自分ひとりでも楽しく過ごせる方法もこのころできあがってきた。それにいまも健在な叔父と協力して、四つの櫂のあるふたり乗りの舟を造ることを計画し、七十年来木を伐ってきた老人の表情や姿を見てみたいとも考えていた。

また地面に跪いて腰をかがめ、頭を低くして竜骨の流線を美しく整えたあと、斧を握った。これまでの舟造りや木を伐った経験にもとづいて、目をしっかりすえて呼吸のリズムに合わせて力を入れ、斧で木を削った。十分に経験を積み、山林の木の魂に鍛えられ、まるで波の峰と波の谷で自然なメロディが調和するように、斧を上下に動かして木を削った。斧が木を伐る音は、おばあさんが楽しそうに軽やかな声で歌っているみたいだった。僕が十九歳の年に、父は僕を連れて木を伐りにきたが、そのときの父の木を伐る姿はまさに木と人が一体となっていた。いま、五十歳を過ぎ、文明に感化されていた僕だが、過去を振りかえるうちに、いつの間にか山で木を伐る伝統的な本来の姿になっていた。これはまさに僕がずっと追い求めてきた、ひとりの自分が山の霊気と受け入れあう感覚だった。僕は汗を流しながら、斧を振るい、自分の表情を亡くなった父の木を伐る姿に重ね合わせた。人を悩ませるさまざまな現代的な考え方を投げ捨て、山の緑の蔭の静寂に浸りきって木を削った。

僕が十九歳のときの記憶では、父や伯父といっしょに山にのぼって木を伐ったが、しかし、自分で舟を造るまえは、父親たちの物事の感じ方についてはほとんど記憶がない。父親たちが亡くなり、僕が伝統的な生活をはじめたとき、父親たちの身体表現について考えると、自然環境が彼らの体内の養分だったんだと悟るようになった。そして、彼らの身体言語もまた環境が永続するための実践者なんだと、悟るようになった。父は、台北でしきりに僕にこう言った。

「孫の父よ、島に帰ろう！　わしにはおまえに伝えるべきたくさんの伝説や物語があるんだ」

この「伝説や物語」とは、実は、父親たちの世代が元気なときの実体であり、僕とふだん会話することばだった。父親たちはいつもこう言っていた。じっくり木の育ち方を観察して、木が倒れる場所を理解し、木を倒すまえに話しかけなければならないなどである。毎年、トビウオ漁に出た初日は、その夜に捕った最初のトビウオに話しかけ祝福しなければならない。これは自分を祝福することに等しい。父が僕を島に帰らせようとしたのは、人間と環境生態が共生するという信仰を学ばせるためであり、また自分を大切にし、民族感情を豊かにし、環境の本源を大切に思うようになってほしかったのだ。

　僕は上着を脱いで全身の汗を拭った。しゃがんで木の葉のすき間から灰色の秋空を見あげると、光線は移動していて、もう午後なのがわかった。からだの向きを変え、斧で木のもう一方を削りはじめた。呼吸はしだいにベテランのリズムになり、筋肉はそれに合わせて仕事は順調に進んだ。心臓の鼓動も平静だった。僕は親指で斧の刃をなでた。すると木を伐る父の姿が頭に浮かび、忘れていた思い出がよみがえり、母が言っていた善い神の姿も浮んだ。自分が台湾に勉強に行ったことや、現実離れした高い理想をもつ生意気な子供であったことを忘れて、いまは黙々と木と闘っていた。「島に帰れ！　島に帰れ！」という声が、まるで林のどこかから、露の残る木々の葉のあいだから、僕の耳元に、心のなかに伝わってくるようで、僕を島に帰らせようという父の気持ちを山林が理解したかのようだった。

　山林にいるのは、自分で舟を造る必要があるからだ。そうしてはじめて民族科学によってトビウオ招魚祭を行い、海に出てトビウオ漁ができるのだ。だからトビウオや海のほかの魚を捕ろうとするなら、舟をつくらねばならない。これは生態が永続するための循環概念であり、生存倫理である。「舟を造れない男は低級な男だ」という父のことばは、そのような「男」は人間は環境の生態種《しゅ》のひとつに過ぎないということが理解できないことを述べている。山林の木や海の魚がみな死に腐るように、肉体（木の肉、魚の肉を含む）は土に帰るまえに、どの種もみなその知恵や環境の違いによって、異なる生態の習性や民族の文化をつくりだすのだ。だから生態種の成長は、たとえば風が吹きつけるところの木と深い谷の薄暗いところの木では、その材質に硬さの差が出るように、人間の成長過程にも素質の良し悪しがあらわれるのだ。それゆえ、「魚（樹木）がおまえの家の庭に飛んでくることはあり得ない」と言うことになる。必ず自分で山に行って木を伐る仕事をし、海に行って漁をしなければならない。これは「肉」が腐るまえに、生態種は生存の延続のために、互いに利益を与えあうからだ。だからタオ人は「儀式文化」で生態種に対する敬愛の念を体現するのだ。もし舟を造らなければ、木の美しさや魚の優雅さを理解するのはたいへん難しい。さらに生態圏の知恵を理解しないのは、路傍の雑草や低級な人間と異ならないのだ。

斧で竜骨の木を削りながら、働くことについて考えていた。汗もびっしょりかいた。僕はそのとき、腰を曲げ頭をさげて腕を上下させながら斧を使っている僕の姿を、犬がじっと見ているのを忘れていた。僕は斧を握って竜骨の流線を削っていき、少しずつ竜骨の基本となる形に仕上げていった。そして腰をおろして、竜骨の形をじっくり見、最後に深く息をしてから休んだ。僕は犬の頭をなでた。この犬が僕についてきて、木を伐り舟を造るのはこれで三艘目だ。いまでは山林のアニトにも知られていて、アコウの木蔭に座っているアニトたちに吠えることもなく、灰のそばにおとなしく寝そべっている。木のうえにいる鳥の鳴き声に驚くこともなかった。犬は山にのぼる僕の仲間であったし、近くにアニトがいるかどうかを見わたす水先案内人でもあった。

僕はフジツルの絡まった茂みに入って、四メートルの長さで小指ほどの太さのフジツルを切った。下り坂で竜骨を引く綱にするのだ。斧の背の部分でフジツルを裂き、手の平を切らないように柔らかくした。そして、引っ張るために、綱を竜骨のまえの部分の溝に縛りつけた。帰る準備をしようと、荷物を片づけて登山袋に詰めて背負い、竜骨の重さを試してみた。それから歩きだすまえに、まだ食べていない食べ物を地面に置くと、再び山と木の神にこう語りかけた。

これで木を伐る作業はしばらく休みます

ここにおられるわが霊魂のご先祖様
ご先祖様のお力を私にお与えください
ご先祖様、この島のこの民族の孫である僕を
シロカツオドリのように軽々と飛ばせてください
私は帰る旅の途中です
だからいっしょに私の木を担いで帰りましょう
竜骨は将来、広々とした海で航海し
天の神が命じられるように、神様がくださるトビウオを追い求めるでしょう

かつて台北の予備校や淡江大学で学んでいたころ、五、六年はアルバイトで鉄筋を運んでいた。工事現場の周囲に竹でつくられた階段を歩き、細い鉄線で壁の内側の鉄筋や屋上の鉄筋を繋いだ。鉄筋の太さは三分から九分〔鉄筋の規格号数。三分は太さ一〇ミリ、九分は二九ミリ〕だった。二十歳から二十六歳までのあいだ、重いものを左右の肩で交互に担ぐ訓練をしていたことになる。伝統的な村の生活でも、その年齢になると、薪を担いだり、伐りだした舟板を担いだりして、筋力が鍛えられる。個人の運命によって、成長過程における労働の内容は違うが、同じような体力の訓練をしたのだ。いま僕はひとりで舟を造る原木を担いで帰るが、肩の筋肉はずっとまえから重いものを担げるようになっていた。かつて台北で暮らし、学費や生活費のために建設現場を行き来する重労働をしているうちに、いつの間にか肩と脊椎が鍛えられて重さに耐えられるようになっていたのだ。いまこんなに役立とうとは、思いもよらなかった。

台湾をあちこち、自分の成長に有利な道を探しまわり、ずいぶんいろいろな仕事をして、炎天下で若い時代を過ごした。あのころは疲れ切った肉体を、夜は工事現場の粗末な小屋で休めながら、生まれたときの環境についてよく考えた。島民の固有の伝統家屋は、一九七〇年に台湾から来た建設会社がショベルカーで壊して更地にしてしまった。村の人々はなす術もなく、父の父の父たちが台風の被害を避けるために、両手と木で土地を掘り下げて造った半地下式の伝統家屋を見ていた。漢人の政府が考える「徳政」とは、村の民族の固有の建築文明の知恵を壊すことであり、四角い「鉄筋の国民住宅」こそが進歩を象徴するものであり、政府の思いやりの表現とされた。僕個人の理解では、台湾政府の原住民の住居政策には、生活環境に対する基礎的な審美感がほとんどない。これは事実だ。どのみち「マッチ箱」に入る人間は自分たちではなくて、あの「鍋蓋《フオカイ》」(12)たちなのだ。そのとき、自分の民族の近代化との遭遇が、僕の理性を回復させ、発憤させた。大学での課程を終え、蘭嶼の資源を奪っているあのレベルの低い閩南人どもに、わが民族の天の神の罰を与えるのだ。大学に通い、アルバイトをしているうちに、いつの間にか重いものをもつ肩が鍛えあげられており、島に帰ってみると、山道を舟を造るための木を担いで運べるからだになっていたのだ。

木を伐る道具や斧を背負い、肩に重さ七、八〇キロの竜骨を担ぐのだ。僕は息を吸って、ヤッと声をあげると、四メートルの竜骨をなんとか肩に担ぎあげた。男だぞ！　僕は山の小さなアニトに聞こえるように言った。そしてまた、いまもなお伝統の舟造りをつづけている村人のことを想像した。僕は彼らから技能と知恵を受けついだのだった。静かな山道を一本、二本と、さらには二十本と舟造りのための木を担ぐことで、自分を励まし、これまでのことをくよくよ悩む弱い心を捨てるのだ。僕は歩きはじめた。ゆっくりと着実に、雨水がつくった小道を静かに考えながら歩いた。これは山の神が僕にくれた贈り物で、僕が環境を大切に思うようにさせるための実践だった。七、八〇メートルの緩やかな坂を歩き、下り坂がはじまるところで足を止めた。ここは父が僕を連れて山にのぼったときに、木の名前や特徴、用途を教えてくれた野外教室だった。記憶をたどってみると、父は身内の情からこの土地の知識を教える責任を果たしただけではなかった。その後、僕は大学生から博士課程の院生にまでなったが、学校で理論を読んだから、僕個人の環境生態の理解と敬愛の情が増したのではない。それはこのときの父の教えのお蔭なのだ。僕が読んだのは文学理論や文学作品だったが、それらは僕がいまやっていることとまったく関係なかった。台湾文学の作品も環境移動の「生き生きとしたイメージ」を心から感じさせてくれることはなかった。僕はもう野性の自然環境と人智が受け入れ合う父の生活スタイルに入りこんでしまった。僕は野性の環境と受け入れ合うことを熱愛するようになり、汗を流して働いている。それは金のためではない。舟を造るための木の魂と自分の漢化された脳をひとつずつ結びつけ、互いに大切に思うコードのためなのだ。

たいへん奇異な感じがするのは、父や伯父や下の祖父たち、さらには子供のときの記憶にある外祖父までが、まるで僕のそばにいて僕を監視したり、楽しんで見ているように感じたことだ。それは二〇〇五年の一月一日に、クック諸島のラロトンガ島に自分を放逐したあの夜明けに、父親たちが夢にはっきりとあらわれ、僕のさすらう魂が彼らの存在を受け入れていたときのような感覚だった。このとき僕は、湿っぽい地面に座っていた。真実と幻のあいだにいる曖昧な感覚は心地よく、疲れも癒され、笑みさえ浮かんできた。

風が、汗でびっしょり濡れた背中のうしろから吹いてきた。北から吹いてきた風だった。目のまえ五カイリ向こうにある小蘭嶼の海は波も立たず、空の色と同じ灰色だった。腕時計を見ると、まだ午後三時半になっていなかった。木の根元から伐りはじめていままでに、費やしたのはほぼ八時間だった。僕は海に行って潜ろうと心に決めた。ここから公路までの下り坂は二〇〇メートル強で、三十分で着く。それから車を運転して家に帰っても、四時までには着くだろう。暗くなるまえに潜りにいきたいと思った。そこで声を出して言った。

竜骨のしたに横木を置きました　父さん、伯父さん、おじいちゃんたち

僕はいま竜骨の原型をつくりあげました

飛ぶ鳥のように早く僕らを家に帰らせて休ませてください

島に帰ってからは、日々の生活や伝統の儀式で、父や伯父や叔父たち老人たちが唱える生態環境への祈りのことばを頻繁に聞いてきた。これは内在する能動的な感覚で、野性に生きる老人たちから日々薫陶を受けている造船者のみが感じることができた。これらのことばに僕は環境の霊性の存在を心から感じとり、父親たちの会話の背後となる世界に加わり、理解した。ゆったりとなめらかに口から流れ出ることばを聞いて僕の心臓の鼓動に力が生まれた。僕は話し相手がいない山中で、ひとりで仕事をしているときに、環境の背後から伝わってくるこの感じが好きだ。この五〇〇メートル近い下り坂は雨水が流れてできた涙の道で、村の先祖の先祖の先祖のころから、多くの賢人たちが踏みならしてきた山道だ。四メートルの縄で前部をしばり、後端は二メートルほどの短い縄でしばった。僕は縄を緩めたり引き締めたりしながら坂をくだった。僕の犬も前に出たり、うしろに回ったりしながら、辛抱強く、僕と同じように上下する波のように移動した。下り坂があと二〇〇メートルのところからは、アシにおおわれた広々とした丘で、両側は谷へつづく林だった。目をやると、海が左右に広がっている。村は島の南側にあったが、夏の農作物は西南の海風に吹きさらさ

れており、海岸には終日一、二メートルの波が立っていた。祖霊や神様を祀る秋の季節が終わると、目のまえの海は灰色の穏やかで静かな海に変わる。今日の午後はまさに潜水日和だった。

木を伐って舟を造ることはわが民族の男の集団的な技能だった。舟の出来が粗雑か精緻かは、その人の性格と同じで、精神的な訓練による。口で大きなことを言う人は、その人のふだんの修養に見合っていない。舟造りが巧みなのは、どちらかと言えば口数が少ない人だ。島に帰って定住するようになり、一九九九年に生まれてはじめてタタラを造ったが、自然環境の生態や山林の節気の存在を感じた。両親は元気で、僕が山林から木を担いで家に帰るたびに、僕の斧の成績を注意深く見ていた。それはまるで山林の匂いをもち帰ったようだった。父は僕に木の木目の見方を教えてくれ、それから僕の斧使いの力具合や美しさを確かめると、こう言った。

「わしらの時代には、舟を造る男が原型の木を山から担いで村に帰ってくると、その晩長老たちがその木を囲んで、斧を使った人の力の入れ具合を見たり、それに木がきれいに切れているのか見たりしたもんじゃ、それでその人の素質や素養を判断したもんだ」

多くの村人の細々した日常生活や環境への信仰は、生態科学者や大学の人文科学の理論家の生活経験からはかけ離れた野性の環境にある。つまり僕らの解釈の視点では、人類学の解釈を含めて、彼らの推論は普通うわべだけのものにすぎない。教室ではたいへん学識があるが、野性の教室では知識があるふりをしているだけだ。つまりタオ族のこのような類型的な行動パターンを頭のなかで想像し、タオ族の原初的な想像概念とは異なるものについて、独りよがりな解釈をしているのだ。このように人類学者や文学評論家が自分が関心をもつ領域について、専門的な解釈をすることについてとやかく言うべきではないかもしれない。要は、彼らは僕が家にもち帰った竜骨の原型にしか関心がないということなのだ。僕がこの木にどのように心を配ってきたかや、僕と父の世代のあいだの異なった環境への信仰を、どのように埋めこんだかについては関心がないということだ。つまり「舟」に関する解釈は機能についてだけであり、二十一枚の木を組み合わせて造られているというだけなのだ。

僕の文学作品の多くのストーリーは、人と海と魚が連続的に繋がっている。多くの評論や評論家は「魚」の実存を意図的に無視する。タオ人は魚を擬人化して考えるが、普通の人は魚をただ食べる魚肉としてしか考えず、魚にも「人間性」を備えた一面があることを理解しようとしない。これは普通の人は魚に「感情」をもたないためにそうなったのであり、生態環境を消費しているのであって、生態環境を敬い重んじてはいない。「感情」は我々が地球の生態種について述べる中心となる軌跡であり、環境信仰の主軸である。これはいわゆる専門家にはない人文の素養であり、彼らはそのように訓練されていないのだ。潮位変化についての知識ネットワークは、タオ人や僕の文学作品が注目する焦点である。海に潜ったり舟を漕いでトビウオ漁に出たりするタオ人は、長い「時間」をかけて潮位と魚の関係に注目してきた。どんな「夜」に浮遊生物を求めて魚が海面に出てくるのか、僕らは知っている。これは僕らの文学であり、また僕らの科学でもあるのだ。環境生態の元素を擬人化して、僕らの日常生活の成員と見ている。

竜骨を引っぱって公路まで戻ってくると、小型トラックに載せた。あっという間に家にもどれた。家では子供たちの母親がラトンガン(13)をつくってくれていた。僕は竜骨を造船の工作室に運んで、木にこう言った。

僕らは家に帰ったよ、わが心の友よ

僕らが毎年招魚祭を行う家だ
おまえはよく呼吸をしてゆっくり休み、
僕らを軽やかなカツオドリのように
身も心も原初の静けさに回復させておくれ

「お疲れさまでした、子供たちのお父さん」と、家の女主人がタオ語で言った。

彼女のことばで僕は心身共にほっとした。お互いに理解していることだが、今日から六か月、僕らの生活の重心はこの建造する舟の霊にある。僕はラトンガンを食べながら木を伐ったときの感想を話した。僕は子供たちの母親に山での仕事について話すべきだ、そうすれば、彼女も僕と木の霊魂の相互関係に加わることになる。機会があれば僕といっしょに山にのぼって、深山で木を伐る男の仕事を実感してもらいたい、と考えた。民族の伝統的な信仰では、女性は山奥まで入ることはよくないとされている。

子供たちの母親は、舟の竜骨に向かって言った。

あなたが健康でありますように
なぜなら、私たちはもう家に帰ってきましたから
なぜなら、あなたに食べ物をいっぱいもってきてほしいから

竜骨は家に帰ってきた。子供たちの母親がそう言ったので、僕の筋肉も心身もたちまち楽になった。僕はすぐに潜水のための服を着た。汗まみれの全身を海水で洗い流し、頭をスッキリさせたかった。

「あんた疲れないの？」

「海に遊びに行って、悪い魚を捕ってくる(14)」

これまで海に潜って魚を捕ってきた経験から、僕のいまの魚を捕る知恵が育まれた。どんな波でも観察して、自分を守れるようになった。家族に新鮮な魚をたくさん食べさせられるなら、僕も楽しくて疲れなかった。明日の仕事は家で竜骨の形を美しく仕上げることだった。夕食が済んだ夕方、叔父や従弟、それに従姉の夫が家に竜骨を見にやってきた。僕が伐ったのはなんの木かを確かめ、叔父は肉眼で竜骨の姿をじっくり見ていた。まるで木は彼の人生の一冊の本であるかのようだった。八十歳前後の老人は、薄っすらと笑みを浮かべながら言った。

「言わないことにしよう(褒めない)、おまえがもち帰った竜骨が、おまえの心にあることばとからだのありようを教えてくれたよ」

そのとおりだった。学校ではページをめくって漢字で書かれたテキストを読み、潮が毎日満ち引きするように、異なったレベルの内容を時間をかけて学び理解しなければならない。僕が台湾に勉強に行ったのは、僕がはじめにそう願ったからだったが、潮の観測はできなくなり、瞬間的に万物が変化するときの流れや、潮の満ち引きにともなって起こる感情からは遠くなってしまった。ひとりで遊泳する旅は、「根」のない流木としての徘徊であり、西洋の議論や漢人の観点は、どちらも僕が確立したいと思った自己思惟の中心ではなかった。

そのとおりだ。「言わないことにしよう(褒めない)、おまえがもち帰った竜骨が、おまえの心にあることばとからだのありようを教えてくれたよ」

父の世代の男たちは、子供のころから斧を上下左右に動かして木を削った。それは漢族の最高級の書道家が毛筆に生命をもたせ、筆先をふるって画仙紙に墨跡を残すようなものだった。筆画ごとに心を磨き、一筆ごとに力をこめる、神がかりの力だった。僕は目と心を奪われてそれを観賞し、一朝一夕にできるようなものではないと思った。今日どの職種でも、傑出した人で奮闘努力しなかった人はひとりもいない。みなそれぞれの努力が積み重ねられているのだ。

叔父、そして亡くなった父や伯父の年代は、東西の文明や思想に苦しめられることはなかった。彼らの昔からつながる生態環境観はまた、僕が静かに観察する彼らの行為の一環でもあった。僕が深く愛する先人、彼らは七十歳を過ぎてから僕にこう言った。おまえは台湾人のように賢くない(学校の成績はいつもビリだった)、島に帰れ！ そうだ、僕は賢くないし、僕の夢は現実離れしていた。自分は漢族の同級生と同じように漢語の学習の障碍はないと思っていた。しかし僕は間違っていた。僕の思考の基礎は、孔子や荘子や孟子の哲学やシェークスピアの劇本の世界に入ることがひどく難しかった。こうして三十二歳で、心身共に挫折した傷痕を抱えて、家族を連れて島に帰った。

叔父が、僕がひとりで山で木を伐った成果を見ていた。叔父も七十年近く山を行ったり来たりして得た知識をもっている。そのとき僕が潜って捕ってきた魚の種類も、叔父や従姉の夫から見れば、僕の漁の能力のレベルを伝えるものとなる。それは世界各地の山に住む原住民が獲る獲物の種類が、猟人の実力のレベルで分けられる社会階級を意味しているのと同じだった。島に帰って十数年の生活で、潜水を学んできた。たまに僕が大きな魚を仕留めて魚の熱いスープを分かち合うと、父親たち三人は活気づき、親しい親族も家にやってきて、口を大きく開けて過去の物語を話した。

このときわが家は、山の木の魂と海の魚の精霊が出会って、叔父の物語を引きだし、経験を分かち合う夜となっていた。叔父のふたりの兄は彼より十歳あまり上だった。言い換えれば、叔父が成長する過程で食べた魚や話すことば、造船の知識はみなふたりの兄から教えられたものだった。そのとき、叔父は僕に環境生態が循環する伝統的な信仰を伝えたが、そうすることは彼の責任だった。

「いまの公路と昔の道、いまのモーターボートと昔のタタラ、おまえたちの世代は生活のなかで選択肢が増えた。わしらの時代の道具は手と足じゃった。いまはバイクや車、それに海上を飛ぶ船まである。このように生活の機能が変わるのは、川が海に流れこむところでは、海水が濁っているのか、澄んでいるのかわからないのと同じで、わしは戸惑うばかりじゃ」

「おまえの舟の竜骨の原型が家にもどって来たばかりじゃが、わしはいまおまえが捕ってきた魚も食べたばかりじゃ。あまりよけいなことは言わんが、おまえの霊魂の生前の肉体、つまりわしの二番目の兄は、おまえが台湾に勉強に行くことをたいへんつらく思っていた。おまえの選択、おまえの夢の道を認めていなかった。おまえが漢人になってしまって、舟が造れず、魚が捕れず、サツマイモやサトイモが食べられなくなることを心配していたんじゃよ。それはわしらの考えでは、釣り糸が切れたのと同じじゃ。家族に食べさせる魚が釣れないというのは、深刻な話じゃ。潮位差の循環は生態種が生息するエネルギーじゃ。潮位差を観測することは、樹木の成長を観測するのと同じだ。時間をかけて勉強せにゃならん。わしらの世代は身体機能のあらゆる面で、自然環境の変化に深くコントロールされている。わしらの詩は環境から授かったものじゃよ。歌詞は多くの木々、多くのトビウオが育んだものじゃ。筋肉のたくましさは、木を伐り、舟を漕いで刻まれた線なのだ。空の目はわしらの感情を豊かに養ってくれる。祭典や儀式はわしらの心の知恵を正しくし、波はわしらが生きていこうという意志を鍛えてくれる。太陽はわしらの医者であり、わしらに汗を流させるのじゃ」

「今日、舟の竜骨が家に帰ってきた。霊魂の生前の肉体は、これはおまえが漢人に変わらなかった証拠だと知っている。おまえが捕った魚は、海の波がおまえのからだの匂いをよく知るようになったと告げている。それは浮遊生物が魚群を連れてくるようなものだ。おまえはわしらの家族では漢字が一番書けるし、浮遊（旅）する客をわしらの小島に連れてくる。おまえは大島と小島のあいだを絶えず浮遊し、わしらの世代が思いもしなかった夢を追い求めておる。おまえはまた山林に入って斧を振るい、また海の波のなかで櫂を漕ぎ、野性の環境で生きる努力をつづけている。そのうえ、文明人の書物の世界に知を求めている。わしはそのことを心のなかにしまい、数知れない喜びを感じている」

「これはとてもよくわかる、タオ式の環境生態循環への信仰についての評論だ」僕はひとり冥想し回想しながら、老人の詩のことばについて思索を巡らしていた。

そのとおりだ。彼（彼女）のだれもがみな自分の生地への思いがあり、それはそれぞれの人の「根（ルーツ）」だ。「根」は土壌環境の養分だ。僕が十歳のときから、民族の霊観信仰の考え方から言えば、子供のからだは環境の息吹に順応できれば、丈夫に育つ。父は僕を山に連れていくようになり、樹林のまわりの環境を知るようになった。それから僕は父に教えてもらいながら、龍眼の木を二本植えた（この二本はいまも父の山にある）。その後、僕が中学を卒業して島を離れるまで、父は毎年、その木を見に行かせた。その後、台湾で勉強を続けたが、頭のなかではあの二本の木といっしょに成長しているような気分だった。試験の成績が悪いとき、いつもあの二本の木のことを思い出し、元気だろうかと思って、試験でいい成績が取れないことを慰めていた。父は、おまえが木を植えるのは、将来これらの木の果実で腹を満たし、他人と分け合い、木を伐って家をつくったり、舟を造ったりできるからだと言った。そして、木を植えることで、おまえは心から環境を大切思うようになるし、おまえが木を植えたことによって、山や木の霊魂はおまえのからだの匂いを嗅ぎ分けられるようになり、おまえを害することはないだろう。

一九九〇年のマヌヨトユン(15)のときのことだ。僕は島に帰って二年あまり経っており、家族との共同生活をはじめようと決めたころだった。伯父がふたりの弟、それに潜水のうまい従弟と母方の従弟たちに、八人乗りで八本櫂のチヌリクランを造ろうと言いだした。僕に彼らと共にカマリグ(船屋)で伝統生活のルールを学ばせたいと言うのだ。これは僕が言っている「民族科学」(ネイティブサイエンス)の学習だ。山林の道を通り、船屋に来て、舟を組み立てるのは、海流の動くルートである。出漁まえに船屋で漁の物語を聞かせて、僕に学習への心構えをもたせようというのだ。

タオの男にとって山奥の林は一か所だけではなく、あちこちの山に分散している。霊魂はさまざまな道を通るのだ。伯父はそのころはもう山に木を伐りには行かなかった。父をはじめ五人の先輩たちが僕を岩登りの訓練に連れていった。台湾ではアスファルトの道をたくさん歩いたが、急に野性の自然の道を歩くことになり、父親たちのからだつきは自然によって鍛えあげられたことがよくわかった。攀じ登る岩の傾斜は六十度から八十度で、海抜二〇〇メートルあまりのところにあった。彼らは泳ぐように軽々と登ったが、僕はまるで一〇〇キロの荷物を背負っているかのように難しかった。かつて僕が選んだ「道」は、台湾に行って文字で書かれた本を読むことだった。そのため島に帰ってからは、失われた十六年を補う勉強をしなければならなかった。

岩の斜面を攀じ登ると、木々とフジツルが絡まり合う台地が開けた。大きな岩や老木にツルが絡みつき、巻きついていて、春先に水平線から一本また一本と巻きあがる水柱のようだった。木の梢は日傘のように広がり、曇りの日には、アニトの望海亭のように感じられた。僕は心のなかで、どうしてこんなにたいへんな山頂に木を植えたんだろうと思った。僕と二番目の従兄は、まるで浮ついた観光客のように、頭を三百六十度回転させて好奇心いっぱいにあたりを見まわした。叔父が、これはわしらシラ・ド・ラワン（漁団家族）共有の林だ、と言った。

一九二六年生まれの叔父が、僕らの家族がここで木を植え、木を伐った昔のことを話してくれた。彼は笑みを浮かべながら言った。「将来、これらの木はみなおまえのものだ。ドガリバアデク（パグウン）、カショウイヌビワ（アヌグ）、アカミオオジュラン（マラチャイ）、堅木（マラヴワ）〔センダン科〕、それに太いケガキ（カマラ）なんかだ」

僕は三つ年上の二番目の従兄と薪を集めて火をおこし、蚊や蛇、それに山の陰気を追い払った。先輩たちは、四本のドガリバアデクにからみついたフジツルや雑草をすでに取り除いていた。彼らは斧で木を伐りはじめ、そびえ立っていた木が倒れると休憩した。叔父たちや七十二歳の父は、腰を曲げて斧で木の原型の流線にそって木を削りはじめ、形が完成するとようやく休んで、ビンロウを噛み、タバコを吸った。なんという体力だろう。彼らが心を込めて斧で削った美しさを目にして、土のなかに深く入りこんだ木の根が三、四十年間、日々養分を吸収して育った木の外観が、先輩たちの姿かたちであり、山林の道が長い年月のあいだに彼らの筋肉の線に移植されたのだと感じた。斧で削るたびに揺れ動く木を見て、僕は斧を振るう美学の精気を知った。僕は、僕らの世代が複製できない環境の生物と交わりながら働く姿を、心のなかの記憶体に刻みこんだ。山林、村の家屋、浜から波の動く広々とした海までが民族科学であり、最後には、その季節になると厳かな儀式で島の環境への永遠の愛をしっかりとあらわすのだ。

船屋で、中型の斧や小型の斧で木の原型を削った。僕は実習生といったところで、まず木栓《もくせん》づくりからはじめた。「船屋」で父親たちが話す物語は、海や漁に関する小説だった。「木を伐」っているときには、山林の不思議な物語を語り、アニトについての興味深い話をしてくれた。

僕の「帰島」と年上の男の家族から学ぶことについて、実際に木を伐り舟を造る作業に僕を参加させるのが伯父の信念だった。彼らが僕に語るのに比べると、伯父のこのやり方は、僕の考えの道筋をより「拡充」してくれた。伯父は、父、つまり上の弟の「語りの美学」は、自分の下の弟よりずっと優れていることを知っていた。さらに、伯父は僕にたいへん気を使って大事にしてくれた。と言うのも、伯父のふたりの息子、すなわち僕の従兄たちは、伯父の目には三流の男たちであった。村の男たちの伝統的な集まりも、外側に座って結論を聞くしかできず、自分の意見は発表できない男たちだった。

僕が竜骨を担いでもどった夜、このふたりの従兄もやってきた。叔父は上の従兄のことをよく理解していた。ふたりは六歳しか違わなかった。つまりふたりはほとんどいっしょに成長し、いっしょに学んできたのだ。だから、叔父はこのようなことを言った。僕がもち帰った竜骨の原型を見てじっくり心のなかで考えたその意義は、僕が台湾で学ぶ「道」を選びながら、帰島後も実践能力を失わず、あとから来た文明にも損なわれない人や流動する伝統的な美意識にまだ残っていた「根」をつかみとったことだ。

八人乗りのチヌリクランが完成すると、ふたりの従兄と僕、それに父親たち兄弟とおじたち全部で八人が、招魚祭の儀式が終わったある夜、村からリマラマイ海域(16)へトビウオ漁に出た。これは僕の子供のころからの夢だった。舟造りに加わり、漁団隊の夜の漁に参加する。舟造りを学ぶ過程で、子供のころの夢が実現したのだ。舟には六束ほどの乾いたアシが置かれた。僕ははじめて櫂を握って漕いだ。手首も腕の筋肉も腹の筋肉もまだ海の波に訓練されていなかった。しかし、僕のからだと僕の想像は、台湾から島に帰ってすっかり変わっていた。子供のころから魚を見てきたが、漁の過程は見えなかった。それがこの夜、行われている。そのとき僕は人生ではじめての経験をしていた。僕らは岸に沿って櫂を漕いだ。すべてが闇夜のなかで行われた。岸も真っ暗だった。僕には「黒色」が「根」の模索をはじめる起源のように思えた。僕の手首、肘の筋肉、腹の筋肉は堅くなりはじめた。さらに脳の記憶機能も浮動する海の記憶に変わり、本当の自分の存在を実感することができた。その夜、僕らは簡単なすくい網と松明の明かりで、最終的にトビウオを五匹捕まえた。朝、七つの家庭で四匹のトビウオを分けたが、一匹はパンラガン(17)の家の家族がまるまるもらった。僕が歩けるようになってから中学校を卒業して蘭嶼を離れるまで、トビウオ漁の季節の最初の月には、家族みんながパンラガンの家に集まっていっしょに食事をした。こうして肉身の絆を強くし、互いの面倒を見ていくのだ。

家族の強い情愛を、これまで十六年間ものあいだ失っていた。トビウオ漁で漁団家族が集まったとき、妻や子供たちも加わり、たいへん誇らしい気持ちになった。これは生涯忘れられない感覚だ。もうすぐ失われてしまう造船の有機的な労働を通して、僕が失った十六年と失った「根」を取りもどすための学びの時間に心を配ってくれたのだ。その後、父がいつも口にしていたのは、「両目を使って学び、両手を使って実践するのだ」という舟造りの信念だった。

二〇〇七年、竜骨を担いで帰った夜、外を吹く秋風はずいぶんひんやりしていた。子供たちの母親も、叔父の世代の人たちと同じように、自然環境の生物種と共に生きる考え方に深く入り込んでいた。彼女はイモの苗を植え、サトイモやサツマイモやヤマイモなどの根茎作物の成長に心を配るうちに、男たちの山林や海の波、トビウオ漁のことばがわかるようになり、伝統的な労働の苦しい過程から、タオ族の先人たちの環境に対する多様な信仰も実感するようになっていた。妻のいないふたりの従兄は父親を亡くしたいま、叔父の目に見えるような語りを恋しがっていた。もともと伝統知識や経験の伝授は伯父が受けもっていたのだ。その夜、彼らの顔にはいくぶん悲しげな表情が浮かんでいた。上の従兄は舟を造ることはできるが、その舟を村の男たちに褒められたことがなかった。また斧の使い方やからだの動かし方も褒められたことがなかった。伯父は亡くなる数日まえ、僕に頼みこむように言った。

「ふたり乗りのタタラを造って、あいつらにトビウオ漁をつづけさせてやってほしい」

僕の理解では、トビウオ漁は僕らの生活で最も大切なことだ。伯父は、自分の死後、ふたりの従兄の暮らしはきっと伝統から逸脱したものになるだろう、そして、なすこともなく日を暮らし、ぶらぶらと酒があればそこに行って時間をつぶすような人間になってしまうだろうと考えていたのだ。僕は真剣に考え、子供たちの母親ともよく相談した。もちろん、僕は従兄弟たちとは子供のころからたいへん仲が良かった。ただ、彼女は一九三二年生まれのあの上の従兄をたいへん嫌っていた。その理由はたくさんあったが、なんと言ってもこの従兄には「お返しする」という伝統的な観念がなかったことだ。ひどいエゴイストであるだけでなく、兄貴分らしさが少しもなかった。彼女はそう言いながらも、心では妻や子がいないタオ人をよく理解していた。彼女は言った。

「わたしらが島に帰ってから、二十年あまりになるけど、あんたが兄弟たちともめたりしないことはわかっているわ。伯父が亡くなるときに言い残したことばは心からのものよ。従兄たちの面倒を見るのはわたしらの責任ね」

僕は舟の竜骨のそばに座った。山から吹いてきた秋風が裏の谷を抜け、わが家の吹き抜けの窓から吹きこんできて、からだが冷えてきた。家の一階で、山で使う斧を舟のそばにきちんと並べて置いた。それから寝椅子を倒して、舟の魂といっしょに眠った。伯父が生前僕に語ってくれた多くの物語を思い出し、ふたりの従兄の健康に思いをめぐらした。上の従兄は僕が台湾で勉強したことについて、苦労話を聞こうともしなかったし、島に帰ってから、僕が頻繁に潜っていつも大きな魚を捕ってくることを褒めようともしなかった。だから子供たちの母親が、上の従兄には「褒める」という伝統的な観念が考えのなかにないと言うのだ。

両親や伯父がまだ生きていたころ、どんよりした天候の秋から冬にかけて、潮の満ち引きのリズムは僕の知識やからだの養分の一部となっていた。いつも雨がふる日の午後に潜水するのが一番好きで、海に潜って魚を捕った。その一番の目的は、新鮮な魚や熱い魚スープで老人たちの冷えたからだを温めることだった。子供のころ、父や伯父が秋や冬の深夜に漁をして、薪の火に照らされながらみんなで新鮮な刺身や魚の目を食べたのと同じだ。夜が明けると、朝食に熱い魚のスープやイセエビやハタを食べた。夏には、豊富な漁獲が庭に干され、青い海は干し魚の背景となった。このような生き生きとした場面は、僕が台湾で十六年のあいだ、身も心も落ちぶれていたとしても、彼らの若いころのがっしりした筋肉や自信に満ちた姿や干し魚の画像が、僕が都会で闘っても堕落しなかった根源であり、挫折してあふれでる涙を止めてくれたのだ。彼らの姿は僕の一生の教科書であり永遠の火種だった。広くて深い海のような詩歌を歌うときの沈着な、智者のような彼らの表情や人を助ける心意気は、いつも独りよがりな僕を正してくれる経典だった。僕は今夜こう考えていた。

上の従兄は気が弱くて、自信も知恵もなく、斧で木を伐るのも下手で利己的な老人だった。しかし、伯父の姿を思い浮かべると、従兄に対するそのような思いはすべて消え去り、たちまち肉親の情に変わった。それは潮と岸が絡み合うような、日と月のような兄弟の情だった。

下の従兄は、僕らが中学校を卒業してから大病を患った。敏捷なからだで朗らかな性格だったが、一気に自閉的な青年に変わってしまった。そのため、伯父は、いつも彼を連れて山に薪を取り行き、山林の霊気で彼を治し、彼にもともとの運気を取りもどしてやろうとした。また僕の下の祖父の息子で叔父にあたるロマビッも、優等生から酒飲みの天才に変わり、酒の先生になっていた。僕が家族と島に帰り定住をはじめたとき、僕は子供のころの親しい感情を取り戻そうとした。方法はたったひとつで、それは潜水だった。しかし、そのころはもう岩礁のトコブシはロマビッたちが採りつくしていた。そこで夜にイセエビを獲りに行くことにした。彼らは僕を連れていき、夜の潜水の恐ろしさをなくし、僕と海の波との失われた十六年間の根をつないでくれた。三年のあいだ、僕らはほとんど毎日、海で学んだ。海の波の気性を理解することを学び、魚の岩礁での逃げ道を観察した。僕らの血管が祖先の祖先のころから浮遊微生物をはかりきれないほどたくさん飲んできたからだろう、若い盛りの僕らの身体能力はみるみる向上し、漁獲の成績は僕らの両親を喜ばせ、新鮮な魚のスープは毎日彼らの顔をほころばせた。この僕の下の従兄マラオスは、海の波の訓練や漁の成績のおかげで、明るい性格を取りもどした。ロマビッも子供のころからもっていたリーダーシップを発揮し、僕らは本当に楽しく時を過ごした。ところが突然、ふたりはいなくなった。台北に行って建設現場を渡り歩いていたのだ。彼らが再び島に帰ってきたとき、彼らが求めるアルコールの量が僕の悩みの種になった。伯父は下の従兄を可愛がっていた。伯父は僕に言った。

「どうしたらいいんじゃろ？　台北で訓練されて、下等な男になってしまった」

「魂を失った根」、これが伯父が当時、感じていたことだった。一方、僕は彼らが蘭嶼にいないあいだに、自分で訓練を重ねて孤独な海底の漁師になっていた。トビウオの季節には、昼間は舟を漕いでシイラを捕り、夜はトビウオを捕った。しかし、下の従兄は、昼夜分かたず酔っぱらって酒を飲み、あげくの果ては、海水に触れるのを怖がるほどだった。

「どうしたらいいんじゃろ？　台北で訓練されて、下等な男になってしまった」

伯父は何度も何度も家に来た。早朝であれ夕方であれ、僕に従兄を探しだして連れて帰ってくれるように頼んだ。屋根のうえ、道端、涼み台のした、彼は酔っぱらってどこにでも寝ていた。家に帰っても、またいなくなって、どこかで一泊する。それが従兄の生活の習慣になっていた。ある日、僕は午前ちゅういっぱい彼を探し回った。伯父はずっとわが家の庭に座って待っていた。僕は気が滅入って息苦しかった。伯父は辛さのあまり、しきりに涙を流していた。僕にはかけることばもなかった。

「どうしたらいいんじゃろ？　台北で訓練されて、下等な男になってしまった」

そのとき僕は、庭に置いてあった新しい冷蔵庫が入っていたダンボール箱を動かして、伯父が冬の夜、温かく寝るための保温マットにしようと思った。腰をかがめてダンボール箱を動かそうとしたが動かない。なにか重いものが中でダンボール箱を抑えつけているようだった。開けてみると、なんと従兄が酔っぱらってグーグー寝ており、僕の犬と抱き合いからだを暖め合っていた。そこへロマビッがやってきて、僕の伯父、すなわち彼の上の従兄に言った。

「兄貴、子供(18)のことは心配しなくていいよ、彼はただ起きるのが遅いだけだよ」

そのようすを見た子供たちの母親は、ひどいことになった。さらに悲惨なことに、笑いすぎて胃腸が反転し、泣き叫びはじめた。僕は伯父や従兄たちがそのあとどうしたのか、顧みる暇なく、すぐに子供の母親を抱えて衛生所(僕の村にある)へ連れて行った。急いで医者を呼び、看護師たちも全員集まってきた。さらに病院に来ていた村の人たちもみな驚いて集まってきた。医者が僕にたずねた。

「どうしたんですか?」

「笑いすぎてお腹が!」と僕は言った。医者は僕をちょっと見て、子供の母親のようすを見た。彼女はお腹を抱え、もう一方の手にタオルをもって口を押さえていた。顔は笑っていたが、涙が流れつづけていた。僕は耳を彼女の口元に近づけた。彼女は言った。「心臓がすごくドキドキしてる」

「先生、酸素ボンベをもってきてください、心臓がすごくドキドキしてるそうです」

ボンベのマスクをまだ大きく口を開いて笑っている彼女の口にあてがった。

僕は自分の潜水経験をもとに、子供たちの母親に呼吸の方法を教えた。村の人たちが僕にたずねた。「おばさん、どうしたの?」

二十分あまり経っただろうか、子供の母親はゆっくりからだを起こして涙のあとを拭った。酸素を吸って心臓の動悸が収まって、体調は回復した。本当に驚いた。しばらくすると、彼女は、心配して押しかけた村の人々にいましがた家で起こったことを穏やかに話した。話が終わると、先ほどと同じことが起こり、みんな口を大きく開け、腹を抱えてゲラゲラ笑った。この事件が伝わると、子供たちの母親の妹は、僕の従兄の嫁になることを拒絶してこう言った。

「わたし、どんなに魚が好きでも、どんなにブスでも、マラオスにだけはお嫁に行かない」

僕は寝椅子に横になって先輩たちのことを考えていた。下の祖父や外祖父や外祖母や両親や伯父などの親族の人たち、そしてまだ元気な叔父たちといっしょに過ごしたときのことや伝統的な生活をめぐるいろいろなことを思い浮かべていた。台北で勉強している三人の子供の生活について考える時間はほとんどなかった。

一九九九年から二〇〇二年まで、僕は新竹にある清華大学の大学院で学んでいた。そのころ僕は粉骨砕身して勉強しながら子育てをしていた。その一方でまた、暇を見つけては蘭嶼に帰り、海に潜って魚を捕り、両親や子供たちの母親や伯父に食べさせていた。同時にまた、時間をひねり出して本（『海の記憶』二〇〇二年、聯合文学出版）を書いた。視力が衰えた母は、僕の顔がはっきりと見えなくなったとき、自分から僕の異父姉のところ、つまり自分が生まれた村に帰って暮すようになった。家には父と、子供たちの母親だけが残った。そのころ、父はもう山に薪を取りに行ったり、サツマイモを植えたりしなくなって、一日じゅうぼんやりしていた。僕はいつも行ったり来たりしていて、家にいなかった。それで父はひどく淋しがり、晩年の生活はわびしいものとなった。父はいつも伯父や叔父の家に行って、僕の行方をたずねた。秋から冬にかけて、僕は何度も台湾から蘭嶼の家に帰った。父は伯父の家の国民住宅の通路で、ふたり並んで膝を両手で抱えて日向ぼっこをしていた。ふたりは子供のころからいっしょに育った昔話をもうすっかり話してしまって、残っているのは、次のような話題だけだった。

「わしらの孫たちの父親はどこにいったのじゃろう？」

「わしら、長いこと魚を食べていないなあ！」

「わしらの孫たちの父親はどこにいったんじゃろう？」

　幸い、午後の陽ざしがふたりの弛んだ肌を暖めてくれた。このような光景を目にして、僕はすぐに潜水服に着替えて魚を捕りにいった。僕はバイクに乗って走りながら、心のなかで過去を振りかえっていた。「おやじたちが捕ってきた魚が僕の肉体をつくってくれた。話してくれた物語は僕の知恵を育ててくれた」そのとき、僕は自分に感謝し、子供たちの母親が十数年ものあいだ失業したままの僕を好きにさせてくれたことに感謝した。その間僕は、黄金の歳月を海の波に費やし、山の木の魂に費やした。それゆえ、僕は海にもどってすぐに魚を捕ることができ、父や伯父や母や、それから妻の母親が食べたいと思う魚が捕れるのだ。

　新鮮な魚とスープは、みんなの会話の新鮮な話題となった。たとえばこうだ。

「孫たちの父親よ、寒い天気の日に魚を捕るのは寒くないかね？」

「そんなのどうってことないじゃろ、彼は服を着てるんだよ」

「あのころはなあ、わしらはいま時分は、丁字褌だけで海に潜り魚を捕ったもんだ」

「しかもじゃね、わしらには水かきも呼吸管もなかったんじゃ」

　そうだ、多くの、数えきれないほどの点で、斧で木を伐ることや、古調を吟唱すること、生態環境への真摯な信仰など、僕らの世代は父たちの世代にひどく劣っている。今夜は熱いスープや魚に恵まれ、父親たちのお腹は温かく満足しているようだが、僕に物語を語って聞かせるほどの気力はなかった。彼らの想像力ももう止まってしまったのかもしれない。僕は伯父に魚スープをさし出した。伯父は微笑みながら言った。

「台湾から帰ったばかりかね」

「そうだよ、伯父貴」

「孫たちの父親よ、もうわしらから遠くに離れないでくれ、わしらの足ではおまえを探し出せないんじゃ」

僕は魚スープを父に差し出した。父は涙を流し、口角がピクピク震えていたが、しばらくして言った。

「どうして魚スープがあるんじゃね」

「僕が午後、潜って捕ってきたんだよ」

「孫たちの父親よ、もうわしから遠くに離れないでくれ。魚が海にいないようなもんじゃよ、おまえが家にいないのは」

「あんなに長いあいだ、おまえはどこに行っとったんじゃね」

ふたりの母親は漁人村に住んでいた。僕は女が食べる魚と魚のスープをもって駆けつけた。

「新鮮な魚のスープだよ!」

一生のあいだイモを掘ってきたふたりの母親の両手は震えていた。新鮮な熱いスープの香りをかぐと、耳のうえの白髪を曲がった指で何度も梳いた。そして広い海を見ながら言った。

「これは本当に魚かね? 道理で舌を噛んでしまったよ、フー……」

「子供よ、どこに行ってたのかね? ずっと見かけなかったが」

早朝、みんながまだ起きてこない時間に、僕はなにも言わずに魚を突きに海に潜りに行った。子供たちの母親は僕にたずねた。「あんた疲れないの?」

行ったり来たり、小島と大島の空をもう四十年近く移動してきたが、「根」(ルーツ)がなにかを探し求める気持ちがぶれることはなかった。からだは疲れたが、ずっと追い求め、僕の心身が文明に偸《ぬす》みとられることはなかった。心が島に帰ってからは、移動しようとはまったく思わなかった、しかし子供たちが移動し、自分の運命がカツオドリのように、雲のうえを漂うことに定められていることがはっきり示された。

「僕はどこに行っていたのだろう?」と考えた。台北の子供たちもまたそのように僕にたずねた。僕は冷凍した魚を背負って、蘭嶼から台北に行くと、真水で煮て子供たちに食べさせた。子供たちは魚スープを飲み、魚を食べながら、僕を見て言った。

「パパ、パパの魚を食べると、とても気分がいいよ」

子供たちが眠りにつくと、衣服を背負って、最終のバスで清華大学の宿舎に戻った。そして自分の学部にはなじまない生臭い魚の臭いのするからだをきれいに洗うと、図書館に行き、「路線」(ルート)をいかに解釈するかという理論定義を調べた。

「あんたたち、どの辺に木を伐りに行くの?」子供たちの母親が嬉しそうに僕に聞いた。夜が明けた早朝のことだ。

「パパ、舟を造るこの木は、一、二、三……十五、十六、十七本、全部パパがひとりで山に行って伐ったの？」息子は冬休みだった。舟のそばに座って、驚いたようすでたずねた。

「そうだよ、みんなパパひとりで山に行って伐ったんだ」

「おお！」

息子は信じられないといった顔で半分できあがった船体を見まわした。下の従兄は、雨靴をはき鎌をもって、わが家の一階の作業部屋に入ってきた。彼は息子に言った。

「わしらと山に行っても退屈だって言ってはならんよ。『退屈』は山では言ってはいけないことばだからな」

「どうして？」

「山奥にいるたくさんの小さなアニトが、滅多に山に来ない人の技術をからかって、その人の力が出ないようにしてしまうんだ」

子供たちの母親も朝七時ころに作業部屋に入ってきて、僕ら三人が舟を眺めているようすを見ていた。この日は僕が息子を連れて山にのぼる第一回目で、彼は見習いのために連れていくのだと知っていた。彼女は言った。

「おまえは男よ、舟造りは私たちの民族の身分証だよ。パパがどんなふうに斧で木を削るのか、目で見て覚えられるわね」

僕は三十二歳で島に帰り、はじめてひとりで舟を漕ぎ、夜にトビウオを捕った。当時村には小型のモーターボートは一艘だけで、それはカロロの従弟マァルックのものだった。あのころ僕の村と隣りの村で、夜、リニセグの海域にトビウオ漁に出る舟は六、七十艘だった。夕暮れの穏やかな場面が浮かび、僕の記憶は十数歳のころにもどっていた。大勢の同じ年ごろの村の少年たちが、浜でトビウオ漁に出る船隊が出て行くのを見送った。僕はこの光景がたいへん好きだったし、あの十年あまりの記憶にある野性の空間の無限の美しさに酔いしれていたといってもよかった。結局、僕は三十二歳でやっとそのころの夢を実現したのだ。はじめての漁ではシイラを一匹、網で捕った。その後、今日でも、僕の村のタタがトビウオ漁に出ても、シイラを捕る縁には恵まれなかった。僕がはじめての漁でシイラを捕れたのは、父が祖霊と天の神を祭った数日後に、山に行って木を伐り、舟を造りはじめたからであった。父は僕に言った。

「おまえの霊魂はわしらやおまえの伯父たちに似ている。海に属しているんじゃ。この舟を造るのは、島に帰ってきたおまえへのわしからの贈り物じゃ」

二〇〇七年の秋以降は、ひとりで山に行って木を伐って、三艘目の舟を独力で造るだけでなく、息子がそばにいた。下の従兄も僕ももう五十歳を過ぎていた。あの日の朝、僕は父が教えた真理を理解した。父の最初の願いは、一艘の舟を造ることによって、「山林と波」は「島と広い海」が共生するという概念の延長であると、僕に理解させることだった。そうして、このように変わることなく成長し、成熟するなかで、人とすべての生物は共生し、生命《いのち》ある物は互いに支配し合うことがないという平等信仰を、僕に謙虚に体得させたかったのだ。

僕の「贈り物」は二十一枚の異なる種類の木材で、それに二本の木で造った櫂が加わる。「二本の櫂」があって、はじめて舟は航行できるのだ。二本の櫂は僕の両腕であり、船体は僕のからだだ。組み合わされるそれぞれの木は、僕の五臓六腑だ。そうだ、これが僕の「贈り物」だった。

「これはあんたたちの山での食べ物よ。パパを助けて肩の負担を軽くしてあげなさいね。ね、ラポガン」息子の母親は輝くような笑顔で言った。

舗装された道路と車のおかげで僕らはすぐに山に入る細い道に着いた。山林の湿気も渓谷の陰気さも、車があり、ガソリンを食うチェンソーがあり、米のご飯を食べるからといって変わるわけではなかった。僕より十三歳下の叔父の下の従弟は、村の新手の舟造りの名手だったが、僕らがトビウオの招魚祭に合わせて二人乗りのタタラを同時に造っていたとき、彼は僕と叔父が腰をかがめて斧で同じ木を削っているのをじっと見ていて、僕にこう言った。

「兄貴、兄貴は幸せだよ。いつもおやじさんたちといっしょに山に木を伐りに行ったり、舟で夜に漁をしたりして、先祖の話を聞いてるからなあ。おやじさんたちは兄貴に物語を話すのが好きだったよなあ。兄貴の考え方は俺らより漢化されてるけど、俺らよりタオ人だしなあ。兄貴の斧の使い方を見てると、おやじさんたちそっくりだよ。斧で木を削るときにからだが木とひとつになっているし、すごく自然だ。どうしてそうできるのかな?」

「目でしっかり見て、頭で冷静に考え、からだで協調を学ぶんだよ。波が自然な秩序を保ってひとつずつ打ち寄せてくるようにね」僕は従弟の真面目なことばにそう応えた。

従兄のマラオス、息子のラポガン、そして僕の三人は、干あがった川底をたどって谷に入った。谷の両側の山は、実際のところ海抜一〇〇メートルにも達していなかったが、フジツルがびっしりと茂り、木々の葉が日光を浴びようと競い合っていたので、初冬の谷の道はひどく薄暗かった。ラポガンは子供のころからこの従兄とウマが合い、道々ふたりはときおり笑い声をあげながら話しつづけていた。途中まで来ると、マラオスは喘ぎながら言った。

「こんなに遠いのか？」

「もう半分来たよ」

そのとき、僕は止まって鎌で道を開いた。マラオスはラポガンに言った。

「この二本の龍眼の木は、おまえのおやじさんが小学校四年生の夏に植えたものだ」

「知ってるよ、パパと来たことがある。おじさんも木を植えたの？」

「もちろんさ、鳥がおれのために植えてくれたよ」

息子はこのことばがわからなかったようだ。自分たちの林には、果実がたくさん落ちて自然に成長する。僕らは形の良くない小さな木は伐ってしまい、いい木を三、四本残し、生命力を発揮できるようにしてやるのだ。その後、時間のあるときにようすを見に行って、あたりをきれいにしてやる。マラオスは病いの影から脱け出すと、はじめは海に潜って魚を捕っていたが、その後台湾に行って建設現場で働き、鉄筋の組み立てなどの重労働をしていた。しかしその後、しだいにやる気をなくして貯金が減り、金遣いが荒くなり、酒の量が増えて、飯もあまり食べなくなった。その結果体力が落ち、肌も弛んできた。伯父は生前、僕にいつもふたりの息子の愚痴をこぼしていた。

「三、四十年というもの、わしは野性の自然環境のなかで民族がどう生きていくか、あいつらに物語を語ってきた。あいつらが志を高くして、みんなからいろいろな面で尊敬されるようになってほしいと思ったからじゃ。少なくとも低級な魚になってほしくなかった。わしは努力してあいつらに物語を聞かせてきた。じゃが、この子らの脳の皺はまったく反応しなかった。おまえのあのふたりの従兄が海の生き物なら、海面に顔を出して息継ぎができない亀みたいなもんじゃ。覇気がないんだ。あいつらは志が低い人生観しかもてないんだ。あいつらのことをよろしく頼むよ」

「兄貴たち、ラポガン、やあ！」従弟が僕の手伝いに来てくれた。この十年あまり、彼は村の親戚が舟を造る過程を見てきた。舟の最後の四枚の側面板は、木の根っこを掘りださねばならないが、それには土のなかで根の先を切り離さねばならない。これはとてもきつい仕事だったが、親戚の男同士が互いに打ち解けあって助け合う場面でもあった。従弟はこのことがよくわかっていたので、手伝いに来てくれたのだ。僕が見つけたパンの木は、谷底近くの斜面にあった。流線型の原型を掘りだすには、斧一本では少なくとも三日間、山で仕事をしなければならなかった。

父は生前、山から側面板を伐りだすときは、ほかの部分の木を伐るときよりも慎重だった。出来具合を見る時間も長かった。成功だけが許され、失敗は許されないからだ。なんと言っても、美しいパンの木の板根を手に入れようとすると、樹齢四、五十年のものが必要で、なかなか大変だ。少なくともパンの木は樹林の生態圏では位が高い木だ。この日伐ろうとしていた木は、僕が三年間世話をしてきたものだった。今日、僕が造る原型の流線がもし美しくなく、失敗に終わったら、それは最も残念なことだ。一本の木として成長するには四、五十年かかるが、この木が生きるために勝ちとったしなやかさやたくましさがある。人間の高齢者と同じで、知恵のある木なのだ。それゆえ慎重にしなければならない。

「斜面に生えているあの木だよ！　ここの地名はジマクパッ(19)というんだ」と僕は言った。

斜面の傾斜は七十度前後で、高度は二〇〇メートルのところにあった。僕らは木を倒す方向を観察してから、周囲を片づけて、僕らが思わぬ怪我をしないように、作業する場所をきれいにした。これも木の魂を尊重する仕事のひとつだった。腐った葉の臭いもきつく、湿度も高かった。

マラオスと息子がジマクパッに来たのははじめてだった。ここの山の神や木の魂は、はじめて若い息子の霊魂に会ったのだ。だから、父がしてくれたように、僕も息子の霊魂のために祈禱してやらねばならない。父は僕が十九歳で、はじめて山林に行ったとき、ススキを一本切ってきてからだの周りで振りまわし、小さなアニトたちを新しく来た僕の体臭に慣れさせ、僕の魂を取っていかないようにしてくれた。もちろん、この場面でタオ語での祈禱は父のようにはとてもできないが、それでも子供の霊魂のために祈り、山の神や木の魂を尊ぶ昔ながらの儀式をしなければならない。これは父親たち先達から学んだことであり、自然環境の霊気と親密なコードを確立する儀式で、漢人の学校にはないものだ。

私たちが開墾している山の魂よ
私たちが知恵を吸収している山よ
私たちはみなさまの膝から生まれた末裔(20)です
山林に来たばかりの新人に魔術をかけないでください
みなさまの真昼の黄金なのですから
(舟造りを学び、伝統技術を伝えていく)

言い終わると、心がのびやかになり、喜びで顔がほころんだ。息子もまた、野性の山林で洗礼を受けて、新しく知り、感じることがあったかのように笑顔になった。木を伐る場所はあちこちの山間《やまあい》にあった。からだを移動するのは、浮遊して移動する魚類が、からだを強く大きくするために有機養分を探し求めるようなものだった。そのため儀式は移動の方式で行われ、一か所に限定されなかった。ただひとつの神のみを信じることは、生態の多元的な存在や人種のさまざまな色、さらに聡明さの差などを排斥することだ。四人いっしょに土を掘りおこし、木の根を伐りとり、木を倒したが、一時間しかかからなかった。もし僕ひとりだったならおそらく半日以上かかっただろう。

子供のころからの成長の過程で、からだや心には、わが民族の原初のものではない匂いが染みついている。僕はひげ根や触覚を身につけてあちこちを移動し、いつも漢文や西洋のことばに酔い惑わされて「根」を見失うような見方をするようになっていた。島に帰って失ったコードを解読することで、多様な考え方をもつようになり、一元的な教育や一神論、一元化された基準や覇権や父権などを嫌うようになっていた。それらは地球で最初に育まれた多様な生態種が受容し合うことや、多様な民族文明の独立性が展開されることと根本的に合わない。

二日目、僕は息子と側面板の原型を完成させ、谷沿いに家まで運ぶ準備をしていた。顔や全身汗まみれの僕を見て、息子がこう言った。

「パパ、担いで行けるの？　こんなに重いのに」

「だいじょうぶだ！」僕は言った。

「肩になにかあてがったら」

「要らない」

しかし、でこぼこで曲がりくねった丸石だらけの川床を歩いていると、脊中や両足には、最初に舟を造ったころの力はもうなくなっており、からだの機能が落ちてきているのがわかった。最初は四〇メートル歩いたが、そのあとは三〇メートルと、距離が短くなり、ゼーゼーと息が上がった。

「本当に重い」と僕は言った。

僕と息子は、彼の祖父つまり僕の父が、僕が十歳のときに龍眼の木を植えた谷で休んだ。父は台湾のことを話したというようなことがなかった。そこは父親たちの世代の運命が旅したことのない場所であり、僕と経験を分かち合うことはできなかった。しかし、父は子供のころから僕を山に連れて行き、あちこちの林で重い原木を担いで曲がりくねった小道を歩きながら、道々、仕事の能力や熱帯雨林と民族の不可分の依存関係について語り、僕はそれを聞き、心に留めた。父と子はいま、奇妙なことに、同じところで同じことを繰り返していた。僕と息子は、丸石に座って木の梢を見上げていた。話す物語もまったく同じだった。違うのは、僕が息子といっしょに台北で生活をしたことがあり、息子をそこで勉強させ、それを励ましてきたことだった。僕は息子に、台北で味わった苦しい生活について語った。生態の周期性には、もともとその自然の決まりがある。僕はまえの世代とあとの世代をつなぐ人間として、考え方が大きく異なる世代のあいだで、環境信仰を肉親に伝えている。僕は隠れた幸せが流れているとずっと感じていた。

　僕に関心を寄せてくれる漢人の友人は、僕に息子を連れて山に木を伐りに行けるのかとか、海に潜って魚を捕れるのかなどと聞いてくる。友人が言うようなことは、実際のところ、きわめて簡単な「線性〔継承〕」の問題意識に過ぎない。なんと言っても、漢人の友人は人と山や海との相互依存や、直接接触する親密な関係を感じることができないのだ。また山林で木を伐る楽しみや厳しさ、海での潜水や夜のトビウオ漁の危なさも感じとれない。こういうことに頼って生きている人でなければ、実感できないし、僕が話しても無駄なのだ。しかし質問は僕らにとって無形のプレッシャーとなる。白人が黒人に「どうしてバスケットボールができないのか」と言うのと同じばかげた質問であり、お決まりの印象なのだ。しかし、なぜ舟が造れないのか、なぜ泳げないのか、なぜ魚を捕れないのか、なぜバスケットができないのか、と自分自身に問うことはない。だから、僕は、文明人のインテリとしての虚像が必要なだけでなく、民族が生きていくための能力と誠実さも身につけねばならなかった。これはたいへん難しいことだ。だから息子については、僕と山に行ったり、海に潜って魚を捕ったりすることを嫌がらなければ、ひとまずはそれで十分だった。畢竟、人はだれもみな成長の過程で考え、参加することで、多様な想像の要素や多元的な基準を得ていくのだ。

さらに僕を悩ませ、はたまたタオ人をうんざりさせるのは、「トビウオは美味しいですか？」という質問だ。率直に言うと、食べられる物はどんなものでも「美味しい」のであって、ただ食べるだけの美学の意義とはなにかということだ。人びとはもっぱら住んでいる所の生態によって食べ物の差を知る。「ディスカバリー」〔テレビ番組〕で、雪で真っ白ななかでイヌイット人（俗称、エスキモー）がアシカの心臓を生で食べているのを見ると、見ている僕らはみな、歯を食いしばり、身も心も震えあがる。しかし、彼らはこうしないと、零下十度、二十度の気温に耐えられないのだ。彼らは文化を「食べて」いるのであり、美味しい料理を味わっているのではないのだ。だから、僕らタオ人がトビウオを捕る苦労を「食べる」のは、トビウオ文化を食べているのであり、魚類の生態美学を食べているのであって、調理された無機食物を「食べて」いるのではなく、美味い不味いには関係ないのだ。

「ラポガン、あのワカイのツル(21)を切ってくれないか。それでふたりで担ごう、いいかい？」

そのあと、僕は石でワカイをたたき切り、さらに僕の腕ほどの太さの木を切って、息子と前後で担いだ。僕はもちろん息子には担げないことがわかっていた。彼には鉄筋組立工の経験がなかったから、一〇〇キロを超える物を担ぐのは、並大抵のことではない。ただ息子が僕といっしょに山に行って木を伐り、舟を造る作業に加わり、その体験から美しい記憶をもってくれればそれで良かった。

もう午後四時に近かった。僕らはついに谷の入口まで来た。しかし、上り坂の傾斜は六十度で、三〇メートルほど高さがあった。

「ラポガン、一気に担ぎあげよう」と僕は言った。

ラポガンは大きく息を吸いこむと僕を見て笑って言った。「よし、一気だ」

「わあ……とうとう登った」息子は地面に座り込んで、ゼーゼーと息を切らした。この年、僕もやっと五十歳に過ぎなかった。

僕が三十二歳の年に、父は「舟を造り」、それを僕の帰島のプレゼントにしてくれた。僕は家を建て、砂利を運ぶことで、体力がついてきたので、父が造った側面板は、僕が運んだ。帰り道、父はいつも黙っていた。かつて父親たちが山林で深く関わっていたことが、僕らの世代に回ってきたときには、僕らはたまに山林に情熱を感じるだけになっていて、それは生涯にわたる情感や精神的な感応ではなかった。

伐り出した四本の木はすべてパンノキの板根からつくった側面板だったが、息子はそのどれにも加わった。母親が言った。

「ラポガン、疲れない？」

「少しだけ、でもパパは疲れたって言わないね」

「パパは慣れてるからね」

息子が十二歳で蘭嶼国民小学校を卒業すると、彼を台北に行かせてひとりで生活させた。僕より七年早かった。父は生前、僕にこう言った。「わしらの時代がどう変わろうとも、おまえは孫を連れて山に行き海に潜らなくちゃならんぞ。わしらの島の精霊に孫を知ってもらうのじゃ。これが伝統の教育方法だ」母は子供のころから僕にたくさんの霊の話を聞かせてくれた。それで僕は山や海には霊魂が存在していると感じ、山と海が生きていると記憶するようになったと思う。これは父親たちが言う「山と海におまえの体臭をかぎ分けさせる」ということなのかもしれない。そして、これが僕が息子を連れて山に行くおもな理由であり、「疲れる」ということを、成長の移動の過程における深い記憶に変えられると思う。

最後の一本は、従弟も来て手伝ってくれた。彼はちょうど見習いといったところで、斧の使い方や力の入れ具合を学び、山の神や木の魂に顔を覚えてもらっている段階だった。僕はわが民族には、多くの自然性の生態あるいは生態の自然性があると考えている。父親たちはいつも「霊性をもって造船や建築に使う木を描写し、生態系を活性化させていた。僕がはじめて山に行って側面板を伐り出したとき、父に木と話すように言われたが、なにを言っていいのか、思いつかなかった。木には霊魂があるということだったが、父がさらに強調したのは、山林には守護神がいるということだった。このような信念から、僕は少しずつ木を等級に分けることが理解できた。これは魚の分類と同じで、儀式的な魚とそうでないものがある。これはわが民族の環境生態信仰であり、このような信仰は、アカデミズムの学者が説く「生態保育概念」の理論を遥かに超えている。我々は自然界の生態と生態性の自然を循環して実践しており、そこには僕ら人間が加わる儀式も含まれる。

この日の晩は、子供たちの母親が現代風のおかずと伝統のおかずをどちらもつくって僕らをねぎらってくれた。叔父や三人の従兄たちもいっしょだった。叔父は自分たちが育った過去のことや、今後どうなるかわからない島の環境の変化について語った。島の人たちはなにかを「追い求め」ていて、そのためにお互いに疎遠になっていく。隣に住む老人のように、孫たちとの会話を拒否してしまう〔祖父はタオ語を話し、孫は中国語しか話せない言語環境をさす〕。タオ語をしゃべらなければ、行きずりの人と話すようなもので、なにをしゃべっていいのかわからないのだ。要するに、頭の思考は、波と波打ち際のような親密な依存関係ではなくなっているのだ。

叔父は自分でつくった古謡の詩を吟唱した。僕らはそれに唱和した。それはまるで夜の海でいっしょに漁をしているときのようで、歌声は上下する波につれて動き、赤ん坊が母親から乳を飲むときのように、時に強く時に弱くなった。僕らはタタラを囲んで座り、すべての板木が叔父の思いを呼びおこした。僕らは金銭のやりとりがなかったころの、親族間にあった有機成分を感じた。それは川が海に流れこむとき、河口で淡水と海水の養分が溶け合って、食物連鎖が美しく永続していくのに似ていた。しかしそれは、今後僕らの未来には、もはや復元できない山と海の記憶であった。

「ラポガン、山に行って木を伐って、材木を担いでくるのはしんどいだろ、どうだ！」従弟のシャマン・マタアオは、笑いながら息子に言った。

「うん、僕らの世代には、舟造りは難しいってわかったよ、マラン（おじさん）」

おじと甥は乾杯した。それから息子は言った。「パパ、お疲れ様です！　僕は役に立たなかったね」

「ラポガン、パパについて山に行ければ、ママは大満足よ。同級生たちには、お父さんたちと山に行って木材を伐るチャンスなんてないものね。おまえが最初だよ」子供たちの母親が言った。

僕は父のひとり息子で、ラポガンも僕のひとり息子だった。僕らが学ばねばならないことはたくさんあり、伝統的なものより現代のもののほうが多かった。息子の世代の男たちがひとりで舟を造ることは、おそらくたいへん困難なことだ。僕にしても、叔父や父が木を伐ったり夜の漁に出たりしていたレベルには及ばない。僕、それに息子たちを含めて、僕らの信仰はいまや数えきれないほどの現代の悩ましい事柄に分断されており、煩わしさは増している。たとえば車はガソリンを食い、そのためにガソリン代を払わねばならない。叔父の時代は、このようなことに煩わされることはなかった。なぜなら両足はガソリンが要らないからだ。

僕らは、叔父や従兄弟たちとタタラを囲んで叔父の主導で詩を歌った。流行歌になったことのないメロディや、歌詞になったことのないことばが歌声になり、わが家のアルミサッシのない窓から夜に流れていった。その後、このような情景はもはや再現されることはなく、二度と聞けなかった。息子はまだこうして間に合って聞くことができたが、それはあるいは僕がつくりだしたコードかもしれない。

下の従弟のシャマン・マタアオが酒杯をあげて僕に言った。

「兄貴は幸せだよ。おやじさんたちの物語を聞いてわかるし、詩のことばもわかるんだから。それにひとりで舟を造れるし、俺らの民族の生態の知識や夜暦(22)の知識、風の名前(23)を学んでいるんだから」

台湾の大学では、僕は人文学科を学び、地球科学や気象学、あるいは海洋物理や海洋科学を学ばなかった。僕が大学を受験したころは、これらの科目は「自然科学」に属していた。わが民族の数字学には小数点はなく、ルートもなく、微分積分などの一より小さな数字の概念もない。それで僕は自然科学を選ばなかったのだ。僕が島に帰ってから、父親たちは僕が潜って魚を突いたり、舟で魚を捕ったりできるのを見て、この島の海洋の変化や潮と月からなる夜暦、雲と風向の観察などの知識を授けてくれた。舟造りを学びはじめたころは、父や従兄たちが山林の霊気や植樹の等級について教えてくれた。全体的に言うと、それはつまりわが民族の環境信仰の科学である。普通の人は「生態知識」と言うが、その「知識」の意義は、西洋の自然科学の解釈に近い。しかし、わが民族の島の科学は、西洋の理性科学の影響を受けていない。だから、僕はあのさまざまな知識をわがタオ人の「生態知識」だとは言わない。島の科学はわが民族の人性科学であり、環境信仰なのだ。僕が一貫して言っているのは、環境生態にもさまざまな感情、たとえば、潮の満ち引きや開花と落花のように「喜怒哀楽」があるということだ。僕が造船のために伐ってきた木は祖父が僕に残してくれたものだ。木は自分で成長した。木の種の等級があるが、僕らは「市場経済」の価値で木の良し悪しを判断しない。さらにまた、蘭嶼は野性の山林に「蘭の花」が多かったので、台湾政府は僕らの島の名前を「蘭の花の島」に変えた。蘭は、僕らの生態観では山林の野性の産物であって、取ってきて植えて観賞するものではない。しかし、僕らは金にしてやると台湾の商売人に騙され、最後にはさまざまな品種の蘭を取りつくされてしまい、蘭嶼は野性の蘭が自生しない島になってしまった。島の本当の名前はポンソ・ノ・タオ（人の島、あるいは祖島と呼ぶ）だ。日本人〔鳥居龍蔵、解説参照〕は僕らをヤミ、島を紅頭嶼と呼んだ。このようにかぶせられた名前と僕らの歴史には、情緒的な繋がりはまったくない。名前の意義は植民者が統治のための「便利な記号」として使うところにあり、その土地らしさ（現地性）を根絶する策略だということだ。こうした改名事件は、その土地らしさのある地名を排除する策略で、もちろんその源は大航海時代にある。西洋の列強はその権威を発揚し、侵略覇権の悪行を合理化し、それを「地理上の大発見」とまで称したのだ。オセアニアの無数の島嶼は、ヨーロッパ人が突然目にしたものであって、彼らが発見したものではない。僕らはこれらの無数の島嶼民族なのだ。

蘭嶼島はわがタオの祖先が発見したものだ。日本人でもなければ、ましてや漢人でもない。僕らの言語、伝統信仰、民族科学は彼らとは無関係だ。タオ人の「生態知識」は人間的なもので、環境生態は永遠に生きつづけるという信念である。文明人のいわゆる「生態知識」は、狭義の自然科学の知識であり、非人間的で、政治的に独占されている。山林は国家の資産であって、原住民と共有し利益を分かち合うものではないとして、経済的に貪欲に掠奪し、僕らの海洋の伝統領域や魚類という資産を「無主の領域」とする。これは自ら定めた国家利益至上主義による掠奪であり、しかも掠奪するだけで環境を保護しない国家の盗賊行為を合法化している。だから、台湾政府が一貫した原住民族政策を制定するさいにも、いわゆる「共同管理・共同所有」の理念はまったくない。原住民族居住地の森林資源の開発では、国家が原住民族を利益分配の圏外に排除したが、それが非常に明確な例である。

夜がふけた。叔父と従弟のマタアオは立ちあがって家に帰って行った。叔父が今後、僕の家に来ないことはわかっていた。叔父も僕がひとりで舟を造れることがわかっていた。しかし、叔父の移動は、樹根の霊魂の移動でもあった。樹木は土が積みあがった山の祖先であり、木の根は山頂を揺るがなくし、山を美しくし、不滅の循環する風景となり、生態種の永久の祖霊となる。叔父が移動すると、数年まえに死んだ父と伯父の姿が思い出され、父親たちが山に行き木を伐っている表情が目に浮かんだ。子供ころの記憶にある外祖父や下の祖父たちのからだの内臓は山林の生態系であり、彼らの歌声は波が岸に打ち寄せる旋律だった。敬うべき祖先たちは、子供のころから山林を移動して守るべき木を見つけ、木の持主を示す家族の記号を刻んだ。七、八十年後、僕は幸運にも家族の山林を移動して、舟を造るために木を伐った。彼らが植えた木を使ったので、彼らの精神が僕の舟にあるのを感じた。これが僕の霊魂が島に帰った本質だったのだ。僕はやっとわかった。夜にトビウオ漁に出ると、木を伐るときの彼らの静かな姿勢や、深夜の海で大魚を捕るための詩を僕はまだしっかり学んでいないことを実感した。父親たちは環境信仰の核心を物語で僕に聞かせてくれたが、人間はこの地球では微小な生き物なのだ。

僕にはわかっている。いまはまだ元気な叔父や従兄たちも、数年後にはその肉体がこの地球を離れる。「感情」では彼らをいつまでも留めておくことはできない。僕は島に帰ったとき、自分の民族についてまったく無知だった。自分の身体に頼って海に潜り、たまに大魚を捕ったときなどに、長老たちに家に集まってもらって魚をいっしょに食べた。僕は学齢まえの子供のように耳を傾けて、注意深く長老たちの山と海の物語を聞いた。彼らは学校の先生のようにあれこれ教えなかった。牧師のようにあれこれ要求することもなかった。彼らの語気は、三級の風のように穏やかで、僕にいろいろなことを考えさせた。僕は生活実践を通じて環境とはじめて出会い、月日を重ねるうちに環境に取りこまれていった。あるいは自分から環境の節気を模索していたのかもしれない。その密度はだんだん濃くなっていった。これまで舟造りの木を伐るのに失敗して村の人から笑われても気にならなかったが、木を台なしにして山の神や野の幽鬼からだめな奴だと笑われることが心配になってきた。伐ってきたパンの木は、一か月のうちに水分が蒸発してしまう。僕が二十一本の木を伐って組み立てたタタラは僕の不滅の作品だ。わが家の財産でもあり、家族への贈り物であり、海の化粧品、海の玩具でもあった。さらには僕が夜暦の情感を学び、海での風の気性を感じる道具でもあり、僕の外見を磨きあげてくれるのだ。

舟を造りはじめた日から、僕は舟のそばで寝た。それは僕らの信仰でもあった。船首は海に向けて置かなければならない。海は地球の永続する生態の発源地だからだった。あるいは太陽が昇る方角に向ける。それは生きていく希望の火種だからだ。海に船首を向けた僕の舟よ、漢化という僕の汚名を波で洗い流してくれ、独りよがりな僕の気性を波の振幅で鍛え直してくれ。

「叔父さん、空の目が無事に家まで送ってくれるように」と僕は言った。

「わしの子の知恵に海水をひしゃく一杯分、足してやってくれ」

「知恵に海水をひしゃく一杯分、足す」僕にはわかっていた。海水は量りがたいものだ。瓢箪のひしゃく一杯分の海水とは数字の一の意味ではなく、広義の精神における修業を意味する。老人たちが認識する世界は、ただひとつの祖島（蘭嶼）だけだ。僕はタオ語のなかを流動する語彙の哲学的な意味を深く理解していた。だから、従弟のマタアオは、僕は幸せな人だ、と言うのだろう。

僕は、叔父はもうわが家に舟造りを見に来たり、手伝いに来たりしないとわかっていた。一九九九年に、僕が生まれてはじめて舟を造ったとき、叔父がオオバアカテツの側面板を僕にくれたが、それを見て、叔父が木を削る技術はトップレベルだと知った。板にはネズミがサツマイモをかじったような乱れた削り目は残っていなかった。それは叔父の根気と忍耐力によるもので、木の魂への敬愛のあらわれだった。叔父の経験から見ると、僕の木を伐る技術はまだそのレベルには達していなかった。そこには木の魂へのその人の理解があらわれるからだ。だから、「知恵に海水をひしゃく一杯分、足す」という意味は、僕自身に虚心坦懐によく考えるように求めているのだ。つまり、目で見て、心で感じ、力を振るい、魂を込め、忍耐強く全身で融け込めということだ。僕は叔父のこのことばを聞いて自分に言った。何事も浮ついた気持ちで行なってはいけない、丁寧によいものをつくるよう心がけることだと。造船や建築に使う木は、年輪だけでなく、木の成長した姿からも学ばなければならない。それは山林の生態圏における「教育」であり、木に対するタオ人の美学的な観察であり、僕に夜も昼も反省させる源泉なのだ。

トビウオの季節の三か月め、僕らがパパタウ（シイラ月、だいたい四月中旬）と呼んでいる日の数日まえに、舟は完成した。タタラを所有している村人は伝統に従って、村の浜でそれぞれの舟でトビウオを招く儀式を行う。翌日、日が出ると、すべての舟が集団でトビウオ漁に出る。さらに生きたトビウオを餌にして、雑食性のシイラをおびき寄せるのだ。

新しい舟でのはじめての漁ではシイラを捕れなかった。翌日、僕らは再び出漁した。僕より年上の村人はふたりだけだった。僕の村では六十歳以上の人はもうシイラ漁には出ず、早々と海の漁場から引退していたが、ほかの村にはまだ残っていた。僕の父は、七十六歳でまだ漁に出ていた。祖母方の叔父は八十歳になっても僕らと昼間シイラ漁に出た。つまり、村の五十歳代の人では、いまも舟を造っているのは三人だけで、ほかの人たちはモーターボートを買うか、そうでなければもうタタラには興味をもっていなかったのだ。こうして僕らの世代は山林の生態の美しさを実感することがなくなり、民俗的な生態の知識や、それを伝承する力を失ったのだ。

そのころの僕らは、お金のない生活に頭を痛め、煮炊きするためのガスがないことを心配するようになっていた。かつて助け合っていた労働は、金を払うことで清算するようになり、モーターボートをもつものが村の新興階級になった。船をもっていないものは新しい貧乏人となり、新興の価値観はたちまち適応力の低い者を見つけ出し、彼らもまた新しいのけ者となった。まだ伝統漁に固執している僕らが早朝に出漁するとき、彼らは道ばたの公共の涼み台から出漁を見送る。舟が帰ってくると、浜におりて来て、舟を引きあげるのを手伝う。大きな魚を捕った人はみんなのまえで笑顔を見せ、漁獲がない人は、リンクで失敗したレスリング選手のように、灼熱の太陽に焼かれて黒くなった顔に無理して笑みを浮かべ、早々に去っていき、明日は勝とうと考える。そして、波の鱗のような波紋がひと晩じゅう彼の頭を支配するのだ。

朝七時ころ太陽が昇り、海に向かって左側のラピタン山の山頂を越えたころ、従弟がシイラを釣りあげた。そのとき僕のトビウオの生餌《いきえ》が海面でバタバタしはじめた。生餌にしたトビウオには、シイラが食いつこうとエネルギーを集中していることがわかった。人として、いささか経験のある者として、僕もシイラがちょうど僕の新しい舟のしたを泳いでいるのがわかった。いまでは、ふたつの村の老人たちがみんな老いぼれてしまい、海で伝統漁を行う舟は、十艘にもおよばなかった。将来、このような漁労技術は衰退して消えていき、僕らの子孫には神話伝説となってしまうだろうと思われた。

ヒュ――ヒュ――ッと、八〇ポンドの釣り糸が引きづりこまれた。僕は櫂を舟のなかに置き、釣り糸がからまってシイラを取り逃がさないようにした。新しい舟が大きな魚の「訪問」[24]を受けたのだ。僕は小躍りするような喜びを覚えた。その瞬間、僕の心は波のしたのシイラに引っぱられた。一艘のタタラのために、木を探し、山中で原型に削り、それを村まで担いで運んで板木を組み合わせる。造り終えて、海に悠然と漕ぎだすと、それまでの苦労がそのように消えていく。海にもどってその試練を受け、舟の魂の運勢を確かめる。漁は中期目標だ。黄金色のシイラを舟のなかに引きあげたとき、子供ころの記憶や先祖たちが真昼に船隊を組んで漁をしている映像がはっきりと頭に浮かんできた。僕は、ご先祖さま、やりましたよと言った。海が動くもうひとつの信仰は、深い山にはじまる。舟となる木を家に運んできて組み合わせるのは夫婦の協調を象徴している。浜から出発して、正式に家族のひとりとなり、海に出て歌い、海の神に贈り物をお願いする。この一本の線となる脈絡がわが民族の男たちが共有する環境信仰であり、海に浮かんで試練を受ける人生の旅なのだ。

僕はシイラを一匹釣った。子供たちの母親の微笑みはまるで夜に輝く明るい月のようだった。彼女はすぐにタオ族の女性の伝統服に着替えた。そこには喜びと、新しい舟の魂と魚の魂が受け入れあったのを迎える真情があらわれていた。魚をさばき、庭に干すと、僕も伝統の服を身につけ、金の首飾り、銀の腕環をつけ、銀兜をかぶり、浜に行って椰子殻で海水を汲んだ(25)。家に帰ると、金の首飾りと銀兜、それに子供たちの母親の瑪瑙の首飾りを、シイラの身と並べて、庭の井字型のトビウオ干し棚にかけ、村人に「大きな魚を釣った」と知らせた。子供たちの母親といっしょに新しい舟が僕らにもたらした成果を見て、大きな海のような喜びを感じた。

「あんたたちが海に出てから、私は水イモ畑でイモを採っていたの。心のなかでずっと私たちの新しい舟の魂とシイラは縁があるかどうか、考えていたのよ。そのことが気にかかって、ずっと遠くの水平線に浮かぶ舟を見ていたわ。あんたがもどってきて岸から二〇〇メートルのところまで来たとき、私たちの新しい舟だとわかった。あんたが舟を漕ぐたくましい姿がわかったわ。あんたは櫂で海面を叩いて白い波しぶきをあげながら、右側の浜のほうに舟を漕いできた。(26)私は子供たちの父親が魚を釣って帰ってきたことを知って、嬉しくて家に飛んで帰ってすぐに家の霊に言ったの。今日はお客さん(27)がお出でになりますって」

シイラ月がはじまったころは、多くのしなければならない儀式があった。六日目には、ミプワがあった。女性が伝統服を着て、公共の水源地に行って顔を洗い、水源がいつもあふれるように祈り、さらに村の近くの水イモ畑に行って、水イモの豊作を祈るのだ。男性は海辺に置いている自分の舟のところに行って、船霊の平安と大漁をお祈りする。七日目の朝、再び海辺の舟に邪気を払い吉を招く儀式を行い、その夜、村の男たちは集団でトビウオ漁に出る。

その日の午後、舟をもたない男は、慇懃に、笑みを浮かべてモーターボートの船主を訪ね、舟を出してくれるように頼む。僕やタタラをもつ男たちは、砂浜で魚網などを整理しながら夜の訪れを待っている。

遠い昔の祖先のころからずっと、村の浜のまえにあるあの岩礁は破壊されることなく、むしろ大きくなった。僕らは昼も夜も海に出るにはタタラをS字型に漕がねばならなかった。礁石にぶつからないか、漕ぎ手はいつも試されていた。

いまでは浜から出漁するさいのかつての賑わいはなく、人が砂浜にぽつりぽつりと座って夜になるのを待っていた。人の流れは村の左側にある近代建築の簡易埠頭に移っていた。出漁の場所がこのように変わったことは、民族が漁に用いる道具の転換を物語っている。男たちが舟を造る集団としての技能は衰え、それはまた、伝統的な樹林に関する生態知識が、機械やエンジンを修理する常識に取って代わられたことを物語っている。舟をもたない男は、自分の魚網や照明用の電灯などをもって、船主の指示を待つ。漁に使う道具の転換は、海洋民族の漁団家族の瓦解にはっきりとあらわれた。こうして新しく起こった新興階級は、経済力がある者、モーターボートを買う能力がある者なのだ。

僕の母方の従弟であり、同級生でもあるシャマン・ペイパリン（独身のときの名前はマァルック）

は、同級生たちのなかで最も経済観念が強かった。モーターボートを買うのが子供ころからの夢で、その船を広々とした海で走らせて、夢だった波を切る快感を実感していた。彼の従兄であり、僕らの同級生でもあった、そして早くに孫ができたシャマン・トマル（カロロ）は、造船の伝統工芸を棄てた。木の舟を造るのはとても疲れるし、舟を漕ぐのもとても疲れると言っていた。それでトビウオ漁の季節には、いつも従兄のシャマン・ペイパリンの船に乗っていた。

そのころ、タタラを使った夜のトビウオ漁をつづけている人は、六人しか残っていなかった。僕らが砂浜に座っている場面はひっそりしていたが、昔からの漁にかける情熱と信仰が楽しそうな顔に浮んでいた。出漁の場面は落ちぶれて見えようとも、環境生態への信仰は民族科学の実践者の勇壮さを象徴していた。夜になるまえの明るく見えたり暗く見えたりする波のように動く海流の道筋をじっと見つめ、心のなかでトビウオの群れが遡上してくる道を計算していた。もう七十二歳になった従姉の夫は、民族の最も伝統的なチヌリクランの造船や彫刻、進水のための儀式を経験していた。さらに一八八〇年代生まれの先達から環境生態の信仰について学び、また最も活気に溢れたトビウオ漁の祭典も経験していた。彼が加わっていることは、僕らにとって慰めだった。浜には舟を漕いで、トビウオ漁に出る僕らのほかに、たくさんの観光客が僕らのうしろに座っていた。彼らはカメラで僕らの出漁をとらえようとしていた。

簡易埠頭のモーターボートは夕陽が海に落ちてから、つぎつぎと港を出て五カイリ先の小蘭嶼に向かった。船主たちは力を込めて舟を漕ぐのではなく、アクセルを力を込めて踏んだ。船外エンジンの大きさはスクリューの回転数のレベルによるものだが、むしろ型式の価格の差や財力を象徴している。そして海面に描きだされる白波の航跡もまた貯蓄の多寡をあらわしている。村にはモーターボートが十八隻あった。その年最初のトビウオ漁の日の夕刻、海面にできた白波の航跡は村人が観賞する新しい光景となった。それは壮観だったが、たちまち消えた。近代化の便利さは瞬時に消えて、ゆっくり観賞できないことを物語っていた。あるいはモーターボートは賛美に値しないものなのかもしれない。と同時に、昔ながらに手で舟を造り、舟を漕ぐ中年の男たちが、スピードを競う海の舞台から退場し、トビウオの漁獲量も気にかけないことを示していた。しかし、僕らが海に漕ぎだしたとき、カメラマンが昔ながらの情景の美しさを捉えていることを僕は感じた。

そのとき、叔父が公路沿いの堤防のうえに座って、僕らのわびしい出漁の船隊を見ながら、感慨深げにこう言った。

「こりゃどうしたことだ。浜は将来、タタラで飾られることがなくなってしまうぞ。寂しくなってしまう。あのモーターボートは、先祖の生態の知恵の祝福の儀式を受けていない。わしにはなんの魅力もないわい」

「叔父さんは舟を造って漕ぐことはできるけど、モーターボートは動かせないからだよ」モーターボートもなく、木の舟も造れない従兄が言った。

叔父は従兄をちらっと見た。その顔はまるでこう言っているようであった。「おまえはどうしたんじゃ！　どうして漁に出ないんじゃ。ここにいて人を馬鹿にしているだけじゃないか」

三年まえのいまごろは、叔父はまだ漁に出ていた。歳月は人の老化をとめられなかったし、弱小民族の大きな伝統も小さな伝統に変えてしまう。小さな伝統は微かな伝統の昨日の記憶となり、僕らの後輩たちの伝説となっていく。

二〇〇〇年のシイラ月を思い出すと、父は浜で僕の出漁を見送ってくれていた。歳月は父の肉体を奪い去り、父がこの島で祖先から学んだ知識や、生涯にわたって環境生態から身につけてきた知恵をことごとく奪い去った。二〇〇七年のいま、僕は舟のそばに座り、夜になるまえの岸辺に打ちつけるさざ波を眺めている。波しぶきが僕の記憶のページを開いた。

一九八九年に僕が島に帰って定住しはじめたとき、父が僕の帰郷のために舟を造ってくれた。同じ浜、同じような時間に、僕は七十三歳の父のうしろに座っていた。当時、村にはモーターボートを買える人はおらず、簡易埠頭もなかった。浜では三十艘近くのタタラが夜の訪れを待っており、父はその年の夜の出漁者のなかで最年長だった。島民の漁の順序から言うと、三十三歳の僕は漁を行うには最も脂の乗った年齢だった。しかし、そのとき僕は、「海」の習性や漁の知識、舟を漕ぐ技術などまったくなかった。三十年まえに下の祖父のそばにいたときと同じで、依然として陸にいる男だった。そのとき、父は僕になにも言わず、目で学ばせようとしているようだった。

下の祖父の年代、つまり一九五〇年代には、父はすでに夜の漁の名手だった。一九八九年には、村の浜の舟はめっきり少なくなっていたが、しかし、夜のトビウオ漁に出る男たちの大多数は、日本式や中国式の完全な植民教育を受けていない。だから、いわゆる伝統信仰やトビウオの漁獲の多寡をたいへん重い栄誉と思っていた。そのころ、僕と同年代で台湾から帰って定住しはじめていた同級生のうち五人が、タタラ漁の船隊に加わっていた。彼らはみな国民中学校の卒業証書をもらっていた。僕の目には彼らは勇士で、自信があるように見えた。十数年まえに、台湾の西部でトラックの助手をしたり、建築現場で働いていたときの「戸惑う」ような表情は、そこにはなかった。舟を漕いでトビウオ漁に出、海で波に揺られているうちに、台湾で働いていたときの劣等感が癒されたのだ。彼らは僕に言った。

「いつになったら俺らと海に行って、漁を続けるんだ、同級生よ」彼らは挑発的な、僕を軽蔑するようなことばを口にした。

そのとき、僕は突然、自分の父親の舟を漕いでいる彼らの表情がとても羨ましくなり、引け目さえ感じた。

夜のとばりがおりて薄暗くなると、父が立ちあがって砂地を踏みしめ、舟を海に出そうとした。舟の竜骨が砂浜に筋を残した。この筋はこの島の村々がタタラ漁をはじめて以来の浜の儀式の記憶であり、僕個人の反省を測る跡ともなった。

父は舟に飛び乗った。父の若いころの勇姿を僕はとても誇らしく感じたものだ。僕には知恵のある父、漁団家族の後裔の父がいるということが誇らしかった。僕は父の姿をじっと見ていた。父が舟を漕ぐ姿はとても自然で、僕らが陸を歩くのと同じように自在だった。父が舟を漕ぐときの落ち着いた姿を見ると、近代性が僕の野性の体質を奪い、僕の野性の闘志を弱めてしまったように感じた。「父さん、ごめんなさい、お疲れさまです」そう心でつぶやき、また後悔していた。その情景は子供のころとまるで同じで、夜の漁に出た船隊を見送ってから、僕は家に帰った。

「子供よ、陸のうえで舟を漕ぐ練習する人なんていないよ！　動く波の紋や潮がおまえに教えてくれるんだよ。おまえは男なんだからね。父さんに代わって、自分で舟を漕いでトビウオ漁に出てこそ、男なのよ！」母が微笑みながら、小さな声で僕に言った。

そうだ、父はもう若いときのような勇者ではない。父だけでなく、僕らはみな年を取って、体力が落ちてきている。母のことばは、実は父の老化について言っているのではなく、僕を励ましているのだ。僕自身の原初的な野性、つまり台湾の教育で飼いならされた僕（漢化されたタオ人）に野性を取りもどせと言うのだ。いつまでも父に頼って魚を食べているようなことではいけないと言うのだ。「そうだね、おふくろ、言うとおりだよ」僕は心でつぶやいた。僕が島に帰り定住を決めたのは、僕が失ってしまった生きるための技能や学び損なった伝統教育をはじめから学びたかったからだ。

「孫のお父さん、もうお父さんが漁からもどってくるころよ。浜に行ってお父さんを待ってなさいよ」

このころ僕は三十歳を過ぎていたが、「浜に行って」父の帰りを待つのは十二歳になるまでは一番好きなことだった。空の目の明かりのもとで友達と遊び、砂浜で相撲をした。これは村の多くの男たち共通の思い出だった。しかし、このころには、村のどの家にも電灯や冷蔵庫、テレビ、バイク、温水器などがあった。それに街灯もついていた。男の子たちの遊び場だった浜はテレビに取って代わられ、浜で火を焚いて明るくしなくてもよくなっていた。街灯があり、懐中電灯があり、そのうえ道を歩く必要もなくなり、バイクで直接、浜に乗りつけられた。この日は、何人かの中学時代の同級生がすでに帰ってきていて、浜で鱗を落とす(28)作業をしていた。みんな百匹から二百匹ほどの漁獲だった。彼らは笑いながら漁の経験について語りあっていた。僕は彼らといっしょに育ったが、海でトビウオ漁をはじめたのは彼らのほうが五年以上早く、僕にはまだ経験がなかった。僕はただ聞いているだけで、ひと言も口を挟めなかった。

トビウオ漁に出た舟は、夜の十一時を過ぎるとみな帰ってきた。この日この年の最初の漁だった。空の目は僕の子供時代のときのようにおびただしい数で、キラキラと輝いていた。トビウオが豊漁のときは、昼になって家の庭に干されたトビウオが、人びとを明るい笑顔にする。それは美のはじまりだった。しかし、この夜出漁した人のなかで最年長の父は、まだ海にいた。父より十歳年下の叔父も浜に帰っていたが、夜の漁で遅く帰ってくることは、僕が十二歳になるまえはしょっちゅうあり、ときには夜が明けてからようやく帰ってきた。僕はいつもひとりで浜に寝て父を待っていた。父は大きな魚を捕ろうと漁をつづけているのだろう。

「今夜は浜で父を『待とう』！」と僕は思った。

父が僕のために造ったこの新しい舟は、今夜がはじめての漁だった。父は大きな魚を釣って新しい舟の魂への贈り物にしようとしているのだろう。あるいは父は早くからこの舟を彼の生涯最後の舟と考え、大きな魚を釣れれば、生涯にわたる労働のコードを完璧に終えられると思ったのかもしれない。僕はそう考えていた。

振りかえると、一九七〇年、僕は小学校六年生で、やはりトビウオ漁の最初の夜の漁の日のことだった。僕は父を待つために、浜の舟と舟のあいだに砂の壁をつくって風よけとし、薪を拾ってきて燃やして暖を取った。僕は星空のしたの水平線をまっすぐ見つめていた。舟が帰ってきたらすぐに立ちあがって手伝って舟を岸に押しあげるつもりだった。現代の時刻で言えば、だいたい夜中の二時、三時だった。村には夜の漁がとくに好きな海人が七、八人いたが、父はそのひとりだった。彼らが釣りあげる大きな魚は大半がロウニンアジで、重量は二〇キロから五〇キロあった。僕は当時この先輩の海人たちをたいへん尊敬していた。それで僕の心に、「いつかは」深夜の漁で魚を捕る夢をきっと実現しようという気持ちが芽生えていた。ロウニンアジの美しく自信に満ちた姿が、鉄釘が脳の溝に打ちこまれたように、いつまでも消えなくなった。

ひょっとしたら、七十も過ぎたのに、父はまだ自分のために、あるいは新しい舟の魂のために、あるいは僕のために、さらには孫たちのために、深夜の海からの贈り物のロウニンアジを釣りたいと夢見ているのかもしれない。僕はそう幻想していた。腕時計を見るともう真夜中を過ぎ、北の山から吹いてきた風が冷たく感じられた。僕はバイクに乗って急いで家に帰ってジャケットを着ると、また浜にもどって父を待った。

「おやじ、いったいなにを考えているんだ？」

「おやじ、もう年なんだよ、舟を漕ぐ体力がなくなってしまうよ！」

「おやじ、帰ってこいよ！」

深夜の風、流れる雲、銀色の波、それはまるで幻覚のようだった。父のことを考え、星のしたの水平線を見ながら、僕は心でそうつぶやいていた。台湾に勉強に行き、そのためにトビウオ漁のための技能を学ぶのが十年あまりも遅れ、父の漁の年限を延ばすことになってしまった。本当に苦労をかけた。僕はいま父が漁をしているそのことを思うと、急に涙が溢れた。

長い時間が経ち、父が浜にもどってきたのは、もう明け方の三時だった。僕は満潮になっても波がとどかない砂地まで力いっぱい舟を押しあげた。父はその夜八十四匹あまりのトビウオを捕っていたが、ロウニンアジはなかった。僕ら親子は浜でトビウオの鱗を落とした。それは二十数年まえとまったく同じだった。違うのは、僕らの生活の細部には、近代化の多くの要素が入りこんで、わが民族の漁団家族を瓦解させていたことであった。父は老い、僕も成長して、三人の子供をもつ身になっていた。

「ロウニンアジは、わしの一生の記憶のなかで最も好きな魚だ。トビウオの季節に、自分で造った舟に乗ると、海でのわしの心には、ただロウニンアジの美しい銀白色の姿しか浮かばないんだ」そう父は言った。

二年が経って、僕は素潜りのとりことなっただけでなく、魚を射る名人になった。そのうえ、トビウオ漁やシイラ漁の季節になると、子供のころのシイラ釣りの勇士になるという夢がかなった。毎日、昼間は岸から二カイリ沖でシイラを釣り、広々とした青い海で灼熱の太陽に焼かれる訓練をする。炎熱の太陽に焼かれるのが好きなのは、僕の子供ころの夢だったからだ。漁の船隊と共に水世界からの「海の贈り物」を家にもち帰る。一九七八年に亡くなった下の祖父は、僕が学校に行くようになってから「海を活性化して、一つひとつの物語にする」と言ったことがある。

わが家の庭には、父がさばいたシイラやたくさんのトビウオ(29)が干されていた。ほかに伝統的な財産、先祖伝来の銀兜や金箔片と藍色の数珠、さらに母や子供たちの母親の瑪瑙の首飾り(30)や彼女たちが織った伝統服も飾られて、「贈り物が豊かで、家庭が栄えている」ことを誇示していた。午後三時が過ぎ、夕方になるまえに、家族みんなで庭に丸く座って食事をした。まさに海と陸の有機食物が結びついていた。「海の贈り物」は僕らの腹を満たすだけでなく、家族に穏やかさをもたらしてくれる。そうして、海の神が僕に知恵をさずけ、僕を鍛え、母が言う「漢化された息子」の汚名を僕から取り去ってくれることを願った。

魚を食べる母の歯は、話をする口のなかに生えている〔タオ語の独特の表現〕。そのとき、母はこう言った。「こうでなくちゃね。魚を捕れる男こそ男だよ」

母が話すタオ語の語調とその表情は僕を気持ち良くしてくれただけでなく、励まして褒めてくれた。そうだ、タオの男は、どのようにして魚を捕るかその技を習得しなければならない。これは生存のために必要なことで、その多様な技を生かすには、さらに海洋の観測や不安定な海流の環境変化を学ぶ必要があるのだ。父や夜の漁を好むわが民族の男たちは、真っ暗な広々とした海でたったひとりで漁をする。全長わずか四メートル、海面の波からの高さが二〇センチほどしかない木の舟を両腕で漕ぐのだ。陸地にいてそう言うのは簡単だが、絶えず浮き沈みする海面で漁をするのは、新米にとってはまるでアニトに心臓の筋肉をねじりあげられているような感じで、いまにも心筋梗塞を起こしそうな恐怖感を覚えるものだ。母は僕を褒めてくれたが、父の耳には闇夜に蚊がブーンと飛んでいる音くらいにしか聞こえなかっただろう。夜の海は男たちの伝統的な教室でもある。父は歌い、その歌詞は僕の海上での実践的なテキストとなった。それはまるで女が魚を食べる歯は口のなかに生えているが、男が魚を食べる歯は海に生えていると語っているようであった。

二〇〇七年の夜のトビウオ漁の最初の夜、つまりマヌウ・ジャ・ウグトゥ[31]の日には、村にはタタラを所有している男たちがいた。そのころはまだ古くからの出漁の軌跡が守られていて、タタラは波が届かない砂浜に押しあげられて夜が来るのを待っていた。出漁のリズムや儀式は、僕が子供のときの記憶どおりだった。漁に出る男たちは、静かに自分の舟のうしろに座って待った。待って待って待ちつづけた。僕らの穏やかな表情の背後には、海の波のような不規則な焦慮がたくさん流れていた。

浜に座ってタタラでの出漁を待っている男は七人しかいなかった。数年まえに、僕に声をかけてきた同級生で、その後残っているのはたったひとりだった。ほかの奴らはタタラで夜に漁をする伝統的な船隊から抜けて、エンジン船に乗り換えており、モーターボートを買った者もいた。

海の美しさを教えてくれた外祖父、生きた海を教えてくれた下の祖父、律動する実践の海を教えてくれた父、そして母や僕のたったひとりの叔母や伯父を含め、彼（彼女）たちはみなすでにこの世を去っていた。このとき地球が自転して薄明りから薄暗さにゆっくり変わった。浜にひっそりと置かれているタタラは、わが民族の造船技術の衰退や、民族の生態科学の知識が急速な勢いで崩落の方向に進んでいることを物語っていた。僕はまわりの人たちに目をやった。あとにつづく者がなく、伝統のタタラで漁をつづけようという意欲が弱まっていることは明らかだった。海の波とこれからも関わっていこうという村人は少数の中老年で、一九五九年までに生まれた村人がほとんどだった。しかし、今日の漁に従事する島民の主流ではもはやなかった。

七十二歳の従姉の夫は波が打ち寄せる砂地に立ちあがると、僕ら数人の中老年に向かって宣言した。「暗くなった、出漁するぞ!」

僕個人は、文化変容の過程における階級観では、原初社会が野性の環境生態の秩序(時序)から育んだ長幼の序の倫理をとても好んでいる。タオ人の信念では、父親に生贄の血のついた石を先に浜からもち帰った者が長者となる(一般的な言い方では、先に昼を見る人)。漁の能力で判断するのではないのだ。従姉の夫が出漁の儀式の合図を出したとき、日没まえの灰色の海面から「長者」の風格を深く感じ、さらに僕らが野性環境の素朴さに包まれた謙虚さも感じた。大げさな儀式のことばもなく、美しい服装もなく、ただ「長者」の儀式の美しさだけがあった。僕の子供時代の下の祖父の世代のように、陸地での男子の傲慢さは灰色の海面に打ち砕かれて従順になる。そうしてタタラは、海から「野性の贈り物」を獲ってくる。古より祖先が確立してきた生存と反省の流動する媒介となるのだ。

僕は櫂(自分でつくれるようになったので、父の櫂は家に置いてきた)を漕いだ。木の舟はゆっくりと陸を離れ、海面を進みはじめた。櫂でひとかきするたびに、僕は一九六四年のことを思い出していた。それは芽を出したばかりのパンの木が島の土地の養分を吸おうと、ひげ根を動かすようなものだった。

「腹をすかせた子供時代」は原初の豊かな社会の終りだった。もともと島民は自然の節気にしたがって原初社会が古い時代につくりあげた生態の循環を安定させてきた。村の社会序列の倫理は、僕個人の成長過程から言うと、幸運のコードが僕の夢を育み、また僕の原初的な民族意識を啓蒙した。

僕は小さかったので、僕が外祖父を葬る儀式に出ることは禁じられていた。老木が衰えて枯れてしまうと、そこには「空地」ができ、芽を出したばかりの小さな木は、星や太陽や月のエネルギーや、台風や大雨の試練を受け、木のひげ根は自らたくましく育つ。子供を葬儀に出さないのは、子供の霊が暗闇のなかで家族のアニトからの形のない恐怖を感じることがないようにするためだ。僕が生まれた時代は光の害がなく、夜の家のなかは宇宙よりも暗くて真っ暗闇だった。そのうえ母が子供のころから僕に聞かせてくれたのは「アニト」の話で、黒色はアニトだった。死んだばかりの親族もすぐにアニトに転化してしまう。そのとき、僕は母に火をおこしてもらい、心にあるアニトへの怖れをなくそうとゆれ動く薪の「紫の火」を眺めた。その「紫の光」を見ていると、海を眺めている外祖父の優しい顔が心に浮かび、どうしても消えなかった。外祖父は僕にこう言った。「チゲワッ、流動する海には魚がたくさんいるぞ……」魚、トビウオ、闇夜、波、月光は、先人たちが成長のために与えてくれたすり減ることのない画像であり、僕が人生で追い求める生存の美学を育み、自分を励ますコードだった。

そのころ、僕ら戦後生まれの五十歳前後の新世代は、漁に出ることについて心情的には現代と伝統の潮位差に惹かれ、どちらを選ぶか迷っていた。「コード」も多様化に向かわざるを得ず、足し算・

引き算による解読を迫られていた。少数の伝統のタタラがトビウオ漁の魚網を流すと、魚網の先端には黄色い灯や赤い灯、緑の灯、白い灯が並んで点滅する。海上にはさらに多くのモーターボートがいて照明灯をつけている。僕は自分で造った木の舟を漕ぎながら、あてもなく魚網や船のそばを通りすぎた。空にかかる月が自分の舟に座っている漁師たちの影を弱々しく照らしだしている。僕はふたつの櫂で、岸沿いに三〇から五〇メートル離れたところを漕いでいき、街灯の明かりが届かない岩礁の断層へ向かった。まるでゆれ動く波が僕の心の記憶を開いたようだった。すでに亡くなった人たち、両親や外祖父たち、下の祖父夫婦や伯父や叔母、そして学校にあがるまえに亡くなった妹たちが、真っ黒な広々とした夜の海を、生きていたときの姿のままに僕が舟を漕ぐそばにずっといるようだった。その感覚は、二〇〇五年六月に、フィリピンの南端を越えたインドネシア北方のモルッカ海峡を航海したときと同じで、親族の姿がそばにあるようで、ひどく穏やかな気分になった。真っ黒な夜、真っ黒な海、櫂を海にさし入れると、最も深い記憶の跡が浮かんでくる。子供のときに、両親の反対を押しきって台湾に受験に行ったこと、師範大学への推薦入学を拒否して神父から平手打ちを食い、その後、大学に合格したことを思い出した。子供のときの夢が実現するまでの悲しみと憤りが、三、四十年経ったいま、櫂を漕ぐたびに流れ出る汗となり、夢が僕をもてあそんでいるようだった。島に帰り定住するようになると、海は僕に先人のまえで新たに生きる機能を与えてくれ、僕は捕った魚で両親や伯父、子供たちの魚を食べる歯を丈夫にできた。そして、下の祖父の生きた海の物語は、僕が文学として書き、出版された。外祖父から伝授された造船技術は、僕がいま実感している時序や食物分類の信仰なのだが、島と海の鼓動が産みだしたものだという概念だ。だから僕は生活の実践のなかで理解したのだ。僕は四十二歳のときに、人類学研究所〔大学院〕

に進学した。台北にいる子供たち、蘭嶼にいる両親や子供たちの母親や伯父には手助けや孝行が必要だった。大島と小島のあいだを飛行機で行ったり来たりするのはポストモダンと脱伝統の心理戦争であり、時間（タイム）と潮（タイド）の試練や、根（ルーツ）と路線（ルート）の調整は、子供のころの夢が僕の短い人生を逆方向に移動させたのだ。下の祖父は漢人の学校で賢くなってはだめだと言っていた。僕はそれを成し遂げた。父は僕に季節ごとの潮の変化を教えてくれ、僕はそれをマスターした。人類学では微視的な解釈と観察を学んだ。最も身近な家族が亡くなったが、その死にあたって医者は正確な死因を判断できなかった。しかし、僕は島で亡くなった老人たちは、この民族の環境生態信仰の哲学や身体や知恵や生態の時序が織りなす楽章をもって逝ったと信じている。あとを継ぐ子供たちは成長し、僕もまもなく齢六十となる。振りかえって見ると、僕は子供のときの夢がみな実現した。そう思って気がつくと、僕は黒い海でまだ舟を漕いでいた。トビウオを捕り、夜明けまえにトビウオを襲うロウニンアジを釣るためだ。

尖嘴岬《センシ》の流れの激しい海域を過ぎると、風と波は三級で海流はそれにもまれていた。あとからついてくる舟は見えなかった。父は生前よく僕にこう言った。尖嘴岬は、両側の潮の満ち引きが激しく渦がぶつかる場所でとても危険だ。海底の地形が複雑で、深さは四〇から一〇〇〇メートルもある。尖嘴を過ぎると、断層が小さな湾をつくっていて、岸には深くて暗い天然の洞窟がある。伝説では、ここは海で遭難した人たちが集まっている家だと言われている。のちに父は長男を亡くしたが、その兄がここに素潜り漁に来たとき、海底の洞窟で死体を見つけたと話していた。それは「戦功」のあった日本兵だったという。僕はその後、トビウオの季節でない、六月から翌年の二月にかけて、いつもここに潜りにきて、地形に詳しくなった。そして、孤独な霊魂や海をさ迷う魂にも自分を知ってもらった。だから、夜の漁でトビウオを追ってここに来ても、野性の自然環境や夜の陰気さへの恐怖は少なくなっていた。島に帰り定住して二十年あまり経った。山林や海上や海中での恐怖は、五十歳を過ぎたいま、島の環境への真の愛情に変わっている。舟を造り、木を伐り、木を植えることは、僕のこの世代のタオ人が受け継がねばならない生態がもたらしてくれるものへの信仰であった。この信仰では、太陽は山に沈むも海に沈むもどちらも「正しい」答案であるが、しかし、どんな魚類も陸地の動物もみな食べられるというのは「間違った」答案なのだ。

リマラマイ海域(32)にはたくさんの灯が点滅していたが、それらはすべてモータボートだった。たった一艘の木の舟が僕だった。船は長さ四メートル、幅八二センチで、海面からは二〇センチしかなかった。近代化の観点から言うと、夜の真っ黒な海上では、僕は「愚かな漁師」だった。僕は大きな釣針に生きたトビウオをつけて、ロウニンアジを釣ろうと夢見ていた。それは新しい季節の新しい舟への海からの贈り物なのだ。海流に乗って漂いながら、僕は詩を歌ってみた。伝統詩歌を創作して、大海の捕食魚や夜の海に向かって歌う練習をした。空の目を見あげると、外祖父や下の祖父が描写してくれた海を思い出した。海は野性の移動教室だった。父たち三兄弟と叔父が僕に渡してくれたのは、生態のもたらしてくれたものの教材だったのだ。僕は両手をそっと海のなかに入れてみた。それではじめて海と僕は生きているのだとわかった。思い返せば僕の大海に生きる夢はずっと移動していたのだ。蘭嶼から八時間、船で台東に出て高級中学の試験を受け、餓えた四年間を経てようやく私立大学に合格し、その後五年の時間を費やして魚を捕り、舟を造り、海に二、三〇メートル潜れるようになったのだ。このような移動によって僕は夢を実現してきたが、実際は、自ら求めて苦労の道を歩んできたとも言える。

子供のころの夢が本当に孵化したが、まだ夜にサンゴ礁で孵化した幼虫だと思っている。僕は暗い海で歌いつづけた。モーターボートはみな埠頭に帰ってしまったが、僕はもう一度尖嘴岬の向うに漕いでいき、海の色とその野性味を実感した。そしてこれからもはかなく消える波しぶきのドラマがあるに違いないと思った。

夜明けまえ、僕は子供のときに夢を追った「村の浜」でひとりでトビウオの鱗を落としていた。四十数年まえの賑やかだった情景は、いまや近代化に飲みこまれていた。つまり、わが民族と生態の季節の移り変わりが融けあってひとつとなったコード(民族科学の完全性)やタブーの儀式など、原初の荘厳さはタオ族の無自覚な移動のなかで、自嘲の素材にまで退化してしまった。そして僕のような愚かな漁師はいまも変わらず民族のコードの甕のなかで陶酔している。僕は新しい舟の贈り物のために、徹夜で舟を漕いで漁を続けながら、祖先たちの体内に長いあいだ流れていた伝説の季節の変化を体験したいと夢見ていた。

「海よ、ありがとう。私たちの新しい舟に贈り物をくれて」子供たちの母親は僕に微笑みかけて言った。

「いま帰ったの？」

「そうだよ」

「海で夜を過ごしたの？」

「そうだよ」

「お疲れさま！」

「男の仕事だからね」

子供たちの母親は火をおこしてイモをゆではじめた。これは彼女が土地とけんかをして（労働して）得た成果で、僕が海とけんかして得た贈り物と取り合わせて、僕らの朝食となった。これがわが民族の海と陸の均衡の信念なのだ。

「子供たちよ、これはおまえたちの食べ物だよ」

子供たちの母親がそう言った。僕はそれを聞いて心がなごんだ。僕が台湾で勉強しているころ、僕の母も忘れずにこう言っていた。

百匹あまりのトビウオと一匹のロウニンアジが語っているのは、島民が海を活性化していくつものシナリオとしたことであり、流動する海がタオ民族の舞台であり、生態環境信仰のシナリオであるということだ。そしてそれは僕のいまもつづいている大海に生きる夢なのだ。

夕焼けになるまえに、子供たちの母親は僕に呼びかけた。

「子供たちのお父さん、午後の太陽はもう優しくなったわよ」

妻にはこのことばの意味がわかっていた。太陽が海に沈むまえに舟を波打ち際近くへ押し出して、夜のトビウオ漁に備えるということだ。僕は舟のうしろの砂浜に座り、黄金に染まった海の律動をじっと見ていた。広々した海の悠然としたさまは、漢化した僕の心の痕を刻んでいるように感じた。そして外祖父と父が僕のそばに座り、僕にこう言っているようだった。

「この浜は、イモの茎をこっそり食べた子供のころから今日まで、わしらの村の調和の源だ、頑張るんだ！　冷静さを学ぶんだぞ、海のうえでは。わが孫シ・チゲワッよ、わが息子シャマン・ラポガンよ」

日が暮れるころ、僕らは再び夜のトビウオ漁に出る準備をした。たった五人だけだった。七十四歳の従姉の夫、僕より二歳年上の村人がふたりと、五歳年上の村の友人だった。僕らは順序正しく海に出た。その光景には灰色の寂しさがあったが、五人はそれぞれ自分で造った木の舟を移動させるコードをしっかり守っていた。こうしてしだいに落ちぶれ、死んでいくのだ。

島の環境は、その自然環境が我々人間には理解できない過程を経て、全体が形成された。その後、航海の民が思いがけなくも島に来て住みはじめた。島民は何世代もの失敗を重ね、苦労して共に生きる道を探り、共生して繁栄する環境信仰に転換した。海と向き合い、月の満ち欠けとのつながりから、漁団家族社会を発展させてきた。大きな舟の進水儀式は、「アニトを追いはらう」ことが唯一の解釈ではない。それは部外者の幼稚で都合の良い解釈だ。長老たちのからだに浮かびあがる肌の模様は波をあらわしており、雄叫びは間欠性の海震《かいしん》なのだ。今日の島の環境は、政府が勝手に決めた土地政策や現代の貪欲なタオ人によって島民の共生循環が解体され、正義が犯されている。東清村では伝統領域の七号地の土地が、村民に無断で国有地として改編〔この地に生コン工場建設を計画。事件は二〇一三年六月二十日に発生〕されたことに反対し、抵抗した。村人の抗争儀式は、映像の老人たちの表情にみることができる。彼らがかもしだす気性や優雅さには、我々タオ人が島の土地を愛おしむ心があらわれている。政府への反対運動の実際の時間数は、わが民族の繫がりを保つための幸福度指数だ。民族科学工作室を設立した基礎はこのような観念と行動にあり、あなた方の支えこそが、僕らが環境を真に愛し島を守る「野性気質」を保有しつづける力となるのだ。僕らが直面しているのは、もはや伝統儀式の継続の問題だけではない。現代的な文明が虫食いのように、僕らの内部から野性純度の優れた遺伝子を食いちぎってしまうことが大きな問題なのだ。映像は僕らの反省のための有力な証拠となる。

先人たちは去っていった。野性環境に適応した彼らの美しい姿と共に。からだは土に帰り（台湾で死んではいけない）、林の木が再生する有機養分と化した。僕は自分で造った舟を漕いで夜の漁に出る……僕はとても飢餓感を覚えていた。

【原注】

一章

（1）タオ社会は海の漁団家族を村の中心的な組織とする。漁団家族にはみな自分たちの家系の族名があり、後裔の族譜の根拠となっている。

（2）シフスト海域は海上の地名で、原意は「アニトの貪欲な舌」である。漁人村の伝統海域で、漁場である。

（3）チゲワッの意味は「動揺しない」で、「永遠に家を守り、島の魂を守る」である。

（4）Gregory Cajete, Native Science:Natural Law of Interdependence (Santa Fe, 2000)

（5）実父を指す。

（6）タオ族が遠くの人と称するのは、蘭嶼を中心とする空間概念を意味し、タオ族の歴史では接触したことがない台湾の人を「遠くの人」と呼ぶ。

（7）背もたれ石は、タオ語のパナナダアンで、どの家にも三つの背もたれ石が立っている。新しい家屋や新しい舟のお祝い場では、主人が客人を迎えるときの中心の座り場所となる。普段は老人が海を眺めるときに、背中をもたれかかせる石である。

（8）キンソンほか著、朱牟田夏雄・中野好夫訳『大航海時代叢書第二期17　イギリスの航海と植民一』（岩波書店、一九八三年）、ハクルートほか著、越智武臣・平野敬一訳『大航海時代叢書第二期18　イギリスの航海と植民二』（同、一九八五年）、竹田いさみ著、蕭雲菁訳『盗匪、商人、探険家、英雄？——大航海時代的英國海盜』（台湾東販、二〇一二年）参照。

（9）マグロ（アヴュウ）は、タオ族にとって最高級の魚と見なされている。

（10）島の男の子供は、通常みないっしょに集まって寝たり、話をしたり、上級生の話を聞いて学んでいく。しかし、このことばは、私の運命がみんなと別々の道を行くことが運命づけられたことを意味している。今日、いっしょに育った遊び仲間のうち、舟を造り、山を歩きまわって薪を集め、個人の林地を持つ伝統の習俗を維持しているのは私ひとりだけとなった。

(11) 食べさせるは、タオ語でアスパと言い、祖父母が孫の面倒を見るとき、彼らはサツマイモやサトイモを口で噛んで柔らかくし、嬰児の口にあてて食べさせることを意味する。これはタオ族が老人を敬う根底となっている。

(12) タオ族は夜寝るとき、頭は必ず海に向ける。太陽が昇る方角に向けて、生命のエネルギー源を象徴するのである。夕陽の方角に向けるのは死者で、山林に向けるのは自己の運命を呪詛するときである。

(13) 伝統的な入口が四つある家屋で、三層の階段式の寝室がある。入口の第一層は戸がなく、寒い冬や雨の日には客間となる。第二層はふだん使われる寝室で、第三層はトビウオの季節の最初の月に漁団の男に提供される寝室である。ここには裏口があり、男が漁に出るときの出口となっている。また家の主人が亡くなったときの出口でもある。生きている人は表口から入り、死者は裏口から出る。

(14) 伝統的には昼食は摂らず、午後の四時から五時ころのあいだに食事を摂る。

(15) 私の姉は一九四四年生まれで、この世代のタオ族の女性のなかで最初に異民族に嫁いだ。

(16) シナンは子供の母親、シャマンは子供の父親を指し、習慣的に長男あるいは長女の名前で改称する。シャプンは子供の祖父を指す。

(17) タオ族の概念では、祖父の兄弟はみなアカイと称する。祖母も同様である。

(18) タオ族は台湾原住民族のなかで唯一冶金ができる民族であった。銀貨はタオ族が銀の帽子や銀環を製造するときの材料である、どのように銀を冶金するのか、不明である。父はできたが、たくさんのタブーがあり、教えてもらえなかった。

(19) タオ族は昔、両親を亡くした男の子や女の子を預かって家の使用人としたが、パクフタン(隠匿の財産)と呼ばれた。

(20) 大体陽暦の二月から六月過ぎまで。

(21) 「九」はタオ族がトビウオの季節に、例えばシイラ、マグロ、ロウニンアジなどの大きな魚を捕るさいの上限の数字であり、同じ種類の魚を捕るときも九匹を越えてはならない。十の意義は、いっぱいを意味し、魚の枯渇を象徴する。我々の生息に関する環境観である。

(22) 冬の夜に上陸して求婚する。魚を命名する海の神で、善の神に属し、地位はシ・ルガン〔注(23)参照〕より低い。

(23) 水世界の暗黒の神は傲慢な人間を嫌悪する。タオ族はのちにこの名前をサメにつけた。

(24) 水陸両棲の神で、時には現世に、時には冥界に存在する。貪欲な神であるので、深海の王はこの神を海蛇に変形した。

(25) 海の鱗は多数のトビウオを指し、またキラキラする波紋を描写している。

(26) 歌詞の意味は、海の不確かな性格を語っている。波がたいへん大きいと男を休ませ、波が静かだと海に出ることができる。波を追うのは四から五級(風速五・五~一〇・七メートル)の西南風の海象のときで、長期にわたって観察し海の知識がある勇者にしてはじめて、海に出て漁をすることができる。波の高さはいつも三から四メートルで、陰暦の十五日と一日の前後は、波と波のあいだの距離はいつも船を転覆させるほどである。このような海象は船の優劣を検証し、男の度胸を試す。男の社会的階級は、波の山と谷を上下する皺に刻まれる。

(27) パネネブはトビウオの季節の最初の月で、六人乗り以上の舟が招魚祭を行う。夜間海に出て、松明の火でトビウオを誘うが、但し、ただ網ですくってトビウオを捕るだけなので、漁獲は限られている。

(28) 大体陽暦の四月で、シイラ釣りの月と称され、タオ族のトビウオの季節の三か月目である。最初の月はパネネブ、その次はピクオカウで、夜に松明でトビウオで誘って捕る。その後は昼間シイラを釣り、夜間は魚網でトビウオを捕る。

(29) 太陽が昇る目印で、山頂のうしろに影ができたとき、海に出ることができる。これは私たちが信念をもって自然の規律を守っていることのあらわれである。

(30) 漁の英雄とは、毎年の出漁の最初の日に、真っ先にシイラを釣った者のことでタオ語ではマピニャウ・ソ・アハランであり、意味は浜の霊魂である。海から陸までのその年度の贈り物は、その年度の漁獲の豊かさを象徴し、また村に「生存の火」の集団の願望をもたらす。男性にとっては、最大の栄誉で、社会的地位の上昇を示すものである。

(31) 長幼の序の意義は、だれが先にこの地球で「呼吸をする」かである。但し、だれが山海の環境の苦難に遭って早く死ぬかわからない。太陽を見る時間が長い人こそ長者であり、だから、遅く生まれた者は先に海に出ることはできず、先に海に出ることは大いに道に背くことになるのである。

(32) タオ族は二種類の渡り鳥だけを食べる。一つはモズ、もう一つはこのンガラウのようなカツオドリの種類である。渡り鳥や浮遊魚の長い飛行や回遊は、生きる意志や忍耐を象徴している。

(33) 水陸両棲の人間。タオ社会では最もよく知られている童話である。

(34) アハランは浜の意味で、マピニャウ・ソ・アハランは、その年度の初出漁の日の覇者で、誇りと謙虚を共に有する者を意味する。

(35) 黄金（オライ）はタオ族の至上の財産で、波を追う男も海の神の尊敬を受けるという意味を象徴する。家の子供は宝物で、シ・オライと呼ばれる。
(36) 筆者著、小説『老海人』（印刻、二〇〇九年）の主人公。
(37) いまの国家核能廃料貯存場はその実例である。
(38) 魚を食べるときの木の皿も男性用と女性用がある。肉を食べるときも、トビウオを食べるときも、専用の木の皿がある。
(39) 注（14）に述べたように、我が民族には昼食ということばはなく、マラウと言うが、それは冷たいサツマイモ、冷たいサトイモの意味である。当時は一日、朝食と夕食だけ食べた。昼食は新しい概念で、漢族が来てから新しく生まれたことばである。
(40)「生蕃」は日本が区分した平地（熟蕃）と山地の原住民に与えた汚名である。私がここで言う「深番」は、漢語を学んだ障碍者を指している。
(41) カスワルは四十歳のときに、台中の女性と結婚した。彼らには一男一女があり、カスワルはシャマン・ミボラドと名前を改めた。魚釣りの達人である。
(42) その年の十二月に、私は父と貨物船に十四時間乗って台東に姉を探しにいった。私は小学校五年生で、クラスでは最初に台湾に行った子供である。
(43) 一九八二年以前は、島にはまだ島を一周する公共の車はなく、村で一番の交通手段も自転車だけであった。
(44)「シイラのニワトリ（ア・マヌク・アラヨ）」とは、シロカツオドリを指す。海上で群れるカツオ鳥に会うと、それは海のなかには、多くの浮遊生物とたくさんの捕食大魚がいることを意味している。

(45) 培質院は、スイス人の神父が台東市の台東高級中学校に学ぶ、台東地区の郊外に住む生徒のために設立した全寮制の学校で、台東の多くの優秀な人材はみなここから巣立っていった。
(46) 一九七六年、蘭嶼の四か所の監獄はまだ撤去されず、一九八〇年になってようやく監獄の犯人が出獄した。彼らは環島公路を完成させ、台湾電力は核廃棄物専用埠頭の建設準備を進め、一九九二年に輔導会蘭嶼指揮部および軍営が完全に蘭嶼を撤退した。わが民族に残された代価は、当時、台湾人が言っていた、蘭嶼に与えられた「徳政」は、まさに原子力発電所の核廃棄物であった。蘭嶼島は「科学技術の植民の島」に移行し、その運命はまるでオセアニアの環礁島嶼が一九四七年から西洋帝国の核実験の島、高レベル核廃棄物の貯蔵の島となったのと同様である。筆者は師範大学に行かず、教職につかず、中原民族に馴化されていないことから、一九八八年より一連の「アニトを追い出せ」運動を起こした。筆者はこれを「海洋民族の護島運動」と呼んでいる。
(47) 筆者が二〇〇九年に出版した小説集『老海人』のなかの一編が「ンガルミレンの視界」である。
(48) わが民族は、日の出のことを「昇ってくる」と言わず、「爆発する」(ウム・タダウ)と言う。
(49) 他人にお前は怠け者の男の子だと言わせてはいけないという意味である

二章
(1) 意味は、タオ民族史上、異民族が核廃棄物を保管させることに対抗する運動を指す。
(2) 底引き網は漁船が網で海底の魚類を捕るのに使用する現代漁具で、網の長短大小の規模は船の大きさによって決められる。この漁法は第二次世界大戦後盛んになったが、海底全体の環境生態に破壊的なダメージを与え、二十世紀末に環境保護団体によって禁じられた項目となった。

(3) アラカは、トビウオの海上での呼称で、生命力が旺盛な活き活きしたトビウオを指し、アリバンバンの汎称とは異なる。

(4) タオ族の肩に乗っている霊魂とは、いつもゆっくり移動する魂を指す。ひとりの人が精神病になるというのは、肩に乗っている魂が家に帰るのを忘れてしまうことを指す。

(5)便宜置籍船(略称、FOC)は、国外で登録する船籍を指す。但し、その国が会社を経営するのではなく、その国の国旗を掲げて、登録費を安価に抑えたり、自由に安い労働力を募ったりする。便宜置籍船は、個別の国の漁労制限の分配を増加する機会をもち、国際漁業管理法規を免れるためによく使用される。

(6) 超低温の魚は、はえ縄の母線が一五〇メートルの深さに届くあたりにいる。おもに、メカジキ、メバチマグロ、クロマグロなどの経済的価値が高い魚がいる。

(7) 雑魚を捕ることと、超低温の魚を捕ることは、遠洋船のマストに魚網珠を掛けて、国際漁業の海上の監視員に見分けてもらう。

(8) 操舵室は船員が海上で足を踏み入れてはいけない場所で、台湾遠洋船の大切な場所である。さまざまな信仰がそのなかで循環している。

(9) 混獲とはおもに単独の、あるいは二隻の底引き網船で大小区別せずにすべての魚を捕る漁法のことを言う。海底の珊瑚礁の生態を破壊するだけでなく、急速に魚類が生息する環境を変えてしまう。一九八〇年代中期になって、連合国漁業管制署は限度を超えた底引き網を厳禁したが、台湾西部の近海では今なお混獲の漁猟が盛んに行われている。

(10) 基地局は便宜置籍船が某国内で海事業務を扱う事務所であり、その国の政府関係者と対応する人は重要人物である。

三章

（1）トビウオ漁の季節にトビウオを干すために山からニワウルシの木を取ってくる。さらに横木としては、たとえば、フォルモサンミケリア、シママキ、シャリンバイ、オオバジュラン、ミヤケマユミ、ヤエヤマコクタン、ツゲなど。

（2）釣り糸が長くないというのは、この世での時間がもう長くないということをあらわす。

（3）私の妻を指す。

（4）白い島の概念は西洋人のいわゆる「天国」のようなものである。

（5）タオ族の四門房〔四つのドアのある母屋〕は漢人の豪邸のようなものである。

（6）マナドはスラウェシ島の北側の第一の都市で、インドネシア人の肌の色の最も白い街だと言われ、多くのインドネシア人スターがこのマナド市の出身だと言われている。そこにも国際空港があり、飛行機はジャカルタ、マニラ、香港、シンガポールなどに飛んでいる。

四章

（1）舟を造れない主がいる家を指す。

（2）タオ族は一年をトビウオの季節（ラユン）、トビウオ漁が終わる季節（ティティガァ）、トビウオを待つ季節（アムヤン）の三つの季節に分ける。

（3）ガガイはまだ名前がない嬰児で、産衣にくるまれた乳幼児を指す。シャマン・ガガイは初めて人の父となった子供の父親を指す。

（4）当時、私たちの集落にはまだ近代的な水道施設がなかった。共同の水源地で水汲みをするのは子供の仕事だった。
（5）シナブワイは、蘭嶼のどの家にもある井字型につくった薪を置く場所を指す。天気が悪いときには、ここから薪をもってきて燃やす。
（6）背もたれ石（パナナドゥガヌ）は、タオ族が黄昏時に海を眺めたり、あるいは星空を眺めるときに使う。また家屋や新しい舟の落成式で祝宴が開かれるときに、主人が座るところでもある。
（7）地名。タオ族は魚を捕る岩礁の場所に名前を付け、物語を聞く人に場所を教える。地名はまた民族の伝統知識の重要な一環でもある。地名の知識は島民の多元信仰の基礎である。
（8）グアガイは同輩、友人間のもっとも親しい呼称である。
（9）石につまずくと、嬰児の運命が順調にいかなくなり、最も忌みはばかられる。
（10）私たちはミパロス（十月、十一月）と称している。サトイモとヤマイモを半分に切り、そのうえにひと切れの豚肉を乗せ、陸と海の神と共に享受することを象徴する。この儀式は舟を所有する男性によって浜で行われ、また陸での農耕について話し合う。
（11）「悪霊の海」はタオ語で「ドゥ・タタウ」と言うが、漢人はのちにこれを「天の池」と言った。漢人が覚える「便利さ」のためで、たとえば「蘭の島」も「ポンソ・ノ・タオ」（人の島、祖先の島）と言ったが、これは植民者の思考の軌跡である。
（12）「鍋蓋（なべぶた）」は蘭嶼島で働く公務員が島民の男子の髪型が鍋の蓋のようであることから、島民を指して「鍋蓋」と言った。恥辱的な呼び名である。
（13）ラトンガンは、男が出漁したときや山で木を伐って帰ったときに、慰労するために家でつくるサトイモの餅である。

(14) 悪い魚を捕ってくるとは、一種の気分的な表現で、本当に低級魚を捕ってくることではなく、善い魚を捕ってくるつもりだという意味である。

(15) マヌヨトユンは、私たちが干したトビウオを食べ終える祝いの日である。食べ切れなかったトビウオは、引きつづきブタに与える。季節はちょうど秋と冬のあいだで、アムヤン「トビウオがある季節」と称されるが、私は「トビウオを待つ季節」としている。

(16) 島を巡る沿岸海域は、各村で名前が付けられていて、異なった魚の漁場の知識を判断する。リマラマイは私たちの島のトビウオの故郷であり、トビウオが小蘭嶼から最初に到達する大蘭嶼〈蘭嶼島〉の海岸である。

(17) パンラガンは、招魚祭のあと、漁団家族がトビウオを捕っていっしょに食事をする家で、その年の船長の家であり、出漁と帰航をするメンバーが共に出入りする家でもある。霊魂がしっかり結び合った共同労働集団である。

(18) タオ族は従兄弟のあいだで互いに子供と呼び合うが、後輩が「子供」となり、血縁関係にあるという意味である。

(19) 島の村同士の伝統領域は、川を自然の境界とし、海まで伸びている。どの場所にもその土地の名前がある。この地名のところには何人かが木を植えている。それはまた山林でのその男性の勤勉の程度や、木を伐る場所の安全と困難さが示されていて、私たちの山林の基礎知識であり、認識である。

(20) 膝から生まれた末裔とは、伝説で私たちは始祖の膝から生まれたということであるが、女性の子宮からということばを口にしてはならないゆえの表現である。

(21) ワカイは私たちが乾いた薪をくくり、伐った木を引っぱるのに使うフジツルのひとつで、非常に丈夫で、台風のときには防風用に物をしばるために用いる。
(22) 夜暦(ンガラ・ヌ・アウップ)は、タオ民族の歳時記で、どの夜が吉で、どの夜が凶か、あるいはどの夜の潮が穏やかで、魚が海面に浮かんでくるかを示している。タオの夜暦は民族の生態知識を伝えており、「民族科学」である。
(23) 風の名前は、西南風、東北風、夏季と冬季が変わるときの季節風など、少なくとも十六個の名前で風向きを呼ぶが、これもタオ族の気象科学の知識である。
(24)「訪問」は、シイラを擬人化したものである。シイラは宗教儀式で島に呼び寄せるので、大きな魚に「訪問」されることは、友達の訪問や長期の友情を象徴し、そしてまた新しい舟に福があり、大きな魚と縁があることを象徴している。
(25) これは村人にシイラを捕ったことを知らせるためである。七日のうちにシイラを釣った人はみなこのような装いをして、浜に行って椰子の殻に海水をすくう。海水は海の神の魂を家に招き、漁獲と気持ちを分けあう儀式を象徴する。
(26) シイラを釣りあげた男性は、櫂で海面を叩いて、波しぶきをあげる。これは村人に漁獲があったことを知らせている。この月の最初の七日間は、浜に帰ってくるとき、浜の右側に向かって漕がなければならない。これは私たちの漁の儀式の秩序概念である。
(27)「お客さん」とは、シイラ、あるいはトビウオを指す。タオ族がトビウオの季節の浮遊魚類を捕るのは伝統の宗教儀式を経ている。だから、タオ族はシイラやトビウオやマグロなどを至上の賓客と見做すのは、タオの民族科学の定義である。

(28) トビウオの鱗は海辺で落とし、家に帰って落としてはいけない。これは大きなタブーで、鱗を落とすのは、トビウオが新しい服を着て家に帰る意味であり、鱗を落とさないと、トビウオの神の魂が早く蘭嶼島を離れるよう呪詛することになる。

(29) シイラとトビウオは招魚祭を行なってはじめて捕ることができる魚で、私たちは「儀式性の魚」と称している。毎年の最初の魚は、生贄の血がついた竹で魚の魂を祝福する。それは家族や家屋のために災いを除き、福を呼び、衆生をあまねく済度する信仰に等しい。

(30) オバイ、つまり「伝家の宝」と総称する。敬愛する友達を「愛おしい黄金」と呼ぶことがある。

(31) タオ族は「日暦」で数えず、夜暦で計算する。毎日の夜には名前がついていて、一日、二日……などの数字を使わない。夜の漁でトビウオを捕った最初の夜はマヌウ・ジャ・ウグトゥと言い、大型捕食魚にこれからも驚かされる(大きな魚を釣りあげることを望む)という意味である。漢族の陰暦の初七(七日目)のころまでを指す。

(32) 蘭嶼島の沿岸の岩礁の地名は、全部で千二百あまりある。地名はまた生態の多様性の本質をあらわしている。ここはトビウオの故郷である。

【解説】浮かびあがるシャマン・ラポガンの海の文学
――託された民族コードを生きる――

下村作次郎

台湾原住民文学の名称で文字による創作文学が誕生して早や三十年を超えた。この間、浦忠成（パスヤ・ポイツォヌ　ツォウ族）による『台湾原住民族文学史綱』（上・下二冊、里仁書局、二〇〇九年。上巻は無文字時代の神話伝説、口承文芸を扱い、下巻は文字表記による創作文学を扱う）が書かれるほどに大きく発展してきた。日本では孫大川（パァラバン・ダナパン　プユマ族）著、下村作次郎訳『台湾エスニックマイノリティ文学論　山と海の文学世界』（草風館、二〇一二年）のような台湾原住民文学の理論書も上梓されている。そして、いまも詩、散文、小説とさまざまなジャンルの作品が生まれ、長編小説の出版もあとを絶たない。

こうしたなかで、シャマン・ラポガンは台湾原住民文学を代表する作家であると同時に、台湾文学を代表する世界性を秘めた作家としてその名を知られるようになった。

シャマン・ラポガンの文学が日本で注目されたのは、『黒い胸びれ』（魚住悦子訳、草風館、二〇〇三年）による。高樹のぶ子氏やいまは亡き津島佑子氏がこの作品に注目し、ふたりはそれぞれ蘭嶼にシャマン・ラポガンを訪ね、作家としての交流がはじまった。高樹のぶ子氏との交友は、二〇〇七年四月号の『新潮』に掲載された「アジアに浸る　シャマン・ラポガン『天使の父親』　高樹のぶ子『四時五分の天気図』」に、津島佑子氏との交友については、二〇一六年六月号の『すばる』に書かれた追悼エッセイ「なつかしい東京のお姉さん」によってその一端を知ることができる。訳者はいずれも魚住悦子氏で、前者は高樹のぶ子編『天国の風　アジア短篇ベスト・セレクション』（新潮社、二〇一一年）に、後者は『津島佑子　土地の記憶、いのちの海』（河出書房新社、二〇一七年）に収められている。

シャマン・ラポガンの作品は、その後「漁夫の誕生」「海人」「冷海深情」「ンガルミレンの視界」「浪の子タガアン」「老海人ロマビッ」「空の目」が邦訳され、いずれも草風館から刊行されている。

本書はシャマン・ラポガンの五冊目の邦訳書となる。邦訳冊数は、台湾原住民作家のなかでは最も多い。また、これまで邦訳された台湾原住民文学のなかで最も長い作品は、プユマ族の作家パタイの『タマラカウ物語』上・下二巻（魚住悦子訳、草風館、二〇一二年）であり、邦字にして約六十三万字にのぼる。『タマラカウ物語』は台湾原住民文学における長編歴史小説として里程碑となる記念すべき作品であるが、本書はこれに次ぐ長編で、四十六万字を数える。

ここで、作品の内容に入るまえに、台湾の原住民族について簡単に述べてみよう。台湾の原住民族は漢民族とは異なり、台湾からフィリピン、インドネシア、マレー半島、さらにマダガスカル島から東の太平洋の島々にひろがるオーストロネシア語族(南島語族)である。現在、台湾原住民族が十六族、タイヤル族、サイシャット族、ブヌン族、ツォウ族、アミ族、ルカイ族、プユマ族、パイワン族、タオ族（ヤミ）、サオ族、クヴァラン族、タロコ族、サキザヤ族、セデック族、サアロア族、カナカナブ族が数えられ、平埔族が十族前後、バサイ族、ケタガラン族、クーロン族、タオカス族、パゼッヘ族、パポラ族、バブザ族、ホアニャ族、シラヤ族、マカタオ族などに分類されている。人口は、前者が約五十五万人、後者が四万から六万人とされている。（台湾政府の原住民族委員会ホームページ）

本書の作者シャマン・ラポガンは、この台湾原住民族十六族のうちのタオ族の作家である。タオ族はまたヤミ族とも称されるが、この民族名は、いまから百二十年前の一八九七年に蘭嶼を調査した人類学者、鳥居龍蔵によってつけられた。鳥居は、最初に蘭嶼島に調査に入った学者で、この年「十月二十五日から十二月三十日に至る二ケ月余」[1]蘭嶼に滞在して、フィールド調査を行なったが、鳥居がヤミ族と命名したのは、住民が鳥居の問いに「自らヤミ（Yami）と呼」[2]んだことから名づけたと述べている。それ以降、蘭嶼の島民はヤミ族と呼ばれてきたが、それが近年、タオ族と呼ぶようになったことについて、魚住悦子氏は『冷海深情』の解説のなかでこのように述べている。「『タオ族』という呼称は、核廃棄物貯蔵場に反対する運動が盛んになったころに、人々が主張するようになった呼称である。『タオ』は彼らのことばで『人』を意味し、島の人々は自分たちを『タオノポンソ（島の人）』と言っている。ちなみに蘭嶼は『ポンソノタオ（人の島）』である。人々はこの呼称を主張しているが、法整備の必要があるなどの理由から、台湾政府は現在もヤミ族を正式呼称としている」と。原住民族委員会の表記は、いまはヤミ族（タオ族）と併記されているが、一般にはタオ族の呼称が普及している。

タオ族は台湾の原住民族のなかで唯一の海洋民族である。台湾原住民族の多くはかつて首狩り（「出草」という）の風習をもっていたが、タオ族にはその風習はない。さらに頭目制度もなく、尊敬の対象となったり、村人の意見をまとめたりするのは村の長老たちである。村では親族で漁団家族（シラ・ド・ラワン）を形成し、伝統の舟である一人乗りのタタラや十人乗りのチヌリクランなどを協力して造り、出漁する。本書の主人公、すなわち作者の例で見ると、祖父や父や父の兄弟、さらに外祖父や外祖父の五人の弟たち、さらにおじたちやいとこたちで形成されている。男は舟を造り、漁をする。女はイモ栽培などの畑仕事や磯での貝などの採集と分業している。魚の食べ方も独特で、本書ではほとんど出てこないが、魚に男の魚、女の魚、悪い魚などの区別がある。さらに、タオ文化の大きな特色の一つにはアニト信仰がある。人は死ねばアニトになり、人間にさまざまな災いをもたらすというもので、ごく身近な親族の男性以外、死者には寄りつかないと言われている。また、本書には父の兄の二番目の息子が、酔っぱらってダンボールのなかで寝ていた場面が描かれているが、タオ族の文化には、嗜好品としてビンロウを噛む習慣があるが、酒やたばこを嗜む習慣はなかった。このような飲酒は外から持ち込まれたものである。

またタオの文化で特徴的なのは名前のつけ方で、凡例に示したようにテクノニミー（子供本位呼称法）による。本書では、命名は厳粛な儀式のもとで行われる行為であることが語られている。作者の長男シ・ラポガンの命名は、生まれた台北では行われず、「祖霊が命名の儀式のときに必要な冷泉」がある蘭嶼に帰って、作者は「銀兜（写真1）をかぶり、首には家伝の金の飾りをつけ、母が織ってくれた服を着て」、厳粛に行われたことが描かれている。

写真１：外祖父から受け継いだ銀兜

次に地理と人口について見ておこう。蘭嶼では台湾本島のことを「台湾」と呼ぶ。作者はまた、この台湾と蘭嶼との関係を大島と小島と表現している。蘭嶼は台湾の台東から東南の方向に約九〇キロ離れたバシー海峡に浮かぶ小島である。

現在は飛行機で二十分、船ではその日の天候によるが、台東の富岡港から蘭嶼の開元港まで二時間である。島は面積約四八平方キロメートルで、環島公路が走っており、車で四十分ほどで一周する。島は六つの村、作品のおもな舞台であり、作者が生まれた紅頭村（イモロッド）と漁人村（イラタイ）、椰油村（ヤユ）、朗島村（イララライ）、東清村（イラノミルク）、野銀村（イヴァリヌ）から形成されている。最高峰の山は椰油村の紅頭山で五五二メートル、そして最南端の山は三一〇メートルの大森山である。

作者は、蘭嶼国民中学校に入学した一九七〇年の人口を、千五百人弱と書いているが、この人口は、瀬川幸吉たちが一九三〇年四月に調査したときの人口約千六百人とほとんど変わらず、むしろ減少している。さらに見ると、一九四〇年末の時点では「一、七五八名」(3)とあり、蘭嶼には日本統治時代から「常住する人間は数名の内地人警察当局及びその家族の外は全部ヤミ族」(4)だったことが伝えられている。現在は、台東県蘭嶼郷人口統計によると、四千二百三十五人で、人口はこの三、四十年で約三倍に増えていることになる。また、本書の第一章では、戦後の蘭嶼には軍人や囚人の漢人が移住してきたようすが描かれているが、その後漢人が増えだしたのは、一九七六年ころからだと書かれている。いま漢人の人口は、前掲の蘭嶼郷の統計によると、八百人を数え、蘭嶼の全人口の約一五パーセントにのぼっている。

本書は、作者はじめての本格的な自伝小説であり、全四章で構成されている物語文学である。一章は、蘭嶼で中学校を卒業するまでの子供時代のことと、「漢人の学校」で学ぶことに反対する父や親戚を押しきって、さらに台東高級中学で学ぶために蘭嶼を出て行く話、二章は、異父兄と両親を次々と失った喪失感から、南太平洋のクック諸島やフィジーに旅に出る話、三章は、日本の海洋冒険家、山本良行氏とインドネシアの古代帆船の復元船でインドネシアのモルッカ海峡を航海する話、四章は、将来は教師の道が約束されている国立師範大学への推薦入学に応じず、苦学の末に自力で私立大学に入学した話、そして卒業後、子供が生まれたのを契機に蘭嶼に帰り、自力でタタラを造るために山に入って木を伐り、海に出て魚を捕り、次第に失われていくタオ人の生活が彼のなかで回復されていくようすが描かれている。

本書を貫くテーマは、冒頭の書き出しの文章に次のように明示されている。

> 運命の旅は小学校四年生の十歳のころに、夢のなかにあらわれるようになった。真夜中、夢に見るのはきまって南太平洋やオセアニアの島々、そのような島々をゆきかう夢がかなうことだった。

このように小学校四年生のときに芽生えた夢を、作者は有形無形の困難と闘いながら、さらに結婚後は、子供たちの母親、つまり妻から「くだらない夢」と一笑に付されながらも抱きつづけ、実現していく。本書の原題は「大海浮夢（たいかいふむ）」であるが、この四文字のことばには、子供のころの夢が、タオ人としての日々の生活の追求のなかで、大海に浮かびあがった、すなわち夢が実現したことが言いあらわされている。

ここで簡単に全四章の内容について見てみよう。

一章「腹をすかせた子供時代」は、戦後、国民政府が蘭嶼に政府機関を設置した一九五〇年以降のことが時代背景となり、一九五七年生まれの作者の幼少期から小学校時代、そして蘭嶼の中学校を卒業して、台東の高級中学校に入学するために、蘭嶼を離れるまでが描かれている。

本章に登場するおもな人物は、作者の属する漁団家族と蘭嶼国民小学校の先生やクラスメート、中華民国の行政院国軍退除役官兵輔導委員会の蘭嶼指揮部（写真２）の軍人と囚人たちや、蘭嶼の観光が開放された一九六七年に、台湾からやってきた救国

写真２：蘭嶼指揮部跡

団男女青年隊の大学生たちである。

本章では、戦後、国民政府が蘭嶼を「植民地」として、いたるところでタオ族の土地を「国有財産」とし、タオの人びとが大切に育ててきた龍眼の木を好き放題に伐採して、建築用材にしたり、炊事などの薪にしたり、またサツマイモ畑を牛の放牧場としたようすが描かれている。こうした事態に抗議するタオの人びとを、軍営の指揮官は一発の銃声で恐怖に陥れた。こうして蘭嶼では、漢人の支配のもとに現代化が進められていき、一九七〇年代になると、飛行機の定期便が就航し、半地下式の伝統家屋は壊され、国民住宅が建つようになる。但し、この現代住宅に電気がくるのは、一九八〇年代初年に放射性廃棄物貯蔵所が建設されて以降のことである。

子供ころの作者はシ・チゲワッという名前で、十二歳年上の異母姉シ・ジャフェイヤとその祖父、作者にとっては外祖父にあたるシャプン・ジャフェイヤに可愛《かわい》がってもらった。ジャフェイヤは祖父が亡くなったあと、山東省出身の軍人と駆け落ちして台湾に行き、男の子供シ・マニニュワンが生まれ、シナン・マニニュワンとなる。この姉は蘭嶼のタオ族が最初に漢人と結婚した世代である。なお、作者の父は、姉の子供の名前を取ってシャプン・マニニュワンとなった。シャプン・マニニュワンは、本書でも書かれているように、日本の馬淵東一をはじめとする文化人類学者が、インフォーマントとした人物である。(5)

作者は、異母姉や外祖父のほかに、実の祖父の五番目の弟シャマン・クララエン（本書では「下の祖父」、あるいは会話では「小っちゃいじいちゃん」と訳した）や、さらに父や父のふたりの兄弟たちが語る物語を、夜は焚き火や月明かりのもとで聞いて育った。このような島の伝統に生きる彼らが口をそろえて言うのは、「漢人の学校で賢くなるな」ということであった。しかし、作者は小学校四年生のころに抱くようになった夢を実現すべく、蘭嶼国民中学校卒業後、親たちの反対を押しきって蘭嶼を離れ、台東高級中学校に進学する。一九七三年八月二十七日のこと、その日、反対する家族たちは、家から椰油の港まで、母は伝統的な民族服に身を包み、父たちは藤製の鎧や兜をかぶり、木製の長柄の刀を持って、付いて歩いてきた。まさに漁団家族ぐるみの反対にあったが、その後、一九八九年に蘭嶼に帰って定住するようになるまで、作者は台湾での「移動と漂泊」の日々がつづくことになる。

振りかえると、作者が蘭嶼国民小学校に入学したのは一九六四年のことである。この学校は、日本統治時代の紅頭嶼蕃童教育所を利用して設置された、蘭嶼島内で唯一の小学校だった。同級生には、カスワルやジジミットやカロロたちがいて、さまざまな問題を引き起こす。最初の登校日には、伝統の丁字褌姿で登校して叱られ、急遽、小麦粉の袋や炭で黒く塗った祖母のパンツを半ズボン替わりにはいて急場をしのぐようすが描かれている。また、いたずらが嵩じ、カスワルが教室で「すかしっ屁」を放って女の先生を怒らせ、台湾に帰らせてしまう。

漢人との接触は学校の先生ばかりではなかった。囚人で、農場や畑仕事や牛飼いなどの仕事に従事する外省人とも親しくなり、カエルやウナギと引き換えに、彼らからはこれまで食べたことのないコメのメシや醤油とサラダ油で炒めた野菜や豚肉をもらい、その味を覚えていく。そして、救国団の大学生たちとの交流では、子供の作者に将来の夢を実現するために勉強することの大切さを語ってくれる、男女の大学生とも出会うのであった。

二章は、小学校四年生のときに抱いた南太平洋を放浪する夢が、思わぬ形で実現することが描かれている。作者が南太平洋のクック諸島やフィジー共和国に放浪の旅に出たのは、二〇〇四年の年末から翌年二月末までの約二か月である。彼を南太平洋への旅へと突き動かしたものは、前年の三月に異父兄、母、そして父を次々と失ったことが大きな要因となった。いわば「自己放逐」の旅の形で子供のころからの夢が実現することになった。

クック諸島の主島、ラロトンガ島の首都アバルアでは、一九三二年生まれのポリネシア人の人の良いブラザーさんに出会い、彼の家の二階に住まわせてもらうことになる。ブラザーさんは、かつては島の環礁でイセエビや魚を捕ってなに不自由のない生活をしていたが、一九九五年十二月にフランスが行なったムルロア環礁の核実験によって生活が一変し、白人の妻にも逃げられた。いまは死の灰や高濃度の核物質の後遺症で治療を受けている患者のためのボランティア活動をしながら余生を送っている。核実験をめぐるブラザーさんとの対話は、一九八八年二月の「アニトを追い出せ」運動(6)以来、蘭嶼における反核廃棄物運動に携わってきた作者にとっては共通する課題であった。作者もまたブラザーさんのボランティアを手伝いながら、ブラザーさんの家を拠点に、ラロトンガのアバルア港に入港する台湾の漁船(その多くはクック諸島国に登録した便宜置籍船)を訪ねて歩く。

港ではいろんな人に出会うが、パナマからやってきた陳船長とも出会う。彼は台湾の小琉球出身で、十四歳から五十年近くはえ縄漁船に乗るベテラン船長であった。

シャマン・ラポガンの海洋文学　1冷海深情／2空の目

シャマン・ラポガン著　下村作次郎、魚住悦子訳・解説　四六判　各本体2、500円＋税

台湾南東のはずれにある蘭嶼島は海に生きるタオ族が暮らす島である。戦後台湾の急速な現代化の波は、漁を中心としたタオ族の生活も容赦なく飲み込んでいく。それに抗って伝統的な生活を守ろうとする者、逆に新しい知識を求め本土へ渡ろうとする者、それぞれがたどる悲哀の物語を、タオ族出身の作家が確かな筆致で描く。作者自らが原点とする『冷海深情』を初邦訳。

タマラカウ物語　（上）女巫ディーグワン／（下）戦士マテル

パタイ（巴代）著　魚住悦子訳・解説　四六判　本体各2、800円＋税

台湾原住民文学初の長編小説。台東平原の西端、中央山脈の麓にある集落タマラカウは、戸数四十余のプユマ族の村である。思慮深く勇敢な指導者たちや、有能な女巫たちによって、村の平穏は長く保たれていた。しかし、原住民族を完全に掌握しようとする日本総督府の役人たちは、ある事件をきっかけに、彼らへの干渉を強めてくる。村の将来を担う指導者たちの苦悩と決断！　日本側の記録『理蕃誌稿』とは異なる『野史』をプユマ族出身の原住民族作家が丹念に描き出す。